Gustavo Adolfo Bécquer

Rimas

Leyendas

Cartas literarias a una mujer

Desde mi celda

OBRASELECTAS

— GUSTAVO ADOLFO BÉCQUER —

RIMAS

LEYENDAS

CARTAS LITERARIAS A UNA MUJER

DESDE MI CELDA

Prólogo: Juan Alarcón Benito

© Copyright EDIMAT LIBROS, S.A.

ISBN: 84-8403-642-1

Depósito Legal: M-15635-2000

Edición y Producción: *José Mª Fernández*

Diseño de cubierta: *Juan Manuel Domínguez*

Impreso por BROSMAC, Móstoles (Madrid)

Encuadernado por ATANES-LAINEZ, Móstoles (Madrid)

EDIMAT Libros

Ediciones y Distribuciones Mateos

EDMOBSEBECQ

IMPRESO EN ESPAÑA - PRINTED IN SPAIN

GUSTAVO ADOLFO BÉCQUER

SU VIDA Y SU OBRA

Gustavo Adolfo Claudio Domínguez-Insausti y Bastida Bécquer nació en la casa número 26 de la calle del Conde de Barajas, del sevillano barrio de San Lorenzo, el día 17 de febrero de 1836. Fueron sus padres don José Domínguez-Insausti y Bécquer, pintor costumbrista, y doña Joaquina Bastida Vargas.

Se le bautizó en la parroquia de San Lorenzo el día 27, siendo su madrina doña Manuela Monnehay.

Huérfano de padre a los cinco años y de madre a los once, no resulta difícil comprender que la infancia de Gustavo Adolfo estuvo presidida por el signo de la tristeza, pese a que su tío, don Juan de Vargas, generosamente porque no era hombre de fortuna, se hizo cargo del pequeño y quiso orientar su vida por las rutas del mar, inscribiéndole como alumno en el colegio sevillano de San Telmo, llamado popularmente de «Mareantes».

La imaginación del niño se desbordaría por aquella época, haciéndole soñar paraísos azules, horizontes infinitos, tierras desconocidas, exóticas, maravillosas.

¡El mar!

De seguir en aquella indicada vocación, y no rechazada por el jovencísimo estudiante, el destino de Gustavo Adolfo hubiera sido otro muy distinto. Quizá se hubiera perdido gran parte de la tremenda sensibilidad poética de un hombre —sensibilidad enfermiza, en no pocos casos—, y se hubiera ganado a un poeta más universal en sus planteamientos y en su proyección.

Tal vez, y con un gran número de posibilidades a favor, la tuberculosis habría respetado al marino de sana y dura vida.

¿Hubiera sido más o menos famoso?

Imposible predecirlo. Lo que sí afirmamos es que Gustavo Adolfo no hubiera dejado de ser poeta, que la poesía es una llama que Dios pone en el alma de unos privilegiados a la hora de su nacimiento, un soplo de grandeza, de coparticipación creadora que

nació, sin duda alguna, de la mirada amorosa del séptimo día que se nos describe en el Génesis.

¡Los poetas son los hombres del séptimo día de Dios!

Pero...

Volviendo a Gustavo Adolfo en sus reales dimensiones, sin especular sobre un futuro inexistente, diremos que el marino se truncó absurdamente, por uno de esos caprichos del Destino; el colegio de San Telmo, «para pilotos de altura», cerró sus puertas y luego de unas amplias deliberaciones a cargo de sus tíos y tutores se decidió iniciarle en la carrera del padre, para lo cual se le ingresó en la escuela del pintor don Antonio Cabral Bejarano, de quien no sería mal discípulo en el corto tiempo que permaneció allí y donde se manifestó de una manera más vehemente la que habría de ser «su vida toda», la literatura.

No son frases, sino hechos.

Ya en sus tiempos de alumno en el colegio de San Telmo —1846-1847—, el maestro de Gustavo Adolfo, don Francisco Rodríguez Zapata, uno de los muchos fervorosos discípulos del eclesiástico, gran pedagogo, poeta y crítico español don Alberto Lista (1775-1848), que vaciaría en moldes clásicos el espíritu renovador de la época constituyéndose por derecho propio en jefe de la llamada Escuela Sevillana; el profesor de Gustavo Adolfo, repetimos, influyó decisivamente en el ánimo del novel marino hablándole de Alberto Lista, clásico y horaciano, pero ya infiltrado del espíritu moderno.

Los poemas de Lista le fueron familiares a Gustavo Adolfo, en especial la oda a La muerte de Jesús, de alientos herrerianos y acentos evocadores del inmortal Fray Luis de León...

Mas ahora, abandonado,
¡ay!, pendes sobre el Gólgota, y al cielo
alzas, gimiendo, el rostro lastimado;
cubres tus bellos ojos mortal velo,
y, su luz extinguida,
en amargos suspiros das la vida.
Así el amor lo ordena;
amor más poderoso que la muerte:
por él de la maldad sufre la pena
el Dios de las virtudes; y león fuerte
se ofrece al golpe fiero
bajo el vellón de cándido cordero...

... ¿Quién abrió los raudales
de esas sangrientas llagas, amor mío?
¿Quién cubrió tus mejillas celestiales
de horror y palidez? ¿Cuál brazo impío
a tu frente divina
ciñó corona de punzante espina?...

De alumno en el colegio de San Telmo y en colaboración con su amigo y compañero de estudios Narciso Campillo, compuso un drama del que conocemos su título, Los Conjurados, y una novela al estilo de Walter Scott, obras de las que no se conservan más noticias. También, como anécdota, diremos que Narciso Campillo salvó a Gustavo de morir ahogado en el Guadalquivir.

Un año antes de su ingreso en la escuela de Cabral Bejarano, el que iba para piloto de altura primero y para pintor después, y no sería ninguna de las dos cosas, compuso Oda a la muerte de don Alberto Lista, que parece ser su primer poema, y que fue escrito a finales de 1848 o a principios del 49, cuando el poeta contaba doce años, y donde junto a ingenuidades propias de la edad, apunta ya el gran poeta futuro, incluso con atisbos de genialidad en no pocos de sus versos.

Como no figura en la presente edición, y podemos encontrarla difícilmente, vamos a reproducirla a renglón seguido para que se advierta la precocidad literaria y la inspiración de nuestro biografiado:

Lágrimas de pesar, verted, y el rostro
en señal de dolor, cubrid, doncellas,
las liras destemplad y vuestros cantos
lúgubres suenen.
La vil ceniza del cabello cubra
los sueltos rizos que, volando al aire,
digan al par con nuestros ayes tristes:
«Murió el poeta.»
¿Oís? «¡Murió!», repiten asustadas
con flébil voz, las Musas y, aterrado,
también Apolo con dolor repite:
«Murió por siempre.»
Pero mirad, mirad. Ya Melpómene
de entre el lloroso grupo se levanta,
toma la lira y con acento triste
canta; escuchemos.

«¿Quién cortó —dice— la preciosa vida
del cisne de la Bética? ¿Qué mano
impía, de las ondas siempre claras
del Betis, arrancó su amado hijo?
¿Quién fue el osado?»
　　Llorad, musas, llorad, y descompuestas
las trenzas del cabello, dad al viento;
la Parca fue quien de su vida el hilo
cortó inmutable.
　　　　¿Y no temiste? ¿La segura mano
al descargar el golpe no temblaba?
¿Su respetable ancianidad, sus años,
no te movieron?

Es importante esta Oda a la muerte de don Alberto Lista. Apunta ya ese estilo suyo que le convertiría en uno de nuestros primeros poetas del sentimiento, a la manera romántica; sin el pesimismo desesperado y escéptico de Leopardi, Byron o Heine, sino más bien con el lirismo de nuestros poetas del amor, al estilo de Garcilaso, resignadamente, como sometiéndose en débil protesta a lo que resulta irremediable, con un fatalismo saturado de belleza.

¿Ejemplo en este primer poema de Gustavo Adolfo? Veámoslo:

La vil ceniza del cabello cubra
los sueltos rizos que, volando al aire,
digan al par, con nuestros ayes tristes:
«Murió el poeta.»

O en su imprecación a las Musas:

Las trenzas del cabello dad al viento...

De sus versos sevillanos hasta su viaje a Madrid, con dieciocho años, se conocen los siguientes, posteriores todos ellos a su Oda a la muerte de don Alberto Lista. De unos se saben las fechas en que fueron escritos y de otros no:

Fragmentos de poemas, ¡Las dos! (juguete romántico), Oda a la señorita Lenona en su partida (17 de septiembre de 1852), Soneto (1853), La plegaria y la corona (17 de marzo de 1854) y Al céfiro (1854).

Entre los llamados primeros poemas, y pese a estar fechado en 1855, se incluye Anacreóntica, de la época sevillana sin duda alguna,

aunque críticos de la talla de Gamallo Fierros se refieran a ella como la «iniciación madrileña».

En estos poemas que hemos comentado, y a los que los más calificados estudiosos consideran con plena justicia poemas de transición, así como en el resto de su obra, menos acusadamente en la forma, o más veladamente si hemos de ser sinceros, se advierte la influencia de autores tan geniales, sí, pero tan dispares como Musset, Chateaubriand, Poe, Shakespeare, Lamartine, Heine, Leopardi, Byron... Confusionismo cultural, pero enriquecimiento con unos mensajes que dejan huella y que marcan una transición, un cambio, en la poesía del autor sevillano, un estilo, aún no definido por completo, pero en el que se advierte su condición de posromántico.

Su arribo a Madrid el 1 de noviembre de 1854 es decisivo para su vida.

Quedan atrás sus primeros sentimientos amorosos con la no identificada novia de la calle de Santa Clara, a los dieciséis años; las apasionadas reuniones con sus entrañables amigos Narciso Campillo y Julio Nombela, fundadores los tres de una nueva academia de poesía que iba a conquistar la capital de España, y la publicación de Soneto, primera obra que vería impresa en la revista madrileña «El trono y la nobleza», dato biográfico descubierto merced a las investigaciones de Rafael Balbín, quien lo juzgaría así:

«El Soneto da testimonio de la tendencia clasicista, inspirada lejanamente en Horacio y mucho más cerca de los poetas andaluces...»

De la misma forma que hemos reproducido para nuestros lectores la primera obra poética de Gustavo Adolfo Bécquer, Oda a la muerte de don Alberto Lista, lo haremos también con su primer poema impreso, de tan esquemático título como Soneto:

Homero cante a quien su lira Clío
le dio, y con ella inspiración divina,
de Troya malhadada la ruina
del ciego Aquiles el esfuerzo y brío.
Ensalcen de Alejandro el poderío
ante cuyo valor su frente inclina,
con asombro la tierra que ilumina
el sol desde la Libia al Norte frío.
Que yo del Betis en la orilla, cuando
luce la aurora y las gallardas flores
se despliegan el aura embalsamando,
cantaré de las selvas los amores,

los suspiros del céfiro imitando
y «el dulce lamentar de los pastores».

Poema, como ya anotamos con anterioridad, escrito a los diecisiete años, en Sevilla, imperfecto a todas luces y con un verso, el 14, rotundamente de Garcilaso.

Pero ya tenemos a Bécquer en Madrid, quien rompe todas las ataduras y se opone terminantemente a quienes le deseaban pintor, en la tradición familiar.

Con treinta duros recibidos de su tío Joaquín se instala en una pensión de la calle de Hortaleza. Ha seguido a Julio Nombela, quien se ha trasladado a la capital con su familia.

Y comienza su vida bohemia, una cruel miseria difícilmente encubierta por la dignidad del que se defendía con quiméricos sueños de futuro o planificando grandes obras. En esta pensión nacería la idea de realizar una monumental Historia de los templos de España.

Sus amigos Campillo y Nombela le ayudan en lo posible, le animan, le presentan a gente, a la que él rehúye siempre que puede.

¡Cuántas de sus rimas futuras fueron inspiradas en tan amargos momentos!

Escribiría más tarde:

¿De dónde vengo?... El más horrible y áspero
 de los senderos busca:
Las huellas de unos pies ensangrentados
 sobre la roca dura;
los despojos de un alma hecha jirones
 en las zarzas agudas,
 te dirán el camino
 que conduce a mi cuna.
¿Adónde voy? El más sombrío y triste
 de los páramos cruza:
Valle de eternas nieves y de eternas
 melancólicas brumas.
En donde esté una piedra solitaria
 sin inscripción alguna,
 donde habite el olvido,
 allí estará mi tumba...

O aquel desesperado lamento, vivido realmente por Gustavo Adolfo Bécquer en su feroz desesperanza:

Llegó la noche y no encontré un asilo,
¡y tuve sed!... Mis lágrimas bebí.
¡Y tuve hambre!... ¡Los hinchados ojos
cerré para morir!...

O los versos del rotundo pesimismo, del que ni encuentra ni espera hallar su camino:

Mi vida es un erial:
flor que toco se deshoja;
que en mi camino fatal
alguien va sembrando el mal
para que yo lo recoja.

El 1 de enero de 1855, Bécquer se traslada a la pensión de doña Soledad, mujer sevillana que sería la providencia para el poeta en un año en el que la situación económica de Gustavo Adolfo iba a ser catastrófica.

Un acontecimiento literario conmueve el Madrid de 1855: La coronación del político liberal y endeble poeta Manuel José Quintana, un ejemplo más de los muchos que existieron, ¡y existen!, en nuestra patria en los que se premiaba la ignorancia, el falso patriotismo y la ambición desmedida de un hombre.

Isabel II, mal aconsejada, ¡reina de los grandes errores a todos los niveles!, accede a presidir el homenaje nacional, en un solemnísimo acto en el Senado, y a ceñir las sienes de quien fuera su ayo e instructor —¡a tal maestro, tal discípulo!— con una corona de laurel, pero... fabricada en oro purísimo, lo único puro que había en aquel desdichado acto.

El acto quedó inmortalizado por un cuadro y la publicación de Dos Coronas poéticas, en la primera de las cuales, y recomendado e invitado por su amigo José Marco, colaboró Bécquer con un poema titulado «A Quintana. La corona de oro. Fantasía», obra relativamente extensa en la que el autor convocó a tres poetas universales, Ossián, Herrera y Petrarca, este último sólo justificado porque en la mente de Bécquer debió pesar la circunstancia de que tanto Petrarca como el homenajeado recibieron la corona de la inmortalidad. Herrera surge como escuela sevillana y por la alianza del tradicionalismo con la poesía prerromántica de Ossián.

Para el crítico Gómez de las Cortinas, «en el poema de Bécquer todo es ossiánico: lo es la meditación en las glorias y en los grandes desastres nacionales (Lepanto y Trafalgar; la consideración en la

fugacidad de lo terreno, "Sombra ilusoria", "humo fugaz"), contrapuesto a la inmortalidad de la gloria guerrera o de la fama literaria; la exaltación de los sentimientos heroicos (el valor, la abnegación, el odio contra el "monstruo usurpador de cien naciones..."), y especialmente, la descripción melancólica del paisaje marca la decisiva huella del poeta gaélico (el crepúsculo sobre los anchos mares, las desiertas playas, los torrentes, las cataratas, los cendales de nieblas, los solitarios cauces de las tumbas, las arpas movidas por el viento, etcétera). Sobre este paisaje abrupto y melancólico se oyen los sones de la retórica sevillana ("gemir el valle y retumbar la sierra"; "al son del viento y el retumbar del agua"; "el bramido del mar al trueno unido"). Este poema becqueriano, leído hoy, no engrandece su prestigio literario, pero en cambio es un valioso documento de su filiación literaria».

Bécquer está, realmente, en plena transición y todo lo que escribiera en esta época lo atestigua.

El otro poema importante de Bécquer, el titulado A Elvira, compuesto en silvas, merecería una crítica razonada e inteligente del gran escritor y poeta Cristóbal de Castro. Queremos anotar los párrafos más destacados del estudio al que aludimos, porque nos dará así una idea clara y concreta de cómo Gustavo Adolfo iba llegando lentamente a la libertad poética que se plasmaría, después, en las Rimas.

Escribió Cristóbal de Castro:

«El poema es hijo de Espronceda por su espíritu fatalista, por su estilo afectado y desigual y hasta por el nombre de la heroína —Elvira—, que aún llora en su Estudiante de Salamanca... Murió de amor la desdichada Elvira...»

«Enamorado literariamente de Elvira, Bécquer, queriendo compartir tanto dolor y tanto romanticismo, hace lo que en pintura se llama una réplica. La génesis del poema es clarísima... Las fiebres del romanticismo enfermaron a toda una generación de mujeres tristes y de hombres aparatosamente afectados...»

Nos hallamos en los calenturientos días de Espronceda y bajo la oscura noche literaria que incendiara, fugaz y deslumbrador, aquel meteoro humano que se llamó «Fígaro».

En la Elvira, de Bécquer, están los veinte años románticos, llenos de adoración y castidad. Es una ofrenda inmaculada en el vaso de un corazón de colegial o de cadete. Espronceda había arrastrado su desesperación por los burdeles, cantando a Jarifa; Bécquer, recién llegado a Madrid, no era todavía el hombre, no era aún más que el primogénito de la ilusión...

«Pero ya estaban en sus oídos los ecos de la musa fúnebre, y comienza el poema con las invocaciones al "arcángel del dolor" y habla de "noches tenebrosas" y de las "llamas azuladas del sombrío genio". En la fascinación de Espronceda. Sin embargo, de vez en vez, la inocencia se ofrece en todo su esplendor, como un jirón de cielo azul entre nubes. La escuela sevillana reaparece en alguna estrofa, digna de Rioja o de Arquijo:

"Del claro sol en la frente"... "y en los vecinos bosques expirando..."»

Cristóbal de Castro formula una pregunta, para nosotros muy importante, y la contesta con brevedad y acierto:

«¿Qué hay del Bécquer inmortal, del Bécquer de las Rimas, en éste su poema inédito? Hay la fragante ingenuidad de un corazón sencillo, la deliciosa candidez de una canción absurda cantada por una voz infantil.»

Ni que decir tiene que Gustavo Adolfo permaneció en todo momento ajeno al movimiento político del homenaje dedicado a Quintana. Para él era sólo una forma de darse a conocer en un Madrid que había venido a conquistar y que le trataba tan duramente.

Bécquer fue un poeta imaginativo a quien bastaba un atisbo de ensueño para dar rienda suelta a su fantasía, a su inspiración.

En definitiva, podemos afirmar que pocos casos hay en la poesía universal en los que vida y obra se fundan en tan admirable simbiosis.

A golpes del destino, el hombre se ha ido forjando en la bohemia.

Pronto, con sus Rimas, demostrará que está ya alejado sustancialmente de Espronceda; pero si como notas sustantivas de lo romántico se han asignado a éste la proyección subjetiva sobre cuanto rodea al poeta, el anhelo de un ideal impreciso, la insatisfacción y descontento subsiguiente, el espíritu solidario, el dolorido sentimentalismo, la creación del paisaje o al menos su interpretación como ambiente personal, el amor por las tradiciones y consejas, la admiración hacia las fuerzas permanentes de la naturaleza, en constante y victoriosa lucha contra toda obra humana, de la cual sólo quedan, como dijo Rodrigo Caro, «memorias funerales», y flotando sobre las ruinas lo eterno del espíritu; el «todo tiempo pasado fue mejor», lo fugaz de la juventud, la ilusión perdida, el soñado ideal femenino, algo etéreo, intangible o pleno fracaso ante la realidad llena de exigencias prácticas...; si todo esto son los característicos

fondos románticos, Bécquer fue en toda su plenitud un poeta romántico.

Gustavo Adolfo, avergonzado de que su patrona le alimente por nada, accede a la invitación que le hace su buen amigo y compañero del colegio de San Telmo, Federico Alcega, y allí permanecerá el tiempo preciso hasta la llegada de su hermano Valeriano, provisto de un dinero que le habían facilitado sus familiares de Sevilla, su tío Joaquín principalmente. Ambos Bécquer se trasladaron a una pensión de la plaza de Santo Domingo y allí comentarían, no sin dolor, el fallecimiento de la madrina de pila de Gustavo Adolfo, doña Manuela Monnehay, la mujer que le deseaba marino o pintor, pero jamás poeta.

A finales de la primavera de 1855, los dos hermanos van a Toledo a inspirarse para el libro Historia de los templos de España.

¡Toledo!

¡Lugar de amor y casi peregrinación para Gustavo Adolfo, como lo sería también, más tarde, el monasterio de Veruela!

Periodismo, colaboraciones allá donde puede, salida tímida del anonimato, conocimiento con el que sería su gran amigo Ramón Rodríguez Correa, publicación de la primera entrega de la publicación de Historia de los templos de España, teatro, sin suerte, con el libreto de la zarzuela La venta encantada y, al fin, tristemente, en junio de 1858... ¡tuberculosis!

Más que el nacimiento de la enfermedad, que ya se le había manifestado sin excesiva virulencia a fines del año anterior, se trataba de un ataque gravísimo, de extraordinaria intensidad, que estuvo a punto de quebrar para siempre la vida del poeta.

Los cuidados de Valeriano, de la patrona, y de no pocos amigos, le permitieron superar la crisis aguda, entre docenas de alternativas en las que la muerte parecía inevitable.

La convalecencia se presentaba difícil.

Había que comenzar a moverse y para ello ningún sitio mejor que el Retiro.

Vivía el poeta entonces en la calle de la Visitación, hoy de Manuel Fernández y González, lo que le obligaba a atravesar parte del centro de Madrid.

Julio Nombela, su más íntimo biógrafo, nos cuenta así uno de los más importantes episodios de la vida-literatura o literatura-vida de Bécquer, su enamoramiento de la que había de ser musa inspiradora, cruel musa, Julia Espín.

«Cuando pasamos —nos dice Nombela en sus Memorias— estaban asomadas a uno de los balcones del piso principal dos jóve-

nes de extraordinaria belleza, diferenciándose únicamente la que parecía mayor, escasamente de diecisiete o dieciocho años, por la expresión de sus ojos y el conjunto de sus facciones, algo celestiales. Gustavo se detuvo, admirado, al verla, y aunque proseguimos nuestra marcha por la calle de la Flor Alta no pudo menos de volver varias veces el rostro, extasiándose al contemplarla...»

Desapareció la tristeza de Bécquer tras el encuentro, intrascendente para cualquier persona que no tuviera su fina sensibilidad.

En tardes sucesivas «volvimos a la calle de la Justa entrando por la de la Flor Alta, torciendo a la izquierda para alcanzar, por la calle de la Estrella, la de San Bernardo, y dirigirnos a nuestro solitario paseo —continúa Julio Nombela—. Siguiendo aquel camino, si las jóvenes estaban asomadas al balcón podíamos verlas por más tiempo, lo que por fortuna sucedía casi siempre...».

Hagamos un alto en el camino para unas consideraciones vitales a nuestro propósito, que no es el de ofrecer una biografía completa, pormenorizada, de cada movimiento de Bécquer, sino realizar el análisis de su vida en relación con su obra, estudiar al hombre-poeta bajo su dimensión trascendente, artística.

Para ello digamos que la tuberculosis, la tisis, la peste blanca, fue el gran fantasma de la época; la antesala de la muerte romántica, casi el obligado final de los poetas, su maduración para la sensibilidad y el amor.

Nada más erróneo..., y nada tan cierto.

El romanticismo puede definirse con la mayor brevedad como una escuela literaria de la primera mitad del siglo XIX, extremadamente individualista y que prescindía de las reglas o preceptos tenidos por clásicos; en muchas de sus obras se conforma al espíritu y gusto de la civilización cristiana, a diferencia del de la literatura grecorromana, en la antigüedad gentílica...

Pero... hay una segunda acepción que interesa destacar: «propensión a lo sentimental, generoso y fantástico» y que tomamos literalmente del Diccionario de la Real Academia de la Lengua.

Bécquer, joven, sevillano, enamoradizo del amor aun sin persona física, el amor como sentimiento, como intuición de placeres, como única felicidad; el amor lírico a la luna, a los sueños, a la vida inconcreta, a lo etéreo...

Bécquer, frágil en su salud, pretendía justificarlo todo, hasta la más negra miseria, con su amor a la gloria y a la eternidad, como lo demuestra su poesía quebradiza, ondulante, presentida, llena de líneas vagas y dolientes que nacen para desaparecer con fragor y sueños de gasas, lírico hasta lo enfermizo...

Bécquer, rotos los pulmones, viendo que la vida se le va en sangre entre los labios, admirador de Leopardi, otro gran tuberculoso, y del músico Chopín...

Bécquer, apasionado, vehemente, tímido siempre, como escondiéndose de sus propios sentimientos, introspectivo, consciente de su terrible enfermedad, se asió romántica y desesperadamente al amor de la que pronto dejó de ser una desconocida para tomar nombre y apellidos concretos: Julia Espín Pérez, hija de don Joaquín Espín Guillén, persona notable por su relativa privanza con la Corte y, según nos cuenta el biógrafo de Bécquer, Rafael de Balbín, «maestro de coros de la ópera italiana que actuaba en el Real, segundo organista de la Real Capilla, maestro de Solfeo del Conservatorio, fundador de la revista «La Iberia Musical», desde donde defendió los intereses del arte y abogó por la ópera nacional...». «... La madre de Julia, doña Josefa Pérez, era sobrina de Isabela Ángela Colbrán, la temperamental esposa del célebre Rossini...»

Julia Espín había nacido el 18 de noviembre de 1838 y era dos años más joven que Bécquer, poseía una magnífica voz de soprano con la que, años más tarde, obtuvo éxito en no pocos teatros de Europa; amiga y protegida en cierto modo de Tamberlik y musa inspiradora del compositor Bazzini para su ópera «Durandot»; mujer muy bien acogida en la alta sociedad madrileña y con una única y desbordante pasión: la música y el canto...

No nos importa el desarrollo de este idilio truncado, del amor de Gustavo Adolfo y nunca del de Julia Espín, que ignoró y menospreció a su apasionado poeta, no con femenina crueldad, sino haciendo honor a su independencia de mujer... Nos importa, sí, que ella fue la inspiradora de las Rimas, la musa arrebatadora de un amor platónico, inalcanzable.

Se sabe ya, sin lugar a dudas, que la misma tarde de su primer «encuentro», ella en el balcón y él en su paseo habitual, Gustavo Adolfo escribiría:

> Te vi un punto, y flotando ante mis ojos
> la imagen de tus ojos se quedó,
> como la mancha oscura, orlada en fuego,
> que flota y ciega si se mira al sol.
> Adonde quiera que la vista fijo
> torno a ver tus pupilas llamear;
> mas no te encuentro a ti, que es tu mirada:
> unos ojos, los tuyos, nada más.

De mi alcoba en el ángulo los miro
desasidos fantásticos lucir;
cuando duermo los siento que se ciernen
de par en par abiertos sobre mí.
 Yo sé que hay fuegos fatuos, que en la noche
llevan al caminante a perecer;
yo me siento arrastrado por tus ojos;
pero a donde me arrastran, no lo sé.

Los ojos azules de Julia se habían quedado grabados en el alma del poeta. Los ve «de mi alcoba en el ángulo los miro» y los compara a esos «fuegos fatuos» visión de muerte que arrastran a algo no presentido, a un abismo, a una locura. Y después:

Tu pupila es azul, y si en su fondo
como un punto de luz radia una idea,
me parece en el cielo de la tarde
 ¡una perdida estrella!

Melancolía, a la que aludirá también en la siguiente rima:

Tú, sombra aérea, que cuantas veces
voy a tocarte te desvaneces
como la llama, como el sonido,
como la niebla, como el gemido
 del lago azul...

 ¡Yo que a tus ojos, en mi agonía,
los ojos vuelvo de noche y día;
yo, que incansable corro demente
tras una sombra, tras la hija ardiente
 de una ilusión!

Todo el proceso de un noviazgo romántico, en el que una parte lo pone todo, se refleja en las Rimas. Y así, cuando por vez primera Gustavo Adolfo ve pasar cerca de él a su adorada, sin interceptar su camino para decirle una sola palabra, en la soledad de su alcoba, rememorando aquel divino momento, gozando en el dolor de lo no compartido, el poeta se alza de nuevo sobre lo terreno y escribe:

Pasaba arrolladora en su hermosura
 y el paso le dejé;
ni aun a mirarla me volví, y no obstante,
algo a mi oído murmuro: «Ésa es.»

Y la sonrisa cruzada:

... hoy la he visto..., la he visto y me ha mirado...
 ¡Hoy creo en Dios!

La presentación formal, física; el apasionamiento febril de Gustavo Adolfo y el desdén, la frialdad, de la mujer que no quiere atarse a nada ni a nadie que entorpezca su carrera y que para disuadir al enamorado llega a decirles a Nombela, a Rodríguez Correa, a los comunes amigos, hasta frases hirientes con el propósito —¡vano propósito, mal conocía Julia Espín a los poetas!—, de desatar la indignación del hombre y que cesara en su obsesivo acoso...
 Nada consigue. Por el contrario, Bécquer escribe:
 Por una mirada un mundo;
por una sonrisa un cielo;
por un beso... ¡yo no sé
qué te diera por un beso!
 Imagina el amor culminado y lo canta... Todo es poesía entre la Musa y el poeta...; pero sólo para el poeta...
 Los más leves gestos de la amada, las vanas esperanzas y los reales desdenes, los convertía en lirismo.
 Y a la hora del amargo desengaño, cuando ya los amigos le dicen que la olvide, cuando se convence de que aquellos sueños no serán jamás realidades, brotan de su dolor aquellos versos magníficos, el poema que comienza...

 Como se arranca el hierro de una herida
su amor de las entrañas me arranqué,
aunque sentí al hacerlo que la vida
me arrancaba con él...

Y el dolor resignado, sin una queja, sin un reproche:

 Tú eras el huracán y yo la alta
 torre que desafía tu poder
¡Tenías que estrellarte o abatirme!...
 ¡No podía ser!
Yo voy por un camino, ella por otro...

Los biógrafos coinciden en señalar este rompimiento definitivo hacia el año 1860.
 ¡Cuánto dolor en el poeta, cuánto pesimismo!

Hundido moralmente, en su nueva pensión de la calle del Baño, 19, conoce a la sirviente Casta Esteban y Navarro. Ella le acoge y viven maritalmente.

Que Gustavo Adolfo no ha olvidado a su amada de las Rimas lo corrobora el hecho de que en el primer hijo de su hermano Valeriano, al que apadrina, una niña, consigue que se le ponga Julia de nombre.

De su matrimonio con la que es su amante, en la parroquia de San Sebastián de Madrid, se conocen todos los datos y hacemos gracia al lector de reproducir amonestaciones y acta de boda. Sólo diremos que fue el mayor error del poeta, no sólo por la absoluta falta de cariño a una esposa incapaz de comprenderle, sino porque Casta Esteban le traiciona con un indeseable apodado «El Rubio» —Hilarión Borobia—, hecho que descubre Valeriano en 1868.

Disgustos, violencias, separación...

Algo bueno, sin embargo, tuvo este enlace para el infortunado Bécquer.

La necesidad de cubrir los gastos de una familia y el nacimiento de Gustavo Adolfo, primer hijo del matrimonio —9 de mayo de 1862— forzó al poeta a trabajar más intensamente y fruto de este trabajo del periodista y escritor serían no pocas de las admirables Leyendas, que forman la segunda parte de este volumen, y las Cartas desde mi celda, concebidas y en parte escritas en la convalecencia de una recaída de su incurable enfermedad.

Crece su fama y su situación económica se consolida al ser nombrado por su gran amigo González Brabo, Fiscal de Novelas, lo que le permitiría tener, ¡por fin!, un hogar estable en el número 80 de la calle de Atocha, casa desaparecida hoy, sin que de ella quede el menor vestigio.

Pero... Su salud empeoraba. En el año 1865, el 21 de junio, dimitió de su cargo y el 17 de septiembre nacería Jorge, segundo de los hijos.

De nuevo en 1866 Fiscal de Novelas, se le conceden sucesivas licencias por enfermedad y se sabe que en 1867 obtuvo una de más de un año de duración, por lo que es fácil imaginar que la tuberculosis, implacable, iba destrozando al hombre.

La revolución de septiembre de 1868, mal llamada «La Gloriosa», trastorna la vida de Gustavo Adolfo, quien acompaña a su exilio de París al político González Brabo, su decidido protector de siempre.

Ya por entonces, su ruptura con Casta Esteban, embarazada de su amante, es absoluta, y de regreso a España se instala en Toledo

con Valeriano y los hijos de ambos. Allí, con paz y serenidad, reconstruye el manuscrito de las Rimas que se perdiera en el asalto a la casa de González Brabo y que el hombre público tenía en su despacho con propósito de prologarlo y publicarlo.

Toledo ejerce desde siempre una fascinación profunda en el alma del poeta, quien en una carta, anterior a esta fecha —1859—, a su gran amigo Rodríguez Correa, confesó esta vez, y otras muchas, verbal y epistolarmente:

«Nuevamente estoy en esta vieja ciudad de la calma, dedicado a descifrar el jeroglífico de sus piedras milenarias y al mismo tiempo buscando un poco de reposo y un mucho de olvido para mi espíritu...»

Toledo y Veruela fueron los más grandes consuelos del hombre.

No queremos omitir unas líneas escritas por Gustavo Adolfo desde Soria, también a Rodríguez Correa, su confidente de las amargas épocas, poco antes de contraer forzado matrimonio con Casta Esteban, embarazada ya por aquel entonces, en marzo de 1861:

«Mañana emprenderemos el camino de Veruela. ¡Ojalá el viejo Monasterio me dé la calma y la resignación que necesito, pues mi alma es sólo un pobre guiñapo insensible, dormido, que me pesa como un fardo inútil que la fatalidad tiró sobre mis hombros, y con el cual me obliga a caminar como nuevo judío errante! En el amplio hogar de la cocina me entretuve anoche en quemar todas las cartas, únicos recuerdos, reliquias mejor dicho, que me quedaban de mi ayer, de las horas que nunca volverán. Al enroscarse a los rotos pliegos, la llama parecía su mano, una mano amarilla, de muerte, que se burlaba de mí, haciendo signos incomprensibles; aquella mano que hoy estará prisionera entre otras... No quiero pensar nada, sentir nada.»

En 1869 vuelven a la capital Gustavo Adolfo, Valeriano y los hijos de ambos. El poeta ha sido nombrado director de la nueva revista «Ilustración de Madrid». Viven en un hotel de las Ventas.

Valeriano pinta, Bécquer escribe, pero un año más tarde, el 23 de septiembre, la muerte se lleva a Valeriano, cuyos hijos son recogidos por sus parientes de Sevilla. Gustavo Adolfo se traslada a una casa de la calle de Claudio Coello, en el número 25, donde se le reunirá de nuevo su mujer, Casta Esteban. El poeta la admite a su lado, consciente de que su fin está próximo.

No se equivoca. El amante lírico de la Muerte contrae el definitivo matrimonio con la eternidad a las diez de la mañana del jueves, 21 de diciembre de 1870.

Y, como sucede siempre, muerto el hombre crece la fama. Sus amigos, Rodríguez Correa y Campillo, principalmente, publican en Madrid la primera edición de las obras de Gustavo Adolfo y el éxito es absoluto.

Las gentes se aprenden de memoria sus incomparables Rimas, se comentan sus Leyendas y a partir de entonces crece como un prodigio la popularidad del poeta, amor de los enamorados, musa del Amor.

Los críticos comentan favorablemente la sobria forma poética de Gustavo Adolfo.

Acaso basta para explicarnos su triunfo considerar que el espíritu becqueriano era algo extraño, por su sencillez y transparencia, a las formas hasta entonces usadas, por una parte ceñidas y rígidas, por otra, demasiado llenas de ecos y resonancias, y de ahí que él se exprese en esas combinaciones tan personales, anuncio de futuras renovaciones y cuyo encanto es la vaguedad, la ausencia de todo premeditado recurso de lo sonoro y armónico.

En cuanto a las Leyendas, fácil es notar en ellas la permanencia de un ritmo que recuerda la musicalidad de sus rimas, lo que se advierte con mayor claridad en «El rayo de Luna», «El Cristo de la calavera», «La rosa de pasión», «La ajorca de oro» y de manera especialísima en «Maese Pérez, el organista», como puede apreciarse en los breves fragmentos de esta última obra, que reproducimos seguidamente:

«... las cien voces de sus tubos de metal resonaron en un acorde majestuoso y prolongado, que se perdió poco a poco, como si una ráfaga de aire hubiese arrebatado sus últimos ecos.

»A este primer acorde, que parecía una voz que se elevaba desde la tierra al cielo, respondió otro lejano y suave que fue creciendo hasta convertirse en un torrente de atronadora armonía.

»Era la voz de los ángeles que, atravesando los espacios, llegaba al mundo.

»Después comenzaron a oírse como unos himnos distantes que entonaban las jerarquías de serafines; mil himnos a la vez era el acompañamiento de una extraña melodía que parecía flotar sobre aquel océano de misteriosos ecos, como un jirón de niebla sobre las olas del mar.

»Luego fueron perdiéndose unos cantos, después otros; la combinación se simplificaba. Ya no eran más que dos voces, cuyos ecos se confundían entre sí; luego quedó una aislada, sosteniendo una nota brillante, como un hilo de luz... El sacerdote inclinó la frente, y por encima de su cabeza cana, y como a través de una gasa azul

que fingía el humo del incienso, apareció la Hostia a los ojos de los fieles. En aquel instante, la nota que maese Pérez sostenía trinando, se abrió y una explosión de armonía gigante estremeció la iglesia, en cuyos ángulos zumbaba el aire comprimido, y cuyos vidrios de colores se estremecían en sus angostos ajimeces.

»De cada una de las notas que formaban aquel magnífico acorde, se desarrolló un tema; y unos cerca, otros lejos, éstos brillantes, aquéllos sordos, diríase que las aguas y los pájaros, las brisas y las frondas, los hombres y los ángeles, la tierra y los cielos, cantaban cada cual en su idioma un himno al nacimiento del Salvador...

»... El sacerdote que oficiaba sentía temblar sus manos, porque Aquel que levantaba en ellas, Aquel a quien saludaban hombres y arcángeles, era su Dios, y le parecía haber visto abrirse los cielos y transfigurarse la Hostia.

»El órgano seguía sonando, pero sus voces se apagaban gradualmente, como una voz que se pierde en eco y se aleja y se debilita, cuando de pronto sonó un grito en la tribuna, un grito desgarrador, agudo, un grito de mujer.

»El órgano exhaló un sonido discorde y extraño, semejante a un sollozo, y quedó mudo...»

Gustavo Adolfo Bécquer había muerto físicamente, pero del dolor de una vida hecha obra en gracia a su elevado espíritu, iba a surgir eso con lo que tanto soñara a lo largo de la vida: la gloria, la inmortalidad...

Juan ALARCÓN Benito

RIMAS

I

Yo sé un himno gigante y extraño
Que anuncia en la noche del alma una aurora,
Y estas páginas son de ese himno
Cadencias que el aire dilata en las sombras.

Yo quisiera escribirlo, del hombre
Domando el rebelde, mezquino idioma,
Con palabras que fuesen a un tiempo
Suspiros y risas, colores y notas.

Pero en vano es luchar; que no hay cifra
Capaz de encerrarlo, y apenas ¡oh hermosa!
Si, teniendo en mis manos las tuyas,
Pudiera al oído, cantártelo a solas.

II

Saeta que voladora
Cruza, arrojada al azar,
Sin adivinarse dónde
Temblando se clavará;

Hoja que del árbol seca
Arrebata el vendaval
Sin que nadie acierte el surco
Donde a caer volverá;

Gigante ola que el viento
Riza y empuja en el mar,
Y rueda y pasa, y no sabe
Qué playa buscando va;

Luz que en cercos temblorosos
Brilla, próxima a expirar,
Ignorándose cuál de ellos
El último brillará;

Ese soy yo, que al acaso
Cruzo el mundo, sin pensar
De dónde vengo, ni adónde
Mis pasos me llevarán.

III

Sacudimiento extraño
Que agita las ideas,
Como huracán que empuja
Las olas en tropel;

Murmullo que en el alma
Se eleva y va creciendo,
Como volcán que sordo
Anuncia que va a arder,

Deformes siluetas
De seres imposibles;
Paisajes que aparecen
Como a través de un tul;

Colores que fundiéndose
Remedan en el aire
Los átomos del Iris,
Que nadan en la luz;

Ideas sin palabras,
Palabras sin sentido;
Cadencias que no tienen
Ni ritmo ni compás;

Memorias y deseos
De cosas que no existen;
Accesos de alegría,
Impulsos de llorar;
Actividad nerviosa
Que no halla en qué emplearse;

Sin rienda que lo guíe
Caballo volador;

Locura que el espíritu
Exalta y enardece;

Embriaguez divina
Del genio creador...
 ¡Tal es la inspiración!

 Gigante voz que el caos
Ordena en el cerebro,
Y entre las sombras hace
La luz aparecer;

 Brillante rienda de oro
Que poderosa enfrena
De la exaltada mente
El volador corcel;

 Hilo de luz que en haces
Los pensamientos ata;
Sol que las nubes rompe
Y toca en el cenit;

 Inteligente mano
Que en un collar de perlas
Consigue las indóciles
Palabras reunir;

 Armonioso rítmo
Que con cadencia y número
Las fugitivas notas
Encierra en el compás;

 Cincel que el bloque muerde
La estatua modelando,
Y la belleza plástica
Añade al ideal;

 Atmósfera en que giran
Con orden las ideas,
Cual átomos que agrupa
Recóndita atracción;

 Raudal en cuyas ondas
Su sed la fiebre apaga;
Oasis que al espíritu
Devuelve su vigor...
 ¡Tal es nuestra razón!

Con ambas siempre en lucha
Y de ambas vencedor,
Tan sólo el genio puede
A un yugo atar las dos.

IV

No digáis que agotado su tesoro
De asuntos falta, enmudeció la lira:
Podrá no haber poetas; pero siempre
Habrá poesía.

Mientras las ondas de la luz al beso
Palpiten encendidas;
Mientras el sol las desgarradas nubes
De fuego y oro vista;

Mientras el aire en su regazo lleve
Perfumes y armonías,
Mientras haya en el mundo primavera,
¡Habrá poesía!

Mientras la ciencia a descubrir no alcance
Las fuentes de la vida,
Y en el mar o en el cielo haya un abismo
Que al cálculo resista;

Mientras la humanidad siempre avanzando,
No sepa a dó camina;
Mientras haya un misterio para el hombre,
¡Habrá poesía!

Mientras sintamos que se alegra el alma
Sin que los labios rían;
Mientras se llora sin que el llanto acuda
A nublar la pupila;

Mientras el corazón y la cabeza
Batallando prosigan;
Mientras haya esperanzas y recuerdos,
¡Habrá poesía!

Mientras haya unos ojos que reflejen
Los ojos que los miran;
Mientras responda el labio suspirando

Al labio que suspira;

Mientras sentirse puedan en un beso
Dos almas confundidas;
Mientras exista una mujer hermosa,
¡Habrá poesía!

V

Espíritu sin nombre,
Indefinible esencia,
Yo vivo con la vida
Sin formas de la idea.

Yo nado en el vacío,
Del sol tiemblo en la hoguera,
Palpito entre las sombras
Y floto con las nieblas.

Yo soy el fleco de oro
De la lejana estrella;
Yo soy de la alta luna
La luz tibia y serena.

Yo soy la ardiente nube
Que en el ocaso ondea;
Yo soy del astro errante
La luminosa estela.

Yo soy nieve en las cumbres,
Soy fuego en las arenas,
Azul onda en los mares
Y espuma en las riberas.

En el laúd soy nota,
Perfume en la violeta,
Fugaz llama en las tumbas,
Y en las ruinas hiedra.

Yo atrueno en el torrente,
Y silbo en la centella,
Y ciego en el relámpago,
Y rujo en la tormenta.

Yo río en los alcores,
Susurro en la alta hierba,
Suspiro en la honda pura
Y lloro en la hoja seca.

Yo ondulo con los átomos
Del humo que se eleva,
Y al cielo lento sube
En espiral inmensa.

Yo, en los dorados hilos
Que los insectos cuelgan,
Me mezclo entre los árboles
En la ardorosa siesta.

Yo corro tras las ninfas
Que en la corriente fresca
Del cristalino arroyo
Desnudas juguetean.

Yo, en bosques de corales,
Que alfombran blancas perlas,
Persigo en el Océano
Las náyades ligeras.

Yo, en las cavernas cóncavas,
Do el sol nunca penetra,
Mezclándome a los gnomos,
Contemplo sus riquezas.

Yo busco de los siglos.
Las ya borradas huellas,
Y sé de esos imperios
De que ni el nombre queda.

Yo sigo en raudo vértigo
Los mundos que voltean,
Y mi pupila abarca
La creación entera.

Yo sé de esas regiones
A do un rumor no llega,
Y donde informes astros
De vida un soplo esperan.

Yo soy sobre el abismo,
El puente que atraviesa,
Yo soy la ignota escala
Que el cielo une a la tierra.

Yo soy el invisible
Anillo que sujeta
El mundo de la forma
Al mundo de la idea.

Yo, en fin, soy ese espíritu,
Desconocida esencia,
Perfume misterioso,
De que es vaso el poeta.

VI

Como la brisa que la sangre orea
Sobre el oscuro campo de batalla,
Cargada de perfumes y armonías
En el silencio de la noche vaga;

Símbolo del dolor y la ternura,
Del bardo inglés en el horrible drama,
La dulce Ofelia, la razón perdida.
Cogiendo flores y cantando pasa.

VII

Del salón en el ángulo oscuro,
De su dueño tal vez olvidada;
Silenciosa y cubierta de polvo
 Veíase el arpa.

¡Cuánta nota dormía en sus cuerdas,
Como el pájaro duerme en las ramas,
Esperando la mano de nieve
 Que sabe arrancarla!

¡Ay! —pensé—. ¡Cuántas veces el genio
Así duerme en el fondo del alma,
Y una voz, como Lázaro, espera
Que le diga: «Levántate y anda»!

VIII

Cuando miro el azul horizonte
Perderse a lo lejos,
Al través de una gasa de polvo
Dorado e inquieto,
Me parece posible arrancarme
Del mísero suelo,
Y flotar con la niebla dorada
En átomos leves
Cual ella deshecho.
Cuando miro de noche en el fondo
Oscuro del cielo
Las estrellas temblar, como ardientes
Pupilas de fuego,
Me parece posible a do brillan
Subir en un vuelo
Y anegarme en su lugar, y con ellas
En lumbre encendido
Fundirme en un beso.
En el mar de la duda en que bogo
Ni aún sé lo que creo;
¡Sin embargo, estas ansias me dicen
Que yo llevo algo
Divino aquí dentro!...

IX

Besa el aura que gime blandamente
Las leves ondas que jugando riza;
El sol besa a la nube en Occidente
Y de púrpura y oro la matiza;
La llama en derredor del tronco ardiente
Por besar a otra llama se desliza,
Y hasta el sauce inclinándose a su peso,
Al río que le besa, vuelve un beso.

X

Los invisibles átomos del aire
En derredor palpitan y se inflaman;
El cielo se deshace en rayos de oro;
La tierra se estremece alborozada.
Oigo flotando en olas de armonía

Rumor de besos y batir de alas;
Mis párpados se cierran... ¿Qué sucede?
—¡Es el amor que pasa!

XI

Yo soy ardiente, yo soy morena,
Yo soy el símbolo de la pasión;
De ansia de goces mi alma está llena;
¿A mí me buscas? —No es a ti; no.

—Mi frente es palida; mis trenzas de oro;
Puedo brindarte dichas sin fin;
Yo de ternura guardo un tesoro;
¿A mí me llamas? —No; no es a ti.

Yo soy un sueño, un imposible,
Vano fantasma de niebla y luz;
Soy incorpórea, soy intangible;
No puedo amarte. —¡Oh, ven; ven tú!

XII

Porque son, niña, tus ojos
Verdes como el mar, te quejas;
Verdes los tienen las náyades,
Verdes los tuvo Minerva,
Y verdes son las pupilas
De las hurís del profeta.

El verde es gala y ornato
Del bosque en la primavera.
Entre sus siete colores
Brillante el iris lo ostenta.
Las esmeraldas son verdes,
Verde el color del que espera,
Y las ondas del Océano,
Y el laurel de los poetas.

Es tu mejilla temprana
Rosa de escarcha cubierta,
En que el carmín de los pétalos
Se ve al través de las perlas.

Y, sin embargo,
Sé que te quejas
Porque tus ojos
Crees que la afean;
Pues no lo creas;
Húmedas, verdes e inquietas,
Tempranas hojas del almendro,
Que al soplo del aire tiemblan.

Es tu boca de rubíes
Purpúrea granada abierta,
Que en el estío convida
Apagar la sed en ella.
Y, sin embargo,
Sé que te quejas,
Porque tus ojos
Crees que la afean;
Pues no lo creas;
Que parecen, si enojada
Tus pupilas centellean,
Las olas del mar que rompen
En las cantábricas peñas.

Es tu frente que corona
Crespo el oro en ancha trenza,
Nevada cumbre en que el día
Su postrera luz refleja.

Y, sin embargo
Sé que te quejas,
Porque tus ojos
Crees que la afean;
Pues no lo creas;
Que entre las rubias pestañas,
Junto a las sienes, semejan
Broches de esmeralda y oro
Que un blanco armiño sujetan.

XIII

Tu pupila es azul, y cuando ríes,
Su claridad suave me recuerda
El trémulo fulgor de la mañana

Que en el mar se refleja.

Tu pupila es azul, y cuando lloras,
Las transparentes lágrimas en ella
Se me figuran gotas de rocío
Sobre una violeta.

Tu pupila es azul, y si en su fondo
Como un punto de luz radia una idea,
Me parece en el cielo de la tarde
¡Una perdida estrella!

XIV

Te vi un punto, y, flotando ante mis ojos,
La imagen de tus ojos se quedó,
Como la mancha oscura, orlada de fuego,
Que flota y ciega, si se mira al sol.

Adondequiera que la vista fijo,
Torno a ver tus pupilas llamear;
Mas no te encuentro a ti; que es tu mirada:
Unos ojos, los tuyos, nada más.

De mi alcoba en el ángulo los miro
Desasidos fantásticos lucir:
Cuando duermo los siento que se ciernen,
De par en par abiertos sobre mí.

Yo sé que hay fuegos fatuos en la noche,
Llevan al caminante a perecer:
Yo me siento arrastrado por tus ojos,
Pero a dónde me arrastran, no lo sé.

XV

Cendal flotante de leve bruma,
Rizada cinta de blanca espuma,
Rumor sonoro
De arpa de oro,
Deso de aura, onda de luz,
Eso eres tú.

Tú, sombra aérea, que cuantas veces
Voy a tocarte, te desvaneces

Como la llama, como el sonido,
Como la niebla, como el gemido
Del lago azul.

En mar sin playas, onda sonante,
En el vacío, cometa errante,
Largo lamento
Del ronco viento,
Ansia perpetua de algo mejor,
Eso soy yo.

¡Yo, que a tus ojos en mi agonía,
Los ojos vuelvo de noche y día
Yo, que incansable corro, y demente,
Tras una sombra, tras la hija ardiente
de una visión!

XVI

Si al mecer las azules campanillas
De tu balcón,
Crees que suspirando pasa el viento
Murmurador,
Sabe que oculto entre las verdes hojas,
Suspiro yo.

Si al resonar confuso a tus espaldas
Vago rumor,
Crees que por tu nombre te ha llamado
Lejana voz,
Sabe que, entre las sombras que te cercan,
Te llamo yo.

Si te turba medroso en la alta noche
Tu corazón,
Al sentir en tus labios un aliento
Abrasador,
Sabe que, aunque invisible, al lado tuyo
Respiro yo.

XVII

Hoy la tierra y los cielos me sonríen;

Hoy llega al fondo de mi alma el sol;
Hoy la he visto... la he mirado y me ha mirado...
¡Hoy creo en Dios!

XVIII

Fatigada del baile,
Encendido el color, breve el aliento,
Apoyada en mi brazo,
Del salón se detuvo en un extremo.

Entre la leve gasa
Que levantaba el palpitante seno,
Una flor se mecía
En acompasado y dulce movimiento.

Como en cuna de nácar
Que empuja el mar y que acaricia el céfiro,
Tal vez allí dormía
al soplo de sus labios entreabiertos.
¡Oh! ¡Quién así, pensaba,
Dejar pudiera deslizarse el tiempo!
¡Oh, si las flores duermen,
Qué dulcísimo sueño!

XIX

Cuando sobre el pecho inclinas
La melacólica frente,
Una azucena tronchada
Me pareces.

Porque al darte la pureza
De que es símbolo celeste,
Como a ella te hizo Dios
De oro y nieve.

XX

Sabe, si alguna vez tus labios rojos
Quema invisible atmósfera abrasada,
Que el alma que hablar puede con los ojos
También puede besar con la mirada.

XXI

¿Qué es poesía? —dices mientras clavas
En mi pupila tu pupila azul—.
¿Qué es poesía? ¿Y tú me lo preguntas?
Poesía... eres tú.

XXII

¿Cómo vive esa rosa que has prendido
 Junto a tu corazón?
Nunca hasta ahora contemplé en la tierra
 Sobre el volcán la flor.

XXIII

 Por una mirada, un mundo;
 Por una sonrisa, un cielo;
 Por un beso... ¡Yo no sé
 qué te diera por un beso!

XXIV

 Dos rojas lenguas de fuego
Que, a un mismo tronco enlazadas,
Se aproximan, y al besarse
Forman una sola llama;

 Dos notas que del laúd
A un tiempo la mano arranca,
Y en el espacio se encuentran
Y armosiosas se abrazan;

 Dos olas que vienen juntas
A morir sobre una playa,
Y que al morir se coronan
Con un penacho de plata;

 Dos jirones de vapor
Que del lago se levantan,
Y al juntarse allí en el cielo
Forman una nube blanca;

 Dos ideas que al par brotan,
Dos besos que a un mismo tiempo estallan,

Dos ecos que se confunden...
Eso son nuestras dos almas.

XXV

Cuando en la noche te envuelven
Las olas de tul del sueño,
Y tus tendidas pestañas
Semejan arcos de ébano;
Por escuchar los latidos
De tu corazón inquieto
Y reclinar tu dormida
Cabeza sobre mi pecho,
 Diera, alma mía,
 Cuanto poseo:
 ¡La luz, el aire
 Y el pensamiento!

Cuando se clavan tus ojos
En un invisible objeto,
Y tus labios ilumina
De una sonrisa el reflejo;
Por leer sobre tu frente
El callado pensamiento
Que pasa como la nube
Del mar sobre el ancho espejo,
 Diera, alma mía,
 Cuanto deseo:
 ¡La fama, el oro,
 La gloria, el genio!

Cuando enmudece tu lengua,
Y se apresura tu aliento,
Y tus mejillas se encienden,
Y entornas tus ojos negros;
Por verme entre tus pestañas
Brillar con húmedo fuego
La ardiente chispa que brota
Del volcán de los deseos,
 Diera, alma mía,
 Por cuanto espero,
 ¡La fe, el espíritu,
 La tierra, el cielo!

XXVI

Voy contra mi interés al confesarlo;
Pero yo, amada mía,
Pienso, cual tú, que una oda sólo es buena
De un billete del Banco al dorso escrita.
No faltará algún necio que al oírlo
Se haga cruces y diga:
«Mujer, al fin, del siglo diecinueve,
Material y prosaica...» ¡Boberías!
¡Voces que hacen correr cuatro poetas
Que en invierno se embozan con la lira!
¡Ladridos de los perros a la luna!
Tú sabes y yo sé que en esta vida,
Con genio, es muy contado quien la escribe;
Y con oro, cualquiera hace poesía.

XXVII

Despierta, tiemblo al mirarte;
Dormida, me atrevo a verte;
Por eso, alma de mi alma,
Yo velo mientras tú duermes.

Despierta, ríes, y al reír, tus labios
Inquietos me parecen
Relámpagos de grana que serpean
Sobre un cielo de nieve.

Dormida, los extremos de tu boca
Pliega sonrisa leve,
Suave como el rastro luminoso
Que deja un sol que muere...
—¡Duerme!

Despierta, miras, y al mirar, tus ojos
Húmedos resplandecen
Como la onda azul, en cuya cresta
Chispeando el sol hiere.

Al través de tus párpados, dormida,
Tranquilo fulgor viertes,
Cual derrama de luz templado rayo

Lámpara transparente...
—¡Duerme!

Despierta, hablas, y al hablar, vibrantes
Tus palabras parecen
Lluvia de perlas que en dorada copa
Se derrama a torrentes.

Dormida, en el murmullo de tu alma
Acompasado y tenue,
Escucho yo un poema, que mi alma
Enamorada entiende...
—¡Duerme!

Sobre el corazón la mano
Me he puesto, porque no suene
Su latido, y de la noche
Turbe la calma solemne.

De tu balcón las persianas
Cerré ya, porque no entre
El resplandor enojoso
De la aurora, y te despierte...
—¡Duerme!

XXVIII

Cuando entre la sombra oscura
Perdida una voz murmura
Turbando su triste calma,
Si en el fondo de mi alma
La oigo dulce resonar;

Dime: ¿Es que el viento en sus giros
Se queja, o es que tus suspiros
Me hablan de amor al pasar?

Cuando el sol en mi ventana
Rojo brilla a la mañana,
Y mi amor su sombra evoca,
Si en mi boca de otra boca
Sentir creo la impresión;

Dime: ¿es que ciego deliro,
O que un beso en un suspiro

Me envía tu corazón?

Si en el luminoso día
Y en la alta noche sombría;
Si en todo cuanto rodea
Al alma que te desea
Te creo sentir y ver;

Dime: ¿Es que toco y respiro
Soñando, o que en un suspiro
Me das tu aliento a beber?

XXIX

Sobre la falda tenía
 El libro abierto;
En mi mejilla tocaban
 Sus rizos negros;
No veíamos las letras
 Ninguno, creo;
Mas guardábamos entrambos
 Hondo silencio.
¿Cuanto duró? Ni aun entonces
 Pude saberlo;
Sólo sé que no se oía
 Más que el aliento,
Que apresurado escapaba
 Del labio seco.
Sólo sé que nos volvimos
 Los dos a un tiempo,
Y nuestros ojos se hallaron,
 Y sonó un beso.
..
Creación de Dante era el libro,
 Era su Infierno.
Cuando a él bajábamos los ojos,
 Yo le dije trémulo:
—¿Comprendes ya que un poema
 Cabe en un verso?
Y ella respondió encendida:
 —¡Ya lo comprendo!

XXX

Asomaba a sus ojos una lágrima
Y a mi labio una frase de perdón;
Habló el orgullo y se enjugó el llanto,
Y la frase en mis labios expiró.

Yo voy por un camino, ella por otro;
Pero al pensar en nuestro mutuo amor,
Yo digo aún: «¿Por qué callé aquel día?»
Y ella dirá: «¿Por qué no lloré yo?»

XXXI

Nuestra pasión fue un trágico sainete,
En cuya absurda fábula
Lo cómico y lo grave confundidos
Risas y llanto arrancan.

Pero fue lo peor de aquella historia,
Que al fin de la jornada,
A ella tocaron lágrimas y risas.
¡Y a mí sólo las lágrimas!

XXXII

Pasaba arrolladora en su hermosura
Y el paso le dejé;
Ni aun a mirarla me volví y no obstante
Algo a mi oído murmuró: «ésa es».

¿Quién reunió la tarde a la mañana?
Lo ignoro: sólo sé
Que en una breve noche de verano
Se unieron los crepúsculos, y... «fue».

XXXIII

Es cuestión de palabras, y no obstante,
Ni tú ni yo jamás,
Después de lo pasado, convendremos
En quién la culpa está.

¡Lástima que el amor un diccionario
No tenga dónde hallar
Cuándo el orgullo es simplemente orgullo

Y cuándo es dignidad!

XXXIV

Cruza callada, y son sus movimientos
Silenciosa armonía;
Suenan sus pasos, y al sonar, recuerdan
Del himno alado la cadencia rítmica.

Los ojos entreabre, aquellos ojos
Tan claros como el día;
Y la tierra y el cielo, cuanto abarcan,
Arden con nueva luz en sus pupilas.

Ríe, y su carcajada tiene notas
Del agua fugitiva;
Llora, y es cada lágrima un poema
De ternura infinita.

Ella tiene la luz, tiene el perfume,
El color y la línea,
La forma, engendradora de deseos,
La expresión, fuente eterna de poesía.

¿Que es estúpida?... ¡Bah!, mientras, callando,
Guarde oscura el enigma,
Siempre valdrá, a mi ver, lo que ella calla
Más que lo que cualquiera otra me diga.

XXXV

¡No me admiró tu olvido! Aunque de un día
Me admiró tu cariño mucho más;
Porque lo que hay en mí que vale algo,
Eso... ¡ni lo pudiste sospechar!

XXXVI

Si de nuestros agravios en un libro
Se escribiese la historia,
Y se borrase en nuestras almas cuanto
Se borrase en sus hojas;

Te quiero tanto aún, dejó en mi pecho
Tu amor huellas tan hondas,

Que sólo con que tú borrases una
¡Las borraba yo todas!

XXXVII

Antes que tú me moriré: escondido
En las entrañas ya
El hierro llevo con que abrió tu mano
La ancha herida mortal.

Antes que tú me moriré: y mi espíritu
En su empeño tenaz,
Sentándose a las puertas de la muerte,
Allí te esperará.

Con las horas los días, con los días
Los años volarán,
Y a aquella puerta llamarás al cabo...
¿Quién deja de llamar?

Entonces, que tu culpa y tus despojos
La tierra guardará,
Lavándote en las ondas de la muerte
Como en otro Jordán;

Allí, donde el murmullo de la vida
Temblando a morir va,
Como la ola que a la playa viene
Silenciosa a expirar;

Allí, donde el sepulcro que se cierra
Abre una eternidad...
¡Todo cuanto los dos hemos callado
Lo tenemos que hablar!

XXXVIII

Los suspiros son aire, y van al aire.
Las lágrimas son agua, y van al mar.
Dime, mujer: cuando el amor se olvida,
¿Sabes tu adónde va?

XXXIX

¿A qué me lo decís? Lo sé: es mudable,
Es altanera y vana y caprichosa;

Antes que el sentimiento de su alma,
Brotará el agua de la estéril roca.

Sé que en su corazón, nido de sierpes,
No hay una fibra que al amor responda:
Que es una estatua inanimada..., pero...
¡Es tan hermosa!

XL

Su mano entre mis manos,
Sus ojos en mis ojos,
La amorosa cabeza
Apoyada en mi hombro,
¡Dios sabe cuántas veces,
Con paso perezoso,
Hemos vagado juntos
Bajo los altos olmos
Que de su casa prestan
Misterio y sombra al pórtico!
Y ayer... un año apenas
Pasado como un soplo,
¡Con qué exquisita gracia,
Con qué admirable aplomo,
Me dijo al presentarnos
Un amigo oficioso:
—Creo que en alguna parte
He visto a usted. —¡Ah! bobos,
Que sois de los salones
Comadres de buen tono,
Y andáis por allí a caza
De galantes embrollos:
¡Qué historia habéis perdido!
¡Qué manjar tan sabroso
Para ser devorado
Sotto Voce en un corro,
Detrás del abanico
De plumas y de oro!
...
¡Discreta y casta luna,
Copudos y altos olmos,
Paredes de su casa,
Umbrales de su pórtico,

Callad, y que el secreto
No salga de vosotros!
Callad, que por mi parte
Lo he olvidado todo:
Y ella..., ella..., ¡no hay máscara
Semejante a su rostro!

XLI

Tú eres el huracán, y yo la alta
 Torre que desafía su poder:
¡Tenías que estrellarte o abatirme!...
 ¡No pudo ser!

Tú eras el Océano y yo la enhiesta
Roca que firme aguarda su vaivén:
¡Tenías que romperte o que arrancarme!...
 ¡No pudo ser!

Hermosa tú, yo altivo; acostumbrados
Uno a arrollar, el otro a no ceder,
La senda estrecha, inevitable el choque...
 ¡No pudo ser!

XLII

Cuando me lo contaron sentí el frío
De una hoja de acero en las entrañas;
Me apoyé contra el muro, y un instante
La conciencia perdía de donde estaba.

Cayó sobre mi espíritu la noche;
En ira y en piedad se anegó el alma...
¡Y entonces comprendí por qué se llora,
Y entonces comprendí por qué se mata!

Pasó la nube de dolor... con pena
Logré balbucear breves palabras...
¿Quién me dio la noticia?... Un fiel amigo.
¡Me hacía un gran favor!... Le di las gracias.

XLIII

Dejé la luz a un lado, y en el borde
De la revuelta cama me senté,

Mudo, sombrío, la pupila inmóvil
 Clavada en la pared.

 ¿Qué tiempo estuve así? No sé: al dejarme
La embriaguez horrible del dolor,
Expiraba la luz, y en mis balcones
 Reía el sol.

 Ni sé tampoco en tan terribles horas,
En qué pensaba o qué pasó por mí;
Sólo recuerdo que lloré y maldije;
Y que en aquella noche envejecí.

XLIV

 Como en un libro abierto
Leo de tus pupilas en el fondo;
 ¿A qué fingir el labio
Risas que se desmienten con los ojos?
 ¡Llora! No te avergüences
De confesar que me quisiste un poco.
 ¡Llora! Nadie nos mira.
Ya ves; yo soy un hombre... ¡y también lloro!

XLV

 En la clave del arco mal seguro,
Cuyas piedras el tiempo enrojeció,
Obra de cincel rudo, campeaba
 El gótico blasón.

 Penacho de su yelmo de granito,
La hiedra que colgaba en derredor
Daba sombra al escudo, en que una mano
 Tenía un corazón.

 A contemplarlo en la desierta plaza
 Nos paramos los dos,
Y «ese —me dijo— es el cabal emblema
 De mi constante amor».

 ¡Ay! es verdad lo que me dijo entonces:
 Verdad que el corazón
Lo llevará en la mano..., en cualquier parte...

Pero en el pecho, no.

XLVI

Me ha herido recatándose en las sombras,
Sellando con un beso su traición.
Los brazos me echó al cuello, y por la espalda
Partióme a sangre fría el corazón.

Y ella prosigue alegre su camino,
Feliz, risueña, impávida, ¿y por qué?
Porque no brota sangre de la herida...
¡Porque el muerto está en pie!

XLVII

Yo me he asomado a las profundas simas
De la tierra y del cielo,
Y les he visto el fin, o con los ojos
O con el pensamiento.

Mas ¡ay! de un corazón llegué al abismo
Y me incliné por verlo,
Y mi alma y mis ojos se turbaron
¡Tan hondo era y tan negro!

XLVIII

Como se arranca el hierro de una herida
Su amor de las entrañas me arranqué,
Aunque sentí, al hacerlo, que la vida
Me arrancaba con él.

Del altar que le alcé en el alma mía
La voluntad su imagen arrojó,
Y ya luz de la fe en ella ardía
Ante el ara desierta se apagó.

Aún para combatir mi firme empeño
Viene a mi mente su visión tenaz...
¡Cuándo podré dormir con ese sueño
En que acaba el soñar!

XLIX

Alguna vez la encuentro por el mundo
Y pasa junto a mí;
Y pasa sonriéndose, y yo digo:
—¿Cómo puede reír?

Luego asoma a mi labio otra sonrisa
Máscara del dolor,
Y entonces pienso: —¡Acaso ella se ríe
Como me río yo!

L

Lo que el salvaje que con torpe mano
Hace de un tronco a su capricho un dios,
Y luego ante su obra se arrodilla,
Eso hicimos tú y yo.

Dimos formas reales a un fantasma,
De la mente ridícula invención,
Y hecho el ídolo ya, sacrificamos
En su altar nuestro amor.

LI

De lo poco de vida que me resta
Diera con gusto los mejores años,
Por saber lo que a otros
De mí has hablado.

Y esta vida mortal... y de la eterna
Lo que me toque, si me toca algo,
Por saber lo que a solas
De mí has pensado.

LII

Olas gigantes que os rompéis bramando
En las playas desiertas y remotas
Envuelto entre la sábana de espumas,
¡Llevadme con vosotras!

Ráfagas de huracán, que arrebatáis
Del alto bosque las marchitas hojas,

Arrastrado en el ciego torbellino,
¡Llevadme, con vosotras!

Nubes de tempestad, que rompe el rayo
Y en fuego ornáis las desprendidas orlas,
Arrebatado entre la niebla oscura,
¡Llevadme con vosotras!

Llevadme, por piedad, adonde el vértigo
Con la razón me arranque la memoria...
¡Por piedad!... ¡Tengo miedo de quedarme
Con mi dolor a solas!

LIII

Volverán las oscuras golondrinas
En tu balcón sus nidos a colgar,
Y otra vez con el ala a tus cristales
Jugando llamarán;

Pero aquellas que el vuelo refrenaban
Tu hermosura y mi dicha al contemplar,
Aquellas que aprendieron nuestros nombres,
Esas... ¡no volverán!

Volverán las tupidas madreselvas
De tu jardín las tapias a escalar,
Y otra vez a la tarde, aún más hermosas,
Sus flores se abrirán;

Pero aquellas cuajadas de rocío,
Cuyas gotas mirábamos temblar
Y caer, como lágrimas del día...
Esas... ¡no volverán!

Volverán del amor en tus oídos
Las palabras ardientes a sonar;
Tu corazón de su profundo sueño
Tal vez despertará;

Pero mudo y absorto y de rodillas,
Como se adora a Dios ante su altar,
Como yo te he querido..., desengáñate,
¡Así no te querrán!

LIV

Cuando volvemos las fugaces horas
Del pasado a evocar,
Temblando brilla en sus pestañas negras
Una lágrima pronta a resbalar.

Y al fin resbala, y cae como gota
Del rocío, al pensar
Que, cual hoy por ayer, por hoy mañana,
Volveremos los dos a suspirar.

LV

Entre el discorde estruendo de la orgía
Acarició mi oído,
Como nota de música lejana,
El eco de un suspiro.

El eco de un suspiro que conozco,
Formado de un aliento que he bebido,
Perfume de una flor, que oculta crece
En un claustro sombrío.

Mi adorada de un día, cariñosa,
—¿En qué piensas? —me dijo.
—En nada... —¿En nada, y lloras? —Es que tengo
Alegre la tristeza y triste el vino.

LVI

Hoy como ayer, mañana como hoy,
¡Y siempre igual!
Un cielo gris, un horizonte eterno,
¡Y andar..., andar!

Moviéndose a compás, como una estúpida
Máquina, el corazón;
La torpe inteligencia del cerebro
Dormida en un rincón.

El alma, que ambiciona un paraíso,
Buscándolo sin fe;
Fatiga sin objeto, ola que rueda
Ignorando por qué.

Voz que incesante con el mismo tono
Canta el mismo cantar;
Gota de agua monótona que cae,
Y cae sin cesar.

Así van deslizándose los días
Unos de otros en pos,
Hoy lo mismo que ayer... y todos ellos
Sin goce ni dolor.

¡Ay! a veces me acuerdo suspirando
Del antiguo sufrir...
Amargo es el dolor; pero siquiera
¡Padecer es vivir!

LVII

Este armazón de huesos y pellejo
De pasear una cabeza loca
Cansado se halla al fin, y no lo extraño;
Pues, aunque es la verdad que no soy viejo,
De la parte de vida que me toca
En la vida del mundo, por mi daño
He hecho un uso tal, que juraría
Que he condensado un siglo en cada día.

Así, aunque ahora muriera,
No podría decir que no he vivido;
Que el sayo, al parecer nuevo por fuera,
Conozco que por dentro ha envejecido.
Ha envejecido, sí; ¡pese a mi estrella!
Harto lo dice ya mi afán doliente;
Que hay dolor que al pasar, su horrible huella
Graba en el corazón, si no en la frente.

LVIII

¿Quieres que de ese néctar delicioso
No te amargue la hez?
Pues aspírale, acércale tus labios,
Y déjale después.

¿Quieres que conservemos una dulce
Memoria de este amor?

Pues amémonos hoy mucho, y mañana
Digámonos «¡adiós!»

LIX

Yo sé cual el objeto
De tus suspiros es;
Yo conozco la causa de tu dulce
Secreta languidez.

¿Te ríes?... Algún día
Sabrás, niña, por qué:
Tú acaso lo sospechas,
Y yo lo sé.

Yo sé lo que tú sueñas,
Y lo que en sueños ves;
Como en un libro puedo lo que callas
En tu frente leer.

¿Te ríes?... Algún día
Sabrás, niña, por qué:
Tú acaso lo sospechas,
Y yo lo sé.

Yo sé por qué sonríes
Y lloras a la vez;
Yo penetro en los senos misteriosos
De tu alma de mujer.

¿Te ríes?... Algún día
Sabrás, niña, por qué:
Mientras tú sientes mucho y nada sabes
Yo, que no siento ya, todo lo sé.

LX

Mi vida es un erial:
Flor que toco se deshoja;
Que en mi camino fatal
Alguien va sembrando el mal
Para que yo lo recoja.

LXI

Al ver mis horas de fiebre
E insomnio lentas pasar,

A la orilla de mi lecho,
 ¿Quién se sentará?

Cuando la trémula mano
Tienda, próxima a expirar,
Buscando una mano amiga,
 ¿Quién la estrechará?
Cuando la muerte vidrie
De mis ojos el cristal,
Mis párpados aún abiertos,
 ¿Quién los cerrará?

Cuando la campana suene
(Si suena en mi funeral),
Una oración al oírla,
 ¿Quién murmurará?

Cuando mis pálidos restos
Opriman la tierra ya,
Sobre la olvidada fosa,
 ¿Quién vendrá a llorar?

Quién, en fin, al otro día,
Cuando el sol vuelva a brillar,
De que pasé por el mundo,
 ¿Quién se acordará?

LXII

Primero es un albor trémulo y vago
Raya de inquieta luz que corta el mar;
Luego chispea y crece y se dilata
En ardiente explosión de claridad.

La brilladora luz es la alegría,
La temerosa sombra es el pesar;
¡Ay!, en la oscura noche de mi alma,
 ¿Cuándo amanecerá?

LXIII

Como enjambre de abejas irritadas
De un oscuro rincón de la memoria
Salen a perseguirme los recuerdos
 De las pasadas horas.

Yo los quiero ahuyentar. ¡Esfuerzo inútil!
Me rodean, me acosan,
Unos tras otros a clavarme vienen
El agudo aguijón que el alma encona.

LXIV

Como guarda el avaro su tesoro,
Guardaba mi dolor,
Yo quería probar que hay algo eterno
A la que eterno me juró su amor.

Mas hoy le llamo en vano, y oigo al tiempo
Que le agotó, decir:
—¡Ah, barro miserable, eternamente
No podrás ni aun sufrir!

LXV

Llegó la noche y no encontré un asilo;
¡Y tuve sed!... Mis lágrimas bebí;
¡Y tuve hambre! ¡Los hinchados ojos
Cerré para morir!

¡Estaba en un desierto! Aunque a mi oído
De las turbas llegaba el ronco hervir,
Yo era huérfano y pobre... ¡El mundo estaba
Desierto... para mí!

LXVI

¿De dónde vengo?... El más horrible y áspero
De los senderos busca:
Las huellas de unos pies ensangrentados
Sobre la roca dura;
Los despojos de un alma hecha jirones
En las zarzas agudas,
Te dirán el camino
Que conduce a mi cuna.
¿Adónde voy? El más sombrío y triste
De los páramos cruza;
Valle de eternas nieves y de eternas
Melancólicas brumas:
En donde esté una piedra solitaria
Sin inscripción alguna,

Donde habite el olvido,
Allí estará mi tumba.

LXVII

¡Qué hermoso es ver el día
Coronado de fuego levantarse,
Y a su beso de lumbre
Brillar las olas y encenderse el aire!

¡Qué hermoso es tras la lluvia
Del triste otoño en la azulada tarde,
De las húmedas flores
El perfume aspirar hasta saciarse!

¡Qué hermoso es cuando en copos
La blanca nieve silenciosa cae,
De las inquietas llamas
Ver las rojizas lenguas agitarse!

¡Qué hermoso es cuando hay sueño
Dormir bien... Y roncar como un sochantre...
Y comer... y engordar!... ¡y qué desgracia
Que esto solo no baste!

LXVIII

No sé lo que he soñado
En la noche pasada;
Triste, muy triste debió ser el sueño
Pues despierto la angustia me duraba.
Noté al incorporarme,
Húmeda la almohada,
Y por primera vez sentí al notarlo,
De un amargo placer henchirse el alma.

Triste cosa es el sueño
Que llanto nos arranca
Mas tengo en mi tristeza una alegría...
¡Sé que aún me quedan lágrimas!

LXIX

Al brillar un relámpago nacemos,
Y aún dura su fulgor cuando morimos:
¡Tan corto es el vivir!

La gloria y el amor tras que corremos,
Sombras de un sueño son que perseguimos:
¡Despertar es morir!

LXX

¡Cuántas veces al pie de las musgosas
Paredes que la guardan,
Oí la esquila que al mediar la noche
A los maitines llama!

¡Cuántas veces trazó mi triste sombra
La luna plateada,
Junto a la del ciprés, que de su huerto
Se asoma por las tapias!

Cuando en sombras la iglesia se envolvía
De su ojiva calada,
¡Cuántas veces temblar sobre los vidrios
Vi el fulgor de la lámpara!

Aunque el viento en los ángulos oscuros
De la torre silbara,
Del coro entre las voces percibía
Su voz vibrante y clara.

En las noches de invierno, si un medroso
Por la desierta plaza
Se atrevía a cruzar, al divisarme
El paso aceleraba.

Y no faltó una vieja que en el torno
Dijese, a la mañana,
Que de algún sacristán muerto en el pecado
Acaso era yo el alma.

A oscuras conocía los rincones
Del atrio y la portada;
De mis pies las ortigas que allí crecen
Las huellas tal vez guardan.

Los búhos que espantados me seguían
Con sus ojos de llamas,

Llegaron a mirarme con el tiempo
Como a un buen camarada.

A mi lado sin miedo los reptiles
Se movían a rastras;
¡hasta los mudos santos de granito
Vi que me saludaban!

LXXI

No dormía; vagaba en este limbo
En que cambian de forma los objetos,
Misteriosos espacios que separan
La vigilia del sueño.

Las ideas, que en ronda silenciosa
Daban vueltas en torno a mi cerebro,
Poco a poco en su danza se movían
Con un compás más lento.

De la luz que entra al alma por los ojos,
Los párpados velaban el reflejo;
Mas otra luz el mundo de visiones
Alumbraba por dentro.

En este punto resonó en mi oído
Un rumor semejante al que en el templo
Vaga confuso, al terminar los fieles
Con un Amén sus rezos.

Y oí como una voz delgada y triste
Que por mi nombre me llamó a lo lejos,
Y sentí olor de cirios apagados,
De humedad y de incienso.

..
..

Entró la noche, y del olvido en brazos
Caí, cual piedra, en su profundo seno:
Dormí, y al despertar exclamé: «¡Alguno
Que yo quería ha muerto!»

LXXII

PRIMERA VOZ
—Las ondas tienen vaga armonía,
Las violetas suave olor,
Brumas de plata la noche fría,
Luz y oro el día,
Yo, algo mejor,
¡Yo tengo *Amor*!

SEGUNDA VOZ
—Aura de aplausos, nube radiosa,
Ola de envidia que besa el pie,
Isla de ensueños donde reposa
El alma ansiosa,
¡Dulce embriaguez
La *Gloria* es!

TERCERA VOZ
—Ascua encendida es el tesoro,
Sombra que huye la vanidad;
Todo es mentira: la gloria, el oro.
Lo que yo adoro
Sólo es verdad:
¡La *libertad*!

...

Así los barqueros pasaban cantando
La eterna canción,
Y al golpe del remo saltaba la espuma
Y heríala el sol.

—¿Te embarcas? —gritaban; y yo, sonriendo,
Les dije al pasar:
—Ha tiempo lo hice; por cierto que aún tengo
La ropa en la playa tendida a secar.

LXXIII

Cerraron sus ojos,
Que aún tenía abiertos;
Taparon su cara
Con un blanco lienzo;

Y unos sollozando
Otros en silencio,
De la triste alcoba
Todos se salieron.

La luz, que en un vaso
Ardía en el suelo,
Al muro arrojaba
La sombra del lecho;
Y entre aquella sombra
Veíase a intervalos,
Dibujarse rígida
La forma del cuerpo.

Despertaba el día,
Y a su albor primero,
Con sus mil ruidos
Despertaba el pueblo.
Ante aquel contraste
De vida y misterios,
De luz y tinieblas
Medité un momento:
«¡Dios mío, qué solos
Se quedan los muertos!»

De la casa en hombros
Lleváronla al templo,
Y en una capilla
Dejaron el féretro.
Allí rodearon
Sus pálidos restos
De amarillas velas
Y de paños negros.

Al dar de las ánimas
El toque postrero,
Acabó una vieja
Sus últimos rezos;
Cruzó la ancha nave,
Las puertas gimieron
Y el santo recinto
Quedóse desierto

De un reloj se oía
Compasado el péndulo,
Y de algunos cirios
El chisporroteo.
Tan medroso y triste,
Tan oscuro y yerto
Todo se encontraba...
Que pensé un momento:
«¡Dios mío, qué solos
Se quedan los muertos!»

De la alta campana
La lengua de hierro,
Le dio volteando
Su adiós lastimero.
El luto en las ropas,
Amigos y deudos
Cruzaron en fila,
Formando el cortejo.

Del último asilo,
Oscuro y estrecho,
Abrió la piqueta
El nicho a un extremo.
Allí la acostaron,
Tapiáronle luego,
Y con un saludo
Despidióse el duelo.

La piqueta al hombro,
El sepulturero
Cantando entre dientes
Se perdió a lo lejos.
La noche se entraba,
Reinaba el silencio;
Perdido en la sombra,
Medité un momento:
«¡Dios mío, qué solos
Se quedan los muertos!»

En las largas noches
Del helado invierno,

Cuando las maderas
Crujir hace el viento
Y azota los vidrios
El fuerte aguacero,
De la pobre niña
A solas me acuerdo.

Allí cae la lluvia
Con un son eterno;
Allí la combate
El soplo del cierzo.
Del húmedo muro
Tendida en el hueco,
¡Acaso de frío
Se hielan sus huesos!

.....................................

¿Vuelve el polvo al polvo?
¿Vuela el alma al cielo?
¿Todo es vil mentira,
Podredurnbre y cieno?
¡No sé; pero hay algo
Que explicar no puedo,
Que al par nos infunde
Repugnancia y duelo,
Al dejar tan tristes,
Tan solos los muertos!

LXXIV

Las ropas desceñidas,
Desnudas las espaldas
En el dintel de oro de la puerta,
Dos ángeles velaban.

Me aproximé a los hierros
Que defienden la entrada
Y de las dobles rejas en el fondo
La vi confusa y blanca.

La vi como la imagen
Que en leve ensueño pasa,

Como rayo de luz, tenue y difuso,
Que entre tinieblas nada.

Me sentí de un ardiente
Deseo llena el alma:
¡Como atrae un abismo, aquel misterio
Hacia sí me arrastraba!

Mas ¡ay! que de los ángeles
Parecían decirme las miradas:
—¡El umbral de esta puerta
Sólo Dios lo traspasa!

LXXV

¿Será verdad que cuando toca el sueño
Con sus dedos de rosa nuestros ojos,
De la cárcel que habita huye el espíritu
En vuelo presuroso?

¿Será verdad que, huésped de las tinieblas,
De la brisa nocturna al tenue soplo,
Alado sube a la región vacía
A encontrarse con otros?

¿Allí, desnudo de la humana forma,
Allí, los lazos terrenales rotos,
Breves horas habita de la idea
El mundo silencioso?

¿Y ríe y llora, y aborrece y ama,
Y guarda un rastro del dolor y el gozo,
Semejante al que deja cuando cruza
El cielo un meteoro?

¡Yo no sé si ese mundo de visiones
Vive fuera o va dentro de nosotros;
Pero sé que conozco a muchas gentes
A quienes no conozco!

LXXVI

En la imponente nave
Del templo bizantino

Vi la gótica tumba, a la indecisa
Luz que temblaba en los pintados vidrios.

Las manos sobre el pecho,
Y en las manos un libro.
Una mujer hermosa reposaba
Sobre la urna, del cincel prodigio.

Del cuerpo abandonado
Al dulce peso hundido,
Cual si de blanca pluma y rasa fuera,
Se plegaba su lecho de granito.

De la postrer sonrisa
El resplandor divino
Guardaba el rostro, como el cielo guarda
Del sol que muere el rayo fugitivo.

Del cabezal de piedra
Sentados en el filo,
Dos ángeles, el dedo sobre el labio,
Imponían silencio en el recinto.

No parecía muerta;
De los arcos macizos
Parecía dormir en la penumbra,
Y que en sueños veía el paraíso.

Me acerqué de la nave
Al ángulo sombrío,
como quien llega con callada planta
Junto a la cuna donde duerme un niño.

La contemplé un momento,
Y aquel resplandor tibio,
Aquel lecho de piedra que ofrecía
Próximo al muro otro lugar vacío.

En el alma avivaron
La sed de lo infinito,
El ansia de esa vida de la muerte,
Para la que un instante son los siglos...

Cansado del combate
En que luchando vivo,
Alguna vez recuerdo con envidia
Aquel rincón oscuro y escondido.

De aquella muda y pálida
Mujer, me acuerdo y digo:
¡Oh, qué amor tan callado el de la muerte!
¡Qué sueño el del sepulcro, tan tranquilo!

LXXVII

Dices que tienes corazón, y sólo
Lo dices porque sientes sus latidos.
Eso no es corazón...; es una máquina
Que al compás que se mueve hace ruido.

LXXVIII

Fingiendo realidades
Con sombra vana,
Delante del Deseo
Va la Esperanza:
Y sus mentiras,
Como el Fénix, renacen
De sus cenizas.

LXXIX

Una mujer me ha envenenado el alma;
Otra mujer me ha envenenado el cuerpo:
Ninguna de las dos vino a buscarme;
Yo, de ninguna de las dos me quejo.

Como el mundo es redondo, el mundo rueda
Si mañana, rodando, este veneno
Envenena a su vez, ¿por qué acusarme?
¿Puedo dar más de lo que a mí me dieron?

LXXX

Flores tronchadas, marchitas hojas
Arrastra el viento;
En los espacios tristes gemidos

Repite el eco.

Entre las tinieblas de lo pasado,
En las regiones del pensamiento,
Gemidos tristes, marchitas galas
Son mis recuerdos.

LXXXI

Es el alba una sombra
De tu sonrisa,
Y un rayo de tus ojos
La luz del día;
Pero tu alma
Es la noche de invierno
Negra y helada.

LXXXII

Negros fantasmas,
Nubes sombrías,
Huyen ante el destello
De luz divina.
Esa luz santa,
Niña de ojos negros,
Es la esperanza.

Al calor de sus rayos
Mi fe gigante,
Contra desdenes lucha
Sin amenguarse.
En este empeño
Es, si grande el martirio,
Mayor el premio.

Y si aún muestras esquiva
Alma de nieve,
Si aún no me quisieras,
Yo he de quererte.
Mi amor es rosa
Donde se estrellan tímidas
Del mal las olas.

LXXXIII

Yo me acogí como perdido nauta,
A una mujer para pedirla amor,
Y fue su amor cansancio a mis sentidos,
Hielo a mi corazón.

Y quedé de mi vida, en la carrera
Que un mundo de esperanza ayer pobló,
Como queda un viandante en el desierto:
¡A solas con su Dios!

LXXXIV

¡Quién fuera luna,
Quién fuera brisa,
Quién fuera sol!
¡Quién del crepúsculo
Fuera la hora,
Quién el instante
De tu oración;
Quién fuera parte
De la plegaria
Que solitaria
Mandas a Dios!
¡Quién fuera luna
Quién fuera brisa,
Quién fuera sol!...

LXXXV

Podrá nublarse el Sol eternamente;
Podrá secarse en un instante el mar;
Podrá romperse el eje de la Tierra
Como un débil cristal.

¡Todo sucederá! Podrá la muerte
Cubrirme con su fúnebre crespón;
Pero jamás en mí podrá apagarse
La llama de tu amor.

LXXXVI

Es un sueño la vida,

Pero un sueño febril que dura un punto;
Cuando de él se despierta,
Se ve que todo es vanidad y humo...

¡Ojalá fuera un sueño
Muy largo y muy profundo;
Un sueño que durara hasta la muerte!...
Yo soñaría con mi amor y el tuyo.

LXXXVII

Tu aliento es el aliento de las flores
Tu voz es de los cisnes la armonía;
Es tu mirada el esplendor del día
Y el color de la rosa es tu color.

Tú prestas nueva vida y esperanza
A un corazón para el amor ya muerto;
Tú creces de mi vida en el desierto
Como crece en un páramo la flor.

LXXXVIII

La gota de rocío que en el cáliz
Duerme de la blanquísima azucena
Es el palacio de cristal en donde
Vive el genio feliz de la pureza.

Él le da su misterio y poesía,
Él su aroma balsámico le presta;
¡Ay de la flor, si de la luz al beso
Se evapora esa perla!

LXXXIX

Lejos y entre los árboles
De la intrincada selva,
¿No ves algo que brilla
Y llora? Es una estrella.

Ya se la ve más próxima,
Como a través de un tul,
De una ermita en el pórtico
Brillar. Es una luz.

De la carrera rápida
El término está aquí.
Desilusión. No es lámpara ni estrella
La luz que hemos seguido: es un candil.

XC

Fue la gota de rocío
Que diera la aurora al suelo
Para mayor atavío;
Que al herirla en sol de estío
En vapor tornóse al cielo.

XCI

A TODOS LOS SANTOS

1 DE NOVIEMBRE

Patriarcas que fuisteis la semilla
Del árbol de la fe en siglos remotos,
Al vencedor divino de la muerte
Rogadle por nosotros.

Profetas que rasgasteis inspirados
Del porvenir el velo misterioso,
Al que sacó la luz de las tinieblas
Rogadle por nosotros.

Almas cándidas, Santos Inocentes
Que aumentáis de los ángeles el coro,
Al que llamó a los niños a su lado
Rogadle por nosotros.

Apóstoles que echasteis en el mundo
De la Iglesia el cimiento poderoso,
Al que es de la verdad depositario
Rogadle por nosotros.

Mártires que ganasteis vuestra palma
En la arena del circo, en sangre rojo,
Al que os dio fortaleza en los combates
Rogadle por nosotros.

Vírgenes semejantes a azucenas,

Que el verano vistió de nieve y oro,
Al que es fuente de vida y hermosura
Rogadle por nosotros.

Monjes que de la vida en el combate
Pedisteis paz al claustro silencioso,
Al que es iris de calma en las tormentas
Rogadle por nosotros.

Doctores cuyas plumas nos legaron
De virtud y saber rico tesoro,
Al que es raudal de ciencia inextinguible
Rogadle por nosotros.

Soldados del Ejército de Cristo,
Santas y Santos todos,
Rogadle que perdone nuestras culpas
A Aquel que vive y reina entre vosotros.

LEYENDAS

LA CREACIÓN

POEMA INDIO

I

Los aéreos picos del Himalaya se coronan de nieblas oscuras en cuyo seno hierve el rayo, y sobre las llanuras que se extienden a sus pies flotan nubes de ópalo, que derraman sobre las flores un rocío de perlas.

Sobre la onda pura del Ganges se mece la simbólica flor del loto, y en la ribera aguarda su víctima el cocodrilo, verde como las hojas de las plantas acuáticas, que lo esconden a los ojos del viajero.

En las selvas del Indostán hay árboles gigantescos, cuyas ramas ofrecen un pabellón al cansado peregrino, y otros cuya sombra letal lo llevan desde el sueño a la muerte.

El amor es un caos de luz y de tinieblas; la mujer, una amalgama de perjurios y ternura; el hombre, un abismo de grandeza y pequeñez; la vida, en fin, puede compararse a una larga cadena con eslabones de hierro y de oro.

II

El mundo es un absurdo animado que rueda en el vacío para asombro de sus habitantes.

No busquéis su explicación en los Vedas, testimonios de las locuras de nuestros mayores, ni en los Puranas, donde, vestidos con las deslumbradoras galas de la poesía, se acumulan disparates sobre disparates acerca de su origen.

Oíd la historia de la creación tal como fue revelada a un piadoso brahmín, después de pasar tres meses en ayunas, inmóvil en la contemplación de sí mismo, y con los índices levantados hacia el firmamento.

III

Brahma es el punto de la circunferencia; de él parte y a él converge todo. No tuvo principio ni tendrá fin.

Cuando no existían ni el espacio ni el tiempo, la Maya flotaba a su alrededor como una niebla confusa, pues absorto en la contemplación de sí mismo, aún no la había fecundado con sus deseos.

Como todo cansa, Brahma se cansó de contemplarse y levantó los ojos de una de sus cuatro caras y se encontró consigo mismo, y abrió aireado los de otra y tornó a verse, porque él lo ocupaba todo, y todo era él.

La mujer hermosa, cuando pule el acero y contempla su imagen, se deleita en sí misma; pero al cabo busca otros ojos donde fijar los suyos, y si no los encuentra se aburre.

Brahma no es vano como la mujer, porque es perfecto. Figuraos si se aburría de hallarse solo, solo en medio de la eternidad y con cuatro pares de ojos para verse.

IV

Brahma deseó por primera vez, y su deseo, fecundando la creadora Maya que lo envolvía, hizo brotar de su seno millones de puntos de luz, semejantes a esos átomos microscópicos y encendidos que nadan en el rayo de sol que penetra por entre las copas de los árboles.

Aquel polvo de oro llenó el vacío, y al agitarse produjo miriadas de seres destinados a entonar himnos de gloria a su criador.

Los «gandharvas», o cantores celestes, con sus rostros hermosísimos, sus alas de mil colores, sus carcajadas sonoras y sus juegos infantiles arrancaron a Brahma la primera sonrisa y de ella brotó el Edén. El Edén con sus ocho círculos, las tortugas y los elefantes que los sostienen, y su santuario en la cúspide.

V

Los chiquillos fueron siempre chiquillos: bulliciosos, traviesos e incorregibles, comienzan por hacer gracia, una hora después aturden, y concluyen por fastidiar. Una cosa muy parecida debió de acontecerle a Brahma, cuando apeándose del gigantesco cisne que como un corcel de nieve lo paseaba por el cielo, dejó a aquella turbamulta de «gandharvas» en los círculos inferiores, y se retiró al fondo de su santuario.

Allí donde no llega ni un eco perdido ni se percibe el rumor más leve; donde reina el augusto silencio de la soledad, y su profunda calma convida a las meditaciones, Brahma, buscando una distracción con que matar su eterno fastidio, después de cerrar la puerta con dos vueltas de llave, entregóse a la alquimia.

VI

Los sabios de la tierra que pasan su vida encorvados sobre antiguos pergaminos, que se rodean de mil objetos misteriosos y conocen las extrañas propiedades de las piedras preciosas, los metales y las palabras cabalísticas, hacen por medio de esta ciencia transformaciones increíbles. El carbón lo convierten en diamante, la arcilla en oro, descomponen el agua y el aire, analizan la llama y arrancan al fuego el secreto de la vitalidad y la luz.

Si todo esto consigue un mortal miserable con el reflejo de su saber, figuraos por un instante lo que haría Brahma, que es el principio de toda ciencia.

VII

De un golpe creó los cuatro elementos, y creó también a sus guardianes: «Agni», que es el espíritu de las llamas; «Vayu», que aúlla montado en el huracán; «Varuna», que se revuelve en los abismos del Océano, y «Prithivi», que conoce todas las cavernas subterráneas de los mundos, y vive en el seno de la creación.

Después encerró en redomas transparentes y de una materia nunca vista, gérmenes de cosas inmateriales e intangibles: pasiones, deseos, facultades, virtudes, principios de dolor y de gozo, de muerte y de vida, de bien y de mal. Y todo lo subdividió en especies, y lo clasificó con diligencia exquisita, poniéndole un rótulo escrito a cada una de las redomas.

VIII

La turba de rapaces que ensordecía en tanto con sus voces y sus ruidosos juegos los círculos inferiores del Paraíso, echó de ver la falta de su señor. —¿Dónde estará? —exclamaban los unos—. —¿Qué hará? —decían entre sí los otros—. Y no eran parte a disminuir el afán de los curiosos las columnas de negro humo que veían salir en espirales inmensas del laboratorio de Brahma, ni los globos de fuego que desde el mismo punto se lanzaban volteando al vacío, y allí giraban como una ronda luminosa y magnífica.

IX

La imaginación de los muchachos es un corcel, y la curiosidad la escuela que lo aguijonea y lo arrastra a través de los proyectos más imposibles. Movidos por ella los microscópicos cantores, comenzaron a trepar por las piernas de los elefantes que sustentaban los círculos del cielo, y de uno en otro se encaramaron hasta el misterioso

recinto, donde Brahma permanecía aún absorto en sus especulaciones científicas.

Una vez en la cúspide, los más atrevidos se agruparon alrededor de la puerta, y uno por el ojo de la llave, y otros por entre las rendijas y claros de los mal unidos tableros, penetraron con la mirada en el inmenso laboratorio, objeto de su curiosidad.

El espectáculo que se ofreció a sus ojos no pudo menos de sorprenderlos.

X

Allí había diseminadas, sin orden ni concierto, vasijas y redomas colosales de todas hechuras y colores. Esqueletos de mundos, embriones de astros y fragmentos de lunas yacían confundidos con hombres a medio modelar, proyectos de animales monstruosos sin concluir, pergaminos oscuros, libros en folio e instrumentos extraños. Las paredes estaban llenas de figuras geométricas, signos cabalísticos y fórmulas mágicas, y en medio del aposento, en una gigantesca marmita colocada sobre una lumbre inextinguible, hervían con un ruido sordo mil y mil ingredientes sin nombre, de cuya sabia combinación habían de resultar las creaciones perfectas.

XI

Brahma, a quien apenas bastaban sus ocho brazos y sus dieciséis manos para tapar y destapar vasijas, agitar líquidos y remover mixturas, tomaba algunas veces un gran canuto, a manera de cerbatana, y así como los chiquillos hacen pompas de jabón valiéndose de las cañas del trigo seco, lo sumergía en el licor, se inclinaba después sobre los abismos del cielo, y soplaba en una punta, apareciendo en la otra un globo candente que al lanzarse comenzaba a girar sobre sí mismo y al compás de los otros que ya flotaban en el espacio.

XII

Inclinado sobre el abismo sin fondo, el creador los seguía con una mirada satisfecha, y aquellos mundos luminosos y perfectos, poblados de seres felices y hermosísimos sobre toda ponderación, que son esos astros que, semejantes a los soles, vemos aún en las noches serenas, entonaban un himno de alegría a su dios, girando sobre sus ejes de diamante y oro con una cadencia majestuosa y solemne.

Los pequeñuelos «gandharvas», sin atreverse ni aun a respirar, se miraban espantados entre sí, llenos de estupor y miedo ante aquel espectáculo grandioso.

XIII

Cansóse Brahma de hacer experimentos, y abandonando el laboratorio, no sin haberle echado, al salir, la llave y guardándola en el bolsillo, tornó a montar sobre su cisne con el objeto de tomar el aire. Pero, ¿cuál no sería su preocupación cuando él, que todo lo ve y todo lo sabe, no advirtió que, abstraído por sus ideas, había echado la llave en falso? No le pasó lo mismo a la inquieta turba de rapaces, que, notando el descuido, le siguieron a larga distancia con la vista, y cuando se creyeron solos, uno empuja poquito a poco la puerta, éste asoma la cabeza, aquél adelanta un pie, e invaden todos, por fin, el laboratorio, tardando muy poco en encontrarse en él como en su casa.

XIV

Pintar la escena que entonces se verificó en aquel recinto sería imposible.

Primeramente examinaron todos los objetos con el mayor asombro, luego se atrevieron a tocarlos, y al fin terminaron por no dejar títere con cabeza. Echaron pergaminos en la lumbre para que sirvieran de pasto a las llamas, destaparon las redomas, no sin quebrar algunas; removieron las vasijas, derramando su contenido, y después de oler, probar y revolverlo todo, los unos se colgaban de los soles y estrellas aún no concluidos y pendientes de las bóvedas para secarse; los otros se subían por las osamentas de los gigantescos animales, cuyas formas no habrían agradado al señor. Y arrancaron las hojas de los libros para hacer mitras de papel, y se colocaron los compases entre las piernas, a guisa de caballo, y rompieron las varas de virtudes misteriosas, balanceándose con ellas.

Por último, cansados de enredar, decidieron hacer un mundo tal y como lo habían visto hacer.

XV

Aquí comenzó el gran bullicio, la confusión y las carcajadas. La marmita estaba candente. Llegó el uno, vertió un líquido en ella, y se levantó una columna de humo. Luego vino otro, arrojó sobre aquél un elixir misterioso que contenía una redoma, con la que llegó casi sin aliento hasta el borde del receptáculo; tan grande era la vasija y tan rapazuelo su conductor. A cada nuevo ingrediente que arrojaban en la marmita, se elevaban en su fondo llamaradas azules y rojas, que saludaba la alegre muchedumbre con gritos de júbilo y risotadas interminables.

XVI

Allí mezclaron y confundieron todos los elementos del bien y del mal, el dolor y la alegría, la fealdad y la hermosura, la abnegación y el egoísmo, los gérmenes del hielo destinados a muchos hechos de manera que el frío causase una fruición deleitosa en sus habitadores, y los del calor, compuestos para globos cuyos seres se habían de gozar en las llamas; y revolvieron los principios de la divinidad, el espíritu con la grosera materia, la arcilla y el fango, confundiendo en un mismo brebaje la impotencia y los deseos, la grandeza y la pequeñez, la vida y la muerte.

Aquellos elementos tan contrarios rabiaban al verse juntos en el fondo de la marmita.

XVII

Hecha la operación, uno de ellos se arrancó una pluma de las alas, le cortó las barbas con los dientes, y mojando lo restante en el líquido, fue a inclinarse sobre el abismo sin fondo, y sopló, y apareció un mundo. Un mundo deforme, raquítico, oscuro, aplastado por los polos, que volteaba de medio ganchete, con montañas de nieve y arenales encendidos, con fuego en las entrañas y océanos en la superficie, con una humanidad frágil y presuntuosa, con aspiraciones de dios y flaquezas de barro. El principio de muerte, destruyendo cuanto existe, y el principio de vida con conatos de eternidad, reconstruyéndolo con sus mismos despojos; un mundo disparatado, absurdo, inconcebible; nuestro mundo, en fin.

Los chiquillos que lo habían formado, al mirarle rodar en el vacío de un modo tan grotesco, lo saludaron con una inmensa carcajada, que resonó en los ocho círculos del Edén.

XVIII

Brahma, al escuchar aquel ruido, volvió en sí y vio cuanto pasaba, y lo comprendió todo. La indignación llameó en sus pupilas, su aireado acento atronó el cielo y amedrentó a la turba de muchachos, que huyó sobrecogida y dispersa a puntapiés, y ya tenía levantada la mano sobre aquella deforme creación para destruirla; ya el solo amago había producido en ella esa gran catástrofe que aún recordamos con el nombre de diluvio, cuando uno de los «gandharvas», el más travieso, pero el más mono, se arrojó a sus plantas diciendo entre sollozos: —¡Señor, Señor, no nos rompas nuestro juguete!

XIX

Brahma es grave, porque es dios, y, sin embargo, tuvo que hacer un gran esfuerzo al oír estas palabras para no dejar reventar la risa que le retozaba en los ojos. Al cabo, reponiéndose, exclamó: —Id, turba desalmada e incorregible, marchaos donde no os vea más, con vuestra deforme criatura. Este mundo no debe, no puede existir, porque en él hasta los átomos pelean con los átomos: pero marchad, os repito; mi esperanza es que en poder vuestro no durará mucho. Dijo Brahma, y los chiquillos, dándose empellones y riéndose descompasadamente y arrojando gritos descomunales, se lanzaron en pos de nuestro globo; y éste le da por aquí, el otro le hurga por allá... Desde entonces ruedan con él por el cielo, para asombro de los otros mundos y desesperación de sus habitantes.

MAESE PÉREZ EL ORGANISTA

En Sevilla, en el mismo atrio de Santa Inés, y mientras esperaba que comenzase la Misa del Gallo, oí esta tradición a una demandadera del convento.

Como era natural, después de oírla, aguardé impaciente que comenzara la ceremonia, ansioso de asistir a un prodigio.

Nada menos prodigioso, sin embargo, que el órgano de Santa Inés, ni nada más vulgar que los insulsos motetes que nos regaló su organista aquella noche.

Al salir de la Misa no pude por menos de decirle a la demandadera con aire de burla:

—¿En qué consiste que el órgano de maese Pérez suena ahora tan mal?

—¡Toma! —me contestó la vieja—, en que no es el suyo.

—¿No es el suyo? Pues, ¿qué ha sido de él?

—Se cayó a pedazos de puro viejo, hace una porción de años.

—¿Y el alma del organista?

—No ha vuelto a aparecer desde que colocaron el que ahora le sustituye.

Si a alguno de mis lectores se le ocurriese hacerme la misma pregunta, después de leer esta historia, ya sabrá el porqué no se ha continuado el milagroso portento hasta nuestros días.

I

—¿Veis ese de la capa roja y la pluma blanca en el fieltro, que parece que trae sobre su justillo todo el oro de los galeones de las Indias; aquél que baja en este momento de su litera para dar la mano a esa otra señora que, después de dejar la suya, se adelanta hacia aquí, precedida de cuatro pajes con hachas? Pues ese es el Marqués de Moscoso, galán de la condesa viuda de Villapineda. Se dice que antes de poner sus ojos sobre esta dama, había pedido en matrimonio a la hija de un opulento señor; mas el padre de la doncella, de quien se murmuraba que es un poco avaro... Pero, ¡calle!, en hablando del ruin de Roma, cátale aquí se asoma. ¿Veis aquel que

viene por debajo del arco de San Felipe a pie, embozado en una capa oscura, y precedido de un solo criado con una linterna? Ahora llega frente al retablo. ¿Reparasteis, al desembozarse para saludar a la imagen, la encomienda que brilla en su pecho? A no ser por ese noble distintivo, cualquiera le creería un lonjista de la calle de Culebras... Pues ese es el padre en cuestión; mirad cómo la gente del pueblo le abre paso y le saluda. Todo Sevilla le conoce por su colosal fortuna. Él solo tiene más ducados de oro en sus arcas que soldados mantiene nuestro señor el rey Don Felipe, y con sus galeones podría formar una escuadra suficiente a resistir a la del Gran Turco... Mirad, mirad ese grupo de señores graves: esos son los caballeros veinticuatro. ¡Hola, hola! También está aquí el flamencote, a quien se dice que no han echado ya el guante los señores de la cruz verde, merced a su influjo con los magnates de Madrid... Éste no viene a la iglesia más que a oír música... No, pues si maese Pérez no le arranca con su órgano lágrimas como puños, bien se puede asegurar que no tiene su alma en su almario, sino friéndose en las calderas de Pedro Botero... ¡Ay, vecina! Malo..., malo..., presumo que vamos a tener jarana; yo me refugio en la iglesia; pues por lo que veo, aquí van a andar más de sobra los cintarazos que los paternóster. Mirad, mirad; las gentes del duque de Alcalá doblan la esquina de la Plaza de San Pedro, y por el callejón de las Dueñas se me figura que he columbrado a las del Medina Sidonia. ¿No os lo dije? Ya se han visto, ya se detienen unos y otros, sin pasar de sus puestos..., los grupos se disuelven..., los ministriles, a quienes en estas ocasiones apalean amigos y enemigos, se retiran; hasta el señor asistente, con su vara y todo, se refugia en el atrio..., y luego dicen que hay justicia. Para los pobres... Vamos, vamos, ya brillan los broqueles en la oscuridad... ¡Nuestro Señor del Gran Poder nos asista! Ya comienzan los golpes..., ¡vecina!, aquí..., antes que cierren las puertas. Pero, ¡calle! ¿Qué es eso? Aún no han comenzado cuando lo dejan. ¿Qué resplandor es aquél? ¡Hachas encendidas! ¡Literas! Es el señor obispo. La Virgen Santísima del Amparo, a quien invocaba ahora mismo con el pensamiento, lo trae en mi ayuda... ¡Ay! ¡Si nadie sabe lo que yo debo a esta Señora...! ¡Con cuánta usura me paga las candelillas que le enciendo los sábados...! Vedlo, qué hermosote está con sus hábitos morados y su birrete rojo... Dios le conserve en su silla tantos siglos como yo deseo de vida para mí. Si no fuera por él, media Sevilla hubiera ya ardido con estas disensiones de los duques. Vedlos, vedlos, los hipocritones, cómo se acercan ambos a la litera del prelado para besarle el anillo... Cómo le siguen y le acompañan, confundiéndose con sus familiares. Quién diría que esos dos que

parecen tan amigos, si dentro de media hora se encuentran en una calle oscura..., es decir, ¡ellos..., ellos...! Líbreme Dios de creerlos cobardes; buena muestra han dado de sí, peleando en algunas ocasiones contra los enemigos de Nuestro Señor... Pero es la verdad, que si se buscaran..., y si se buscaran con ganas de encontrarse, se encontrarían, poniendo fin de una vez a estas continuas reyertas, en las cuales los que verdaderamente baten el cobre de firme son sus deudos, sus allegados y su servidumbre. Pero vamos, vecina, vamos a la iglesia, antes de que se ponga de bote en bote..., que algunas noches como ésta suele llenarse de modo que no cabe ni un grano de trigo... Buena ganga tienen las monjas con su organista... ¿Cuándo se ha visto el convento tan favorecido como ahora...? De las otras comunidades, puedo decir que le han hecho a maese Pérez proposiciones magníficas; verdad que nada tiene de extraño, pues hasta el señor arzobispo le ha ofrecido montes de oro por llevarle a la catedral... Pero él, nada... Primero dejaría la vida que abandonar su órgano favorito... ¿No conocéis a maese Pérez? Verdad es que sois nueva en el barrio... Pues es un santo varón pobre, sí, pero limosnero cual no otro... Sin más parientes que su hija ni más amigos que su órgano, pasa su vida entera en velar por la inocencia de la una y componer los registros del otro... ¡Cuidado que el órgano es viejo...! Pues nada, él se da tal maña en arreglarlo y cuidarlo, que suena que es una maravilla... Como que le conoce de tal modo, que a tientas... porque no sé si os lo he dicho, pero el pobre señor es ciego de nacimiento... Y, ¡con qué paciencia lleva su desgracia...! Cuando le preguntan que cuánto daría por ver, responde: «Mucho, pero no tanto como creéis, porque tengo esperanzas.» «¿Esperanzas de ver?» «Sí, y muy pronto —añade sonriéndose como un ángel—; ya cuento setenta y seis años; por muy larga que sea mi vida, pronto veré a Dios...» ¡Pobrecito! Y sí lo verá..., porque es humilde como las piedras de la calle, que se dejan pisar de todo el mundo... Siempre dice que no es más que un pobre organista de convento, y puede dar lecciones de solfa al mismo maestro de capilla de la Primada; como que echó los dientes en el oficio... Su padre tenía la misma profesión que él; yo no le conocí, pero mi señora madre, que santa gloria haya, dice que le llevaba siempre al órgano consigo para darle a los fuelles. Luego, el muchacho mostró tales disposiciones que, como era natural, a la muerte de su padre heredó el cargo... Y, ¡qué manos tiene! Dios se las bendiga. Merecía que se las llevaran a la calle de Chicharreros y se las engarzasen en oro... ¡Siempre toca bien, siempre!; pero en semejante noche como ésta es un prodigio... Él tiene una gran devoción por esta ceremonia de la Misa del Gallo, y cuando

levantan la Sagrada Forma al punto y hora de las doce, que es cuando vino al mundo Nuestro Señor Jesucristo..., las voces de su órgano son voces de ángeles... En fin, ¿para qué tengo de ponderarle lo que esta noche oirá? Baste el ver cómo todo lo más florido de Sevilla, hasta el mismo señor arzobispo, vienen a un humilde convento para escucharle; y no se crea que sólo la gente sabida y la que se le alcanza esto de la solfa conocen su mérito, sino que hasta el populacho. Todas esas bandas que veis llegar con teas encendidas entonando villancicos con gritos desaforados al compás de los panderos, de las sonajas y las zambombas; contra su costumbre, que es la de alborotar las iglesias, callan como muertos cuando pone maese Pérez las manos en el órgano..., cuando alzan no se siente ni una mosca...; de todos sus ojos caen lagrimones tamaños, y al concluir se oye como un suspiro inmenso, que no es otra cosa que la respiración, contenida mientras dura la música... Pero vamos, vamos; ya han dejado de tocar las campanas, y va a comenzar la Misa; vamos adentro... Para todo el mundo es esta noche Nochebuena, pero para nadie mejor que para nosotros.

Esto diciendo, la buena mujer que había servido de cicerone a su vecina, atravesó el atrio del convento de Santa Inés, y codazo en éste, empujón en aquél, se internó en el templo, perdiéndose entre la muchedumbre que se agolpaba en la puerta.

II

La iglesia estaba iluminada con una profusión asombrosa. El torrente de luz que se desprendía de los altares para llenar sus ámbitos, chispeaba en los ricos joyeles de las damas que, arrodillándose sobre los cojines de terciopelo que tendían los pajes y tomando el libro de oraciones de manos de las dueñas, vinieron a formar un brillante círculo alrededor de la verja del presbiterio. Junto a aquella verja, en pie, envueltos en sus capas de color galoneadas en oro, dejando entrever con estudiado descuido las encomiendas rojas y verdes, en la una mano el fieltro, cuyas plumas besaban los tapices; la otra sobre los bruñidos gavilanes del estoque o acariciando el plomo del cincelado puñal, los caballeros veinticuatro, con gran parte de lo mejor de la nobleza sevillana, parecían formar un muro destinados a defender a sus hijas y a sus esposas del contacto de la plebe. Ésta, que se agitaba en el fondo de las naves, con un rumor parecido al del mar cuando se alborota, prorrumpió en una aclamación de júbilo, acompañado del discordante sonido de las sonajas y de los panderos, al ver aparecer al arzobispo, el cual, después de sen-

tarse junto al altar mayor bajo un solio de grana que rodearon sus familiares, echó por tres veces la bendición al pueblo.

Era la hora de que comenzase la Misa.

Transcurrieron, sin embargo, algunos minutos sin que el celebrante apareciese. La multitud comenzaba a rebullirse demostrando su impaciencia; los caballeros cambiaban entre sí algunas palabras a media voz, y el arzobispo mandó a la sacristía a uno de sus familiares a inquirir el porqué no comenzaba la ceremonia.

—Maese Pérez se ha puesto malo, muy malo, y será imposible que asista esta noche a Misa de medianoche.

Esta fue la respuesta del familiar.

La noticia cundió instantáneamente entre la muchedumbre. Pintar el efecto desagradable que causó en todo el mundo sería cosa imposible; baste decir que comenzó a notarse tal bullicio en el templo, que el asistente se puso de pie y los alguaciles entraron a imponer silencio, confundiéndose entre las apiñadas olas de la multitud.

En aquel momento, un hombre mal trazado, seco, huesudo y bisojo, se adelantó hasta el sitio que ocupaba el prelado.

—Maese Pérez está enfermo —dijo—; la ceremonia no puede empezar. Si queréis yo tocaré el órgano en su ausencia; que si maese Pérez es el primer organista del mundo, ni a su muerte dejará de usarse este instrumento por falta de inteligente.

El arzobispo hizo una señal de asentimiento con la cabeza, y ya algunos de los fieles que conocían a aquel personaje extraño por un organista envidioso, enemigo del de Santa Inés, comenzaban a prorrumpir en exclamaciones de disgusto, cuando de improviso se oyó en el atrio un ruido espantoso.

—¡Maese Pérez está aquí...! ¡Maese Pérez esta aquí...!

A estas voces de los que estaban apiñados en la puerta, todo el mundo volvió la cara.

Maese Pérez, pálido y desencajado, entraba, en efecto, en la iglesia, conducido en un sillón, que todos se disputaban el honor de llevar en sus hombros.

Los preceptos de los doctores, las lágrimas de su hija, nada había sido bastante a detenerle en el lecho.

—No —había dicho—, esta es la última, lo conozco, lo conozco y no quiero morir sin visitar mi órgano, y esta noche sobre todo, la Nochebuena. Vamos, lo quiero, lo mando; vamos a la iglesia.

Sus deseos se habían cumplido; los concurrentes le subieron en brazos a la tribuna, y comenzó la Misa.

En aquel punto sonaban las doce en el reloj de la catedral.

Pasó el Introito y el Evangelio y el Ofertorio, y llegó el instante solemne en que el sacerdote, después de haberla consagrado, toma con la extremidad de sus dedos la Sagrada Forma y comienza a elevarla.

Una nube de incienso que se desenvolvía en ondas azuladas llenó el ámbito de la iglesia; las campanillas repicaron con un sonido vibrante, y maese Pérez puso sus crispadas manos sobre las teclas del órgano

Las cien voces de sus tubos de metal resonaron en un acorde majestuoso y prolongado que se perdió poco a poco, como si una ráfaga de aire hubiese arrebatado sus últimos ecos.

A este primer acorde que parecía una voz que se elevaba desde la tierra al cielo, respondió otro lejano y suave que fue creciendo, hasta convertirse en un torrente de atronadora armonía.

Era la voz de los ángeles que, atravesando los espacios, llegaba al mundo.

Después comenzaron a oírse como unos himnos distantes que entonaban las jerarquías de serafines; mil himnos a la vez, era no más el acompañamiento de una extraña melodía que parecía flotar sobre aquel océano de misteriosos ecos, como un jirón de niebla sobre las olas del mar.

Luego fueron perdiéndose unos cantos, después otros; la combinación se simplificaba. Ya no eran más que dos voces, cuyos ecos se confundían entre sí; luego quedó una aislada, sosteniendo una nota brillante como un hilo de luz... El sacerdote inclinó la frente, y por encima de su cabeza cana y como a través de una gasa azul que fingía el humo del incienso apareció la Hostia a los ojos de los fieles. En aquel instante la nota que maese Pérez sostenía trinando, se abrió, y una explosión de armonía gigante estremeció la iglesia, en cuyos ángulos zumbaba el aire comprimido, y cuyos vidrios de colores se estremecían en sus angostos ajimeces.

De cada una de las notas que formaban aquel magnífico acorde, se desarrolló un tema; y unos cerca, otros lejos, éstos brillantes, aquéllos sordos, diríase que las aguas y los pájaros, las brisas y las frondas, los hombres y los ángeles, la tierra y los cielos, cantaban cada cual en su idioma un himno al nacimiento del Salvador.

La multitud escuchaba atónita y suspendida. En todos los ojos había una lágrima, en todos los espíritus un profundo reconocimiento.

El sacerdote que oficiaba sentía temblar sus manos, porque Aquél que levantaba en ellas, Aquél a quien saludaban hombres y

arcángeles era su Dios, y le parecía haber visto abrirse los cielos y transfigurarse la Hostia.

El órgano proseguía sonando; pero sus voces se apagaban gradualmente, como una voz que se pierde en eco y se aleja y se debilita al alejarse, cuando de pronto sonó un grito en la tribuna, un grito desgarrador, agudo, un grito de mujer.

El órgano exhaló un sonido discorde y extraño, semejante a un sollozo, y quedó mudo.

La multitud se agolpó a la escalera de la tribuna, hacia la que arrancados de su éxtasis religioso, volvieron la mirada con ansiedad todos los fieles.

—¿Qué ha sucedido? ¿Qué pasa? —se decían unos a otros, y nadie sabía responder, y todos se empeñaban en adivinarlo, y crecía la confusión, el alboroto comenzaba a subir de punto amenazando turbar el orden y el recogimiento propios de la iglesia.

—¿Qué ha sido eso? —preguntaban las damas al asistente, que, precedido de los ministriles, fue uno de los primeros en subir a la tribuna, y que pálido y con muestras de profundo pesar se dirigía al puesto en donde le esperaba el arzobispo, ansioso, como todos, por saber la causa de aquel desorden.

—¿Qué hay?

—Que maese Pérez acaba de morir.

En efecto, cuando los primeros fieles, después de atropellarse por la escalera, llegaron a la tribuna, vieron al pobre organista caído de boca sobre las teclas de su viejo instrumento, que aún vibraba sordamente, mientras su hija, arrodillada a sus pies, le llamaba en vano entre suspiros y sollozos.

III

—Buenas noches, mi señora doña Baltasara, ¿también usarced viene esta noche a la Misa del Gallo? Por mi parte tenía hecha la intención de irla a oír a la parroquia, pero lo que sucede... ¿Dónde va Vicente?, donde la gente. Y eso que, si he de decir la verdad, desde que murió maese Pérez, parece que me echan una losa sobre el corazón cuando entro en Santa Inés... ¡Pobrecito! Yo de mí sé decir que conservo un pedazo de su jubón como una reliquia, y lo merece..., pues, en Dios y en mi ánima, que si el señor arzobispo tomara mano en ello es seguro que nuestros nietos le veían en los altares. Mas, ¡cómo ha de ser...! A muertos y a idos, no hay amigos... Ahora lo que priva es la novedad..., ya me entiende usarced. ¡Qué! ¿No sabe nada de lo que pasa? Verdad que nosotras nos parecemos en eso: de nuestra casita a la iglesia, y de la iglesia a nuestra casita, sin

cuidarnos de lo que se dice o déjase de decir...; sólo que yo, así... al vuelo..., una palabra de acá, otra de acullá..., sin ganas de enterarme siquiera, suelo estar al corriente de algunas novedades... Pues, sí, señor, parece cosa hecha que el organista de San Román, aquel bisojo que siempre está echando pestes de los otros organistas; aquel perdularote, que más parece jifero de la Puerta de la Carne que maestro de solfa, va a tocar esta Nochebuena en lugar de maese Pérez. Ya sabrá usarced, porque esto lo ha sabido todo el mundo y es cosa pública en Sevilla, que nadie quería comprometerse a hacerlo. Ni aun su hija, que es profesora y después de la muerte de su padre entró en el convento de novicia. Y era natural: acostumbrados a oír aquellas maravillas, cualquiera otra cosa había de parecernos mala, por más que quisieran evitarse las comparaciones. Pues cuando ya la comunidad había decidido que, en honor del difunto y como muestra de respeto a su memoria, permanecería callado el órgano en esta noche, hete aquí que se presenta nuestro hombre diciendo que él se atreve a tocarlo... No hay nada más atrevido que la ignorancia... Cierto que la culpa no es suya, sino de los que le consienten esta profanación..., pero así va el mundo..., y dijo... No es cosa la gente que acude..., cualquiera diría que nada ha cambiado desde un año a otro. Los mismos personajes, el mismo lujo, los mismos empellones en la puerta, la misma animación en el atrio, la misma multitud en el templo... ¡Ay, si levantara la cabeza el muerto! Se volvía a morir por no oír su órgano tocado por manos semejantes. Lo que tiene que, si es verdad lo que me han dicho las gentes del barrio, le preparan una buena al intruso. Cuando llegue el momento de poner la mano sobre las teclas, va a comenzar una algarabía de sonajas, panderos y zambombas que no haya más que oír... Pero, ¡calle!, ya entra en la iglesia el héroe de la función. ¡Jesús, qué ropilla de colorines, qué gorguera de canutos, qué aire de personaje! Vamos, vamos, que ya hace rato que llegó el arzobispo y va a comenzar la Misa...; vamos, que me parece que esta noche va a darnos que contar para muchos días.

Esto diciendo la buena mujer, que ya conocen nuestros lectores por sus exabruptos de locuacidad, penetró en Santa Inés, abriéndose, según costumbre, un camino entre la multitud a fuerza de empellones y codazos.

Ya se había dado principio a la ceremonia.

El templo estaba tan brillante como el año anterior.

El nuevo organista, después de atravesar por en medio de los fieles que ocupaban las naves para ir a besar el anillo del prelado, había

subido a la tribuna, donde tocaba unos tras otros los registros del órgano, con una gravedad tan afectada como ridícula.

Entre la gente menuda que se apiñaba a los pies de la iglesia se oía un rumor sordo y confuso, cierto presagio de que la tempestad comenzaba a fraguarse y no tardaría mucho en dejarse sentir.

—Es un truhán, que por no hacer nada bien, ni aun mira a derechas —decían los unos.

—Es un ignorantón que, después de haber puesto el órgano de su parroquia peor que una carraca, viene a profanar el de maese Pérez —decían los otros.

Y mientras éste se desembarazaba del capote para prepararse a darle de firme a su pandero, y aquél apercibía sus sonajas, y todos se disponían a hacer bulla a más y mejor, sólo alguno que otro se aventuraba a defender tibiamente al extraño personaje, cuyo porte orgulloso y pedantesco hacía tan notable contraposición con la modesta apariencia y la afable bondad del difunto maese Pérez.

Al fin llegó el esperado momento, el momento solemne en que el sacerdote, despues de inclinarse y murmurar algunas palabras santas, tomó la Hostia en sus manos... Las campanillas repicaron, semejando un repique una lluvia de notas de cristal: se elevaron las diáfanas ondas de incienso, y sonó el órgano.

Una estruendosa algarabía llenó los ámbitos de la iglesia en aquel instante y ahogó el primer acorde.

Zampoñas, gaitas, sonajas, panderos, todos los instrumentos del populacho alzaron sus discordantes voces a la vez; pero la confusión y el estrépito sólo duró algunos segundos. Todos a la vez, como habían comenzado, enmudecieron de pronto.

El segundo acorde, amplio, valiente, magnífico, se sostenía aún brotando de los tubos de metal del órgano, como una cascada de armonía inagotable y sonora.

Cantos celestes como los que acarician los oídos en los momentos de éxtasis, cantos que percibe el espíritu y no los puede repetir el labio; notas sueltas de una melodía lejana, que suenan a intervalos traídas en las ráfagas del viento; rumor de hojas que se besan en los árboles con un murmullo semejante al de la lluvia; trinos de alondras que se levantan gorjeando de entre las flores como una saeta despedida a las nubes; estruendo sin nombre, imponentes como los rugidos de una tempestad; coros de serafines sin ritmo ni cadencia, ignota música del cielo que sólo la imaginación comprende; himnos alados, que parecían remontarse al trono del Señor como una tromba de luz y de sonidos..., todo lo expresaban las cien voces del

órgano, con más pujanza, con más misteriosa poesía, con más fantástico color que lo habían expresado nunca.

..

Cuando el organista bajó de la tribuna, la muchedumbre que se agolpó en la escalera fue tanta, y tanto su afán por verle y admirarle, que el asistente, temiendo, no sin razón, que lo ahogaran entre todos, mandó a algunos de sus ministriles para que, vara en mano, le fueran abriendo camino hasta llegar al altar mayor donde el prelado le esperaba.

—¡Ya veis —le dijo este último cuando le trajeron a su presencia— vengo desde mi palacio aquí sólo para escucharos! ¿Seréis tan cruel como maese Pérez, que nunca quiso excusarme el viaje, tocando la Nochebuena en la Misa de la catedral?

—El año que viene —respondió el organista— prometo daros gusto, pues por todo el oro de la tierra no volvería a tocar ese órgano.

—¿Y por qué? —interrumpió el prelado.

—Porque... —añadió el organista, procurando dominar la emoción que se revelaba en la palidez de su rostro—; porque es viejo y malo, y no puede expresar todo lo que se quiere.

El arzobispo se retiró, seguido de sus familiares. Unas tras otras, las literas de los señores fueron desfilando y perdiéndose en las revueltas de las calles vecinas; los grupos del atrio se disolvieron, dispersándose los fieles en distintas direcciones, y ya la demandadera se disponía a cerrar las puertas de la entrada del atrio, cuando se divisaban aún dos mujeres, que, después de persignarse y murmurar una oración ante el retablo del arco de San Felipe, prosiguieron su camino, internándose en el callejón de las Dueñas.

—¿Qué quiere usarced, mi señora doña Baltasara? —decía la una—, yo soy de este genial. Cada loco con su tema... Me lo habían de asegurar capuchinos descalzos y no lo creería del todo... Ese hombre no puede haber tocado lo que acabamos de escuchar... Si yo le he oído mil veces en San Bartolomé, que era su parroquia, y de donde tuvo que echarle el señor cura por malo, y era cosa de taparse los oídos con algodones... Y luego, si no hay más que mirarle el rostro, que según dicen, es el espejo del alma... Yo me acuerdo, pobrecito, como si lo estuviera viendo, me acuerdo de la cara de maese Pérez, cuando en semejante noche como ésta bajaba de la tribuna, después de haber suspendido al auditorio con sus primores... ¡Qué sonrisa tan bondadosa, qué color tan animado...! Era viejo y parecía

un ángel..., no que éste que ha bajado las escaleras a trompicones, como si le ladrase un perro en la meseta, y con un color de difunto y unas... Vamos, mi señora doña Baltasara, créame usarced y créame con todas veras... yo sospecho que aquí hay busilis...

Comentando las últimas palabras las dos mujeres doblaban la esquina del callejón y desaparecían.

Creemos inútil decir a nuestros lectores quién era una de ellas.

IV

Había transcurrido un año más. La abadesa del convento de Santa Inés y la hija de maese Pérez hablaban en voz baja, medio ocultas entre las sombras del coro de la iglesia. El esquilón llamaba a voz herida a los fieles desde la torre, y alguna que otra rara persona atravesaba el atrio, silencioso y desierto esta vez, y después de tomar el agua bendita en la puerta, escogía un puesto en un rincón de las naves, donde unos cuantos vecinos del barrio esperaban tranquilamente que comenzara la Misa del Gallo.

—Ya lo veis —decía la superiora—, vuestro temor es sobremanera pueril; nadie hay en el templo, toda Sevilla acude en tropel a la catedral esta noche. Tocad vos el órgano y tocadle sin desconfianza de ninguna clase; estaremos en comunidad... Pero, ¿proseguís callando, sin que cesen vuestros suspiros? ¿Qué os pasa? ¿Qué tenéis?

—Tengo... miedo —exclamó la joven con un acento profundamente conmovido.

—¡Miedo! ¿De qué?

—No sé..., de una cosa sobrenatural... Anoche, mirad, yo os había oído decir que teníais empeño en que tocase el órgano en la misa, y ufana con esta distinción pensé arreglar sus registros y templarle, a fin de que hoy os sorprendiese... Vine al coro..., sola..., abrí la puerta que conduce a la tribuna... En el reloj de la catedral sonaba en aquel momento una hora..., no sé cuál... Pero las campanas eran tristísimas y muchas..., muchas..., estuvieron sonando todo el tiempo que yo permanecí como clavada en el dintel, y aquel tiempo me pareció un siglo. La iglesia estaba desierta y oscura... Allá lejos, en el fondo, brillaba como una estrella, perdida en el cielo de la noche, una luz moribunda..., la luz de la lámpara que arde en el altar mayor... A sus reflejos debilísimos, que sólo contribuían a hacer más visible todo el profundo horror de las sombras, vi..., le vi, madre, no lo dudéis, vi a un hombre que en silencio y vuelto de espaldas hacia el sitio en que yo estaba recorría con una mano las teclas del órgano, mientras tocaba con la otra sus registros..., y el

órgano sonaba; pero sonaba de una manera indescriptible. Cada una de sus notas parecía un sollozo ahogado dentro del tubo de metal que vibraba con el aire comprimido en su hueco, y reproducía el tono sordo, casi imperceptible, pero justo. Y el reloj de la catedral continuaba dando la hora, y el hombre aquel proseguía recorriendo las teclas. Yo oía hasta su respiración. El horror había helado la sangre de mis venas; sentía en mi cuerpo como un frío glacial y en mis sienes fuego... Entonces quise gritar, pero no pude. El hombre aquel había vuelto la cara y me había mirado..., digo mal, no me había mirado, porque era ciego... ¡Era mi padre!

—¡Bah!, hermana, desechad esas fantasías con que el enemigo malo procura turbar las imaginaciones débiles... Rezad un paternóster y un avemaría al arcángel San Miguel, jefe de las milicias celestiales, para que os asista contra los malos espíritus. Llevad al cuello un escapulario tocado en la reliquia de San Pacomio, abogado contra las tentaciones, y marchad a ocupar la tribuna del órgano; la Misa va a comenzar, y ya esperan con impaciencia los fieles... Vuestro padre está en el cielo, y desde allí, antes que daros sustos, bajará a inspirar a su hija en esta ceremonia solemne, para el objeto de tan especial devoción.

La priora fue a ocupar su sillón en el coro en medio de la Comunidad. La hija de maese Pérez abrió con mano temblorosa la puerta de la tribuna para sentarse en el banquillo del órgano, y comenzó la Misa.

Comenzó la Misa y prosiguió sin que ocurriese nada de notable hasta que llegó la consagración. En aquel momento sonó el órgano y al mismo tiempo que el órgano un grito de la hija de maese Pérez...

La superiora, las monjas y algunos de los fieles corrieron a la tribuna.

—¡Miradle! ¡Miradle! —decía la joven, fijando sus desencajados ojos en el banquillo, de donde se había levantado asombrada para agarrarse con sus manos convulsas al barandal de la tribuna.

Todo el mundo fijó sus miradas en aquel punto. El órgano estaba solo, y, no obstante, el órgano seguía sonando..., sonando como sólo los arcángeles podrían imitarlo en sus raptos de místico alborozo.

* * *

—¡No os lo dije yo una y mil veces, mi señora doña Baltasara, no os lo dije yo...! ¡Aquí hay busilis! Oídlo, que, ¿no estuvisteis anoche en la Misa del Gallo? Pero, en fin, ya sabréis lo que pasó. En toda Sevilla no se habla de otra cosa... El señor arzobispo está

hecho, y con razón, una furia... Haber dejado de asistir a Santa Inés;
no haber podido presenciar el portento..., y, ¿para qué?, para oír una
cencerrada; porque personas que lo oyeron dicen que lo que hizo el
dichoso organista de San Bartolomé en la catedral no fue otra cosa...
Si lo decía yo. Eso no puede haberlo tocado el bisojo, mentira...,
aquí hay busilis, y el busilis era, en efecto, el alma de maese Pérez.

LOS OJOS VERDES

Hace mucho tiempo que tenía ganas de escribir cualquier cosa con este título.

Hoy, que se me ha presentado la ocasión, lo he puesto con letras grandes en la primera cuartilla de papel, y luego he dejado a capricho volar la pluma.

Yo creo que he visto unos ojos como los que he pintado en esta leyenda. No sé si en sueños, pero yo los he visto. De seguro no los podré describir tales cuales ellos eran: luminosos, transparentes como las gotas de la lluvia que se resbalan sobre las hojas de los árboles después de una tempestad de verano. De todos modos cuento con la imaginación de mis lectores para hacerme comprender en este que pudiéramos llamar boceto de un cuadro que pintaré algún día.

I

—Herido va el ciervo..., herido va; no hay duda. Se ve el rastro de la sangre entre las zarzas del monte, y al saltar uno de esos lentiscos han flaqueado sus piernas... Nuestro joven señor comienza por donde otros acaban..., en cuarenta años de montero no he visto mejor golpe... Pero, ¡por San Saturio, patrón de Soria!, cortadle el paso por esas carrascas, azuzad los perros, soplad en esas trompas hasta echar los hígados, y hundidles a los corceles una cuarta de hierro en los ijares: ¿no veis que se dirige hacia la fuente de los álamos, y si la salva antes de morir podemos darle por perdido?

Las cuencas del Moncayo repitieron de eco en eco el bramido de las trompas, el latir de la jauría desencadenada, y las voces de los pajes resonaron con nueva furia, y el confuso tropel de hombres, caballos y perros, se dirigió al punto que Íñigo, el montero mayor de los marqueses de Almenar, señalara como el más a propósito para cortarle el paso a la res.

Pero todo fue inútil. Cuando el más ágil de los lebreles, llegó a las carrascas jadeante y cubiertas las fauces de espuma, ya el ciervo, rápido como una saeta, las había salvado de un solo brinco, per-

diéndose entre los matorrales de una trocha que conducía a la fuente.

—¡Alto...! ¡Alto todo el mundo! —gritó Íñigo entonces—. Estaba de Dios que había de marcharse.

Y la cabalgata se detuvo y enmudecieron las trompas, y los lebreles dejaron refunfuñando la pista a la voz de los cazadores.

En aquel momento se reunía a la comitiva el héroe de la fiesta, Fernando de Argensola, el primogénito de Almenar.

—¿Qué haces? —exclamó, dirigiéndose a su montero, y en tanto, ya se pintaba el asombro en sus facciones, ya ardía la cólera en sus ojos—. ¿Qué haces, imbécil? ¡Ves que la pieza está herida, que es la primera que cae en mi mano, y abandonas el rastro y la dejas perder para que vaya a morir en el fondo del bosque! ¿Crees acaso que he venido a matar ciervos para festines de lobos?

—Señor —murmuró Íñigo entre dientes—, es imposible pasar de este punto.

—¡Imposible! ¿Y por qué?

—Porque esa trocha —prosiguió el montero— conduce a la fuente de los Álamos; la fuente de los Álamos, en cuyas aguas habita un espíritu del mal. El que osa enturbiar su corriente paga caro su atrevimiento. Ya la res habrá salvado sus márgenes; ¿cómo la salvaréis vos sin atraer sobre vuestra cabeza alguna calamidad horrible? Los cazadores somos reyes del Moncayo, pero reyes que pagan un tributo. Pieza que se refugia en esa fuente misteriosa, pieza perdida.

—¡Pieza perdida! Primero perderé yo el señorío de mis padres, y primero perderé el ánima en manos de Satanás, que permitir que se me escape ese ciervo, el único que ha herido mi venablo, la primicia de mis excursiones de cazador... ¿Lo ves? Aún se distingue a intervalos desde aquí..., las piernas le faltan, su carrera se acorta; déjame..., déjame..., suelta esa brida o te revuelco en el polvo... ¿Quién sabe si no le daré lugar para que llegue a la fuente? Y si llegase, al diablo ello, su limpidez y sus habitadores. ¡Sus, Relámpago!, ¡sus, caballo mío!, si lo alcanzas mando engarzar los diamantes de mi joyal en tu serreta de oro.

Caballo y jinete partieron como un huracán.

Íñigo los siguió con la vista hasta que se perdieron en la maleza; después volvió los ojos en derredor suyo: todos como él permanecían inmóviles y consternados.

El montero exclamó al fin:

—Señores, vosotros lo habéis visto; me he expuesto a morir entre los pies de su caballo por detenerle. Yo he cumplido con mi deber. Con el diablo no sirven valentías. Hasta aquí llega el montero

con su ballesta; de aquí en adelante que pruebe a pasar el capellán con su hisopo.

II

—Tenéis el color quebrado, andáis mustio y sombrío, ¿qué os sucede? Desde el día, que yo siempre tendré por funesto, en que llegasteis a la fuente de los Álamos en pos de la res herida, diríase que una mala bruja os ha encanijado con sus hechizos.

Ya no vais a los montes precedido por la ruidosa jauría, ni el clamor de vuestras trompetas despierta sus ecos. Solo, con esas cavilaciones que os persiguen, todas las mañanas tomáis la ballesta para enderezaros a la espesura y permanecer en ella hasta que el sol se esconde. Y cuando la noche oscurece y volvéis pálido y fatigado al castillo, en balde busco en la bandolera los despojos de la caza. ¿Qué os ocupa tan largas horas lejos de los que más os quieren?

Mientras Íñigo hablaba, Fernando, absorto en sus ideas, sacaba maquinalmente astillas de su escaño de ébano con el cuchillo de monte.

Después de un largo silencio, que sólo interrumpía el chirrido de la hoja al resbalar sobre la pulimentada madera, el joven exclamó dirigiéndose a su servidor, como si no hubiera escuchado una sola de sus palabras:

—Íñigo, tú que eres viejo, tú que conoces todas las guaridas del Moncayo, que has vivido en sus faldas persiguiendo a las fieras, y en tus errantes excursiones de cazador subiste más de una vez a su cumbre, dime: ¿has encontrado por acaso una mujer que vive entre sus rocas?

—¡Una mujer! —exclamó el montero con asombro y mirándole de hito en hito.

—Sí —dijo el joven—; es una cosa extraña lo que me sucede, muy extraña... Creí poder guardar ese secreto eternamente, pero ya no es posible; rebosa en mi corazón y asoma a mi semblante. Voy, pues, a revelártelo... Tú me ayudarás a desvanecer el misterio que envuelve a esa criatura, que, al parecer, sólo para mí existe, pues nadie la conoce, ni la ha visto, ni puede darme razón de ella.

El montero, sin despegar los labios, arrastró su banquillo hasta colocarle junto al escaño de su señor, del que no apartaba un punto los espantados ojos. Éste, después de coordinar sus ideas, prosiguió así:

—Desde el día en que, a pesar de tus funestas predicciones, llegué a la fuente de los Álamos y, atravesando sus aguas, recobré el ciervo que vuestra superstición hubiera dejado huir, se llenó mi alma

del deseo de la soledad. Tú conoces aquel sitio. Mira, la fuente brota escondida en el seno de una peña, y cae resbalándose gota a gota por entre las verdes y flotantes hojas de las plantas que crecen al borde de su cuna. Aquellas gotas que al desprenderse brillan como puntos de oro y suenan como las notas de un instrumento, se reúnen entre los céspedes, y susurrando, con un ruido semejante al de las abejas que zumban en torno de las flores, se alejan por entre las arenas, y forman un cauce, y luchan contra los obstáculos que se oponen a su camino, y se repliegan sobre sí mismas, y saltan, y huyen, y corren, unas veces con risa, otras con suspiros, hasta caer en un lago. En el lago caen con un rumor indescriptible. Lamentos, palabras, nombres, cantares, yo no sé lo que he oído en aquel rumor cuando me he sentado solo y febril sobre el peñasco, a cuyos pies saltan las aguas de la fuente misteriosa para estancarse en una balsa profunda, cuya inmóvil superficie apenas riza el viento de la tarde. Todo allí es grande. La soledad, con sus mil rumores desconocidos, vive en aquellos lugares y embriaga el espíritu en su inefable melancolía. En las plateadas hojas de los álamos, en los huecos de las peñas, en las ondas del agua, parece que nos hablan los invisibles espíritus de la Naturaleza, que reconocen un hermano en el inmortal espíritu del hombre. Cuando, al despuntar la mañana, me veías tomar la ballesta y dirigirme al monte, no fue nunca para perderme entre sus matorrales en pos de la caza, no; iba a sentarme al borde de la fuente, buscar en sus ondas... no sé qué, ¡una locura! El día en que salté sobre ella con mi Relámpago, creí haber visto brillar en su fondo una cosa extraña..., muy extraña..., los ojos de una mujer. Tal vez sería un rayo de sol que serpeó fugitivo entre su espuma; tal vez una de esas flores que flotan entre las algas de su seno, y cuyos cálices parecen esmeraldas..., no sé: yo creí ver una mirada que se clavó en la mía, una mirada que encendió en mi pecho un deseo absurdo irrealizable: el de encontrar una persona con unos ojos como aquéllos. En su busca fui un día y otro a aquel sitio. Por último, una tarde... yo me creí juguete de un sueño..., pero no, es verdad; la he hablado ya muchas veces, como te hablo a ti ahora...; una tarde encontré sentada en mi puesto, y vestida con unas ropas que llegaban hasta las aguas y flotaban sobre su haz, una mujer hermosa sobre toda ponderación. Sus cabellos eran como el oro, sus pestañas brillaban como hilos de luz, y entre las pestañas volteaban inquietas unas pupilas que yo había visto..., sí; porque los ojos de aquella mujer eran los ojos que yo tenía clavados en la mente; unos ojos de un color imposible, unos ojos...

—¡Verdes! —exclamó Íñigo con un acento de profundo terror e incorporándose de un salto en su asiento.

Fernando le miró a su vez como asombrado de que concluyese lo que iba a decir, y le preguntó con una mezcla de ansiedad y de alegría:

—¿La conoces?

—¡Oh, no! —dijo el montero—. ¡Líbreme Dios de conocerla! Pero mis padres, al prohibirme llegar hasta esos lugares, me dijeron mil veces que el espíritu, trasgo, demonio o mujer que habita en sus aguas, tiene los ojos de ese color. Yo os conjuro, por lo que más améis en la tierra, a no volver a la fuente de los Álamos. Un día u otro os alcanzará su venganza, y expiaréis muriendo el delito de haber encenegado sus ondas.

—¡Por lo que más amo...! —murmuró el joven con una triste sonrisa.

—Sí —prosiguió el anciano—; por vuestros padres, por vuestros deudos, por las lágrimas de la que el cielo destina para vuestra esposa, por las de un servidor que os ha visto nacer...

—¿Sabes tú lo que más amo en este mundo? ¿Sabes tú por qué daría yo el amor de mi padre, los besos de la que me dio la vida, y todo el cariño que puedan atesorar todas las mujeres de la tierra? Por una mirada, por una sola mirada de esos ojos... ¡Cómo podré yo dejar de buscarlos!

Dijo Fernando estas palabras con tal acento, que la lágrima que temblaba en los párpados de Íñigo se resbaló silenciosa por su mejilla, mientras exclamaba con acento sombrío:

—¡Cúmplase la voluntad del cielo!

III

—¿Quién eres tú? ¿Cuál es tu patria? ¿En dónde habitas? Yo vengo un día y otro en tu busca, y ni veo el corcel que te trae a estos lugares, ni a los servidores que conducen tu litera. Rompe de una vez el misterioso velo en que te envuelves como en una noche profunda. Yo te amo y, noble o villana, seré tuyo, tuyo siempre.

El sol había traspuesto la cumbre del monte, las sombras bajaban a grandes pasos por su falda; la brisa gemía entre los álamos de la fuente, y la niebla, elevándose poco a poco de la superficie del lago, comenzaba a envolver las rocas de su margen.

Sobre una de estas rocas, sobre una que parecía próxima a desplomarse en el fondo de las aguas, en cuya superficie se retrataba, temblando, el primogénito de Almenar, de rodillas a los pies de su

misteriosa amante, procuraba en vano arrancarle el secreto de su existencia.

Ella era hermosa, hermosa y pálida, como una estatua de alabastro. Uno de sus rizos caía sobre sus hombros, deslizándose entre los pliegues del velo, como un rayo de sol que atraviesa las nubes, y en el cerco de sus pestañas rubias brillaban sus pupilas, como dos esmeraldas sujetas en una joya de oro.

Cuando el joven acabó de hablarle, sus labios se removieron como para pronunciar algunas palabras; pero sólo exhalaron un suspiro, un suspiro débil, doliente, como el de la ligera onda que empuja una brisa al morir entre juncos.

—¡No me respondes! —exclamó Fernando, al ver burlada su esperanza—; ¿querrás que dé crédito a lo que de ti me han dicho? ¡Oh, no...! Háblame; yo quiero saber si me amas; yo quiero saber si puedo amarte, si eres una mujer...

—O un demonio... ¿Y si lo fuese?

El joven vaciló un instante; un sudor frío corrió por sus miembros; sus pupilas se dilataron al fijarse con más intensidad en las de aquella mujer, y fascinado por su brillo fosfórico, demente casi, exclamó en un arrebato de amor:

—Si lo fueses... te amaría..., te amaría, como te amo ahora, como es mi destino amarte, hasta más allá de esta vida, si hay algo más allá de ella.

—Fernando —dijo la hermosa entonces con una voz semejante a una música—: yo te amo más aún que tú me amas; yo que desciendo hasta un mortal, siendo un espíritu puro. No soy una mujer como las que existen en la tierra; soy una mujer digna de ti, que eres superior a los demás hombres. Yo vivo en el fondo de estas aguas; incorpórea como ellas, fugaz y transparente, hablo con sus rumores y ondulo con sus pliegues. Yo no castigo al que osa turbar la fuente donde moro; antes le premio con mi amor, como a un mortal superior a las supersticiones del vulgo, como a un amante capaz de comprender mi cariño extraño y misterioso.

Mientras ella hablaba así, el joven, absorto en la contemplación de su fantástica hermosura, atraído como por una fuerza desconocida, se aproximaba más y más al borde de la roca. La mujer de los ojos verdes prosiguió así:

—¿Ves, ves el límpido fondo de ese lago, ves esas plantas de largas y verdes hojas que se agitan en su fondo...? Ellas nos darán un lecho de esmeraldas y corales..., y yo..., yo te daré una felicidad sin nombre, esa felicidad que has soñado en tus horas de delirio, y que no puede ofrecerte nadie... Ven; la niebla del lago flota sobre nues-

tras frentes como un pabellón de lino..., las ondas nos llaman con sus voces incomprensibles, el viento empieza entre los álamos sus himnos de amor; ven..., ven...

La noche comenzaba a extender sus sombras, la luna rielaba en la superficie del lago, la niebla se arremolinaba al soplo del aire, y los ojos verdes brillaban en la oscuridad como los fuegos fatuos que corren sobre el haz de las aguas infectadas... Ven..., ven... Estas palabras zumbaban en los oídos de Fernando como un conjuro. Ven...; y la mujer misteriosa le llamaba al borde del abismo donde estaba suspendida, y parecía ofrecerle un beso..., un beso...

Fernando dio un paso hacia ella..., otro..., y sintió unos brazos delgados y flexibles que se liaban a su cuello, y una sensación fría en sus labios ardorosos, un beso de nieve..., y vaciló..., y perdió pie, y cayó al agua con un rumor sordo y lúgubre.

Las aguas saltaron en chispas de luz, y se cerraron sobre su cuerpo, y sus círculos de plata fueron ensanchándose, ensanchándose hasta expirar en las orillas.

LA AJORCA DE ORO

I

Ella era hermosa, hermosa con esa hermosura que inspira vértigo: hermosa con esa hermosura que no se parece en nada a la que soñamos en los ángeles y que, sin embargo, es sobrenatura; hermosura diabólica, que tal vez presta el demonio a algunos seres para hacerlos sus instrumentos en la tierra.

Él la amaba; la amaba con ese amor que no conoce freno ni límites; la amaba con ese amor en que se busca un goce y sólo se encuentran martirios; amor que se semeja a la felicidad, y que, no obstante, parece infundir el cielo para la expiación de una culpa.

Ella era caprichosa, caprichosa y extravagante, como todas las mujeres del mundo.

Él, supersticioso, supersticioso y valiente, como todos los hombres de su época.

Ella se llamaba María Antúnez.

Él, Pedro Alfonso de Orellana.

Los dos eran toledanos, y los dos vivían en la misma ciudad que les vio nacer.

La tradición que refiere esta maravillosa historia, acaecida hace muchos años, no dice nada más acerca de los personajes que fueron sus héroes.

Yo, en mi calidad de cronista verídico, no añadiré ni una sola palabra de mi cosecha para caracterizarlos mejor.

II

Él la encontró un día llorando y le preguntó:

—¿Por qué lloras?

Ella se enjugó los ojos, le miró fijamente, arrojó un suspiro y volvió a llorar.

Pedro, entonces, acercándose a María, la tomó de la mano, apoyó el codo en el pretil árabe desde donde la hermosa miraba pasar la corriente del río, y tornó a decirle:

—¿Por qué lloras?

El Tajo se retorcía gimiendo al pie del mirador entre las rocas sobre que se asienta la ciudad imperial. El sol trasponía los montes vecinos, la niebla de la tarde flotaba como un velo de gasa azul, y sólo el monótono ruido del agua interrumpía el alto silencio.

María exclamó:

—No me preguntes por qué lloro, no me lo preguntes: pues ni yo sabré contestarte, ni tú comprenderme. Hay deseos que se ahogan en nuestra alma de mujer, sin que los revele más que un suspiro; ideas locas que cruzan por nuestra imaginación, sin que ose formularlas el labio; fenómenos incomprensibles de nuestra naturaleza misteriosa, que el hombre no puede ni aun concebir. Te lo ruego, no me preguntes la causa de mi dolor: si te la revelase, acaso te arrancaría una carcajada.

Cuando estas palabras expiraron, ella tornó a inclinar la frente y él a reiterar sus preguntas.

La hermosa, rompiendo al fin su obstinado silencio, dijo a su amante con voz sorda y entrecortada.

—Tú lo quieres; es una locura que te hará reír, pero no importa: te lo diré, puesto que lo deseas. Ayer estuve en el templo. Se celebraba la fiesta de la Virgen; su imagen, colocada en el altar mayor sobre un escabel de oro, resplandecía como una ascua de fuego; las notas del órgano temblaban, dilatándose de eco en eco por el ámbito de la iglesia, y en el coro los sacerdotes entonaban el Salve Regina. Yo rezaba, rezaba absorta en mis pensamientos religiosos, cuando maquinalmente levanté la cabeza y mi vista se dirigió al altar. No sé por qué mis ojos se fijaron desde luego en la imagen; dijo mal, en la imagen, no: se fijaron en un objeto que hasta entonces no había visto, un objeto que, sin poder explicármelo, llamaba sobre sí toda mi atención. No te rías..., aquel objeto era la ajorca de oro que tiene la Madre de Dios en uno de los brazos en que descansa su divino Hijo... Yo aparté la vista y torné a rezar. ¡Imposible! Mis ojos se volvían involuntariamente al mismo punto. Las luces del altar, reflejándose en las mil facetas de sus diamantes, se reproducían de una manera prodigiosa. Millones de chispas de luz rojas y azules, verdes y amarillas, volteaban alrededor de las piedras como un torbellino de átomos de fuego, como una vertiginosa ronda de esos espíritus de llamas que fascinan con su brillo y su increíble inquietud... Salí del templo, vine a casa, pero vine con aquella idea fija en la imaginación. Me acosté para dormir, no pude... Pasó la noche, eterna, con aquel pensamiento. Al amanecer se cerraron mis párpados, y ¿lo creerás?, aun en el sueño veía cruzar, perderse y tornar de nuevo una mujer, una mujer morena y hermosa, que llevaba la joya de oro y de pedre-

ría, una mujer, sí, porque ya no era la Virgen que yo adoro y ante quien me humillo; era una mujer, otra mujer como yo, que me miraba y se reía mofándose de mí. «¿La ves? —parecía decirme, mostrándome la joya—. ¡Cómo brilla! Parece un círculo de estrellas arrancadas del cielo de una noche de verano. ¿La ves? Pues no es tuya, no lo será nunca... Tendrás acaso otras mejores, más ricas si es posible; pero ésta, ésta, que resplandece de un modo tan fantástico, tan fascinador..., nunca..., nunca...» Desperté; pero con la misma idea fija aquí, entonces como ahora semejante a un clavo ardiendo, diabólica, incontrastable, inspirada sin duda por el mismo Satanás... ¿Y qué? Callas, callas y doblas la frente... ¿No te hace reír mi locura?

Pedro, con un movimiento convulsivo, oprimió el puño de su espada, levantó la cabeza, que en efecto había inclinado, y dijo con voz sorda:

—¿Qué Virgen tiene esa presa?

—¡La del Sagrario! —murmuró María.

—¡La del Sagrario! —replicó el joven con acento de terror—. ¡La del Sagrario de la Catedral...! —y en sus facciones se retrató un instante el estado de su alma, espantada en una idea—. ¡Ah!, ¿por qué no la posee otra Virgen? —prosiguió con acento enérgico y apasionado—. ¿Por qué no la tiene el arzobispo en su mitra, el rey en su corona o el diablo entre sus garras? Yo se la arrancaría para ti, aunque me costase la vida o la condenación. Pero a la Virgen del Sagrario, a nuestra Santa Patrona, yo..., yo que he nacido en Toledo, ¡imposible, imposible!

—¡Nunca! —murmuro María con voz casi imperceptible—. ¡Nunca!

Y siguió llorando.

Pedro fijó una mirada estúpida en la corriente del río; en la corriente, que pasaba y pasaba sin cesar ante sus extraviados ojos, quebrándose al pie del mirador entre las rocas sobre que se asienta la ciudad imperial.

III

¡La catedral de Toledo! Figuraos un bosque de gigantes palmeras de granito que al entrelazar sus ramas forman una bóveda colosal y magnífica, bajo la que se guarece y vive, con la vida que le ha presentado el genio, toda una creación de seres imaginarios y reales.

Figuraos un caos incompresible de sombra y luz, en donde se mezclan y confunden con las tinieblas de las naves los rayos de colo-

res de las ojivas; donde lucha y se pierde con la oscuridad del santurario el fulgor de las lámparas.

Figuraos un mundo de piedra, inmenso como el espíritu de nuestra religión, sombrío como sus tradiciones, enigmático como sus parábolas, y todavía no tendréis una idea remota de ese eterno monumento del entusiasmo y la fe de nuestros mayores, sobre el que los siglos han derramado a porfía el tesoro de sus creencias, de su inspiración y de sus artes.

En su seno viven el silencio, la majestad, la poesía del misticismo y un santo horror que defiende sus umbrales contra los pensamientos mundanos y las mezquinas pasiones de la tierra.

La consunción material se alivia respirando el aire puro de las montañas, el ateísmo debe curarse respirando su atmósfera de fe.

Pero si grande, si imponente se presenta la catedral a nuestros ojos a cualquiera hora que se penetra en su recinto misterioso y sagrado, nunca produce una impresión tan profunda como en los días en que despliega todas las galas de su pompa religiosa, en que sus tabernáculos se cubren de oro y pedrería; sus gradas, de alfombras, y sus pilares, de tapices.

Entonces, cuando arden despidiendo un torrente de luz sus mil lámparas de plata; cuando flota en el aire una nube de incienso, y las voces del coro y la armonía de los órganos y las campanas de la torre estremecen el edificio desde sus cimientos más profundos hastas las más altas agujas que lo coronan; entonces es cuando se comprende, al sentirla, la tremenda majestad de Dios que vive en él, y lo anima con su soplo y lo llena con el reflejo de su omnipotencia.

El mismo día en que tuvo lugar la escena que acabamos de referir, se celebraba en la catedral de Toledo el último de la magnífica octava de la Virgen.

La fiesta religiosa había traído a ella una multitud inmensa de fieles, pero ya ésta se había dispersado en todas direcciones, ya se habían apagado las luces de las capillas y del altar mayor, y las colosales puertas del templo habían reclinado sobre sus goznes pare cerrarse detrás del último toledano, cuando de entre las sombras y pálido, tan pálido como la estatua de la tumba en que se apoyó un instante mientras dominaba su emoción, se adelantó un hombre que vino deslizándose con el mayor sigilo hasta la verja del crucero. Allí la claridad de una lámpara permitía distinguir sus facciones.

Era Pedro.

¿Qué había pasado entre los dos amantes para que se aprestara al fin a poner por obra una idea que sólo el concebirla había erizado sus cabellos de horror? Nunca pudo saberse. Pero él estaba allí, y

estaba allí para llevar a cabo su criminal propósito. En su mirada, inquieta, en el temblor de sus rodillas, en el sudor que corría en anchas gotas por su frente, llevaba escrito su pensamiento.

La catedral estaba sola, completamente sola y sumergida en un silencio profundo.

No obstante, de cuando en cuando se percibían como unos rumores confusos: chasquidos de madera tal vez, o murmullos del viento, o, ¿quién sabe?, acaso ilusión de la fantasía, que oye y ve y palpa en su exaltación lo que no existe; pero la verdad era que ya cerca, ya lejos, ora a sus espaldas, ora a su lado mismo, sonaban como sollozos que se comprimen, como roce de telas que se arrastran, como rumor de pasos que van y vienen sin cesar.

Pedro hizo un esfuerzo para seguir en su camino, llegó a la verja y subió la primera grada de la capilla mayor. Alrededor de esta capilla están las tumbas de los reyes, cuyas imágenes de piedra, con la mano en la empuñadura de la espada, parecen velar noche y día por el santuario, a cuya sombra descansan todos por una eternidad.

—¡Adelante! —murmuró en voz baja, y quiso andar y no pudo.

Parecía que sus pies se habían clavado en el pavimento. Bajó los ojos, y sus cabellos se erizaron de horror: el suelo de la capilla lo formaban anchas y oscuras losas sepulcrales.

Por un momento creyó que una mano fría y descarnada le sujetaba en aquel punto con una fuerza invencible. Las moribundas lámparas que brillaban en el fondo de las naves como estrellas perdidas entre las sombras oscilaron a su vista, y oscilaron las estatuas de los sepulcros y las imágenes, del altar y osciló el templo todo con sus arcadas de granito y sus machones de sillería.

—¡Adelante! —volvió a exclamar Pedro como fuera de sí, y se acercó al ara, y trepando por ella subió hasta el escabel de la imagen. Todo a su alrededor se revestía de formas quiméricas y horribles; todo era tinieblas y luz dudosa, más imponente aún que la oscuridad. Sólo la Reina de los cielos, suavemente iluminada por una lámpara de oro, parecía sonreír tranquila, bondadosa y serena en medio de tanto horror.

Sin embargo, aquella sonrisa muda e inmóvil que le tranquilizara un instante concluyó por infundirle temor, un temor más extraño, más profundo que el que hasta entonces había sentido.

Tornó, empero, a dominarse, cerró los ojos para no verla, extendió la mano con un movimiento convulsivo y le arrancó la ajorca de oro, piadosa ofrenda de un santo arzobispo; la ajorca de oro cuyo valor equivalía a una fortuna.

Ya la presa estaba en su poder: sus dedos crispados la oprimían con una fuerza sobrenatural; sólo restaba huir, huir con ella; pero para esto era preciso abrir los ojos, y Pedro tenía miedo de ver, de ver la imagen, de ver los reyes de las sepulturas, los demonios de las cornisas, los endiagos de los capiteles, las fajas de sombras y los rayos de luz que, semejantes a blancos y gigantescos fantasmas, se movían lentamente en el fondo de las naves, pobladas de rumores temerosos y extraños.

Al fin abrió los ojos, tendió una mirada, y un grito agudo se escapó de sus labios.

La catedral estaba llena de estatuas, estatuas que, vestidas con luengos y no vistos ropajes, habían descendido de sus huecos y ocupaban todo el ámbito de la iglesia, y le miraban con sus ojos sin pupila.

Santos, monjas, ángeles, demonios, guerreros, damas, pajes, cenobitas y villanos se codeaban y confundían en las naves y en el altar. A sus pies oficiaban, en presencia de los reyes, de hinojos sobre sus tumbas, los arzobispos de mármol que él había visto otras veces inmóviles sobre sus lechos mortuorios, mientras que arrastrándose por las losas, trepando por los machones, acurrucados en los doseles, suspendidos de las bóvedas, pululaban, como los gusanos de un inmenso cadáver, todo un mundo de reptiles y alimañas de granito, quiméricos, deformes, horrorosos.

Ya no pudo resitir más. Las sienes le latieron con una violencia espantosa; una nube de sangre oscureció sus pupilas; arrojó un segundo grito, un grito desgarrador y sobrehumano, y cayó desvanecido sobre el ara.

Cuando al otro día los dependientes de la iglesia le encontraron al pie del altar, tenía aún la ajorca de oro entre sus manos, y al verlos aproximarse, exclamó con una estridente carcajada:

—¡Suya, suya!

El infeliz estaba loco.

EL CAUDILLO DE LAS MANOS ROJAS

TRADICIÓN INDIA

CANTO PRIMERO

I

Ha desaparecido el sol tras las cimas de Jabwi, y la sombra de esta montaña envuelve con un velo de crespón la perla de las ciudades de Osira, a la gentil Kattak, que duerme a sus pies, entre los bosques de canela y sicomoros, semejante a una paloma que descansa sobre un nido de flores.

II

El día que muere y la noche que nace, luchan un momento, mientras la azulada niebla del crepúsculo tiende sus alas diáfanas sobre los valles robando el color y las formas a los objetos, que parecen vacilar agitados por el soplo de un espíritu.

III

Los confusos rumores de la ciudad, que se evaporan temblando; los melancólicos suspiros de la noche, que se dilatan de eco en eco repetidos por las aves; los mil ruidos misteriosos, que como un himno a la divinidad levanta la Creación, al nacer y al morir el astro que la vivifica, se unen al mundo del Jawkior, cuyas ondas besa la brisa de la tarde, produciendo un canto dulce, vago y perdido como las últimas notas de la improvisación de una bayadera.

IV

La noche vence; el cielo se corona de estrellas, y las torres de Kattak, para rivalizar con él, se ciñen una diadema de antorchas. ¿Quién es ese caudillo que aparece al pie de sus muros, al mismo tiempo que la luna se levanta entre ligeras nubes más allá de los montes, a cuyos pies corre el Ganges como una inmensa serpiente azul con escamas de plata?

V

Él es. ¿Qué otro guerrero de cuantos vuelan como la saeta a los combates y a la muerte, tras el estandarte de Siva, meteoro de la gloria, puede adornar sus cabellos con la roja cola del ave de los dioses indios, colgar a su cuello la tortuga de oro o suspender su puñal de mango de ágata del amarillo chal de cachemira, sino Pulo-Dehli, rajá de Dakka, rayo de las batallas y hermano de Tippo-Dehli, magnífico rey de Osira, señor de los señores, sombra de Dios e hijo de los astros luminosos?

VI

Él es: ningún otro sabe prestar a sus ojos, ya el melancólico fulgor del lucero del alba, ya el siniestro brillo de la pupila del tigre, comunicando a sus oscuras facciones el resplandor de una noche serena, o el aspecto terrible de una tempestad en las aéreas cumbres de Davalaguiri. Es él; pero, ¿qué aguarda?

VII

¿Oís las hojas suspirar bajo la leve planta de una virgen? ¿Veis flotar entre las sombras los extremos de su diáfano chal y las orlas de su blanca túnica? ¿Percibís la fragancia que la precede como la mensajera de un genio? Esperad y la contemplaréis al primer rayo de la solitaria viajera de la noche; esperad y conoceréis a Siannah, la prometida del poderoso Tippo-Dehli, la amante de su hermano, la virgen a quien los poetas de su nación comparan a la sonrisa de Bermach, que lució sobre el mundo cuando éste salió de sus manos; sonrisa celeste, primera aurora de los orbes.

VIII

Pulo recibe el rumor de sus pasos; su rostro resplandece como la cumbre que toca el primer rayo del sol, y sale a su encuentro. Su corazón, que no ha palpitado en el fuego de la pelea ni en la presencia del tigre, late violentamente bajo la mano que se llega a él, temiendo se desborde la felicidad que ya no basta a contener. —¡Pulo! ¡Siannah! —exclamaron al verse, y caen el uno en brazos del otro. En tanto el Jawkior, salpicando con sus ondas las alas del céfiro, huye a morir al Ganges, y el Ganges al golfo de Bengala, y el Golfo al Océano. Todo huye: con las aguas, las horas, la felicidad; con la felicidad, la vida. Todo huye a fundirse en la cabeza de Siva, cuyo cerebro es el caos, cuyos ojos son la destrucción y cuya esencia es la nada.

IX

Ya la estrella del alba anuncia el día; la luna se desvanece como la ilusión que se disipa, y los sueños, hijos de la oscuridad, huyen con ella en grupos fantásticos. Los dos amantes permanecen aún bajo el verde abanico de una palmera, mudo testigo de su amor y sus juramentos, cuando se eleva un sordo ruido a sus espaldas.

Pulo vuelve el rostro y exhala un grito agudo y ligero como el del chacal, y retrocede diez pies de un solo salto, haciendo brillar al mismo tiempo la hoja de su agudo puñal damasquino.

X

¿Qué ha puesto pavor en el alma del valiente caudillo? ¿Acaso esos dos ojos que brillan en la oscuridad son los del manchado tigre o los de la terrible serpiente? No. Pulo no teme al rey de las selvas ni al de los reptiles; aquellas pupilas que arrojan llamas pertenecen a un hombre, y aquel hombre es su hermano.

Su hermano, a quien arrebataba su único amor; su hermano, por quien estaba desterrado de Osira; el que, por último, juró su muerte si volvía a Kattak, poniendo la mano sobre el ara de su dios.

XI

Siannah le ve también, siente helarse la sangre en sus venas y queda inmóvil, como si la mano de la Muerte la tuviera asida por el cabello. Los dos rivales se contemplan un instante de pies a cabeza; luchan con las miradas, y exhalando un grito ronco y salvaje, se lanzan el uno sobre el otro como dos leopardos que se disputan una presa... Corramos un velo sobre los crímenes de nuestros antepasados; corramos un velo sobre las escenas de luto y horror de que fueron causa las pasiones de los que ya están en el seno del Grande Espíritu.

XII

El sol nace en Oriente; diríase al verlo que el genio de la luz, vencedor de las sombras, ebrio de orgullo y majestad, se lanza en triunfo sobre su carro de diamantes, dejando en pos de sí, como la estela de un buque, el polvo de oro que levantan sus corceles en el pavimento de los cielos. Las aguas, los bosques, las aves, el espacio, los mundos tienen una sola voz, y esta voz entona el himno del día. ¿Quién no siente saltar su corazón de júbilo a los ecos de este solemne cántico?

XIII

Sólo un mortal; vedlo allí. Sus ojos desencajados están fijos con una mirada estúpida en la sangre que tiñe sus manos; en balde, saliendo de su inmovilidad y embargado de un frenesí terrible, corre a lavárselas en las orillas del Jawkior; bajo las cristalinas ondas, las manchas desaparecen; mas apenas retira sus manos, la sangre, humeante y roja, vuelve a teñirlas. Y torna a las ondas, y torna a aparecer la mancha, hasta que al cabo exclama con un acento de terrible desesperación:

—¡Siannah! ¡Siannah! La maldición del Cielo ha caído sobre nuestras cabezas.

¿Conocéis a ese desgraciado, a cuyos pies hay un cadáver y cuyas rodillas abraza una mujer? Es Pulo-Dehli, rey de Osira, magnífico señor de señores, sombra de Dios e hijo de los astros luminosos, por la muerte de su hermano y antecesor...

CANTO SEGUNDO

I

—¿De qué me sirven el poder y la riqueza si una víbora enroscada en el fondo de mi corazón lo devora, sin que me sea dado arrancarla de su guarida? Ser rey, señor de señores; ver cruzar ante los ojos, como las visiones de un sueño, las perlas el oro, los placeres y la alegría; verlos cruzar al alcance de la mano, y al tenderla para asirlos, ¡encontrar cuanto toco manchado de sangre...! ¡Oh! ¡Esto es espantoso!

II

Así exclamaba Pulo, revolcándose sobre la púrpura de su lecho y retorciéndose las manos a impulsos de su terrible desesperación. En balde el humo de los pebeteros embalsama la opulenta cámara; en balde la seda de brillantes colores se ha extendido sobre diez pieles de tigre para que descansen sus miembros; en balde han invocado los brahmines por siete veces al espíritu del reposo y al genio de los sueños de nácar... El Remordimiento, sentado a la cabecera del lecho, los ahuyenta con un grito lúgubre y prolongado, grito que resuena incesante en el oído de Pulo, que golpea su frente con dolor al escucharlo.

III

Los genios que cruzan en numerosas caravanas sobre dromedarios de zafiro y entre nubes de ópalo; las schivas de ojos verdes

como las olas del mar, cabellos de ébano y cinturas esbeltas como los juncos de los lagos; los cantares de los espíritus invisibles que refrescan con sus alas los cansados párpados de los justos, no pasan como una tromba de luz y de colores en el sueño del criminal.

Gigantes cataratas de sangre negra y espumosa que se estrellan bramando sobre las oscuras peñas de un precipicio terrible, imágenes espantosas y confusas de desolación y terror; éstos son los fantasmas que engendra su mente durante las horas del reposo.

IV

Por eso el magnífico señor de Osira no puede gustar la copa del beleño con que los dioses brindan a sus escogidos; por eso apenas la aurora abre las puertas al día, se lanza del lecho, se desnuda de sus vestidos, que abrillantan las perlas y el oro, y depositando un beso sobre la frente de su amada, sale del palacio en traje de un simple cazador, dirigiéndose hacia la parte de la ciudad que domina la cumbre del Jabwi.

V

Como a la mediación de esta montaña nace un torrente que se derrumba en sábanas de plata hasta bajar a la llanura, donde, refrenando su ímpetu, se desliza silencioso entre las guijas y las flores para ir a confundir sus rizadas ondas con las ondas del Jawkior. Una gruta natural, formada de enormes peñascos que aparecen próximos a deformarse, sirve de taza a estas olas en su nacimiento. Allí, transparentes y sombrías, sus aguas parecen dormir sin que las turbe otro rumor que el monótono ruido del manantial que las alimenta, el suspiro de la brisa que viene a humedecer sus alas en la linfa o el salvaje grito de los cóndores que se lanzan a las nubes como una flecha disparada.

VI

Pulo, ya fuera de los muros de la ciudad, manda retirarse a los que le siguen, y emprende solo y sumido en hondas meditaciones el camino que, serpenteando entre las rocas y las cortaduras, se dirige a la gruta donde nace el torrente, que ya salpica su rostro con el polvo de sus aguas. ¿Adónde va el señor de Osira? ¿Por qué desnudándose de su recamada túnica, del amarillo chal, emblema misterioso, y del amuleto de los reyes, cambia su vestidura por el tosco traje de un simple cazador? ¿Viene a los montes a buscar a las fieras de su guarida? ¿Viene ansioso de encontrar soledad, único bálsamo de las penas que el resto de los hombres no comprende?

VII

No. Cuando el regio morador de Kattak abandona su alcázar para acosar en sus dominios al soberbio león o al rayado tigre, cien bocinas de marfil fatigan el eco de los bosques, cien ágiles esclavos le preceden arrancando las malezas de los senderos y alfombrado el lugar en que ha de poner sus plantas; ocho elefantes conducen su tienda de lino y oro, y veinte rajaes siguen su paso, disputándose el honor de conducir su aljaba de ópalo.

¿Viene a buscar la soledad? Imposible.

La soledad es el imperio de la conciencia.

VIII

El sol toca a la mitad de su viaje, y Pulo a su término. A sus pies salta el torrente; sobre su cabeza está la gruta en que duerme el manantial que lo alimenta, manantial sagrado que brotó de las hendiduras de una roca para templar la sed del dios Visnú, cuando desterrado de los cielos venía a cazar en las faldas del Jabwi durante la noche. A datar de aquella época remota, un brahmín vela constantemente en el fondo de la gruta, dirigiendo sus oraciones al dios para que conserve las maravillosas virtudes en que, según una venerable tradición, abundan las sagradas linfas.

IX

El último de estos sacerdotes que, encendidos en amor por la divinidad, han consagrado sus días a venerarla en contemplación de sus obras, es un anciano, cuyo origen envuelve un misterio profundo: nadie sabe la época en que llegó a Kattak para guarecerse en la gruta de Visnú. Rajaes venerables, sobre cuyas cabezas han lucido más de cuarenta mil soles, aseguran que en su juventud el brahmín del torrente tenía ya los cabellos blancos y la frente inclinada. El pueblo le mira con temor y respeto cuando por casualidad baja a la llanura. Dicen que las serpientes danzan a su voz, que los cóndores le traen su alimento y que el genio de aquellas aguas, a quien debe la inmortalidad, le revela los arcanos futuros. Otros aseguran que él mismo no es otra cosa que el Espíritu bajo las formas de un brahmín.

X

¿Quién es? ¿De dónde vino y qué hace? Se ignora, pero los que se sienten con el valor necesario para llegar hasta la gruta en que habita, suben a ella para pedirle un remedio contra los males desesperados, una revelación para conocer el término de las empresas

arriesgadas, una penitencia suficiente a lavar un crimen que ni la sangre borraría. Uno de éstos es Pulo, porque a la gruta del torrente se dirige. Conociendo que las leves expiaciones que los aduladores brahmines de Kattak le impusieran no bastaban a desterrar sus remordimientos, sube a consultar al solitario del Jawbi, solo, de incógnito, para que la pompa real no turbe el espíritu y selle los labios del profeta.

XI

Pulo llega, a través de las zarzas que rodean como un festón los bordes del torrente, hasta la entrada de la gruta. Allí ve una ancha vasija de cobre, suspendida de las ramas de una palmera, para que el viajero apague su sed. El caudillo toca por tres veces con el mango de su yatagán, y el cobre restalla, produciendo un sonido metálico y misterioso, que se pierde vibrando con el rumor de las olas. Un momento transcurre, y el solitario aparece.

—Elegido del Grande Espíritu —exclama al verle el caudillo, inclinando la frente—, que el enojo de Siva no se amontone sobre tu cabeza, como las brumas en las cimas de los montes.

—Hijo de mortales —replica el anciano sin responder a la salutación—, ¿qué me quieres?

XII

—Consultarte.

—Habla.

—Yo he cometido un crimen, un crimen horroroso, cuyo recuerdo abruma mi alma como una pesadilla eterna. En vano consulté a los adivinos de Brahma, las penitencias que me impusieron han sido inútiles, el remordimiento vive aún en mi corazón, el fantasma de la víctima me sigue a todas partes; se ha hecho la sombra de mi cuerpo, el rumor de mis pasos. Tú, a quien los dioses se dignan visitar; tú, que lees el porvenir en los astros y en las arenas que arrastran los ríos, dime: ¿cuándo quedará lavada mi alma de este crimen?

—Cuando la sangre que mancha tus manos, que en balde me ocultas, haya desaparecido —exclama el terrible brahmín lanzando una mirada de indignación al príncipe, que permanece aterrado ante aquella prueba de la sabiduría del solitario.

XIII

—¿Me conoces? —prorrumpe Pulo al fin, saliendo de su estupor.

—No te conozco, pero sé quién eres.

—¿Quién soy?

—El matador de Tippo-Dehli.

El príncipe inclina la cabeza a estas palabras, como herido de un rayo, y el brahmín prosigue de este modo:

—En la pasada noche, cuando el sueño había descendido sobre los párpados de los mortales, yo velaba. Un sordo rumor se elevó por grados del fondo del agua sagrada, rumor confuso como el hervidero de cien legiones de abejas; una manga de aire frío y silencioso vino de la parte de Oriente, rizó las ondas y tocó con las puntas de sus húmedas alas mi frente. A su contacto mis nervios saltaron y se heló el tuétano de mis huesos; aquel soplo era el aliento de Visnú. Poco después sentí su diestra tan pesada como un mundo descansar sobre mi hombro en tanto que me contaba al oído tu historia.

XIV

—Ahora bien, pues conoces mi delito, dime la manera de expiarlo y hacer que desaparezcan de mis manos estas terribles manchas —el brahmín permanece en silencio, y el príncipe prosigue—: ¡Qué! ¿Mi sangre toda no podrá borrar esta sangre?

—Lo ignoro, es muy corta tu vida para expiar este delito, y Siva está airado, porque has hecho uso de tus facultades para la destrucción, obra que a él sólo está encomendada.

—Pues bien, si tú lo ignoras consultemos a Visnú; él me protegerá contra su hermano. Penetremos en la gruta sagrada.

—¿Has ayunado las tres lunas?

—Sí.

—¿Has huido del lecho nupcial por siete noches?

—Sí.

—¿Has dejado de cazar durante nueve días?

—También.

—Entonces, sígueme.

Algunos momentos después de este corto diálogo, sus interlocutores se hallaban en el fondo de la misteriosa gruta.

XV

Lo que pasó en aquel recinto se ignora. La tradición guarda una idea confusa, y el príncipe, por quien esto se supo, habla vagamente de sierpes monstruosas y aladas que se precipitaron en las ondas del torrente, para aparecer de nuevo en forma de animales desconocidos y fantásticos de conjuros tan temibles, que a veces se cubría de manchas el sol y los montes se estremecían como cañas; de lamentos y aullidos tan espantosos, que la sangre se helaba al escucharlos.

XVI

Las palabras del dios se guardan y son éstas: «Asesino marcado por Siva con un sello de eterna infamia, sólo existe una penitencia con que puedes expiar tu crimen: sube por las orillas del Ganges, a través de los pueblos feroces que habitan sus riberas, hasta encontrar sus fuentes. El remoto país del Tibet, a quien defiende como un gigantesco muro la cordillera del Himalaya, es el término de tu viaje. Cuando llegues a él, lava tus manos en el más escondido de los manantiales, y a la hora en que el valiente Tippo cayó a tus plantas. Si en el decurso de tu peregrinación no conoces a tu esposa Siannah, que deberá acompañarte, la sangre desaparecerá de tus manos.»

XVII

¿Quién es ese peregrino que se apoya en su grosero cayado de abedul y que en la sola compañía de una mujer hermosa, pero humildemente ataviada, sale por una de las puertas de Kattak al mismo tiempo que la luna se desvanece ante los rayos del astro del día? Él, él: Pulo-Dehli, magnífico rey de Osira, señor de señores, sombra de Dios e hijo de los astros luminosos.

CANTO TERCERO

I

Los peregrinos tocan al término de su viaje: ya han dejado a sus espaldas las fértiles e inmensas llanuras de Nepal; ya han visto a Benarés, célebre por sus alcázares, cuyos cimientos besa el sagrado río que divide al Indostán del imperio de los Birmanes. Como las creaciones de una visión celeste, han cruzado antes sus ojos Palná, famosa por sus templos, sus mujeres y tapicería; Dakka, la ciudad que tejió un velo para el santuario de los dioses con las trenzas de ébano de sus vírgenes; Gualior, escudo del reino de Sindiak, cuyos muros detienen a las nubes en su vuelo.

II

También han gustado el reposo a la sombra de los inmensos plátanos de Dehli, concha que guarda la perla de los reyes, presentando una ofrenda de miel y flores al genio protector de Allahabab, ciudad que debe su nombre a las caravanas de peregrinos que de todos los puntos de la India acuden a sus templos, más numerosos que las hojas de los bosques y las arenas del Océano.

III

Cuarenta lunas han nacido después que abandonase su alcázar; pero, ¿quién podrá enumerar los países que han cruzado, los bosques que les han prestado su sombra, los ríos que han apagado su sed? El Kiangar, conocido por el de las aguas rojas; el Espuri, cuya mansa corriente arrastra oro bastante a construir con él un alcázar soberbio; los Serwads, bosques sombríos donde la boa se desliza con el rumor de la lluvia; Lahore, la madre de los guerreros; Cachemira, la virgen de los siete chales de amianto, y cien y cien y otros países, ciudades, bosques, torrentes, ríos y montañas, que hasta llegar a las cordilleras del Himalaya se extienden sobre las inmensas llanuras de la India.

IV

Pero ya tocan al deseado término, ya han salido de la más terrible de las pruebas, atravesando a par del Ganges el valle de Acíbar, llamado así no tanto por los árboles que produce de los que se extrae este licor, como por las amarguras que padecen los infelices que se ven en la necesidad de atravesarlo. Y Pulo atravesó las rocas que lo erizan, llevando a Siannah sobre sus espaldas.

V

El sol lanza sus rayos perpendiculares sobre la tierra; los viajeros, fatigados de su trabajosa jornada, reposan a la orilla del río a cuya fuente se aproximan. Un boabab corpulento y magnífico les presta su sombra, capaz de cubrir a una tribu de guerreros; entre las brumas del lejano horizonte se lanza al vacío el Himalaya y, empinado sobre sus cumbres, el Davalaguiri pasea sus miradas sobre medio mundo.

VI

Un aura fresca mece las magnolias y los tulipanes que crecen entre los juncos de la ribera, y enjuga el sudor de sus frentes. El bulbul, sobre las ramas de un penacho talipot, entona un canto melancólico y suavísimo, y entre las ráfagas de luz que reverberan las arenas cruzan diáfanos como el ámbar miríadas de pájaros y de insectos con ropajes de oro y azul, de crespón y esmeraldas.

VII

Todo convida al descanso. Pulo y Siannah, después de refrescar sus labios con algunas de las deliciosas frutas del bosque, apagan su sed en las cristalinas ondas que corren, produciendo al besar las

orillas un ruido manso y melancólico, semejante al arrullo de una tórtola. Al agradable son de las aguas y de las hojas que se agitan como abanicos de esmeraldas sobre sus cabezas, recuerdan en dulces coloquios, y con esa especie de satisfacción con que se menciona el peligro pasado, las mil aventuras de que han sido héroes durante su peregrinación, los países que han recorrido, las maravillas que como un panorama magnífico se han desplegado a sus ojos. Forman proyectos sobre el porvenir y sobre la felicidad que les espera cuando hayan cumplido su expiación, próxima a satisfacerse; sus palabras se atropellan llenas de un fuego y de un color vivísimo: diríase que hablan una cosa y piensan otra; por último, algunas frases vagas e incoherentes preceden al Silencio, que con un dedo sobre el labio se sienta a la par de los amantes sin ser sentido.

VIII

El sol cae a plomo sobre la gran llanura. La frente del príncipe descansa sobre las rodillas de su esposa. Todo a su alrededor calla o duerme. En los países tropicales, el mediodía es la noche de la Naturaleza. Sólo interrumpen esta calma profunda el grito breve y agudo del bengalí, el zumbido monótono y tenaz de los insectos que voltean en el aire, brillando a la luz del sol como un torbellino de piedras preciosas, y la acelerada respiración de Siannah, respiración sonora y encendida como la del que sueña embriagado con opio. Los peregrinos permanecen en silencio. ¿Qué ideas cruzan por su mente?

IX

Hay momentos en que el alma se desborda como un vaso de mirra que ya no basta a contener el perfume, instantes en que flotan los objetos que hieren nuestros ojos, y con ellos flota la imaginación. El espíritu se desata de la materia y huye, huye a través del vacío a sumergirse en las ondas de luz entre las que vacilan los lejanos horizontes.

La mente no se halla en la tierra ni en el cielo; recorre un espacio sin límites ni fondo, océano de voluptuosidad indefinible, en el que empapa sus alas para remontarse a las regiones en donde habita el amor.

Las ideas vagan confusas, como esas concepciones sin formas ni color que se ciernen en el cerebro del poeta; como esas sombras, hijas del delirio, que nos llaman al pasar y huyen, nos brindan amor y se desvanecen entre nuestros brazos.

X

Pulo es el primero que interrumpe el silencio:

—¡Cuán dulce es —dice— percibir el aliento de la mujer que se ama, ese aliento que se escapa de sus labios encendidos, atropellándose en ellos como olas de ambrosía que vienen a expirar sobre una playa de rubíes! ¡Si me fuera posible —oh, hermosa Siannah—, explicarte lo que el murmullo de tu respiración me dice! Suena en mi oído como una voz insólita que murmura palabras desconocidas en un idioma extraño y celeste; me recuerda los días de mi infancia, aquellas horas sin nombre que precedían a mis sueños, aquellas horas en que los genios, volando alrededor de mi cuna, me narraban consejos maravillosos, que, embelesando mi espíritu, formaban la base de mis delirios de oro. ¿No es cierto, no es cierto, hermosa mía, que hasta el aroma que precede al objeto de nuestro amor, el tenue y débil crujido de su túnica, tienen palabras, dicen algo que los demás no comprenden?

XI

Siannah calla; sus labios entreabiertos y rojos dejan escapar suspiros ardientes, y en su pupila húmeda, azul y dilatada, brilla un punto luminoso semejante al reflejo de una estrella en un lago.

—Pulo —exclama al fin como volviendo de un éxtasis de la tierra—, ¿es cierto que existe un árbol cuya sombra causa la muerte?

—Es cierto —responde el príncipe—; el dios Siva lo creó para destruir a los mortales, y su hermano Visnú, apiadándose de nuestra infelicidad, se lo dio a conocer a Brahma, su elegido.

Siannah vuelve a su muda agitación; su esposo, en tanto, la contempla con un sentimiento de ternura indescriptible.

XII

—Pulo —exclama a los pocos instantes la hermosa—, ¿es verdad que existe un árbol cuya sombra agita la sangre en las venas y enciende el amor?

—Sí.

—¿Lo conoces?

—Lo conozco, aun cuando ignoro su nombre. Mas..., ¿por qué me haces esa pregunta tan extraña?

—No sé..., la sombra de este bosque me hace daño..., prosigamos nuestra jornada.

—¡Proseguir cuando el sol abrasa las arenas! Esperemos a que la brisa de la tarde se levante del golfo y la luz comience a palidecer.

—Esperemos —murmura Siannah—; pero entre tanto aparta tus ojos de los míos, vuélvelos al cielo o duerme, mas no me los claves en el alma.

XIII

—Bien dices; mis ojos en los tuyos beben amor, nuestro amor, casto y puro otras veces, ahora es un crimen; sí, es necesario que no te vea... Siannah, voy a dormir, cántame algún himno de nuestra patria; arrulla mi sueño como una madre, ya que no como una esposa.

La beldad de las trenzas de ébano canta:

1

«¡Guerreros! Las espadas de la tribu tienen sed, y la sed de las espadas se templa con sangre.»

«Un torrente de fuego desciende del Jabwi; esas centellas que brillan entre la nube de polvo que levantan, son los hierros de nuestros enemigos.»

«Traedme el escudo reforzado con las siete pieles de búfalo, y rodead a mi casco el chal amarillo, para que no me desconozcan en la confusión de la pelea.»

«¡Guerreros! Las espadas de la tribu tienen sed, y la sed de las espadas se templa con sangre.»

2

«Allá van semejantes en...»

Al llegar aquí, Pulo se incorpora y Siannah se detiene en su canto.

—¿Por qué —exclama el príncipe— no escucho ahora las canciones de mi patria con el placer de otras veces? ¿Será que ya no alienta en mi pecho el corazón de un Dehli, o acaso que los himnos de guerra no se han hecho para que los recite una hermosa...?

XIV

—Entona un canto de amor, uno de aquellos himnos que al son de los címbalos alzan las vírgenes cuando conducen a una joven esposa al pie de las aras.

—Pulo...

—Canta, no temas; yo dormiré tranquilo, arrullado por el eco de tu voz, el suspiro de la brisa y la música de las aguas.

Siannah canta, su voz tiembla, su pecho se eleva acompasadamente como una ola que se hincha coronada de espuma.

LA VUELTA DEL COMBATE

1

«El combate ha terminado con el día, y el caudillo está ya en presencia de su adorada.»

LA VIRGEN
«Caudillo, reclina tu frente sobre mi seno, que quiero beber en ella el sudor y el polvo de la gloria.»

EL CAUDILLO
«Virgen, apoya tus labios sobre los míos, que quiero beber en ellos la muerte en una copa de rubí.»

2

LA VIRGEN
«¡Alma de la Creación!, ¡hijo de Bermach!, ¡genio de las setenta alas!, ¡amor, divino amor!, desciende en brazos del misterio y de la noche a coronar con tu aureola a los que arden en tu llama.»

EL CAUDILLO
«¡Espíritu invisible!, ¡aliento del alma generosa!, ¡esperanza del guerrero!, ¡amor, ardiente amor!, abandona un instante el alcázar de los dioses, para poner una guirnalda de rosas sobre la corona de laurel del caudillo.»

3

LA VIRGEN
«Tu aliento humea y abrasa como el aliento de un volcán; tu mano, que busca la mía, tiembla como la hoja en el árbol; la sangre se agolpa en mi corazón, rebosa en él y enciende mis mejillas; un velo de sombras cae sobre mis párpados, todo se borra y se confunde ante mis ojos, que no ven más que el fuego que arde en los tuyos. Caudillo, ¿qué espíritu invisible llena el aire de melodiosos acordes y me estremece a su contacto?»

EL CAUDILLO
«Virgen, es el amor que pasa.»

XV

El canto de Siannah expira, y con él, suave y armonioso, el rumor de un beso.

¿Qué son los vanos castillos que eleva la voluntad del hombre para combatir armas de que se vale la fatalidad? Montes de arena

que, como los de la gran llanura del Nepal, asombran al viajero, y un soplo del huracán los arrebata.

CANTO CUARTO

I

—Hijo mío —dice Siva al Sueño—, baja a la Tierra y sé el mensajero de mis iras.

El Sueño, hijo de la Tumba, levanta a esta voz la frente, entreabre los soñolientos ojos y agita sus noventa manos, en cada una de las cuales tiene una copa llena hasta los bordes de un licor soporífero.

—¿Qué me quieres, realidad de mi símbolo, padre que me diste el ser para que sirviera de eslabón invisible entre lo finito y lo infinito, entre el mundo de los hombres y el de las almas, sirviendo para bajar las potencias del cielo y elevar las de la tierra hasta que se toquen en el vacío, que es el lugar de mi soberanía?

II

Siva continúa de este modo, dirigiéndose a su imagen:

—Hace algunos momentos pensaba en llevar a cabo la destrucción del príncipe que usurpó un día el cetro de la muerte; mas en vano buscaba la ocasión de herirle, en vano, porque Visnú, mi orgulloso antagonista, le defendía bajo el inmenso escudo con que oculta los hombres a mis ojos, cuando éstos se encienden en cólera y arrojan rayos que hieren y matan. De repente oí un zumbido a mi alrededor; torné el rostro; un mundo nuevo, un joven planeta se adelanta hacia mí, trazando su círculo en el vacío, fascinado e inocente como el ave atraído por la boa...

III

... De su seno brotaba un raudal de armonías, que llenaban el vacío, dilatándose en él como los círculos en un lago donde se arroja una piedra. Envuelto en un fluido ardiente y luminoso, rodando entre mares de colores y sonidos, su alegría y su gloria parecían insultar mi terrible poder. Levanté la mano; el aire de ésta, desquiciándole de sus órbitas, le ha herido de muerte. Incorpórate y tiende los ojos sobre las inmensas llanuras del cielo: verás a Visnú que corre en pos de él para arrancarle a la inmensa tumba de los astros, volviéndole a la vida...

IV

... He aquí el momento oportuno para mi venganza. El príncipe faltó a su promesa, y ahora está abandonado por mi funesto enemigo. Refresca su ardorosa frente con tus alas, y aguarda la ocasión propicia para derramar sobre sus párpados un sueño precursor del sepulcro, un sueño de agonía y ansiedad, de esos que ciñen la garganta con sus manos de acero y pesan sobre el corazón como una montaña de plomo.

V

El Sueño tiende las alas de tul, y abandona la selva donde vive, en un alcázar de ébano escondido entre la flotante sombra de los áloes.

El silencio le precede y sus hechuras le siguen en grupos fantásticos; éstos se agitan y confunden entre sí, dando ser a nuevas y rápidas metamorfosis, locos delirios, embriones de confusas ideas, semejantes a las que produce en mitad de la fiebre una imaginación débil y sobreexcitada.

VI

La silenciosa caravana llega a las orillas del Ganges y al lugar en que el príncipe descansa; éste experimenta primero una languidez voluptuosa, después un entorpecimiento general y, por último, sus párpados caen con el peso del plomo sobre sus pupilas, como una losa fúnebre sobre un sepulcro. El Sueño ha vertido sobre ellos una gota de licor que contiene su misterioso vaso de ópalo.

VII

Cuando la materia duerme, el espíritu vela. En tanto que el cuerpo del caudillo permanece inmóvil y sumergido en un letargo profundo, su alma se reviste de una forma imaginaria, y huye de los lazos que la aprisionan para lanzarse al éter; allí le esperan las creaciones del sueño, que le fingen un mundo poblado de seres animados con la vida de la idea: visión magnífica, profética y real en su fondo, vana sólo en la forma. Oíd, según la tradición la conserva, la visión del caudillo.

VIII

La noche es oscura; el viento muge y silba, sacudiendo las gigantescas ramas de boabad de las selvas; los genios blanden sus cárdenas espadas de fuego sobre las nubes, en que se les ve pasar cabalgando; el trueno retumba dilatándose de eco en eco en los abismos

de las cordilleras; la lluvia azota el penacho de las palmas, y confundiéndose con los sordos mugidos de la tormenta, el prolongado lamento del vendaval y el temeroso murmullo de las hojas del bosque, se escucha por intervalos un rugido lejano, ronco y estridente, que parece formarse en la cavidad de un pecho de bronce.

IX

Un brahmín, al atravesar en tal noche y a tal hora aquella selva, no hubiera podido menos de dirigir sus plegarias al dios destructor, cuyo triunfo parecía acercarse, equivocando aquellos tejidos de la Naturaleza con las profecías de los blancos fantasmas de sus antepasados, que rompían el secreto del sepulcro para enseñarle el camino de la muerte.

X

De cuantos guerreros se rodean el chal amarillo a la cintura en las fiestas y a la frente en el combate, sólo el caudillo de Osira tendría el valor necesario para arriesgarse en sus agrestes y enmarañados senderos con una noche tan terrible.

XI

Pulo se adelanta, con un arco tendido, la flecha pronta y el puñal entre los dientes. Siannah le sigue, pálido el color, el cabello erizado y el paso temeroso.

—¿Oyes —dice al príncipe—, oyes esa voz que resuena en la espesura?

—Es el viento que azota los palmares —responde el caudillo, lanzando, a pesar suyo, una mirada escudriñadora a través de los añosísimos troncos de áloes que bordan las lindes del sendero.

XII

Los esposos prosiguen caminando y la tempestad haciéndose cada vez más terrible.

—¿Oyes ese rumor que se eleva por grados a nuestra espalda? —interrumpe de nuevo la hermosa.

—Es la lluvia que agita las lianas —añade el príncipe, armando la flecha y cubriendo a Siannah con su cuerpo.

—¿Oyes? —vuelve ésta a interrumpir—. Alguien respira a nuestro alrededor.

—Échate en tierra —grita Pulo de repente—; el tigre va a saltar sobre nosotros.

XIII

Dos llamas fosfóricas brillan en la oscuridad. La flecha del príncipe parte. A su áspero silbar responde un rugido ahogado y profundo; el tigre salta; Pulo arroja el arco, se cubre con el escudo de pieles, dobla una rodilla, esconde el rostro y lo espera con el puñal en la diestra. Siannah está desmayada y oculta con el manto del guerrero, a cuyos pies yace.

XIV

La lucha se traba.

Pulo hunde una y cien veces su puñal en el pecho y en el vientre del tigre, que en su agonía pugna aún por lanzarse sobre su adversario. Éste, cubierto con el escudo, ha podido evitar su ataque, merced a esa ligereza y sangre fría, patrimonio de los hombres avezados a los peligros y a la muerte. Pero ya la temible fiera ha lanzado el último y ronco estertor, revolcándose entre el polvo y la sangre que brota de sus heridas, cuando el príncipe levanta los ojos al cielo sorprendido por un extraño fenómeno.

XV

La lluvia ha cesado, el huracán y el trueno han enmudecido; al brillante y súbito resplandor de los relámpagos sucede una claridad tenue y azulada, una luz indecisa semejante al primer albor de un día sin sol y sin aurora. Las aves, que se habían guarecido de la tempestad bajo los pabellones de verdura de la selva, llenas de gozo a su vista, quieren alzar el vuelo y entonar su canto; pero la voz se ahoga en su garganta, y caen a tierra heridas de muerte por una mano invisible. Los gigantescos árboles se agitan, y retorciéndose como a impulsos de una horrorosa convulsión, comienzan a alfombrar el suelo con las pálidas hojas que se desprenden de sus ramas, como se desprenden los cabellos de la cabeza de un anciano. Las verdes lianas que se mecieran al soplo del viento suspendidas en el tronco de los antiguos reyes del bosque, pierden el color y la frescura, arrugándose sus tersas flores como un pergamino que se acerca al fuego. Diríase, al contemplar este asombroso espectáculo, que un tósigo mortal circulando en el aire, o levantándose en imperceptibles efluvios de las entrañas de la tierra, había envenenado la atmósfera y con ella el mundo.

XVI

El caudillo, lleno de estupor, vuelve en torno suyo la mirada; por todas partes le persiguen aquellas imágenes desoladoras; pero lo que

más asombro le causa es ver el sangriento cadáver del tigre estremecerse, y poco a poco, perdiendo sus primitivas formas, ir tomando, merced a una inconcebible transformación, las de una serpiente.

—Ya no me queda ningún género de duda —exclama—, Siva desea mi muerte; reconozco en ese reptil al ministro de su cólera. ¡Oh! ¡Que no fuera yo un dios para luchar contra los dioses...! Mas no importa; mortal miserable como soy, venderé cara mi vida.

XVII

El temible reptil crece con una rapidez prodigiosa; su longitud es ya treinta veces mayor que la de la boa secular que se despierta de dos en dos lunas sobre las márgenes del Sitpuri. Sus ojos redondos, fijos y fascinadores, están clavados en los del caudillo: éste, presa de un vértigo, y con ese arrojo sin límites que presta la desesperación en sus momentos supremos, arroja lejos de sí el tresdoblado escudo, inútil para aquel combate, y desnuda por seguna vez su puñal.

XVIII

La gigantesca serpiente comienza a replegarse sobre sí misma, lanzando un silbido áspero y agudo: el príncipe, sin aguardar a que le acometa, se arroja a su cuello, tan grueso como el de una palma colosal, y hace esfuerzos inauditos por herirla. ¡Imposible! Las aceradas escamas que le cubren y defienden son impenetrables como la concha de las tortugas del Jawkior.

Ya el reptil, aprisionándole entre sus anillos de bronce, le estrecha y comienza a ahogarle; ya el puñal se ha escapado de sus manos desfallecidas, y el velo de la muerte se extiende ante sus ojos, cuando una flecha, disparada desde las nubes, baja silbando y traspasa a la serpiente.

XIX

Un furor terrible se apodera de ésta, que, desasiéndose del ya casi inanimado cuerpo de Pulo, busca a ciegas a su celeste enemigo.

La punta del diamante de una segunda flecha pone fin a su agonía con la muerte.

El caudillo, recobrado de su estupor, puede entonces contemplar, no sin sentirse sobrecogido de una emoción profunda de gratitud y respeto, al que es deudor de su vida.

Visnú, cubiertas las espaldas con un manto de pieles, el arco tendido aún y el carcaj de las flechas de diamantes sobre el hombro, está a su lado, en pie; la frente del dios toca a las nubes, y su sombra es inmensa como la que arroja el Himalaya sobre las llanuras al ocultarse el sol en los confines del Océano.

XX

—Caudillo —exclama el antagonista de Siva con acento airado—, ¿para qué subiste a la sagrada gruta del Jabwi? ¿Para qué interrogaste a las limpias aguas de su manantial, si las revelaciones celestes han sido inútiles, si al cabo habías de romper tu juramento, como se rompe la flecha sobre la rodilla, en prenda de paz entre dos enemigos? —Pulo enmudece; el rubor de su falta colora sus bronceadas mejillas y ahoga su voz; Visnú continúa de este modo—: Inmensa como la impresión de los hombres es la bondad del cielo; he aquí por qué me he apiadado de tus culpas. Inútil es ya que busques las fuentes del Ganges; cada grano de arena que cae en la medida de la culpa, debe añadirse a la del castigo; el que te impuso el solitario de Jabwi es ya suficiente para lavar tu alma.

XXI

—Si un solo momento de olvido desvaneció como el humo cuanto había logrado con mi arrepentimiento, ¿qué haré para lavar mi culpa? —exclama el príncipe.

—Levántate —prosigue el dios—, toma tu arco, descálzate las sandalias y, abandonando las orillas del Ganges, vuelve sobre tus pasos hasta llegar a Kattak. Entre las arenas de sus costas duerme en el seno del olvido un templo que en mi honor levantara un día tu glorioso antecesor, cuando protegido por mi escudo llevó hasta allí sus huestes invencibles. Sobre los peñascos en que se estrellan las encrespadas olas, tiene su nido un cuervo; sube a preguntarle el lugar en que el templo se oculta: éste lo conocerás por los fuegos que durante la noche voltean sus ruinas, y a aquél por su cabeza blanca.

XXII

Visnú desaparece: los árboles recobran su lozanía, la liana su verdura, los pájaros su voz y a la indecisa y cárdena luz del cielo sucede el tranquilo y suave esplendor de una noche estrellada y llena de armonía, perfumes, suspiros y cantares.

El príncipe se incorpora y corre al lugar en que Siannah permanece desmayada y oculta bajo los pliegues del manto de su esposo. Levanta éste, y de sus labios se escapa un grito de sorpresa y ansiedad.

Siannah no está allí; Siannah ha desaparecido.

XXIII

En aquel punto el sueño tiende las alas y abandona al príncipe; éste, convulso y pálido aún, despierta de su pesadilla, busca a su esposa, en cuyo seno se había quedado dormido y no la encuentra. El sol, recostado en un lecho de púrpura y de oro como un rajá en su alfombra de colores, lanza a la tierra el último rayo de sus entreabiertos ojos. La Naturaleza comienza a despertarse de su sueño del mediodía. Las brisas de la tarde, impregnadas en murmullos y perfumes, juguetean con el cáliz de las flores que se abren a sus besos. Las aguas del Ganges, copiando en sus linfas trasparentes la vigorosa vegetación de sus riberas, alzan un himno melancólico, al que se unen las aladas y suaves notas de los pájaros que despiden al día con un dulcísimo y triste adiós.

XXIV

—Siannah —dice el caudillo con voz ahogada por el llanto—. Siannah, esposa mía, ¿dónde estás que no me oyes? Siannah, inseparable compañera de mi dolor y mi infortunio, ¿quién te arrancó de mi lado para robarme la única felicidad que me restaba en la tierra? ¡Oh!, vuelve, vuelve, hermosa mía; sin ti, mi vida será una noche sin aurora, un llanto sin lágrimas.

XXV

Sólo el eco responde al enamorado Pulo que, presa de un loco frenesí, corre de nuevo a las orillas del Ganges, busca en la arena la huella de su esposa, y vuelve a llamarla por su nombre cien y cien veces; todo es inútil. La noche borra del cielo los colores; y las nubes, las estrellas, mudos testigos de los pesares y la felicidad de los amantes, aparecen unas tras otras rodeadas de un ligero cendal de bruma, y Siannah no aparece.

XXVI

—Insensato —dice una voz que resuena en el viento, sin que se vea la boca de donde parte—: ¿qué vas a hacer?

El caudillo, que ha desnudado el puñal para asestarlo contra su pecho, se detiene sobrecogido y escucha estas palabras:

—Si mueres, nunca la tornarás a ver; si conservas tu vida y cumples cuanto te he dicho, la mancha de sangre de tus manos desaparecerá para siempre, y encontrarás de nuevo a tu esposa.

Los sueños son el espíritu de la realidad con las formas de la mentira; los dioses descienden en él hasta los mortales, y sus visiones son páginas del porvenir o recuerdos del pasado.

La voz que detiene al príncipe es la de Visnú, que se le había aparecido en sueños.

CANTO QUINTO

I

El príncipe, después de un año de peregrinación, llega al fin al término señalado por el genio. Éste, durante las jornadas, fijos los ojos sobre su protegido, ha velado día y noche por su vida hasta dejarle en Kattak.

II

La aurora rasga el velo de la noche; de sus trenzas de oro se desprende el rocío en una lluvia de perlas sobre las colinas y las llanuras; los horizontes del mar se encienden y las crestas de sus ojos brillan como las escamas de la armadura de un guerrero en un día de combate; de las flores, húmedas aún con las lágrimas del crepúsculo, se eleva al cielo una columna de aromas en emanaciones; perfumadas emanaciones que los genios, cruzando sobre las nubes celestes y ambarinas, recogen con las matinales plegarias de los brahmines, para depositarlas a los pies de Bermach, autor de la maravillosa máquina de los mundos.

III

Pulo se ha sentado sobre una de las rocas que erizan en aquella parte del reino de Kattak las extensas playas del Océano. Su pensamiento está dividido entre su esposa y su conciencia.

—Ya se aproxima —dice— la hora del perdón, unos esfuerzos más, y me hallo en presencia del ave misteriosa que Visnú ha escogido para intérprete de sus designios. Dios, que conservas cuanto existe, apartando las tempestades y la muerte de la cabeza de los hombres, no interpongas tu poder entre mi corazón y la flecha de los guerreros, entre mi vida y las garras del tigre, o los anillos de la boa gigante; pero defiéndeme contra mí mismo, arráncame el amor y la conciencia, cuyos golpes matan sin que se vea la mano que los dirige.

IV

El sol se va levantando pausadamente del seno del mar y remontándose por la cumbre del firmamento. El caudillo, después de lavarse por siete veces las manos y los sangrientos pies, recitando algunas oraciones misteriosas, emprende una difícil ascensión para llegar a la cima de las colosales rocas, cuya frente han ennegrecido

los rayos y las tempestades, cuyas plantas besan o azotan las hirvientes olas del Océano.

V

Después de trepar por espacio de una hora, asiéndose a los arbustos y malezas que crecen en las aberturas de las penas, el príncipe consigue al fin encontrarse en la cumbre del promontorio.

En una de las rocas de granito que coronan su cúspide hay una hendidura, y en el fondo de ésta le parece distinguir las formas confusas de un ave, que fija en los suyos dos ojos que brillan en la oscuridad con una luz fantástica.

VI

—Ave de los dioses —prorrumpe Pulo cayendo de rodillas ante el aéreo nido del cuervo de la cabeza blanca—; ave misteriosa, bajo cuyo negro plumaje vivió por espacio de tres siglos el poderoso Visnú, logrando con este ardid evitar la muerte que el dios de la destrucción le aprestaba; heme aquí esperando tus palabras como los tulipanes agostados por el fuego del día esperan las gotas del rocío de la noche.

VII

El cuervo, abandonando su guarida, se abate sobre una de las enhiestas rocas, y, después de agitar sus alas por tres veces, dice así al caudillo, que lo escucha en silencio y con la frente humillada en el polvo:

—Señor de Osira, poderoso descendiente de los Delhi, conquistadores de la India y protegidos de Visnú, sé lo que vienes a preguntarme; así, es inútil que me lo refieras. El templo que buscas se halla lejos de este lugar; sigue mis pasos y te mostraré el sitio en que se empezarán las excavaciones.

VIII

El cuervo de la cabeza blanca se remonta en los aires, dejándose caer al pie del promontorio, donde espera a que baje el caudillo. Cuando éste toca el término de su descensión, el ave misteriosa emprende la marcha caminando a saltos pequeños y sin abandonar la costa en que viene a romperse el oleaje de crestas de oro.

Prosiguen durante todo el día sin abandonar la ribera blanqueada por la espuma, y cuando ya el sol desciende al seno de las ondas rodeado de espesos y rojos celajes, el alado guía se aparta de las playas, internándose tierra adentro, a través de un pantano cenagoso y cubierto de juncos verdes y altísimos.

IX

Las nubes, amontonándose en el Occidente, envuelven el cadáver del sol en un sudario de brumas, antes que descienda a su sepulcro.

La noche se adelanta, una noche sin astros y sin transparencia; la brisa murmura la oración de los muertos, sollozando melancólica entre los espesos juncos; el perfume de las flores que se abren en la sombra vaga en el espacio; el grito del chacal y el silbo de las aves nocturnas resuenan confundiéndose con esos rumores siniestros y misteriosos que nacen, tiemblan y se dilatan en el seno de la oscuridad, sin que podamos decir quién los produce.

—Ave inmortal —exclama Pulo, deteniéndose en su camino—, he aquí que la noche se ha apoderado de la tierra y que en balde procuro seguirte, pues la sombra te ha robado a mi vista. El grito del chacal se oye cada vez más próximo; tú sabes que no le temo, mas estoy sin armas, y, por lo tanto, inhábil para defenderme de sus traidores ataques. Volvamos atrás y esperemos al día para proseguir nuestra jornada. Temerario valor juzgo el de aquel que arriesga su vida contra enemigos que no puede exterminar o vencer; si al menos la luna brillara en el cielo, su luz me guiaría a través de este pantano, donde a cada paso que doy temo encontrar la muerte, sepultándome en sus aguas cenagosas e inmóviles.

X

—No temas —responde el cuervo—; el dios que nos envía cuidará de nosotros desde su elevación. He aquí la manera de salir con bien de este peligro: las llanuras que vamos a atravesar presenciaron la derrota de tu padre; Siva, celoso del culto que éste rendía, en el templo a que nos dirigimos, al genio que te protege, reunió en su daño a los guerreros de Kattak y de Lahore, que, ardiendo en sed de venganza contra su vencedor, se juntaron entre las sombras de la noche para afilar las espadas que habían de herir a los predilectos de Visnú...

XI

... Un día tu padre abandonó el templo para dirigirse a las selvas que se extienden al pie de la colina en cuya cumbre está oculto; de pronto una nube de polvo blanca e inmensa, que elevándose de la parte de Oriente oscurecía la luz del sol, atrajo su curiosidad. «¿Qué nueva y numerosa caravana de peregrinos será la que se aproxima al templo de mi dios?», dice, volviéndose a uno de los pérfidos rajaes portadores de su escudo y su aljaba...

XII

... Éste, lanzando a sus compañeros una mirada de inteligencia, respondió al victorioso rey con la sonrisa en los labios: «¿Quién sabe cuál será el remoto país que envía este enjambre de peregrinos? La fama del asombroso templo de Kattak corre de boca en boca hasta los más remotos confines del mundo.» Tu padre, después de fijar nuevamente las miradas en aquella nube de polvo que se aproxima, y de la cual brotan centellas de fuego, exclama con voz terrible:

XIII

... «¿Qué es esto? Los toscos yaids de los peregrinos llamean al rayo del sol como las armaduras de los guerreros de Lahore. ¿Oís? En las alas del viento llega confuso el eco de la terrible y bárbara armonía de sus trompas de guerra. ¡Oh! Ya no me queda duda; el enemigo que hollé a mis pies se endereza como la víbora para moderme en ellos. No importa: veremos si los caudillos de Lahore han aprendido de nuevo a vencer, tras tantos años de acostumbrarse a huir...

XIV

... Valientes —prosigue, dirigiéndose a los que le acompañan—, dadme el arco y el escudo, desnudad vuestros aceros y que las roncas bocinas de plata convoquen a mis huestes con sus bramidos.» Eldi Salek, uno de sus traidores capitanes, por toda respuesta le hunde en el pecho su misma espada, de que era portador, y blandiéndola después en los aires en ademán de triunfo prorrumpe a voces: «¡Ánimo, compañeros de esclavitud! ¡Ánimo, domeñados ejércitos de Kattak y Lahore, desvanecidos un día al soplo del tirano como al del huracán el humo! ¡Ánimo; nuestro país es libre!»...

XV

... En tanto, el infelice rey, revolcándose en su sangre, intenta en vano llamar a su socorro; la voz se ahoga en su garganta, hace una postrer tentativa para incorporarse, y cae a tierra muerto y con los puños crispados y tendidos hacia las bárbaras huestes, que se adelantan al bélico y rudo compás de sus instrumentos de bronce...

XVI

... Los sacerdotes de Visnú se aperciben de la sorpresa, y subiendo a las altas torres de la Pagoda, llenan el ámbito de los aires

con los terribles bramidos del caracol sagrado, al que responden en la llanura las bocinas de marfil de los guerreros de tu padre...

XVII

... «¿Dónde está nuestro caudillo, que corre como el león al combate? ¿Por qué no vuela en la primera fila su manto de púrpura y el chal amarillo que ciñe su frente? ¡Mi dueño!», exclaman los valientes conquistadores de Kattak, y ninguno sabe decir dónde se encuentra el señor de Osira, que no responde al rumor de la batalla con el grito de guerra...

XVIII

... Los enemigos se adelantan, la llanura gime bajo el peso de sus carros y elefantes de guerra, y el eco de los lejanos montes repite sus salvajes alaridos. Suena la señal del combate y de la muerte. Los defensores de Visnú expiran uno a uno al rigor del acero; el templo del dios es presa de las llamas, y con él la naciente ciudad que en sus inmediaciones levantó el rey de Osira en honor del benéfico genio de Allah-abad...

XIX

... Cuando llegó la noche, la expirante llama del incendio, arrojando sus temblorosos círculos de luz y de sombra sobre la llanura, chispeaba en el casco de los valientes que habían sucumbido a los golpes de Siva, y que yacían entre el polvo cubiertos de sangre y de gloria. Un hondo silencio reinaba en el que fue teatro de la sangrienta lucha, silencio que sólo interrumpía el imponente estruendo de los muros al desplomarse, abrasados por las silbadoras llamas, o el ronco grito del chacal, que, ofuscado por el ardiente resplandor del fuego, rugía en su cueva, temeroso de lanzarse sobre los cadáveres insepultos. Los vencedores abandonaron con el día la llanura donde desde esa época nadie osa poner la planta, temiendo el enojo de Siva, que quiso tener en aquellos lugares un templo de ruinas, habitado por la soledad y el espanto.

XX

Pulo escuchaba, sobrecogido de un religioso pavor, la historia del sangriento combate en que su padre perdió la vida; historia que en su país cantan las bayaderas al son de los címbalos, pero cuya terrible sencillez nunca había arrancado una lágrima tan ardiente a sus ojos cual la que entonces rodó abrasadora sobre su mejilla.

XXI

El cuervo prosigue así:

—¿Ves allá, entre los espesos cañaverales, esconderse una llama ligera y cárdena, que vacila y corre sobre el haz de las fétidas aguas del pantano? Más lejos, al pie de la colina, donde a la sombra de un bosque sombrío se levanta un grosero sepulcro formado de piedras toscas e irregulares, ¿ves cómo se desarrolla el brillante fluido, y vuelve sobre la tumba, y se detiene junto a los troncos de los árboles y se multiplica subdividiéndose en mil otras llamas fantásticas, ligeras y de un azulado resplandor...?

XXII

... Esos son los espíritus de los valientes que en defensa del genio que te protege sucumbieron al golpe de las hachas de Kattak. Dobla en tierra la rodilla, que tu padre va a dejar el seno de la tumba para guiarnos, a través de la noche, del pantano y de las sombras de los valientes, el sitio en que cubiertos de musgo y escondidos entre sus hierbas altas y silenciosas hallaremos los restos mortales, única reliquia del ara de Visnú.

XXIII

Pulo se arrodilla, y del tosco sepulcro del bosque se levanta una llama roja, que lanzándose al vacío comienza a caminar con dirección al ocaso.

El cuervo sigue a la llama, y el príncipe al cuervo.

De repente, aquélla se detiene sobre la cumbre de la colina, en cuya falda duerme el viento de la noche suspirando entre las hojas de los árboles.

El pájaro de la cabeza blanca tiende el vuelo, y cerniéndose en los aires sobre las ruinas de la Pagoda, llama con una voz al caudillo; éste, maravillado y absorto, sube la suave pendiente que conduce al término de su peregrinación.

CANTO SEXTO

I

—Vuelve a tu reino, derrama tus tesoros y trae en tu compañía los artífices más celebrados que en él encuentres. A la luz del sol durante el día, a la de las antorchas durante la noche, que no se dé un minuto de reposo a la ociosidad, fatigando el eco de estos solitarios lugares con el alegre y bullicioso clamor de los trabajadores, a los rudos y sonoros golpes del martillo...

II

... Seis años tienes de término para reedificar la Pagoda, que llenará el mundo de admiración, y alrededor de cuyas altísimas torres se agruparán las nubes y estallarán las tempestades, como en las crestas de las montañas. Sedas hay en Cachemira, oro en Siam, cedros en Katay, elefantes en Lahore y perlas en el golfo de Ormuz. Recorre estos países, y con sus ofrendas y tus adquisiciones, la Pagoda de nuestros días resplandecerá como los astros, flotantes moradas de los genios.

Entonces se traba en el alma de Pulo una lucha entre la curiosidad y el temor, lucha que concluye con el triunfo de aquélla.

Un genio del mal guía sus pasos a través de la noche y éstos se dirigen impulsados por una fuerza incontrastable hacia el lugar en que se encuentra el peregrino.

III

Presta de nuevo atención: nada se escucha. ¿Qué hará? ¡Si fuera posible descubrir un arcano...!

Diciendo así, el caudillo de las manos rojas separa las colgaduras de seda y oro que cubren la puerta de la habitación que ocupa un misterioso viajero; un rayo que hubiera caído a sus pies no le asombraría tanto como la escena que se presenta a sus ojos.

IV

El peregrino ha desaparecido.

En mitad del aposento, y al débil resplandor de una lámpara de alabastro, se ve el informe busto de un horroroso ídolo.

La locura en sus fantásticas creaciones, el sueño en sus angustiosas pesadillas, el insomnio en su deliro abrumador no forjaron nunca una imagen tan repugnante y terrible.

V

No es su rostro el del genio benéfico que protege al príncipe; ese rostro en cuyas facciones se ven grabadas en armoniosas líneas y rasgo atrevido la noble fiereza, la salvaje y varonil hermosura del dios de la selva, no; la fisonomía de aquella tosca escultura, que sin concluir aún se presenta a los ojos del aterrado Pulo, tiene algo de infernal y medroso, de sus redondas pupilas parece pronto a brotar el rayo y la muerte; su dilatada boca está contraída por una sonrisa feroz; todo en él revela un genio del mal.

Es la imagen de Siva y no la de Visnú.

La impaciencia ha perdido para siempre al desgraciado caudillo.

VI

Éste, presa de un vértigo y saliendo de su inmovilidad:

—Brahmines —exclama en voz alta—, despertad de vuestro sueño; la esperanza de dicha que aún me restaba se ha desvanecido como el perfume de un lirio que besa un simún. Siva venció en el combate; levantad el ídolo que lo representa; llevadlo al ara sobre vuestros hombros al compás de los himnos de luto y el clamor de las plañideras y los címbalos; suyo será el templo de su hermano y con él mi vida.

VII

Los brahmines y los servidores del príncipe que han acudido a su llamamiento, se apresuran a ejecutar sus mandatos; las apagadas antorchas vuelven a despedir torrentes de luz; los guerreros hieren a sus escudos con el pomo de la espada; las roncas bocinas de marfil ahuyentan el tranquilo sueño de los habitantes de Kattak, y la triste e imponente comitiva que conduce al dios de la muerte y del estrago se dirige a la gigantesca Pagoda, del seno de la cual se escuchan levantarse, crecer y morir temblando en el vacío, medrosos lamentos y horribles carcajadas. Son los genios de la destrucción que solemnizan su victoria.

VIII

El día comienza a despuntar; la luna se desvanece, y el mar se colora con la primera luz del alba. El templo resplandece iluminado en su interior por cien y cien magníficas lámparas de bronce y oro; las blancas nubes que se elevan de los altares difunden la esencia de la mirra y del áloe por los extensos ámbitos de la Pagoda; el príncipe ha ceñido la frente con el amarillo chal, emblema del poderoso soberano, y cubierto con sus más ricas vestiduras, está de rodillas ante el ara.

Las ceremonias con que los brahmines, invocando la piedad de los genios, han dado posesión al de la muerte del templo de Jaganata, han concluido.

IX

—¡Sacerdotes, caudillos, siervos! —prorrumpe al fin el señor de Osira—, la cólera de los dioses está suspendida sobre mi cabeza, como una espada pendiente de un cabello; mis manos, que desde la terrible hora en que subí al solio ningún mortal ha visto desnudas, están manchadas de sangre. Vedlas; esta sangre es la de mi antecesor, la de mi hermano, a quien arranqué la vida con la corona. Siva, el

dios del remordimiento y de la expiación, me exige ojo por ojo, corona por corona, vida por vida. Cúmplase su voluntad. Sacerdotes, caudillos, siervos: rogad por el último de los Delhi, cuya raza va a desaparecer de la tierra.

La multitud, sobrecogida y llena de terror, permanece en silencio; Pulo, volviéndose hacia el altar en que está colocado el Dios, prosigue de este modo, dirigiéndose al informe ídolo, que parece que contrae sus labios con una muda e infernal sonrisa.

X

—Siva, enemigo y extirpador de mi raza: si la sangre puede borrar mis culpas apartando tu cólera de la frente de Siannah, recíbela como mi última ofrenda; pero concédeme al menos que, antes de partir del mundo, la contemple un instante por la postrera vez, que su boca reciba el frío y apagado aliento de la mía; que sus besos cierren mis párpados a la eterna noche de la tumba.

XI

La muchedumbre que ocupa las naves del templo tiene fijos sus ojos en el príncipe y arroja un grito de horror.

Pulo se ha atravesado con su espada, y el caliente borbotón de sangre que brotó de su herida saltó humeando al rostro del genio.

En aquel instante, una mujer atraviesa el atrio de la Pagoda, y se adelanta hasta el recinto en que se eleva el ara de Siva.

—¡Siannah! —murmura el príncipe reconociéndola—. Siannah, al fin te veo antes de morir— y expira.

XII

Siannah, la perla de Ormuz, la violeta de Osira, el símbolo de la hermosura y del amor, la que formó Bermach en un delirio de placer, combinando la gentileza de las palmas de Nepal, la flexibilidad de los juncos del Ganges, la esmeralda de los ojos de una schiva, la luz de un diamante de Golconda, la armonía de una noche de verano y la esencia de un lirio salvaje del Himalaya; Siannah, la hermosa entre las hermosas, siguió a Pulo a través de su peregrinación en esas regiones desconocidas de las que ningún viajero vuelve.

Siannah fue la primera viuda indiana que se arrojó al fuego con el cadáver de su esposo.

EL RAYO DE LUNA

Yo no sé si esto es una historia que parece cuento o un cuento que parece historia; lo que puedo decir es que en su fondo hay una verdad, una verdad muy triste, de la que acaso yo seré uno de los últimos en aprovecharme, dadas mis condiciones de imaginación.

Otro, con esta idea, tal vez hubiera hecho un tomo de filosofía lacrimosa; yo he escrito esta leyenda que, a los que nada vean en su fondo, al menos podrá entretenerles un rato.

I

Era noble, había nacido entre el estruendo de las armas, y el insólito clamor de una trompa de guerra no le hubiera hecho levantar la cabeza un instante, ni apartar sus ojos un punto del oscuro pergamino en que leía la última cantiga de un trovador.

Los que quisieran encontrarle, no le debían buscar en el anchuroso patio de su castillo, donde los palafreneros domaban los potros, los pajes enseñaban a volar a los halcones y los soldados se entretenían los días de reposo en afilar el hierro de su lanza contra una piedra.

—¿Dónde está Manrique, dónde está vuestro señor? —preguntaba algunas veces su madre.

—No sabemos —respondían sus servidores—: acaso estará en el claustro del Monasterio de la Peña, sentado al borde de una tumba, prestando oído a ver si sorprende alguna palabra de la conversación de los muertos; o en el puente, mirando correr unas tras otras las olas del río por debajo de sus arcos; o acurrucado en la quiebra de una roca y entretenido en contar las estrellas del cielo, en seguir una nube con la vista o contemplar los fuegos fatuos que cruzan como exhalaciones sobre el haz de las lagunas. En cualquier parte estará menos en donde esté todo el mundo.

En efecto, Manrique amaba la soledad, y la amaba de tal modo, que algunas veces hubiera deseado no tener sombra, porque su sombra no le siguiese a todas partes.

Amaba la soledad, porque en su seno, dando rienda suelta a la imaginación, forjaba un mundo fantástico, habitado por extrañas creaciones, hijas de sus delirios y sus ensueños de poeta; porque Manrique era poeta, ¡tanto, que nunca le habían satisfecho las formas en que pudiera encerrar sus pensamientos, y nunca los había encerrado al escribirlos!

Creía que entre las rojas ascuas del hogar habitaban espíritus de fuego de mil colores, que corrían como insectos de oro a lo largo de los troncos encendidos, o danzaban en una luminosa ronda de chispas en la cúspide de las llamas, y se pasaba las horas muertas sentado en un escabel junto a la alta chimenea gótica, inmóvil y con los ojos fijos en la lumbre.

Creía que en el fondo de las ondas del río, entre los musgos de la fuente y sobre los vapores del lago, vivían unas mujeres misteriosas, hadas, sílfides u ondinas, que exhalaban lamentos y suspiros, o cantaban y se reían en el monótono rumor del agua, rumor que oía en silencio intentando traducirlo.

En las nubes, en el aire, en el fondo de los bosques, en las grietas de las peñas, imaginaba percibir formas o escuchar sonidos misteriosos, formas de seres sobrenaturales, palabras ininteligibles que no podían comprender.

¡Amar! Había nacido para soñar el amor, no para sentirlo. Amaba a todas las mujeres un instante: a ésta porque era rubia, a aquélla porque tenía los labios rojos, a la otra porque se cimbreaba al andar como un junco.

Algunas veces llegaba su delirio hasta el punto de quedarse una noche entera mirando a la luna, que flotaba en el cielo entre un vapor de plata, o a las estrellas, que temblaban a lo lejos como los cambiantes de las piedras preciosas. En aquellas largas noches de poético insomnio, exclamaba:

—Si es verdad, como el prior de la Peña me ha dicho, que es posible que esos puntos de luz sean mundos; si es verdad que en ese globo de nácar que rueda sobre las nubes habitan gentes, ¡qué mujeres tan hermosas serán las mujeres de esas regiones luminosas, y yo no podré verlas, y yo no podré amarlas...! ¿Cómo será su hermosura...? ¿Cómo será su amor...?

Manrique no estaba aún lo bastante loco para que le siguiesen los muchachos, pero sí lo suficiente para hablar y gesticular a solas, que es por donde se empieza.

II

Sobre el Duero, que pasaba lamiendo las carcomidas y oscuras piedras de las murallas de Soria, hay un puente que conduce de la ciudad al antiguo convento de los Templarios, cuyas posesiones se extendían a lo largo de la opuesta margen del río.

En la época a que nos referimos, los caballeros de la Orden habían ya abandonado sus históricas fortalezas; pero aún quedaban en pie los restos de los anchos torreones de sus muros, aún se veían, como en parte se ven hoy, cubiertos de hiedra y campanillas blancas los macizos arcos de su claustro, las prolongadas galerías ojivales de sus patios de armas, en las que suspiraba el viento con un gemido, agitando las altas hierbas.

En los huertos y en los jardines, cuyos senderos no hollaban hacía muchos años las plantas de los religiosos, la vegetación, abandonada a sí misma, desplegaba todas sus galas, sin temor de que la mano del hombre la mutilase, creyendo embellecerla. Las plantas trepadoras subían encaramándose por los añosos troncos de los árboles; las sombrías calles de álamos, cuyas copas se tocaban y se confundían entre sí, se habían cubierto de césped; los cardos silvestres y las ortigas brotaban en medio de los enarenados caminos, y en los trozos de fábrica, próximos a desplomarse, el jaramago, flotando al viento como el penacho de una cimera, y las campanillas blancas y azules, balanceándose como en un columpio sobre sus largos y flexibles tallos, pregonaban la victoria de la destrucción y la ruina.

Era de noche; una noche de verano, templada, llena de perfumes y de rumores apacibles, y con luna blanca y serena, en mitad de un cielo azul, luminoso y transparente.

Manrique, presa su imaginación de un vértigo de poesía, después de atravesar el puente, desde donde contempló un momento la negra silueta de la ciudad, que se destacaba sobre el fondo de algunas nubes blanquecinas y ligeras arrolladas en el horizonte, se internó en las desiertas ruinas de los Templarios.

La media noche tocaba a su punto. La luna, que se había ido remontando lentamente, estaba ya en lo más alto del cielo, cuando al entrar en una oscura alameda que conducía desde el derruido claustro a la margen del Duero, Manrique exhaló un grito leve y ahogado, mezcla extraña de sorpresa, de temor y de júbilo.

En el fondo de la sombría alameda había visto agitarse una cosa blanca, que flotó un momento y desapareció en la oscuridad. La orla del traje de una mujer, que había cruzado el sendero y se ocultaba entre el follaje, en el mismo instante en que el loco soñador de quimeras o imposibles penetraba en los jardines.

—¡Una mujer desconocida...! ¡En este sitio...! ¡A estas horas! Esa, esa es la mujer que yo busco —exclamó Manrique, y se lanzó en su seguimiento, rápido como una saeta.

III

Llegó al punto en que había visto perderse entre la espesura de las ramas a la mujer misteriosa. Había desaparecido. ¿Por dónde? Allá lejos, muy lejos, creyó divisar por entre los cruzados troncos de los árboles como una claridad o una forma blanca que se movía.

—¡Es ella, es ella, que lleva alas en los pies y huye como una sombra! —dijo, y se precipitó en su busca, separando con las manos las redes de hiedra que se extendían como un tapiz de unos en otros álamos.

Llegó, rompiendo por entre la maleza y las plantas parásitas, hasta una especie de rellano que iluminaba la claridad del cielo... ¡Nadie!

—¡Ah!, por aquí va —exclamó entonces—. Oigo sus pisadas sobre las rocas secas, y el crujido de su traje que arrastra por el suelo y roza en los arbustos —y corría y corría como un loco de aquí para allá, y no la veía—. Pero siguen sonando sus pisadas —murmuró otra vez—; creo que ha hablado; no hay duda, ha hablado... El viento que suspira entre las ramas; las hojas, que parece que rezan en voz baja, me han impedido oír lo que ha dicho; pero no hay duda, va por ahí, ha hablado..., ha hablado... ¿En qué idioma? No sé, pero es una lengua extranjera... —y tornó a correr en su seguimiento unas veces creyendo verla, otras pensando oírla; ya notando que las ramas, por entre las cuales había desaparecido, se movían, ya imaginando distinguir en la arena la huella de sus breves pies; luego firmemente persuadido de que un perfume especial que aspiraba a intervalos era un aroma perteneciente a aquella mujer que se burlaba de él, complaciéndose en huirle por entre aquellas intrincadas malezas. ¡Afán inútil!

Vagó algunas horas de un lado a otro, fuera de sí, ya parándose para escuchar, ya deslizándose con las mayores precauciones sobre la hierba, ya en una carrera frenética y desesperada.

Avanzando, avanzando por entre los inmensos jardines que bordeaban la margen del río, llegó al fin al pie de las rocas sobre las que se eleva la ermita de San Saturio.

—Tal vez, desde esta altura podré orientarme para seguir mis pesquisas a través de ese confuso laberinto —exclamó trepando de peña en peña con la ayuda de su daga.

Llegó a la cima, desde la que se descubre la ciudad en lontananza y una gran parte del Duero que se retuerce a sus pies, arrastrando una corriente impetuosa y oscura por entre las corvas márgenes que lo encarcelan.

Manrique, una vez en lo alto de las rocas, tendió la vista a su alrededor; pero al tenderla y fijarla al cabo en un punto, no pudo contener una blasfemia.

La luz de la luna rielaba chispeando en la estela que dejaba en pos de sí una barca que se dirigía a todo remo a la orilla opuesta.

En aquella barca había creído distinguir una forma blanca y esbelta, una mujer sin duda, la mujer que había visto en los Templarios, la mujer de sus sueños, la realización de sus más locas esperanzas. Se descolgó de las peñas con la agilidad de un gamo, arrojó al suelo la gorra, cuya redonda y larga pluma podía embarazarle para correr, y desnudándose del ancho capotillo de terciopelo, partió como una exhalación hacia el puente.

Pensaba atravesarlo y llegar a la ciudad antes que la barca tocase en la otra orilla. ¡Locura! Cuando Manrique llegó jadeante y cubierto de sudor a la entrada, ya los que habían atravesado el Duero por la parte de San Saturio entraban en Soria por una de las puertas del muro, que en aquel tiempo llegaba hasta la margen del río, en cuyas aguas se retrataban sus pardas almenas.

IV

Aunque desvanecida su esperanza de alcanzar a los que habían entrado por el postigo de San Saturio, no por eso nuestro héroe perdió la de saber la casa que en la ciudad podía albergarlos. Fija en su mente esta idea, penetró en la población, y dirigiéndose hacia el barrio de San Juan, comenzó a vagar por sus calles a la ventura.

Las calles de Soria eran entonces, y lo son todavía, estrechas, oscuras y tortuosas. Un silencio profundo reinaba en ellas, silencio que sólo interrumpían, ora el lejano ladrido de un perro, ora el rumor de una puerta al cerrarse, ora el relincho de un corcel que piafando hacía sonar la cadena que le sujetaba al pesebre en las subterráneas caballerizas.

Manrique, con el oído atento a estos rumores de la noche, que unas veces le parecían los pasos de alguna persona que había doblado ya la última esquina de un callejón desierto; otras, voces confusas de gentes que hablaban a sus espaldas y que a cada momento esperaba ver a su lado, anduvo algunas horas corriendo al azar de un sitio a otro.

Por último, se detuvo al pie de un caserón de piedra, oscuro y antiquísimo, y al detenerse brillaron sus ojos con una indescriptible expresión de alegría. En una de las altas ventanas ojivales de aquel que pudiéramos llamar palacio, se veía un rayo de luz templada y suave que, pasando a través de unas ligeras colgaduras de seda color de rosa, se reflejaba en el negruzco y agrietado paredón de la casa de enfrente.

—No cabe duda, aquí vive mi desconocida —murmuró el joven con voz baja sin apartar un punto sus ojos de la ventana gótica—; aquí vive. Ella entró por el postigo de San Saturio..., por el postigo de San Saturio se viene a este barrio..., en este barrio hay una casa, donde pasada la media noche aún hay gente en vela... ¿En vela? ¿Quién sino ella, que vuelve de sus nocturnas excursiones, puede estarlo a estas horas...? No hay más; esta es su casa.

En esta firme persuasión, y revolviendo en su cabeza las más locas y fantásticas imaginaciones, esperó el alba frente a la ventana gótica, de la que en toda la noche no le faltó la luz ni él separó la vista un momento.

Cuando llegó el día, las macizas puertas del arco que daban entrada al caserón, y sobre cuya clave se veían esculpidos los blasones de su dueño, giraron pesadamente sobre los goznes con un chirrido prolongado y agudo. Un escudero apareció bajo el dintel con un manojo de llaves en la mano, restregándose los ojos y enseñando al bostezar una caja de dientes capaces de dar envidia a un cocodrilo.

Verle Manrique y lanzarse a la puerta, todo fue obra de un instante.

—¿Quién habita en esta casa? ¿Cómo se llama ella? ¿De dónde es? ¿A qué ha venido a Soria? ¿Tiene esposo? Responde, responde, animal.

Esta fue la salutación que, sacudiéndole el brazo violentamente, dirigió al pobre escudero, el cual, después de mirarle un buen espacio de tiempo con ojos espantados y estúpidos, le contestó con voz entrecortada por la sorpresa:

—En esta casa vive el muy honrado señor don Alonso de Valdecuellos, montero mayor de nuestro señor el rey, que, herido en la guerra contra los moros, se encuentra en esta ciudad reponiéndose de sus fatigas.

—Pero, ¿y su hija? —le interrumpió el joven impaciente—; ¿y su hija, o su hermana, o su esposa, o lo que sea?

—¡No tiene ninguna mujer consigo!

—¡No tiene ninguna...! Pues, ¿quién duerme allí en aquel aposento donde toda la noche he visto arder una luz?

—¿Allí? Allí duerme mi señor don Alonso, que, como se halla enfermo, mantiene encendida su lámpara hasta que amanece.

Un rayo cayendo de improviso a sus pies no le hubiera causado más asombro que el que le causaron estas palabras.

V

—Yo la he de encontrar; la he de encontrar, y si la encuentro, estoy casi seguro de que he de conocerla... ¿En qué...? Eso es lo que no podré decir..., pero he de conocerla. El eco de sus pisadas o una sola palabra suya que vuelva a oír, un extremo de su traje, un solo extremo que vuelva a ver, me bastarán para conseguirlo. Noche y día estoy mirando flotar delante de mis ojos aquellos pliegues de una tela diáfana y blanquísima; noche y día me están sonando aquí dentro, dentro de la cabeza, el crujido de su traje, el confuso rumor de sus ininteligibles palabras... ¿Qué dijo? ¡Ah!, si yo pudiera saber lo que dijo, acaso..., pero aun sin saberlo la encontraré..., la encontraré; me lo da el corazón, y mi corazón no me engaña nunca. Verdad es que ya he recorrido inútilmente todas las calles de Soria; que he pasado noches y noches al sereno, hecho poste de una esquina; me he gastado más de veinte doblas de oro en hacer charlar a dueñas y escuderos, que he dado agua bendita en San Nicolás a un vieja, arrebujada con tal arte en su manto de anacoste, que se me figuró una deidad, y al salir de la Colegiata una noche de maitines, creyendo que el extremo de sus holapandas era el del traje de mi desconocida; pero no importa..., yo la he de encontrar, y la gloria de poseerla excederá seguramente al trabajo de buscarla. ¿Cómo serán sus ojos...? Deben de ser azules, azules y húmedos como el cielo de la noche. Me gustan tanto los ojos de ese color; son tan expresivos, tan melancólicos, tan... Sí..., no hay duda; azules deben de ser, azules son, seguramente; y sus cabellos, negros, muy negros y largos para que floten. Me parece que los vi flotar aquella noche al par que su traje, y eran negros..., no me engaño, no; eran negros. ¡Y qué bien sientan unos ojos azules, muy rasgados y adormidos, y una cabellera suelta, flotante y oscura, a una mujer alta..., porque... ella es alta, alta y esbelta como esos ángeles de las portadas de nuestras basílicas, cuyos ovalados rostros envuelven en un misterioso crepúsculo las sombras de sus doseles de granito. ¡Su voz...! Su voz la he oído... Su voz es suave como el rumor del viento en las hojas de los álamos, y su andar acompasado y majestuoso como las cadencias de una música. Y esa mujer, que es hermosa como el más hermoso de mis sueños de adolescente, que piensa como yo pienso, que gusta como yo gusto, que odia lo que yo odio, que es un espíritu hermano

de mi espíritu, que es el complemento de mi ser, ¿no se ha de sentir conmovida al encontrarme? ¿No me ha de amar como yo la amaré, como la amo ya, con todas las fuerzas de mi vida, con todas las facultades de mi alma? Vamos, vamos al sitio donde la vi la primera y única vez que la he visto... ¿Quién sabe si caprichosa como yo, amiga de la soledad y el misterio, como todas las almas soñadoras, se complace en vagar por entre las ruinas, en el silencio de la noche?

Dos meses habían transcurrido desde que el escudero de don Alfonso de Valdecuellos desengañó al iluso Manrique; dos meses durante los cuales en cada hora había formado un castillo en el aire, que la realidad desvanecía con un soplo; dos meses, durante los cuales había buscado en vano a aquella mujer desconocida, cuyo absurdo amor iba creciendo en su alma, merced a sus aún más absurdas imaginaciones, cuando después de atravesar, absorto en estas ideas, el puente que conduce a los Templarios, el enamorado joven se perdió entre las intrincadas sendas de sus jardines.

VI

La noche estaba serena y hermosa, la luna brillaba en toda su plenitud en lo más alto del cielo y el viento suspiraba con un rumor dulcísimo entre las hojas de los árboles.

Manrique llegó al claustro, tendió la vista por su recinto y miró a través de las macizas columnas de sus arcadas... Estaba desierto.

Salió de él, encaminó sus pasos hacia la oscura alameda que conduce al Duero; aún no había penetrado en ella, cuando de sus labios se escapó un grito de júbilo.

Había visto flotar un instante y desaparecer el extremo del traje blanco, del traje blanco de la mujer de sus sueños, de la mujer que ya amaba como un loco.

Corre, corre en su busca, llega al sitio en que la ha visto desaparecer; pero al llegar se detiene, fija los espantados ojos en el suelo, permanece un rato inmóvil; un ligero temblor nervioso agita sus miembros, un temblor que va creciendo, que va creciendo y ofrece los síntomas de una verdadera convulsión, y prorrumpe al fin en una carcajada, una carcajada sonora, estridente, horrible.

Aquella cosa blanca, ligera, flotante, había vuelto a brillar ante sus ojos, pero había brillado a sus pies un instante, no más que un instante.

Era un rayo de luna, un rayo de luna que penetraba a intervalos por entre la verde bóveda de los árboles cuando el viento movía sus ramas.

Habían pasado algunos años. Manrique, sentado en un sitial junto a la alta chimenea gótica de su castillo, inmóvil casi y con una mirada vaga e inquieta como la de un idiota, apenas prestaba atención ni a las caricias de su madre ni a los consuelos de sus servidores.

—Tú eres joven, tú eres hermoso —le decía aquélla—; ¿por qué te consumes en la soledad? ¿Por qué no buscas una mujer a quien ames, y que amándote pueda hacerte feliz?

—¡El amor...! El amor es un rayo de luna —murmuraba el joven.

—¿Por qué no despertáis de ese letargo? —le decía uno de sus escuderos—; os vestís de hierro de pies a cabeza, mandáis desplegar al aire vuestro pendón de ricohombre y marchamos a la guerra: en la guerra se encuentra la gloria.

—¡La gloria...! La gloria es un rayo de luna.

—¿Queréis que os diga una cantiga, la última que ha compuesto mosén Arnaldo, el trovador provenzal?

—¡No! ¡No! —exclamó el joven incorporándose colérico en su sitial—. No quiero nada..., es decir, sí quiero..., quiero que me dejéis solo... Cantigas..., mujeres..., glorias..., felicidad..., mentiras, todo, fantasmas vanos que formamos en nuestra imaginación y vestimos a nuestro antojo, y los amamos y corremos tras ellos, ¿para qué?, ¿para qué?, para encontrar un rayo de luna.

Manrique estaba loco; por lo menos, todo el mundo lo creía así. A mí, por el contrario, se me figuraba que lo que había hecho era recuperar el juicio.

LA CRUZ DEL DIABLO

Que lo crea o no, me importa bien poco. Mi abuelo se lo narró a mi padre; mi padre me lo ha referido a mí, y yo te lo cuento ahora, siquiera no sea más que por pasar el rato.

I

El crepúsculo comenzaba a extender ligeras alas de vapor sobre las pintorescas orillas del Segre, cuando después de una fatigosa jornada llegamos a Bellver, término de nuestro viaje.

Bellver es una pequeña población situada a la falda de una colina, por detrás de la cual se ven elevarse, como las gradas de un colosal anfiteatro de granito, las empinadas y nebulosas crestas de los Pirineos.

Los blancos caseríos que la rodean, salpicados aquí y allá sobre una ondulante sábana de verdura, parecen a lo lejos un bando de palomas que han abatido su vuelo para apagar su sed en las aguas de la ribera.

Una pelada roca, a cuyos pies tuercen éstas su curso, y sobre cuya cima se notan aún remotos vestigios de construcción, señala la antigua línea divisoria entre el condado de Urgel y el más importante de sus feudos.

A la derecha del tortuoso sendero que conduce a este punto, remontando la corriente del río y siguiendo sus cunas y frondosas márgenes, se encuentra una cruz.

El asta y los brazos son de hierro; la redonda base en que se apoya, de mármol, y la escalinata que a ella conduce, de oscuros y mal unidos fragmentos de sillería.

La destructora acción de los años, que ha cubierto de orín el metal, ha roto y carcomido la piedra de este monumento, entre cuyas hendiduras crecen algunas plantas trepadoras que suben enredándose hasta coronarlo, mientras una vieja y corpulenta encina le sirve de dorsel.

Yo había adelantado algunos minutos a mis compañeros de viaje, y deteniendo mi escuálida cabalgadura, contemplaba en silen-

cio aquella cruz, muda y sencilla expresión de las creencias y la piedad de otros siglos.

Un mundo de ideas se agolpó a mi imaginación en aquel instante. Ideas ligerísimas, sin forma determinada, que unían entre sí, como un invisible hilo de luz, la profunda soledad de aquellos lugares, el alto silencio de la naciente noche y la vaga melancolía de mi espíritu.

Impulsado de un pensamiento religioso, espontáneo e indefinible, eché maquinalmente pie a tierra, me descubrí, y comencé a buscar en el fondo de mi memoria una de aquellas oraciones que me enseñaron cuando era niño; una de aquellas oraciones que cuando más tarde se escapan involuntarias de nuestros labios, parece que aligeran el pecho oprimido, y semejantes a las lágrimas, alivian el dolor, que también toma estas formas para evaporarse.

Ya había comenzado a murmurarla, cuando de improviso sentí que me sacudían con violencia por los hombros.

Volví la cara; un hombre estaba a mi lado.

Era uno de nuestros guías, natural del país, el cual, con una indescriptible expresión de terror pintada en el rostro, pugnaba por arrastrarme consigo y cubrir mi cabeza con el fieltro que aún tenía en mis manos.

Mi primera mirada, mitad de asombro, mitad de cólera, equivalía a una interrogación enérgica, aunque muda.

El pobre hombre, sin cejar en su empeño de alejarme de aquel sitio, contestó a ella con estas palabras, que entonces no pude comprender, pero en las que había un acento de verdad que me sobrecogió:

—¡Por la memoria de su madre! ¡Por lo más sagrado que tenga en el mundo, señorito, cúbrase usted la cabeza y aléjese más que de prisa de esta cruz! ¡Tan desesperado está usted que, no bastándole la ayuda de Dios, recurre a la del demonio!

Yo permanecí un rato mirándole en silencio. Francamente, creí que estaba loco; pero él prosiguió con igual vehemencia:

—Usted busca la frontera; pues bien, si delante de esa cruz le pide usted al cielo que le ayude, las cumbres de los montes vecinos se levantarán en una sola noche hasta las estrellas invisibles, sólo porque no encontremos la raya en toda nuestra vida.

Yo no pude menos de sonreírme.

—¿Se burla usted...? ¿Cree acaso que esa es una cruz santa como la del porche de nuestra iglesia...?

—¿Quién lo duda?

—Pues se engaña usted de medio a medio; porque esa cruz, salvo lo que tiene de Dios, esta maldita..., esa cruz pertenece a un espíritu maligno, y por eso la llaman *La cruz del diablo*.

—¡La cruz del diablo! —repetí cediendo a sus instancias, sin darme cuenta a mí mismo del involuntario temor que comenzó a apoderarse de mi espíritu, y que rechazaba como una fuerza desconocida de aquel lugar—; ¡la cruz del diablo! ¡Nunca ha herido mi imaginación una amalgama más disparatada de dos ideas tan absolutamente enemigas...! ¡Una cruz... y del diablo! ¡Vaya, vaya! Fuerza será que en llegando a la población me expliques este mostruoso absurdo.

Durante este corto diálogo, nuestros camaradas, que habían picado sus cabalgaduras, se nos reunieron al pie de la cruz; yo les expliqué en breves palabras lo que acababa de suceder; monté nuevamente en mi rocín, y las campanas de la parroquia llamaban lentamente a la oración, cuando nos apeamos en el más escondido y lóbrego de los paradores de Bellver.

II

Las llamas rojas y azules se enroscaban chisporroteando a lo largo del grueso tronco de encina que ardía en el ancho hogar; nuestras sombras, que se proyectaban temblando sobre los ennegrecidos muros, se empequeñecían o tomaban formas gigantescas, según la hoguera despedía resplandores más o menos brillantes; el vaso de saúco, ora vacío, ora lleno, y no de agua, como canjilón de noria, había dado tres veces la vuelta en derredor del círculo que formábamos junto al fuego, y todos esperaban con impaciencia la historia de *La cruz del diablo*, que a guisa de postres de la frugal cena que acabábamos de consumir se nos había prometido, cuando nuestro guía tosió por dos veces, echó al coleto un último trago de vino, limpióse con el revés de la mano la boca y comenzó de este modo:

—Hace mucho tiempo, mucho tiempo, yo no sé cuánto, pero los moros ocupaban aún la mayor parte de España, se llamaban condes nuestros reyes, y las villas y aldeas pertenecían en feudo a ciertos señores, que a su vez prestaban homenaje a otros más poderosos, cuando acaeció lo que voy a referir a ustedes.

Concluida esta breve introducción histórica, el héroe de la fiesta guardó silencio durante algunos segundos como para coordinar sus recuerdos, y prosiguió así:

—Pues es el caso que, en aquel tiempo remoto, esta villa y algunas otras formaban parte del patrimonio de un noble barón, cuyo

castillo señorial se levantó por muchos siglos sobre la cresta de un peñasco que baña el Segre, del cual se toma su nombre.

Aún testifican la verdad de mi relación algunas informes ruinas que, cubiertas de jaramago y musgo, se alcanzan a ver sobre su cumbre desde el camino que conduce a este pueblo. No sé si por ventura o desgracia quiso la suerte que este señor, a quien por su crueldad detestaban sus vasallos, y por sus malas cualidades ni el rey admitía en su corte, ni sus vecinos en el hogar, se aburriese de vivir solo con su mal humor y sus ballesteros en lo alto de la roca en que sus antepasados colgaron su nido de piedra. Devanábase noche y día los sesos en busca de alguna distracción propia de su carácter, lo cual era bastante difícil después de haberse cansado, como ya lo estaba, de mover guerra a sus vecinos, apalear a sus servidores y ahorcar a sus súbditos. En esta ocasión cuentan las crónicas que se le ocurrió, aunque sin ser ejemplar una idea feliz.

Sabiendo que los cristianos de otras poderosas naciones se aprestaban a partir juntos en una formidable armada a un país maravilloso para conquistar el sepulcro de Nuestro Señor Jesucristo, que los moros tenían en su poder, se determinó a marchar en su seguimiento. Si realizó esta idea con objeto de purgar sus culpas, que no eran pocas, derramando su sangre en tan justa empresa, o con el de trasplantarse a un punto donde sus malas mañas no se conociesen, se ignora; pero la verdad del caso es que, con gran contentamiento de grandes y chicos, de vasallos y de iguales, allegó cuanto dinero pudo, redimió a sus pueblos de señorío, mediante una gruesa cantidad, y no conservando de propiedad suya más que el peñón del Segre y las cuatro torres del castillo, herencia de sus padres, desapareció de la noche a la mañana. La comarca entera suspiró en libertad durante algún tiempo, como si despertara de una pesadilla. Ya no colgaban de los árboles de sus sotos, en vez de frutas, racimos de hombres; las muchachas del pueblo no temían el salir con su cántaro en la cabeza a tomar agua de la fuente del camino, ni los pastores llevaban sus rebaños al Segre por sendas impracticables y ocultas, temblando encontrar a cada revuelta de la trocha a los ballesteros de su muy amado señor.

Así transcurrió el espacio de tres años; la historia del *mal caballero*, que sólo por este nombre se le conocía, comenzaba a pertenecer al exclusivo dominio de las viejas, que en las eternas veladas del invierno la relataban con voz hueca y temerosa a los asombrados chicos; las madres asustaban a los pequeñuelos incorregibles o llorones diciéndoles: *¡que viene el señor del Segre!*, cuando he aquí que no sé si un día o una noche, si caído del cielo o abortado de los

profundos, el temido señor apareció efectivamente, y como suele decirse, en carne y hueso, en mitad de sus antiguos vasallos. Renuncio a describir el efecto de esta desagradable sorpresa.

Ustedes se lo podrán figurar mejor que yo pintarlo, sólo con decirles que tornaba reclamando sus vendidos derechos, que si malo se fue, peor volvió; y si pobre y sin crédito se encontraba antes de partir a la guerra, ya no podía contar con más recursos que su despreocupación, su lanza y una media docena de aventureros tan desalmados y perdidos como su jefe. Como era natural, los pueblos se resistieron a pagar tributos que a tanta costa habían redimido; pero el señor puso fuego a sus heredades, a sus alquerías y a sus mieses.

Entonces apelaron a la justicia del rey; pero el señor se burló de las cartas-leyes de los condes soberanos; los clavó en el postigo de sus torres, y colgó a las farautes de una encina. Exasperadas y no encontrando otra vía de salvación, por último, se pusieron de acuerdo entre sí, se encomendaron a la Divina Providencia y tomaron las armas; pero el señor llamó a sus secuaces, llamó en su ayuda al diablo, se encaramó a su roca y se preparó la lucha.

Ésta comenzó terrible y sangrienta. Se peleaba con todas las armas, en todos sitios y a todas horas, con la espada y el fuego, en la montaña y en la llanura, en el día y durante la noche. Aquello no era pelear para vivir; era vivir para pelear. Al cabo triunfó la causa de la justicia. Oigan ustedes cómo.

Una noche oscura, muy oscura, en que no se oía ni un rumor en la tierra ni brillaba un solo astro en el cielo, los señores de la fortaleza, engreídos por una reciente victoria, se repartían el botín, y ebrios con el vapor de los licores, en mitad de la loca y estruendosa orgía entonaban sacrílegos cantares en loor de su infernal patrono. Como dejo dicho, nada se oía en derredor del castillo, excepto el eco de las blasfemias, que palpitaban perdidas en el sombrío seno de la noche, como palpitan las almas de los condenados envueltas en los pliegues del huracán de los infiernos. Ya los descuidados centinelas habían fijado algunas veces sus ojos en la villa, que reposaba silenciosa, y se habían dormido sin temor a una sorpresa apoyados en el grueso tronco de sus lanzas cuando he aquí que algunos aldeanos resueltos a morir y protegidos por la sombra, comenzaron a escalar el cubierto peñón del Segre, a cuya cima tocaron a punto de la media noche.

Una vez en la cima, lo que faltaba por hacer fue obra de poco tiempo: los centinelas salvaron de un solo salto el valladar que separa el sueño de la muerte; el fuego, aplicado con teas de resina al

puente y al rastrillo, se comunicó con la rapidez del relámpago a los muros; y los escaladores, favorecidos por la confusión y abriéndose paso entre las llamas, dieron fin con los habitantes de aquella guarida en un abrir y cerrar de ojos. Todos perecieron.

Cuando el cercano día comenzó a blanquear las altas copas de los enebros, humeaban aún los calcinados escombros de las desplomadas torres, y a través de sus anchas brechas, chispeando al herirla la luz y colgaba de uno de los negros pilares de la sala del festín, era fácil divisar la armadura del temido jefe, cuyo cadáver, cubierto de sangre y polvo, yacía confundido con los de sus oscuros compañeros.

El tiempo pasó; comenzaron los zarzales a rastrear por los desiertos patios la hiedra a enredarse en los oscuros machones y las campanillas azules a mecerse colgadas de las mismas almenas. Los desiguales soplos de la brisa, el graznido de las aves nocturnas y el rumor de reptiles que se deslizaban entre las altas hierbas, turbaban sólo de cuando en cuando el silencio de muerte de aquel lugar maldecido; los insepultos huesos de sus antiguos moradores blanqueaban al rayo de la luna, y aún podía verse el haz de armas del señor del Segre, colgado del negro pilar de la sala del festín. Nadie osaba tocarle; pero corrían mil fábulas acerca de aquel objeto, causa incesante de hablillas y terrores para los que le miraban llamear durante el día, herido por la luz del sol, o creían percibir en las altas horas de la noche el metálico son de sus piezas, que chocaban entre sí cuando las movía el viento, con un gemido prolongado y triste. A pesar de todos los cuentos que a propósito de la armadura se fraguaron, y que en voz baja se repetían unos a otros los habitantes de los alrededores, no pasaban de cuentos, y el único más positivo que de ellos resultó se redujo entonces a una dosis de miedo más que regular, que cada uno de por sí se esforzaba en disimular lo posible, haciendo, como decirse suele, de tripas corazón. Si de aquí no hubiera pasado la cosa, nada se habría perdido. Pero el diablo, que a lo que parece no se encontraba satisfecho de su obra, sin duda con el permiso de Dios y a fin de hacer purgar a la comarca algunas culpas, volvió a tomar cartas en el asunto. Desde este momento las fábulas, que hasta aquella época no pasaron de un rumor vago y sin aviso alguno de verosimilitud, comenzaron a tomar consistencia y a hacerse de día en día más probables.

En efecto, hacía algunas noches que todo el pueblo había podido observar un extraño fenómeno.

Entre las sombras, a lo lejos, ya subiendo las retorcidas cuestas del peñón del Segre, ya vagando entre las ruinas del castillo, ya cer-

niéndose al parecer en los aires, se veían correr, cruzarse, esconderse y tornar a aparecer para alejarse en distintas direcciones, unas luces misteriosas y fantásticas, cuya procedencia nadie sabía explicar. Esto se repitió por tres o cuatro noches, durante el intervalo de un mes, y los confusos aldeanos esperaban inquietos el resultado de aquellos conciliábulos, que ciertamente no se hizo aguardar mucho, cuando tres o cuatro alquerías incendiadas, varias reses desaparecidas, pusieron en alarma a todo el territorio en diez leguas a la redonda.

Ya no quedó duda alguna. Una banda de malhechores se albergaban en los subterráneos del castillo. Éstos, que sólo se presentaban al principio muy de tarde en tarde y en determinados puntos del bosque que, aun en el día, se dilata a lo largo de la ribera, concluyeron por ocupar casi todos los desfiladeros de las montañas, emboscarse en los caminos, saquear los valles y descender como un torrente a la llanura, donde a éste quiero, a éste no quiero, no dejaban títere con cabeza. Los asesinatos se multiplicaban; las muchachas desaparecían, y los niños eran arrancados de las cunas a pesar de los lamentos de sus madres, para servirlos en diabólicos festines, en que, según la creencia general, los vasos sagrados sustraídos de las profanadas iglesias servían de copas.

El terror llegó a apoderarse de los ánimos en un grado tal, que al toque de oraciones nadie se aventuraba a salir de su casa, en la que no siempre se creían seguros de los bandidos del peñón.

Mas, ¿quiénes eran éstos? ¿De dónde habían venido? ¿Cuál era el nombre de su misterioso jefe? He aquí el enigma que todos querían explicar y que nadie podía resolver entonces, aunque se observase desde luego que la armadura del señor feudal había desaparecido del sitio que antes ocupara, y posteriormente varios labradores hubiesen afirmado que el capitán de aquella desalmada gavilla marchaba a su frente cubierto con una que, de no ser la misma, se le asemejaba en un todo. Cuanto queda repetido, si se le despoja de esa parte de fantasía con que el miedo abulta y completa sus creaciones favoritas, nada tiene en sí de sobrenatural y extraño.

¿Qué cosa más corriente en unos bandidos que las ferocidades con que éstos se distinguían, ni más natural que el apoderarse su jefe de las abandonadas armas del señor del Segre? Sin embargo, algunas revelaciones hechas antes de morir por uno de sus secuaces, prisionero en las últimas refriegas, acabaron de colmar la medida, preocupando el ánimo de los más incrédulos. Poco más o menos, el contenido de su confesión fue éste:

—Yo —dijo— pertenezco a una noble familia. Los extravíos de mi juventud, mis locas prodigalidades y mis crímenes por último,

atrajeron sobre mi cabeza la cólera de mis deudos y la maldición de mi padre, que me desheredó al expirar. Hallándome solo y sin recursos de ninguna especie, el diablo sin duda debió sugerirme la idea de reunir algunos jóvenes que se encontraban en una situación idéntica a la mía, los cuales, seducidos con la promesa de un porvenir de disipación, libertad y abundancia, no vacilaron un instante en suscribir a mis designios. Éstos se reducían a formar una banda de jóvenes de buen humor, despreocupados y poco temerosos del peligro, que desde allí en adelante vivirían alegremente del producto de su valor y a costa del país, hasta tanto que Dios se sirviera disponer de cada uno de ellos conforme a su voluntad, según hoy a mí me sucede. Con este objeto, señalamos esta comarca para teatro de nuestras expediciones futuras, y escogimos como punto el más a propósito para nuestras reuniones el abandonado castillo del Segre, lugar seguro no tanto por su posición fuerte y ventajosa, como por hallarse defendido contra el vulgo por las supersticiones y el miedo. Congregados una noche bajo sus ruinosas arcadas, alrededor de una hoguera que iluminaba con su rojizo resplandor las desiertas galerías, trabóse una acalorada disputa sobre cuál de nosotros había de ser elegido jefe. Cada uno alegó su mérito; yo expuse mis derechos; ya los unos murmuraban entre sí con ojeadas amenazadoras; ya los otros, con voces descompuestas por la embriaguez, habían puesto la mano sobre el pomo de sus puñales para dirimir la cuestión, cuando de repente oímos un extraño crujir de armas, acompañado de pisadas huecas y sonantes, que cada vez se hacían más distintas. Todos arrojamos a nuestro alrededor una inquieta mirada de desconfianza: nos pusimos de pie y desnudamos nuestros aceros, determinados a vender caras las vidas, pero no pudimos por menos de permanecer inmóviles al ver adelantarse con paso firme e igual a un hombre de elevada estatura, completamente armado de la cabeza al pie y cubierto el rostro con la visera del casco, el cual desnudando su montante, que dos hombres podrían apenas manejar, y poniéndole sobre uno de los carcomidos fragmentos de las rotas arcadas, exclamó con voz hueca y profunda, semejante al rumor de una caída de aguas subterráneas: «Si alguno de vosotros se atreve a ser el primero mientras yo habite en el castillo del Segre, que tome esa espada, signo del poder.» Todos guardamos silencio, hasta que, transcurrido el primer momento de estupor, le proclamamos a grandes voces nuestro capitán, ofreciéndole una copa de nuestro vino, la cual rehusó por señas, acaso por no descubrir la faz, que en vano procuramos distinguir a través de las rejillas de hierro que la ocultaban a nuestros ojos. No obstante, aquella noche pronuncia-

mos el más formidable de los juramentos, y a la siguiente dieron principio nuestras nocturnas correrías. En ellas nuestro misterioso jefe marchaba siempre delante de todos. Ni el fuego le atajaba, ni los peligros le intimidaban, ni las lágrimas le conmovían. Nunca despliega sus labios; pero cuando la sangre humea en nuestras manos, como cuando los templos se derrumbaban calcinados por las llamas; cuando las mujeres huyen espantadas entre las ruinas, y los niños arrojan gritos de dolor, y los ancianos perecen a nuestros golpes, contesta con una carcajada de feroz alegría a los gemidos, a las imprecaciones y a los lamentos. Jamás se desnuda de sus armas ni abate la visera de su casco después de la victoria, ni participa del festín, ni se entrega al sueño. Las espadas que le hieren se hunden entre las piezas de su armadura, y ni le causan la muerte, ni se retiran teñidas en sangre; el fuego enrojece su espaldar y su cota, y aún prosigue impávido entre las llamas, buscando nuevas víctimas; desprecia el oro, aborrece la hermosura, y no le inquieta la ambición. Entre nosotros, unos le creen extravagante; otros un noble arruinado, que por un resto de pudor se tapa la cara, y no falta quien se encuentra convencido de que es el mismo diablo en persona.

El autor de estas revelaciones murió con la sonrisa de la mofa en los labios y sin arrepentirse de sus culpas; varios de sus iguales le siguieron en diversas épocas al suplicio, pero el temible jefe a quien continuamente se unían nuevos prosélitos, no cesaba en sus desastrosas empresas. Los infieles habitantes de la comarca, cada vez más aburridos y desesperados, no acertaban ya con la determinación que debería tomarse para concluir de un todo con aquel orden de cosas, cada día más insoportable y triste.

Inmediato a la villa, y oculto en el fondo de un espeso bosque, vivía a la sazón, en una pequeña ermita dedicada a San Bartolomé, un santo hombre de costumbres piadosas y ejemplares a quien el pueblo tuvo siempre en loor de santidad, merced a sus saludables consejos y acertadas predicciones.

Este venerable ermitaño, a cuya prudencia y proverbial sabiduría encomendaron los vecinos de Bellver la resolución de tan difícil problema, después de implorar la misericordia divina por medio de su santo patrono, que, como ustedes no ignoran, conoce al diablo muy de cerca y en más de una ocasión le ha atado bien corto, les aconsejó que se emboscasen durante la noche al pie del pedregoso camino que sube serpenteando la roca, en cuya cima se encontraba el castillo, encargándoles al mismo tiempo que, ya allí, no hiciesen uso de otras armas para aprehenderlo que de una maravillosa oración que les hizo aprender de memoria, y con la cual aseguraban las

crónicas que San Bartolomé había hecho al diablo su prisionero. Púsose en planta el proyecto, y su resultado excedió a cuantas esperanzas se habían concebido, pues aún no iluminaba el sol del otro día la alta torre de Bellver, cuando sus habitantes, reunidos en grupos en la plaza Mayor, se contaban unos a otros, con aire de misterio, cómo aquella noche, fuertemente atado de pies y manos y a lomos de una poderosa mula, había entrado en la población el famoso capitán de los bandidos del Segre. De qué arte se valieron los acometedores de esta empresa para llevarla a término, ni nadie se lo acertaba a explicar, ni ellos mismos podían decirlo; pero el hecho era que gracias a la oración del santo o al valor de sus devotos, la cosa había sucedido tal como se refería.

Apenas la novedad empezó a extenderse de boca en boca y de casa en casa, la multitud se lanzó a las calles con ruidosa algaraza y corrió a reunirse a las puertas de la prisión. La campana de la parroquia llamó a concejo, y los vecinos más respetables se juntaron en capítulo, y todos aguardaban ansiosos la hora en que el reo había de comparecer ante sus improvisados jueces. Éstos, que se encontraban autorizados por los condes de Urgel para administrarse por sí mismos pronta y severa justicia sobre aquellos malhechores, deliberaron un momento, pasado el cual mandaron comparecer al delincuente a fin de notificarle su sentencia. Como dejo dicho, así en la plaza Mayor como en las calles por donde el prisionero debía atravesar para dirigirse al punto en que sus jueces se encontraban, la impaciente multitud hervía como un apiñado enjambre de abejas.

Especialmente en la puerta de la cárcel, la conmoción popular tomaba cada vez mayores proporciones; ya los animados diálogos, los sordos murmullos y los amenazadores gritos comenzaban a poner en cuidado a sus guardas, cuando afortunadamente llegó la orden de sacar al reo.

Al aparecer éste bajo el macizo arco de la portada de su prisión, completamente vestido de todas armas y cubierto el rostro por la visera, un sordo y prolongado murmullo de admiración y de sorpresa se elevó de entre las compactas masas del pueblo, que se abrían con dificultad para dejarle paso. Todos habían reconocido en aquella armadura la del señor del Segre; aquella armadura, objeto de las más sombrías tradiciones mientras se la vio suspendida de los arruinados muros de la fortaleza maldita.

Las armas eran aquéllas, no cabía duda alguna: todos habían visto flotar el negro penacho de su cimera en los combates que en un tiempo trataban contra su señor; todos le habían visto agitarse al soplo de la brisa del crepúsculo, a par de la hiedra del calcinado

pilar en que quedaron colgadas a la muerte de su dueño. Mas, ¿quién podría ser el desconocido personaje que entonces las llevaba? Pronto iba a saberse, al menos así se creía. Los sucesos dirán cómo esta esperanza quedó frustada, a la manera de otras muchas, y por qué de este solemne acto de justicia, del que debía aguardarse el completo esclarecimiento de la verdad, resultaron nuevas y más inexplicables confusiones. El misterioso bandido penetró al fin en la sala del concejo, y un silencio profundo sucedió a los rumores que se elevaran de entre los circunstantes, al oír resonar bajo las altas bóvedas de aquel recinto el metálico son de sus acicates de oro. Uno de los que componían el tribunal, con voz lenta e insegura, le preguntó su nombre, y todos prestaron oído con ansiedad para no perder una sola palabra de su respuesta; pero el guerrero se limitó a encoger sus hombros ligeramente, con un aire de desprecio e insulto que no pudo menos de irritar a sus jueces, los que se miraron entre sí sorprendidos. Tres veces volvió a repetir la pregunta, y otras tantas obtuvo semejante o parecida contestación.

—¡Que se levante la visera! ¡Que se descubra! ¡Que se descubra! —comenzaron a gritar los vecinos de la villa presentes al acto—. ¡Que se descubra! Veremos si se atreve entonces a insultarnos con su desdén, como ahora lo hace protegido por el incógnito.

—Descubríos —le repitió el mismo que anteriormente le dirigiera la palabra.

El guerrero permaneció impasible.

—Os lo mando en nombre de nuestra autoridad.

La misma contestación.

—En el de los condes soberanos.

Ni por esas.

La indignación llegó a su colmo, hasta el punto que uno de sus guardas, lanzándose sobre el reo, cuya pertinencia en callar bastaría para apurar la paciencia a un santo, le abrió violentamente la visera. Un grito general de sorpresa se escapó del auditorio, que permaneció por un instante herido de un inconcebible estupor. La cosa no era para menos. El casco, cuya férrea visera se veía en parte levantada hasta la frente, en parte caía sobre la brillante gola de acero, estaba vacío..., completamente vacío. Cuando pasado ya el primer momento de terror, quisieron tocarle, la armadura se estremeció ligeramente y, descomponiéndose en piezas, cayó al suelo con un ruido sordo y extraño. La mayor parte de los espectadores, a la vista del nuevo prodigio, abandonaron tumultuosamente la habitación y salieron despavoridos a la plaza.

La nueva se divulgó con la rapidez del pensamiento entre la multitud que aguardaba impaciente el resultado del juicio, y fue tal la alarma, la revuelta y la vocería, que ya a nadie cupo duda sobre lo que de pública voz se aseguraba, esto es, que el diablo, a la muerte del señor del Segre, había heredado los feudos de Bellver. Al fin se apaciguó el tumulto, y decidióse volver a un calabozo la maravillosa armadura.

Ya en él, despacháronse cuatro emisarios, que en representación de la atribulada villa hiciesen presente el caso al conde de Urgel y al arzobispo, los que no tardaron muchos días en tornar con la resolución de estos personajes, resolución que, como suele decirse, era breve y compendiosa.

—Cuélguese —les dijeron— la armadura en la plaza Mayor de la villa; que si el diablo la ocupa, fuerza le será abandonarla o ahorcarse con ella.

Encantados los habitantes de Bellver con tan ingeniosa solución volvieron a reunirse en concejo, mandaron levantar una altísima horca en la plaza, y cuando ya la multitud ocupaba sus avenidas, se dirigieron a la cárcel por la armadura, en corporación y con toda la solemnidad que la importancia del caso requería. Cuando la respetable comitiva llegó al macizo arco que daba entrada al edificio, un hombre pálido y descompuesto se arrojó al suelo en presencia de los aturdidos circunstantes, exclamando con lágrimas en los ojos:

—¡Perdón, señores, perdón!

—¡Perdón! ¿Para quién? —dijeron algunos.— ¿Para el diablo que habita dentro de la armadura del señor del Segre?

—Para mí —prosiguió con voz trémula el infeliz, en quien todos reconocieron al alcaide de las prisiones—; para mí..., porque las armas... han desaparecido.

Al oír esas palabras el asombro se pintó en el rostro de cuantos se encontraban en el pórtico, que, mudos e inmóviles, hubieran permanecido en la posición en que se encontraban Dios sabe hasta cuándo, si la siguiente relación del aterrado guardián no les hubiera hecho agruparse en su alrededor para escuchar con avidez.

—Perdonadme, señores —decía el pobre alcaide—, y yo no os ocultaré nada, siquiera sea en contra mía.

Todos guardaron silencio, y él prosiguió así:

—Yo no acertaré nunca a dar razón; pero es el caso que la historia de las armas vacías me pareció siempre una fábula tejida en favor de algún noble personaje, a quien tal vez altas razones de conveniencia pública no permitían descubrir ni castigar. En esta creencia estuve siempre, creencia en que no podía menos de confirmarme la

inmovilidad en que por segunda vez tornaron a la cárcel traídas del Concejo. En vano una noche y otra, deseando sorprender su misterio, si misterio en ellas había, me levantaba poco a poco y aplicaba el oído a los intersticios de la cerrada puerta de su calabozo; ni un rumor se percibía. En vano procuré observarlas a través de un pequeño agujero producido en el muro; arrojadas sobre un poco de paja y en uno de los más oscuros rincones, permanecían un día y otro descompuestas en inmóviles. Una noche, por último, aguijoneado por la curiosidad y deseando convencerme por mí mismo de que aquel objeto de terror nada tenía de misterioso, encendí una linterna, bajé a las prisiones, levanté sus dobles aldabas, y, no cuidando siquiera, tanta era mi fe en que no pasaba de un cuento, de cerrar las puertas tras mí, penetré en el calabozo. Nunca lo hubiera hecho; apenas anduve algunos pasos, la luz de mi linterna se apagó por sí sola, y mis dientes comenzaron a chocar y mis cabellos a erizarse. Turbando el profundo silencio que me rodeaba, había oído como un ruido de hierros que se removían y chocaban al unirse entre las sombras. Mi primer movimiento fue arrojarme a la puerta para cerrar el paso, pero al asir sus hojas sentí sobre mis hombros una mano formidable cubierta con un guantelete, que, después de sacudirme con violencia, me derribó bajo el dintel. Allí permanecí hasta la mañana siguiente, que me encontraron mis servidores falto de sentido, y recordando sólo que, después de mi caída, había creído percibir confusamente como unas pisadas sonoras, al compás de las cuales resonaba un rumor de espuela, que poco a poco se fue alejando hasta perderse.

Cuando concluyó el alcaide, reinó un silencio profundo, al que siguió luego un infernal concierto de lamentaciones, gritos y amenazas. Trabajo costó a los más pacíficos el contener al pueblo que, furioso con la novedad, pedía a grandes voces la muerte del curioso autor de su nueva desgracia. Al cabo logróse apaciguar el tumulto, y comenzaron a disponerse a una nueva persecución. Ésta obtuvo también un resultado satisfactorio. Al cabo de algunos días, la armadura volvió a encontrarse en poder de sus perseguidores. Conocida la fórmula, y mediante la ayuda de San Bartolomé, la cosa no era muy difícil.

Pero aún quedaba algo por hacer, pues en vano, a fin de sujetarla, la colgaron de una horca; en vano emplearon la más exquisita vigilancia con el objeto de quitarle toda ocasión de escaparse por esos mundos. En cuanto las desunidas armas veían dos dedos de luz, se encajaban y, pian pianito, volvían a tomar el trote y emprender de

nuevo sus excursiones por montes y llanos, que era una bendición del cielo. Aquello era el cuento de nunca acabar.

En tan angustiosa situación, los vecinos se repartieron entre sí las piezas de la armadura, que acaso por la centésima vez se encontraba en sus manos, y rogaron al piadoso eremita, que un día les iluminó con sus consejos, decidiera lo que debía hacerse de ella. El santo varón ordenó al pueblo una penitencia general. Se encerró por tres días en el fondo de la caverna que le servía de asilo, y al cabo de ello dispuso que se fundiesen las diabólicas armas, y con ellas y algunos sillares del castillo del Segre se levantase una cruz. La operación se llevó a término aunque no sin que nuevos y aterradores prodigios llenasen de pavor el ánimo de los consternados habitantes de Bellver. En tanto que las piezas arrojadas a las llamas comenzaron a enrojecerse, largos y profundos gemidos parecían escaparse de la ancha hoguera, de entre cuyos troncos saltaban como si estuvieran vivas y sintiesen la acción del fuego. Una tromba de chispas rojas, verdes y azules danzaba en la cúspide de sus encendidas lenguas, y se retorcían crujiendo como si la legión de diablos, cabalgando sobre ellas, pugnase por libertar a su señor de aquel tormento. Extraña, horrible fue la operación en tanto que la candente armadura perdía su forma para tomar la de una cruz.

Los martillos caían, resonando con un espantoso estruendo sobre el yunque, al que veinte trabajadores vigorosos sujetaban las barras del hirviente metal, que palpitaba y gemía al sentir los golpes. Ya se extendían los brazos del signo de nuestra redención, y comenzaba a formarse la cabecera, cuando la diabólica y encendida masa se retorcía de nuevo como en una convulsión espantosa, y rodeándose al cuerpo de los desgraciados que pugnaban por desasirse de sus brazos de muerte, se enroscaba en anillas como una culebra o se contraía en zigzag como un relámpago. El constante trabajo, la fe, las oraciones y el agua bendita consiguieron, por último, vencer al espíritu infernal, y la armadura se convirtió en cruz. Esa cruz es la que hoy habéis visto, y a la cual se encuentra sujeto el diablo que le presta su nombre: ante ella, ni las jóvenes colocan en el mes de mayo ramilletes de lirios, ni los pastores se descubren al pasar, ni los ancianos se arrodillan, bastando apenas las severas amonestaciones del clero para que los muchachos no la apedreen. Dios ha cerrado sus oídos a cuantas plegarias se le dirijan en su presencia.

En el invierno los lobos se reúnen en manadas junto al enebro que la protege, para lanzarse sobre las reses; los bandidos esperan a su sombra a los caminantes, que entierran a su pie después que los

asesinan, y cuando la tempestad se desata, los rayos tuercen su camino para liarse, silbando, al asta de esa cruz y romper los sillares de su pedestal.

TRES FECHAS

En una cartera de dibujo, que conservo aún llena de ligeros apuntes, hechos durante algunas de mis excursiones semiartísticas a la ciudad de Toledo, hay escritas tres fechas.

Los sucesos de que guardan la memoria estos números son hasta cierto punto insignificantes. Sin embargo, con su recuerdo me he entretenido en formar en algunas noches de insomnio una novela más o menos sentimental o sombría, según que mi imaginación se hallaba más o menos exaltada y propensa a ideas risueñas o terribles.

Si a la mañana siguiente de uno de estos nocturnos y extravagantes delirios hubiera podido escribir los extraños episodios de las historias imposibles que forjo antes de que se cierren del todo mis párpados, esas historias, cuyo vago desenlace flota, por último, indeciso en ese punto que separa la vigilia del sueño, seguramente formarían un libro disparatado, pero original y acaso interesante.

No es eso lo que pretendo hacer ahora. Esas fantasías ligeras y, por decirlo así impalpables, son en cierto modo las mariposas que no pueden cogerse en las manos sin que se quede entre los dedos el polvo de oro de sus alas.

Voy, pues, a limitarme a narrar brevemente los tres sucesos que suelen servir de epígrafe a los capítulos de mis soñadas novelas; los tres puntos aislados que yo suelo reunir en mi mente por medio de una serie de ideas como un hilo de luz; los tres temas, en fin, sobre que yo hago mil y mil variaciones, las que pudiéramos llamar absurdas sinfonías de la imaginación.

I

Hay en Toledo una calle estrecha, torcida y oscura, que guarda tan fielmente la huella de las cien generaciones que en ella han habitado, que habla con tanta elocuencia a los ojos del artista y le revela tantos secretos puntos de afinidad entre las ideas y las costumbres de cada siglo, con la forma y el carácter especial impreso en sus obras más insignificantes, que yo cerraría sus entradas con una barrera y pondría sobre la barrera un tarjetón con este letrero:

«En nombre de los poetas y de los artistas, en nombre de los que sueñan y de los que estudian, se prohíbe a la civilización que toque uno solo de estos ladrillos con su mano demoledora y prosaica.»

Da entrada a esta calle, por uno de sus extremos, un arco macizo, achatado y oscuro, que sostiene un pasadizo cubierto.

En su clave hay un escudo, roto y carcomido por la acción de los años, en el cual crece la hiedra, que, agitada con el aire, flota sobre el casco que lo corona como un penacho de pluma.

Debajo de la bóveda y enclavado en el muro se ve un retablo con su lienzo ennegrecido e imposible de descifrar, su marco dorado y churrigueresco, su farolillo pendiente de un cordel y sus exvotos de cera.

Más allá de este arco que baña con su sombra aquel lugar, dándole un tinte de misterio y tristeza indescriptible, se prolongan a ambos lados dos laderas de casa oscuras, desiguales y extrañas, cada cual de su forma, sus dimensiones y su color. Unas están construidas de piedras toscas y desiguales, sin más adornos que algunos blasones groseramente esculpidos sobre la portada; otras son de ladrillo, y tienen un arco árabe que les sirve de ingreso, dos o tres ajimeces abiertos a capricho en un paredón agrietado y un mirador que termina en una alta veleta. Las hay con traza que no pertenece a ningún orden de arquitectura, y que tienen, sin embargo, un remiendo de todas, que son un modelo acabado de un género especial y conocido, o una muestra curiosa de las extravagancias de un período del arte.

Éstas tienen un balcón de madera con un cobertizo disparatado, aquéllas una ventana gótica recientemente enlucida y con algunos tiestos de flores, la de más allá unos pintorreados azulejos en el marco de la puerta, clavos enormes en los tableros, y dos fustes de columnas, tal vez procedentes de un alcázar morisco, empotrados en el muro.

El palacio de un magnate convertido en corral de vecindad; la casa de una alfaquí, habitada por un canónigo; una sinagoga judía transformada en oratorio cristiano; un convento levantado sobre las ruinas de una mezquita árabe de la que aún queda en pie la torre; mil extraños y pintorescos contrastes, mil y mil curiosas muestras de distintas razas, civilizaciones y épocas, compendiadas, por decirlo así, en cien varas de terreno. He aquí todo lo que se encuentra en esta calle: calle construida en muchos siglos; calle estrecha, deforme, oscura y con infinidad de revueltas, donde cada cual, al levantar su habitación, tomaba un saliente, dejaba un rincón o hacía un ángulo con arreglo a su gusto, sin consultar el nivel, la altura ni la regulari-

dad; calle rica en no calculadas combinaciones de líneas, con un verdadero lujo de detalles caprichosos, con tantos y tantos accidentes, que cada vez ofrece algo nuevo al que la estudia.

Cuando por primera vez fui a Toledo, mientras me ocupé en sacar algunos apuntes de San Juan de los Reyes, tenía precisión de atravesarla todas las tardes para dirigirme al convento desde la posada con honores de fonda en que me había hospedado.

Casi siempre la atravesaba de un extremo a otro, sin encontrar en ella una sola persona, sin que turbase su profundo silencio otro ruido que el ruido de mis pasos, sin que detrás de las celosías de un balcón, del cancel de una puerta o la rejilla de una ventana, viese, ni aun por casualidad, el arrugado rostro de una vieja curiosa o los ojos negros y rasgados de una muchacha toledana. Algunas veces me parecía cruzar por en medio de una ciudad desierta, abandonada por sus habitantes desde una época remota.

Una tarde, sin embargo, al pasar frente a un caserón antiquísimo y oscuro, en cuyos altos paredones se veían tres o cuatro ventanas de formas desiguales, repartidas sin orden ni concierto, me fijé casualmente en una de ellas. La formaba un gran arco ojival, rodeado de un festón de hojas picadas y agudas. El arco estaba cerrado por un ligero tabique, recientemente construido y blanco como la nieve, en medio del cual se veía, como contenida en la primera, una pequeña ventana con un marco y sus hierros verdes, una maceta de campanillas azules, cuyos tallos subían a enredarse por entre las labores de granito, y unas vidrieras con sus cristales emplomados y su cortinilla de una tela blanca, ligera y transparente.

Ya la ventana de por sí era digna de llamar la atención por su carácter; pero lo que más poderosamente contribuyó a que me fijase en ella fue el notar que cuando volví la cabeza para mirarla, las cortinillas se habían levantado un momento para volver a caer, ocultando a mis ojos la persona que sin duda me miraba en aquel instante.

Seguí mi camino preocupado con la idea de la ventana, o mejor dicho, de la cortinilla, o más claro todavía, de la mujer que la había levantado, porque, indudablemente, a aquella ventana tan poética, tan blanca, tan verde, tan llena de flores, sólo una mujer podía asomarse, y cuando digo una mujer entiéndase que se supone joven y bonita.

Pasé otra tarde, pasé con el mismo cuidado, apreté los tacones, aturdiendo la silenciosa calle con el ruido de mis pasos, que repetían, respondiéndose, dos o tres ecos; miré a la ventana, y la cortinilla se volvió a levantar.

La verdad es que realmente detrás de ellas no vi nada; pero con la imaginación me pareció descubrir un bulto, el bulto de una mujer, en efecto.

Aquel día me distraje dos o tres veces dibujando. Y pasé otros días, y siempre que pasaba, la cortinilla se levantaba de nuevo, permaneciendo así hasta que se perdía el ruido de mis pasos, y yo desde lejos volvía a ella, por última vez, mis ojos.

Mis dibujos adelantaban poca cosa. En aquel claustro de San Juan de los Reyes, en aquel claustro tan misterioso y bañado en triste melancolía; sentado sobre el roto capitel de una columna, la cartera sobre las rodillas, el codo sobre la cartera y la frente entre las manos, al rumor del agua que corre allí con un murmullo incesante, al ruido de las hojas del agreste y abandonado jardín, que agitaba la brisa del crepúsculo, ¡cuánto no soñaría yo con aquella ventana y aquella mujer! Yo la conocía; ya sabía cómo se llamaba y hasta cuál era el color de sus ojos.

La miraba cruzar por los extensos y solitarios patios de la antiquísima casa, alegrándolos con su presencia como el rayo del sol que dora unas ruinas. Otras veces me parecía verla en un jardín con unas tapias muy altas y muy oscuras, con unos árboles muy corpulentos y añosos, que debía haber allá en el fondo de aquella especie de palacio gótico donde vivía, coger flores y sentarse sola en un banco de piedra, y allí suspirar mientras las deshojaba pensando en... ¿quién sabe...? Acaso en mí. ¿Qué digo acaso? En mí seguramente. ¡Oh! ¡Cuántos sueños, cuántas locuras, cuánta poesía despertó en mi alma aquella ventana mientras permanecí en Toledo...!

Pero transcurrió el tiempo que había de permanecer en la ciudad. Un día, pesaroso y cabizbajo, guardé todos mis papeles en la cartera: me despedí del mundo de las quimeras, y tomé asiento en el coche para Madrid.

Antes de que se hubiera perdido en el horizonte la más alta de las torres de Toledo, saqué la cabeza por la portezuela para verla otra vez, y me acordé de la calle.

Tenía aún la cartera bajo el brazo, y al volverme a mi asiento mientras doblábamos la colina que ocultó de repente la ciudad a mis ojos, saqué el lápiz y apunté una fecha. Es la primera de las tres a la que yo llamo la fecha de la ventana.

II

Al cabo de algunos meses volví a encontrar ocasión de marcharme de la corte por tres o cuatro días. Limpié el polvo a mi cartera de dibujo, me la puse bajo el brazo y provisto de una mano de

papel, media docena de lápices y unos cuantos napoleones, deplorando que aún no estuviese concluida la línea férrea, me encajoné en un vehículo para recorrer en sentido inverso los puntos en que tiene lugar la célebre comedia de Tirso *Desde Toledo a Madrid.*

Ya instalado en la histórica ciudad, me dediqué a visitar de nuevo los sitios que más me llamaron la atención en mi primer viaje, y algunos otros que aún no conocía sino de nombre.

Así dejé transcurrir, en largos y solitarios paseos entre sus barrios más antiguos, la mayor parte del tiempo de que podía disponer para mi pequeña expedición artística, encontrando un verdadero placer en perderme en aquel confuso laberinto de callejones sin salida, calles estrechas, pasadizos oscuros y cuestas empinadas e impracticables.

Una tarde, la última que por entonces debía permanecer en Toledo, después de una de estas largas excursiones a través de lo desconocido, no sabré decir siquiera por qué calles llegué hasta una plaza grande, desierta, olvidada al parecer aun de los mismos moradores de la población, y como escondida en uno de sus más apartados rincones.

La basura y los escombros, arrojados de tiempo inmemorial en ella, se habían identificado, por decirlo así, con el terreno, de tal modo que éste ofrecía el aspecto quebrado y montuoso de una Suiza en miniatura. En las lomas y los barrancos formados por sus ondulaciones, crecían a su sabor malvas de unas proporciones colosales, cerros de gigantescas ortigas, matas rastreras de campanillas blancas, prados de esa hierba sin nombre, menuda, fina y de un verde oscuro, y meciéndose suavemente al leve soplo del aire, descollando como reyes entre todas las otras plantas parásitas, los poéticos al par que vulgares jaramagos, la verdadera flor de los yermos y las ruinas.

Diseminados por el suelo, medio enterrados unos, casi ocultos por las altas hierbas los otros, véanse allí una infinidad de fragmentos de mil y mil cosas distintas, rotas y arrojadas en diferentes épocas a aquel lugar, donde iban formando capas en las cuales hubiera sido fácil seguir un curso de geología histórica.

Azulejos moriscos esmaltados de colores, trozos de columnas de mármol y de jaspe, pedazos de ladrillos de cien clases diversas, grandes sillares, cubiertos de verdín y de musgo, astillas de madera ya casi hechas polvo, restos de antiguos artesonados, jirones de tela, tiras de cuero, y otros cien y cien objetos sin forma ni nombre, eran los que aparecían a primera vista a la superficie, llamando asimismo la atención y deslumbrando los ojos una miríada de chispas de luz derramadas sobre la verdura como un puñado de diamantes arroja-

dos a granel y que, examinados de cerca, no eran otra cosa que pequeños fragmentos de vidrio, de pucheros, platos y vasijas, que, reflejando los rayos del sol, fingían todo un cielo de estrellas microscópicas y deslumbrantes.

Tal era el pavimento de aquella plaza empedrada a trechos con pequeñas piedrecitas de varios matices formando labores, a trechos cubierta de grandes losas de pizarra, y en su mayor parte, según dejamos dicho, semejante a un jardín de plantas parásitas o a un prado yermo e inculto.

Los edificios que dibujaban su forma irregular, no eran tampoco menos extraños y dignos de estudio.

Por un lado la cerraba una hilera de casucas oscuras y pequeñas, con sus tejados dentellados de chimeneas, veletas y cobertizos, sus guardacantones de mármol sujetos a las esquinas con una anilla de hierro, sus salones achatados o estrechos, sus ventanillos con tiestos de flores y su farol rodeado de una red de alambre que defiende los ahumados vidrios de las pedradas de los muchachos.

Otro frente lo constituía un paredón negruzco, lleno de grietas y hendiduras en donde algunos reptiles asomaban su cabeza de ojos pequeños y brillantes por entre las hojas de musgo: un paredón altísimo formado de gruesos sillares, sembrado de huecos de puertas y balcones tapiados con piedra y argamasa, y a uno de cuyos extremos se unía, formando ángulo con él, una tapia de ladrillos, desconchada y llena de mechinales, manchada a trechos de tintas rojas, verdes o amarillentas, y coronada de un bardal de heno seco, entre el cual corrían algunos tallos de enredaderas.

Esto no era más, por decirlo así, que los bastidores de la extraña decoración que al penetrar en la plaza se presentó de improviso a mis ojos, cautivando a mi ánimo y suspendiéndolo durante algún tiempo, pues el verdadero punto culminante del panorama, el edificio que le daba el tono general, se veía alzarse en el fondo de la plaza, más caprichoso, más original, infinitamente más bello en su artístico desorden que todos los que se levantaban a su alrededor.

—He aquí lo que yo deseaba encontrar —exclamé al verlo, y sentándome en un pedrusco, colocando la cartera sobre mis rodillas y afilando un lápiz de madera, me apercibí a trazar, aunque ligeramente, sus formas irregulares y estrambóticas para conservar por siempre su recuerdo.

Si yo pudiera pegar aquí con obleas el ligerísimo y más trazado apunte que conservo de aquel sitio, imperfecto y todo como es, me ahorraría un cúmulo de palabras, dando a mis lectores una idea más aproximada de él que todas las descripciones imaginables.

Ya que no puede ser así, trataré de pintarlo del mejor modo posible, a fin de que, leyendo estos renglones, puedan formarse una idea remota, si no de sus infinitos detalles, al menos de la totalidad de su conjunto.

Figuraos un palacio árabe, con sus puertas en forma de herradura, sus muros engalanados con largas hileras de arcos que se cruzan cien y cien veces entre sí y corren sobre una franja de azulejos brillantes; aquí se ve el hueco de un ajimez partido en dos por un grupo de esbeltas columnas y encuadrado en un marco de labores menudas y caprichosas; allá se eleva una atalaya con su mirador ligero y airoso, su cubierta de tejas vidriadas, verdes y amarillas, y su aguda flecha de oro que se pierde en el vacío; más lejos se divisa la cúpula que cubre un gabinete pintado de oro y azul o las altas galerías cerradas con persianas verdes, que al descorrerse dejan ver los jardines con calles de arrayán, bosques de laureles y surtidores altísimos. Todo es original, todo armónico, aunque desordenado, todo deja entrever el lujo y las maravillas de su interior, todo deja adivinar el carácter y las costumbres de sus habitadores.

El opulento árabe que poseía ese edificio lo abandona al fin; la acción de los años comienza a desmoronar sus paredes, a deslustrar los colores y a corroer hasta los mármoles. Un monarca castellano escoge entonces para su residencia aquel alcázar que se derrumba, y en este punto rompe un lienzo y abre un arco ojival y lo adorna con una cenefa de escudos, por entre los cuales se enrosca una guirnalda de hojas de cardo y de trébol; en aquél levanta un macizo torreón de sillería con sus saeteras estrechas y sus almenas puntiagudas; en el de más allá construye un ala de habitaciones altas y sombrías, en las cuales se ven, por una parte, trozos de alicatado reluciente; por otra, artesones oscurecidos, o un ajimez solo, o un arco de herradura ligero y puro, que da entrada a un salón gótico severo e imponente.

Pero llega el día en que el monarca abandona también aquel recinto, cediéndolo a una comunidad de religiosas, y éstas, a su vez, fabrican de nuevo, añadiéndole otros rasgos a la ya extraña fisonomía del alcázar morisco. Cierran las ventanas con celosías; entre dos arcos árabes colocan el escudo de su religión esculpido en berroqueña; donde antes crecían tamarindo y laureles, plantan cipreses melancólicos y oscuros, y, aprovechando unos restos y levantando sobre otros, forman las combinaciones más pintorescas y extravagantes que pueden concebirse.

Sobre la portada de la iglesia, en donde se ven como envueltos en el crepúsculo misterioso en que los bañan las sombras de sus doseles, una andanada de santos, ángeles y vírgenes, a cuyos pies se

retuercen, entre las hojas de acanto, sierpes, vestigios y endriagos de piedra, se mira elevarse un minarete esbelto y afiligranado con labores moriscas; junto a las saeteras del murallón, cuyas almenas están ya rotas, ponen un retablo, y tapian los grandes huecos con tabiques cuajados de pequeños agujeritos y semejantes a una tabla de ajedrez; colocan cruces sobre todos los picos, y fabrican, por último, un campanario de espadaña con sus campanas, que tañen melancólicamente noche y día llamando a la oración, campanas que voltean al impulso de una mano invisible, campanas cuyos sonidos lejanos arrancan a veces lágrimas de involuntaria tristeza.

Después pasan los años y bañan con una veladura de un medio color oscuro todo el edificio, armonizan sus tintas y hacen brotar la hiedra en sus hendiduras.

Las cigüeñas cuelgan su nido en la veleta de la torre, los vencejos en el ala de los tejados, las golondrinas en los doseles de granito, y el búho y la lechuza escogen para su guarida los altos mechinales, desde donde en las noches tenebrosas asustan a las viejas crédulas y a los atemorizados chiquillos con el resplandor fosfórico de sus ojos redondos y sus silbos extraños y agudos.

Todas estas revoluciones, todas estas circunstancias especiales, hubieran podido únicamente dar por resultado un edificio tan original, tan lleno de contrastes de poesía y de recuerdos, como el que aquella tarde se ofreció a mi vista y hoy he ensayado, aunque en vano, describir con palabras.

Yo lo había trazado en parte en una de las hojas de mi cartera. El sol doraba apenas las más altas agujas de la ciudad, la brisa del crepúsculo comenzaba a acariciar mi frente, cuando absorto en las ideas que de improviso me habían asaltado al contemplar aquellos silenciosos restos de otras edades, más poéticas que la material en que vivimos y nos ahogamos en pura prosa, dejé caer de mis manos el lápiz y abandoné el dibujo, recostándome por completo a los sueños de la imaginación. ¿Qué pensaba? No sé si sabré decirlo. Veía claramente sucederse las épocas, derrumbarse unos muros y levantarse otros. Veía a unos hombres, o, mejor dicho, veía a unas mujeres dejar lugar a otras, y las primeras y las que venían después, convertirse en polvo y volar deshechas, llevando un soplo de viento a la hermosura, hermosura que arrancaba suspiros secretos que engendró pasiones y fue manantial de placeres: luego..., qué se yo..., todo confuso, veía muchas cosas revueltas, y tocadores de encaje y de estuco con nubes de aroma y lechos de flores; celdas estrechas y sombrías de un reclinatorio y un crucifijo: al pie del crucifijo un libro abierto, y sobre el libro una calavera; salones severos y gran-

diosos, cubiertos de tapices y adornados con trofeos de guerra, y muchas mujeres que cruzaban y volvían a cruzar ante mis ojos; monjas altas, pálidas y delgadas, odaliscas morenas con labios muy encarnados y ojos muy negros, damas de perfil puro, de continente altivo y andar majestuoso.

Todas estas cosas veía yo, y muchas más de esas que después de pensadas no pueden recordarse; de esas tan inmateriales que es imposible encerrar en el círculo estrecho de la palabra, cuando de pronto di un salto sobre mi asiento y pasándome la mano por los ojos para convencerme de que no seguía soñando, incorporándome como movido de un resorte nervioso, fijé la mirada en uno de los altos miradores del convento. Había visto, no me puede caber duda, la había visto perfectamente, una mano blanquísima, que saliendo por uno de los huecos de aquellos miradores de argamasa, semejantes a tableros de ajedrez, se había agitado varias veces como saludándome con un signo mudo y cariñoso. Y me saludaba a mí; no era posible que me equivocase... Estaba solo, completamente solo en la plaza.

En balde esperé la noche, clavado en aquel sitio y sin apartar un punto los ojos del mirador; inútilmente volví muchas veces a ocupar la oscura piedra que me sirvió de asiento la tarde en que vi aparecer aquella mano misteriosa, objeto ya de mis ensueños de la noche y de mis delirios del día. No la volví a ver más...

Y llegó al fin la hora en que debía marcharme de Toledo, dejando allí, como una carga inútil y ridícula, todas las ilusiones que en su seno se habían levantado en mi mente. Torné a guardar los papeles en mi cartera con un suspiro; pero antes de guardarlos escribí otra fecha, la segunda, la que yo conozco por la fecha de la mano. Al escribirla, miré un momento la anterior, la de la ventana, y no pude menos de sonreírme de mi locura.

III

Desde que tuvo lugar la extraña aventura que he referido hasta que volví a Toledo, transcurrió cerca de un año, durante el cual no dejó de presentárseme a la imaginación su recuerdo, al principio, a todas horas y con todos sus detalles; después con menos frecuencia, y, por último, con tanta vaguedad, que yo mismo llegué a creer algunas veces que había sido juguete de una ilusión o un sueño.

No obstante, apenas llegué a la ciudad que con tanta razón llaman algunos la Roma española, me asaltó nuevamente, y llena de él la memoria, salí preocupado a recorrer las calles, sin camino cierto, sin intención preconcebida de dirigirme a algún punto fijo.

El día estaba triste, con esa tristeza que alcanza a todo lo que se oye, se ve y se siente. El cielo era de color de plomo, y a su reflejo melancólico los edificios parecían más antiguos, más extraños y más oscuros. El aire gemía a lo largo de las revueltas y angostas calles, trayendo en sus ráfagas, como notas perdidas de una sinfonía misteriosa, ya palabras ininteligibles, clamor de campanas o ecos de golpes profundos y lejanos. La atmósfera húmeda y fría helaba el alma con su soplo glacial.

Anduve durante algunas horas por los barrios más apartados y desiertos, absorto en mil confusas imaginaciones, y contra mi costumbre, con la mirada vaga y perdida en el espacio, sin que lograse llamar mi atención ni un detalle caprichoso de arquitectura ni un monumento de orden desconocido, ni una obra de arte maravillosa y oculta, ninguna cosa, en fin, de aquellas en cuyo examen minucioso me detenía a cada paso, cuando sólo ocupaban mi mente ideas de arte y recuerdos históricos.

El cielo cerraba de cada vez más oscuro; el aire soplaba con más fuerza y más ruido, y había comenzado a caer en gotas menudas una lluvia de nieve deshecha, finísima y penetrante, cuando sin saber por dónde, pues ignoraba aún el camino, y como llevado allí por un impulso al que no podía resistirme, impulso que me arrastraba misteriosamente al punto en que iban mis pensamientos, me encontré en la solitaria plaza que ya conocen mis lectores.

Al encontrarme en aquel lugar salí de la especie de letargo en que me hallaba sumido, como si me hubiesen despertado de un sueño profundo con una violenta sacudida.

Tendí una mirada a mi alrededor. Todo estaba como yo lo dejé. Digo mal, estaba más triste. Ignoro si la oscuridad del cielo, la falta de verdura o el estado de mi espíritu eran la causa de esta tristeza; pero la verdad es que desde el sentimiento que experimenté al contemplar aquellos lugares por la vez primera, hasta el que me impresionó entonces, había la distancia que existe desde la melancolía a la amargura.

Contemplé por algunos instantes el sombrío convento, en aquella ocasión más sombrío que nunca a mis ojos; y ya me disponía a alejarme, cuando hirió mis oídos el son de una campana de voz cansada y sorda, que tocaba pausadamente, mientras le acompañaba, formando contraste con ella, una especie de esquiloncillo que comenzó a voltear de pronto con una rapidez y un tañido tan agudo y continuado, que parecía como acometido de un vértigo.

Nada más extraño que aquel edificio, cuya negra silueta se dibujaba sobre el cielo como la de una roca erizada de mil y mil picos

caprichosos, hablando con sus lenguas de bronce por medio de las campanas, que parecían agitarse al impulso de seres invisibles, una como llorando con sollozos ahogados, la otra como riendo con carcajadas estridentes, semejantes a la risa de una mujer loca.

A intervalos y confundidas con el atolondrador ruido de las campanas, creía percibir también notas confusas de un órgano y palabras de un cántico religioso y solemne.

Varié de idea; y en vez de alejarme de aquel lugar, llegué a la puerta del templo y pregunté a uno de los haraposos mendigos que había sentados en sus escalones de piedra:

—¿Qué hay aquí?

—Una toma de hábito —me contestó el pobre, interrumpiendo la oración que murmuraba entre dientes, para continuarla después, aunque no sin haber besado antes la moneda de cobre que puse en su mano al dirigirle mi pregunta.

Jamás había presenciado esta ceremonia; nunca había visto tampoco el interior de la iglesia del convento. Ambas consideraciones me impulsaron a penetrar en su recinto.

La iglesia era alta y oscura: formaban sus naves dos filas de pilares compuestos de columnas delgadas reunidas en un haz, que descansaban en una base ancha y octógona, y de cuya rica coronación de capiteles partían los arranques de las robustas ojivas. El altar mayor estaba colocado en el fondo, bajo una cúpula de estilo del Renacimiento cuajada de angelones con escudos, grifos cuyos remates fingían profundas hojarascas, cornisas con molduras y florones dorados, y dibujos caprichosos y elegantes. En torno a las naves se veía una multitud de capillas oscuras, en el fondo de las cuales ardían algunas lámparas, semejantes a estrellas perdidas en el cielo de una noche oscura. Capillas de una arquitectura árabe, gótica o churrigueresca: unas, cerradas con magníficas verjas de hierro; otras, con humildes barandales de madera; éstas, sumidas en las tinieblas, con una antigua tumba de mármol delante del altar; aquéllas, profusamente alumbradas, con una imagen vestida de relumbrones y rodeada de exvotos de plata y cera con lacitos de cinta y colorines.

Contribuía a dar un carácter más misterioso a toda la iglesia, completamente armónica en su confusión y su desorden artístico con el resto del convento, la fantástica claridad que la iluminaba. De las lámparas de plata y cobre, pendientes de las bóvedas, de las velas de los altares y de las estrellas ojivas y los ajimeces del muro, partían rayos de luz de mil colores diversos: blancos, los que penetraban de la calle por algunas pequeñas claraboyas de la cúpula; rojos, los que se desprendían de los cirios de los retablos; verdes, azules y de otros

cien matices diferentes, los que se abrían paso a través de los pintados vidrios de las rosetas. Todos estos reflejos, insuficientes a inundar con la bastante claridad aquel sagrado recinto parecía que luchaban confundiéndose entre sí algunos puntos, mientras que en otros los hacían destacar con una mancha luminosa y brillante sobre los fondos velados y oscuros de las capillas. A pesar de la fiesta religiosa que allí tenía lugar, los fieles reunidos eran pocos. La ceremonia había comenzado hacía bastante tiempo y estaba a punto de concluir. Los sacerdotes que oficiaban en el altar mayor bajaban en aquel momento las gradas, cubiertas de alfombras, envueltos en una nube de incienso azulado que se mecía lentamente en el aire, para dirigirse al coro, en donde se oía a las religiosas entonar un salmo.

Yo también me encaminé hacia aquel sitio con objeto de asomarme a las dobles rejas que lo separaban del templo. No sé; me pareció que había de conocer en la cara a la mujer de quien sólo había visto un instante la mano, y abriendo desmesuradamente los ojos y dilatando la pupila, como queriendo prestarle mayor fuerza y lucidez, la clavé en el fondo del coro. Afán inútil: a través de los cruzados hierros, muy poco o nada podía verse. Como unos fantasmas blancos y negros que se movían entre las tinieblas, contra las que luchaba en vano el escaso resplandor de algunos cirios encendidos, una prolongada fila de sitiales altos y puntiagudos, coronados de doseles, bajo los que se adivinaban, veladas por la oscuridad, las confusas formas de las religiosas, vestidas de luengas ropas de telares; un crucifijo, alumbrado por cuatro velas, que se destacaba sobre el sombrío fondo del cuadro, como esos puntos de luz que en los lienzos de Rembrandt hacen más palpables las sombras; he aquí cuanto pude distinguir desde el lugar que ocupaba.

Los sacerdotes, cubiertos de sus capas pluviales bordadas de oro, precedidos de unos acólitos que conducían una cruz de plata y dos ciriales, y seguidos de otros que agitaban los incensarios; perfumando el ambiente, atravesando por en medio de los fieles, que besaban sus manos y las orlas de sus vestiduras, llegaron al fin a la reja del coro.

Hasta aquel momento no pude distinguir, entre las otras sombras confusas, cuál era la de la virgen que iba a consagrarse al Señor.

¿No habéis visto nunca en esos últimos instantes del crepúsculo de la noche levantarse de las aguas de un río, del haz de un pantano, de las olas del mar o de la profunda cima de una montaña, un jirón de niebla que flota lentamente en el vacío, y, alternativamente, ya parece una mujer que se mueve y anda y deja volar su traje al andar, ya un velo blanco prendido a la cabellera de alguna silfa invi-

sible, ya un fantasma que se eleva en el aire cubriendo sus huesos amarillos con un sudario, sobre el que se cree ver dibujadas sus formas angulosas? Pues una alucinación de ese género experimenté yo al mirar adelantarse hacia la reja, como desasiéndose del fondo tenebroso del coro, aquella figura blanca, alta y ligerísima.

El rostro no se lo podía ver. Vino a colocarse perfectamente delante de las velas que alumbraban el crucifijo, y su resplandor formando como un nimbo de luz alrededor de su cabeza, la hacía resaltar por oscuro bañándola en una dudosa sombra.

Reinó un profundo silencio, todos los ojos se fijaron en ella, y comenzó la última parte de la ceremonia.

La abadesa, murmurando algunas palabras ininteligibles, palabras que a su vez repetían los sacerdotes con voz sorda y profunda, le arrancó de las sienes la corona de flores que las ceñía y la arrojó lejos de sí... ¡Pobres flores! Eran las últimas que había de ponerse aquella mujer, hermana de las flores, como todas las mujeres.

Después la despojó del velo, y su rubia cabellera se derramó como una cascada de oro sobre sus espaldas y sus hombros, que sólo pudo cubrir un instante, porque en seguida comenzó a percibirse, en mitad del profundo silencio que reinaba entre los fieles, un chirrido metálico y agudo que crispaba los nervios, y la magnífica cabellera se desprendió de la frente que sombreaba, y rodaron por su seno y cayeron al suelo después aquellos rizos que el aire perfumado habría besado tantas veces.

La abadesa tornó a murmurar las ininteligibles palabras; los sacerdotes las repitieron, y todo quedó de nuevo en silencio en la iglesia. Sólo de cuando en cuando se oían a lo lejos como unos quejidos largos y temerosos. Era el viento que zumbaba estrellándose en los ángulos de las almenas y los torreones, y estremecía, al pasar, los vidrios de color de las ojivas.

Ella estaba inmóvil y pálida como una virgen de piedra arrancada del nicho de un claustro gótico.

Y la despojaron de las joyas que le cubrían los brazos y la garganta, y la desnudaron, por último, de su traje nupcial, aquel traje que parecía hecho para que un amante rompiera sus broches con mano trémula de emoción y cariño...

El esposo místico aguardaba a la esposa. ¿Dónde? Más allá de la muerte, abriendo sin duda la losa del sepulcro y llamándola a traspasarlo, como traspasa la esposa tímida el umbral del santuario de los amores nupciales, porque ella cayó al suelo desplomada como un cadáver. Las religiosas arrojaron, como si fuese tierra, sobre su cuerpo, puñados de flores, entonando una salmodia tristísima; se

alzó el murmullo de entre la multitud, y los sacerdotes, con sus voces profundas y huecas, comenzaron el oficio de difuntos, acompañados de esos instrumentos que parece que lloran, aumentando el hondo temor que inspiran de por sí las terribles palabras que pronuncian.

—*De profundis clamavi ad Te!* —decían las religiosas desde el fondo del coro con voces plañideras y dolientes.

—*Dies irae, Dies illa!* —le contestaban los sacerdotes con eco atronador y profundo, y en tanto las campanas tañían lentamente tocando a muerto, y de campanada a campanada se oía vibrar el bronce con un zumbido extraño y lúgubre.

Yo estaba conmovido; no, conmovido no, aterrado. Creí presenciar una cosa sobrenatural, sentir como que me arrancaban algo preciso para mi vida, y que a mi alrededor se formaba el vacío; pensaba que acababa de perder algo, como un padre, una madre o una mujer querida, y sentía ese inmenso desconsuelo que deja la muerte por donde pasa, desconsuelo sin nombre, que no se puede pintar y que sólo pueden concebir los que lo han sentido...

Aún estaba clavado en aquel lugar con los ojos extraviados, tembloroso y fuera de mí, cuando la nueva religiosa se incorporó del suelo. La abadesa le vistió el hábito, las monjas tomaron en sus manos velas encendidas y formando dos largas hileras la condujeron como en procesión hacia el fondo del coro.

Allí, entre las sombras, vi brillar un rayo de luz; era la puerta claustral que se había abierto. Al poner el pie bajo el dintel, la religiosa se volvió por última vez hacia el altar. El resplandor de todas las luces la iluminó de pronto, y pude verle el rostro. Al mirarlo, tuve que ahogar un grito. Yo conocía a aquella mujer; no la había visto nunca, pero la conocía de haberla contemplado en sueños; era uno de esos seres que adivina el alma o los recuerda acaso de otro mundo mejor, del que, al descender a éste, algunos no pierden del todo la memoria.

Di dos pasos adelante; quise llamarla, quise gritar, no sé, me acometió como un vértigo, pero en aquel instante la puerta claustral se cerró... para siempre. Se agitaron las campanillas, los sacerdotes alzaron un ¡*Hosanna!*, subieron por el aire nubes de incienso, el órgano arrojó un torrente de atronadora armonía por cien bocas de metal, y las campanas de la torre comenzaron a repicar, volteando con una furia espantosa.

Aquella alegría loca y ruidosa me erizaba los cabellos. Volví los ojos a mi alrededor buscando a los padres, a la familia, huérfanos de aquella mujer. No encontré a nadie.

—Tal vez era sola en el mundo —dije; y no pude contener una lágrima.

—¡Dios te dé en el claustro la felicidad que no te ha dado en el mundo! —exclamó al mismo tiempo una vieja que estaba a mi lado, y sollozaba y gemía agarrada a la reja.

—¿La conoce usted? —le pregunté.

—¡Pobrecita! Sí, la conocía. Y la he visto nacer y se ha criado en mis brazos.

—¿Y por qué profesa?

—Porque se vio sola en el mundo. Su padre y su madre murieron en el mismo día del cólera, hace poco más de un año. Al verla huérfana y desvalida, el señor deán le dio el dote para que profesase; y ya veis..., ¿qué había de hacer?

—¿Y quién era ella?

—Hija del administrador del conde de C..., al cual serví yo hasta su muerte.

—¿Dónde vivía?

Cuando oí el nombre de la calle, no pude contener una exclamación de sorpresa.

Un hilo de luz, ese hilo de luz que se extiende rápido como la idea que brilla en la oscuridad y la confusión de la mente, y reúne los puntos más distantes y los relaciona entre sí de un modo maravilloso, ató mis vagos recuerdos, y todo lo comprendí o creí comprenderlo.

....................

Esta fecha, que no tiene nombre, no la escribí en ninguna parte... Digo mal: la llevo escrita en un sitio en que nadie más que yo la puede leer y de donde no se borrará nunca.

Algunas veces, recordando estos sucesos, hoy mismo al consignarlos aquí, me he preguntado:

—Algún día, en esa hora misteriosa del crepúsculo, cuando el suspiro de la brisa de primavera, tibio y cargado de aromas, penetra hasta en el fondo de los más apartados retiros, llevando allí como una ráfaga de recuerdos del mundo, sola, perdida en la penumbra de un claustro gótico, la mano en la mejilla, el codo apoyado en el alféizar de una ojiva, ¿habrá exhalado un suspiro alguna mujer al cruzar su imaginación la memoria de estas fechas?

¡Quién sabe!

¡Oh!, y si ha suspirado, ¿dónde estará ese suspiro?

EL CRISTO DE LA CALAVERA

I

El rey de Castilla marchaba a la guerra de moros, y para combatir con los enemigos de la religión había apellidado en son de guerra a todo lo más florido de la nobleza de sus reinos. Las silenciosas calles de Toledo resonaban noche y día con el marcial rumor de los atabales y los clarines, y ya en la morisca puerta de Bisagra, ya en la del Cambrón, o en la embocadura del antiguo puente de San Martín, no pasaba hora sin que se oyese el ronco grito de los centinelas, anunciando la llegada de algún caballero que, precedido de su pendón señorial y seguido de jinetes y peones, venía a reunirse al grueso del ejército castellano.

El tiempo que faltaba para emprender el camino de la frontera y concluir de ordenar las huestes reales discurría en medio de fiestas públicas, lujosos convites y lucidos torneos, hasta que, llegada al fin la víspera del día señalado de antemano por S. A. para la salida del ejército, se dispuso un postrer sarao, con el que debieran terminar los regocijos.

La noche del sarao, el alcázar de los reyes ofrecía un aspecto singular. En los anchurosos patios, alrededor de inmensas hogueras, y diseminados sin orden ni concierto, se veía una abigarrada multitud de pajes, soldados, ballesteros y gente menuda, quienes, éstos aderezando sus corceles y sus armas y disponiéndolos para el combate; aquéllos saludando con gritos o blasfemias las inesperadas vueltas de la fortuna, personificada en los dados del cubilete; los otros repitiendo en coro el refrán de un romance de guerra, que entonaba un juglar, acompañado de la guzla; los de más allá comprando a un romero conchas, cruces y cintas tocadas en el Sepulcro de Santiago o riendo con locas carcajadas los chistes de un bufón, o ensayando en los clarines el aire bélico para entrar en la pelea, propio de sus señores, o refiriendo antiguas historias de caballerías o aventuras de amor, o milagros recientemente acaecidos, formaban un infernal y atronador conjunto imposible de pintar con palabras.

Sobre aquel revuelto océano de canteras de guerra, rumor de martillos que golpeaban los yunques, chirridos de limas que mordían el acero, piafar de corceles, voces descompuestas, risas inextinguibles, gritos desaforados, notas destempladas, juramentos y sonidos extraños y discordes, flotaban a intervalos, como un soplo de brisa armoniosa, los lejanos acordes de la música del sarao.

Éste, que tenía lugar en los salones que formaban el segundo cuerpo del alcázar, ofrecía a su vez un cuadro, si no tan fantástico y caprichoso, más deslumbrador y magnífico.

Por las extensas galerías que se prolongaban a lo lejos formando un intrincado laberinto de pilastras esbeltas y ojivas caladas y ligeras como el encaje; por los espaciosos salones vestidos de tapices, donde la seda y el oro habían representado con mil colores diversos escenas de amor, de caza y de guerra, y adornados con trofeos de armas y escudos, sobre los cuales vertían un mar de chispeante luz un sinnúmero de lámparas y candelabros de bronce, plata y oro, colgadas aquéllas de las altísimas bóvedas y enclavados éstos en los gruesos sillares de los muros; por todas partes a donde se volvían los ojos, se veía oscilar y agitarse en distintas direcciones una nube de damas hermosas con ricas vestiduras chapadas en oro, redes de perlas aprisionando sus rizos, joyas de rubíes llameando sobre su seno, plumas sujetas en vaporoso cerco de marfil, colgadas del puño y rastrillos de blancos encajes que acariciaban sus mejillas, o alegres turbas de galanes con talabartes de terciopelo, justillos de brocado y calzas de seda, borceguíes de tafilete, capotillos de mangas perdidas y caperuza, puñales con pomo de filigrana y estoques de corte bruñidos, delgados y ligeros.

Pero entre esta juventud brillante y deslumbradora, que los ancianos miraban desfilar con una sonrisa de gozo, sentados en los altos sitiales de alerce que rodeaban el estrado real, llamaba la atención por su belleza incomparable una mujer aclamada reina de la hermosura en todos los torneos y las cortes de amor de la época, cuyos colores habían adoptado por emblema los caballeros más valientes, cuyos encantos eran asunto de las coplas de los trovadores más versados en la ciencia del gay saber, a la que suspiraban en secreto todos los corazones, alrededor de la cual se veían agruparse con afán, como vasallos humildes en torno de su señora, los más ilustres vástagos de la nobleza toledana, reunida en el sarao de aquella noche.

Los que asistían de continuo a formar el séquito de presuntos galanes de doña Inés de Tordesillas, que tal era el nombre de esta celebrada hermosura, a pesar de su carácter altivo y desdeñoso, no

desmayaban jamás en sus pretensiones, y éste, animado con una sonrisa que había creído adivinar en sus labios; aquél, con una mirada benévola que juzgaba haber sorprendido en sus ojos; el otro, con una palabra lisonjera, un ligerísimo favor o una promesa remota; cada cual esperaba en silencio ser el preferido. Sin embargo, entre todos ellos había dos que más particularmente se distinguían por su asiduidad y rendimiento, dos que, al parecer, si no de predilectos de la hermosa, podrían calificarse de los más adelantados en el camino de su corazón. Estos dos caballeros, iguales en cuna, valor y nobles prendas, servidores de un mismo rey y pretendientes de una misma dama, llamábanse Alonso de Carrillo el uno, y el otro Lope de Sandoval.

Ambos habían nacido en Toledo, juntos habían hecho sus primeras armas, y en un mismo día, al encontrarse sus ojos con los de doña Inés, se sintieron poseídos de un secreto y ardiente amor por ella, amor que germinó algún tiempo retraído y silencioso, pero que al cabo comenzaba a descubrirse y a dar involuntarias señales de existencia en sus acciones y discursos.

En los torneos de Zocodover, en los juegos florales de la corte, siempre que se les había presentado coyuntura para rivalizar entre sí en gallardía o donaire, la habían aprovechado con afán ambos caballeros, ansiosos de distinguirse a los ojos de su dama, y aquella noche, impelidos sin duda por un mismo afán, trocando los hierros por las plumas y las mallas por los brocados y la seda, en pie junto al sitial donde ella se reclinó un instante después de haber dado una vuelta por los salones, comenzaron una elegante lucha de frases enamoradas e ingeniosas o epigramas embozados y agudos.

Los astros menores de esta brillante constelación, formando un dorado semicírculo en torno de ambos galanes, reían y esforzaban las delicadas burlas, y la hermosa, objeto de aquel torneo de palabras, aprobaba con una imperceptible sonrisa los conceptos escogidos o llenos de intención que ora salían de los labios de sus adoradores como una ligera onda de perfume que halagaba su vanidad, ora partían como una saeta aguda que iba a buscar, para clavarse en él, el punto más vulnerable del contrario: su amor propio.

Ya el cortesano combate de ingenio y galanura comenzaba a hacerse cada vez más crudo; las frases eran aún corteses en la forma, pero breves, secas, y al pronunciarlas, si bien las acompañaba una ligera dilatación de los labios, semejante a una sonrisa, los ligeros relámpagos de los ojos, imposibles de ocultar, demostraban que la cólera hervía comprimida en el seno de ambos rivales.

La situación era insostenible. La dama lo comprendió así, y levantándose del sitial se disponía a volver a los salones, cuando un nuevo incidente vino a romper la valla del respetuoso comedimiento en que se contenían los dos jóvenes enamorados. Tal vez con intención, acaso por descuido, doña Inés había dejado sobre su falda uno de los perfumados guantes, cuyos botones de oro se entretenía en arrancar uno a uno mientras duró la conversación. Al ponerse en pie, el guante resbaló por entre los anchos pliegues de seda y cayó en la alfombra. Al verlo caer, todos los caballeros que formaban su brillante comitiva se inclinaron presurosos a recogerlo, disputándose el honor de alcanzar un leve movimiento de cabeza en premio a la galantería.

Al notar la precipitación con que todos hicieron el ademán de inclinarse, una imperceptible sonrisa de vanidad satisfecha asomó a los labios de la orgullosa doña Inés, que después de hacer un saludo general a los galanes que tanto empeño mostraban en servirla, sin mirar apenas y con la mirada alta y desdeñosa, tendió la mano para recoger el guante en la dirección que se encontraban Lope y Alonso, los primeros que parecían haber llegado al sitio en que cayera. En efecto, ambos jóvenes habían visto caer el guante cerca de sus pies, ambos se habían inclinado con igual presteza a recogerlo, y al incorporarse cada cual lo tenía asido por un extremo. Al verlos inmóviles, desafiándose en silencio con la mirada, y decididos ambos a no abandonar el guante que acababan de levantar del suelo, la dama dejó escapar un grito leve e involuntario, que ahogó el murmullo de los asombrados espectadores, los cuales presentían una escena borrascosa, que en el alcázar y en presencia del rey podría calificarse de un horrible desacato.

No obstante, Lope y Alonso permanecían impasibles, mudos, midiéndose con los ojos, de la cabeza a los pies, sin que la tempestad de sus almas se revelase más que por un ligero temblor nervioso que agitaba sus miembros como si se hallasen acometidos de una repentina fiebre.

Los murmullos y las exclamaciones iban subiendo de punto; la gente comenzaba a agruparse en torno a los actores de la escena; doña Inés, o aturdida o complaciéndose en prolongarla, daba vueltas de un lado a otro, como buscando donde refugiarse y evitar las miradas de la gente, que cada vez acudía en mayor número. La catástrofe era ya segura; los dos jóvenes habían ya cambiado algunas palabras en voz sorda, y mientras con una mano sujetaban el guante con una fuerza convulsiva, parecían ya buscar instintivamente con

la otra el puño de oro de sus dagas, cuando se entreabrió respetuosamente el grupo que formaban los espectadores y apareció el rey.

Su frente estaba serena, ni había indignación en su rostro ni cólera en su ademán.

Tendió una mirada alrededor, y esa sola mirada fue bastante para darle a conocer lo que pasaba. Con toda la galantería del doncel más cumplido, tomó el guante de las manos de los caballeros, que, como movidas por un resorte, se abrieron sin dificultad al sentir el contacto de la del monarca, y volviéndose a doña Inés de Tordesillas, que apoyada en el brazo de una dueña, parecía próxima a desmayarse, exclamó presentándolo con acento, aunque templado, firme:

—Tomad, señora, y cuidad de no dejarle caer en otra ocasión donde al devolvéroslo, os lo devuelvan manchado de sangre.

Cuando el rey terminó de decir estas palabras, doña Inés, no acertamos a decir si a impulsos de la emoción o por salir más airosa del paso, se había desvanecido en brazos de los que la rodeaban.

Alonso y Lope, el uno estrujando en silencio entre sus manos el birrete de terciopelo, cuya pluma arrastraba por la alfombra, y el otro mordiéndose los labios hasta hacerse brotar la sangre, se clavaron una mirada tenaz e intensa.

Una mirada en aquel lance equivalía a un bofetón, a un guante arrojado al rostro o a un desafío a muerte.

II

Al llegar la medianoche los reyes se retiraron a su cámara. Terminó el sarao, y los curiosos de la plebe que aguardaban con impaciencia este momento, formando grupos y corrillos en las avenidas del palacio, corrieron a estacionarse en la cuesta del alcázar, los Miradores y el Zocodover.

Durante una o dos horas, en las calles inmediatas a estos puntos reinó un bullicio, una animación y un movimiento indescriptibles. Por todas partes se veían cruzar escuderos caracoleando en sus corceles ricamente enjaezados, reyes de armas con lujosas casullas llenas de escudos y blasones, timbaleros vestidos de colores vistosos, soldados cubiertos de armaduras resplandecientes, pajes con capotillos de terciopelo y birretes coronados de plumas y servidores de a pie que precedían las lujosas literas y las andas cubiertas de ricos paños, llevando en sus manos grandes hachas encendidas, a cuyo rojizo resplandor podía verse a la multitud, que, con cara atónita, labios entreabiertos y ojos espantados miraba desfilar con asombro a todo lo mejor de la nobleza castellana, rodeada en aquella ocasión de un fausto y de un esplendor fabulosos.

Luego, poco a poco fue cesando el ruido y la animación; los vidrios de colores de las altas ojivas del palacio dejaron de brillar, atravesó por entre los apiñados grupos la última cabalgata, la gente del pueblo, a su vez, comenzó a dispersarse en todas direcciones, perdiéndose entre las sombras del enmarañado laberinto de calles oscuras, estrechas y torcidas, y ya no turbaba el profundo silencio de la noche más que el grito lejano de vela de algún guerrero, el rumor de los pasos de algún curioso que se retiraba el último o el ruido que producían las aldabas de algunas puertas al cerrarse, cuando en lo alto de la escalinata que conducía a la plataforma del palacio apareció un caballero, el cual, después de tender la vista por todos lados como buscando a alguien que debía esperarle, descendió lentamente hasta la cuesta del alcázar, por la que se dirigió hacia el Zocodover.

Al llegar a la plaza de este nombre se detuvo un momento y volvió a pasear la mirada a su alrededor. La noche estaba oscura; no brillaba una sola estrella en el cielo, ni en toda la plaza se veía una sola luz; no obstante, allá a lo lejos, y en la misma dirección en que comenzó a percibirse un ligero ruido como de pasos que iban aproximándose, creyó distinguir el busto de un hombre: era, sin duda, el mismo a quien parecía aguardaba con tanta impaciencia.

El caballero que acababa de abandonar el alcázar para dirigirse al Zocodover era Alonso Carrillo, que, en razón al puesto de honor que desempeñaba cerca de la persona del rey, había tenido que acompañarle en su cámara hasta aquellas horas; el que saliendo de entre las sombras de los arcos que rodean la plaza vino a reunírsele, Lope de Sandoval. Cuando los dos caballeros se hubieron reunido, cambiaron algunas frases en voz baja.

—Presumí que me aguardabas —dijo el uno.

—Esperaba que lo presumirías —contestó el otro.

—Y, ¿adónde iremos?

—A cualquier parte en que se puedan hallar cuatro palmos de terreno donde revolverse y un rayo de claridad que nos alumbre.

Terminado este brevísimo diálogo, los dos jóvenes se internaron por una de las estrechas calles que desembocan en el Zocodover, desapareciendo en la oscuridad como esos fantasmas de la noche, que después de aterrar un instante al que los ve, se deshacen en átomos de niebla y se confunden en el seno de las sombras.

Largo rato anduvieron dando vueltas a través de las calles de Toledo, buscando un lugar a propósito para terminar sus diferencias; pero la oscuridad de la noche era tan profunda, que el duelo parecía imposible. No obstante, ambos deseaban batirse, y batirse

antes que rayase el alba, pues al amanecer debían partir las huestes reales, y Alonso con ellas.

Prosiguieron, pues, cruzando al azar plazas desiertas, pasadizos sombríos, callejones estrechos y tenebrosos, hasta que, por último, vieron brillar a lo lejos una luz, una luz pequeña y moribunda, en torno de la cual la niebla formaba un cerco de claridad fantástica y dudosa.

Habían llegado a la calle del Cristo, y la luz que se divisaba en uno de sus extremos parecía ser la del farolillo que alumbraba en aquella época, y alumbraba, aún, la imagen que le da su nombre.

Al verla, ambos dejaron escapar una exclamación de júbilo, y apresuraron el paso en su dirección; no tardaron mucho en encontrarse junto al retablo en que ardía.

Un arco rehundido en el muro, en el fondo del cual se veía la imagen del Redentor enclavado en la cruz y con una calavera al pie; un tosco cobertizo de tablas que lo defendía de la intemperie, y el pequeño farolillo colgado de una cuerda que lo iluminaba débilmente, vacilando al impulso del aire, formaban todo el retablo, alrededor del cual colgaban algunos festones de hiedra que habían crecido entre los oscuros y rotos sillares, formando una especie de pabellón de verdura.

Los caballeros después de saludar respetuosamente la imagen de Cristo, quitándose los birretes y murmurando en voz baja una corta oración, reconocieron el terreno con una ojeada, echaron a tierra sus mantos y, apercibiéndose mutuamente para el combate y dándose la señal con un leve movimiento de cabeza, cruzaron los estoques. Pero apenas se habían tocado los aceros y antes que ninguno de los combatientes hubiesen podido dar un solo paso o intentar un golpe, la luz se apagó de repente y la calle quedó sumida en la oscuridad más profunda. Como guiados de un mismo pensamiento y al verse rodeados de repentinas nieblas, los dos combatientes dieron un paso atrás, bajaron al suelo las puntas de sus espadas y levantaron los ojos hacia el farolillo, cuya luz, momentos antes apagada, volvió a brillar de nuevo al punto en que hicieron ademán de suspender la pelea.

—Será alguna ráfaga de aire que ha abatido la llama al pasar —exclamó Carrillo volviendo a ponerse en guardia y previniendo con una voz a Lope, que parecía preocupado.

Lope dio un paso adelante para recuperar el terreno perdido, tendió el brazo y los aceros se tocaron otra vez; mas al tocarse, la luz se tornó a apagar por sí misma, permaneciendo así mientras no se separaron los estoques.

—En verdad que esto es extraño —murmuró Lope mirando al farolillo, que espontáneamente había vuelto a encenderse y se mecía con lentitud en el aire, derramando una claridad trémula y extraña sobre el amarillo cráneo de la calavera colocada a los pies del Cristo.

—¡Bah! —dijo Alonso—. Será que la beata encargada de cuidar del farol del retablo sisa a los devotos y escasea el aceite, por lo cual la luz, próxima a morir, luce y se oscurece a intervalos en señal de agonía.

Y dichas estas palabras el impetuoso joven tornó a colocarse en actitud de defensa. Su contrario le imitó; pero esta vez, no tan sólo volvió a rodearles una sombra espesísima e impenetrable, sino que al mismo tiempo hirió sus oídos el eco profundo de una voz misteriosa, semejante a esos largos gemidos del vendaval que parece que se queja y articula palabras al correr aprisionado por las torcidas, estrechas y tenebrosas calles de Toledo.

Qué dijo aquella voz medrosa y sobrehumana, nunca pudo saberse; pero al oírla, ambos jóvenes se sintieron poseídos de tan profundo terror, que las espadas se escaparon de sus manos, el cabello se les erizó, y por sus cuerpos, que estremecía un temblor involuntario, y por sus frentes, pálidas y descompuestas, comenzó a correr un sudor frío como el de la muerte.

La luz por tercera vez apagada, por tercera vez volvió a resucitar, y las tinieblas se disiparon.

—¡Ah! —exclamó Lope al ver a su contrario entonces, y en otros días su mejor amigo, asombrado como él, pálido e inmóvil—; Dios no quiere permitir este combate, porque es una lucha fratricida; porque un combate entre nosotros ofende al cielo, ante el cual nos hemos jurado cien veces una amistad eterna. Y esto diciendo se arrojó en los brazos de Alonso, que le estrechó entre los suyos con una fuerza y una efusión indecibles.

III

Pasados algunos minutos, durante los cuales ambos jóvenes se dieron toda clase de muestras de amistad y cariño, Alonso tomó la palabra, y con acento conmovido aún por la escena que acabamos de referir, exclamó dirigiéndose a su amigo:

—Lope, yo sé que amas a doña Inés; ignoro si tanto como yo, pero la amas. Puesto que un duelo entre nosotros es imposible, resolvámonos a encomendar nuestra suerte en sus manos. Vamos en su busca, que ella decida con libre albedrío cuál ha de ser el dichoso, cuál el infeliz. Su decisión será respetada por ambos, y el que no

merezca sus favores mañana saldrá con el rey de Toledo, e irá a buscar el consuelo del olvido en la agitación de la guerra.

—Pues tú lo quieres, sea —contestó Lope.

Y el uno apoyado en el brazo del otro, los dos amigos se dirigieron hacia la catedral, en cuya plaza, y en un palacio del que ya no quedan ni aun los restos, habitaba doña Inés de Tordesillas.

Estaba a punto de rayar el alba, y como algunos de los deudos de doña Inés, su hermano entre ellos, marchaban al otro día con el ejército real, no era imposible que en las primeras horas de la mañana pudiesen penetrar en su palacio.

Animados con esta esperanza llegaron, en fin, al pie de la gótica torre del templo; mas al llegar a aquel punto, un ruido particular llamó su atención y deteniéndose en uno de los ángulos, ocultos entre las sombras de los altos machones que flanquean los muros, vieron, no sin grande asombro, abrirse el balcón del palacio de su dama, aparecer en él un hombre que se deslizó hasta el suelo con la ayuda de una cuerda, y, por último, una forma blanca, doña Inés sin duda, que, inclinándose sobre el calado antepecho, cambió algunas tiernas frases de despedida con su misterioso galán.

El primer movimiento de los dos jóvenes fue llevar las manos al puño de sus espadas; pero deteniéndose como heridos por una idea súbita, volvieron los ojos a mirarse, y se hubieron de encontrar con una cara de asombro tan cómica, que ambos prorrumpieron en una ruidosa carcajada, carcajada que, repitiéndose de eco en eco en el silencio de la noche, resonó en toda la plaza y llegó hasta el palacio.

Al oírla la forma blanca desapareció del balcón, se escuchó el ruido de las puertas que se cerraron con violencia y todo volvió a quedar en silencio.

Al día siguiente, la reina, colocada en un estrado lujosísimo, veía desfilar las huestes que marchaban a la guerra de moros teniendo a su lado a las damas principales de Toledo. Entre ellas estaba doña Inés de Tordesillas, en la que aquel día, como siempre, se fijaban todos los ojos; pero, según a ella le parecía advertir, con diversa expresión que la de costumbre. Diríase que en todas las curiosas miradas que a ella se volvían retozaba una sonrisa burlona.

Este descubrimiento no dejaba de inquietarla algo, sobre todo teniendo en cuenta las ruidosas carcajadas que la noche anterior había creído percibir a lo lejos y en uno de los ángulos de la plaza, cuando cerraba el balcón y despedía a su amante; pero al ver aparecer entre las filas de los combatientes, que pasaban por debajo del estrado lanzando chispas de fuego de sus brillantes armaduras, y envueltos en una nube de polvo, los pendones reunidos de las casas

de Carrillo y Sandoval; al ver la significativa sonrisa que al saludar a la reina le dirigieron los dos antiguos rivales que cabalgaban juntos, todo lo adivinó, y la púrpura de la vergüenza enrojeció su frente y brilló en sus ojos una lágrima de despecho.

LA CORZA BLANCA

I

En un pequeño lugar de Aragón y allá por los años de mil trescientos y pico, vivía retirado en su torre señorial un famoso caballero llamado don Dionís, el cual, después de haber servido a su rey en la guerra contra infieles, descansaba a la sazón, entregado al alegre ejercicio de la caza, de las rudas fatigas de los combates.

Aconteció una vez a este caballero, hallándose en su favorita diversión, acompañado de su hija, cuya belleza singular y extraordinaria blancura le habían granjeado el sobrenombre de Azucena, que como se les entrase a más andar el día, engolfados en perseguir a una res en el monte de su feudo, tuvo que acogerse durante las horas de la siesta a una cañada por donde corría un riachuelo, saltando de roca en roca con un ruido manso y agradable.

Haría cosa de unas dos horas que don Dionís se encontraba en aquel delicioso lugar, recostado sobre la menuda grama a la sombra de una chopera, departiendo amigablemente con sus monteros sobre las peripecias del día, y refiriéndose unos a otros las aventuras más o menos curiosas que en su vida de cazadores les habían acontecido, cuando por lo alto de la más empinada ladera y a través de los alternados murmullos de viento que agitaba las hojas de los árboles, comenzó a percibirse, cada vez más cerca, el sonido de una esquililla, semejante a la del guión de un rebaño.

En efecto, era así, pues a poco de haberse oído la esquililla, empezaron a saltar por entre las apiñadas matas de cantueso y tomillo, y a descender a la orilla opuesta del riachuelo hasta unos cien corderos blancos como la nieve, detrás de los cuales, con su caperuza calada para libertarse la cabeza de los perpendiculares rayos del sol, y su hatillo al hombro en la punta de un palo, apareció el zagal que los conducía.

—A propósito de aventuras extraordinarias —exclamó al verle uno de los monteros de don Dionís, dirigiéndose a su señor—: ahí tenéis a Esteban, el zagal, que de algún tiempo a esta parte anda más tonto que lo que naturalmente le hizo Dios, que no es poco, y el

cual puede haceros pasar un rato divertido refiriendo la causa de sus continuos sustos.

—Pues, ¿qué le acontece a ese pobre diablo? —exclamó don Dionís con aire de curiosidad picada.

—¡Friolera! —añadió el montero en tono de zumba—: es el caso que, sin haber nacido en Viernes Santo, ni estar señalado con la cruz, ni hallarse en relaciones con el demonio, a lo que se puede colegir de sus hábitos de cristiano viejo, se encuentra, sin saber cómo ni por dónde, dotado de la facultad más maravillosa que ha poseído hombre alguno, a no ser Salomón, de quien se dice que sabía hasta el lenguaje de los pájaros.

—Y, ¿a qué se refiere esa facultad maravillosa?

—Se refiere —prosiguió el montero— a que, según él afirma y lo jura y perjura por todo lo más sagrado del mundo, los ciervos que discurren por estos montes se han dado de ojo para no dejarle en paz, siendo lo más gracioso del caso que en más de una ocasión los ha sorprendido concertando entre sí burlas que han de hacerle, y después que estas burlas se han llevado a término, ha oído las ruidosas carcajadas con que las celebraban.

Mientras esto decía el montero, Constanza, que así se llamaba la hermosa hija de don Dionís, se había aproximado al grupo de los cazadores, y como demostrase su curiosidad por conocer la extraordinaria historia de Esteban, uno de éstos se adelantó hasta el sitio donde el zagal daba de beber a su ganado y le condujo a presencia de su señor, que, para disipar la turbación y el visible encogimiento del pobre mozo, se apresuró a saludarle por su nombre, acompañando el saludo con una bondadosa sonrisa.

Era Esteban un muchacho de diecinueve a veinte años, fornido, con la cabeza pequeña y hundida entre los hombros, los ojos pequeños y azules, la mirada incierta y torpe como la de los albinos, la nariz roma, los labios gruesos y entreabiertos, la frente calzada, la tez blanca, pero ennegrecida por el sol, y el cabello, que le caía parte sobre los ojos y parte alrededor de la cara, en guedejas ásperas y rojas semejantes a las crines de un rocín colorado.

Esto, sobre poco más o menos, era Esteban en cuanto al físico; respecto a su moral, podía asegurarse, sin temor a ser desmentido, ni por él ni por ninguna de las personas que le conocían, que era perfectamente simple, aunque un tanto suspicaz y malicioso como buen rústico.

Una vez el zagal repuesto de su turbación, le dirigió de nuevo la palabra don Dionís, y con el tono más serio del mundo, y fingiendo un extraordinario interés por conocer los detalles del suceso al que

su montero se había referido, le hizo una multitud de preguntas, a las que Esteban comenzó a contestar de una manera evasiva, como deseando evitar explicaciones sobre el asunto.

Estrechado, sin embargo, por las interrogaciones de su señor y por los ruegos de Constanza, que parecía la más curiosa e interesada en que el pastor refiriese sus estupendas aventuras, decidióse éste a hablar, mas no sin que antes dirigiese a su alrededor una mirada de desconfianza, como temiendo ser oído por otras personas que las que allí estaban presentes, y de rascarse tres o cuatro veces la cabeza tratando de reunir sus recuerdos o hilvanar su discurso, que al fin comenzó de esta manera:

—Es el caso, señor, que según me dijo un preste de Tarazona, al que acudí no ha mucho para consultar mis dudas, con el diablo no sirven juegos, sino punto en boca, buenas y muchas oraciones a San Bartolomé, que es quien le conoce las cosquillas y dejarle andar: que Dios, que es justo y está allá arriba, proveerá a todo. Firme en esta idea había decidido no volver a decir palabra sobre el asunto a nadie ni por nada; pero lo haré hoy por satisfacer vuestra curiosidad, y a fe, a fe que después de todo, si el diablo me lo toma en cuenta y torna a molestarme en castigo de mi indiscreción, buenos Evangelios llevo cosidos en la pelliza y con ayuda creo que, como otras veces, no me será inútil el garrote.

—Pero, vamos —exclamo don Dionís, impaciente de escuchar las digresiones del zagal, que amenzaba no concluir nunca—, déjate de rodeos y ve derecho al asunto.

—A él voy —contestó con calma Esteban, que después de dar una gran voz acompañada de un silbido para que se agruparan los corderos que no perdía de vista y comenzaban a desparramarse por el monte, tornó a rascarse la cabeza y prosiguió así:

—Por una parte, vuestras continuas excursiones, y por otra, el dale que le das de los cazadores furtivos, que ya con trampa o con ballesta no dejan res con vida en veinte jornadas al contorno, habían no hace mucho agotado la caza en estos montes, hasta el extremo de no encontrarse un venado en ellos ni por un ojo de la cara. Hablaba yo esto mismo en el lugar sentado en el porche de la iglesia, donde después de acabada la misa del domingo solía reunirme con algunos peones de los que labran la tierra de Veratón, cuando algunos de ellos me dijeron: «Pues, hombre, no sé en qué consiste el que tú no los topes, pues de nosotros podemos asegurarte que no bajamos una vez a las hazas que no nos encontramos rastro, y hace tres o cuatro días, sin ir más lejos, una manada, que a juzgar por las huellas debía componerse de más de veinte, le sega-

ron antes de tiempo una pieza de trigo al santero de la Virgen del Romeral.» «¿Y hacia qué sitio seguía el rastro?», pregunté a los peones con ánimo de ver si topaba con la tropa. «Hacia la cañada de los cantuesos», me contestaron. No eché en saco roto la advertencia, y aquella noche misma fui a apostarme entre los chopos. Durante toda ella estuve oyendo por acá y por allá, tan pronto lejos como cerca, el bramido de los ciervos que se llamaban unos a otros, y de cuando en cuando sentía moverse el ramaje a mis espaldas; pero por más que me hice todo ojos, la verdad es que no pude distinguir a ninguno. No obstante, al romper el día, cuando llevé los corderos al agua, a la orilla del río, como obra de dos tiros de honda del sitio en que nos hallamos y en una umbría de chopos, donde ni a la hora de siesta se desliza un rayo de sol, encontré huellas recientes de los ciervos, algunas ramas desgajadas, la corriente un poco turbia y, lo que es más particular, entre el rastro de las reses las breves huellas de unos pies pequeñitos como la mitad de la palma de mi mano sin ponderación alguna.

Al decir esto el mozo instintivamente y al parecer buscando un punto de comparación, dirigió la vista hacia el pie de Constanza, que asomaba por debajo del brial, calzado con un precioso chapín de tafilete amarillo; pero como al par de Esteban bajasen también los ojos don Dionís y algunos de los monteros que le rodeaban, la hermosa niña se apresuró a esconderlo, exclamando con el tono más natural del mundo:

—¡Oh, no! Por desgracia no los tengo yo tan pequeñitos, pues de ese tamaño sólo se encuentran en las hadas, cuya historia nos refieren los trovadores.

—Pues no paró aquí la cosa —continuó el zagal cuando Constanza hubo concluido—, sino que otra vez, habiéndome colocado en otro escondite por donde indudablemente habían de pasar los ciervos para dirigirse a la cañada, allá al filo de la medianoche me rindió un poco el sueño, aunque no tanto que no abriese los ojos en el mismo punto en que creí percibir que las ramas se movían a mi alrededor. Abrí los ojos según dejó dicho; me incorporé con sumo cuidado, y poniendo atención a aquel confuso murmullo que cada vez sonaba más próximo, oí en las ráfagas del aire como gritos y cantares extraños, carcajadas y tres o cuatro voces distintas que hablaban entre sí, con un ruido y algarabía semejante al de las muchachas del lugar, cuando riendo y bromeando por el camino vuelven en bandadas de la fuente con sus cántaros a la cabeza. Según colegía de la proximidad de las voces y del cercano chasquido de las ramas que crujían al romperse para dar paso a aquella turba de

locuelas, iban a salir de la espesura a un pequeño rellano que formaba el monte en el sitio donde yo estaba oculto, enteramente a mis espaldas, tan cerca o más que me encuentro de vosotros, oí una nueva voz fresca, delgada y vibrante, que dijo..., creedlo, señores, esto es tan seguro como que me he de morir..., dijo... claro y distintamente estas propias palabras:

¡Por aquí, por aquí, compañeras,
que está ahí el bruto de Esteban!

Al llegar a este punto de la relación del zagal, los circunstantes no pudieron ya contener por más tiempo la risa que hacía largo rato les retozaba en los ojos, y dando rienda a su buen humor, prorrumpieron en una carcajada estrepitosa. De los primeros en comenzar a reír y de los últimos en dejarlo, fueron don Dionís, que, a pesar de su fingida circunspección no pudo menos de tomar parte en el general regocijo, y su hija Constanza, la cual cada vez que miraba a Esteban todo suspenso y confuso, tornaba a reírse como una loca hasta el punto de saltarle las lágrimas a los ojos.

El zagal, por su parte, aunque sin atender al efecto que su narración había producido, parecía todo turbado e inquieto, y mientras los señores reían al saber de sus inocentadas, él tornaba la vista a un lado y a otro con visibles muestras de temor y como queriendo descubrir algo a través de los cruzados troncos de los arboles.

—¿Qué es eso, Esteban, qué te sucede? —le preguntó uno de los monteros notando la creciente inquietud del pobre mozo, que ya fijaba sus espantadas pupilas en la hija risueña de don Dionís, ya las volvía a su alrededor con una expresión asombrada y estúpida.

—Me sucede una cosa muy extraña —exclamó Esteban—. Cuando, después de escuchar las palabras que dejo referidas, me incorporé con prontitud para sorprender a la persona que las había pronunciado, una corza blanca como la nieve salió de entre las mismas matas en donde yo estaba oculto, y dando unos saltos enormes por encima de los carrascales y los lentiscos, se alejó en seguida de una tropa de corzas de su color natural, y así éstas como la blanca que las iba guiando, no arrojaban bramidos al huir, sino que se reían con unas carcajadas cuyo eco juraría que aún me está sonando en los oídos en este momento.

—¡Bah...!, ¡bah...!, Esteban —exclamó don Dionís con aire burlón—, sigue los consejos del preste de Tarazona; no hables de tus encuentros con los corzos amigos de burlas, no sea que haga el diablo que al fin pierdas el poco juicio que tienes, y pues ya estás provisto de los Evangelios y sabes las oraciones de San Bartolomé, vuél-

vete a tus corderos, que empiezan a desbandarse por la cañada. Si los espíritus malignos tornan a incomodarte, ya sabes el remedio: *paternóster* y garrotazo.

El zagal, después de guardarse en el zurrón un medio pan blanco y un trozo de carne de jabalí y en el estómago un valiente trago de vino que le dio por orden de su señor uno de los palafreneros, despidióse de don Dionís y su hija, y apenas anduvo cuatro pasos, comenzó a voltear la honda para reunir a pedradas a los corderos.

Como a esta sazón notase don Dionís que entre unas y otras las horas del calor eran ya pasadas y el vientecillo de la tarde comenzaba a mover las hojas de los chopos y a refrescar los campos, dio orden a su comitiva para que aderezasen las caballerías que andaban paciendo sueltas por el inmediato soto, y cuando todo estuvo a punto, hizo seña a los unos para que soltasen las traíllas, y a los otros para que tocasen las trompas, y saliendo en tropel de la chopera, prosiguió adelante la interrumpida caza.

II

Entre los monteros de don Dionís había uno llamado Garcés, hijo de un antiguo servidor de la familia, y, por tanto, el más querido de sus señores.

Garcés tenía poco más o menos la edad de Constanza, y desde muy niño habíase acostumbrado a prevenir el menor de sus deseos y a adivinar y satisfacer el más leve de sus antojos.

Por su mano se entretenía en afilar en los ratos de ocio las agudas saetas de su ballesta de marfil, él domaba los potros que había de montar su señora, él ejercitaba en los ardides de la caza a sus lebreles favoritos y amaestraba a sus halcones, a los cuales compraba en las ferias de Castilla caperuzas rojas bordadas de oro.

Para con los otros monteros, los pajes y la gente menuda del servicio de don Dionís, la exquisita solicitud de Garcés y el aprecio con que sus señores le distinguían, habíanle valido una especie de general animadversión, y al decir de los envidiosos, en todos aquellos cuidados con que se adelantaba a prevenir los caprichos de su señora revelábase su carácter adulador y rastrero. No faltaban, sin embargo, algunos que, más avisados o maliciosos, creyeron sorprender en la asiduidad del solícito mancebo algunas señales de mal disimulado amor.

Si en efecto era así, el oculto cariño de Garcés tenía más que sobrada disculpa en la incomparable hermosura de Constanza. Hubiérase necesitado un pecho de roca y un corazón de hielo para

permanecer impasible un día y otro al lado de aquella mujer singular por su belleza y sus raros atractivos.

La *Azucena del Moncayo*, llamábanla en veinte leguas a la redonda, y bien merecía este sobrenombre, porque era tan airosa, tan blanca y tan rubia, que, como a las azucenas, parecía que Dios la había hecho de nieve y oro.

Y, sin embargo, entre los señores comarcanos murmurábase que la hermosa castellana de Veratón no era tan limpia de sangre como bella y que, a pesar de sus trenzas rubias y su tez de alabastro, había tenido por madre una gitana. Lo cierto que pudiera haber en estas murmuraciones nadie pudo nunca decirlo, porque la verdad era que don Dionís tuvo una vida bastante azarosa en su juventud, y después de combatir largo tiempo bajo la conducta del monarca aragonés, del cual recabó entre otras mercedes el feudo del Moncayo, marchóse a Palestina, en donde anduvo errante algunos años, para volver, por último, a encerrarse en su castillo de Veratón con una hija pequeña, nacida sin duda en aquellos países remotos. El único que hubiera podido decir algo acerca del misterioso origen de Constanza, pues acompañó a don Dionís en sus lejanas peregrinaciones, era el padre de Garcés, y éste había ya muerto hacía bastante tiempo, sin decir una sola palabra sobre el asunto ni a su propio hijo, que varias veces y con muestras de grande interés se lo había preguntado.

El carácter, tan pronto retraído y melancólico como bullicioso y alegre, de Constanza, la extraña exaltación de sus ideas, sus extravagantes caprichos, sus nunca vistas costumbres, hasta la particularidad de tener los ojos y las cejas negros como la noche, siendo blanca y rubia como el oro, habían contribuido a dar pábulo a las hablillas de sus convecinos, y aun el mismo Garcés, que tan íntimamente la trataba, había llegado a persuadirse que su señora era algo especial y no se parecía a las demás mujeres.

Presente a la relación de Esteban, como los otros monteros, Garcés fue acaso el único que oyó con verdadera curiosidad los pormenores de su increíble aventura, y si bien no pudo menos de sonreír cuando el zagal repitió la palabra de la corza blanca, desde que abandonó el soto en que había sesteado comenzó a revolver en su mente las más absurdas imaginaciones.

—No cabe duda que todo eso de hablar las corzas es pura aprensión de Esteban, que es un completo mentecato —decía entre sí el joven montero mientras que, jinete en un poderoso alazán, seguía paso a paso el palafrén de Constanza, la cual también parecía mostrarse un tanto distraída y silenciosa, y, retirada del tropel de caza-

dores, apenas tomaba parte en la fiesta—. Pero, ¿quién dice que en lo que refiere ese simple no existirá algo de verdad? —prosiguió pensando el mancebo—. Cosas más extrañas hemos visto en el mundo, y una corza blanca bien puede haberla, puesto que si se ha de dar crédito a las cantigas del país, San Huberto, patrón de los cazadores, tenía una. ¡Oh, si yo pudiese coger viva una corza blanca para ofrecérsela a mi señora!

Así pensando y discurriendo pasó Garcés la tarde, y cuando ya el sol comenzó a esconderse por detrás de las vecinas lomas y don Dionís mandó volver grupas a su gente para tornar al castillo, separóse sin ser notado de la comitiva y echó en busca del zagal por lo más espeso e intrincado del monte.

La noche había cerrado casi por completo cuando don Dionís llegaba a las puertas de su castillo. Acto seguido dispusiéronle una frugal colocación y sentóse con su hija a la mesa.

—Y Garcés, ¿dónde está? —preguntó Constanza, notando que su montero no se encontraba allí para servirla como tenía de costumbre.

—No sabemos —se apresuraron a contestar los otros servidores—; desapareció entre nosotros cerca de la cañada, y ésta es la hora en que todavía no le hemos visto.

En este punto llegó Garcés, todo sofocado, cubierta aún de sudor la frente, pero con la cara más regocijada y satisfecha que pudiera imaginarse.

—Perdonadme, señora —exclamó, dirigiéndose a Constanza—, perdonadme si he faltado un momento a mi obligación; pero allá de donde vengo a todo correr de mi caballo, como aquí, sólo me ocupaba de serviros.

—¿En servirme? —repitió Constanza—. No comprendo lo que quieres decir.

—Sí señora, en serviros —repitió el joven—; pues he averiguado que es verdad que la corza blanca existe. A más de Esteban, lo dan por seguro otros varios pastores, que juran haberla visto más de una vez y con la ayuda de los cuales espero en Dios y en mi patrón San Huberto que antes de tres días, viva o muerta, os la traeré al castillo.

—¡Bah...!, ¡bah...! —exclamó Constanza con aire de zumba, mientras hacían coro a sus palabras las risas más o menos disimuladas de los circunstantes—; déjate de cacerías nocturnas y de corzas blancas: mira que el diablo ha dado en la flor de tentar a los simples, y si te empeñas en andarle a los talones, vas a dar que reír como el pobre Esteban.

—Señora —interrumpió Garcés con voz entrecortada y disimulando en lo posible la cólera que le producía el burlón regocijo de sus compañeros—, yo no me he visto nunca con el diablo, y, por consiguiente, no sé todavía cómo las gasta; pero conmigo os juro que todo podrá hacer menos que dar de reír, porque el uso de ese privilegio sólo en vos sé tolerarlo.

Constanza conoció el efecto que su burla había producido en el enamorado joven; pero deseando apurar su paciencia hasta lo último, tornó a decir en el mismo tono:

—¿Y si al dispararle te saluda con alguna risa del género de la que oyó Esteban, o se te ríe en la nariz, y al escuchar sus sobrenaturales carcajadas se te cae la ballesta de las manos, y antes de reponerte del susto ya ha desaparecido la corza blanca más ligera que un relámpago?

—¡Oh! —exclamó Garcés—: en cuanto a eso, estad segura que como yo la topase a tiro de ballesta, aunque me hiciese más mimos que un juglar, aunque me hablara, no ya en romance, sino en latín, como el abad de Munilla, no se iba sin un arpón en el cuerpo.

En este punto del diálogo terció don Dionís, y con una desesperante gravedad a través de la que se adivinaba toda la ironía de sus palabras, comenzó a darle al ya asendereado mozo los consejos más originales del mundo, para el caso de que se encontrase de manos a boca con el demonio convertido en corza blanca. A cada nueva ocurrencia de su padre, Constanza fijaba sus ojos en el atribulado Garcés y rompía a reír como una loca, en tanto que los otros servidores esforzaban las burlas con sus miradas de inteligencia y su mal encubierto gozo.

Mientras duró la colación prolongóse esta escena en que la credulidad del joven montero fue, por decirlo así, el tema obligado del general regocijo; de modo que cuando se levantaron los paños, y don Dionís y Constanza se retiraron a sus habitaciones, y toda la gente del castillo se entregó al reposo, Garcés permaneció un largo espacio de tiempo irresoluto, dudando si, a pesar de las burlas de sus señores, proseguiría firme en su propósito o desistiría completamente de la empresa.

—¡Qué diantre! —exclamó, saliendo del estado de incertidumbre en que se encontraba—: mayor mal del que me ha sucedido no puede sucederme, y si por el contrario es verdad lo que nos ha contado Esteban..., ¡oh, entonces, cómo he de saborear mi triunfo!

Esto diciendo, armó su ballesta, no sin haberle hecho antes la señal de la cruz en la punta de la vira, y colocándosela a la espalda se dirigió a la poterna del castillo para tomar la vereda del monte.

Cuando Garcés llegó a la cañada y al punto en que, según las instrucciones de Esteban, debía aguardar la aparición de las corzas, la luna comenzaba a remontarse con lentitud por detrás de los cercanos montes.

A fuer de buen cazador y práctico en el oficio, antes de elegir un punto a propósito para colocarse al acecho de las reses, anduvo un buen rato de acá para allá examinando las trochas y las veredas vecinas, la disposición de los árboles, los accidentes del terreno, las curvas del río y la profundidad de sus aguas.

Por último, después de terminar este minucioso reconocimiento del lugar en que se encontraba, agazapóse en un ribazo junto a unos chopos de copas elevadas y oscuras, a cuyo pie crecían unas matas de lentisco, altas lo bastante para ocultar a un hombre echado en tierra.

El río, que desde las musgosas rocas donde tenía su nacimiento venía, siguiendo las sinuosidades del Moncayo, a entrar en la cañada por una vertiente, deslizábase desde allí bañando el pie de los sauces que sombreaban sus orillas, o jugueteando con alegre murmullo entre las piedras rodadas del monte, hasta caer en una hondura próxima al lugar que servía de escondrijo al montero.

Los álamos, cuyas plateadas hojas movía el aire con un rumor dulcísimo; los sauces, que inclinados sobre la limpia corriente humedecían en ella las puntas de sus desmayadas ramas, y los apretados carrascales por cuyos troncos subían y se enredaban las madreselvas y las campanillas azules, formaban un espeso muro de follaje alrededor del remanso del río.

El viento, agitando los frondosos pabellones de verdura que derramaban en torno a su flotante sombra, dejaba penetrar a intervalos su furtivo rayo de luz, que brillaba como un relámpago de plata sobre la superficie de las aguas inmóviles y profundas.

Oculto tras los matojos, con el oído atento al más leve rumor y la vista clavada en el punto en donde, según sus cálculos, debían aparecer las corzas, Garcés esperó inútilmente un gran espacio de tiempo.

Todo permanecía a su alrededor sumido en una profunda calma.

Poco a poco, y bien fuese que el peso de la noche, que ya había pasado de la mitad, comenzara a dejarse sentir, bien que el lejano murmullo del agua, el penetrante aroma de las flores silvestres y las caricias del viento comunicasen a sus sentidos el dulce sopor en que parecía estar impregnada la Naturaleza toda, el enamorado mozo, que hasta aquel punto había estado entretenido revolviendo en su mente las mas halagüeñas imaginaciones, comenzó a sentir que sus

ideas se elaboraban con más lentitud y sus pensamientos tomaban formas más leves e indecisas.

Después de mecerse un instante en este vago espacio que media entre la vigilia y el sueño, entornó al fin los ojos, dejó escapar la ballesta de sus manos y se quedó profundamente dormido.

...

Cosa de dos horas o tres haría ya que el joven montero roncaba a pierna suelta, disfrutando a todo sabor de uno de los sueños más apacibles de su vida, cuando de repente entreabrió los ojos sobresaltado, incorporándose a medias, lleno aún de ese estupor del que vuelve en sí de improviso después de un sueño profundo.

En las ráfagas del aire, y confundido con los leves rumores de la noche, creyó percibir un extraño rumor de voces delgadas, dulces y misteriosas, que hablaban entre sí, reían o cantaban cada cual por su parte y una cosa diferente, formando una algarabía tan ruidosa y confusa como la de los pájaros que despiertan al primer rayo del sol entre las frondas de una alameda.

Este extraño rumor sólo se dejó oír un instante, y después todo volvió a quedar en silencio.

—Sin duda soñaba con las majaderías que nos refirió el zagal —exclamó Garcés restregándose los ojos con mucha calma, y en la firme persuasión de que cuanto había creído oír no era más que esa vaga huella del ensueño que queda, al despertar, en la imaginación, como queda en el oído la última cadencia de una melodía después que ha expirado temblando la última nota. Y dominado por la invencible languidez que embargaba sus miembros, iba a reclinar de nuevo la cabeza sobre el césped, cuando tornó a oír el eco distante de aquellas misteriosas voces que, acompañándose del rumor del aire, del agua y de las hojas, cantaban así:

CORO
«El arquero que velaba en lo alto de la torre ha reclinado su pesada cabeza en el muro.

»Al cazador furtivo que esperaba sorprender la res, le ha sorprendido el sueño.

»El pastor que aguardaba el día consultando las estrellas, duerme ahora y dormirá hasta el amanecer.

»Reina de las ondinas, sigue nuestros pasos.

»Ven a mecerte en las ramas de los sauces sobre el haz del agua.

»Ven a embriagarte con el perfume de las violetas que se abren entre las sombras.

»Ven a gozar de la noche, que es el día de los espíritus.»

Mientras flotaban en el aire las suaves notas de aquella deliciosa música, Garcés se mantuvo inmóvil. Después que se hubo desvanecido, con mucha precaución apartó un poco las ramas, y no sin experimentar algún sobresalto vio aparecer las corzas, que en tropel y salvando los matorrales con ligereza increíble unas veces, deteniéndose entre la espesura otras, jugueteando entre sí, ya escondiéndose entre la espesura, ya saliendo nuevamente a la senda, bajaban del monte con dirección al remanso del río.

Delante de sus compañeras, más ágil, más linda, más juguetona y alegre que todas; saltando, sonriendo, parándose y tornando a correr, de modo que parecía no tocar el suelo con los pies, iba la corza blanca, cuyo extraño color destacaba como una fantástica luz sobre el oscuro fondo de los árboles.

Aunque el joven se sentía dispuesto a ver en cuanto le rodeaba algo de sobrenatural y maravilloso, la verdad del caso era que, prescindiendo de la momentánea alucinación que turbó un instante sus sentidos, fingiéndole músicas, rumores y palabras, ni en la forma de las corzas, ni en sus movimientos, ni en los cortos bramidos con que parecían llamarse, había nada con que no debiese estar ya muy familiarizado un cazador práctico en esta clase de expediciones nocturnas.

A medida que desechaba la primera impresión, Garcés comenzó a comprenderlo así, y riéndose interiormente de su credulidad y su miedo, desde aquel instante sólo se ocupó de averiguar, teniendo en cuenta la dirección que seguían, el punto donde se hallaban las corzas.

Hecho el cálculo, cogió la ballesta entre los dientes, y arrastrándose como una culebra por detrás de los lentiscos, fue a situarse sobre unos cuarenta pasos más lejos del lugar en que antes se encontraba. Una vez acomodado en su nuevo escondite, esperó el tiempo suficiente para que las corzas estuvieran ya dentro del río, a fin de hacer el tiro más seguro. Apenas empezó a escucharse ese ruido particular que produce el agua que se bate a golpes o se agita con violencia, Garcés comenzó a levantarse poquito a poco y con las mayores precauciones, apoyándose en la tierra primero sobre la punta de los dedos, y después con una de las rodillas.

Ya en pie, y cerciorándose a tientas de que el arma estaba preparada, dio un paso hacia adelante, alargó el cuello por encima de los arbustos para dominar el remanso, y tendió la ballesta; pero en el mismo punto que, al par de la ballesta, tendió la vista buscando el

objeto que había de herir, se escapó de sus labios un imperceptible e involuntario grito de asombro.

La luna, que había ido remontándose con lentitud por el ancho horizonte, estaba inmóvil y como suspendida en la mitad del cielo. Su dulce claridad inundaba el soto, abrillantaba la intranquila superficie del río, y hacía ver los objetos como a través de una gasa azul.

Las corzas habían desaparecido.

En su lugar, lleno de estupor y casi de miedo, vio Garcés un grupo de bellísimas mujeres, de las cuales unas entraban en el agua jugueteando, mientras las otras acababan de despojarse de las ligeras túnicas, que aún ocultaban a la codiciosa vista el tesoro de sus formas.

En esos ligeros y cortados sueños de la mañana, ricos en imágenes risueñas y voluptuosas, sueños diáfanos y celestes como la luz que entonces comienza a transparentarse a través de las blancas cortinas del lecho, no ha habido nunca imaginación de veinte años que bosquejase con los colores de la fantasía una escena semejante a la que se ofrecía en aquel punto a los ojos del atónito Garcés.

Despojadas ya de sus túnicas y sus velos de mil colores, que destacaban sobre el fondo, suspendidos de los árboles o arrojados con descuido sobre la alfombra del césped, las muchachas discurrían a su placer por el soto, formando grupos pintorescos, y entraban y salían en el agua, haciéndola saltar en chispas luminosas sobre las flores de la margen como una menuda lluvia de rocío.

Aquí una de ellas, blanca como el vellón de un cordero, sacaba su cabeza rubia entre las verdes y flotantes hojas de una planta acuática, de la cual parecía una flor a medio abrir, cuyo flexible tallo más bien se adivinaba que se veía temblar debajo de los infinitos círculos de luz de las ondas.

Otra, allá, con el cabello suelto sobre los hombros, mecíase suspendida de la rama de un sauce sobre la corriente del río, y sus pequeños pies, color de rosa, hacían una raya de plata al pasar rozando la tersa superficie. En tanto que éstas permanecían recostadas aún al borde del agua con los ojos azules adormecidos, aspirando con voluptuosidad el perfume de las flores y estremeciéndose ligeramente al contacto de la fresca brisa, aquéllas danzaban en vertiginosa ronda, entrelazando caprichosamente sus manos, dejando caer atrás la cabeza con delicioso abandono, e hiriendo el suelo con el pie en alternada cadencia.

Era imposible seguirlas en sus ágiles movimientos, imposible abarcar con una mirada los infinitos detalles del cuadro que formaban, unas corriendo, jugando y persiguiéndose con alegres risas por

entre el laberinto de los árboles, otras surcando el agua como un cisne y rompiendo la corriente con el elevado seno; otras, en fin, sumergiéndose en el fondo, donde permanecían largo rato para volver a la superficie, trayendo una de esas flores extrañas que nacen escondidas en el lecho de las aguas profundas.

La mirada del atónito montero vagaba absorta de un lado a otro, sin saber dónde fijarse, hasta que, sentado bajo un pabellón de verdura que parecía servirle de dosel, y rodeado de un grupo de mujeres todas a cual más bella, que la ayudaban a despojarse de sus ligerísimas vestiduras, creyó ver el objeto de sus ocultas adoraciones: la hija del noble don Dionís, la incomparable Constanza.

Marchando de sorpresa en sorpresa, el enamorado joven no se atrevía ya a dar crédito ni al testimonio de sus sentidos, y creíase bajo la influencia de un sueño fascinador y engañoso.

No obstante, pugnaba en vano por persuadirse de que todo cuanto veía era efecto del desarreglo de su imaginación; porque mientras más la miraba, y más despacio, más se convencía de que aquella mujer era Constanza.

No podía caber duda, no; suyos eran aquellos ojos oscuros y sombreados de largas pestañas, que apenas bastaban a amortiguar la luz de sus pupilas; suya aquella rubia y abundante cabellera que, después de coronar su frente, se derramaba por su blanco seno y sus redondas espaldas como una cascada de oro; suyos, en fin, aquel cuello airoso, que sostenía su lánguida cabeza, ligeramente inclinada como una flor que se rinde al peso de las gotas de rocío, y aquellas voluptuosas formas que él había soñado tal vez, y aquellas manos semejantes a manojos de jazmines, y aquellos pies diminutos, comparables sólo con dos pedazos de nieve que el sol no ha podido derretir y que a la mañana blanquean entre la verdura.

En el momento en que Constanza salió del bosquecillo, sin velo alguno que ocultase a los ojos de su amante los escondidos tesoros de su hermosura, sus compañeras comenzaron nuevamente a cantar estas palabras con una melodía dulcísima:

Coro

«Genios del aire, habitadores del luminoso éter, venid envueltos en un jirón de niebla plateada.

»Silfos invisibles, dejad el cáliz de los entreabiertos lirios, venid en vuestros carros de nácar, a los que vuelan uncidas las mariposas.

»Larvas de las fuentes, abandonad el lecho de musgo y caed sobre nosotras en menuda lluvia de perlas.

»Escarabajos de esmeralda, luciérnaga de fuego, mariposas negras, ¡venid!

»Y venid vosotros todos, espíritus de la noche, venid zumbando como un enjambre de insectos de luz y de oro.

»Venid, que ya el astro protector de los misterios brilla en la plenitud de su hermosura.

»Venid, que ha llegado el momento de las transformaciones maravillosas.

»Venid, que los que os aman os esperan impacientes.»

Garcés, que permanecía inmóvil, sintió al oír aquellos cantares misteriosos que el áspid de los celos le mordía el corazón, y obedeciendo a un impulso más poderoso que su voluntad, deseando romper de una vez el encanto que fascinaba sus sentidos, separó con mano trémula y convulsa el ramaje que le ocultaba, y de un salto se puso en la margen del río. El encanto se rompió, desvaneciéndose todo como el humo, y al tender en torno suyo la vista, no vio ni oyó más que el bullicioso tropel con que las tímidas corzas, sorprendidas en lo mejor de sus nocturnos juegos, huían espantadas de su presencia, una por aquí, otra por allá, cuál salvando de un salto los matorrales, cuál ganando a todo correr la trocha del monte.

—¡Oh!, bien dije yo que todas estas cosas no eran más que fantasmagorías del diablo —exclamó entonces el montero—; pero, por fortuna, esta vez ha andado un poco torpe, dejándome entre las manos la mejor presa.

Y, en efecto, era así: la corza blanca, deseando escapar por el soto, se había lanzado entre el laberinto de sus árboles, y enredándose en una red de madreselvas pugnaba en vano por desasirse. Garcés le encaró la ballesta; pero en el mismo punto en que iba a herirla, la corza se volvió hacia el montero, y con voz clara y aguda detuvo su acción con un grito, diciéndole:

—Garcés, ¿qué haces?

El joven vaciló y, después de un instante de duda, dejó caer al suelo el arma, espantado a la sola idea de haber podido herir a su amante. Una sonora y estridente carcajada vino a sacarle al fin de su estupor; la corza blanca había aprovechado aquellos cortos instantes para acabarse de desenredar y huir ligera como un relámpago, riéndose de la burla hecha al montero.

—¡Ah!, condenado engendro de Satanás —dijo éste con voz espantosa, recogiendo la ballesta con una rapidez indecible—; pronto has cantado la victoria, pronto te has creído fuera de mi alcance —y esto diciendo, dejó volar la saeta, que partió silbando y fue a perderse en la oscuridad del soto, en el fondo del cual sonó al mismo tiempo un grito, al que siguieron después unos gemidos sofocados.

—¡Dios mío! —exclamó Garcés al percibir aquellos lamentos angustiosos—. ¡Dios mío, si será verdad!

Y fuera de sí, como loco, sin darse cuenta apenas de lo que pasaba, corrió en la dirección que había disparado la saeta, que era la misma en que sonaban los gemidos. Llegó al fin; pero al llegar sus cabellos se erizaron de horror, las palabras se anudaron en su garganta, y tuvo que agarrarse al tronco de un árbol para no caer a tierra.

Constanza, herida por su mano, expiraba allí a su vista, revolcándose en su propia sangre, entre las agudas zarzas del monte.

CREED EN DIOS

CANTIGA PROVENZAL

«Yo fui el verdadero Teobaldo de Montagut, barón de Fortcastell. Noble o villano, señor o pechero, tú, cualquiera que seas, que te detienes un instante al borde de mi sepultura, cree en Dios, como yo he creído, y ruégale por mí.»

I

Nobles aventureros que, puesta la lanza en la cuja, caída la visera del casco y jinetes sobre un corcel poderoso, recorréis la tierra sin más patrimonio que vuestro nombre clarísimo y vuestro montante, buscando honra y prez en la profesión de las armas: si al atravesar el quebrado valle de Montagut os ha sorprendido en él la tormenta y la noche, y habéis encontrado un refugio en las ruinas del monasterio que aún se ve en su fondo, oídme.

II

Pastores que seguís con lento paso a vuestras ovejas, que pacen derramadas por las colinas y las llanuras: si al conducirlas al borde del transparente riachuelo que corre, forcejea y·salta por entre los peñascos del valle de Montagut, en el rigor del verano y en una siesta de fuego habéis encontrado la sombra y el reposo al pie de las derruidas arcadas del monasterio, cuyos musgosos pilares besan las ondas, oídme.

III

Niñas de las cercanas aldeas, lirios silvestres que crecéis felices al abrigo de vuestra humildad: si en la mañana del santo Patrono de estos lugares, al bajar al valle de Montagut a coger tréboles y margaritas con que embellecer su retablo, venciendo el temor que os inspira el sombrío monasterio que se alza en sus peñas, habéis penetrado en su claustro mudo y desierto para vagar entre sus aban-

donadas tumbas, a cuyos bordes crecen las margaritas más dobles y los jacintos más azules, oídme.

IV

Tú, noble caballero, tal vez al resplandor de un relámpago; tú, pastor errante, calcinado por los rayos del sol; tú, en fin, hermosa niña, cubierta aún con gotas de rocío semejantes a lágrimas: todos habréis visto en aquel santo lugar una tumba, una tumba humilde. Antes la componían una piedra tosca y una cruz de palo; la cruz ha desaparecido y sólo queda la piedra. En esa tumba, cuya inscripción es el mote de mi canto, reposa en paz el último barón de Fortcastell, Teobaldo de Montagut, del cual voy a referiros la peregrina historia.

V

Cuando la noble condesa de Montagut estaba encinta de su primogénito Teobaldo, tuvo un ensueño misterioso y terrible; acaso un aviso de Dios, tal vez una vana fantasía que el tiempo realizó más adelante. Soñó que en su seno engendraba una serpiente, una serpiente monstruosa, que arrojando agudos silbidos, y ora arrastrándose entre la menuda hierba, ora replegándose sobre sí misma para saltar, huyó de su vista, escondiéndose al fin entre unas zarzas.

—¡Allí está! ¡Allí está! —gritaba la condesa en su horrible pesadilla, señalando a sus servidores la zarza en que se había escondido el asqueroso reptil.

Cuando sus servidores llegaron presurosos al punto que la noble dama, inmóvil y presa de un profundo terror, les señalaba aún con el dedo, una blanca paloma se levantó de entre las breñas y se remontó a las nubes.

La serpiente había desaparecido.

VI

Teobaldo vino al mundo. Su madre murió al darle a luz, su padre pereció algunos años después en una emboscada peleando como bueno contra los enemigos de Dios.

Desde este punto, la juventud del primogénito de Fortcastell sólo puede compararse a un huracán. Por donde pasaba se veía señalando su camino un rastro de lágrimas y de sangre. Ahorcaba a sus pecheros, se batía con sus iguales, perseguía a las doncellas, daba de palos a los monjes, y en sus blasfemias y juramentos ni dejaba santo en paz ni cosa sagrada que no maldijese.

VII

Un día que salió de caza y que, como era su costumbre, hizo entrar a guarecerse de la lluvia a toda su endiablada comitiva de pajes licenciosos, arqueros desalmados y siervos envilecidos, con perros, caballos y gerifaltes, en la iglesia de una aldea de sus dominios, un venerable sacerdote, arrostrando su cólera y sin temer los violentos arranques de su carácter impetuoso, le conjuró en nombre del Cielo, y llevando una hostia consagrada en sus manos, a que abandonase aquel lugar y fuese a pie y con un bordón de romero a pedir al Papa la absolución de sus culpas.

—¡Déjame en paz, viejo loco! —exclamó Teobaldo al oírle—; ¡dejadme en paz, o ya que no he encontrado una sola pieza durante el día, te suelto mis perros y te cazo como a un jabalí para distraerme!

VIII

Teobaldo era hombre de hacer lo que decía. El sacerdote, sin embargo, se limitó a contestarle:

—Haz lo que quieras, pero ten presente que hay un Dios que castiga y perdona, y que si muero a tus manos, borrará mis culpas del libro de su indignación, para escribir tu nombre y hacerte expiar tu crimen.

—¡Un Dios que castiga y perdona! —prorrumpió el sacrílego barón con una carcajada—. Yo no creo en Dios, y para darte una prueba voy a cumplir lo que te he prometido, porque, aunque poco rezador, soy amigo de no faltar a mis palabras. ¡Raimundo! ¡Gerardo! ¡Pedro! Azuzad la jauría, dadme el venablo, tocad el alalí en vuestras trompas, que vamos a darle caza a este imbécil, aunque se suba a los retablos de sus altares.

IX

Ya, después de dudar un instante y a una nueva orden de su señor, comenzaban los pajes a desatar los lebreles, que aturdían la iglesia con sus ladridos; ya el barón había armado su ballesta, riendo con una risa de Satanás, y el venerable sacerdote murmurando una plegaria, elevaba sus ojos al cielo y esperaba tranquilo la muerte, cuando se oyó fuera del sagrado recinto una vocería terrible, bramidos de trompas que hacían señales de ojeo, y gritos de: *¡Al jabalí! ¡Por las breñas! ¡Hacia el monte!* Teobaldo, al anuncio de la deseada res, corrió a las puertas del santuario, ebrio de alegría; tras él fueron sus servidores, y con sus servidores, los caballos y los lebreles.

X

—¿Por dónde va el jabalí? —pregunto el barón, subiendo a su corcel, sin apoyarse en el estribo ni desarmar la ballesta.

—Por la cañada que se extiende al pie de esas colinas —le respondieron.

Sin escuchar la última palabra, el impetuoso cazador hundió su acicate de oro en el ijar del caballo, que partió al escape. Tras él partieron todos.

Los habitantes de la aldea, que fueron los primeros en dar la voz de alarma, y que al aproximarse el terrible animal se habían guarecido en sus chozas, asomaron tímidamente la cabeza a los quicios de sus ventanas, y cuando vieron desaparecer la infernal comitiva por entre el follaje de la espesura, se santiguaron en silencio.

XI

Teobaldo iba delante de todos. Su corcel, más ligero o más castigado que los de sus servidores, seguía tan de cerca a la res, que dos o tres veces, dejándole la brida sobre el cuello al fogoso bruto, se había empinado sobre los estribos y echándose al hombro la ballesta para herirlo. Pero el jabalí, al que sólo divisaba a intervalos entre los espesos matorrales, tornaba a desaparecer de su vista para mostrársele de nuevo fuera del alcance de su arma.

Así corrió muchas horas, atravesó las cañadas del valle y el pedregoso lecho del río, e internándose en un bosque inmenso, se perdió entre sus sombrías revueltas, siempre fijos los ojos en la codiciada res, siempre creyendo alcanzarla, siempre viéndose burlado por su agilidad maravillosa.

XII

Por último, pudo encontrar una ocasión propicia, tendió el brazo y voló la saeta, que fue a clavarse temblando en el lomo del terrible animal, que dio un salto y un espantoso bufido.

—¡Muerto está! —exclama con un grito de alegría el cazador, volviendo a hundir por centésima vez el acicate en el sangriento ijar de su caballo—. ¡Muerto está!, en balde huye. El rastro de la sangre que arroja marca su camino.

Y esto diciendo, comenzó a hacer con la bocina la señal del triunfo para que la oyesen sus servidores.

En aquel instante el corcel se detuvo, flaquearon sus piernas, un ligero temblor agitó sus contraídos músculos y cayó al suelo desplomado, arrojando por la hinchada nariz cubierta de espuma un caño de sangre.

Había muerto de fatiga, había muerto cuando la carrera del herido jabalí comenzaba a acortarse, cuando bastaba un solo esfuerzo más para alcanzarlo.

XIII

Pintar la ira del colérico Teobaldo sería imposible. Repetir sus maldiciones y sus blasfemias, sólo repetirlas, fuera escandaloso e impío. Llamó a grandes voces a sus servidores, y únicamente contestó el eco en aquellas inmensas soledades, y se arrancó los cabellos y se mesó las barbas, presa de la más espantosa desesperación.

—Le seguiré a la carrera, aun cuando haya de reventarme —exclamó al fin, armando de nuevo su ballesta y disponiéndose a seguir a la res; pero en aquel momento sintió ruido a sus espaldas, se entreabrieron las ramas de la espesura y se presentó a sus ojos un paje que traía del diestro un corcel negro como la noche.

—El cielo me lo envía —dijo el cazador, lanzándose sobre sus lomos ágil como un gamo. El paje, que era delgado, muy delgado, y amarillo como la muerte, se sonrió de una manera extraña al presentarle la brida.

XIV

El caballo relinchó con una fuerza que hizo estremecer el bosque, dio un bote increíble, un bote en que se levantó más de diez varas del suelo, y el aire comenzó a zumbar en los oídos del jinete, como zumba una piedra arrojada por la honda. Había partido al escape, pero a un escape tan rápido, que, temeroso de perder los estribos y caer a tierra turbado por el vértigo, tuvo que cerrar los ojos y agarrarse con ambas manos a sus flotantes crines.

Y sin agitar sus riendas, sin herirle con el acicate ni animarle con la voz, el corcel corría, corría sin detenerse. ¿Cuánto tiempo corrió Teobaldo con él, sin saber por dónde, sintiendo que las ramas le abofeteaban el rostro al pasar y los zarzales desgarraban sus vestidos, y el viento silbaba a su alrededor? Nadie lo sabe.

XV

Cuando, recobrado el ánimo, abrió los ojos un instante para arrojar en torno suyo una mirada inquieta, se encontró lejos, muy lejos de Montagut, y en unos lugares para él completamente extraños. El corcel corría, corría sin detenerse, y árboles, rocas, castillos y aldeas pasaban a su lado como una exhalación. Nuevos y nuevos horizontes se abrían ante su vista, horizontes que se borraban para dejar lugar a otros más y más desconocidos. Valles angostos, erizados de colosales fragmentos de granito que las tempestades habían

arrancado de la cumbre de las montañas; alegres campiñas, cubiertas de un tapiz de verdura y sembradas de blancos caseríos; desiertos sin límites, donde hervían las arenas calcinadas por los rayos de un sol de fuego, vastas soledades, llanuras inmensas, regiones de eternas nieves, donde los gigantescos témpanos asemejaban, destacándose sobre un cielo gris y oscuro, blancos fantasmas que extendían sus brazos para asirle por los cabellos al pasar; todo esto, y mil otras cosas que yo no podré deciros, vio en su fantástica carrera, hasta tanto que, envuelto en una niebla oscura, dejó de percibir el ruido que producían los cascos del caballo al herir la tierra.

XVI

Nobles caballeros, sencillos pastores, hermosas niñas que escucháis mi relato: si os maravilla lo que os cuento, no creáis que es una fábula tejida a mi antojo para sorprender vuestra credulidad; de boca en boca ha llegado hasta mí esta tradición y la leyenda del sepulcro, que aún subsiste en el monasterio de Montagut, es un testimonio irrecusable de la veracidad de mis palabras.

Creed, pues, lo que he dicho, y creed lo que aún me resta por decir, que es tan cierto como lo anterior, aunque más maravilloso. Yo podré acaso adornar con algunas galas de la poesía el desnudo esqueleto de esta sencilla y terrible historia, pero nunca me apartaré un punto de la verdad a sabiendas.

XVII

Cuando Teobaldo dejó de percibir las pisadas de su corcel y se sintió lanzado en el vacío, no pudo reprimir un involuntario estremecimiento de terror. Hasta entonces había creído que los objetos que representaban a sus ojos eran fantasmas de su imaginación, turbada por el vértigo, y que su corcel corría desbocado, es verdad, pero corría sin salir del término de su señorío. Ya no le quedaba duda de que era juguete de un poder sobrenatural que le arrastraba, sin que supiese adónde, a través de aquellas nieblas oscuras, de aquellas nubes de formas caprichosas y fantásticas, en cuyo seno, que se iluminaba a veces con el resplandor de un relámpago, creía distinguir las hirvientes centellas, próximas a desprenderse.

El corcel corría, o mejor dicho, nadaba en aquel océano de vapores caliginosos y encendidos, y las maravillas del cielo comenzaron a desplegarse una tras otra ante los espantosos ojos de su jinete.

XVIII

Cabalgando sobre las nubes, vestidos de luengas túnicas con orlas de fuego, suelta al huracán la encendida cabellera y blandiendo

sus espadas que relampagueaban arrojando chispas de cárdena luz, vio a los ángeles, ministros de la cólera del Señor, cruzar como un formidable ejército sobre las alas de la tempestad.

Y subió más alto, y creyó divisar a lo lejos las tormentosas nubes semejantes a un mar de lava, y oyó mugir el trueno a sus pies como muge el Océano azotando la roca desde cuya cima le contempla el atónito peregrino.

XIX

Y vio el arcángel, blanco como la nieve, que, sentado sobre un inmenso globo de cristal, lo dirige por el espacio en las noches serenas, como un bajel de plata sobre la superficie de un lago azul.

Y vio el sol volteando encendido sobre ejes de oro en una atmósfera de colores y de fuego, y en su foco a los ígneos espíritus que habitan incólumes entre las llamas, y desde su ardiente seno entonan al Creador himnos de alegría.

Vio los hilos de luz imperceptibles que atan los hombres a las estrellas, y vio el arco iris, echado como un puente colosal sobre el abismo que separa al primer cielo del segundo.

XX

Por una escalera misteriosa vio bajar las almas a la tierra: vio bajar muchas y subir pocas. Cada una de aquellas almas inocentes iba acompañada de un arcángel purísimo que le cubría con la sombra de sus alas. Los que tornaban solos tornaban en silencio y con lágrimas en los ojos; los que no, subían cantando como suben las alondras en las mañanas de abril.

Después, las tinieblas rosadas y azules que flotaban en el espacio como cortinas de gasa transparente, se rasgaron como en el día de Gloria se rasga en nuestros templos el velo de los altares, y el paraíso de los justos se ofreció a sus miradas deslumbrador y magnífico.

XXI

Allí estaban los santos profetas que habréis visto groseramente esculpidos en las portadas de piedra de nuestras catedrales; allí las vírgenes luminosas, que intenta en vano copiar en sus sueños el pintor en los vidrios de colores de las ojivas; allí los querubines, con sus largas y flotantes vestiduras y sus nimbos de oro, como los de las tablas de los altares; allí, en fin, coronada de estrellas, vestida de luz, rodeada de todas las jerarquías celestes, y hermosa sobre toda ponderación, Nuestra Señora de Montserrat, la Madre de Dios, la reina

de los arcángeles, el amparo de los pecadores y el consuelo de los afligidos.

XXII

Más allá, el paraíso de los justos; más allá, el trono donde se asienta la Virgen María. El ánimo de Teobaldo se sobrecogió temeroso, y un hondo pavor se apoderó de su alma. La eterna soledad, el eterno silencio viven en aquellas regiones que conducen al misterioso santuario del Señor. De cuando en cuando, azotaba su frente una ráfaga de aire, frío como la hoja de un puñal, que crispaba sus cabellos de horror y penetraba hasta la médula de sus huesos, ráfagas semejantes a las que anunciaban a los profetas la aproximación del espíritu divino. Al fin llegó a un punto donde creyó percibir un rumor sordo, que pudiera compararse al zumbido lejano de un enjambre de abejas, cuando, en las tardes del otoño, revoloteaban en derredor de las últimas flores.

XXIII

Atravesaba esa fantástica región adonde van todos los acentos de la tierra, los sonidos que decimos que se desvanecen, las palabras que juzgamos que se pierden en el aire, los lamentos que creemos que nadie oye.

Aquí, en un círculo armónico, flotan las plegarias de los niños, las oraciones de las vírgenes, los salmos de los piadosos eremitas, las peticiones de los humildes, las castas palabras de los limpios de corazón, las resignadas quejas de los que padecen, los ayes de los que sufren y los himnos de los que esperan. Teobaldo oyó entre aquellas voces, que palpitaban aún en el éter luminoso, la voz de su santa madre que pedía a Dios por él; pero no oyó la suya.

XXIV

Más allá hirieron sus oídos con un estrépito discordante mil y mil acentos ásperos y roncos, blasfemias, gritos de venganzas, cantares de orgías, palabras lúbricas, maldiciones de la desesperación, amenazas de impotencia y juramentos sacrílegos de la impiedad.

Teobaldo atravesó el segundo círculo con la rapidez que el meteoro cruza el cielo en una tarde de verano, por no oír su voz que vibraba allí sonante y atronadora, sobreponiéndose a las otras voces en medio de aquel concierto infernal.

—¡No creo en Dios! ¡No creo en Dios! —decía aún su acento, agitándose en aquel océano de blasfemias, y Teobaldo comenzaba a creer.

XXV

Dejó atrás aquellas regiones y atravesó otras inmensidades llenas de visiones terribles, que ni él pudo comprender ni yo acierto a concebir. Y llegó al cabo al último círculo de la espiral de los cielos, donde los serafines adoran al Señor, cubierto el rostro con las triples alas y prosternados a sus pies.

Él quiso mirarlo.

Un aliento de fuego abrasó su cara, un mar de luz oscureció sus ojos, un trueno gigante retumbó en sus oídos, y, arrancado del corcel y lanzado al vacío como la piedra candente que arroja un volcán, se sintió bajar y bajar sin caer nunca, ciego, abrasado y ensordecido, como cayó el ángel rebelde cuando Dios derribó el pedestal de su orgullo con un soplo de sus labios.

XXVI

La noche había cerrado y el viento gemía agitando las hojas de los árboles, por entre cuyas frondosas ramas se deslizaba un suave rayo de luna, cuando Teobaldo, incorporándose sobre el codo y restregándose los ojos como si despertara de un profundo sueño, tendió alrededor una mirada y se encontró en el mismo bosque donde hirió al jabalí, donde cayó muerto su corcel, donde le dieron aquella fantástica cabalgadura que le había arrastrado a unas regiones desconocidas y misteriosas.

Un silencio de muerte reinaba a su alrededor, un silencio que sólo interrumpía el lejano bramido de los ciervos, el temeroso murmullo de las hojas y el eco de una campana distante, que de cuando en cuando traía el viento en sus ráfagas.

—Habré soñado —dijo el barón, y emprendió su camino a través del bosque, y salió al fin a la llanura.

XXVII

En lontananza, y sobre las rocas de Montagut, vio destacarse la negra silueta de su castillo sobre el fondo azulado y transparente del cielo de la noche.

—Mi castillo está lejos y estoy cansado —murmuró—; esperaré el día en un lugar cercano— y se dirigió al lugar.

Llamó a una puerta.

—¿Quién sois? —le preguntaron.

—El barón de Fortcastell —respondió, y se le rieron en sus barbas.

Llamó a otra.

—¿Quién sois y qué queréis? —tornaron a preguntarle.

—Vuestro señor —insistió el caballero, sorprendido de que no le conociesen—; Teobaldo de Montagut.

—¡Teobaldo de Montagut! —dijo colérica su interlocutora que no era una vieja—. ¡Teobaldo de Montagut, el del cuento...! ¡Bah...! Seguid vuestro camino, y no vengáis a sacar de su sueño a las gentes honradas para decirles chanzonetas insulsas.

XXVIII

Teobaldo, lleno de asombro, abandonó la aldea y se dirigió al castillo, a cuyas puertas llegó cuando apenas clareaba el día. El foso estaba cegado con los sillares de las derruidas almenas; el puente levadizo, inútil ya, se pudría colgado aún de sus fuertes tirantes de hierro, cubiertos de orín por la acción de los años; en la torre del homenaje tañía lentamente una campana; frente al arco principal de la fortaleza, sobre un pedestal de granito, se elevaba una cruz, en los muros no se veía un solo soldado y, confuso y sordo, parecía que de su seno se elevaba como un murmullo, un himno religioso, grave, solemne y magnífico.

—¡Y este es mi castillo, no hay duda! —decía Teobaldo, paseando su inquieta mirada de un punto a otro, sin acertar a comprender lo que le pasaba—. ¡Aquel es mi escudo, grabado aún sobre la clave del arco! ¡Ese es el valle de Montagut! Estas tierras que domino, el señorío de Fortcastell.

En aquel instante las pesadas hojas de la puerta giraron sobre sus goznes y apareció bajo su dintel un religioso.

XXIX

—¿Quién sois y qué hacéis aquí? —preguntó Teobaldo al monje.

—Yo soy —contestó éste— un humilde servidor de Dios, religioso del monasterio de Montagut.

—Pero... —interrumpió el barón—, Montagut, ¿no es un señorío?

—Lo fue... —prosiguió el monje— hace mucho tiempo... A su último señor, según cuentan, se le llevó el diablo, y como no tenía a nadie que le sucediese en el feudo, los condes soberanos hicieron donación de estas tierras a los religiosos de nuestra regla, que están aquí desde hará cosa de ciento a ciento veinte años. Y vos, ¿quién sois?

—Yo... —balbuceó el barón de Fortcastell, después de un largo rato de silencio—, yo soy... un miserable pecador que, arrepentido de sus faltas, viene a confesarlas a vuestro abad y a pedirle que le admita en el seno de su religión.

LA PROMESA

I

Margarita lloraba con el rostro oculto entre las manos; lloraba sin gemir, pero las lágrimas corrían silenciosas a lo largo de sus mejillas, deslizándose por entre los dedos para caer en la tierra hacia la que había doblado su frente.

Junto a Margarita estaba Pedro, quien levantaba de cuando en cuando los ojos para mirarla, y viéndola llorar tornaba a bajarlos, guardando a su vez un silencio profundo.

Y todo callaba alrededor y parecía respetar su pena. Los rumores del campo se apagaban; el viento de la tarde dormía, y las sombras comenzaban a envolver los espesos árboles del soto.

Así transcurrieron algunos minutos, durante los cuales se acabó de borrar el rastro de luz que el sol había dejado al morir en el horizonte; la luna comenzó a dibujarse vagamente sobre el fondo violado del cielo del crepúsculo, y unas tras otras fueron apareciendo las mayores estrellas.

Pedro rompió al fin aquel silencio angustioso, exclamando con voz sorda y entrecortada y como si hablase consigo mismo:

—¡Es imposible..., imposible!

Después, acercándose a la desconsolada niña y tomando una de sus manos, prosiguió con acento más cariñoso y suave:

—Margarita, para ti el amor es todo, y tú no ves nada más allá del amor. No obstante, hay algo tan respetable como nuestro cariño, y es mi deber. Nuestro señor el conde de Gómara parte mañana de su castillo para reunir su hueste a la del rey don Fernando, que va a sacar a Sevilla del poder de los infieles, y yo debo partir con el conde. Huérfano oscuro, sin nombre y sin familia, a él le debo cuanto soy. Yo le he servido en el ocio de las paces, he dormido bajo su techo, me he calentado en su hogar y he comido el pan de su mesa. Si hoy le abandono, mañana sus hombres de armas, al salir en tropel por las poternas de su castillo, preguntarán maravillados de no verme: «¿Dónde está el escudero favorito del conde de

Gómara?» Y mi señor callará de vergüenza, y sus pajes y sus bufones dirán en son de mofa: «El escudero del conde no es más que un galán de justas, un lidiador de cortesía.»

Al llegar a este punto, Margarita levantó sus ojos llenos de lágrimas para fijarlos en los de su amante, y removió los labios para dirigirle la palabra; pero su voz se ahogó en un sollozo.

Pedro, con acento aún más dulce y persuasivo, prosiguió así:

—No llores, por Dios, Margarita; no llores, porque tus lágrimas me hacen daño. Voy a alejarme de ti; mas yo volveré después de haber conseguido un poco de gloria para mi nombre oscuro... El cielo nos ayudará en la santa empresa; conquistaremos a Sevilla, y el rey nos dará feudos en las riberas del Guadalquivir a los conquistadores. Entonces volveré en tu busca y nos iremos juntos a habitar en aquel paraíso de los árabes, donde dicen que hasta el cielo es más limpio y más azul que el de Castilla. Volveré, te lo juro, volveré a cumplir la palabra solemnemente empeñada el día en que puse en tus manos ese anillo, símbolo de una promesa.

—¡Pedro! —exclamó entonces Margarita dominando su emoción, y con voz resuelta y firme—: Ve, ve a mantener tu honra —y al pronunciar estas palabras, se arrojó por última vez en brazos de su amante; después añadió con acento sordo y conmovido—: Ve a mantener tu honra, pero vuelve..., vuelve a traerme la mía.

Pedro besó la frente de Margarita, desató su caballo, que estaba sujeto a uno de los árboles del soto, y se alejó al galope por el fondo de la alameda.

Margarita siguió a Pedro con los ojos hasta que su sombra se confundió entre la niebla de la noche; y cuando ya no pudo distinguirle, se volvió lentamente al lugar donde le aguardaban sus hermanos.

—Ponte tus vestidos de gala —le dijo uno de ellos al entrar—, que mañana vamos a Gómara con todos los vecinos del pueblo para ver al conde que se marcha a Andalucía.

—A mí más me entristece que me alegra ver irse a los que acaso no han de volver —respondió Margarita con un suspiro.

—Sin embargo —insistió el otro hermano—, has de venir con nosotros y has de venir compuesta y alegre: así no dirán las gentes murmuradoras que tienes amores en el castillo y que tus amores se van a la guerra.

II

Apenas rayaba en el cielo la primera luz del alba, cuando empezó a oírse por todo el campo de Gómara la aguda trompetería

de los soldados del conde, y los campesinos que llegaban en numerosos grupos de los lugares cercanos vieron desplegarse al viento el pendón señorial en la torre más alta de la fortaleza.

Unos sentados al borde de los fosos, otros subidos en las copas de los árboles, éstos vagando por la llanura, aquéllos coronando las cumbres de las colinas, los de más allá formando un cordón a lo largo de la calzada, ya haría cerca de una hora que los curiosos esperaban el espectáculo, no sin que algunos comenzaran a impacientarse, cuando volvió a sonar de nuevo el toque de los clarines, rechinaron las cadenas del puente, que cayó con pausa sobre el foso, y se levantaron los rastrillos mientras se abrían de par en par y gimiendo sobre sus goznes las pesadas puertas del arco que conducía al patio de armas.

La multitud corrió a agolparse en los ribazos del camino para ver más a su sabor las brillantes armaduras y los lujosos arreos del séquito del conde de Gómara, célebre en toda la comarca por su esplendidez y sus riquezas.

Rompieron la marcha los farautes, que, deteniéndose de trecho en trecho, pregonaban en voz alta y a son de caja las cédulas del rey llamando a sus feudatarios a la guerra de moros, y requiriendo a las villas y lugares libres para que diesen paso y ayuda a sus huestes.

A los farautes siguieron los heraldos de la corte, ufanos con sus casullas de seda, sus escudos bordados de oro y colores y sus birretes guarnecidos de plumas vistosas.

Después vino el escudero mayor de la casa, armado de punta en blanco, caballero sobre un potro morcillo, llevando en sus manos el pendón de ricohombre con sus motes y sus calderas, y al estribo izquierdo, el ejecutor de las justicias del señorío, vestido de negro y rojo.

Precedían al escudero mayor hasta una veintena de aquellos famosos trompeteros de la tierra llana, célebres en las crónicas de nuestros reyes por la increíble fuerza de sus pulmones.

Cuando dejó de herir el viento el agudo clamor de la formidable trompetería, comenzó a oírse un rumor sordo, acompasado y uniforme. Eran los peones de la mesnada, armados de largas picas y provistos de sendas adargas de cuero. Tras éstos no tardaron en aparecer los aparejadores de las máquinas, con sus herramientas y sus torres de palo, las cuadrillas de escaladores y la gente menuda del servicio de las acémilas.

Luego, envueltos en la nube de polvo que levantaba el casco de sus caballos, y lanzando chispas de luz de sus petos de hierro, pasa-

ron los hombres de armas del castillo formados en gruesos pelotones, que semejaban a lo lejos un bosque de lanzas.

Por último, precedido de los timbaleros, que montaban poderosas mulas con gualdrapas y penachos, rodeado de sus pajes, que vestían ricos trajes de seda y oro, y seguido de los escuderos de su casa, apareció el conde.

Al verle, la multitud levantó un clamor inmenso para saludarle, y entre la confusa vocería se ahogó el grito de una mujer, que en aquel momento cayó desmayada y como herida de un rayo en los brazos de algunas personas que acudieron a socorrerla. Era Margarita; Margarita, que había conocido a su misterioso amante en el muy alto y muy temido señor conde de Gómara, uno de los más nobles y poderosos feudatarios de la corona de Castilla.

III

El ejército de don Fernando, después de salir de Córdoba, había venido por sus jornadas hasta Sevilla, no sin haber luchado en Écija, Carmona y Alcalá del Río de Guadaira, donde, una vez expugnado el famoso castillo, puso los reales a la vista de la ciudad de los infieles.

El conde de Gómara estaba en la tienda, sentado en un escaño de alerce, inmóvil, pálido, terrible, las manos cruzadas sobre la empuñadura del montante y los ojos fijos en el espacio, con esa vaguedad del que parece mirar un objeto y, sin embargo, no ve nada de cuanto hay a su alrededor.

A un lado y en pie le hablaba el más antiguo de los escuderos de la casa, el único que en aquellas horas de negra melancolía hubiera osado interrumpirle sin atraer sobre su cabeza la explosión de su cólera.

—¿Qué tenéis, señor? —le decía—. ¿Qué mal os aqueja y consume? Triste vais al combate y triste volvéis, aun tornando con la victoria. Cuando todos los guerreros duermen rendidos a la fatiga del día, os oigo suspirar angustiado; y si corro a vuestro lecho, os veo allí luchar con algo invisible que os atormenta. Abrís los ojos, y vuestro terror no se desvanece. ¿Qué os pasa, señor? Decídmelo. Si es un secreto, yo sabré guardarlo en el fondo de mi memoria como en un sepulcro.

El conde parecía no oír al escudero; no obstante, después de un largo espacio, y como si las palabras hubiesen tardado todo aquel tiempo en llegar desde sus oídos a su inteligencia, salió poco a poco de su inmovilidad y, atrayéndole hacia sí cariñosamente, le dijo con voz grave y reposada:

—He sufrido mucho en silencio. Creyéndome juguete de una vana fantasía, hasta ahora he callado por vergüenza; pero no, no es ilusión lo que me sucede. Yo debo de hallarme bajo la influencia de alguna maldición terrible. El cielo o el infierno deben de querer algo de mí y lo avisan con hechos sobrenaturales. ¿Te acuerdas del día de nuestro encuentro con los moros de Nebrija en el aljarafe de Triana? Eramos pocos, la pelea fue dura y yo estuve a punto de perecer. Tú lo viste: en lo más reñido del combate, mi caballo, herido y ciego de furor, se precipitó hacia el grueso de la hueste mora. Yo pugnaba en balde por contenerle; las riendas se habían escapado de mis manos, y el fogoso animal corría llevándome a una muerte segura. Ya los moros, cerrando sus escuadrones, apoyaban en tierra el cuento de sus largas picas para recibirme en ellas; una nube de saetas silbaba en mis oídos: el caballo estaba a algunos pies de distancia del muro de hierro en que íbamos a estrellarnos, cuando..., créeme, no fue una ilusión, vi una mano que, agarrándole de la brida, lo detuvo con una fuerza sobrenatural, y volviéndole en dirección a las filas de mis soldados, me salvó milagrosamente. En vano pregunté a unos y otros por mi salvador; nadie le conocía, nadie le había visto.

—Cuando volábais a estrellaros en la muralla de picas, me dijeron, íbais solo, completamente solo; por eso nos maravillamos al veros tornar, sabiendo que ya el corcel no obedecía al jinete.

—Aquella noche entré preocupado en mi tienda; quería en vano arrancarme de la imaginación el recuerdo de la extraña aventura; mas, al dirigirme al lecho, torné a ver la misma mano, una mano hermosa, blanca hasta la palidez, que descorrió las cortinas, desapareciendo después de descorrerlas. Desde entonces a todas horas, en todas partes, estoy viendo esa mano misteriosa que previene mis deseos y se adelanta a mis acciones. La he visto, al expugnar el castillo de Triana, coger entre sus dedos y partir en el aire una saeta que venía a herirme; la he visto en los banquetes donde procuraba ahogar mi pena entre la confusión y el tumulto, escanciar el vino en mi copa, y siempre se halla delante de mis ojos, y por donde voy me sigue: en la tienda, en el combate, de día, de noche..., ahora mismo, mírala, mírala aquí apoyada suavemente en mis hombros.

Al pronunciar estas últimas palabras, el conde se puso en pie y dio algunos pasos como fuera de sí y embargado de un terror profundo.

El escudero se enjugó una lágrima que corría por sus mejillas. Creyendo loco a su señor, no insistió, sin embargo, en contrariar sus ideas, y se limitó a decirle con voz profundamente conmovida:

—Venid...; salgamos un momento de la tienda; acaso la brisa de la tarde refrescará vuestras sienes, calmando ese incomprensible dolor, para el que yo no hallo palabras de consuelo.

IV

El real de los cristianos se extendía por todo el campo de Guadaira hasta tocar en la margen izquierda del Guadalquivir. Enfrente del real, y destacándose sobre el luminoso horizonte, se alzaban los muros de Sevilla flanqueados de torres almenadas y fuertes. Por encima de la corona de almenas rebosaba la verdura de los mil jardines de la morisca ciudad, y entre las oscuras manchas del follaje lucían los miradores blancos como la nieve, los minaretes de las mezquitas y la gigantesca atalaya, sobre cuyo aéreo pretil lanzaban chispas de luz, heridas por el sol, las cuatro grandes bolas de oro, que desde el campo de los cristianos parecían cuatro llamas.

La empresa de don Fernando, una de las más heroicas y atrevidas de aquella época, había atraído a su alrededor a los más célebres guerreros de los diferentes reinos de la Península, no faltando algunos que de países extraños y distantes vinieran también llamados por la fama a unir sus esfuerzos a los del santo rey.

Tendidas a lo largo de la llanura, mirábanse, pues, tiendas de campaña de todas formas y colores, sobre el remate de las cuales ondeaban al viento distintas enseñas con escudos partidos, astros, grifos, leones, cadenas, barras y calderas y otras cien y cien figuras o símbolos heráldicos que pregonaban el nombre y la calidad de sus dueños. Por entre las calles de aquella improvisada ciudad circulaban en todas direcciones multitud de soldados, que hablando dialectos diversos, y vestidos cada cual al uso de un país y cada cual armado a su guisa, formaban un extraño y pintoresco contraste.

Aquí descansaban algunos señores de las fatigas del combate sentados en escaños de alerce a la puerta de sus tiendas y jugando a las tablas, en tanto que sus pajes les escanciaban el vino en copas de metal; allí algunos peones aprovechaban un momento de ocio para aderezar y componer sus armas, rotas en la última refriega; más allá cubrían de saetas un blanco los más expertos ballesteros de la hueste entre las aclamaciones de la multitud pasmada de su destreza; y el rumor de los tambores, el clamor de las trompetas, las voces de los mercaderes ambulantes, el golpear del hierro contra el hierro, los cánticos de los juglares que entretenían a sus oyentes con la relación de hazañas portentosas, y los gritos de los farautes que publicaban las ordenanzas de los maestres de campo, llenando los aires de mil y

mil ruidos discordes, prestaban a aquel cuadro de costumbres gue-
rreras una vida y una animación imposibles de pintar con palabras.

El conde de Gómara, acompañado de su fiel escudero, atravesó
por entre los animados grupos sin levantar los ojos de la tierra,
silencioso, triste, como si ningún objeto hiriese su vista ni llegase a
su oído el rumor más leve. Andaba maquinalmente, a la manera de
un sonámbulo, cuyo espíritu se agita en el mundo de los sueños, se
mueve y marcha sin la conciencia de sus acciones y como arrastrado
por una voluntad ajena a la suya.

Próximo a la tienda del rey y en medio de un corro de soldados,
pajecillos y gente menuda que le escuchaban con la boca abierta,
apresurándose a comprarle algunas de las baratijas que anunciaba a
voces y con hiperbólicos encomios, había un extraño personaje,
mitad romero, mitad juglar, que ora recitando una especie de letanía
en latín bárbaro, ora diciendo una bufonada o una chocarrería, mez-
claba en su interminable relación de chistes capaces de poner colo-
rado a un ballestero con oraciones devotas, historias de amores pica-
rescos con leyendas de santos. En las inmensas alforjas que colgaban
de sus hombros se hallaban revueltos y confundidos mil objetos
diferentes: cintas tocadas en el sepulcro de Santiago, cédulas con
palabras que él decía ser hebraicas, las mismas que dijo el rey Salo-
món cuando fundaba el templo, y las únicas para libertarse de toda
clase de enfermedades contagiosas, bálsamos maravillosos para
pegar a hombres partidos por la mitad, Evangelios cosidos a bolsi-
tas de brocatel, secretos para hacerse amar de todas las mujeres, reli-
quias de los santos patronos de todos los lugares de España: joyue-
las, cadenillas, cinturones, medallas y otras muchas baratijas de
alquimia, de vidrio y de plomo.

Cuando el conde llegó cerca del grupo que formaban el romero
y sus admiradores, comenzaba éste a templar una especie de bando-
lín o guzla árabe con que se acompañaba en la relación de sus
romances. Después que hubo estirado bien las cuerdas unas tras
otras y con mucha calma, mientras su acompañante daba la vuelta al
corro sacando los últimos cornados de la flaca escarcela de los oyen-
tes, el romero empezó a cantar con voz gangosa y con un aire
monótono y plañidero un romance que siempre terminaba en el
mismo estribillo.

El conde se acercó al grupo y prestó atención. Por una coinci-
dencia, al parecer extraña, el título de aquella historia respondía en
un todo a los lúgubres pensamientos que embargaban su ánimo.
Según había anunciado el cantor antes de comenzar, el romance se
titulaba *El romance de la mano muerta*.

Al oír el escudero tan extraño anuncio, pugnó por arrancar a su señor de aquel sitio, pero el conde, con los ojos fijos en el juglar, permaneció inmóvil, escuchando esta cantiga:

1

La niña tiene un amante
que escudero se decía;
el escudero le anuncia
que a la guerra partía.
—Te vas y acaso no tornes.
—Tornaré por vida mía.
Mientras el amante jura,
diz que el viento repetía:
¡Mal haya quien en promesas
 de hombre fía!

2

El conde con la mesnada
de su castillo salía:
ella, que le ha conocido,
con grande aflicción gemía:
—¡Ay de mí, que se va el conde
y se lleva la honra mía!
Mientras la cuitada llora,
diz que el viento repetía:
¡Mal haya quien en promesas
 de hombre fía!

3

Su hermano, que estaba allí,
estas palabras oía:
—Nos han deshonrado, dice.
—Me juró que tornaría.
—No te encontrará si torna,
donde encontrarte solía.
Mientras la infelice muere,
diz que el viento repetía:
¡Mal haya quien en promesas
 de hombre fía!

4

Muerta la llevan al soto,
la han enterrado en la umbría;

por más tierra que la echaban,
la mano no se cubría:
la mano donde un anillo
que le dio el conde tenía.
De noche, sobre la tumba,
diz que el viento repetía:
¡Mal haya quien en promesas
de hombre fía!

Apenas el cantor había terminado la última estrofa, cuando rompiendo el muro de curiosos, que se apartaban con respeto al reconocerle, el conde llegó a donde se encontraba el romero, y cogiéndole con fuerza del brazo, le preguntó en voz baja y convulsa:

—¿De qué tierra eres?

—De tierra de Soria —le respondió éste sin alterarse.

—¿Y dónde has aprendido este romance? ¿A quién se refiere la historia que cuentas? —volvió a exclamar su interlocutor, cada vez con muestras de emoción profunda.

—Señor —dijo el romero, clavando sus ojos en los del conde con una fijeza imperturbable—, esta cantiga la repiten de unos en otros los aldeanos del campo de Gómara y se refieren a una desdichada cruelmente ofendida por un poderoso. Altos juicios de Dios han permitido que al enterrarla quedase siempre fuera de la sepultura la mano en que su amante le puso un anillo al hacerle una promesa. Vos sabréis quizá a quién toca cumplirla.

V

En un lugarejo miserable y que se encuentra a un lado del camino que conduce a Gómara, he visto no hace mucho el sitio en donde se asegura tuvo lugar la extraña ceremonia del casamiento del conde.

Después que éste, arrodillado sobre la humilde fosa, estrechó en la suya la mano de Margarita, y un sacerdote autorizado por el Papa bendijo la lúgubre unión, es fama que cesó el prodigio, y la mano muerta se hundió para siempre.

Al pie de unos árboles añosos y corpulentos hay un pedacito de prado, que al llegar la primavera se cubre espontáneamente de flores.

La gente del país dice que allí está enterrada Margarita.

EL BESO

I

Cuando una parte del ejército francés se apoderó a principios de este siglo de la histórica Toledo, sus jefes, que no ignoraban el peligro a que se exponían en las poblaciones españolas diseminándose en alojamientos separados, comenzaron por habilitar para cuarteles los más grandes y mejores edificios de la ciudad.

Después de ocupado el suntuoso alcázar de Carlos V, echóse mano de la casa de Consejos, y cuando ésta no pudo contener más gente, comenzaron a invadir el asilo de las comunidades religiosas, acabando a la postre por transformar en cuadras hasta las iglesias consagradas al culto. En esta conformidad se encontraban las cosas en la población donde tuvo lugar el suceso que voy a referir, cuando una noche, ya a hora bastante avanzada, envueltos en sus oscuros capotes de guerra y ensordeciendo las estrechas y solitarias calles que conducen desde la Puerta del Sol a Zocodover, con el choque de sus armas y el ruidoso golpear de los cascos de sus corceles que sacaban chispas de los pedernales entraron en la ciudad hasta unos cien dragones de aquellos altos, arrogantes y fornidos, de que todavía nos hablan con admiración nuestras abuelas.

Mandaba la fuerza un oficial bastante joven el cual iba como a distancia de unos treinta pasos de su gente hablando a media voz con otro, también militar a lo que podía colegirse por su traje. Éste, que caminaba a pie delante de su interlocutor, llevando en la mano un farolillo parecía servirle de guía por entre aquel laberinto de calles oscuras, enmarañadas y revueltas.

—En verdad —decía el jinete a su acompañante—, que si el alojamiento que se nos prepara es tal como me lo pintas, casi sería preferible arrancharnos en el campo o en medio de una plaza.

—¿Y qué queréis, mi capitán? —contestóle el guía, que, efectivamente, era un sargento aposentador—. En el alcázar no cabe ya un grano de trigo, cuanto más un hombre; de San Juan de los Reyes no digamos, porque hay celda de fraile en la que duermen quince húsares. El convento a donde voy a conduciros no era mal local,

pero hará cosa de tres o cuatro días nos cayó aquí de las nubes una de las columnas volantes que recorren la provincia, y gracias que hemos podido conseguir que se amontonen por los claustros y dejen libre la iglesia.

—En fin —exclamó el oficial después de un corto silencio y como resignándose con el extraño alojamiento que la casualidad le deparaba—, más vale incómodo que ninguno. De todas maneras, si llueve, que no será difícil según se agrupan las nubes, estamos a cubierto, y algo es algo.

Interrumpida la conversación en este punto, los jinetes, precedidos del guía, siguieron en silencio el camino adelante hasta llegar a una plazuela, en cuyo fondo se destacaba la negra silueta del convento con su torre morisca, su campanario de espadaña, su cúpula ojival y sus tejados de crestas desiguales y oscuras.

—He aquí vuestro alojamiento —exclamó el aposentador al divisarle y dirigiéndose al capitán, que, después que hubo mandado hacer alto a la tropa, echó pie a tierra, tomó el farolillo de manos del guía y se dirigió hacia el punto que éste le señalaba.

Comoquiera que la iglesia del convento estaba completamente desmantelada, los soldados que ocupaban el resto del edificio habían creído que las puertas le eran ya poco menos que inútiles, y un tablero hoy, otro mañana, habían ido arrancándola pedazo a pedazo para hacer hogueras con que calentarse por las noches.

Nuestro joven oficial no tuvo, pues, que torcer llaves ni descorrer cerrojos para penetrar en el interior del templo.

A la luz del farolillo, cuya dudosa claridad se perdía entre las espesas sombras de las naves y dibujaba con gigantescas proporciones sobre el muro la fantástica sombra del sargento aposentador que iba precediéndole, recorrió la iglesia de arriba abajo y escudriñó una por una todas sus desiertas capillas, hasta que, una vez hecho cargo del local, mandó echar pie a tierra a su gente y, hombres y caballos revueltos, fue acomodándola como mejor pudo.

Según dejamos dicho, la iglesia estaba completamente desmantelada: en el altar mayor pendían aún de las altas cornisas los rotos jirones del velo con que le habían cubierto los religiosos al abandonar aquel recinto; diseminados por las naves veíanse algunos retablos adosados al muro, sin imágenes en las hornacinas; en el coro se dibujaban con un ribete de luz los extraños perfiles de la oscura sillería de alerce; en el pavimento, destrozado en varios puntos, distinguíanse aún anchas losas sepulcrales llenas de timbres, escudos y largas inscripciones góticas, y allá a lo lejos, en el fondo de las silenciosas capillas y a lo largo del crucero, se destacaban confusamente

entre la oscuridad, semejantes a blancos e inmóviles fantasmas, las estatuas de piedra que, unas tendidas, otras de hinojos sobre el mármol de sus tumbas, parecían ser los únicos habitantes del ruinoso edificio.

A cualquier otro menos molido que el oficial de dragones, el cual traía una jornada de catorce leguas en el cuerpo, o menos acostumbrado a ver estos sacrilegios como la cosa más natural del mundo, hubiéranle bastado dos adarmes de imaginación para no pegar los ojos en toda la noche en aquel oscuro e imponente recinto, donde las blasfemias de los soldados, que se quejaban en voz alta del improvisado cuartel, el metálico golpe de sus espuelas, que resonaban sobre las anchas losas sepulcrales del pavimento, el ruido de los caballos, que piafaban impacientes, cabeceando y haciendo sonar las cadenas con que estaban sujetos a los pilares, formaban un rumor extraño y temeroso que se dilataba por todo el ámbito de la iglesia y se reproducía cada vez más confuso, repetido de eco en eco en sus altas bóvedas.

Pero nuestro héroe, aunque joven, estaba ya tan familiarizado con estas peripecias de la vida de campaña, que apenas hubo acomodado a su gente, mandó colocar un saco de forraje al pie de la grada del prebisterio, y arrebujándose como mejor pudo en su capote y echando la cabeza en el escalón, a los cinco minutos roncaba con más tranquilidad que el mismo rey José en su palacio de Madrid.

Los soldados, haciéndose almohadas de las monturas, imitaron su ejemplo, y poco a poco fue apagándose el murmullo de sus voces.

A la media hora sólo se oían los ahogados gemidos del aire que entraba por las rotas vidrieras de las ojivas del templo, el atolondrado revolotear de las aves nocturnas que tenían sus nidos en el dosel de piedra de las esculturas de los muros, y el alternado rumor de los pasos del vigilante, que se paseaba envuelto en los anchos pliegues de su capote a lo largo del pórtico.

II

En la época a que se remonta la relación de esta historia, tan verídica como extraordinaria, lo mismo que al presente, para los que no sabían apreciar los tesoros del arte que encierran sus muros, la ciudad de Toledo no era más que un poblachón destartalado, antiguo, ruinoso e insufrible.

Los oficiales del ejército francés, que, a juzgar por los actos de vandalismo con que dejaron en ella triste y perdurable memoria de su ocupación, de todo tenían menos de artistas o arqueólogos, no

hay para qué decir que se fastidiaban soberanamente en la vetusta ciudad de los Césares.

En esta situación de ánimo, la más insignificante novedad que viniese a romper la monótona quietud de aquellos días eternos e iguales era acogida con avidez entre los ociosos; así es que la promoción al grado inmediato de uno de sus camaradas, la noticia del movimiento estratégico de una columna volante, la salida de un correo de gabinete o la llegada de una fuerza cualquiera a la ciudad, convertíase en tema fecundo de conversación y objeto de toda clase de comentarios, hasta tanto que otro incidente venía a sustituirlo, sirviendo de base a nuevas quejas, críticas y suposiciones.

Como era de esperar, entre los oficiales que, según tenían costumbre, acudieron al día siguiente a tomar el sol y a charlar un rato en el Zocodover, no se hizo platillo de otra cosa que de la llegada de los dragones, cuyo jefe dejamos en el anterior capítulo durmiendo a pierna suelta y descansando de las fatigas de su viaje. Cerca de una hora hacía que la conversación giraba alrededor de este asunto, y ya comenzaba a interpretarse de diversos modos la ausencia del recién venido, a quien uno de los presentes, antiguo compañero suyo de colegio, había citado para el Zocodover, cuando en una de las bocacalles de la plaza apareció al fin nuestro bizarro capitán despojado de su ancho capotón de guerra, luciendo un gran casco de metal con penacho de plumas blancas, una casaca azul turquí con vueltas rojas y un magnífico mandoble con vaina de acero, que resonaba arrastrándose al compás de sus marciales pasos y del golpe seco y agudo de sus espuelas de oro.

Apenas le vio su camarada, salió a su encuentro para saludarle, y con él se adelantaron casi todos los que a la sazón se encontraban en el corrillo, en quienes había despertado la curiosidad y la gana de conocerle por los pormenores que ya habían oído referir acerca de su carácter original y extraño.

Después de los estrechos abrazos de costumbre y de las exclamaciones, plácemes y preguntas de rigor en estas entrevistas; después de hablar largo y tendido sobre las novedades que andaban por Madrid, la varia fortuna de la guerra y los amigotes muertos o ausentes, rondando de uno en otro asunto la conversación, vino a parar al tema obligado, esto es, las penalidades del servicio, la falta de distracciones de la ciudad y el inconveniente de los alojamientos.

Al llegar a este punto, uno de los de la reunión que, por lo visto, tenía noticias del mal talante con que el joven oficial se había resignado a acomodar a su gente en la abandonada iglesia, le dijo con aire de zumba:

—Y a propósito de alojamiento, ¿qué tal se ha pasado la noche en el que ocupáis?

—Ha habido de todo —contestó el interpelado—; pues si bien es verdad que no he dormido gran cosa, el origen de mi vigilia merece la pena de la velada. El insomnio junto a una mujer bonita no es seguramente el peor de los males.

—¡Una mujer! —repitió su interlocutor como admirándose de la buena fortuna del recién venido—; eso es lo que se llama llegar y besar el santo.

—Será tal vez algún antiguo amor de la corte que le sigue a Toledo para hacerle más soportable el ostracismo —añadió otro de los del grupo.

—¡Oh!, no —dijo entonces el capitán—; nada menos que eso. Juro, a fe de quien soy, que no la conocía y que nunca creí hallar tan bella patrona en tan incómodo alojamiento. Es todo lo que se llama una verdadera aventura.

—¡Contadla! ¡Contadla! —exclamaron en coro los oficiales que rodeaban al capitán, y como éste se dispusiera a hacerlo así, todos prestaron la mayor atención a sus palabras mientras él comenzó la historia en estos términos:

—Dormía esta noche pasada como duerme un hombre que trae en el cuerpo trece leguas de camino, cuando he aquí que en lo mejor del sueño me hizo despertar sobresaltado e incorporarme sobre el codo un estruendo horrible, un estruendo tal, que me ensordeció un instante para dejarme después los oídos zumbados cerca de un minuto, como si un moscardón me cantase a la oreja. Como os habréis figurado, la causa de mi susto era el primer golpe que oía de esa endiablada campana gorda, especie de sochantre de bronce, que los canónigos de Toledo han colgado en su catedral con el laudable propósito de matar a disgustos a los necesitados de reposo. Renegando entre dientes de la campana y del campanero que la toca, disponíame, una vez apagado aquel insólito y temeroso rumor, a coger nuevamente el hilo del interrumpido sueño, cuando vino a herir mi imaginación y a ofrecerse ante mis ojos una cosa extraordinaria. A la dudosa luz de la luna que entraba en el templo por el estrecho ajimez del muro de la capilla mayor, vi a una mujer arrodillada junto al altar.

Los oficiales se miraron entre sí con expresión entre asombrada e incrédula; el capitán, sin atender al efecto que su narración producía, continuó de este modo:

—No podéis figuraros nada semejante a aquella nocturna y fantástica visión que se dibujaba confusamente en la penumbra de la

capilla, como esas vírgenes pintadas en los vidrios de colores que habréis visto alguna vez destacarse a lo lejos, blancas y luminosas, sobre el oscuro fondo de las catedrales. Su rostro ovalado, en donde se veía impreso el sello de una leve y melancólica dulzura, su intensa palidez, las purísimas líneas de su contorno esbelto, su ademán reposado y noble, su traje blanco flotante, me traían a la memoria esas mujeres que yo soñaba cuando casi era un niño. ¡Castas y celestes imágenes, quimérico objeto del vago amor de la adolescencia! Yo me creía juguete de una alucinación, y sin quitarle un punto los ojos, ni aun osaba respirar, temiendo que un soplo desvaneciese el encanto. Ella permanecía inmóvil. Antojábase, al verla tan diáfana y luminosa, que no era una criatura terrenal, sino un espíritu que, revistiendo por un instante la forma humana, había descendido en el rayo de la luna, dejando en el aire y en pos de sí la azulada estela que desde el alto ajimez bajaba verticalmente hasta el pie del opuesto muro, rompiendo la oscura sombra de aquel recinto lóbrego y misterioso.

—Pero... —exclamó, interrumpiéndole, su camarada de colegio, que comenzando por echar a broma la historia, había concluido interesándose con su relato—. ¿Cómo estaba allí aquella mujer? ¿No le dijiste nada? ¿No te explicó su presencia en aquel sitio?

—No me determiné a hablarle porque estaba seguro de que no había de contestarme, ni verme, ni oírme.

—¿Era sorda?

—¿Era ciega?

—¿Era muda? —exclamaron a un tiempo tres o cuatro de los que escuchaban la relación.

—Lo era todo a la vez —exclamó al fin el capitán después de un momento de pausa—, porque era... de mármol.

Al oír el estupendo desenlace de tan extraña aventura, cuantos había en el corro prorrumpieron en una ruidosa carcajada, mientras uno de ellos dijo al narrador de la peregrina historia, que era el único que permanecía callado y en una grave actitud:

—¡Acabáramos de una vez! Lo que es de ese género, tengo yo más de un millar, un verdadero serrallo, en San Juan de los Reyes; serrallo que desde ahora pongo a vuestra disposición, ya que, a lo que parece, tanto os da de una mujer de carne como de piedra.

—¡Oh!, no... —continuó el capitán, sin alterarse en lo más mínimo por las carcajadas de sus compañeros—: estoy seguro de que no pueden ser como la mía. La mía era una verdadera dama castellana que por un milagro de la escultura parece que no la han enterrado en su sepulcro, sino que aún permanece en cuerpo y alma de

hinojos sobre la losa que lo cubre inmóvil, con las manos juntas en ademán suplicante, sumergida en un éxtasis de místico amor.

—De tal modo te explicas, que acabarás por probarnos la verosimilitud de la fábula de Galatea.

—Por mi parte, puedo deciros que siempre la creí una locura; mas desde anoche comienzo a comprender la pasión del escultor griego.

—Dadas las especiales condiciones de tu nueva dama, creo que no tendrás inconveniente en presentarnos a ella. De mí sé decir que ya no vivo hasta ver esa maravilla. Pero..., ¿qué diantres te pasa...? Diríase que esquivas la presentación. ¡Ja, ja, ja! Bonito fuera que ya te tuviéramos hasta celoso.

—Celoso —se apresuró a decir el capitán—, celoso... de los hombres, no...; mas ved, sin embargo, hasta dónde llega mi extravagancia. Junto a la imagen de esa mujer, también de mármol, grave y al parecer con vida como ella, hay un guerrero..., su marido sin duda... Pues bien..., lo voy a decir todo, aunque os moféis de mi necedad... Si no hubiera temido que me tratasen de loco, creo que ya lo habría hecho cien veces pedazos.

Una nueva y aún más ruidosa carcajada de los oficiales saludó esta original revelación del estrambótico enamorado de la dama de piedra.

—Nada, nada, es preciso que la veamos —decían los unos. —Si, sí; es preciso saber si el objeto corresponde a tan alta pasión —añadían los otros.

—¿Cuándo nos reunimos a echar un trago en la iglesia en que os alojáis? —exclamaron los demás.

—Cuando mejor os parezca: esta misma noche si queréis —respondió el joven capitán, recobrando su habitual sonrisa, disipada un instante por aquel relámpago de celos—. A propósito. Con los bagajes he traído hasta un par de docenas de botellas de champaña, verdadero champaña, resto de un regalo hecho a nuestro general de brigada, que, como sabéis, es algo pariente.

—¡Bravo, bravo! —exclamaron los oficiales a una voz, prorrumpiendo en alegres exclamaciones.

—¡Se beberá vino del país!

—¡Y cantaremos una canción de Ronsard!

—Y hablaremos de mujeres, a propósito de la dama del anfitrión.

—Con que..., ¡hasta la noche!

—¡Hasta la noche!

III

Ya hacía largo rato que los pacíficos habitantes de Toledo habían cerrado con llave y cerrojo las pesadas puertas de sus antiguos caserones; la campana gorda de la catedral anunciaba la hora de la queda, y en lo alto del alcázar, convertido en cuartel, se oía el último toque de silencio de los clarines, cuando diez o doce oficiales que poco a poco habían ido reuniéndose en el Zocodover tomaron el camino que conduce desde aquel punto al convento en que se alojaba el capitán, animados más con la esperanza de apurar las prometidas botellas, que con el deseo de conocer la maravillosa escultura.

La noche había cerrado sombría y amenazadora, el cielo estaba cubierto de nubes de color de plomo; el aire, que zumbaba encarcelado en las estrechas y retorcidas calles, agitaba la moribunda luz del farolillo de los retablos o hacía girar con un chirrido agudo las veletas de hierro de las torres.

Apenas los oficiales dieron vista a la plaza en que se hallaba situado el alojamiento de su nuevo amigo, éste, que les aguardaba impaciente, salió a encontrarles y después de cambiar algunas palabras a media voz, todos penetraron juntos en la iglesia, en cuyo lóbrego recinto la escasa claridad de una linterna luchaba trabajosamente con las oscuras y espesísimas sombras.

—¡Por quien soy! —exclamó uno de los convidados, tendiendo a su alrededor la vista—, que el local es lo de menos a propósito del mundo para una fiesta.

—Efectivamente —dijo otro—; nos traes a conocer a una dama, y apenas si con mucha dificultad se ven los dedos de la mano.

—Y sobre todo, hace un frío que no parece sino que estamos en la Siberia —añadió un tercero, arrebujándose en el capote.

—Calma, señores, calma —interrumpió el anfitrión—; calma que a todo se proveerá. ¡Eh, muchacho! —prosiguió, dirigiéndose a uno de sus asistentes—: busca por ahí un poco de leña y enciéndenos una buena fogata en la capilla mayor.

El asistente, obedeciendo las órdenes de su capitán, comenzó a descargar golpes en la sillería del coro, y después que hubo reunido una gran cantidad de leña, que fue apilando al pie de las gradas del presbiterio, tomó la linterna y se dispuso a hacer un auto de fe con aquellos fragmentos tallados de riquísimas labores, entre los que se veían, por aquí, parte de una columnilla salomónica, por allá la imagen de un santo abad, el torso de una mujer o la disforme cabeza de un grifo asomado entre hojarascas.

A los pocos minutos, una gran claridad que de improviso se derramó por todo el ámbito de la iglesia anunció a los oficiales que había llegado la hora de comenzar el festín.

El capitán, que hacía los honores de su alojamiento con la misma ceremonia que hubiera hecho la de su casa, exclamó dirigiéndose a los convidados:

—Si gustáis pasaremos al buffet.

Sus camaradas, afectando la mayor gravedad, respondieron a la invitación con un cómico saludo, y se encaminaron a la capilla mayor precedidos del héroe de la fiesta, que al llegar a la escalinata se detuvo un instante, y extendiendo la mano en dirección al sitio que ocupaba la tumba, les dijo con la finura más exquisita:

—Tengo el placer de presentaros a la dama de mis pensamientos. Creo que convendréis conmigo en que no he exagerado su belleza.

En el fondo de un arco sepulcral revestido de mármoles negros, arrodillada delante de un reclinatorio, con las manos juntas y la cara vuelta hacia el altar, vieron, en efecto, la imagen de una mujer tan bella, que jamás salió otra igual de manos de un escultor, ni el deseo pudo pintarla en la fantasía más soberanamente hermosa.

—¡En verdad que es un ángel! —exclamó uno de ellos.

—¡Lástima que sea de mármol! —añadió otro.

—No hay duda que, aunque no sea más que la ilusión de hallarse junto a una mujer de este calibre, es lo suficiente para no pegar los ojos en toda la noche.

—¿Y no sabéis quién es ella? —preguntaron algunos de los que contemplaban la estatua al capitán, que sonreía satisfecho de su triunfo.

—Recordando un poco del latín que en mi niñez supe, he conseguido a duras penas descifrar la inscripción de la tumba —contestó el interpelado—, y a lo que he podido colegir, pertenece a un título de Castilla, famoso guerrero que hizo la campaña con el Gran Capitán. Su nombre lo he olvidado; mas su esposa, que es la que veis, se llama doña Elvira de Castañeda, y por mi fe que, si la copia se parece al original, debió ser la mujer más notable de su siglo.

Después de estas breves explicaciones, los convidados, que no perdían de vista el principal objeto de la reunión, destaparon algunas de las botellas y, sentándose alrededor de la lumbre, empezó a andar el vino a la ronda.

A medida que las libaciones se hacían más numerosas y frecuentes y el vapor del espumoso champaña comenzaba a trastornar las cabezas, crecían la animación, el ruido y la algazara de los jóvenes, de los cuales éstos arrojaban a los monjes de granito adosados a los

pilares los cascos de las botellas vacías, y aquéllos cantaban a toda voz canciones báquicas y escandalosas, mientras los de más allá prorrumpían en carcajadas, batían las palmas en señal de aplauso o disputaban entre sí con blasfemias y juramentos.

El capitán bebía en silencio y como un desesperado y sin apartar los ojos de la estatua de doña Elvira.

Iluminada por el rojizo resplandor de la hoguera, y a través del confuso velo que la embriaguez había puesto delante de su vista, parecíale que la marmórea imagen se transformaba a veces en una mujer real, parecíale que entreabría los labios como murmurando una oración; que se alzaba su pecho como oprimido y sollozante, que cruzaba las manos con más fuerza, que sus mejillas se coloreaban, en fin, como si se ruborizase ante aquel sacrílego y repugnante espectáculo.

Los oficiales, que advirtieron la taciturna tristeza de su camarada, le sacaron del éxtasis en que se encontraba sumergido, y, presentándole una copa, exclamaron en coro:

—¡Vamos, brindad vos, que sois el único que no lo ha hecho en toda la noche!

El joven tomó la copa y, poniéndose en pie y alzándola en alto, dijo encarándose con la estatua del guerrero arrodillado junto a doña Elvira:

—¡Brindo por el emperador, y brindo por la fortuna de sus armas, merced a las cuales hemos podido venir hasta el fondo de Castilla a cortejarle su mujer en su misma tumba a un vencedor de Ceriñola!

Los militares acogieron el brindis con una salva de aplausos, y el capitán, balanceándose, dio algunos pasos hacia el sepulcro.

—No... —prosiguió, dirigiéndose siempre a la estatua del guerrero, y con esa sonrisa estúpida propia de la embriaguez—, no creas que te tengo rencor alguno porque veo en ti un rival...; al contrario, te admiro como un marido paciente, ejemplo de longanimidad y mansedumbre, y a mi vez quiero también ser generoso. Tú serías bebedor a fuer de soldado..., no se ha de decir que te he dejado morir de sed, viéndonos vaciar veinte botellas...; ¡toma!

Y esto diciendo, llevóle la copa a los labios, y después de humedecérselos con el licor que contenía, le arrojó el resto a la cara, prorrumpiendo en una carcajada estrepitosa al ver cómo caía el vino sobre la tumba, goteando de las barbas de piedra del inmóvil guerrero.

—¡Capitán! —exclamó en aquel punto uno de sus camaradas en tono de zumba!—, cuidado con lo que hacéis... Mirad que esas bro-

mas con la gente de piedra suelen costar caras... Acordaos de lo que aconteció a los húsares del quinto en el monasterio de Poblet... Los guerreros del claustro dicen que pusieron mano una noche a sus espadas de granito, y dieron que hacer a los que se entretenían en pintarles bigotes con carbón.

Los jóvenes acogieron con grandes carcajadas esta ocurrencia; pero el capitán, sin hacer caso de sus risas, continuó siempre fijo en la misma idea:

—¿Creéis que yo le hubiera dado el vino a no saber que se tragaba al menos el que le cayese en la boca...? ¡Oh...! ¡No...!, yo no creo, como vosotros, que esas estatuas son un pedazo de mármol tan inerte hoy como el día en que lo arrancaron de la cantera. Indudablemente, el artista, que es casi un dios, da a su obra un soplo de vida que no logra hacer que ande y se mueva, pero que le infunde una vida incomprensible y extraña; vida que yo no me explico bien, pero que la siento, sobre todo, cuando bebo un poco.

—¡Magnífico! —exclamaron sus camaradas—, bebe y prosigue.

El oficial bebió, y, fijando los ojos en la imagen de doña Elvira, prosiguió con una exaltación creciente:

—¡Miradla...!, ¡miradla...! ¿No veis esos cambiantes rojos de sus carnes mórbidas y transparentes...? ¿No parece que por debajo de esa ligera epidermis azulada y suave de alabastro circula un fluido de luz color de rosa...? ¿Queréis más vida...? ¿Queréis más realidad?

—¡Oh!, sí, seguramente —dijo uno de los que le escuchaban—; quisiéramos que fuese de carne y hueso.

—¡Carne y hueso...! ¡Miseria, podredumbre...! —exclamó el capitán—. Yo he sentido este fuego que corre por las venas hirvientes como la lava de un volcán, cuyos vapores caliginosos turban y trastornan el cerebro y hacen ver visiones extrañas. Entonces, el beso de esas mujeres materiales me quemaba como un hierro candente, y las apartaba de mí con disgusto, con horror, hasta con asco; porque entonces, como ahora, necesitaba un soplo de brisa del mar para mi frente calurosa, beber hielo y besar nieve..., nieve teñida de suave luz, nieve coloreada por un dorado rayo de sol..., una mujer blanca, hermosa y fría, como esa mujer de piedra, que parece incitarme con su fantástica hermosura, que parece que oscila al compás de la llama, y me provoca entreabriendo sus labios y ofreciéndome un tesoro de amor... ¡Oh...!, sí..., un beso..., sólo un beso tuyo podrá calmar el ardor que me consume.

—¡Capitán! —exclamaron algunos de los oficiales al verle dirigirse hacia la estatua como fuera de sí, extraviada la vista y con pasos

inseguros—, ¿qué locura vais a hacer? ¡Basta de broma y dejad en paz a los muertos!

El joven ni oyó siquiera las palabras de sus amigos, y tambaleando y como pudo llegó a la tumba y aproximóse a la estatua; pero al tenderle los brazos resonó un grito de horror en el templo. Arrojando sangre por ojos, boca y nariz, había caído desplomado y con la cara deshecha al pie del sepulcro.

Los oficiales, mudos y espantados, ni se atrevían a dar un paso para prestarle socorro.

En el momento en que su camarada intentó acercar sus labios ardientes a los de doña Elvira, habían visto al inmóvil guerrero levantar la mano y derribarle con una espantosa bofetada de su guantelete de piedra.

EL MONTE DE LAS ÁNIMAS

La noche de difuntos me despertó a no sé qué hora el doble de las campanas; su tañido monótono y eterno me trajo a las mientes esta tradición que oí hace poco en Soria.

Intenté dormir de nuevo; ¡imposible! Una vez aguijoneada, la imaginación es un caballo que se desboca y al que no sirve tirarle de la rienda. Por pasar el rato me decidí a escribirla, como en efecto lo hice.

Yo la oí en el mismo lugar en que aconteció, y la he escrito volviendo algunas veces la cabeza con miedo cuando sentía crujir los cristales de mi balcón, estremecidos por el aire frío de la noche.

Sea de ello lo que quiera, ahí va, como el caballo de copas.

I

—Atad los perros; haced la señal con las trompas para que se reúnan los cazadores, y demos la vuelta a la ciudad. La noche se acerca, es día de Todos los Santos y estamos en el Monte de las Ánimas.

—¡Tan pronto!

—A no ser otro día, no dejara yo de concluir con ese rebaño de lobos que las nieves del Moncayo han arrojado de sus madrigueras; pero hoy es imposible. Dentro de poco sonará la oración en los Templarios, y las ánimas de los difuntos comenzarán a tañer su campana en la capilla del monte.

—¡En esa capilla ruinosa! ¡Bah! ¿Quieres asustarme?

—No, hermosa prima; tú ignoras cuanto sucede en este país, porque aún no hace un año que has venido a él desde muy lejos. Refrena tu yegua, yo también pondré la mía al paso, y mientras dure el camino te contaré esa historia.

Los pajes se reunieron en alegres y bulliciosos grupos; los condes de Borges y de Alcudiel montaron en sus magníficos caballos, y todos juntos siguieron a sus hijos Beatriz y Alonso, que precedían a la comitiva a bastante distancia.

—Ese monte que hoy llaman de las Ánimas pertenecía a los Templarios, eran guerreros y religiosos a la vez. Conquistada Soria a los árabes, el rey les hizo venir de lejanas tierras para defender la ciudad por la parte del puente, haciendo en ello notable agravio a sus nobles de Castilla, que así hubieran solos sabido defenderla como solos la conquistaron.

Entre los caballeros de la nueva y poderosa Orden y los hidalgos de la ciudad fermentó por algunos años, y estalló al fin, un odio profundo. Los primeros tenían acotado ese monte, donde reservaban caza abundante para satisfacer sus necesidades y contribuir a sus placeres; los segundos determinaron organizar una gran batida en el coto, a pesar de las severas prohibiciones de los clérigos con espuelas, como llamaban a sus enemigos.

Cundió la voz del reto, y nada fue parte a detener a los unos en su manía de cazar y a los otros en su empeño de estorbarlo. La proyectada expedición se llevó a cabo. No se acordaron de ella las fieras, antes la tendrían presente tantas madres como arrastraron sendos lutos por sus hijos. Aquello no fue una cacería, fue una batalla espantosa: el monte quedó sembrado de cadáveres, los lobos a quienes se quiso exterminar tuvieron un sangriento festín. Por último, intervino la autoridad del rey: el monte, maldita ocasión de tantas desgracias, se declaró abandonado, y la capilla de los religiosos, situada en el mismo monte, y en cuyo atrio se enterraron juntos amigos y enemigos, comenzó a arruinarse.

Desde entonces dicen que cuando llega la noche de difuntos se oye doblar sola la campana de la capilla, y que las ánimas de los muertos, envueltas en jirones de sus sudarios, corren como en una cacería fantástica por entre las breñas y los zarzales. Los ciervos braman espantados, los lobos aúllan, las culebras dan horrorosos silbidos, y al otro día se han visto impresas en la nieve las huellas de los descamados pies de los esqueletos. Por eso en Soria lo llamamos el Monte de las Ánimas, y por eso he querido salir de él antes que cierre la noche.

La relación de Alonso concluyó justamente cuando los dos jóvenes llegaban al extremo del puente que da paso a la ciudad por aquel lado. Allí esperaron al resto de la comitiva, la cual, después de incorporárseles los dos jinetes, se perdió por entre las estrechas y oscuras calles de Soria.

II

Los servidores acababan de levantar los manteles; la alta chimenea gótica del palacio de los condes de Alcudiel despedía un vivo

resplandor, iluminando algunos grupos de damas y caballeros que alrededor de la lumbre conversaban familiarmente, y el viento azotaba los emplomados vidrios de las ojivas del salón.

Sólo dos personas parecían ajenas a la conversación general: Beatriz y Alonso. Beatriz seguía con los ojos, absorta en un vago pensamiento, los caprichos de la llama; Alonso miraba el reflejo de la hoguera chispear en las azules pupilas de Beatriz.

Ambos guardaban hacía rato un profundo silencio.

Las dueñas referían, a propósito de la noche de difuntos, cuentos temerosos en que los espectros y los aparecidos representaban el principal papel, y las campanas de las iglesias de Soria doblaban a lo lejos con un tañido monótono y triste.

—Hermosa prima —exclamó al fin Alonso rompiendo el largo silencio en que se encontraban—; pronto vamos a separarnos, tal vez para siempre; las áridas llanuras de Castilla, sus costumbres toscas y guerreras, sus hábitos sencillos y patriarcales sé que no te gustan; te he oído suspirar varias veces, acaso por algún galán de tu lejano señorío.

Beatriz hizo un gesto de fría indiferencia; todo un carácter de mujer se reveló en aquella desdeñosa contracción de sus delgados labios.

—Tal vez por la pompa de la corte francesa, donde hasta aquí has vivido —se apresuró a añadir el joven—. De un modo o de otro, presiento que no tardaré en perderte... Al separarnos, quisiera que llevases una memoria mía... ¿Te acuerdas cuando fuimos al templo a dar gracias a Dios por haberte devuelto la salud que viniste a buscar en esta tierra? El joyel que sujetaba la pluma de mi gorra cautivó tu atención. ¡Qué hermoso estaría sujetando un velo sobre tu oscura cabellera! Ya ha prendido el de una desposada; mi padre se lo regaló a la que me dio el ser, y ella lo llevó al altar... ¿Lo quieres?

—No sé en el tuyo —contestó la hermosa—, pero en mi país una prenda recibida compromete una voluntad. Sólo en un día de ceremonia debe aceptarse un presente de manos de un deudo... que aún puede ir a Roma sin volver con las manos vacías.

El acento helado con que Beatriz pronunció estas palabras turbó un momento al joven, que, después de serenarse, dijo con tristeza:

—Lo sé, prima; pero hoy se celebran Todos los Santos, y el tuyo entre todos; hoy es día de ceremonias y presentes. ¿Quieres aceptar el mío?

Beatriz se mordió ligeramente los labios y extendió la mano para tomar la joya, sin añadir una palabra.

Los dos jóvenes volvieron a quedarse en silencio, y volvióse a oír la cascada voz de las viejas que hablaban de brujas y de trasgos y el zumbido del aire que hacía crujir los vidrios de las ojivas, y el triste y monótono doblar de las campanas.

Al cabo de algunos minutos, el interrumpido diálogo tornó a reanudarse de este modo:

—Y antes de que concluya el día de Todos los Santos, en que así como el tuyo se celebra el mío, y puedes, sin atar tu voluntad, dejarme un recuerdo, ¿no lo harás? —dijo él clavando una mirada en la de su prima, que brilló como un relámpago, iluminada por un pensamiento diabólico.

—¿Por qué no? —exclamó ésta llevándose la mano al hombro derecho como para buscar alguna cosa entre los pliegues de su ancha manga de terciopelo bordado de oro... Después, con una infantil expresión de sentimiento, añadió—: ¿Te acuerdas de la banda azul que llevé hoy a la cacería, y que por no sé qué emblema de su color me dijiste que era la divisa de tu alma?

—Sí.

—Pues... ¡se ha perdido! Se ha perdido, y pensaba dejártela como un recuerdo.

—¡Se ha perdido!, ¿y dónde? —preguntó Alonso incorporándose de su asiento y con una indescriptible expresión de temor y esperanza.

—No sé..., en el monte acaso.

—¡En el Monte de las Ánimas —murmuró palideciendo y dejándose caer sobre el sitial—; en el Monte de las Ánimas!

Luego prosiguió con voz entrecortada y sorda:

—Tú lo sabes, porque lo habrás oído mil veces; en la ciudad, en toda Castilla, me llaman el rey de los cazadores. No habiendo aún podido probar mis fuerzas en los combates, como mis ascendientes, he llevado a esta diversión, imagen de la guerra, todos los bríos de mi juventud, todo el ardor hereditario de mi raza. La alfombra que pisan tus pies son despojos de fieras que he muerto por mi mano. Yo conozco sus guaridas y sus costumbres y he combatido con ellas de día y de noche, a pie y a caballo, solo y en batida, y nadie dirá que me ha visto huir el peligro en ninguna ocasión. Otra noche volaría por esa banda, y volaría gozoso como a una fiesta; y, sin embargo, esta noche..., esta noche, ¿a qué ocultártelo?, tengo miedo. ¿Oyes? Las campanas doblan, la oración ha sonado en San Juan del Duero, las ánimas del monte comenzarán ahora a levantar sus amarillentos cráneos de entre las malezas que cubren sus fosas..., ¡las ánimas!, cuya sola vista puede helar de horror la sangre del más valiente, tor-

nar sus cabellos blancos o arrebatarle en el torbellino de su fantástica carrera como una hoja que arrastra el viento sin que se sepa adónde.

Mientras el joven hablaba, una sonrisa imperceptible se dibujó en los labios de Beatriz, que cuando hubo concluido exclamó con un tono indiferente y mientras atizaba el fuego del hogar, donde saltaba y crujía la leña, arrojando chispas de mil colores:

—¡Oh! Eso de ningún modo. ¡Qué locura! ¡Ir ahora al monte por semejante friolera! ¡Una noche tan oscura, noche de difuntos, y cuajado el camino de lobos!

Al decir esta última frase, la recargó de un modo tan especial, que Alonso no pudo menos de comprender toda su amarga ironía. Movido como por un resorte se puso en pie, se pasó la mano por la frente, como para arrancarse el miedo que estaba en su cabeza y no en su corazón, y con voz firme exclamó, dirigiéndose a la hermosa, que estaba aún inclinada sobre el hogar entreteniéndose en revolver el fuego:

—Adiós, Beatriz, adiós... Hasta pronto.

—¡Alonso! ¡Alonso! —dijo ésta, volviéndose con rapidez, pero cuando quiso o aparentó querer detenerle, el joven había desaparecido.

A los pocos minutos se oyó el rumor de un caballo que se alejaba al galope. La hermosa, con una radiante expresión de orgullo satisfecho que coloreó sus mejillas, prestó atento oído a aquel rumor que se debilitaba, que se perdía, que se desvaneció por último.

Las viejas, en tanto, continuaban en sus cuentos de ánimas aparecidas; el aire zumbaba en los vidrios del balcón, y las campanas de la ciudad doblaban a lo lejos.

III

Había pasado una hora, dos, tres; la medianoche estaba a punto de sonar, y Beatriz se retiró a su oratorio. Alonso no volvía, no volvía, cuando en menos de una hora pudiera haberlo hecho.

—¡Habrá tenido miedo! —exclamó la joven cerrando el libro de oraciones y encaminándose a su lecho, después de haber intentando inútilmente murmurar algunos de sus rezos que la iglesia consagra en el día de difuntos a los que ya no existen.

Después de haber apagado la lámpara y cruzado las dobles cortinas de seda, se durmió; se durmió con un sueño inquieto, ligero, nervioso.

Las doce sonaron en el reloj del Postigo. Beatriz oyó entre sueños las vibraciones de la campana, lentas, sordas, tristísimas, y entre-

abrió los ojos. Creía haber oído a par de ellas pronunciar su nombre; pero lejos, muy lejos, y por una voz ahogada y doliente. El viento gemía en los vidrios de la ventana.

—Será el viento —dijo, y poniéndose la mano sobre el corazón procuró tranquilizarse; pero su corazón latía cada vez con más violencia. Las puertas de alerce del oratorio habían crujido sobre sus goznes, con un chirrido agudo, prolongado y estridente.

Primero unas y luego las otras más cercanas, todas las puertas que daban paso a su habitación iban sonando por su orden; éstas con un ruido sordo y grave, y aquéllas con un lamento largo y crispador. Después silencio, un silencio lleno de rumores extraños, el silencio de la medianoche, con un murmullo monótono de agua distante, lejanos ladridos de perros, voces confusas, palabras ininteligibles, ecos de pasos que van y vienen, crujir de ropas que se arrastran, suspiros que se ahogan, respiraciones fatigosas que casi se sienten, estremecimientos involuntarios que anuncian la presencia de algo que no se ve y cuya aproximación se nota, no obstante, en la oscuridad.

Beatriz, inmóvil, temblorosa, adelantó la cabeza fuera de las cortinillas y escuchó un momento. Oía mil ruidos diversos, se pasaba la mano por la frente, tornaba a escuchar: nada, silencio.

Veía, con esa fosforescencia de la pupila en las crisis nerviosas, como bultos que se movían en todas direcciones, y cuando, dilatándola, la fijaba en un punto, nada, oscuridad, las sombras impenetrables.

—¡Bah! —exclamó volviendo a recostar su hermosa cabeza sobre la almohada de raso azul del lecho—; ¿soy yo tan miedosa como esas pobres gentes, cuyo corazón palpita de terror bajo una armadura, al oír una conseja de aparecidos?

Y cerrando los ojos intentó dormir...; pero en vano había hecho un esfuerzo sobre sí misma. Pronto volvió a incorporarse, más palida, más inquieta, más aterrada. Ya no era una ilusión: las colgaduras de brocado de la puerta habían rozado al separarse, y unas pisadas lentas sonaban sobre la alfombra; el rumor de aquellas pisadas era sordo, casi imperceptible, pero continuado, y a su compás se oía crujir una cosa como madera o hueso. Y se acercaban, se acercaban, y se movió el reclinatorio que estaba a la orilla de su lecho. Beatriz lanzó un grito agudo, y arrebujándose en la ropa que la cubría, escondió la cabeza y contuvo el aliento.

El aire azotaba los vidrios del balcón; el agua de la fuente lejana caía y caía con un rumor eterno y monótono; los ladridos de los perros se dilataban en las ráfagas del aire, y las campanas de la ciu-

dad de Soria, unas cerca, otras distantes, doblaban tristemente por las ánimas de los difuntos.

Así pasó una hora, dos, la noche, un siglo, porque la noche aquella pareció eterna a Beatriz. Al fin despuntó la aurora; vuelta de su temor, entreabrió los ojos a los primeros rayos de la luz. Después de una noche de insomnio y de terrores, ¡es tan hermosa la luz clara y blanca del día! Separó las cortinas de seda del lecho, ya se disponía a reírse de sus temores pasados, cuando de repente un sudor frío cubrió su cuerpo, sus ojos se desencajaron y una palidez mortal decoloró sus mejillas: sobre el reclinatorio había visto, sangrienta y desgarrada, la banda azul que perdiera en el monte, la banda azul que fue a buscar Alonso.

Cuando sus servidores llegaron despavoridos a notificarle la muerte del primogénito de Alcudiel que a la mañana había aparecido devorado por los lobos entre las malezas del Monte de las Ánimas, la encontraron inmóvil, crispada, asida con ambas manos a una de las columnas de ébano del lecho, desencajados los ojos, entreabierta la boca, blancos los labios, rígidos los miembros, muerta; ¡muerta de horror!

IV

Dicen que después de acaecido este suceso, un cazador extraviado que pasó la noche de difuntos sin poder salir del Monte de las Ánimas y que al otro día, antes de morir, pudo contar lo que viera, refirió cosas horribles. Entre otras, asegura que vio a los esqueletos de los antiguos templarios y de los nobles de Soria enterrados en el atrio de la capilla levantarse al punto de la oración con un estrépito horrible, y caballeros sobre osamentas de corceles perseguir como a una fiera a una mujer hermosa, pálida y desmelenada, que con los pies desnudos y sangrientos, y arrojando gritos de horror, daba vueltas alrededor de la tumba de Alonso.

LA CUEVA DE LA MORA

I

Frente al establecimiento de baños de Fitero, y sobre unas rocas cortadas a pico, a cuyos pies corre el río Alhama, se ven todavía los restos abandonados de un castillo árabe, célebre en los fastos gloriosos de la Reconquista, por haber sido teatro de grandes y memorables hazañas, así por parte de los que le defendieron, como los que valerosamente clavaron sobre sus almenas el estandarte de la cruz.

De los muros no quedan más que algunos ruinosos vestigios; las piedras de la atalaya han caído unas sobre otras al foso y lo han cegado por completo; en el patio de armas crecen zarzales y matas de jaramago; por todas partes adonde se vuelven los ojos no se ven más que arcos rotos, sillares oscuros y carcomidos: aquí un lienzo de barbacana, entre cuyas hendiduras nace la hiedra; allí un torreón que aún se tiene en pie como por milagro; más allá los postes de argamasa, con las anillas de hierro que sostienen el puente colgante.

Durante mi estancia en los baños, ya por hacer ejercicio que, según decían, era conveniente al estado de mi salud, ya arrastrado por la curiosidad, todas las tardes tomaba entre aquellos vericuetos el camino que conduce a las ruinas de la fortaleza árabe, y allí me pasaba las horas y las horas escarbando el suelo por ver si encontraba algunas ramas, dando golpes en los muros para observar si estaban huecos y sorprender el escondrijo de un tesoro, y metiéndome por todos los rincones con la idea de encontrar la entrada de algunos de esos subterráneos que es fama existen en todos los castillos moros.

Mis diligentes pesquisas fueron por demás infructuosas.

Sin embargo, una tarde en que ya desesperanzado de hallar algo nuevo y curioso en lo alto de la roca sobre la que se asienta el castillo, renuncié a subir a ella y limité mi paseo a las orillas del río que corre a sus pies, andando a lo largo de la ribera, vi una especie de boquerón abierto en la peña viva y medio oculto por frondosos y espesísimos matorrales. No sin un poquito de temor separé el

ramaje que cubría la entrada de aquello que me pareció una cueva formada por la Naturaleza y que después que anduve algunos pasos vi era un subterráneo abierto a pico. No pudiendo penetrar hasta el fondo, que se perdía entre las sombras, me limité a observar cuidadosamente las particularidades de la bóveda y del piso, que me pareció que se elevaba formando como unos grandes peldaños en dirección a la altura en que se halla el castillo de que ya he hecho mención, y en cuyas ruinas recordé entonces haber visto una poterna cegada. Sin duda había descubierto uno de esos caminos secretos tan comunes en las obras militares de aquella época, el cual debió servir para hacer salidas falsas o coger, durante el sitio, el agua del río que corre allí inmediato.

Para cerciorarme de la verdad que pudiera haber en mis inducciones, después que salí de la cueva por donde mismo había entrado, trabé conversación con un trabajador que andaba podando unas viñas en aquellos vericuetos y al cual me acerqué so pretexto de pedirle lumbre para encender un cigarrillo.

Hablamos de varias cosas indiferentes: de las propiedades medicinales de las aguas de Fitero, de la cosecha pasada y la por venir, de las mujeres de Navarra y el cultivo de las viñas; hablamos, en fin, de todo lo que al buen hombre se le ocurrió, primero que de la cueva, objeto de mi curiosidad.

Cuando, por último, la conversación recayó sobre este punto, le pregunté si sabía de alguien que hubiese penetrado en ella y visto su fondo.

—¡Penetrar en la cueva de la mora! —me dijo como asombrado al oír mi pregunta—. ¿Quién había de atreverse? ¿No sabe usted que de esa sima sale todas las noches un ánima?

—¡Un ánima! —exclamé sonriéndome—. ¿El ánima de quién?

—El ánima de la hija de un alcaide moro que anda todavía penando por estos lugares, y se la ve todas las noches salir vestida de blanco de esa cueva, y llena en el río una jarrica de agua.

Por la explicación de aquel buen hombre vine en conocimiento de que acerca del castillo árabe y del subterráneo que yo suponía en comunicación con él, había alguna historieta; y como yo soy muy amigo de oír todas estas tradiciones, especialmente de labios de la gente de pueblo, le supliqué me la refiriese, lo cual hizo, poco más o menos, en los mismos términos que yo a mi vez se la voy a referir a mis lectores.

II

Cuando el castillo del que ahora sólo restan algunas informes ruinas se tenía aún por los reyes moros, y sus torres, de las que no ha quedado piedra sobre piedra, dominaban desde lo alto de la roca en que tienen asiento todo aquel fertilísimo valle que fecunda el río Alhama, ocurrió junto a la villa de Fitero una reñida batalla, en la cual cayó herido y prisionero de los árabes un famoso caballero cristiano, tan digno de renombre por su piedad como por su valentía.

Conducido a la fortaleza y cargado de hierros por sus enemigos, estuvo algunos días en el fondo de un calabozo luchando entre la vida y la muerte, hasta que curado casi milagrosamente de sus heridas, los deudos le rescataron a fuerza de oro.

Volvió el cautivo a su hogar, volvió a estrechar entre sus brazos a los que le dieron el ser. Sus hermanos de armas y sus hombres de guerra se alborozaron al verle, creyendo llegada la hora de emprender nuevos combates; pero el alma del caballero se había llenado de una profunda melancolía, y ni el cariño paterno ni los esfuerzos de la amistad eran parte a disiparla.

Durante su cautiverio logró ver a la hija del alcaide moro, de cuya hermosura tenía noticias por la fama antes de conocerla; pero cuando la hubo conocido, la encontró tan superior a la idea que de ella se había formado, que no pudo resistir a la seducción de sus encantos y se enamoró perdidamente de un objeto para él imposible.

Meses y meses pasó el caballero forjando los proyectos más atrevidos y absurdos: ora imaginaba un medio de romper las barreras que le separaban de aquella mujer, ora hacía los mayores esfuerzos para olvidarla; ya se decidía por una cosa, ya se mostraba partidario de otra absolutamente opuesta, hasta que al fin un día reunió a sus hermanos y compañeros de armas, mandó llamar a sus hombres de guerra y después de hacer con el mayor sigilo todos los aprestos necesarios, cayó de improviso sobre la fortaleza que guardaba a la hermosura objeto de su insensato amor.

Al partir esta expedición todos creyeron que sólo movía a su caudillo el afán de vengarse de cuanto le había hecho sufrir arrojándolo en el fondo de los calabozos; poco después de tomada la fortaleza, no se ocultó a ninguno la verdadera causa de aquella arrojada empresa, en que tantos buenos cristianos habían perecido para contribuir al logro de una pasión indigna.

El caballero, embriagado en el amor que al fin logró encender en el pecho de la hermosísima mora, ni hacía caso de los consejos de

sus amigos, ni paraba mientes en las murmuraciones y las quejas de sus soldados. Unos y otros clamaban por salir cuanto antes de aquellos muros, sobre los cuales era natural que habían de caer nuevamente los árabes, repuestos del pánico de la sorpresa.

Y, en efecto, sucedió así: el alcaide allegó gentes de los lugares comarcanos, y una mañana el vigía que estaba puesto en la atalaya de la torre bajó a anunciar a los enamorados amantes que por toda la sierra que desde aquellas rocas se descubre, se veía bajar tal nublado de guerreros que bien podía asegurarse que iba a caer sobre el castillo la morisma entera.

La hija del alcaide se quedó al oírlo pálida como la muerte, el caballero pidió sus armas a grandes voces y todo se puso en movimiento en la fortaleza. Los soldados salieron en tumulto de su cuadras, los jefes comenzaron a dar órdenes, se bajaron los rastrillos, se levantó el puente colgante y se coronaron de ballesteros las almenas.

Algunas horas después comenzó el asalto.

El castillo con razón podía llamársele inexpugnable. Sólo por sorpresa, como se apoderaron de él los cristianos, era posible rendirlo. Resistieron, pues, sus defensores, una, dos y hasta diez embestidas.

Los moros se limitaron, viendo la inutilidad de sus esfuerzos, a cercarlo estrechamente para hacer capitular a sus defensores por hambre.

El hambre comenzó, en efecto, a hacer estragos horrorosos entre los cristianos, pero sabiendo que una vez rendido el castillo, el precio de la vida de sus defensores era la cabeza de su jefe, ninguno quiso hacerle traición, y los mismos que habían reprobado su conducta juraron perecer en su defensa.

Los moros, impacientes, resolvieron dar un nuevo asalto al mediar la noche. La embestida fue rabiosa, la defensa desesperada y el choque horrible. Durante la pelea, el alcaide, partida la frente de un hachazo, cayó al foso desde lo alto del muro, al que había logrado subir con ayuda de una escala, al mismo tiempo que el caballero recibía un golpe mortal en la brecha de la barbacana, en donde unos y otros combatían cuerpo a cuerpo entre las sombras.

Los cristianos comenzaron a cejar y a replegarse. En este punto, la mora se inclinó sobre su amante, que yacía en el suelo moribundo, y tomándole en sus brazos con unas fuerzas que hacían mayores la desesperación y la idea del peligro, le arrastró hasta el patio de armas. Allí tocó a un resorte, y, por la boca que dejó ver una piedra como movida de un impulso sobrenatural, desapareció con

su preciosa carga y comenzó a descender hasta llegar al fondo del subterráneo.

III

Cuando el caballero volvió en sí, tendió a su alrededor una mirada de extravío y dijo:

—¡Tengo sed! ¡Me muero! ¡Me abraso!

Y en su delirio, precursor de la muerte, de sus labios secos, por los cuales silbaba la respiración al pasar, sólo se oían salir estas palabras angustiosas:

—¡Tengo sed! ¡Me abraso! ¡Agua! ¡Agua!

La mora sabía que aquel subterráneo tenía una salida al valle por donde corre el río. El valle y todas las alturas que lo coronan estaban llenos de soldados moros que, una vez rendida la fortaleza, buscaban en vano por todas partes al caballero y a su amada para saciar en ellos su sed de exterminio; sin embargo, no vaciló un instante, y tomando el casco del moribundo, se deslizó como una sombra por entre los matorrales que cubrían la boca de la cueva y bajó a la orilla del río.

Ya había tomado el agua, ya iba a incorporarse para volver de nuevo al lado de su amante, cuando silbó una saeta y resonó un grito.

Dos guerreros moros que velaban alrededor de la fortaleza habían disparado sus armas en la dirección en que se oyeron moverse las ramas.

La mora, herida de muerte, logró, sin embargo, arrastrarse a la entrada del subterráneo y penetrar hasta el fondo, donde se encontraba el caballero. Éste, al verla cubierta de sangre y próxima a morir, recuperó su razón, y conociendo la enormidad del pecado que tan duramente expiaban, volvió los ojos al cielo, tomó el agua que su amante le ofrecía y sin acercársela a los labios preguntó a la mora:

—¿Quieres ser cristiana? ¿Quieres morir en mi religión y, si me salvo, salvarte conmigo?

La mora, que había caído al suelo desvanecida con la falta de sangre, hizo un movimiento imperceptible con la cabeza, sobre la cual derramó el caballero el agua bautismal, invocando el nombre del Todopoderoso.

Al otro día, el soldado que disparó la saeta vio un rastro de la sangre, hizo un movimiento imperceptible con la cabeza, donde encontró los cadáveres del caballero y su amada, que aún vienen por las noches a vagar por estos contornos.

EL MISERERE

Hace algunos meses que, visitando la célebre abadía de Fitero y ocupándome en revolver algunos volúmenes en su abandonada biblioteca, descubrí en uno de sus rincones dos o tres cuadernos de música bastante antiguos, cubiertos de polvo y hasta comenzados a roer por los ratones.

Era un Miserere.

Yo no sé de música; pero le tengo tanta afición que, aun sin entenderla, suelo coger a veces la partitura de una ópera y me paso las horas muertas hojeando sus páginas, mirando los grupos de notas más o menos apiñadas, las rayas, los semicírculos, los triángulos y las especies de etcéteras, que llaman llaves, y todo esto sin comprender una jota ni sacar maldito el provecho.

Consecuente con mi manía repasé los cuadernos, y lo primero que me llamó la atención fue que, aunque en la última página había esta palabra latina, tan vulgar en todas las obras, finis, la verdad era que el Miserere no estaba terminado, porque la música no alcanza sino hasta el décimo versículo.

Esto fue sin duda lo que me llamó la atención primeramente; pero luego que me fijé un poco en las hojas de música, me chocó más aún el observar que en vez de estas palabras italianas que ponen en todas, como maestoso, allegro, ritardando, più vivo, a piacere, había unos renglones escritos con letra muy menuda y en alemán, de los cuales algunos servían para advertir cosas tan difíciles de hacer como esto: Crujen, crujen los huesos, y de sus médulas ha de parecer que salen los alaridos; o esta otra: La cuerda aúlla sin discordar, el metal atruena sin ensordecer; por eso suena todo, y no confunde nada, y todo es la Humanidad que solloza y gime; o la más original de todas, sin duda, recomendada al pie del último versículo: Las notas son huesos cubiertos de carne; lumbre inextinguible, los cielos y su armonía..., ¡fuerza!..., fuerza y dulzura.

—¿Sabéis qué es esto? —pregunté a un viejecito que me acompañaba, al acabar de medio traducir estos renglones, que parecían frases escritas por un loco.

El anciano me contó entonces la leyenda que voy a referiros.

I

Hace ya muchos años, en una noche lluviosa y oscura, llegó a la puerta claustral de esta abadía un romero, y pidió un poco de lumbre para secar sus ropas, un pedazo de pan con que satisfacer su hambre y un albergue cualquiera donde esperar la mañana y proseguir con la luz del sol su camino.

Su modesta colación, su pobre lecho y su encendido hogar, puso el hermano a quien se hizo esta demanda a disposición del caminante, al cual, después que se hubo repuesto de su cansancio, interrogó acerca del objeto de su romería y del punto a que se encaminaba.

—Yo soy músico —respondió el interpelado—, he nacido muy lejos de aquí, y en mi patria gocé un día de gran renombre. En mi juventud hice de mi arte un arma poderosa de seducción y encendí con él pasiones que me arrastraron a un crimen. En mi vejez quiero convertir al bien las facultades que he empleado para el mal, redimiéndome por donde mismo pude condenarme.

Como las enigmáticas palabras del desconocido no pareciesen del todo claras al hermano lego, en quien ya comenzaba la curiosidad a despertarse, e instigado por ésta continuara en sus preguntas, su interlocutor prosiguió de este modo:

—Lloraba yo en el fondo de mi alma la culpa que había cometido; mas al intentar pedirle a Dios misericordia, no encontraba palabras para expresar dignamente mi arrepentimiento, cuando un día se fijaron mis ojos por casualidad sobre un libro santo. Abrí aquel libro y en una de sus páginas encontré un gigante grito de contrición verdadera, un salmo de David, el que comienza Miserere mei, Deus! Desde el instante en que hube leído sus estrofas, mi único pensamiento fue hallar una forma musical tan magnífica, tan sublime, que bastase a contener el grandioso himno de dolor del Rey Profeta. Aún no la he encontrado; pero si logro expresar lo que siento en mi corazón, lo que oigo confusamente en mi cabeza, estoy seguro de hacer un Miserere tal y tan maravilloso, que no hayan oído otro semejante los nacidos; tal y tan desgarrador, que al escuchar el primer acorde los arcángeles, dirán conmigo, cubiertos los ojos de lágrimas y dirigiéndose al Señor: ¡misericordia!, y el Señor la tendrá de su pobre criatura.

El romero, al llegar a este punto de su narración, calló por un instante, y después, exhalando un suspiro, tornó a coger el hilo de su discurso. El hermano lego, algunos dependientes de la abadía y dos

o tres pastores de la granja de los frailes, que formaban círculo alrededor del hogar, le escuchaban en un profundo silencio.

—Después —continuó— de recorrer toda Alemania, toda Italia y la mayor parte de ese país clásico para la música religiosa, aún no he oído un Miserere en que pueda inspirarme, ni uno, ni uno, y he oído tantos, que puedo decir que los he oído todos.

—¿Todos? —dijo entonces interrumpiéndole uno de los rabadanes—. ¿A que no habéis oído aún el Miserere de la Montaña?

—¡El Miserere de la Montaña! —exclamó el músico con aire de extrañeza—. ¿Qué Miserere es ése?

—¿No dije? —murmuró el campesino, y luego prosiguió con una entonación misteriosa—. Ese Miserere, que sólo oyen por casualidad los que como yo andan día y noche tras el ganado por entre las breñas y peñascales, es toda una historia; una historia muy antigua, pero tan verdadera como al parecer increíble.

Es el caso que en lo más fragoso de esas cordilleras de montañas que limitan el horizonte del valle, en el fondo del cual se halla la abadía, hubo hace ya muchos años, ¡qué digo muchos años!, muchos siglos, un monasterio famoso; monasterio que, a lo que parece, edificó a sus expensas un señor con los bienes que había de legar a su hijo, al cual desheredó al morir, en pena de sus maldades.

Hasta aquí todo fue bueno; pero es el caso que este hijo, que, por lo que se verá más adelante, debió de ser de la piel del diablo, si no era el mismo diablo en persona, sabedor de que sus bienes estaban en poder de los religiosos, y de que su castillo se había transformado en iglesia, reunió a unos cuantos bandoleros, camaradas suyos en la vida de perdición que emprendiera al abandonar la casa de sus padres, y una noche de Jueves Santo, en que los monjes se hallaban en el coro, y en el punto y hora en que iban a comenzar o habían comenzado el Miserere, pusieron fuego al monasterio, saquearon la iglesia, y a éste quiero, a aquél no, se dice que no dejaron fraile con vida.

Después de esta atrocidad, se marcharon los bandidos, y su instigador con ellos, a dónde no se sabe, a los profundos tal vez. Las llamas redujeron el monasterio a escombros; de la iglesia aún quedan en pie las ruinas sobre el cóncavo peñón de donde nace la cascada que, después de estrellarse de peña en peña, forma el riachuelo que viene a bañar los muros de esta abadía.

—Pero —interrumpió impaciente el músico—, ¿y el Miserere?

—Aguardaos —continuó con gran sorna el rabadán—, que todo irá por partes.

Dicho lo cual siguió así su historia:

—Las gentes de los contornos se escandalizaron del crimen: de padres a hijos y de hijos a nietos se refirió con horror en las largas noches de velada; pero lo que mantiene más viva su memoria es que todos los años, tal noche como la que se consumó, se ven brillar luces a través de las rotas ventanas de la iglesia; se oye como una especie de música extraña y unos cantos lúgubres y aterradores que se perciben a intervalos en las ráfagas del aire.

Son los monjes, los cuales, muertos tal vez sin hallarse preparados para presentarse en el tribunal de Dios limpios de toda culpa, vienen aún del purgatorio a impetrar su misericordia cantando el Miserere.

Los circunstantes se miraron unos a otros con muestras de incredulidad; sólo el romero, que parecía vivamente preocupado con la narración de la historia, preguntó con ansiedad al que la había referido:

—¿Y decís que ese portento se repite aún?

—Dentro de tres horas comenzará sin falta alguna, porque precisamente esta noche es la del Jueves Santo, y acaban de dar las ocho en el reloj de la abadía.

—¿A qué distancia se encuentra el monasterio?

—A una legua y media escasa...; pero, ¿qué hacéis? ¿Adónde vais con una noche como ésta? ¡Estáis dejado de la mano de Dios! —exclamaron todos al ver que el romero, levantándose de su escaño y tomando el bordón, abandonaba el hogar para dirigirse a la puerta.

—¿A dónde voy? A oír esa maravillosa música, a oír el grande, el verdadero Miserere, el Miserere de los que vuelven al mundo después de muertos y saben lo que es morir en el pecado.

Y esto diciendo, desapareció de la vista del espantado lego y de los no menos atónitos pastores.

El viento zumbaba y hacía crujir las puertas, como si una mano poderosa pugnase por arrancarlas de sus quicios; la lluvia caía en turbiones, azotando los vidrios de las ventanas, y de cuando en cuando la luz de un relámpago iluminaba por un instante todo el horizonte que desde ellas se descubría.

Pasado el primer momento de estupor, exclamó el lego:

—¡Está loco!

—¡Está loco! —repitieron los pastores, y atizaron de nuevo la lumbre y se agruparon alrededor del hogar.

II

Después de una o dos horas de camino, el misterioso personaje que calificaron de loco en la abadía, remontando la corriente del riachuelo que le indicó el rabadán de la historia, llegó al punto en que se levantaban negras e imponentes las ruinas del monasterio.

La lluvia había cesado, las nubes flotaban en oscuras bandas, por entre cuyos jirones se deslizaba a veces un furtivo rayo de luz pálida y dudosa: y el aire, al azotar los fuertes machones y extenderse por los desiertos claustros, diríase que exhalaba gemidos. Sin embargo, nada sobrenatural, nada extraño venía a herir la imaginación. Al que había dormido más de una noche sin otro amparo que las ruinas de una torre abandonada o un castillo solitario, al que había arrostrado en su larga peregrinación cien y cien tormentas, todos aquellos ruidos le eran familiares.

Las gotas de agua que se filtraban por entre las grietas de los rotos arcos y caían sobre las losas con un rumor acompasado, como el de la péndola de un reloj; los gritos del búho, que graznaba refugiado bajo el nimbo de piedra de una imagen, en pie aún en el hueco de un muro; el ruido de los reptiles, que despiertos de su letargo por la tempestad sacaban sus disformes cabezas de los agujeros donde duermen o se arrastraban por entre los jaramagos y los zarzales que crecían al pie del altar, entre las junturas de las lápidas sepulcrales que formaban el pavimento de la iglesia; todos esos extraños y misteriosos murmullos del campo, de la soledad y de la noche, llegaban perceptibles al oído del romero, que, sentado sobre la mutilada estatua de una tumba, aguardaba ansioso la hora en que debiera realizarse el prodigio.

Transcurrió tiempo y tiempo, y nada se percibió; aquellos mil confusos rumores seguían sonando y combinándose de mil maneras distintas, pero siempre los mismos.

—¡Si me habrá engañado! —pensó el músico; pero en aquel instante se oyó un ruido nuevo, un ruido inexplicable en aquel lugar, como el que produce un reloj algunos segundos antes de sonar la hora: ruido de ruedas que giran, de cuerdas que se dilatan, de maquinaria que se agita sordamente y se dispone a usar de su misteriosa vitalidad mecánica, y sonó una campanada..., dos..., tres..., hasta once.

En el derruido templo no había campana, ni reloj, ni torre ya siquiera.

Aún no había expirado, debilitándose de eco en eco, la última campanada; todavía se escuchaba su vibración temblando en el aire, cuando los doseles de granito que cobijaban las esculturas, las gra-

das de mármol de los altares, los sillares de las ojivas, los calados antepechos del coro, los festones de tréboles de las cornisas, los negros machones de los muros, el pavimento, las bóvedas, la iglesia entera, comenzaron a iluminarse espontáneamente, sin que se viese una antorcha, un cirio o una lámpara que derramase aquella insólita claridad.

Parecía como un esqueleto de cuyos huesos amarillos se desprende ese gas fosfórico que brilla y humea en la oscuridad como una luz azulada, inquieta y medrosa.

Todo parecía animarse, pero con ese movimiento galvánico que imprime a la muerte contracciones que parodian la vida: movimiento instantáneo, más horrible aún que la inercia del cadáver que agita con su desconocida fuerza. Las piedras se reunieron a las piedras, el ara, cuyos rotos fragmentos se veían antes esparcidos sin orden, se levantó intacta como si acabase de dar en ella su último golpe de cincel el artífice, y al par del ara se levantaron las derribadas capillas, los rotos capiteles y las destrozadas e inmensas series de arcos que, cruzándose y enlazándose caprichosamente entre sí, formaron con sus columnas un laberinto de pórfido.

Una vez reedificado el templo, comenzó a oírse un acorde lejano que pudiera confundirse con el zumbido del aire, pero que era un conjunto de voces lejanas y graves, que parecía salir del seno de la tierra e irse elevando poco a poco, haciéndose cada vez más perceptible.

El osado peregrino comenzaba a tener miedo; pero con su miedo luchaba aún su fanatismo por todo lo desusado y maravilloso, y alentado por él dejó la tumba sobre que reposaba, se inclinó al borde del abismo, por entre cuyas rocas saltaba el torrente, despeñándose con un trueno incesante y espantoso, y sus cabellos se erizaron de horror.

Mal envueltos en los jirones de sus hábitos, caladas las capuchas, bajo los pliegues de las cuales contrastaban con sus descarnadas mandíbulas y los blancos dientes las oscuras cavidades de los ojos de sus calaveras, vio los esqueletos de los monjes, que fueron arrojados desde el pretil de la iglesia a aquel precipicio, salir del fondo de las aguas, agarrándose con los largos dedos de sus manos de hueso a las grietas de las peñas, trepar por ellas hasta tocar el borde, diciendo con voz baja y sepulcral, pero con una desgarradora expresión de dolor, el primer versículo del salmo de David:

—Miserere mei, Deus secundum magnan misericordiam tuam.

Cuando los monjes llegaron al peristilo del templo, se ordenaron en dos hileras, y penetrando en él, fueron a arrodillarse en el

coro, donde con voz más levantada y solemne prosiguieron entonando los versículos del salmo. La música sonaba al compás de sus voces: aquella música era el rumor distante del trueno, que, desvanecida la tempestad, se alejaba murmurando, era el zumbido del aire que gemía en la concavidad del monte, era el monótono ruido de la cascada que cala sobre las rocas, y la gota de agua que se filtraba, y el grito del búho escondido, y el roce de los reptiles inquietos. Todo esto era la música, y algo más que no puede explicarse ni apenas concebirse, algo más que parecía como el eco de un órgano que acompañaba los versículos del gigante himno de contrición del Rey Salmista, con notas y acordes tan gigantes como sus palabras terribles.

Siguió la ceremonia; el músico que la presenciaba, absorto y aterrado, creía estar fuera del mundo real, vivir en esa región fantástica del sueño en que todas las cosas se revisten de formas extrañas y fenomenales.

Un sacudimiento terrible vino a sacarle de aquel estupor que embargaba todas las facultades de su espíritu. Sus nervios saltaron al impulso de una emoción fortísima, sus dientes chocaron agitándose con un temblor imposible de reprimir, y el frío penetró hasta la médula de sus huesos.

Los monjes pronunciaban en aquel instante estas espantosas palabras del Miserere:

—In iniquitatibus conceptus sum; et in peccatis concepit me mater mea.

Al resonar este versículo y dilatarse sus ecos retumbando de bóveda en bóveda, se levantó un alarido tremendo, que parecía un grito de dolor arrancado a la humanidad entera por la conciencia de sus maldades, un grito horroroso, formado de todos los lamentos del infortunio, de todos los aullidos de la desesperación, de todas las blasfemias de la impiedad; concierto monstruoso, digno intérprete de los que viven en el pecado y fueron concebidos en la iniquidad.

Prosiguió el canto, ora tristísimo y profundo, ora semejante a un rayo de sol que rompe la nube oscura de una tempestad, haciendo suceder a un relámpago de terror otro relámpago de júbilo, hasta que, merced a una transformación súbita, la iglesia resplandeció bañada en luz celeste, las osamentas de los monjes se vistieron de sus carnes, una aureola luminosa brilló en derredor de sus frentes, se rompió la cúpula y a través de ella se vio el cielo como un océano de lumbre abierto a la mirada de los justos.

Los serafines, los arcángeles, los ángeles y las jerarquías acompañaban con un himno de gloria este versículo, que subía entonces

al trono del Señor como una trompa armónica, como una gigantesca espiral de sonoro incienso:

—Auditui meo dabis gaudium et laetiam, et exultabunt ossa humiliata.

En este punto la claridad deslumbradora cegó los ojos del romero, sus sienes latieron con violencia, zumbaron sus oídos y cayó sin conocimiento por tierra y nada más oyó.

III

Al día siguiente, los pacíficos monjes de la abadía de Fitero a quienes el hermano lego había dado cuenta de la extraña visita de la noche anterior, vieron entrar por sus puertas, pálido y como fuera de sí, al desconocido romero.

—¿Oísteis al cabo el Miserere? —le preguntó con cierta mezcla de ironía el lego, lanzando a hurtadillas una mirada de inteligencia a sus superiores.

—Sí —respondió el músico.

—¿Y qué tal os ha parecido?

—Lo voy a escribir. Dadme un asilo en vuestra casa —prosiguió dirigiéndose al abad—, un asilo y pan por algunos meses, y voy a dejaros una obra inmortal del arte, un Miserere que borre mis culpas a los ojos de Dios, eternice mi memoria y eternice con ella la de esta abadía.

Los monjes, por curiosidad, aconsejaron al abad que accediese a su demanda; el abad, por compasión, aun creyéndole loco, accedió al fin a ella, y el músico, instalado ya en el monasterio, comenzó su obra.

Noche y día trabajaba con un afán incesante. En mitad de su tarea se paraba, y parecía como escuchar algo que sonaba en su imaginación, y se dilataban sus pupilas, saltaba en el asiento y exclamaba:

—¡Eso es; así, así, no hay duda..., así!

Y proseguía escribiendo notas con una rapidez febril, que dio en más de una ocasión que admirar a los que le observaban sin ser vistos.

Escribió los primeros versículos y los siguientes, y hasta la mitad del Salmo; pero al llegar al último que había oído en la montaña, le fue imposible proseguir.

Escribió uno, dos, cien, doscientos borradores; todo inútil. Su música no se parecía a aquella música ya anotada, y el sueño huyó de sus párpados, y perdió el apetito, y la fiebre se apoderó de su cabeza, se volvió loco y murió, en fin, sin poder terminar el Mise-

rere, que como una cosa extraña, guardaron los frailes a su muerte y aún se conserva hoy en el archivo de la abadía.

* * *

Cuando el viejecito concluyó de contarme esta historia, no pude menos de volver otra vez los ojos al empolvado y antiguo manuscrito del Miserere, que aún estaba abierto sobre una de las mesas.

In peccatis concepit me mater mea.

Estas eran las palabras de la página que tenía ante mi vista, y que parecía mofarse de mí con sus notas, sus llaves y sus garabatos ininteligibles para los legos en la música.

Por haberlas podido leer hubiera dado un mundo, ¿quién sabe si no serán una locura?

LA ARQUITECTURA ÁRABE EN TOLEDO

Llevando en una mano el Corán y en la otra la espada, los hijos de Ismael habían ya recorrido una gran parte del mundo. Merced a la sangrienta persecución de estos guerreros apóstoles del falso profeta, el Oriente comenzaba a constituirse en un gran pueblo, y el Asia y el África se unían por medio del lazo de las creencias, santificado con el sello de las victorias, cuando la traición abrió nuestra Península a las huestes de Tarik, y la monarquía gótica cayó derrocada en las orillas del Guadalete con su último rey.

Acostumbrados a vencer, los árabes no tardaron mucho en posesionarse de casi todo el reino. Como es indudable que a sus conquistas presidía un gran pensamiento, el exterminio no siguió de cerca a sus victorias: las ventajosas condiciones con que aceptaron la rendición de un gran número de ciudades, los privilegios en el goce de los cuales dejaron a los cristianos, prueban claramente que antes trataban de consolidar que de destruir, y que al emprender sus aventuradas expediciones, no les impulsaba sólo una sed de combates sin fruto y de triunfos efímeros. La historia de los grandes conquistadores de todas las épocas ofrece muy raros ejemplos de estas elevadas máximas de sabiduría, puestas en acción por los árabes en la larga carrera de sus victorias.

Dueños, pues, de casi toda la Península Ibérica y calmada la sed de luchas y de dominio que agitó el espíritu guerrero de aquellas razas ardientes salidas de entre las abrasadoras arenas del desierto, las diversas ideas de civilización y de adelanto, rico botín de la inteligencia que habían recogido en su marcha triunfal a través de las antiguas naciones, comenzaron a fundirse en su imaginación en un solo pensamiento regenerador.

Hasta entonces, el árabe, fiel a las tradiciones de vida nómada, no había encontrado un momento de reposo. Primeramente pone su movible tienda, ya al pie de una palmera del desierto, ya en la falda de una colina; después se hace conquistador, y derramándose por el mundo, hoy sestea en El Cairo, a la tarde duerme en el África y al

amanecer levanta su campamento y le sorprende el sol con el nuevo día en Europa.

Pero el momento de recoger el fruto de sus conquistas, la hora de recibir el precio de su sangre, tan pródigamente derramada, había llegado. Sus leyes, y con ellas sus costumbres, comenzaron a dulcificarse y a tomar una índole propia; el círculo de sus aspiraciones y sus necesidades se hizo mayor, y la sociedad que comenzaba a constituir puso el pie en la senda del progreso a que la llamaban su grandeza y su poder.

Como es de presumir, el arte no existía aún entre los sectarios de Mahoma, pero el desarrollo de la nueva religión lo comenzaba a hacer una necesidad. Y decimos una necesidad porque es digna de ser observada la influencia que las creencias religiosas ejercen sobre la imaginación de los pueblos que crean un nuevo estilo. Recórrase, siquiera ligeramente, la historia moral, por decirlo así, de todos los países y no se podrá por menos de conceder a esta influencia la gloria de haber dado a cada una de las naciones que civilizó unas costumbres en perfecta afinidad con sus necesidades y una arquitectura original en maravillosa armonía con su culto.

Los adoradores de Isis, los sacerdotes de sus terribles misterios, después de poblar sus altares de locas e incomprensibles concepciones, crearon el arte egipcio con sus esfinges monstruosas, sus gigantescas pirámides y oscuros jeroglíficos. El pensamiento de un mundo viril y grande se halla grabado con sus caracteres indelebles en los colosos del desierto.

La India, con su atmósfera de fuego, su vegetación poderosa y sus imaginaciones ardientes, alimentadas por una religión todo maravillas y mitos emblemáticos, ahuecó los montes para tallar en su seno las subterráneas pagodas de sus dioses. La extraña y salvaje poesía de los Vedas parece que toma forma y vive cuando a la moribunda luz que se abre paso a través de las grutas sagradas se ven desfilar, confundiéndose entre las sombras de sus muros, las silenciosas procesiones de monstruosos elefantes, guiados por esos deformes genios que despliegan sus triples miembros en semicírculo, como las plumas de un quitasol.

La Grecia coronó de flores sus divinidades, les prestó el ideal de la belleza humana y las colocó sobre altares risueños, levantados a la sombra de edificios que respiraban sencillez y majestad. Basta examinar sus templos, ricos de armonía y de luz; basta hacerse cargo de la matemática euritmia de sus construcciones, para comprender a aquella sociedad que sujetó la idea a la forma, que tiranizó la libre imaginación por medio de los preceptos del arte.

La arquitectura árabe parece la hija del sueño de un creyente, dormido después de una batalla, a la sombra de una palmera. Sólo la religión que con tan brillantes colores pinta las huríes del paraíso y sus embriagadoras delicias, pudo reunir las confusas ideas de mil diferentes estilos y entretejerlos en la forma de un encaje. Sus gentiles creaciones no son más que una hermosa página del libro de su legislador poeta, escrita con alabastro y estuco en las paredes de una mezquita o en las tarbeas de una aljama.

La Religión del Crucificado tradujo el Apocalipsis y las fantásticas visiones de los eremitas. La luz y las sombras, la sencilla parábola y el oscuro misterio, se dan la mano en ese poema místico del sacerdote, interpretado por el arte, al que la Edad Media prestó sus severas y melancólicas tintas.

Ni Roma ni Bizancio tuvieron una arquitectura absolutamente original y completa; sus obras fueron modificaciones, no creaciones, porque, como dejamos dicho, sólo una nueva religión puede crear una nueva sociedad, y sólo en ésta hay poder de imaginación suficiente a concebir un nuevo arte. Roma no fue más que el espíritu de Grecia encarnado en un gran pueblo, y Bizancio el cadáver galvanizado del Imperio, eslabón que en la cadena de los siglos unió por algunos instantes el mundo que desaparecía con el que se levantaba.

He aquí por qué dijimos que, derrocada en nuestra Península la raza del Norte por la del Oriente, el desarrollo de la religión había hecho el desarrollo del arte una necesidad. El secreto impulso que lo empujaba a su destino existía, pues, en la conciencia del genio ismaelita; pero aún se encontraba muy distante del término de su carrera, por lo que en los primeros pasos se limitó a satisfacer sus necesidades por medio de la imitación.

En este punto, como fácilmente se comprende, comenzó la primera época de las tres principales en que puede dividirse la historia de la arquitectura muslímica toledana, época que a su vez puede dividirse en dos períodos, uno de imitación y otro de lucha entre la idea original y la influencia extraña de los diferentes géneros arquitectónicos que se amalgamaron entre sí para crear el nuevo estilo, y que duró en Toledo casi tanto tiempo cuanto permaneció aquella ciudad en poder de los infieles.

Pocas son las muestras que nos quedan hoy de ambos períodos, pues habiendo desaparecido la grande aljama o alcázar de los reyes moros, como asimismo la mezquita mayor, sobre los cimientos de la cual Fernando el Santo levantó la iglesia primada, sus obras de mayor importancia, y, por tanto, las más dignas de estudio, se hallan fuera del alcance de nuestra crítica. Sin embargo, basta examinar la

antigua mezquita que es hoy capilla del Cristo de la Luz, la iglesia de Santa María la Blanca, la de San Román, y algunos otros restos de la arquitectura de los árabes toledanos, para poder señalar, hasta cierto punto con exactitud, los caracteres que la distinguen.

Obsérvanse en ella restos de las construcciones góticas, como capiteles y fustes de columnas empleadas en las fábricas, que, para atender a sus primeras necesidades, erigieron los sectarios de Mahoma después de conquistada la ciudad. La forma de los templos guarda, por lo regular, bastante analogía con la de las basílicas cristianas, hallándose compartidas en naves como éstas, y comenzando en la cabecera algunas veces con ábside. Los arcos que soportan las techumbres de las naves son redondos o de herradura, pudiéndose observar asimismo hasta en las construcciones más primitivas, el empleo de los arcos dúplices en la ornamentación de los muros.

Los fustes de las columnas que sostienen las arquerías de estos edificios son unas veces de mármol y otras de ladrillo y argamasa, pero siempre gruesos y pesados. La forma octógona, que en algunos de ellos se observa, es uno de los caracteres distintivos de este período. Los arabescos o adornos del gusto árabe con que embellecían sus obras son escasos, toscos y casi siempre imitación o copia adulterada de los adornos propios de los órdenes de arquitectura que habían visto al pasar, triunfadores de los pueblos que amarraron a su yugo. En los capiteles imitan las formas griegas, aunque modificándolas más o menos, según el capricho de sus autores; en la ornamentación, el bizantino es uno de los géneros que presta con más abundancia sus caprichosos adornos al arte de los muslimes.

El segundo período de esta grande época de nacimiento y desarrollo de las ideas originales y propias del pueblo ismaelita se desenvolvió en Toledo cuando, a principios del siglo XI, Abu Mohammad Ismael ben Dz' en-non fundó la dinastía de los Beni Dz' en-non, erigiendo a esta ciudad en capital del reino nuevamente constituido. A este tiempo perteneció, sin duda, la ornamentación de la mezquita mayor y la grande aljama, edificios de los que, como de otros muchos de la misma edad, sólo nos quedan vagas y confusas tradiciones, unidas a alguno que otro fragmento.

Obsérvase, sin embargo, que, en esta segunda mitad de la creación de su arte, los alarifes mahometanos, en la lucha empeñada entre su inspiración y la influencia de otros estilos, llevan una considerable ventaja.

Las alharacas o adornos de follaje con que cubren los capiteles de sus columnas, la archivolta de sus arcos o los entrepaños de sus muros, las adarajas o lacerías de sus orlas y el menudo almocárabe

que sirve de fondo a su ornamentación, comienzan ya a determinarse y a tomar un carácter propio. Nótase este adelanto muy particularmente en los edificios árabes de este tiempo que aún existen en varios puntos de España. En Toledo, como ya dejamos dicho, son pocos los ejemplares que de estos dos períodos, y especialmente del último, se conservan.

La segunda época, la época de virilidad y esplendor de este género maravilloso y delicado, comenzó a florecer en la ciudad imperial después que Don Alfonso la reconquistó del poder de los musulmanes. Los alarifes andaluces que habían estudiado en la Alhambra y en el alcázar de Sevilla, magníficos edificios en que el genio oriental desplegó todo el lujo de su imaginación inagotable, se desparramaron en este tiempo por la Península, y llevaron las nuevas ideas al seno de las ciudades reconquistadas en las que, así los árabes que aún permanecían en ellas, como los cristianos y los judíos que en gran número se encontraban en las grandes poblaciones, usaron casi exclusivamente, por espacio de dos o tres siglos, de esta arquitectura, ya para sus palacios, ya para sus templos y fábricas de utilidad común.

Imposible sería describir con palabras la brillante metamorfosis que en esta edad experimentó el arte que hemos visto en los siglos anteriores seguir tímidamente los senderos de la imitación, ensayando con pobreza y miedo alguna que otra idea original. Sus formas groseras y pesadas han adquirido una esbeltez y gallardía admirables; sus arcos, compuestos de mil y mil líneas atrevidas y nuevas, se sostienen sobre columnas tan frágiles, que no se concibe que pudieran soportar los muros, si éstos a su vez no fuesen calados y ligeros como el rostrillo de encaje de una castellana; las geométricas combinaciones de sus lacerías se complican y enredan entre sí de un modo inconcebible; cada capitel, cada faja, cada detalle, en fin, de estas magníficas creaciones, son a su vez una obra artística maravillosa en las que otros detalles secundarios aparecen a los ojos del observador y le asombran por su delicadeza, su novedad y su número.

La iglesia del Tránsito, antigua sinagoga, la ornamentación de Santa María la Blanca, los restos del alcázar del rey Don Pedro, la casa de Mesa y otros muchos edificios, ya religiosos, ya profanos, representan dignamente en la capital de Castilla la Nueva este período de esplendor y grandeza de la arquitectura arábiga, cuyos rasgos más característicos son los que a continuación expresamos.

El empleo de ojivas túmido-conopiales, ya simples, ya incluidas en arcos de herradura o estalactílicos; el uso, cada vez más frecuente,

de dobles ajimeces, sostenidos por parteluces esbeltísimos y cuajados de ornamentación y figuras geométricas; arcos de diversas formas, en los que se combinan de mil maneras extrañas porciones de círculo, que dibujan las archivoltas y perfilan los vanos; arcos trazados por líneas rectas combinadas con porciones de círculo; pechinas de dobles y triples hileras de bovedillas apiñadas, las que también se usaron en algunos edificios del género ojival, construidos en épocas posteriores, como en San Juan de los Reyes; sustitución en las leyendas que adornan los muros de los caracteres cúficos, usados en la primera época, por los neskhi, de forma más ligera y gallarda; adornos en la ornamentación completamente originales y propios del arte arábigo, los que, aun cuando guardan alguna remota idea de los bizantinos, ya se han hecho más ricos y elegantes; artesonados cuajados de lujosos detalles; lacerías combinadas de cierto modo, que les da alguna semejanza con las tracerías del estilo ojival; uso casi general de aliceres o anchas fajas de azulejos brillantes de infinitos colores y formas, adornando las zonas inferiores de las tarbeas o salones; sustitución en algunas cenefas de las hojas agudas y entrelargas, propias de la ornamentación de otros estilos, con la parra, roble y otras de parecido dibujo, las que, revelándose sobre fondos de ataurique y combinándose entre sí, forman a veces dobles postas. He aquí los principales caracteres que, unidos a la delicadeza y perfección con que están ejecutados todos los detalles, dan a conocer este período a primera vista.

La tercera época, la época de la decadencia, no tiene, por decirlo así, una fisonomía propia. Se hace notar por la falta de lujo y riqueza en sus obras, por el abandono de aquella prodigalidad de ornamentación que caracterizó a esta arquitectura en su período de gloria y por la adulteración de algunas de las partes de que se compone.

El estilo ojival, que cada día adelantaba un paso más en la senda de la perfección, comenzó a oscurecer y a poner en olvido el arte arábigo, el cual, no obstante, prolongó su existencia, aunque trabajosamente, hasta mediados del siglo XV, en el que el Renacimiento destronó a un tiempo a los dos géneros, representantes genuinos, el uno de la religión cristiana y el otro de la ismaelita.

¡ES RARO!

Tomábamos el té en casa de una señora amiga mía y se hablaba de esos dramas sociales que se desarrollan ignorados del mundo, y cuyos protagonistas hemos conocido, si es que no hemos hecho un papel en algunas de sus escenas.

Entre otras muchas personas que no recuerdo, se encontraba allí una niña rubia, blanca y esbelta, que a tener una corona de flores en lugar del legañoso perrillo que gruñía medio oculto entre los anchos pliegues de su falda, hubiérasela comparado, sin exagerar, con la Ofelia de Shakespeare.

Tan puros eran el blanco de su frente y el azul de sus ojos.

En pie, apoyada una mano en la causeuse de terciopelo azul que ocupaba la niña rubia, y acariciando con la otra los preciosos dijes de su cadena de oro, hablaba con ella un joven, de cuya afectada pronunciación se notaba un leve acento extranjero, a pesar de que su aire y su tipo eran tan españoles como los del Cid o Bernardo el Carpio.

Un señor de cierta edad, alto, seco, de maneras distinguidas y afables, y que parecía seriamente preocupado en la operación de dulcificar a punto su taza de té, completaba el grupo de las personas más próximas a la chimenea, al calor de la cual me senté para contar esta historia. Esta historia parece un cuento, pero no lo es; de ella pudiera hacerse un libro; yo lo he hecho algunas veces en mi imaginación. No obstante, la referiré en pocas palabras, pues para el que haya de comprenderla todavía sobrarán algunas.

I

Andrés, porque así se llamaba el héroe de mi narración, era uno de esos hombres en cuya alma rebosaban el sentimiento que no han gastado nunca y el cariño que no pueden depositar en nadie.

Huérfano casi al nacer, quedó al cuidado de unos parientes. Ignoro los detalles de su niñez; sólo puedo decir que, cuando le hablaban de ella, se oscurecía su frente y exclamaba con un suspiro:

—¡Ya pasó aquello!

Todos decimos lo mismo, recordando con tristeza las alegrías pasadas. ¿Era esta la explicación de la suya? Repito que no lo sé; pero sospecho que no.

Ya joven, se lanzó al mundo. Sin que por esto se crea que yo trato de calumniarle, la verdad es que el mundo, para los pobres, y para cierta clase de pobres sobre todo, no es un paraíso ni mucho menos. Andrés era, como suele decirse, de los que se levantan la mayor parte de los días con veinticuatro horas más; juzguen, pues, mis lectores cuál sería el estado de un alma toda idealismo, todo amor, ocupada en la difícil cuanto prosaica tarea de buscarse el pan cotidiano.

No obstante, algunas veces, sentándose a la orilla de su solitario lecho, con los codos sobre las rodillas y la cabeza entre las manos, exclamaba:

—¡Si yo tuviese alguien a quien querer con toda mi alma! ¡Una mujer, un caballo, un perro siquiera!

Como no tenía un cuarto, no le era posible tener nada, ningún objeto en que satisfacer su hambre de amor. Ésta se exasperó hasta el punto de que en su crisis llegó a cobrarle cariño al cuchitril donde habitaba, a los mezquinos muebles que le servían, hasta a la patrona, que era su genio del mal.

No hay que extrañarlo; Josefo refiere que durante el sitio de Jerusalén fue tal el hambre, que las madres se comieron a sus hijos.

Un día pudo proporcionarse un escasísimo sueldo para vivir. La noche de aquel día, cuando se retiraba a su casa, al atravesar una calle estrecha, oyó una especie de lamentos, como lloros de una criatura recién nacida. No bien hubo dado algunos pasos más después de oír aquellos gemidos, cuando exclamó deteniéndose:

—Diantre, ¿qué es esto?

Y tocó con la punta del pie una cosa blanda que se movía y tornó a chillar y a quejarse. Era uno de esos perrillos que arrojan a la basura de pequeñuelos.

«La Providencia lo ha puesto en mi camino», dijo para sí Andrés, recogiéndole y abrigándole con el faldón de su levita. Y se lo llevó a su cuchitril.

—¡Cómo es eso! —refunfuñó la patrona al verle entrar con el perrillo—. No nos faltaba más que ese nuevo embeleco en casa; ahora mismo lo deja usted donde lo encontró o mañana busca dónde acomodarse con él.

Al otro día salió Andrés de la casa, y en el decurso de dos o tres meses salió de otras doscientas por la misma cuestión. Pero todos estos disgustos, y otros mil que es imposible detallar, los compen-

saban con usura la inteligencia y el cariño del perro, con el cual se distraía como con una persona en sus eternas horas de soledad y fastidio. Juntos comían, juntos descansaban y juntos daban la vuelta a la Ronda o se marchaban a lo largo del camino de los Carabancheles.

Tertulias, paseos, teatros, cafés, sitios donde no permitían o estorbaban los perros, estaban vedados para nuestro héroe, que exclamaba algunas veces con toda la efusión de su alma y como correspondiendo a las caricias del suyo:

—¡Animalito! No le falta más que hablar.

II

Sería enfadoso explicar cómo, pero es el caso que Andrés mejoró algo de posición y, viéndose con algún dinero, dijo:

—¡Si yo tuviese una mujer! Pero para tener una mujer es preciso mucho; los hombres como yo, antes de elegirla, necesitan un paraíso que ofrecerle, y hacer un paraíso en Madrid cuesta un ojo de la cara... ¡Si pudiera comprar un caballo! ¡Un caballo! No hay animal más noble ni más hermoso. ¡Cómo lo había de querer mi perro, cómo se divertirían el uno con el otro y yo con los dos!

Una tarde fue a los toros y antes de comenzar la función dirigióse maquinalmente al corral, donde esperaban ensillados los que habían de salir a la lidia.

No sé si mis lectores habrán tenido alguna vez la curiosidad de ir a verlos. Yo de mí puedo asegurarles que sin creerme tan sensible como el protagonista de esta historia, he tenido algunas veces ganas de comprarlos todos. Tal ha sido la lástima que me ha dado de ellos.

Andrés no pudo menos de experimentar una sensación penosísima al encontrarse en aquel sitio. Unos, cabizbajos, con la piel pegada a los huesos y la crin sucia y descompuesta, aguardaban inmóviles su turno, como si presintiesen la desastrosa muerte que había de poner término, dentro de breves horas, a la miserable vida que arrastraban; otros, medio ciegos, buscaban olfateando el pesebre y comían o, hiriendo el suelo con el casco y dando fuertes resoplidos, pugnaban por desasirse y huir del peligro que olfateaban con horror. Y todos aquellos animales habían sido jóvenes y hermosos. ¡Cuántas manos aristócratas habrían acariciado sus cuellos! ¡Cuántas voces cariñosas los habrían alentado en su carrera, y ahora todo eran juramentos por acá, palos por acullá, y por último la muerte, la muerte con una agonía horrible, acompañada de chanzonetas y silbidos!

—Si piensan algo —decía Andrés—, ¿qué pensarán estos animales en el fondo de su confusa inteligencia, cuando en medio de la plaza se muerden la lengua y expiran con una contracción espantosa? En verdad que la ingratitud del hombre es algunas veces inconcebible.

De estas reflexiones vino a sacarle la aguardentosa voz de uno de los picadores, que juraba y maldecía mientras probaba las piernas de uno de los caballos, dando con el cuento de la garrocha en la pared. El caballo no parecía del todo despreciable; por lo visto debía de ser loco o tener alguna enfermedad de muerte.

Andres pensó en adquirirlo. Costar, no debería de costar mucho; pero, ¿y mantenerlo? El picador le hundió la espuela en el ijar y se dispuso a salir, nuestro joven vaciló un instante y le detuvo. Cómo lo hizo, no lo sé; pero en menos de un cuarto de hora convenció al jinete para que lo dejase, buscó al asentista, ajustó el caballo y se quedó con él.

Creo excusado decir que aquella tarde no vio los toros.

Llevóse el caballo; pero el caballo, en efecto, estaba o parecía estar loco.

—Mucha leña en él —le dijo un inteligente.

—Poco de comer —le dijo un mariscal.

El caballo seguía en sus trece.

—¡Bah! —exclamó al fin su dueño—. Démosle de comer lo que quiera y dejémosle hacer lo que le dé la gana.

El caballo no era viejo y comenzó a engordar y a ser más dócil. Verdad que tenía sus caprichos y que nadie podía montarlo más que Andrés; pero éste decía:

—Así no me lo pedirán prestado, y en cuanto a rarezas, ya nos iremos acostumbrando mutuamente a las que tenemos.

Y llegaron a acostumbrarse de tal modo, que Andrés sabía cuándo el caballo tenía ganas de hacer una cosa y cuándo no, y a éste le bastaba una voz de su dueño para saltar, detenerse o partir al escape, rápido como un huracán.

Del perro no digamos nada: llegó a familiarizarse de tal modo con su nuevo camarada, que ni a beber salían el uno sin el otro. Desde aquel punto, cuando se perdía al escape entre una nube de polvo por el camino de los Carabancheles, y su perro le acompañaba saltando, y se adelantaba para tornar a buscarle o le dejaba pasar para volver a seguirle, Andrés se creía el más feliz de los hombres.

III

Pasó algún tiempo: nuestro joven estaba rico o casi rico.

Un día, después de haber corrido mucho, se apeó fatigado junto a un árbol y se recostó a su sombra.

Era un día de primavera, luminoso y azul, de esos en que se respira con voluptuosidad una atmósfera tibia e impregnada de deseos, en que se oyen en las ráfagas del aire como armonías lejanas, en que los limpios horizontes se dibujan con líneas de oro y flotan ante nuestros ojos átomos brillantes de no sé qué, átomos que asemejan formas transparentes que nos siguen, nos rodean y nos embriagan a un tiempo de tristeza y de felicidad.

—Yo quiero mucho a estos dos seres —exclamó Andrés, después de sentarse, mientras acariciaba a su perro con una mano y con la otra le daba a su caballo un puñado de hierbas—, mucho; pero todavía hay un hueco en mi corazón que no se ha llenado nunca; todavía me queda por emplear un cariño más grande, más santo, más puro. Decididamente, necesito una mujer.

En aquel momento pasaba por el camino una muchacha con un cántaro en la cabeza.

Andrés no tenía sed y, sin embargo, le pidió agua. La muchacha se detuvo para ofrecérsela, y lo hizo con tanta amabilidad que nuestro joven comprendió perfectamente uno de los más patriarcales episodios de la Biblia.

—¿Cómo te llamas? —le preguntó, así que hubo bebido.

—Plácida.

—¿Y en qué te ocupas?

—Soy hija de un comerciante que murió arruinado y perseguido por sus opiniones políticas. Después de su muerte, mi madre y yo nos retiramos a una aldea, donde lo pasamos bien mal, con una pensión de tres reales por todo recurso. Mi madre está enferma y yo tengo que hacerlo todo.

—¿Y cómo no te has casado?

—No sé; en el pueblo dicen que no sirvo para trabajar, que soy muy delicada, muy señorita.

La muchacha se alejó después de despedirse.

Mientras la miraba alejarse, Andrés permaneció en silencio; cuando la perdió de vista, dijo con la satisfacción del que resuelve un problema:

—Esa mujer me conviene.

Montó en su caballo, y seguido de su perro se dirigió a la aldea. Pronto hizo conocimiento con la madre y casi tan pronto se enamoró perdidamente de la hija. Cuando al cabo de algunos meses ésta

se quedó huérfana, se casó enamorado de su mujer, que es una de las mayores felicidades de este mundo.

Casarse y establecerse en una quinta situada en uno de los sitios más pintorescos de su país, fue obra de algunos días.

Cuando se vio en ella, rico, con su mujer, su perro y su caballo, tuvo que restregarse los ojos: creía que soñaba. Tan feliz, tan completamente feliz era el pobre Andrés.

IV

Así vivió por espacio de algunos años, dichoso si Dios tenía qué, cuando una noche creyó observar que alguien rondaba su quinta, y más tarde sorprendió a un hombre moldeando el ojo de la cerradura de una puerta del jardín.

—Ladrones tenemos —dijo.

Y determinó avisar al pueblo más cercano, donde había una pareja de guardias civiles.

—¿A dónde vas? —le preguntó su mujer.

—Al pueblo.

—¿A qué?

—A dar aviso a los civiles, porque sospecho que alguien nos ronda la quinta.

Cuando la mujer oyó esto, palideció ligeramente. Él, dándole un beso, prosiguió:

—Me marcho a pie, porque el camino es corto. ¡Adiós!, hasta la tarde.

Al pasar por el patio para dirigirse a la puerta, entró un momento en la cuadra, vio a su caballo y acariciándole le dijo:

—¡Adiós, pobrecito, adiós!: hoy descansarás, que ayer te di un mate como para ti solo.

El caballo, que acostumbraba a salir todos los días con su dueño, relinchó tristemente al sentirle alejarse.

Cuando Andrés se disponía a abandonar la quinta, su perro comenzó a hacerle fiestas.

—No, no vienes conmigo —exclamó, hablándole como si lo entendiese—: cuando vas al pueblo, ladras a los muchachos y corres a las gallinas, y el mejor día del año te van a dar un golpe que no te quedarán ánimos de volver por otro... No abrirle hasta que yo me marche —prosiguió, dirigiéndose a un criado, y cerró la puerta para que no le siguiese.

Ya había dado la vuelta al camino, cuando todavía escuchaba los largos aullidos del perro.

Fue al pueblo, despachó su diligencia, se entretuvo un poco con el alcalde charlando de diversas cosas y se volvió hacia su quinta. Al llegar a las inmediaciones, extrañó bastante que no saliese el perro a recibirle, el perro que otras veces, como si lo supiera, salía hasta la mitad del camino... Silba..., ¡nada! Entra en la posesión; ¡ni un criado!

—¡Qué diantres será esto! —exclama con inquietud, y se dirige al caserío.

Llega a él, entra en el patio; lo primero que se ofrece a su vista es el perro tendido en un charco de sangre a la puerta de la cuadra. Algunos pedazos de ropa diseminados por el suelo, algunas hilachas pendientes aún de sus fauces, cubiertas de una rojiza espuma, atestiguan que se ha defendido y que al defenderse recibió las heridas que lo cubren.

Andrés lo llama por su nombre; el perro, moribundo, entreabre los ojos, hace un inútil esfuerzo para levantarse, menea débilmente la cola, lame la mano que lo acaricia y muere.

—Mi caballo, ¿dónde está mi caballo? —exclama entonces con voz sorda y ahogada por la emoción, al ver desierto el pesebre y rota la cuerda que lo sujeta a él.

Sale de allí como un loco: llama a su mujer, nadie responde; a sus criados, tampoco; recorre toda la casa fuera de sí..., sola, abandonada. Sale de nuevo al camino, ve las señales del casco de su caballo, del suyo, no le cabe duda, porque él conoce o cree conocer hasta las huellas de su animal favorito.

—Todo lo comprendo —dice, como iluminado por una idea repentina—; los ladrones se han aprovechado de mi ausencia para hacer su negocio y se llevan a mi mujer para exigirme por su rescate una gran suma de dinero. ¡Dinero!, mi sangre, la salvación daría por ello. ¡Pobre perro mío! —exclama volviéndolo a mirar, y parte a correr como un desesperado, siguiendo la dirección de las pisadas.

Y corrió, corrió sin descansar un instante en pos de aquellas señales, una hora, dos, tres.

—¿Habéis visto —preguntaba a todo el mundo— a un hombre a caballo con una mujer a la grupa?

—Sí —le respondían

—¿Por dónde van?

—Por allí.

Y Andrés tomaba nuevas fuerzas y seguía corriendo.

La noche comenzaba a caer. A la misma pregunta, siempre encontraba la misma respuesta, y corría, corría hasta que al fin divisó una aldea y junto a la entrada, al pie de una cruz que señalaba

el punto en que se dividía en dos el camino vio un grupo de gente, gañanes, viejos, muchachos, que contemplaban con curiosidad una cosa que él no podía distinguir.

Llega, hace la misma pregunta de siempre y le dice uno de los del grupo:

—Sí; hemos visto a esa pareja; mirad, por más señas, el caballo que la conducía, que cayó aquí reventado de correr.

Andrés vuelve los ojos en la dirección que le señalaban y ve en efecto su caballo, su querido caballo, que algunos hombres del pueblo se disponían a desollar para aprovecharse de la piel. No pudo apenas resistir la emoción; pero, reponiéndose en seguida, volvió a asaltarle la idea de su esposa.

—Y decidme —exclamó precipitadamente—, ¿cómo no prestasteis ayuda a aquella mujer desgraciada?

—Vaya si se la prestamos —dijo otro de los del corro—; como que yo les he vendido otra caballería para que prosiguiesen su camino con toda la prisa que al parecer les importa.

—Pero —interrumpió Andrés— esa mujer va robada; ese hombre es un bandido que, sin hacer caso de sus lágrimas y sus lamentos, la arrastra no sé a dónde.

Los maliciosos patanes cambiaron entre sí una mirada, sonriéndose de compasión.

—¡Quia, señorito! ¿Qué historias está usted contando? —prosiguió con sorna su interlocutor—. ¡Robada! Pues ella era la que decía con más ahínco: «Pronto, pronto, huyamos de estos lugares; no me veré tranquila hasta que los pierda de vista para siempre.»

Andrés lo comprendió todo; una nube de sangre pasó por delante de sus ojos, de los que no brotó ni una lágrima, y cayó al suelo desplomado como un cadáver.

Estaba loco; a los pocos días, muerto.

Le hicieron la autopsia; no le encontraron lesión orgánica alguna. ¡Ah! Si pudiera hacerse la disección del alma, ¡cuántas muertes semejantes a ésta se explicarían!

* * *

—¿Y efectivamente murió de eso? —exclamó el joven, que proseguía jugando con los dijes de su reloj, al concluir mi historia

Yo le miré como diciendo: «¿Le parece a usted poco?»

Él prosiguió con cierto aire de profundidad.

—¡Es raro! Yo sé qué es sufrir, cuando, en las últimas carreras, tropezó mi Herminia, mató al jockey y se quebró una pierna, la

desgracia de aquel animal me causó un disgusto horrible; pero, francamente, no tanto..., no tanto.

Aún proseguía mirándole con asombro, cuando hirió mi oído una voz armoniosa y ligeramente velada, la voz de la niña de los ojos azules.

—¡Efectivamente, es raro! Yo quiero mucho a mi Medoro —dijo, dándole un beso en el hocico al enteco y legañoso faldero, que gruñó sordamente—; pero si se muriese o me lo mataran, no creo que me volvería loca ni cosa que lo valga.

Mi asombro rayaba en el estupor; aquellas gentes no me habían comprendido o no querían comprenderme.

Al cabo me dirigí al señor que tomaba té, que en razón a sus años debía de ser algo más razonable.

—Y a usted, ¿qué le parece? —le pregunté.

—Le diré a usted —me respondió—: yo soy casado, quise a mi mujer, la aprecio todavía, me parece; tuvo lugar entre nosotros un disgustillo doméstico, que por su publicidad exigía una reparación por mi parte, sobrevino un duelo, tuve la fortuna de herir a mi adversario, un chico excelente, decidor y chistoso si los hay, con quien suelo aún tomar café algunas noches en la «Iberia». Desde entonces dejé de hacer vida común con mi esposa y me dediqué a viajar... Cuando estoy en Madrid, vivo con ella, pero como dos amigos; y todo esto sin violentarme, sin grandes emociones, sin sufrimientos extraordinarios. Después de este ligero bosquejo de mi carácter y de mi vida, ¡qué le he de decir a usted de esas explosiones fenomenales del sentimiento, sino que todo eso me parece raro, muy raro!

Cuando mi interlocutor acabó de hablar, la niña rubia y el joven que le hacía el amor repasaban juntos un álbum de caricaturas de Gavarni. A los pocos momentos, él mismo servía con una fruición deliciosa la tercera taza de té.

Al pensar que oyendo el desenlace de mi historia habían dicho «¡es raro!», exclamé yo para mí mismo... «¡es natural!».

LAS HOJAS SECAS

El sol se había puesto: las nubes, que cruzaban hechas jirones sobre mi cabeza, iban a amontonarse unas sobre otras en el horizonte lejano. El viento frío de las tardes de otoño arremolinaba las hojas secas a mis pies.

Yo estaba sentado al borde de un camino, por donde siempre vuelven menos de los que van.

No sé en qué pensaba, si en efecto pensaba entonces en alguna cosa. Mi alma temblaba a punto de lanzarse al espacio, como el pájaro tiembla y agita ligeramente las alas antes de levantar el vuelo.

Hay momentos en que, merced a una serie de abstracciones, el espíritu se sustrae a cuanto le rodea, y replegándose en sí mismo analiza y comprende todos los misteriosos fenómenos de la vida interna del hombre.

Hay otros en que se desliga de la carne, pierde su personalidad y se confunde con los elementos de la Naturaleza, se relaciona con su modo de ser y traduce su incomprensible lenguaje.

Yo me hallaba en uno de esos últimos momentos, cuando solo y en medio de la escueta llanura oí hablar cerca de mí.

Eran dos hojas secas las que hablaban, y este, poco más o menos, su extraño diálogo:

—¿De dónde vienes, hermana?

—Vengo de rodar con el torbellino, envuelta en la nube de polvo y de las hojas secas, nuestras compañeras, a lo largo de la interminable llanura. ¿Y tú?

—Yo he seguido algún tiempo la corriente del río, hasta que el vendaval me arrancó de entre el légamo y los juncos de la orilla.

—¿Y a dónde vas?

—No lo sé: ¿lo sabe acaso el viento que me empuja?

—¡Ay! ¿Quién diría que habíamos de acabar amarillas y secas arrastrándonos por la tierra, nosotras que vivimos vestidas de color y de luz meciéndonos en el aire?

—¿Te acuerdas de los hermosos días en que brotamos; de aquella apacible mañana en que, roto el hinchado botón que nos servía

de cuna, nos desplegamos al templado beso del sol como un abanico de esmeraldas?

—¡Oh! ¡Qué dulce era sentirse balanceada por la brisa a aquella altura, bebiendo por todos los poros el aire y la luz!

—¡Oh! ¡Qué hermoso era ver correr el agua del río que lamía las retorcidas raíces del añoso tronco que nos sustentaba, aquel agua limpia y transparente que copiaba como un espejo el azul del cielo!

—¡Con qué placer nos asomábamos por cima de las verdes frondas para vernos retratadas en la temblorosa corriente!

—¡Cómo cantábamos juntas imitando el rumor de la brisa y siguiendo el ritmo de las ondas!

—Los insectos brillantes revoloteaban desplegando sus alas de gasa a nuestro alrededor.

—Y las mariposas blancas y las libélulas azules, que giran por el aire en extraños círculos, se paraban un momento en nuestros dentellados bordes a contarse los secretos de ese misterioso amor que dura un instante y les consume la vida.

—Cada cual de nosotras era una nota en el concierto de los bosques.

—Cada cual de nosotras era un tono en la armonía de su color.

—En las noches de luna, cuando su plateada luz resbalaba sobre la cima de los montes, ¿te acuerdas cómo charlábamos en voz baja entre las diáfanas sombras?

—Y referíamos con un blanco susurro las historias de los silfos que se columpian en los hilos de oro que cuelgan las arañas entre los árboles.

—Hasta que suspendíamos nuestra monótona charla para oír embebecidas las quejas del ruiseñor, que había escogido nuestro tronco por escabel.

—Y eran tan tristes y tan suaves sus lamentos, que, aunque llenas de gozo al oírle, nos amanecía llorando.

—¡Oh! ¡Qué dulces eran aquellas lágrimas que nos prestaba el rocío de la noche y que resplandecían con todos los colores del iris a la primera luz de la aurora!

—Después vino la alegre banda de jilgueros a llenar de vida y de ruidos el bosque con la alborozada y confusa algarabía de sus cantos.

—Y una enamorada pareja colgó junto a nosotras su redondo nido de aristas y de plumas.

—Nosotras servíamos de abrigo a los pequeñuelos contra las molestas gotas de la lluvia en las tempestades de verano.

—Nosotras les servimos de dosel y les defendíamos de los importunos rayos de sol.

—Nuestra vida pasaba como un sueño de oro, del que no sospechábamos que se podría despertar.

—Una hermosa tarde en que todo parecía sonreír a nuestro alrededor, en que el sol poniente encendía el ocaso y arrebolaba las nubes, y de la tierra ligeramente húmeda se levantaban efluvios de vida y perfumes de flores, dos amantes se detuvieron a la orilla del agua y al pie del tronco que nos sostenía.

—¡Nunca se borrará ese recuerdo de mi memoria! Ella era joven, casi una niña, hermosa y pálida. Él le decía con ternura: «¿Por qué lloras?» «Perdona este involuntario sentimiento de egoísmo —le respondió ella enjugándose una lágrima—; lloro por mí. Lloro la vida que me huye: cuando el cielo se corona de rayos de luz y la tierra se viste de verdura y de flores, y el viento trae perfumes y cantos de pájaros y armonías distantes, y se ama y se siente una amada, ¡la vida es buena!» «¿Y por qué no has de vivir?», insistió él estrechándole las manos conmovido. «Porque es imposible. Cuando caigan secas esas hojas que murmuran armoniosas sobre nuestras cabezas, yo moriré también, y el viento llevará algún día su polvo y el mío, ¿quién sabe a dónde?» Yo lo oí y tú lo oíste, y nos estremecimos y callamos. ¡Debíamos secarnos! ¡Debíamos morir y girar arrastradas por los remolinos del viento! Mudas y llenas de terror permanecíamos aún cuando llegó la noche. ¡Oh! ¡Qué noche tan horrible!

—Por primera vez faltó a su cita el enamorado ruiseñor que la encantaba con sus quejas.

—A poco volaron los pájaros, y con ellos sus pequeñuelos ya vestidos de plumas; y quedó el nido solo, columpiándose lentamente y triste como la cuna vacía de un niño muerto.

—Y huyeron las mariposas blancas y las libélulas azules, dejando su lugar a los insectos oscuros que venían a roer nuestras fibras y a depositar en nuestro seno sus asquerosas larvas.

—¡Oh! ¡Y cómo nos estremecimos encogidas al helado contacto de las escarchas de la noche!

—Perdimos el color y la frescura.

—Perdimos la suavidad y la forma, y lo que antes al tocarnos era como rumor de besos, como murmullo de palabras de enamorados, luego se convirtió en áspero ruido, seco, desagradable y triste.

—¡Y al fin volamos desprendidas!

—Hollada bajo el pie del indiferente pasajero, sin cesar arrastrada de un punto a otro entre el polvo y el fango me he juzgado

dichosa cuando podía reposar un instante en el profundo surco de un camino.

—Yo he dado vueltas sin cesar, arrastrada por la turbia corriente, y en mi larga peregrinación vi, solo, enlutado y sombrío, contemplando con una mirada distraída las aguas que pasaban y las hojas secas que marcaban su movimiento, a uno de los dos amantes cuyas palabras nos hicieron presentir la muerte.

—¡Ella también se desprendió de la vida y acaso dormirá en una fosa reciente, sobre la que yo me detuve un momento!

—¡Ay! Ella duerme y reposa al fin, pero nosotras, ¿cuándo acabaremos este largo viaje...?

—¡Nunca...! Ya el viento que nos dejó reposar un punto vuelve a soplar, y ya me siento estremecida para levantarme de la tierra y seguir con él. ¡Adiós, hermana!

—¡Adiós!

Silbó el aire, que había permanecido un momento callado, y las hojas se levantaron en confuso remolino, perdiéndose a lo lejos entre las tinieblas de la noche.

Y yo pensé entonces algo que no puedo recordar y que, aunque lo recordase, no encontraría palabras para decirlo.

LA ROSA DE PASIÓN

LEYENDA RELIGIOSA [DE TOLEDO]

Una tarde de verano, y en un jardín de Toledo, me refirió esta singular historia una muchacha muy buena y muy bonita.

Mientras me explicaba el misterio de su forma especial, besaba las hojas y los pistilos que iba arrancando, uno a uno, de la flor que da nombre a esta leyenda.

Si yo la pudiera referir con el suave encanto y la tierna sencillez que tenía en su boca, os conmovería, como a mí me conmovió, la historia de la infeliz Sara.

Ya que esto no es posible, ahí va lo que de esa piadosa tradición se me acuerda en este instante.

I

En una de las callejas más oscuras y tortuosas de la ciudad imperial, empotrada y casi escondida entre la alta torre morisca de una antigua parroquia mozárabe y los sombríos y blasonados muros de una casa solariega, tenía hace muchos años su habitación raquítica, tenebrosa y miserable como su dueño, un judío llamado Daniel Leví.

Era este judío rencoroso y vengativo, como todos los de su raza, pero más que ninguno engañador e hipócrita.

Dueño, según los rumores del vulgo, de una inmensa fortuna, veíasele, no obstante, todo el día acurrucado en el sombrío portal de su vivienda, componiendo y aderezando cadenillas de metal, cintos viejos o guarniciones rotas, con las que traía un gran tráfico entre los truhanes de Zocodover, las revendedoras del Postigo y los escuderos pobres.

Aborrecedor implacable de los cristianos y de cuanto a ellos pudiera pertenecer, jamás pasó junto a un caballero principal o un canónigo de la Primada sin quitarse una y hasta diez veces el mugriento bonetillo que cubría su cabeza calva y amarillenta, ni acogió en su tenducho a uno de sus habituales parroquianos sin ago-

biarle a fuerza de humildes salutaciones, acompañadas de aduladoras sonrisas.

La sonrisa de Daniel había llegado a hacerse proverbial en toda Toledo, y su mansedumbre, a prueba de las jugarretas más pesadas y las burlas y rechiflas de sus vecinos, no conocía límites.

Inútilmente los muchachos, para desesperarlo, tiraban piedras a su tugurio; en vano los pajecillos y hasta los hombres de armas del próximo palacio pretendían aburrirle, llamándole con los nombres más injuriosos, o las viejas devotas de la feligresía se santiguaban al pasar por el dintel de su puerta, como si viesen al mismo Lucifer en persona.

Daniel sonreía eternamente, con una sonrisa extraña e indescriptible. Sus labios delgados y hundidos se dilataban a la sombra de su nariz desmesurada y corva como el pico de un aguilucho, y aunque de sus ojos pequeños, verdes, redondos y casi ocultos entre las espesas cejas brotaba una chispa de mal reprimida cólera, seguía impasible golpeando con su martillito de hierro el yunque donde aderezaba las mil baratijas mohosas y, al parecer, sin aplicación alguna, de que se componía su tráfico.

Sobre la puerta de la casucha del judío, y dentro de un marco de azulejos de vivos colores, se abría un ajimez árabe, resto de las antiguas construcciones de los moros toledanos. Alrededor de las caladas franjas del ajimez, y enredándose por la columnilla de mármol que lo partía en dos huecos iguales, subía desde el interior de la vivienda una de esas plantas trepadoras que se mecen verdes y llenas de savia y lozanía sobre los ennegrecidos muros de los edificios ruinosos.

En la parte de la casa que recibía una dudosa luz por los estrechos vanos de aquel ajimez, único abierto en el musgoso y grietado paredón de la calleja, habitaba Sara, la hija predilecta de Daniel.

Cuando los vecinos del barrio pasaban por delante de la tienda del judío y veían por casualidad a Sara tras las celosías de su ajimez morisco y a Daniel acurrucado junto a su yunque, exclamaban en alta voz, admirados de las perfecciones de la hebrea:

—¡Parece mentira que tan ruin tronco haya dado de sí tan hermoso vástago!

Porque, en efecto, Sara era un prodigio de belleza. Tenía los ojos grandes y rodeados de un sombrío cerco de pestañas negras, en cuyo fondo brillaba el punto de luz de su ardiente pupila como una estrella en el cielo de una noche oscura. Sus labios, encendidos y rojos, parecían recortados hábilmente de un paño de púrpura por las invisibles manos de un hada. Su tez era blanca pálida y transpa-

rente como el alabastro de la estatua de un sepulcro. Contaba apenas dieciséis años, y ya se veía grabada en su rostro esa dulce tristeza de las inteligencias precoces, y ya hinchaban su seno y se escapaban de su boca esos suspiros que anuncian el vago despertar del deseo.

Los judíos más poderosos de la ciudad, prendados de su maravillosa hermosura, la habían solicitado para esposa; pero la hebrea, insensible a los homenajes de sus adoradores y a los consejos de su padre, que la instaba para que eligiese un compañero antes de quedar sola en el mundo, se mantenía encerrada en un profundo silencio, sin dar más razón de su extraña conducta que el capricho de permanecer libre.

Al fin, un día, cansado de sufrir los desdenes de Sara y sospechando que su eterna tristeza era indicio cierto de que en su corazón abrigaba algún secreto importante, uno de sus adoradores se acercó a Daniel y le dijo:

—¿Sabes, Daniel, que entre nuestros hermanos se murmura de tu hija?

El judío levantó un instante los ojos de su yunque, suspendió su continuo martilleo y, sin mostrar la menor emoción, preguntó a su interpelante:

—¿Y qué dicen de ella?

—Dicen —prosiguió su interlocutor—, dicen... ¡Qué sé yo! Muchas cosas... Entre otras, que tu hija está enamorada de un cristiano...

Al llegar a este punto, el desdeñado amante de Sara se detuvo para ver el efecto que sus palabras hacían en Daniel.

Daniel levantó de nuevo sus ojos, le miró un rato fijamente, sin decir palabra, y, bajando otra vez la vista para seguir su interrumpida tarea, exclamó:

—¿Y quién dice que eso no es una calumnia?

—Quien los ha visto conversar más de una vez en esta misma calle, mientras tú asistes al oculto sanedrín de nuestros rabinos —insistió el joven hebreo, admirado de que sus sospechas primero, y después sus afirmaciones, no hiciesen mella en el ánimo de Daniel .

Éste, sin abandonar su ocupación, fija la mirada en el yunque, sobre el que después de dejar a un lado el martillo se ocupaba en bruñir el broche de metal de una guarnición con una pequeña lima, comenzó a hablar en voz baja y entrecortada, como si maquinalmente fuesen repitiendo sus labios las ideas que cruzaban por su mente.

—¡Je, je, je! —decía, riéndose de una manera extraña y diabólica—. ¿Conque a mi Sara, al orgullo de la tribu, al báculo en que se

apoya mi vejez, piensa arrebatármela un perro cristiano? ¿Y vosotros creéis que lo hará? ¡Je! ¡Je! —continuaba, siempre hablando para sí y siempre riéndose, mientras la lima chirriaba cada vez con más fuerza, mordiendo el metal con sus dientes de acero—. ¡Je! ¡Je! Pobre Daniel, dirán los míos, ya chochea! ¿Para qué quiere ese viejo moribundo y decrépito esa hija tan hermosa y tan joven, si no sabe guardarla de los codiciosos ojos de nuestros enemigos?... ¡Je, je, je! ¿Crees tú, por ventura, que Daniel duerme? ¿Crees tú, por ventura, que si mi hija tiene un amante..., que bien puede ser, y ese amante es cristiano y procura seducirla, y la seduce, que todo es posible, y proyecta huir con ella, que también es fácil, y huye mañana, por ejemplo, lo cual cabe dentro de lo humano; crees tú que Daniel se dejará así arrebatar su tesoro?... ¿Crees tú que no sabrá vengarse?

—Pero —exclamó interrumpiéndole el joven— ¿sabéis acaso...?

—Sé —dijo Daniel, levantándose y dándole un golpecito en la espalda—, sé más que tú, que nada sabes ni nada sabrías si no hubiese llegado la hora de decirlo todo... Adiós; avisa a nuestros hermanos para que cuanto antes se reúnan. Esta noche, dentro de una o dos horas, yo estaré con ellos. ¡Adiós!

Y esto diciendo, Daniel empujó suavemente a su interlocutor hacia la calle, recogió sus trebejos muy despacio y comenzó a cerrar con dobles cerrojos y aldabas la puerta de la tiendecilla.

El ruido que produjo ésta el encajarse rechinando sobre sus premiosos goznes impidió al que se alejaba oír el rumor de las celosías del ajimez, que en aquel punto cayeron de golpe, como si la judía acabara de retirarse de su alféizar.

II

Era noche de Viernes Santo, y los habitantes de Toledo, después de haber asistido a las Tinieblas en su magnífica catedral, acababan de entregarse al sueño, o referían al amor de la lumbre consejas parecidas a la del *Cristo de la Luz* que, robado por unos judíos, dejó un rastro de sangre por el cual se descubrió el crimen; o la historia del Santo *Niño de la Guardia*, en quien los implacables enemigos de nuestra fe renovaron la cruel Pasión de Jesús.

Reinaba en la ciudad un silencio profundo, interrumpido a intervalos, ya por las lejanas voces de los guardias nocturnos que en aquella época velaban en derredor del alcázar, ya por los gemidos del viento, que hacía girar las veletas de las torres o zumbaba entre las torcidas revueltas de las calles, cuando el dueño de un barquichuelo que se mecía amarrado a un poste cerca de los molinos, que parecen como incrustados al pie de las rocas que baña el Tajo, y

sobre las que se asienta la ciudad, vio aproximarse a la orilla, bajando trabajosamente por uno de los estrechos senderos que desde lo alto de los muros conducen al río, una persona a quien, al parecer, aguardaba con impaciencia.

—¡Ella es! —murmuró entre dientes el barquero—. ¡No parece sino que esta noche anda revuelta toda esa endiablada raza de judíos!... ¿Dónde diantres se tendrán dada cita con Satanás, que todos acuden a mi barca, teniendo tan cerca el puente?... No, no irán a nada bueno cuando así evitan toparse de manos a boca con los hombres de armas de San Cervantes, pero, en fin, ello es que me dan buenos dineros a ganar, y a su alma su palma, que yo en nada entro ni salgo.

Esto diciendo, el buen hombre, sentándose en su barca, aparejó los remos, y cuando Sara, que no era otra la persona a quien al parecer había aguardado hasta entonces, hubo saltado al barquichuelo, soltó la amarra que lo sujetaba y comenzó a bogar en dirección a la orilla opuesta.

—¿Cuántos han pasado esta noche? —preguntó Sara al barquero apenas se hubieron alejado de los molinos y como refiriéndose a algo de que ya habían tratado anteriormente.

—Ni los he podido contar —respondió el interpelado—; ¡un enjambre! Parece que esta noche será la última que se reúnen.

—¿Y sabes de qué tratan y con qué objeto abandonan la ciudad a estas horas?

—Lo ignoro...; pero ello es que aguardan a alguien que debe llegar esta noche. Yo no sé para qué le aguardarán, aunque presumo que para nada bueno.

Después de este breve diálogo, Sara se mantuvo algunos instantes sumida en un profundo silencio y como tratando de coordinar sus ideas. «No hay duda —pensaba entre sí—; mi padre ha sorprendido nuestro amor y prepara alguna venganza horrible. Es preciso que yo sepa adónde van, qué hacen, qué intentan. Un momento de vacilación podría perderle.»

Cuando Sara se puso un instante en pie, y como para alejar las horribles dudas que la preocupaban, se pasó la mano por la frente, que la angustia había cubierto de un sudor glacial, la barca tocaba a la orilla opuesta.

—Buen hombre —exclamó la hermosa hebrea, arrojando algunas monedas a su conductor y señalando un camino estrecho y tortuoso que subía serpenteando por entre las rocas–, ¿es ése el camino que siguen?

—Ése es, y cuando llegan a la *Cabeza del Moro*, desaparecen por la izquierda. Después, el diablo y ellos sabrán adónde se dirigen —respondió el barquero.

Sara se alejó en la dirección que éste le había indicado. Durante algunos minutos se la vio aparecer y desaparecer alternativamente entre aquel oscuro laberinto de rocas oscuras y cortadas a pico; después, y cuando hubo llegado a la cima llamada la *Cabeza del Moro*, su negra silueta se dibujó un instante sobre el fondo azul del cielo y, por último, desapareció entre las sombras de la noche.

III

Siguiendo el camino donde hoy se encuentra la pintoresca ermita de la Virgen del Valle, y como a dos tiros de ballesta del picacho que el vulgo conoce en Toledo por la *Cabeza del Moro*, existían aún en aquella época los ruinosos restos de una iglesia bizantina, anterior a la conquista de los árabes.

En el atrio, que dibujaban algunos pedruscos diseminados por el suelo, crecían zarzales y hierbas parásitas, entre los que yacía, medio oculto, ya el destrozado capitel de una columna, ya un sillar groseramente esculpido con hojas entrelazadas, endriagos horribles o grotescos e informes figuras humanas. Del templo sólo quedaban en pie los muros laterales y algunos arcos rotos y cubiertos de hiedra.

Sara, a quien parecía guiar un sobrenatural presentimiento, al llegar al punto que le había señalado su conductor, vaciló algunos instantes indecisa acerca del camino que debía seguir; pero, por último, se dirigió con paso firme y resuelto hacia las abandonadas ruinas de la iglesia.

En efecto, su instinto no la había engañado. Daniel, que ya no sonreía; Daniel, que no era ya el viejo débil y humilde, sino que, antes bien, respirando cólera de sus pequeños y redondos ojos, parecía animado del espíritu de la venganza, rodeado de una multitud como él, ávida de saciar su sed de odio en uno de los enemigos de su religión, estaba allí y parecía multiplicarse dando órdenes a los unos, animando en el trabajo a los otros, disponiendo, en fin, con una horrible solicitud los aprestos necesarios para la consumación de la espantosa obra que había estado meditando días y días, mientras golpeaba impasible el yunque en su covacha de Toledo.

Sara, que en favor de la oscuridad había logrado llegar hasta el atrio de la iglesia, tuvo que hacer un esfuerzo supremo para no arrojar un grito de horror al penetrar en su interior con la mirada.

Al rojizo resplandor de una fogata que proyectaba la forma de aquel círculo infernal en los muros del templo, había creído ver que

algunos hacían esfuerzos por levantar en alto una pesada cruz, mientras otros tejían una corona con las ramas de los zarzales o aplastaban sobre una piedra las puntas de enormes clavos de hierro. Una idea espantosa cruzó por su mente: recordó que a los de su raza los habían acusado más de una vez de misteriosos crímenes; recordó vagamente la aterradora historia del *Niño Crucificado*, que ella hasta entonces había creído una grosera calumnia inventada por el vulgo para apostrofar y zaherir a los hebreos.

Pero ya no le cabía duda alguna; allí, delante de sus ojos, estaban aquellos horribles instrumentos de martirio, y los feroces verdugos sólo aguardaban la víctima.

Sara, llena de una santa indignación, rebosando en generosa ira y animada de esa fe inquebrantable en el verdadero Dios que su amante le había revelado, no pudo contenerse a la vista de aquel espectáculo y, rompiendo por entre la maleza que la ocultaba, presentóse de improviso en el dintel del templo.

Al verla aparecer, los judíos arrojaron un grito de sorpresa, y Daniel, dando un paso hacia su hija, en ademán amenazante, la preguntó con voz ronca:

—¿Qué buscas aquí, desdichada?

—Vengo a arrojar sobre vuestras frentes —dijo Sara con voz firme y resuelta— todo el baldón de vuestra infame obra, y vengo a deciros que en vano esperáis la víctima para el sacrificio, si ya no es que intentáis cebar en mí vuestra sed de sangre, porque el cristiano a quien aguardáis no vendrá porque yo le he prevenido de vuestras asechanzas.

—¡Sara! —exclamó el judío, rugiendo de cólera—. Sara, eso no es verdad; tú no puedes habernos hecho traición, hasta el punto de revelar nuestros misteriosos ritos, y si es verdad que los has revelado, tú no eres mi hija...

—No; ya no lo soy; he encontrado otro padre, un padre todo amor para los suyos, un padre a quien vosotros clavasteis en una afrentosa cruz y que murió en ella por redimirnos, abriéndonos para una eternidad las puertas del cielo. No; ya no soy vuestra hija, porque soy cristiana y me avergüenzo de mi origen.

Al oír estas palabras, pronunciadas con esa enérgica entereza que sólo pone el cielo en boca de los mártires, Daniel, ciego de furor, se arrojó sobre la hermosa hebrea y, derribándola en tierra y asiéndola por los cabellos, la arrastró, como poseído de un espíritu infernal, hasta el pie de la cruz, que parecía abrir sus descarnados brazos para recibirla, exclamando al dirigirse a los que la rodeaban:

—Ahí os la entrego; haced vosotros justicia de esa infame que ha vendido su honra, su religión y sus hermanos.

IV

Al día siguiente, cuando las campanas de la catedral asordaban los aires tocando a gloria y los honrados vecinos de Toledo se entretenían en tirar ballestazos a los Judas de paja, ni más ni menos que como todavía lo hacen en algunas de nuestras poblaciones, Daniel abrió la puerta de su tenducho, como tenía de costumbre, y con su eterna sonrisa en los labios comenzó a saludar a los que pasaban, sin dejar por eso de golpear en el yunque con su martillito de hierro; pero las celosías del morisco ajimez de Sara no volvieron a abrirse, ni nadie vio más a la hermosa hebrea recostada en su alféizar de azulejos de colores...

* * *

Cuentan que algunos años después un pastor trajo al arzobispo una flor hasta entonces nunca vista, en la cual se veían figurados todos los atributos del martirio del Salvador del mundo, flor extraña y misteriosa, que había crecido y enredado sus tallos por entre los ruinosos muros de la derruida iglesia.

Cavando en aquel lugar, y tratando de inquirir el origen de aquella maravilla, añaden que se halló el esqueleto de una mujer, y enterrados con ella otros tantos atributos divinos como la flor tenía.

El cadáver, aunque nunca se pudo averiguar de quién era, se conservó por largos años con veneración especial en la ermita de San Pedro el Verde, y a la flor, que hoy se ha hecho bastante común, la llamaron Rosa de Pasión.

EL GNOMO

LEYENDA ARAGONESA

I

Las muchachas del lugar volvían de la fuente con sus cántaros en la cabeza. Volvían cantando y riendo con un ruido y una algazara que sólo pudiera compararse a la alegre algarabía de una banda de golondrinas cuando revolotean espesas como el granizo alrededor de la veleta de un campanario.

En el pórtico de la iglesia, y sentado al pie de un enebro, estaba el tío Gregorio. El tío Gregorio era el más viejecito del lugar. Tenía cerca de noventa navidades, el pelo blanco, la boca de risa, los ojos alegres y las manos temblonas. De niño fue pastor; de joven, soldado. Después cultivó una pequeña heredad, patrimonio de sus padres, hasta que, por último, le faltaron las fuerzas y se sentó tranquilo a esperar la muerte que ni temía ni deseaba. Nadie contaba un chascarrillo con más gracia que él, ni sabía historias más estupendas, ni traía a cuento tan oportunamente un refrán, una sentencia o un adagio.

Las muchachas, al verle, apresuraron el paso con ánimos de irle a hablar, y cuando estuvieron en el pórtico, todas comenzaron a suplicarle que les contase una historia con que entretener el tiempo que aún faltaba para hacerse de noche, que no era mucho, pues el sol poniente hería de soslayo la tierra y las sombras de los montes se dilataban por momentos a lo largo de la llanura.

El tío Gregorio escuchó sonriendo la petición de las muchachas, las cuales, una vez obtenida la promesa de que les referiría alguna cosa, dejaron los cántaros en el suelo y, sentándose a su alrededor, formaron un corro, en cuyo centro quedó el viejecito, que comenzó a hablarles de esta manera:

—No os contaré una historia, porque, aunque se me acuerdan algunas en este momento, atañen a cosas tan graves que ni vosotras, que sois unas locuelas, me prestaríais atención para escucharla, ni a

mí, por lo avanzado de la tarde, me queda espacio para referirla. Os daré en su lugar un consejo.

—¡Un consejo! —exclamaron las muchachas con aire de visible mal humor—. ¡Bah! No es para oír consejos para lo que nos hemos detenido. Cuando nos hagan falta, ya nos los dará el señor cura.

—Es —prosiguió el anciano con su habitual sonrisa y su voz cascada y temblona— que el señor cura acaso no sabría dároslo en esta ocasión tan oportuno como os lo puede dar el tío Gregorio, porque él, ocupado en sus rezos y letanías, no habrá echado, como yo, de ver que cada día vais por agua a la fuente más temprano y volvéis más tarde.

Las muchachas se miraron entre sí con una imperceptible sonrisa de burla, no faltando alguna de las que estaban colocadas a sus espaldas que se tocase la frente con el dedo, acompañando su acción con un gesto significativo.

—¿Y qué mal encontráis en que nos detengamos en la fuente charlando un rato con las amigas y las vecinas?... —dijo una de ellas—. ¿Andan acaso chismes en el lugar porque los mozos salen al camino a echarnos flores o vienen a brindarse para traer nuestros cántaros hasta la entrada del pueblo?

—De todo hay —contestó el viejo a la moza que le había dirigido la palabra en nombre de sus compañeras—. Las viejas del lugar murmuran de que hoy vayan las muchachas a loquear y entretenerse a un sitio al cual ellas llegaban de prisa y temblando a tomar el agua, pues sólo de allí puede traerse, y yo encuentro mal perdáis poco a poco el temor que a todos inspira el sitio donde se halla la fuente, porque podría acontecer que alguna vez os sorprendiese en él la noche.

El tío Gregorio pronunció estas últimas palabras con un tono tan lleno de misterio, que las muchachas abrieron los ojos espantadas para mirarle y, con mezcla de curiosidad y burla, tornaron a insistir:

—¡La noche! Pues ¿qué pasa de noche en ese sitio, que tales aspavientos hacéis y con tan temerosas y oscuras palabras nos habláis de lo que allí podría acontecernos? ¿Se nos comerán acaso los lobos?

—Cuando el Moncayo se cubre de nieve, los lobos, arrojados de sus guaridas, bajan en rebaños por su falda, y más de una vez los hemos oído aullar en horroroso concierto, no sólo en los alrededores de la fuente, sino en las mismas calles del lugar; pero no son los lobos los huéspedes más terribles del Moncayo. En sus profundas simas, en sus cumbres solitarias y ásperas, en su hueco seno, viven

unos espíritus diabólicos que durante la noche bajan por sus vertientes como un enjambre, y pueblan el vacío y hormiguean en la llanura, y saltan de roca en roca, juegan entre las aguas o se mecen en las desnudas ramas de los árboles. Ellos son los que aúllan en las grietas de las peñas; ellos los que forman y empujan esas inmensas bolas de nieve que bajan rodando desde los altos picos y arrollan y aplastan cuanto encuentran a su paso; ellos los que llaman con el granizo a nuestros cristales en las noches de lluvia y corren como llamas azules y ligeras sobre el haz de los pantanos. Entre estos espíritus que, arrojados de las llanuras por las bendiciones y los exorcismos de la Iglesia, han ido a refugiarse a las crestas inaccesibles de las montañas, los hay de diferente naturaleza y que, al parecer, a nuestros ojos se revisten de formas variadas. Los más peligrosos, sin embargo, los que se insinúan con dulces palabras en el corazón de las jóvenes y las deslumbran con promesas magníficas, son los gnomos. Los gnomos viven en las entrañas de los montes. Conocen sus caminos subterráneos y, eternos guardadores de los tesoros que encierran, velan día y noche junto a los veneros de los metales y las piedras preciosas. ¿Veis —prosiguió el viejo, señalando con el palo que le servía de apoyo la cumbre del Moncayo, que se levantaba a su derecha, destacándose oscuro y gigantesco sobre el cielo violado y brumoso del crepúsculo—, veis esa inmensa mole coronada aún de nieve? Pues en su seno tienen su morada esos diabólicos espíritus. El palacio que habitan es horroroso y magnífico a la vez.

Hace muchos años que un pastor, siguiendo a una res extraviada, penetró por la boca de una de esas cuevas, cuyas entradas cubren espesos matorrales y cuyo fin no ha visto ninguno. Cuando volvió al lugar estaba pálido como la muerte. Había sorprendido el secreto de los gnomos, había respirado su envenenada atmósfera y pagó su atrevimiento con la vida; pero antes de morir refirió cosas estupendas. Andando por aquella caverna adelante había encontrado, al fin, unas galerías subterráneas e inmensas, alumbradas con un resplandor dudoso y fantástico, producido por la fosforescencia de las rocas, semejantes allí a grandes pedazos de cristal cuajado en mil formas caprichosas y extrañas. El suelo, la bóveda y las paredes de aquellos extensos salones, obra de la naturaleza, parecían jaspeados como los mármoles más ricos; pero las vetas que los cruzaban eran de oro y de plata, y entre aquellas vetas brillantes se veían como incrustadas multitud de piedras preciosas de todos los colores y tamaños. Allí había jacintos y esmeraldas en montón, y diamantes, y rubíes, y zafiros y, qué sé yo, otras muchas piedras desconocidas que él no supo nombrar, pero tan grandes y tan hermosas que sus

ojos se deslumbraron al contemplarlas. Ningún ruido exterior llegaba al fondo de la fantástica caverna. Sólo se percibían a intervalos unos gemidos largos y lastimosos del aire que discurría por aquel laberinto encantado, un rumor confuso de fuego subterráneo que hervía comprimido, y murmullos de aguas corrientes que pasaban sin saberse por dónde.

El pastor, solo y perdido en aquella inmensidad, anduvo no sé cuántas horas sin hallar la salida, hasta que, por último, tropezó con el nacimiento del manantial cuyo murmullo había oído. Éste brotaba del suelo como una fuente maravillosa, con un salto de agua coronado de espuma que caía formando una vistosa cascada y produciendo un murmullo sonoro al alejarse resbalando por entre las quebraduras de las peñas. A su alrededor crecían unas plantas nunca vistas, con hojas anchas y gruesas las unas, delgadas y largas como cintas flotantes las otras.

Medio escondidos entre aquella húmeda frondosidad discurrían unos seres extraños, en parte hombres, en parte reptiles, o ambas cosas a la vez, pues transformándose continuamente, ora parecían criaturas humanas deformes y pequeñuelas, ora salamandras luminosas o llamas fugaces que danzaban en círculos sobre la cúspide del surtidor. Allí, agitándose en todas direcciones, corriendo por el suelo en forma de enanos repugnantes y contrahechos, encaramándose por las paredes, babeando y retorciéndose en figura de reptiles o bailando con apariencia de fuegos fatuos sobre el haz del agua, andaban los gnomos, señores de aquellos lugares, contando y removiendo sus fabulosas riquezas. Ellos saben dónde guardan los avaros esos tesoros que en vano buscan después los herederos; ellos conocen el lugar donde los moros, antes de huir, ocultaron sus joyas, y las alhajas que se pierden, las monedas que se extravían, todo lo que tiene algún valor y desaparece, ellos son los que lo buscan, lo encuentran y lo roban para esconderlo en sus guaridas, porque ellos saben andar todo el mundo por debajo de la tierra y por caminos secretos e ignorados. Allí tenían, pues, hacinados en montón toda clase de objetos raros y preciosos. Había joyas de un valor inestimable, collares y gargantillas de perlas y piedras finas, ánforas de oro de forma antiquísima llenas de rubíes, copas cinceladas, armas ricas, monedas con bustos y leyendas imposibles de conocer o descifrar, tesoros, en fin, tan fabulosos e inmensos, que la imaginación apenas puede concebirlos. Y todo brillaba a la vez, lanzando unas chispas de colores y unos reflejos tan vivos, que parecía como que todo estaba ardiendo y se movía y temblaba. Al menos, el pastor refirió que así le había parecido.

Al llegar aquí, el anciano se detuvo un momento. Las muchachas, que comenzaron por oír la relación del tío Gregorio con una sonrisa de burla, guardaban entonces un profundo silencio, esperando a que continuase, con los ojos espantados, los labios ligeramente entreabiertos y la curiosidad y el interés pintados en el rostro. Una de ellas rompió al fin el silencio y exclamó sin poderse contener, entusiasmada al oír la descripción de las fabulosas riquezas que se habían ofrecido a la vista del pastor:

—Y qué, ¿no se trajo nada de aquello?

—Nada —contestó el tío Gregorio.

—¡Qué tonto! —exclamaron a coro las muchachas.

—El cielo le ayudó en aquel trance —prosiguió el anciano—, pues en el momento en que la avaricia que a todo se sobrepone comenzaba a disipar su miedo y, alucinado a la vista de aquellas joyas, de las cuales una sola bastaría a hacerle poderoso, el pastor iba a apoderarse de algunas, dice que oyó, ¡maravillaos del suceso!, oyó claro y distinto en aquellas profundidades, y a pesar de las carcajadas y las voces de los gnomos, del hervidero de fuego subterráneo, del rumor de las aguas corrientes y de los lamentos del aire, oyó, digo, como si estuviese al pie de la colina en que se encuentra, el clamor de la campana que hay en la ermita de Nuestra Señora del Moncayo. Al oír la campana, que tocaba el Avemaría, el pastor cayó al suelo invocando a la madre de Nuestro Señor Jesucristo, y, sin saber cómo ni por dónde, se encontró fuera de aquellos lugares y en el camino que conduce al pueblo, echado en una senda y preso de un gran estupor, como si hubiera salido de un sueño. Desde entonces se explicó todo el mundo por qué la fuente del lugar trae a veces entre sus aguas como un polvo finísimo de oro, y cuando llega la noche, en el rumor que produce se oyen palabras confusas, palabras engañosas con que los gnomos que la inficionan desde su nacimiento procuran seducir a los incautos que les prestan oídos, prometiéndoles riquezas y tesoros que han de ser su condenación.

Cuando el tío Gregorio llegaba a este punto de su historia ya la noche había entrado, y la campana de la iglesia comenzó a tocar las oraciones. Las muchachas se persignaron devotamente, murmuraron un Avemaría en voz baja, y después de despedirse del tío Gregorio, que les tornó a aconsejar que no perdieran el tiempo en la fuente, cada cual tomó su cántaro, y todas juntas salieron silenciosas y preocupadas del atrio de la iglesia. Ya lejos del sitio en que encontraron al viejecito, y cuando estuvieron en la plaza del lugar, donde habían de separarse, exclamó la más resuelta y decidora de ellas:

—¿Vosotras creéis algo de las tonterías que nos ha contado el tío Gregorio?

—¡Yo, no! —dijo una.

—¡Yo, tampoco! —exclamó otra.

—¡Ni yo! ¡Ni yo! —repitieron las demás, burlándose con risas de su credulidad de un momento.

El grupo de las mozuelas se disolvió, alejándose cada cual hacia uno de los extremos de la plaza. Luego que doblaron las esquinas de las diferentes calles que venían a desembocar a aquel sitio, dos muchachas, las únicas que no habían despegado aún los labios para protestar con sus burlas de la veracidad del tío Gregorio, y, preocupadas con la maravillosa relación, parecían absortas en sus ideas, se marcharon juntas y con esa lentitud propia de las personas distraídas, por una calleja sombría, estrecha y tortuosa.

De aquellas dos muchachas, la mayor, que parecía tener unos veinte años, se llamaba Marta, y la más pequeña, que aún no había cumplido los dieciséis, Magdalena.

El tiempo que duró el camino, ambas guardaron un profundo silencio; pero cuando llegaron a los umbrales de su casa y dejaron los cántaros en el asiento de piedra del portal, Marta dijo a Magdalena:

—¿Y tú crees en las maravillas del Moncayo y en los espíritus de la fuente?...

—Yo —contestó Magdalena con sencillez—, yo creo en todo. ¿Dudas tú acaso?

—¡Oh, no! —se apresuró a interrumpir Marta—. Yo también creo en todo: en todo... lo que deseo creer.

II

Marta y Magdalena eran hermanas. Huérfanas desde los primeros años de la niñez, vivían miserablemente a la sombra de una parienta de su madre, que las había recogido por caridad, y que a cada paso les hacía sentir con sus dicterios y sus humillantes palabras el peso de su beneficio. Todo parecía contribuir a que se estrechasen los lazos del cariño entre aquellas dos almas, hermanas, no sólo por el vínculo de la sangre, sino por los de la miseria y el sufrimiento, y, sin embargo, entre Marta y Magdalena existía una sorda emulación, una secreta antipatía, que sólo pudiera explicar el estudio de sus caracteres, tan en absoluta contraposición como sus tipos.

Marta era altiva, vehemente en sus inclinaciones y de una rudeza salvaje en la expresión de sus afectos. No sabía ni reír ni llorar, y por

eso ni había llorado ni reído nunca. Magdalena, por el contrario, era humilde, amante, bondadosa, y en más de una ocasión se la vio llorar y reír a la vez como los niños.

Marta tenía los ojos más negros que la noche, y de entre sus oscuras pestañas diríase que a intervalos saltaban chispas de fuego como de un carbón ardiente.

La pupila azul de Magdalena parecía nadar en un fluido de luz dentro del cerco de oro de sus pestañas rubias. Y todo era en ellas armónico con la diversa expresión de sus ojos. Marta, enjuta de carnes, quebrada de color, de estatura esbelta, movimientos rígidos y cabellos crespos y oscuros, que sombreaban su frente y caían por sus hombros como un manto de terciopelo, formaba un singular contraste con Magdalena, blanca, rosada, pequeña, infantil en su fisonomía y sus formas, y con unas trenzas rubias que rodeaban sus sienes, semejantes al nimbo dorado de la cabeza de un ángel.

A pesar de la inexplicable repulsión que sentían la una por la otra, las dos hermanas habían vivido hasta entonces en una especie de indiferencia, que hubiera podido confundirse con la paz y el afecto. No habían tenido caricias que disputarse ni preferencias que envidiar, iguales en la desgracia y el dolor. Marta se había encerrado para sufrir en un egoísta y altivo silencio, y Magdalena, encontrando seco el corazón de su hermana, lloraba a solas cuando las lágrimas se agolpaban involuntariamente a sus ojos.

Ningún sentimiento era común entre ellas. Nunca se confiaron sus alegrías y pesares, y, sin embargo, el único secreto que procuraban esconder en lo más profundo del corazón se lo habían adivinado mutuamente, con ese instinto maravilloso de la mujer enamorada y celosa. Marta y Magdalena tenían, efectivamente, puestos sus ojos en un mismo hombre.

La pasión de la una era el deseo tenaz, hijo de un carácter indomable y voluntarioso; en la otra, el cariño se parecía a esa vaga y espontánea ternura de la adolescencia, que, necesitando un objeto en que emplearse, ama el primero que se ofrece a su vista. Ambas guardaban el secreto de su amor, porque el hombre que lo había inspirado tal vez hubiera hecho mofa de un cariño que se podría interpretar como ambición absurda en unas muchachas plebeyas y miserables. Ambas, a pesar de la distancia que las separaba del objeto de su pasión, alimentaban una esperanza remota de poseerle.

Cerca del lugar, y sobre un alto que dominaba los contornos, había un antiguo castillo abandonado por sus dueños. Las viejas, en las noches de velada, referían una historia llena de maravillas acerca de sus fundadores. Contaban que, hallándose el rey de Aragón en

guerra con sus enemigos, agotados ya sus recursos, abandonado de sus parciales y próximo a perder el trono, se le presentó un día una pastorcita de aquella comarca y, después de revelarle la existencia de unos subterráneos por donde podía atravesar el Moncayo sin que se apercibiesen sus enemigos, le dio un tesoro en perlas finas, riquísimas piedras preciosas y barras de oro y plata, con las cuales el rey pagó sus mesnadas, levantó un poderoso ejército y, marchando por debajo de la tierra durante toda una noche, cayó al otro día sobre sus contrarios y los desbarató, asegurando la corona en su cabeza.

Después que hubo alcanzado tan señalada victoria, dicen que dijo el rey a la pastorcita: «Pídeme lo que quieras que, aun cuando fuese la mitad de mi reino, juro que te lo he de dar al instante.» «Yo no quiero más que volverme a cuidar de mi rebaño», respondió la pastorcita. «No cuidarás sino de mis fronteras», le replicó el rey, y le dio el señorío de toda la raya y la mandó edificar una fortaleza en el pueblo más fronterizo a Castilla, adonde se trasladó la pastora, casada ya con uno de los favoritos del rey, noble, galán, valiente y señor asimismo de muchas fortalezas y muchos feudos.

La estupenda relación del tío Gregorio acerca de los gnomos del Moncayo, cuyo secreto estaba en la fuente del lugar, exaltó nuevamente las locas fantasías de las dos enamoradas hermanas, completando, por decirlo así, la ignorada historia del tesoro hallado por la pastorcita de la conseja, tesoro cuyo recuerdo había turbado más de una vez sus noches de insomnio y de amargura, presentándose a su imaginación como un débil rayo de esperanza.

La noche siguiente a la tarde del encuentro con el tío Gregorio, todas las muchachas del lugar hicieron conversación en sus casas de la estupenda historia que les había referido. Marta y Magdalena guardaron un profundo silencio, y ni en aquella noche ni en todo el día que amaneció después volvieron a cambiar una sola palabra relativa al asunto, tema de todas las conversaciones y objeto de los comentarios de sus vecinas.

Cuando llegó la hora de costumbre, Magdalena tomó su cántaro y le dijo a su hermana:

—¿Vamos a la fuente?

Marta no contestó, y Magdalena volvió a decirle:

—¿Vamos a la fuente? Mira que si no nos apresuramos, se pondrá el sol antes de la vuelta.

Marta exclamó al fin, con acento breve y áspero:

—Yo no quiero ir hoy.

—Ni yo tampoco —añadió Magdalena después de un instante de silencio, durante el cual mantuvo los ojos clavados en los de su

hermana, como si quisiera adivinar en ellos la causa de su resolución.

III

Las muchachas del lugar hacía cerca de una hora que estaban de vuelta en sus casas. La última luz del crepúsculo se había apagado en el horizonte y la noche comenzaba a cerrar cada vez más oscura, cuando Marta y Magdalena, esquivándose mutuamente y cada cual por diverso camino, salieron del pueblo con dirección a la fuente misteriosa. La fuente brotaba escondida entre unos riscos cubiertos de musgo en el fondo de una larga alameda de álamos.

Después que se fueron apagando poco a poco los rumores del día y ya no se escuchaba el lejano eco de la voz de los labradores que vuelven, caballeros en sus yuntas, cantando al compás del timón del arado que arrastran por la tierra; después que se dejó de percibir el monótono ruido de las esquilillas del ganado, y las voces de los pastores, y el ladrido de los perros que reúnen las reses, y sonó en la torre del lugar la postrera campanada del toque de oraciones, reinó ese doble y augusto silencio de la noche y la soledad, silencio lleno de murmullos extraños y leves, que le hacen aún más perceptible.

Marta y Magdalena se deslizaron por entre el laberinto de los árboles y, protegidas por la oscuridad, llegaron sin verse al fin de la alameda. Marta no conocía el temor, y sus pasos eran firmes y seguros. Magdalena temblaba con sólo el ruido que producían sus pies al hollar las hojas secas que tapizaban el suelo.

Cuando las dos hermanas estuvieron junto a la fuente, el viento de la noche comenzó a agitar las copas de los álamos, y al murmullo de sus soplos desiguales parecía responder el agua del manantial con un rumor compasado y uniforme.

Marta y Magdalena prestaron atención a aquellos ruidos que pasaban bajo sus pies como un susurro constante y sobre sus cabezas como un lamento que nacía y se apagaba para tornar a crecer y dilatarse por la espesura. A medida que transcurrían las horas, aquel sonar eterno del aire y del agua empezó a producirles una extraña exaltación, una especie de vértigo que, turbando la vista y zumbando en el oído, parecía trastornarles por completo.

Entonces, a la manera que se oye hablar entre sueños con un eco lejano y confuso, les pareció percibir entre aquellos rumores sin nombre sonidos inarticulados, como los de un niño que quiere y no puede llamar a su madre; luego, palabras que se repetían una vez y otra, siempre las mismas; después, frases inconexas y dislocadas, sin orden ni sentido, y, por último..., por último, comenzaron a hablar

el viento vagando entre los árboles y el agua saltando de risco en risco.

Y hablaban así:

EL AGUA

¡Mujer!... ¡Mujer!... ¡Óyeme..., óyeme y acércate para oírme, que yo besaré tus pies mientras tiemblo al copiar tu imagen en el fondo sombrío de mis ondas! ¡Mujer!... Óyeme, que mis murmullos son palabras.

EL VIENTO

¡Niña!... Niña gentil, levanta tu cabeza; déjame en paz besar tu frente, en tanto que agito tus cabellos. Niña gentil, escúchame, que yo sé hablar también y te murmuraré al oído frases cariñosas.

MARTA

¡Oh! ¡Habla, habla, que yo te comprenderé, porque mi inteligencia flota en un vértigo como flotan tus palabras indecisas! Habla, misteriosa corriente.

MAGDALENA

Tengo miedo. ¡Aire de la noche, aire de perfumes, refresca mi frente, que arde! Dime algo que me infunda valor, porque mi espíritu vacila.

EL AGUA

Yo he cruzado el tenebroso seno de la tierra, he sorprendido el secreto de su maravillosa fecundidad y conozco todos los fenómenos de sus entrañas, donde germinan las futuras creaciones. Mi rumor adormece y despierta. Despierta tú, que lo comprendes.

EL VIENTO

Yo soy el aire que mueven los ángeles con sus alas inmensas al cruzar por el espacio. Yo amontono en el Occidente las nubes que ofrecen al sol un lecho de púrpura, y traigo al amanecer, con las neblinas que se deshacen en gotas, una lluvia de perlas sobre las flores. Mis

suspiros son un bálsamo. Abreme tu corazón y le inundaré de felicidad.

MARTA

Cuando yo oí por primera vez el murmullo de una corriente subterránea, no en balde me inclinaba a la tierra prestándole oído. Con ella iba un misterio que yo debía comprender al cabo.

MAGDALENA

Suspiros del viento, yo os conozco. Vosotros me acariciabais dormida cuando, fatigada del llanto, me rendía al sueño en mi niñez, y vuestro rumor se me figuraban las palabras de una madre que arrulla a su hija.

* * *

El agua enmudeció por algunos instantes, y no sonaba sino como agua que se rompe entre peñas. El viento calló también, y su ruido no fue otra cosa que ruido de hojas movidas. Así pasó algún tiempo, y después volvieron a hablar, y hablaron así:

EL AGUA

Después de filtrarme gota a gota a través del filón de oro de una mina inagotable; después de correr por un lecho de plata y saltar como sobre guijarros entre un sinnúmero de zafiros y amatistas, arrastrando en vez de arenas, diamantes y rubíes, me he unido en misterioso consorcio a un genio. Rica con su poder y con las ocultas virtudes de las piedras preciosas y los metales, de cuyos átomos vengo saturada, puedo ofrecerte cuanto ambicionas. Yo tengo la fuerza de un conjuro, el poder de un talismán y la virtud de las siete piedras y los siete colores.

EL VIENTO

Yo vengo de vagar por la llanura, y como la abeja que vuelve a la colmena con su botín de perfumadas mieles, traigo suspiros de mujer, plegarias de niño, palabras de casto amor y aroma de nardos y azucenas silvestres. Yo no he recogido a mi paso más que perfumes

y ecos de armonías. Mis tesoros son inmateriales; pero ellos dan la paz del alma y la vaga felicidad de los sueños venturosos.

* * *

Mientras su hermana, atraída como por un encanto, se inclinaba al borde de la fuente para oír mejor, Magdalena se iba indistintamente separando de los riscos entre los cuales brotaba el manantial.

Ambas tenían sus ojos fijos, la una en el fondo de las aguas, la otra en el fondo del cielo.

Y exclamaba Magdalena, mirando brillar los luceros en la altura:

—Ésos son los nimbos de la luz de los ángeles invisibles que nos custodian.

En tanto decía Marta, viendo temblar en la linfa de la fuente el reflejo de las estrellas:

—Ésas son las partículas de oro que arrastra el agua en su misterioso curso.

El manantial y el viento, que por segunda vez habían enmudecido un instante, tornaron a hablar, y dijeron:

EL AGUA

Remonta mi corriente, desnúdate del temor como de una vestidura grosera, y osa traspasar los umbrales de lo desconocido. Yo he adivinado que tu espíritu es de la esencia de los espíritus superiores. La envidia te habrá arrojado tal vez del cielo para revolcarte en el lodo de la miseria. Yo veo, sin embargo, en tu frente sombría un sello de altivez que te hace digna de nosotros, espíritus fuertes y libres... Ven; yo te voy a enseñar palabras mágicas de tal virtud que, al pronunciarlas, se abrirán las rocas y te brindarán con los diamantes que están en su seno, como las perlas en las conchas que sacan del fondo del mar los pescadores. Ven; te daré tesoros para que vivas feliz y, más tarde, cuando se quiebre la cárcel que lo aprisiona, tu espíritu se asimilará a los nuestros, que son espíritus hermanos, y todos confundidos seremos la fuerza motora, el rayo vital de la creación, que circula como un fluido por sus arterias subterráneas.

EL VIENTO

El agua lame la tierra y vive en el cieno. Yo discurro por las regiones etéreas y vuelo en el espacio sin límites. Sigue los movimientos de tu corazón, deja que tu alma suba como la llama y las azules espirales del humo. ¡Desdichado el que, teniendo alas, desciende a las profundidades para buscar el oro, pudiendo remontarse a la altura para encontrar amor y sentimiento! Vive oscura como la violeta, que yo te traeré en un beso fecundo el germen vivificante de otra flor hermana tuya y rasgaré las nieblas para que no falte un rayo de sol que ilumine tu alegría. Vive oscura, vive ignorada, que cuando tu espíritu se desate, yo lo subiré a las regiones de la luz en una nube roja.

* * *

Callaron el viento y el agua y apareció el gnomo. El gnomo era como un hombrecillo transparente; una especie de enano de luz semejante a un fuego fatuo, que se reía a carcajadas, sin ruido, y saltaba de peña en peña y mareaba con su vertiginosa movilidad. Unas veces se sumergía en el agua y continuaba brillando en el fondo como una joya de piedras de mil colores; otras salía a la superficie y agitaba los pies y las manos, y sacudía la cabeza a un lado y a otro con una rapidez que tocaba en prodigio.

Marta vio al gnomo y le estuvo siguiendo con la vista extraviada en todas sus extravagantes evoluciones, y cuando el diabólico espíritu se lanzó a lo último por entre las escabrosidades del Moncayo como una llama que corre, agitando su cabellera de chispas, sintió una especie de atracción irresistible y siguió tras él con una carrera frenética.

—¡Magdalena! —decía en tanto el aire, que se alejaba lentamente.

Y Magdalena, paso a paso y como una sonámbula guiada en el sueño por una voz amiga, siguió tras la ráfaga, que iba suspirando por la llanura. Después todo quedó otra vez en silencio en la oscura alameda, y el viento y el agua siguieron sonando con los murmullos y los rumores de siempre.

IV

Magdalena tornó al lugar pálida y llena de asombro. A Marta la esperaron en vano toda la noche.

Cuando llegó la tarde del otro día, las muchachas encontraron un cántaro roto al borde de la fuente de la alameda. Era el cántaro de Marta, de la cual nunca volvió a saberse. Desde entonces las muchachas del lugar van por agua tan temprano que madrugan con el sol. Algunas me han asegurado que de noche se ha oído en más de una ocasión el llanto de Marta, cuyo espíritu vive aprisionado en la fuente. Yo no sé qué crédito dar a esta última parte de la historia, porque la verdad es que desde entonces ninguno se ha atrevido a penetrar para oírlo en la alameda después del toque del avemaría.

<center>* * *</center>

Esta leyenda apareció en La América *el 12 de enero de 1863. Parece que Bécquer escribió esta pieza literaria con precipitación, pues denota, en principio, falta de unidad: se reúnen en ella una introducción costumbrista, de tintes idealizados (el viejo con las mozas del lugar), el cuento del pastor que penetra en la cueva de los gnomos, la diversa fortuna de Marta, la audaz, y Magdalena, la tímida, y la historia del rey de Aragón que salvó el reino con un tesoro procedente de las misteriosas cuevas. Todo este cúmulo de argumentos se articula en razón de su relación con unos seres, los gnomos, que se sitúan en las estribaciones del Moncayo, dentro de la montaña. Bécquer esta vez se vale de los gnomos, seres creados por la fantasía medieval, de origen cabalístico, y que dentro de las entrañas de la tierra guardan los metales, las piedras preciosas y los tesoros. Estos seres se corresponden en las creencias folclóricas europeas con los lutins franceses y los que menciona Bécquer puede que los haya tomado de los duendes del Pirineo (petits, minairons, etc.). Son de pequeño tamaño y, como escribe Bécquer, pueden cambiar el aspecto humano por el de los reptiles de las cuevas o los fuegos fatuos. Junto a este fondo folclórico, Bécquer pudo inspirarse también en uno de los cuentos de* Les Fées, *de Charles Perrault (traducidos al español en 1852), el de las hermanas que van a la fuente.*

La leyenda pasa de la narración indirecta (parte primera, el viejo que entretiene a las mozas) a la directa con lo que acontece a las dos hermanas (cuya contraposición de rasgos es semejante a la que presenta la Rima XI [53]: «Yo soy ardiente y yo soy morena...» frente a «Mi frente es pálida, mis trenzas de oro...»). Las dos hermanas mantienen su disparidad, que se prolonga luego en la parte dialogada entre los elementos de la naturaleza, el agua (que fascina y pierde a Marta) y el viento (que salva a Magdalena). Estas intervenciones del agua y el viento forman como sucesivos poemas en prosa en los que estos elementos refieren sus cualidades y condiciones.

Tantos filones argumentales como indiqué no se integran armónicamente en esta leyenda, Bécquer intenta la hispanización de los gnomos en las tierras de Aragón, pero el relato es más bien una suma de elementos formulísticos que no logran integrarse en una leyenda total.

LA VENTA DE LOS GATOS

LEYENDA SEVILLANA

I

En Sevilla, y en mitad del camino que se dirige al convento de San Jerónimo desde la puerta de la Macarena, hay, entre otros ventorrillos célebres, uno que, por el lugar en que está colocado y las circunstancias especiales que en él concurren, puede decirse que era, si ya no lo es, el más *neto* y característico de todos los ventorrillos andaluces.

Figuraos una casita blanca como el ampo de la nieve, con su cubierta de tejas rojizas las unas, verdinegras las otras, y entre las cuales crecen un sinfín de jaramagos y matas de reseda. Un cobertizo de madera baña en sombra el dintel de la puerta, a cuyos lados hay dos poyos de ladrillo y argamasa, empotrados en el muro, que rompen varios ventanillos abiertos a capricho para dar luz al interior, y de los cuales unos son más bajos y otros más altos, éste en forma cuadrangular, aquél imitando un ajimez o una claraboya; se ven de trecho en trecho algunas estacas y anillas de hierro que sirven para atar las caballerías. Una parra añosísima, que retuerce sus negruzcos troncos por entre la armazón de maderos que la sostienen, vistiéndolos de pámpanos y hojas verdes y anchas, cubre como un dosel al estrado, el cual lo componen tres bancos de pino, media docena de sillas de anea desvencijadas y hasta seis o siete mesas cojas y hechas de tablas mal unidas.

Por uno de los costados de la casa sube una madreselva, agarrándose a las grietas de las paredes, hasta llegar al tejado, de cuyo alero penden algunas guías que se mecen con el aire, semejando flotantes pabellones de verdura. Al pie del otro corre una cerca de cañizo, señalando los límites de un pequeño jardín, que parece una canastilla de juncos rebosando de flores. Las copas de dos corpulentos árboles que se levantan a espaldas del ventorrillo forman el fondo oscuro sobre el cual se destacan sus blancas chimeneas, com-

pletando la decoración los vallados de las huertas, llenos de pitas y zarzamoras; los retamares que crecen a la orilla del agua, y el Guadalquivir, que se aleja arrastrando con lentitud su torcida corriente por entre aquellas agrestes márgenes, hasta llegar al pie del antiguo convento de San Jerónimo, el cual se asoma por cima de los espesos olivares que lo rodean y dibuja por oscuro la negra silueta de sus torres sobre un cielo azul y transparente.

Figuraos este paisaje animado por una multitud de figuras de hombres, mujeres, chiquillos y animales, formando grupos a cual más pintorescos y característicos; aquí el ventero, rechoncho y coloradote, sentado al sol en una silleta baja, deshaciendo entre las manos el tabaco para liar un cigarrillo y con el papel en la boca; allí un regatón de la Macarena que canta entornando los ojos y acompañándose con una guitarrilla mientras otros le llevan el compás con las palmas o golpeando las mesas con los vasos; más allá, una turba de muchachas, con sus pañuelos de espumilla de mil colores y toda una maceta de claveles en el pelo, que tocan la pandereta, y chillan, y ríen, y hablan a voces en tanto que impulsan como locas el columpio colgado entre dos árboles, y los mozos del ventorrillo que van y vienen con bateas de manzanilla y platos de aceitunas, y las bandas de gentes del pueblo que hormiguean en el camino; dos borrachos que disputan con un majo que requiebra al pasar a una buena moza, un gallo que cacarea esponjándose orgulloso sobre las bardas del corral, un perro que ladra a los chiquillos que le hostigan con palos y piedras, el aceite que hierve y salta en la sartén donde fríen el pescado, el chascar de los látigos de los caleseros que llegan levantando una nube de polvo, ruido de cantares, de castañuelas, de risas, de voces, de silbidos y de guitarras y golpes en las mesas, y palmadas y estallidos de jarros que se rompen, y mil y mil rumores extraños y discordes que forman una alegre algarabía imposible de describir. Figuraos todo esto en una tarde templada y serena, en la tarde de uno de los días más hermosos de Andalucía, donde tan hermosos son siempre, y tendréis una idea del espectáculo que se ofreció a mis ojos la primera vez que, guiado por su fama, fui a visitar aquel célebre ventorrillo.

De esto hace ya muchos años, diez o doce lo menos. Yo estaba allí como fuera de mi centro natural. Comenzando por mi traje y acabando por la asombrada expresión de mi rostro, todo en mi persona disonaba en aquel cuadro de franca y bulliciosa alegría. Parecióme que las gentes, al pasar, volvían la cara a mirarme con el desagrado que se mira a un importuno.

No queriendo llamar la atención ni que mi presencia se hiciese objeto de burlas más o menos embozadas, me senté a un lado de la puerta del ventorrillo, pedí algo de beber, que no bebí, y, cuando todos se olvidaron de mi extraña aparición, saqué un papel de la cartera de dibujo que llevaba conmigo; afilé un lápiz y comencé a buscar con la vista un tipo característico para copiarle y conservarle como un recuerdo de aquella escena y de aquel día.

Desde luego, mis ojos se fijaron en una de las muchachas que formaban un alegre corro alrededor del columpio. Era alta, delgada, levemente morena, con unos ojos adormidos, grandes y negros, y un pelo más negro que los ojos. Mientras yo hacía el dibujo, un grupo de hombres, entre los cuales había uno que rasgueaba la guitarra con mucho aire, entonaba a coro cantares alusivos a las prendas personales, los secretillos de amor, las inclinaciones o las historias de celos y desdenes de las muchachas que se entretenían alrededor del columpio, cantares a los que a su vez respondían éstas con otros no menos graciosos, picantes y ligeros.

La muchacha morena, esbelta y decidora que había escogido por modelo llevaba la voz entre las mujeres y componía las coplas y las decía, acompañada del ruido de las palmas y las risas de sus compañeras, mientras que el tocador parecía ser el jefe de los mozos y el que entre todos ellos despuntaba por su gracia y su desenfadado ingenio.

Por mi parte, no necesité mucho tiempo para conocer que entre ambos existía algún sentimiento de afección, que se revelaba en sus cantares, llenos de alusiones transparentes y frases enamoradas.

Cuando terminé mi obra, comenzaba a hacerse noche. Ya en la torre de la catedral se habían encendido los dos faroles del retablo de las campanas, y sus luces parecían los ojos de fuego de aquel gigante de argamasa y ladrillo que domina toda la ciudad. Los grupos se iban disolviendo poco a poco y perdiéndose a lo largo del camino entre la bruma del crepúsculo plateada por la luna que empezaba a dibujarse sobre el fondo violado y oscuro del cielo. Las muchachas se alejaban juntas y cantando, y sus voces argentinas se debilitaban gradualmente hasta confundirse con los otros rumores indistintos y lejanos que temblaban en el aire. Todo acababa a la vez: el día, el bullicio, la animación y la fiesta, y de todo no quedaba sino un eco en el oído, y en el alma, como una vibración suavísima, como un dulce sopor parecido al que se experimenta al despertar de un sueño agradable.

Luego que hubieron desaparecido las últimas personas, doblé mi dibujo, lo guardé en la cartera, llamé con una palmada al mozo,

pagué el pequeño gasto que había hecho, y ya me disponía a alejarme, cuando sentí que me detenían suavemente por el brazo. Era el muchacho de la guitarra que ya noté antes, y que mientras dibujaba me miraba mucho y con cierto aire de curiosidad, pero que no había reparado que, después de concluida la broma, se acercó disimuladamente hasta el sitio en que me encontraba, con objeto de ver qué hacía yo mirando con tanta insistencia a la mujer por quien él parecía interesarse.

—Señorito —me dijo, con un acento que él procuró suavizar todo lo posible—, voy a pedirle a usted un favor.

—¡Un favor! —exclamé yo sin comprender cuáles podrían ser sus pretensiones—. Diga usted que, si está en mi mano, es cosa hecha.

—¿Me quiere usted dar esa pintura que ha hecho?

Al oír sus últimas palabras no pude por menos de quedarme un rato perplejo. Extrañaba, por una parte, la petición, que no dejaba de ser bastante extraña, y por otra, el tono, que no podía decirse a punto fijo si era de amenaza o de súplica. Él hubo de comprender mi duda, y se apresuró en el momento a añadir:

—Se lo pido a usted por la salud de su madre, por la mujer que más quiera en este mundo, si quiere a alguna. Pídame usted en cambio todo lo que yo pueda hacer en mi pobreza.

No supe qué contestar para eludir el compromiso. Casi, casi hubiera preferido que viniese en son de quimera, a trueque de conservar el bosquejo de aquella mujer, cuya vista tanto me había impresionado; pero, sea sorpresa del momento, sea que yo a nada sé decir no, ello es que abrí mi cartera, saqué el papel y se lo alargué sin decir una palabra.

Referir las frases de agradecimiento del muchacho, sus exclamaciones al mirar nuevamente el dibujo a la luz del reverbero de la venta, el cuidado con que lo dobló para guardárselo en la faja, los ofrecimientos que me hizo y las alabanzas hiperbólicas con que ponderó la suerte de haber encontrado lo que él llamaba un señorito *templao y neto*, sería tarea dificilísima, por no decir imposible. Sólo diré que como entre unas y otras se había hecho completamente de noche, que quise que no, se empeñó en acompañarme hasta la puerta de la Macarena, y tanto dio en ello que, por fin, me determiné a que emprendiésemos el camino juntos. El camino es bien corto; pero mientras duró encontró forma de contarme del pe al pa toda la historia de sus amores.

La venta donde había tenido lugar la función era de su padre, el cual le tenía prometido, para cuando se casase, una huerta que lin-

daba con la casa y que también le pertenecía. En cuanto a la muchacha objeto de su cariño, que me pintó con los más vivos colores y las frases más pintorescas, me dijo que se llamaba Amparo, que se había criado en su casa desde muy pequeñita y se ignoraba quiénes fuesen sus padres. Todo esto y cien otros detalles de más escaso interés me refirió durante el camino. Cuando llegamos a las puertas de la ciudad me dio un fuerte apretón de manos, tornó a ofrecérseme y se marchó entonando un cantar cuyos ecos se dilataban a lo lejos en el silencio de la noche. Yo permanecí un rato viéndole ir. Su felicidad parecía contagiosa, y me sentía alegre, con una alegría extraña y sin nombre, con una alegría, por decirlo así, de reflejo.

Él siguió cantando a más no poder. Uno de sus cantares decía así:

> *Compañerillo del alma,*
> *mira qué bonita era:*
> *que se parecía a la Virgen*
> *de Consolación de Utrera.*

Cuando su voz comenzaba a perderse, oí en las ráfagas de la brisa otra delgada y vibrante que sonaba más lejos aún. Era ella, que le aguardaba impaciente...

* * *

Pocos días después abandoné Sevilla, y pasaron muchos años sin que volviese a ella, y olvidé muchas cosas que allí me habían sucedido, pero el recuerdo de tanta y tan ignorada y tranquila felicidad no se me borró nunca de la memoria.

II

Como he dicho, transcurrieron muchos años después que abandoné Sevilla, sin que olvidase del todo aquella tarde, cuyo recuerdo pasaba algunas veces por mi imaginación como una brisa bienhechora que refresca el ardor de la frente.

Cuando el azar me condujo de nuevo a la ciudad que los poetas en su hiperbólico lenguaje llaman *Reina de la Andalucía*, una de las cosas que más vivamente me impresionaron fue, sin duda, la completa transformación que había sufrido en el espacio de tiempo que duró mi ausencia. Yo dejé una Sevilla y encontraba otra muy diferente. Yo dejé una ciudad grande, hermosa sin afectación, tal vez con abandono, llena de un encanto propio, con un aspecto y una fisonomía originales y característicos, y la hallé tan mudada que sólo puedo comparar el efecto que me hizo al verla con el que experi-

mentaría un entusiasta de nuestras costumbres y nuestros trajes típicos al tropezar una cigarrera del barrio de Triana con una crinolina a la emperatriz, un sombrero de tope alto y el pelo a la Fuoco. Tan extraño, tan antiarmónico, y perdóneme la civilización, encontré la mezcla de carácter andaluz y barniz francés que veía en todo lo que me rodeaba.

Visité los edificios más notables; torné a vagar y a perderme entre las revueltas del antiguo barrio de Santa Cruz; en el curso de mis paseos extrañé muchas cosas nuevas que se han levantado no sé cómo; eché de menos muchas cosas viejas que han desaparecido, no sé por qué, y, por último, me dirigí a la orilla del río. La orilla del río ha sido siempre en Sevilla el lugar predilecto de mis excursiones.

Después que hube admirado el magnífico panorama que ofrece en el punto por donde une sus opuestas márgenes el puente de hierro; después que hube recorrido con la mirada absorta los mil detalles a cuál más pintorescos de sus curvas riberas, bordadas de jardines, palacios y blancos caseríos; después que pasé revista a los innumerables buques surtos en sus aguas, que desplegaban al aire los ligeros gallardetes de mil colores, y oí el confuso hervidero del muelle, donde todo respira actividad y movimiento, remontando con la imaginación la corriente del río, me trasladé hasta San Jerónimo.

Me acordaba de aquel paisaje tranquilo, reposado y luminoso, en que la vegetación de Andalucía despliega sin aliño sus galas naturales. Como si hubiera ido en un bote, corriente arriba, vi desfilar otra vez, con ayuda de la memoria, por un lado, la Cartuja, con sus arboledas y sus altas y delgadas torres; por el otro, el barrio de los Humeros, los antiguos murallones de la ciudad, mitad árabes, mitad romanos; las huertas, con sus vallados cubiertos de zarzas, y las norias que sombrean algunos árboles aislados y corpulentos, y, por último, San Jerónimo.

✻ ✻ ✻

Al llegar aquí, con la imaginación, se me representaron con más viveza que nunca los recuerdos que aún conservaba de la famosa venta, y me figuré que asistía de. nuevo a aquellas fiestas populares y oía cantar a las muchachas, meciéndose en el columpio, y veía los corrillos de gentes del pueblo vagar por los prados, merendar unos, disputar los otros, reír éstos, bailar aquéllos, y todos agitarse rebosando juventud, animación o alegría. Allí estaba ella, rodeada de sus hijos, lejos ya del grupo de las mozuelas, que reían y cantaban, y allí estaba él, tranquilo y satisfecho de su felicidad, mirando con ter-

nura, reunidas a su alrededor y felices, a todas las personas que más amaba en el mundo: su mujer, sus hijos, su padre, que estaba entonces como hacía diez años, sentado a la puerta de su venta, liando impasible su cigarrillo de papel sin más variación que tener blanca como la nieve la cabeza que era gris.

Un amigo que me acompañaba en el paseo, notando la especie de éxtasis en que estuve abstraído con estas ideas durante algunos minutos, me sacudió, al fin, del brazo, preguntándome:

—¿En qué piensas?

—Pensaba —le contesté—en la Venta de los Gatos, y revolvía aquí dentro de la imaginación todos los agradables recuerdos que guardo de una tarde que estuve en San Jerónimo... En este instante concluía una historia que dejé empezada allí, y la concluía tan a mi gusto, que creo no puede tener otro final que el que yo le he hecho. Y a propósito de la Venta de los Gatos —proseguí, dirigiéndome a mi amigo—, ¿cuándo nos vamos allá una tarde a merendar y a tener un rato de jarana?

—¡Un rato de jarana! —exclamó mi interlocutor con una expresión de asombro que yo no acertaba a explicarme entonces—. ¡Un rato de jarana! ¡Pues digo que el sitio es aparente para el caso!

—¿Y por qué no? —le repliqué admirándome a mi vez de sus admiraciones.

—La razón es muy sencilla —me dijo por último—, porque a cien pasos de la venta han hecho el nuevo cementerio.

Entonces fui yo quien lo miró con ojos asombrados, y permanecí algunos instantes en silencio antes de añadir una sola palabra.

Volvimos a la ciudad, y pasó aquel día, y pasaron algunos otros más, sin que yo pudiese desechar del todo la impresión que me había causado una noticia tan inesperada. Por más vueltas que le daba, mi historia de la muchacha morena no tenía ya fin, pues el inventado no podía concebirlo, antojándoseme inverosímil un cuadro de felicidad y alegría con un cementerio por fondo.

Una tarde, resuelto a salir de dudas, pretexté una ligera indisposición para no acompañar a mi amigo en nuestros acostumbrados paseos, y emprendí solo el camino de la venta. Cuando dejé a mis espaldas la Macarena y su pintoresco arrabal y comencé a cruzar por un estrecho sendero aquel laberinto de huertas, ya me parecía advertir algo de extraño en cuanto me rodeaba.

Bien fuese que la tarde estaba un poco encapotada, bien que la disposición de mi ánimo me inclinaba a las ideas melancólicas, lo cierto es que sentí frío y tristeza y noté un silencio que me recordaba la completa soledad, como el sueño recuerda la muerte.

Anduve un rato sin detenerme, acabé de cruzar las huertas para abreviar la distancia y entré en el camino de San Lázaro, desde donde ya se divisa en lontananza el convento de San Jerónimo.

Tal vez será una ilusión, pero a mí me parece que por el camino que pasan los muertos hasta los árboles y las hierbas toman al cabo un color diferente. Por lo menos allí se me antojó que faltaban tonos calurosos y armónicos, frescura en la arboleda, ambiente en el espacio y luz en el terreno. El paisaje era monótono; las figuras, negras y aisladas. Por aquí, un carro que marchaba pausadamente, cubierto de luto, sin levantar polvo, sin chasquido de látigo, sin algazara, sin movimiento casi; más allá, un hombre de mala catadura con un azadón en el hombro, o un sacerdote con su hábito talar y oscuro, o un grupo de ancianos mal vestidos y de aspecto repugnante, con cirios apagados en las manos, que volvían silenciosos, con la cabeza baja y los ojos fijos en la tierra.

Yo me creía transportado no sé adónde, pues todo lo que veía me recordaba un paisaje cuyos contornos eran los mismos de siempre, pero cuyos colores se habían borrado, por decirlo así, no quedando de ellos sino una media tinta dudosa. La impresión que experimentaba sólo puede compararse a la que sentimos en esos sueños en que, por un fenómeno inexplicable, las cosas son y no son a la vez, y los sitios en que creemos hallarnos se transforman en parte de una manera estrambótica e imposible.

Por último llegué al ventorrillo. Lo recordé más por el rótulo, que aún conserva escrito con grandes letras en una de sus paredes, que por nada, pues en cuanto al caserío se me figuró que hasta había cambiado de forma y proporciones. Desde luego, puedo asegurar que estaba mucho más ruinoso, abandonado y triste. La sombra del cementerio, que se alzaba en el fondo, parecía extenderse hasta él, envolviéndole en su oscura proyección como en un sudario.

El ventero estaba solo, completamente solo. Conocí que era el mismo de hacía diez años, y lo conocí no sé por qué, pues, en este tiempo, había envejecido hasta el punto de aparentar un viejo decrépito y moribundo, mientras que cuando le vi no representaba apenas cincuenta, y rebosaba salud, satisfacción y vida.

Sentéme en una de las desiertas mesas, pedí algo de beber, que me lo sirvió el ventero, y de una en otra palabra suelta vinimos al cabo a entrar en una conversación tirada acerca de la historia de amores cuyo último capítulo ignoraba aún, aunque había intentado adivinarlo varias veces.

—Todo —me dijo el pobre viejo—, todo parece que se ha conjurado contra nosotros desde la época que usted me recuerda. Ya lo

sabe usted: Amparo era la niña de nuestros ojos, se había criado aquí desde que nació casi; era la alegría de la casa. Nunca pudo echar de menos el suyo, porque yo la quería como un padre. Mi hijo se acostumbró también a quererla desde niño, primero como un hermano; después, con un cariño más grande todavía. Ya estaban en vísperas de casarse. Yo les había ofrecido lo mejor de mi poca hacienda, pues con el producto de mi tráfico me parecía tener más que suficiente para vivir con desahogo, cuando no sé qué diablo malo tuvo envidia de nuestra felicidad y la deshizo en un momento. Primero comenzó a susurrarse que iban a colocar un cementerio por esta parte de San Jerónimo; unos decían que más acá, otros que más allá, y mientras todos estábamos inquietos y temerosos, temblando de que se realizase este proyecto, una desgracia mayor y más cierta cayó sobre nosotros.

Un día llegaron aquí en carruaje dos señores. Me hicieron mil y mil preguntas acerca de Amparo, a la cual saqué yo cuando pequeña de la Casa de Expósitos, me pidieron los envoltorios con que la abandonaron, y que yo conservaba, resultando al fin que Amparo era hija de un señor muy rico, el cual trabajó con la justicia para arrancárnosla. Y trabajó tanto, que logró conseguirlo. No quiero recordar siquiera el día que se la llevaron. Ella lloraba como una Magdalena, mi hijo quería hacer una locura, yo estaba como atontado, sin comprender lo que me sucedía. ¡Se fue! Es decir, no se fue, porque nos quería mucho para irse; se la llevaron y una maldición cayó sobre esta casa. Mi hijo, después de un arrebato de desesperación espantosa, cayó como en un letargo. Yo no sé decir qué me pasó. Creí que se me había acabado el mundo.

Mientras esto sucedía, comenzóse a levantar el cementerio. La gente huyó de estos contornos. Se acabaron las fiestas, los cantares y la música, y se acabó toda la alegría de estos campos, como se había acabado toda la de nuestras almas. Y Amparo no era más feliz que nosotros. Criada aquí, al aire libre, entre el bullicio y la animación de la venta, educada para ser dichosa en la pobreza, la sacaron de esta vida y se secó como se secan las flores arrancadas de un huerto para llevarlas a un estrado. Mi hijo hizo esfuerzos increíbles por verla otra vez, para hablarla un momento. Todo fue inútil; su familia no quería. Al cabo la vio, pero la vio muerta; por aquí pasó su entierro. Yo no sabía nada, y no sé por qué me eché a llorar cuando vi el ataúd. El corazón, que es muy leal, me decía a voces: «Ésa es joven como Amparo. Como ella, sería también hermosa. ¿Quién sabe si será?» Y era. Mi hijo siguió el entierro, entró en el

patio y, al abrirse la caja, dio un grito, cayó sin sentido en tierra y así me lo trajeron. Después se volvió loco, y loco está.

Cuando el pobre viejo llegó a este punto de su narración, entraron en la venta dos enterradores de siniestra figura y aspecto repugnante. Acabada su tarea, venían a echar un trago a la *salud de los muertos*, como dijo uno de ellos acompañando el chiste como una estúpida sonrisa. El ventero se enjugó una lágrima con el dorso de la mano y fue a servirles.

La noche comenzaba a cerrar, oscura y tristísima. El cielo estaba negro, y el campo, lo mismo. De los brazos de los árboles pendía aún, medio podrida, la soga del columpio agitada por el aire. Me pareció la cuerda de una horca oscilando aún después de haber descolgado un reo. Sólo llegaban a mis oídos algunos rumores confusos; el ladrido lejano de los perros de las huertas, el chirrido de una noria, largo, quejumbroso y agudo como un lamento; las palabras sueltas y horribles de los sepultureros, que concertaban en voz baja un robo sacrílego. No sé. En mi memoria no ha quedado, lo mismo de esta escena fantástica de desolación que de la otra escena de alegría, más que un recuerdo confuso, imposible de reproducir. Lo que me parece escuchar tal como lo escuché entonces es este cantar que entonó una voz plañidera, turbando de repente el silencio de aquellos lugares.

> *El carrito de los muertos*
> *pasó por aquí,*
> *como llevaba la manita fuera*
> *yo la conocí.*

Era el pobre muchacho que estaba encerrado en una de las habitaciones de la venta, donde pasaba los días contemplando inmóvil el retrato de su amante, sin pronunciar una palabra, sin comer apenas, sin llorar, sin que se abriesen sus labios más que para cantar esa copla tan sencilla y tan tierna, que encierra un poema de dolor que yo aprendí a descifrar entonces.

* * *

Es uno de los mejores artículos de Bécquer, y en él cabe encontrar los rasgos más característicos de su peculiar obra periodística. A diferencia de las leyendas y tradiciones comentadas anteriormente, aquí el autor se sitúa dentro del relato como un testigo que cuenta lo que él vio desde su posición de informador de los lectores. Todo ocurre a través de su experiencia personal: primero cuenta los recuerdos de un joven ilusionado, y después narra el hecho desde la relativa madurez

de los pocos años vividos. El antes y el después son los de su misma vida en dos tiempos; aquí no hay historia lejana y ajena; todo resulta inmediato y propio. Con habilísima trama reúne su propia vida y la colectiva de la ciudad de Sevilla en un entramado narrativo que, al fin, acabará en punta en las dos coplas que son la culminación del antes y el después.

No parece, sin embargo, que la cronología sea real ni tampoco que los hechos contados ocurrieran así. Bécquer combina a su arbitrio los datos de la redacción literaria. El antes es la época de su juventud en Sevilla, cuando exploraba la ciudad —aún rica en tradición y plena de su gracia original— en busca del aire pintoresco de la misma que entonces quería expresar valiéndose del arte del dibujo. Bécquer recoge en su relato la leve anécdota de un amor limpio y sencillo entre el hijo del dueño de la Venta de los Gatos y Amparo, la hermosa ahijada de la casa. Una copla alegre, en la que la belleza de la muchacha se compara con la de la Virgen de la Consolación en Utrera, cierra esta parte.

El después es consecuencia de la época de Bécquer en Madrid; cuenta que ha vuelto accidentalmente por su patria, y en sus paseos por la ciudad percibe la nueva Sevilla, industriosa y con el pecado de la civilización. Todo hizo que se trastornase la vida en la venta con la construcción del nuevo cementerio que el progreso de la ciudad necesitaba. La tristeza invade ahora la Venta de los Gatos, y la anécdota jubilosa y riente de la parte primera se convierte en una impresión de desolación y muerte que vuelve oscuros los colores y entenebrece el ánimo. El primer amor de los jóvenes, que se había iniciado como una promesa de felicidad, había acabado en tragedia con la muerte de Amparo, arrancada de aquel lugar por su familia poderosa, y a esto había seguido la locura de su joven enamorado. Otra copla viene a resumir otra vez la situación: esta vez es una de las que más raíces tienen en el folclore y que vimos mezclada en una leyenda histórica (La promesa): la mano de la amada muerta por la que el enamorado la reconoce.

Bécquer con ello pone un recuadro literario, de índole periodística, a los cantares que recogió, recompuso e inventó su amigo Augusto Ferrán en el libro La soledad, publicado en 1861; de él publicó Bécquer una reseña que es muy importante para entender el concepto que tenía de la poesía. El artículo de La Venta de los Gatos, publicado en El Contemporáneo los días 28 y 29 de noviembre de 1862, puede considerarse en cierto modo como una prolongación de su reseña, hecha de una manera singular. Bécquer aquí también recoge dos poesías, pero enmarcándolas en una narración que pone

de manifiesto el contexto que la copla folclórica requiere siempre, dentro de una circunstancia adecuada para que se cante. De esta manera logra una interpretación personalísima de la Sevilla fluyente en el tiempo, encerrándola en cada caso en la cifra de una copla del pueblo. Bécquer apenas interviene; se limita a ser un narrador «objetivo», un informador que, gracias a su arte, logra encerrar esa circunstancia de la copla en el relato. Esto lo escribe Bécquer desde su punto de vista personal para así dejar el testimonio de una autenticidad, fingida en lo que tiene de invención en cuanto al relato, pero verdadera en cuanto a su propia vivencia, tal como corresponde a su concepción de un periodismo de raíces poéticas.

CARTAS LITERARIAS
A UNA MUJER

I

(*El Contemporáneo*, I, 1, 20 de
diciembre de 1860.)

En una ocasión me preguntaste: «¿Qué es la poesía?» ¿Te acuerdas? No sé a qué propósito había yo hablado algunos momentos antes de mi pasión por ella.

¿Qué es la poesía?, me dijiste, y yo, que no soy muy fuerte en esto de las definiciones, te respondí titubeando: «La poesía es... es...», y sin concluir la frase buscaba inútilmente en mi memoria un término de comparación, que no acertaba a encontrar.

Tú habías adelantado un poco la cabeza para escuchar mejor mis palabras; los negros rizos de tus cabellos, esos cabellos que tan bien sabes dejar a su antojo sombrear tu frente con un abandono tan artístico, pendían de tu sien y bajaban rozando tu mejilla hasta descansar en tu seno; en tus pupilas, húmedas y azules como el cielo de la noche, brillaba un punto de luz, y tus labios se entreabrían ligeramente al impulso de una respiración perfumada y suave.

Mis ojos que, a efecto sin duda de la turbación que experimentaba, habían errado un instante sin fijarse en ningún sitio, se volvieron entonces instintivamente hacia los tuyos y exclamé al fin: «¡La poesía, la poesía eres tú!»

¿Te acuerdas?

Yo aún tengo presente el gracioso ceño de curiosidad burlada, el acento mezclado de pasión y amargura con que me dijiste: «¿Crees que mi pregunta sólo es hija de una vana curiosidad de mujer? Te equivocas. Yo deseo saber lo que es la poesía, porque deseo pensar lo que tú piensas, hablar de lo que tú hablas, sentir con lo que tú sientes, penetrar por último en ese misterioso santuario en donde, a veces, se refugia tu alma, y cuyo umbral no puede traspasar la mía.»

Cuando llegaba a este punto, se interrumpió nuestro diálogo. Ya sabes por qué. Algunos días han trascurrido. Ni tú ni yo lo hemos

vuelto a renovar y, sin embargo, por mi parte no he dejado de pensar en él. Tú creíste, sin duda, que la frase con que contesté a tu extraña interrogación, equivalía a una evasiva galante.

¿Por qué no hablar con franqueza? En aquel momento di aquella definición porque la sentí, sin saber siquiera si decía un disparate. Después, lo he pensado mejor, y no dudo al repetírtelo. La poesía eres tú. ¿Te sonríes? Tanto peor para los dos. Tu incredulidad nos va a costar a ti el trabajo de leer un libro, y a mí el de componerlo.

«¡Un libro!», exclamas palideciendo y dejando escapar de tus manos esta carta. No te asustes. Tú lo sabes bien: un libro mío no puede ser muy largo. Erudito, sospecho que tampoco. Insulso, tal vez; mas para ti, escribiéndolo yo, presumo que no lo será, y para ti lo escribo.

Sobre la poesía no ha dicho nada casi ningún poeta; pero en cambio hay bastante papel emborronado por muchos que no lo son.

El que la siente se apodera de una idea, la envuelve en una forma, la arroja en el estadio del saber y pasa. Los críticos se lanzan entonces sobre esa forma, la examinan, la disecan y creen haberla comprendido cuando han hecho su análisis.

La disección podrá revelar el mecanismo del cuerpo humano, pero los fenómenos del alma, el secreto de la vida, ¿cómo se estudian en un cadáver?

No obstante, sobre la poesía se han dado reglas, se han atestado infinidad de volúmenes, se enseña en las universidades, se discute en los círculos literarios y se explica en los ateneos.

No te extrañes. Un sabio alemán ha tenido la humorada de reducir a notas y encerrar en las cinco líneas de una pauta el misterioso lenguaje de los ruiseñores. Yo, si he de decir la verdad, todavía ignoro qué es lo que voy a hacer; así es que no puedo anunciártelo anticipadamente. Sólo te diré, para tranquilizarte, que no te inundaré en ese diluvio de términos que pudiéramos llamar facultativos, ni te citaré autores que no conozco, ni sentencias en idiomas que ninguno de los dos entendemos.

Antes de ahora te lo he dicho. Yo nada sé, nada he estudiado, he leído un poco, he sentido bastante y he pensado mucho, aunque no acertaré a decir si bien o mal. Como sólo de lo que he sentido y he pensado he de hablarte, te bastará sentir y pensar para comprenderme.

Herejías históricas, filosóficas y literarias, presiento que voy a decir muchas. No importa. Yo no pretendo enseñar a nadie, ni erigirme en autoridad, ni hacer que mi libro se declare de texto.

Quiero hablarte un poco de literatura, siquiera no sea más que por satisfacer un capricho tuyo; quiero decirte lo que sé de una manera intuitiva, comunicarte mi opinión y tener al menos el gusto de saber que, si nos equivocamos, nos equivocamos los dos, lo cual, dicho sea de paso, para nosotros equivale a acertar.

La poesía eres tú, te he dicho, porque la poesía es el sentimiento, y el sentimiento es la mujer.

La poesía eres tú porque esa vaga aspiración a lo bello que la caracteriza y que es una facultad de la inteligencia en el hombre, en ti pudiera decirse que es un instinto.

La poesía eres tú porque el sentimiento que en nosotros es un fenómeno accidental y pasa como una ráfaga de aire, se halla tan íntimamente unido a tu organización especial, que constituye una parte de ti misma.

Últimamente, la poesía eres tú porque tú eres el foco de donde parten sus rayos.

El genio verdadero tiene algunos atributos extraordinarios que Balzac llama femeninos y que efectivamente lo son. En la escala de la inteligencia del poeta hay notas que pertenecen a la de la mujer, y éstas son las que expresan la ternura, la pasión y el sentimiento. Yo no sé por qué los poetas y las mujeres no se entienden mejor entre sí. Su manera de sentir tiene tantos puntos de contacto... Quizá por eso... pero dejemos digresiones y volvamos al asunto.

Decíamos... ¡ah! sí, hablábamos de la poesía.

La poesía es en el hombre una cualidad puramente del espíritu; reside en su alma, vive con la vida incorpórea de la idea y para revelarla necesita darle una forma. Por eso la escribe.

En la mujer, por el contrario, la poesía está como encarnada en su ser; su aspiración, sus presentimientos, sus pasiones y su destino son poesía; vive, respira, se mueve en una indefinible atmósfera de idealismo que se desprende de ella como un fluido luminoso y magnético; es, en una palabra, el verbo poético hecho carne.

Sin embargo, a la mujer se la acusa vulgarmente de prosaísmo. No es extraño. En la mujer es poesía casi todo lo que piensa, pero muy poco de lo que habla. La razón yo la adivino, y tú la sabes.

Quizá cuanto te he dicho lo habrás encontrado confuso y vago. Tampoco debe maravillarte.

La poesía es al saber de la humanidad lo que el amor a las otras pasiones.

El amor es un misterio. Todo en él son fenómenos a cual más inexplicables; todo en él es ilógico; todo en él es vaguedad y absurdo.

La ambición, la envidia, la avaricia, todas las demás pasiones tienen su explicación y aun su objeto, menos la que fecundiza el sentimiento y lo alimenta.

Yo, sin embargo, la comprendo; la comprendo por medio de una revelación interna confusa e inexplicable.

Deja esta carta, cierra tus ojos al mundo exterior que te rodea, vuélvelos a tu alma, presta atención a los confusos rumores que se elevan de ella, y acaso la comprenderás como yo.

(Se continuará.)

II

(*El Contemporáneo*, II, 16, 8 de enero de 1861.)

En mi interior te dije que la poesía eres tú, porque tú eres la más bella personificación del sentimiento, y el verdadero espíritu de la poesía no es otro.

A propósito de esto, la palabra *amor* se deslizó de mi pluma en uno de los párrafos de mi carta. De aquel párrafo hice el último. Nada más natural. Voy a decirte el porqué.

Existe una preocupación bastante generalizada, aun entre las personas que se dedican a dar formas a lo que piensan, que a mi modo de ver es, sin parecerlo, una de las mayores. Si hemos de dar crédito a los que de ella participan, es una verdad tan innegable que se puede elevar a la categoría de axioma, el que nunca se vierte la idea con tanta vida y precisión, como en el momento en que ésta se levanta semejante a un gas desprendido, y enardece la fantasía y hace vibrar todas las fibras sensibles, cual si las tocase una chispa eléctrica.

Yo no niego que suceda así. Yo no niego nada, pero por lo que a mí toca, puedo asegurarte que cuando siento no escribo. Guardo, sí, en mi cerebro escritas, como en un libro misterioso, las impresiones que han dejado en él su huella al pasar; éstas, ligeras y ardientes, hijas de la sensación, duermen allí agrupadas en el fondo de mi memoria, hasta el instante en que, puro, tranquilo, sereno y revestido, por decirlo así, de un poder sobrenatural, mi espíritu las evoca, y tienden sus alas transparentes que bullen con un zumbido extraño, y cruzan otra vez a mis ojos como en una visión luminosa y magnífica.

Entonces no siento ya con los nervios que se agitan, con el pecho que se oprime, con la parte orgánica y material que se conmueve al rudo choque de las sensaciones producidas por la pasión y

los afectos; siento, sí, pero de una manera que puede llamarse artificial; escribo, como el que copia de una página ya escrita; dibujo, como el pintor que reproduce el paisaje que se dilata ante sus ojos y se pierde entre la bruma de los horizontes.

Todo el mundo siente. Sólo a algunos seres les es dado el guardar, como un tesoro, la memoria viva de lo que han sentido. Yo creo que éstos son los poetas. Es más, creo que únicamente por esto lo son.

Efectivamente es más grande, más hermoso figurarse al genio ebrio de sensaciones y de inspiración, trazando, a grandes rasgos, temblorosa la mano con la ira, llenos aún los ojos de lágrimas o profundamente conmovido por la piedad, esas tiradas de poesía que más tarde son la admiración del mundo; pero ¿qué quieres? No siempre la verdad es lo más sublime.

¿Te acuerdas? No hace mucho que te lo dije a propósito de una cuestión parecida: «Cuando un poeta te pinte en magníficos versos su amor, duda. Cuando te lo dé a conocer en prosa, y mala, cree.»

Hay una parte mecánica pequeña y material en todas las obras del hombre, que la primitiva, la verdadera inspiración desdeña en sus ardientes momentos de arrebato.

(Sin saber cómo, me he distraído del asunto. Como quiera que lo he hecho por darte una satisfacción, espero que tu amor propio sabrá disculparme. ¿Qué mejor intermediario que éste para con una mujer? No te enojes. Es uno de los muchos puntos de contacto que tenéis con los poetas, o que éstos tienen con vosotras.)

Sé, porque lo sé, aun cuando tú no me lo has dicho, que te quejas de mí porque al hablar del amor detuve la pluma y terminé mi primera carta como enojado de la tarea. Sin duda, ¿a qué negarlo?, pensaste que esta fecunda idea se esterilizó en mi mente por falta de sentimiento. Ya te he demostrado tu error.

Al estamparla, un mundo de ideas confusas y sin nombre se elevaron en tropel de mi cerebro, y pasaron volteando alrededor de mi frente como una fantástica ronda de visiones quiméricas. Un vértigo nubló mis ojos.

¡Escribir! Oh, si yo pudiera haber escrito entonces, no me cambiaría por el primer poeta del mundo.

Mas... entonces lo pensé, y ahora lo digo. Si yo siento lo que siento para hacer lo que hago, ¿qué gigante océano de luz y de inspiración no se agitaría en la mente de esos hombres que han escrito lo que a todos nos admira?

Si tú supieras cómo las ideas más grandes se empequeñecen al encerrarse en el círculo de hierro de la palabra; si tú supieras qué diáfanas, qué ligeras, qué impalpables son las gasas de oro que flo-

tan en la imaginación, al envolver esas misteriosas figuras que crea, y de las que sólo acertamos a reproducir el descarnado esqueleto; si tú supieras cuán imperceptible es el hilo de luz que ata entre sí los pensamientos más absurdos, que nadan en su caos; si tú supieras..., pero, ¿qué digo?, tú lo sabes, tú debes saberlo.

¿No has soñado nunca? Al despertar ¿te ha sido alguna vez posible referir con toda su inexplicable vaguedad y poesía lo que has soñado?

El espíritu tiene una manera de sentir y comprender especial, misteriosa, porque él es un arcano; inmensa, porque él es infinito; divina, porque su esencia es santa. ¿Cómo la palabra, cómo un idioma grosero y mezquino, insuficiente a veces para expresar las necesidades de la materia, podrá servir de digno intérprete entre dos almas? Imposible.

Sin embargo, yo procuraré apuntar, como de pasada, algunas de las mil ideas que me agitaron durante aquel sueño magnífico, en que vi al amor envolviendo la humanidad, como en un fluido de fuego, pasar de un siglo en otro, sosteniendo la incomprensible atracción de los espíritus, atracción semejante a la de los astros, y revelándose al mundo exterior por medio de la poesía, único idioma que acierta a balbucear algunas de las frases de su inmenso poema.

Pero, ¿lo ves? Ya quizá ni tú me entiendes, ni yo sé lo que te digo. Hablemos como se habla. Procedamos con orden. ¡El orden! ¡Lo detesto y, sin embargo, es tan preciso para todo!...

La poesía es el sentimiento, pero el sentimiento no es más que un efecto, y todos los efectos proceden de una causa, más o menos conocida.

¿Cuál lo será? ¿Cuál podrá serlo de este divino arranque de entusiasmo, de esta vaga y melancólica aspiración del alma, que se traduce al lenguaje de los hombres por medio de sus más suaves armonías, sino el amor?

Sí, el amor es el manantial perenne de toda poesía, el origen fecundo de todo lo grande, el principio eterno de todo lo bello y, digo el amor, porque la religión, nuestra religión sobre todo, es amor también, es el amor más puro, más hermoso, el único infinito que se conoce, y sólo a estos dos astros de la inteligencia puede volverse el hombre, cuando desea luz que alumbre en su camino, inspiración que fecundice su vena estéril y fatigada.

El amor es la causa del sentimiento, pero... ¿qué es el amor?

Ya lo ves, el espacio me falta, el asunto es grande y... ¿te sonríes?... ¿Crees que voy a darte una excusa fútil para interrumpir mi carta en este sitio?

No; ya no recurriré a los fenómenos del mío para disculparme de no hablar del amor. Te lo confesaré ingenuamente: tengo miedo.

Algunos días, sólo algunos, y te lo juro, te hablaré del amor a riesgo de escribir un millón de disparates.

«¿Por qué tiemblas?», dirás, sin duda. «¿No hablan de él, a cada paso, gentes que ni aun lo conocen? ¿Por qué no has de hablar tú, tú que dices que lo sientes?»

¡Ay!, acaso por lo mismo que ignoran lo que es, se atreven a definirlo.

¿Vuelves a sonreírte?... Créeme; la vida está llena de estos absurdos.

III

(*El Contemporáneo*, II.
88, 4 de abril de 1861.)

¿Qué es el amor?

A pesar del tiempo transcurrido, creo que debes acordarte de lo que te voy a referir. La fecha en que aconteció, aunque no la consigne la historia, será siempre una fecha memorable para nosotros.

Nuestro conocimiento sólo databa de algunos meses; era verano y nos hallábamos en Cádiz. El rigor de la estación no nos permitía pasear sino al amanecer o durante la noche. Un día... digo mal, no era día aún, la dudosa claridad del crepúsculo de la mañana teñía de un vago azul el cielo; la luna se desvanecía en el ocaso, envuelta en una bruma violada, y lejos, muy lejos, en la distante lontananza del mar, las nubes se coloraban de amarillo y rojo cuando la brisa precursora de la luz, levantándose del océano fresca e impregnada en el marino perfume de las olas, acarició al pasar nuestras frentes.

La naturaleza comenzaba entonces a salir de su letargo con un sordo murmullo. Todo a nuestro alrededor estaba en suspenso y como aguardando una señal misteriosa para prorrumpir en el gigante himno de alegría de la creación que despierta.

Nosotros, desde lo alto de la fortísima muralla que ciñe y defiende la ciudad, y a cuyos pies se rompen las olas con un gemido, contemplábamos con avidez el solemne espectáculo que se ofrecía a nuestros ojos. Los dos guardábamos un silencio profundo y, no obstante, los dos pensábamos una misma cosa.

Tú formulaste mi pensamiento al decirme: «¿Qué es el sol?»

En aquel momento el astro, cuyo disco comenzaba a chispear en el límite del horizonte, rompió el seno de los mares. Sus rayos se tendieron rapidísimos sobre su inmensa llanura; el cielo, las aguas y

la tierra se inundaron de claridad, y todo resplandeció como si un océano de luz se hubiese volcado sobre el mundo.

En las crestas de las olas, en los ribetes de las nubes, en los muros de la ciudad, en el vapor de la mañana, sobre nuestras cabezas, a nuestros pies, en todas partes ardía la pura lumbre del astro y flotaba una atmósfera luminosa y trasparente en la que nadaban encendidos los átomos del aire.

Tus palabras resonaban aún en mi oído. «¿Qué es el sol?», me habías preguntado. «Eso», respondí señalándote su disco que volteaba oscuro y franjado de fuego en mitad de aquella diáfana atmósfera de oro, y tu pupila y tu alma se llenaron de luz, y en la indescriptible expresión de tu rostro conocí que lo habías comprendido.

Yo ignoraba la definición científica con que pude responder a tu pregunta, pero, de todos modos, en aquel instante solemne estoy seguro de que no te hubiera satisfecho.

¡Definiciones! Sobre nada se han dado tantas como sobre las cosas indefinibles. La razón es muy sencilla. Ninguna de ellas satisface, ninguna es exacta, por lo que cada cual se cree con derecho para formular la suya.

¿Qué es el amor? Con esta frase concluí mi carta de ayer, y con ella he comenzado la de hoy. Nada me sería más fácil que resolver, con el apoyo de una autoridad, esta cuestión que yo mismo me propuse al decirte que es la fuente del sentimiento. Llenos están los libros de definiciones sobre este punto. Las hay en griego y en árabe, en chino y en latín, en copto y en ruso, qué sé yo, en todas las lenguas muertas o vivas, sabias o ignorantes que se conocen. Yo he leído algunas, y me he hecho traducir otras. Después de conocerlas casi todas, he puesto la mano sobre mi corazón, he consultado mis sentimientos, y no he podido menos de repetir con Hamlet: «Palabras, palabras, palabras!»

Por eso he creído más oportuno recordarte una escena pasada que tiene alguna analogía con nuestra situación presente, y decirte ahora como entonces: «¿Quieres saber lo que es el amor?» Recógete dentro de ti misma, y si es verdad que lo abrigas en tu alma, siéntelo y lo comprenderás, pero no me lo preguntes.

Yo sólo te podré decir que él es la suprema ley del universo; ley misteriosa por la que todo se gobierna y rige, desde el átomo inanimado hasta la criatura racional; que de él parten y a él convergen como a un centro de irresistible atracción todas nuestras ideas y acciones, que está, aunque oculto, en el fondo de toda cosa, y, efecto de una primera causa, Dios es a su vez origen de esos mil pensamientos desconocidos que todos ellos son poesía, poesía verdadera

y espontánea que la mujer no sabe formular, pero que siente y comprende mejor que nosotros.

Sí. Que poesía es y no otra cosa esa aspiración melancólica y vaga que agita tu espíritu con el deseo de una perfección imposible.

Poesía, esas lágrimas involuntarias que tiemblan un instante en tus párpados, se desprenden en silencio, ruedan, y se evaporan como un perfume.

Poesía, el gozo improviso que ilumina tus facciones con una sonrisa suave, y cuya oculta causa ignoras dónde está.

[Poesía] son, por último, todos esos fenómenos inexplicables que modifican el alma de la mujer cuando despierta al sentimiento y la pasión.

¡Dulces palabras que brotáis del corazón, asomáis al labio y morís sin resonar apenas, mientras que el rubor enciende las mejillas! ¡Murmullos extraños de la noche, que imitáis los pasos del amante que se espera! ¡Gemidos del viento que fingís una voz querida que nos llama entre las sombras! ¡Imágenes confusas, que pasáis cantando una canción sin ritmo ni palabras, que sólo percibe y entiende el espíritu! ¡Febriles exaltaciones de la pasión, que dais colores y forma a las ideas más abstractas! ¡Presentimientos incomprensibles, que ilumináis como un relámpago nuestro porvenir! ¡Espacios sin límites, que os abrís ante los ojos del alma ávida de inmensidad y la arrastráis a vuestro seno, y la saciáis de infinito! ¡Sonrisas, lágrimas, suspiros y deseos, que formáis el misterioso cortejo del amor! ¡Vosotros sois la poesía, la verdadera poesía que puede encontrar un eco, producir una sensación o despertar una idea!

Y todo este tesoro inagotable de sentimiento, todo este animado poema de esperanzas y de abnegaciones, de sueños y de tristezas, de alegrías y de lágrimas, donde cada sensación es una estrofa y cada pasión un canto, todo está contenido en vuestro corazón de mujer.

Un escritor francés ha dicho, juzgando a un músico ya célebre, el autor del Tannhäuser: «Es un hombre de talento que hace todo lo posible por disimularlo, pero que, a veces, no lo puede conseguir y, a su pesar, lo demuestra.»

Respecto a la poesía de vuestras almas, puede decirse lo mismo.

Pero ¿qué?, ¿frunces el ceño y arrojas la carta?... ¡Bah! No te incomodes... Sabe de una vez, y para siempre, que tal como os manifestáis yo creo, y conmigo lo creen todos, que las mujeres son la poesía del mundo.

IV

(*El Contemporáneo*, II,
104, 23 de abril de 1861.)

El amor es poesía; la religión es amor. Dos cosas semejantes a una tercera son iguales entre sí. He aquí un axioma que debía ahorrarme el trabajo de escribir una nueva carta. Sin embargo, yo mismo conozco que esta conclusión matemática, que en efecto lo parece, así puede ser una verdad, como un sofisma. La lógica sabe fraguar razonamientos inatacables, que, a pesar de todo, no convencen. ¡Con tanta facilidad se sacan deducciones precisas de una base falsa! En cambio, la convicción íntima suele persuadir, aunque en el método del raciocinio reine el mayor desorden. ¡Tan irresistible es el acento de la fe!

La religión es amor y, porque es amor, es poesía. He aquí el tema · que me he propuesto desenvolver hoy.

Al tratar un asunto tan grande en tan corto espacio y con tan escasa ciencia como la de que yo dispongo, sólo me anima una esperanza. Si para persuadir basta creer, yo siento lo que escribo.

<div align="center">∗ ∗ ∗</div>

Hace ya mucho tiempo, yo no te conocía (y con esto excuso el decir que aún no había amado), sentí en mi interior un fenómeno inexplicable. Sentí, no diré un vacío, porque sobre ser vulgar, no es ésta la frase propia; sentí en mi alma y en todo mi ser, como una plenitud de vida, como un desbordamiento de actividad moral, que no encontrando objeto en qué emplearse, se elevaba en forma de ensueños y fantasías, ensueños y fantasías en los cuales buscaba en vano la expansión, estando como estaban dentro de mí mismo.

Tapa y coloca al fuego un vaso con un líquido cualquiera. El vapor, con un ronco hervidero, se desprende del fondo, y sube, y pugna por salir, y vuelve a caer deshecho en menudas gotas, y torna a elevarse, y torna a deshacerse, hasta que al cabo estalla comprimido y quiebra la cárcel que lo detiene. Éste es el secreto de la muerte prematura y misteriosa de algunas mujeres y de algunos poetas, arpas que se rompen sin que nadie haya arrancado una melodía de sus cuerdas de oro. Ésta era la verdad de la situación de mi espíritu, cuando aconteció lo que voy a referirte.

Estaba en Toledo, la ciudad sombría y melancólica por excelencia. Allí cada lugar recuerda una historia, cada piedra un siglo, cada monumento una civilización; historias, siglos y civilizaciones que han pasado y cuyos actores tal vez son ahora el polvo oscuro que

arrastra el viento en remolinos, al silbar en sus estrechas y tortuosas calles. Sin embargo, por un contraste maravilloso, allí donde todo parece muerto, donde no se ven más que ruinas, donde sólo se tropieza con rotas columnas y destrozados capiteles —mudos sarcasmos de la loca aspiración del hombre a perpetuarse—, diríase que el alma, sobrecogida de terror y sedienta de inmortalidad, busca algo eterno en donde refugiarse, y como el náufrago que se ase de una tabla, se tranquiliza al recordar su origen.

Un día entré en el antiguo convento de San Juan de los Reyes. Me senté en una de las piedras de su ruinoso claustro y me puse a dibujar. El cuadro que se ofrecía a mis ojos era magnífico. Largas hileras de pilares que sustentan una bóveda cruzada de mil y mil crestones caprichosos; anchas ojivas caladas como los encajes de un rostrillo; ricos doseletes de granito con caireles de yedra, que suben por entre las labores, como afrentando a las naturales; ligeras creaciones del cincel, que parece han de agitarse al soplo del viento; estatuas vestidas de luengos paños, que flotan, como al andar; caprichos fantásticos, gnomos, hipógrifos, dragones y reptiles sin número, que ya asoman por cima de un capitel, ya corren por las cornisas, se enroscan en las columnas o trepan babeando por el tronco de las guirnaldas de trébol; galerías que se prolongan y que se pierden, árboles que inclinan sus ramas sobre una fuente, flores risueñas, pájaros bulliciosos formando contraste con las tristes ruinas y las calladas naves, y, por último, el cielo, un pedazo de cielo azul que se ve más allá de las crestas de pizarra de los miradores, a través de los calados de un rosetón.

En tu álbum tienes mi dibujo: una reproducción pálida, imperfecta, ligerísima de aquel lugar, pero que, no obstante, puede darte una idea de su melancólica hermosura. No ensayaré, pues, describírtela con palabras, inútiles tantas veces.

Sentado, como te dije, en una de las rotas piedras, trabajé en él toda la mañana, torné a emprender mi tarea a la tarde, y permanecí absorto en mi ocupación hasta que comenzó a faltar la luz. Entonces, dejando a un lado el lápiz y la cartera, tendí una mirada por el fondo de las solitarias galerías y me abandoné a mis pensamientos.

El sol había desaparecido. Sólo turbaban el alto silencio de aquellas ruinas el monótono rumor del agua de la fuente, el trémulo murmullo del viento que suspiraba en los claustros, y el temeroso y confuso rumor de las hojas de los árboles, que parecían hablar entre sí en voz baja.

Mis deseos comenzaron a hervir y a levantarse en vapor de fantasías. Busqué a mi lado una mujer, una persona a quien comunicar

mis sensaciones. Estaba solo. Entonces me acordé de esta verdad, que había leído en no sé qué autor: «La soledad es muy hermosa... cuando se tiene junto a alguien a quien decírselo.»

No había aún concluido de repetir esta frase célebre, cuando me pareció ver levantarse a mi lado, y de entre las sombras, una figura ideal, cubierta con una túnica flotante y ceñida la frente con una aureola. Era una de las estatuas del claustro derruido, una escultura que, arrancada de su pedestal y arrimada al muro en que me había recostado, yacía allí, cubierta de polvo y medio escondida entre el follaje, junto a la rota losa de un sepulcro y el capitel de una columna. Más allá, a lo lejos y veladas por las penumbras y la oscuridad de las extensas bóvedas, se distinguían confusamente algunas otras imágenes: vírgenes con sus palmas y sus nimbos, monjes con sus báculos y sus capuchas, eremitas con sus libros y sus cruces, mártires con sus emblemas y sus aureolas, toda una generación de granito, silenciosa e inmóvil, pero en cuyos rostros había grabado el cincel la huella del ascetismo y una expresión de beatitud y serenidad inefables.

«He aquí, exclamé, un mundo de piedra: fantasmas inanimados de otros seres que han existido y cuya memoria legó a las épocas venideras un siglo de entusiasmo y de fe. Vírgenes solitarias, austeros cenobitas, mártires esforzados, que, como yo, vivieron sin amores ni placeres; que, como yo, arrastraron una existencia oscura y miserable, solos con sus pensamientos y el ardiente corazón inerte bajo el sayal, como un cadáver en su sepulcro.» Volví a fijarme en aquellas facciones angulosas y expresivas; volví a examinar aquellas figuras secas, altas, espirituales y serenas, y proseguí diciendo: «¿Es posible que hayáis vivido sin pasiones, ni temor, ni esperanzas, ni deseos ? ¿Quién ha recogido las emanaciones de amor que, como un aroma, se desprenderían de vuestras almas? ¿Quién ha saciado la sed de ternura que abrasaría vuestros pechos en la juventud? ¿Qué espacios sin límites se abrieron a los ojos de vuestros espíritus, ávidos de inmensidad, al despertarse al sentimiento?...»

La noche había cerrado poco a poco. A la dudosa claridad del crepúsculo había sustituido una luz tibia y azul; la luz de la luna que, velada un instante por los oscuros chapiteles de la torre, bañó en aquel momento con un rayo plateado los pilares de la desierta galería.

Entonces reparé que todas aquellas figuras, cuyas largas sombras se proyectaban en los muros y en el pavimiento, cuyas flotantes ropas parecían moverse, en cuyas demacradas facciones brillaba una expresión de indescriptible, santo y sereno gozo, tenían sus

pupilas sin luz, vueltas al cielo, como si el escultor quisiera semejar que sus miradas se perdían en el infinito buscando a Dios.

A Dios, foco eterno y ardiente de hermosura, al que se vuelve con los ojos, como a un polo de amor, el sentimiento de la tierra.

(Se continuará.)

[Pero, al parecer, nunca lo hizo Bécquer.]

DESDE
MI
CELDA

I

Queridos amigos: Heme aquí transportado de la noche a la mañana a mi escondido valle de Veruela; heme aquí instalado de nuevo en el oscuro rincón del cual salí por un momento para tener el gusto de estrecharos la mano una vez más, fumar un cigarro juntos, charlar un poco y recordar las agradables, aunque inquietas, horas de mi antigua vida. Cuando se deja una ciudad por otra, particularmente hoy, que todos los grandes centros de población se parecen, apenas se percibe el aislamiento en que nos encontramos, antojándosenos, al ver la identidad de los edificios, los trajes y las costumbres, que al volver la primera esquina vamos a hallar la casa a que concurríamos, las personas que estimábamos, las gentes a quienes teníamos costumbre de ver y hablar de continuo. En el fondo de este valle, cuya melancólica belleza impresiona profundamente, cuyo eterno silencio agrada y sobrecoge a la vez, diríase, por el contrario, que los montes que lo cierran como un valladar inaccesible, nos separan por completo del mundo. ¡Tan notable es el contraste de cuanto se ofrece a nuestros ojos; tan vagos y perdidos quedan al confundirse entre la multitud de nuevas ideas y sensaciones los recuerdos de las cosas más recientes!

Ayer, con vosotros, en la tribuna del Congreso, en la redacción, en el teatro Real, en *La Iberia*; hoy, sonándome aún en el oído la última frase de una discusión ardiente, la última palabra de un artículo de fondo, el postrer acorde de un andante, el confuso rumor de cien conversaciones distintas, sentado a la lumbre de un campestre hogar, donde arde un tronco de carrasca que salta y cruje antes de consumirse, saboreo en silencio mi taza de café, único exceso que en estas soledades me permito, sin que turbe la honda calma que me rodea otro ruido que el del viento que gime a lo largo de las desiertas ruinas y el agua que lame los altos muros del monasterio o corre subterránea atravesando sus claustros sombríos y medrosos. Una muchacha, con su zagalejo corto y naranjado, su corpiño oscuro, su camisa blanca y cerrada, sobre la que brillan dos gruesos hilos de cuentas rojas, sus medias azules y sus abarcas atadas con un listón negro que sube cruzándose caprichosamente hasta la mitad de la

pierna, va y viene cantando a media voz por la cocina, atiza la lumbre del hogar, tapa y destapa los pucheros donde se condimenta la futura cena, y dispone el agua hirviente, negra y amarga, que me mira beber con asombro. A estas alturas, y mientras dura el frío, la cocina es el estrado, el gabinete y el estudio.

Cuando sopla el cierzo, cae la nieve o azota la lluvia los vidrios del balcón de mi celda, corro a buscar la claridad rojiza y alegre de la llama, y allí, teniendo a mis pies al perro, que se enrosca junto a la lumbre, viendo brillar en el oscuro fondo de la cocina las mil chispas de oro con que se abrillantan las cacerolas y los trastos de la espetera al reflejo del fuego, ¡cuántas veces he interrumpido la lectura de una escena de *La Tempestad*, de Shakespeare, o del *Caín*, de Byron, para oír el ruido del agua que hierve a borbotones, coronándose de espuma y levantando con sus penachos de vapor azul y ligero la tapadera de metal que golpea los bordes de la vasija! Un mes hace que falto de aquí, y todo se encuentra lo mismo que antes de marcharme. El temeroso respeto de estos criados hacia todo lo que me pertenece no puede menos de traerme a la imaginación las irreverentes limpiezas, los temibles y frecuentes arreglos de cuarto de mis patronas de Madrid. Sobre aquella tabla, cubiertos de polvo, pero con las mismas señales y colocados en el orden en que yo los tenía, están aún mis libros y mis papeles. Más allá cuelga de un clavo la cartera de dibujo; en un rincón veo la escopeta, compañera inseparable de mis filosóficas excursiones, con la cual he andado mucho, he pensado bastante y no he matado casi nada. Después de apurar mi taza de café, y mientras miro danzar las llamas violadas, rojas y amarillas a través del humo del cigarro que se extiende ante mis ojos como una gasa azul, he pensado un poco sobre qué escribiría a ustedes para *El Contemporáneo*, ya que me he comprometido a contribuir con una gota de agua a llenar ese océano sin fondo, ese abismo de cuartillas que se llama un periódico, especie de tonel que, como el de las Danaidas, siempre se le está echando original y siempre está vacío. Las únicas ideas que me han quedado como flotando en la memoria y sueltas de la masa general que ha oscurecido y embotado el cansancio del viaje se refieren a los detalles de éste, detalles que carecen en sí de interés, que en otras mil ocasiones he podido estudiar, pero que nunca como ahora se han ofrecido a mi imaginación en conjunto y contrastando entre sí de un modo tan extraordinario y patente.

Los diversos medios de locomoción de que he tenido que servirme para llegar hasta aquí me han recordado épocas y escenas tan distintas, que algunos ligeros rasgos de lo que de ellas recuerdo, tra-

zados por pluma más avezada que la mía a esta clase de estudios, bastarían a bosquejar un curioso cuadro de costumbres.

Como por todo equipaje no llevaba más que un pequeño saco de noche, después de haberme despedido de ustedes llegué a la estación del ferrocarril a punto de montar en el tren. Previo un ligero saludo de cabeza dirigido a las pocas personas que de antemano se encontraban en el coche y que habían de ser mis compañeras de viaje, me acomodé en un rincón, esperando el momento de arrancar, que no debía tardar mucho, a juzgar por la precipitación de los rezagados, el ir y venir de los guardas de la vía y el incesante golpear de las portezuelas. La locomotora arrojaba ardientes y ruidosos resoplidos, como un caballo de raza, impaciente hasta ver que cae al suelo la cuerda que lo detiene en el hipódromo. De cuando en cuando, una pequeña oscilación hacía crujir las coyunturas de acero del monstruo; por último, sonó la campana, el coche hizo un brusco movimiento de adelante atrás y de atrás adelante, y aquella especie de culebra negra y monstruosa partió arrastrándose por el suelo a lo largo de los *rails* y arrojando silbidos estridentes que resonaban de una manera particular en el silencio de la noche. La primera sensación que se experimenta al arrancar un tren es siempre insoportable. Aquel confuso rechinar de ejes, aquel crujir de vidrios estremecidos, aquel fragor de ferretería ambulante, igual, aunque en grado máximo, al que produce un simón desvencijado al rodar por una calle mal empedrada, crispa los nervios, marea y aturde. Verdad es que en ese mismo aturdimiento hay algo de la embriaguez de la carrera, algo de lo vertiginoso que tiene todo lo grande; pero, comoquiera que, aunque mezclado con algo que place, hay mucho que incomoda, también es cierto que hasta que pasan algunos minutos y la continuación de las impresiones embota la sensibilidad, no se puede decir que se pertenece uno a sí mismo por completo.

Apenas hubimos andado algunos kilómetros, y cuando pude hacerme cargo de lo que había a mi alrededor, empecé a pasar revista a mis compañeros de coche; ellos, por su parte, creo que hacían algo por el estilo, pues con más o menos disimulo todos comenzamos a mirarnos unos a otros de los pies a la cabeza.

Como dije antes, en el coche nos encontrábamos muy pocas personas. En el asiento que hacía frente al en que yo me había colocado, y sentada de modo que los pliegues de su amplia y elegante falda de seda me cubrían casi los pies, iba una joven como de dieciséis a diecisiete años, la cual, a juzgar por la distinción de su fisonomía y ese no sé qué aristocrático que se siente y no puede explicarse, debía pertenecer a una clase elevada. Acompañábala un aya, pues

tal me pareció una señora muy atildada y fruncida que ocupaba el asiento inmediato y que de cuando en cuando le dirigía la palabra en francés para preguntarle cómo se sentía, qué necesitaba o advertirla de qué manera estaría más cómoda. La edad de aquella señora y el interés que se tomaba por la joven pudieran hacer creer que era su madre; pero, a pesar de todo, yo notaba en su solicitud algo de afectado y mercenario, que fue el dato que, desde luego, tuve en cuenta para clasificarla.

Haciendo *vis-à-vis* con el aya francesa, y medio enterrado entre los almohadones de un rincón, como viajero avezado a las noches de ferrocarril, estaba un inglés alto y rubio, como casi todos los ingleses, pero más que ninguno grave, afeitado y limpio. Nada más acabado y completo que su traje de *touriste*; nada más curioso que sus mil cachivaches de viaje, todos blancos y relucientes; aquí la manta escocesa, sujeta con sus hebillas de acero; allá el paraguas y el bastón con su funda de vaqueta, terciada al hombro la cómoda y elegante bolsa de piel de Rusia. Cuando volví los ojos para mirarle, el inglés, desde todo lo alto de su deslumbradora corbata blanca, paseaba una mirada olímpica sobre nosotros, y luego que su pupila verde, dilatada y redonda, se hubo empapado bien en los objetos, entornó nuevamente los párpados, de modo que, heridas por la luz que caía de lo alto, sus pestañas largas y rubias se me antojaban a veces dos hilos de oro que sujetaban por el cabo una remolacha, pues no a otra cosa podría compararse su nariz.

Formando contraste con este seco y estirado *gentleman*, que, una vez entornados los ojos y bien acomodado en su rincón, permanecía inmóvil como una esfinge de granito en el extremo opuesto del coche, y ya poniéndose en pie, ya agachándose para colocar una enorme sombrerera debajo del asiento, o recostándose alternativamente de un lado y de otro como al que aqueja un dolor agudo y de ningún modo se encuentra bien, bullía sin cesar un señor como de cuarenta años, saludable, mofletudo y rechoncho, el cual señor, a lo que pude colegir por sus palabras, vivía en un pueblo de los inmediatos a Zaragoza, de donde nunca había salido sino a la capital de su provincia, hasta que, con ocasión de ciertos negocios propios del Ayuntamiento de que formaba parte en su país, había estado últimamente en la corte como cosa de un mes.

Todo esto, y mucho más, se lo dijo él solo, sin que nadie se lo preguntara, porque el bueno del hombre era de lo más expansivo con que he topado en mi vida, mostrando tal afán por enredar conversación sobre cualquier cosa, que no perdonaba coyuntura. Primero suplicó al inglés le hiciese el favor de colocar un cestito con

dos botellas en la bolsa del coche que tenía más próxima; el inglés entreabrió los ojos, alargó una mano y lo hizo sin contestar una sola palabra a las expresivas frases con que le agradeciera el obsequio. En seguida se dirigió a la joven para preguntarle si la señora que la acompañaba era su mamá. La joven le contestó que no con una desdeñosa sobriedad de palabras. Después se encaró conmigo, deseando saber si seguiría hasta Pamplona; satisfice esta pregunta, y él, tomando pie de mi contestación, dijo que se quedaba en Tudela; y a propósito de esto habló de mil cosas diferentes y todas a cual de menos importancia, sobre todo para los que le escuchábamos. Cansado de su desesperante monólogo o agotados los recursos de su imaginación, nuestro buen hombre, que, por lo visto, se fastidiaba a más no poder dentro de aquella atmósfera glacial y afectada, tan de buen tono entre personas que no se conocen, comenzó a poco, sin duda para distraer su aburrimiento, una serie de maniobras a cual más inconvenientes y originales. Primero cantó un rato a media voz alguna de las habaneras que había oído en Madrid a la criada de la casa de pupilos, después comenzó a atravesar el coche de un extremo a otro, dando aquí al inglés con el codo o pisando allí el extremo del traje de las señoras para asomarse a las ventanillas de ambos lados; por último, y esta fue la broma más pesada, dio en la flor de bajar los cristales en cada una de las estaciones para leer en alta voz el nombre del pueblo, pedir agua o preguntar los minutos que se detendría el tren. En unas y en otras, ya nos encontrábamos cerca de Medinaceli y la noche se había entrado fría, anubarrada y desagradable; de modo que cada vez que se abría una de las portezuelas se estaba en peligro inminente de coger un catarro. El inglés, que hubo de comprenderlo así, se envolvió silenciosamente en su magnífica manta escocesa; la joven, por consejo del aya, que se lo dijo en alta voz, se puso un abrigo; yo, a falta de otra cosa, me levanté el cuello del gabán y hundí cuanto pude la cabeza entre los hombros. Nuestro hombre, sin embargo, prosiguió impertérrito practicando la misma peligrosa operación tantas veces cuantas paraba el tren, hasta que, al cabo, no sé si cansado de este ejercicio o advertido de la escena muda de arropamiento general que se repetía tantas veces cuantas él abría la ventanilla, cerró con aire de visible mal humor los cristales, tornando a echarse en su rincón, donde a los pocos minutos roncaba como un bendito, topando al aire y amenazando aplastarme la nariz con la coronilla en uno de aquellos bruscos vaivenes que de cuando en cuando le hacían salir sobresaltado de su modorra, para restregarse los ojos, mirar el reloj y volverse a dormir de nuevo. El peso de las altas horas de la noche comenzaba

a dejarse sentir. En el vagón reinaba un silencio profundo, interrumpido sólo por el eterno y férreo crujir del tren y algún que otro resoplido de nuestro amodorrado compañero, que alternaba en esta tarea con la máquina.

El inglés se durmió también, pero se durmió grave y dignamente, sin mover pie ni mano, como si, a pesar del letargo que le embargaba, tuviese la conciencia de su posición. El aya comenzó a cabecear un poco, acabando por bajar el velo de su capota oscura y dormirse en estilo semiserio. Quedamos, pues, desvelados, como las vírgenes prudentes de la parábola, tan sólo la joven y yo. A decir verdad, yo también me hubiera rendido al peso del aturdimiento y a las fatigas de la vigilia si hubiese tenido la seguridad de mantenerme en mi sueño en una actitud, si no tan grave como la del inmóvil *gentleman*, al menos no tan grotesca como la del buen regidor aragonés, que ora dejándose caer la gorra en una cabezada, ora roncando como un órgano o balbuceando palabras ininteligibles, ofrecía el espectáculo más chistoso que imaginarse puede. Para despabilarme un poco, resolví dirigirle la palabra a la joven; pero, por una parte, temía cometer una indiscreción, mientras por otra, y no era esto lo menos para permanecer callado, no sabía cómo empezar. Entonces volví los ojos, que hasta entonces había tenido clavados en ella con alguna insistencia, y me entretuve en ver pasar a través de los cristales, y sobre una faja de terreno oscuro y monótono, ya las blancas nubes de humo y de chispas que se quedaban al paso de la locomotora rozando la tierra y como suspendidas e inmóviles, ya los palos del telégrafo, que parecían perseguirse y querer alcanzarse unos a otros lanzados a una carrera fantástica. No obstante, la aproximación de aquella mujer hermosa que yo sentía aun sin mirarla, el roce de su falda de seda que tocaba a mis pies y crujía a cada uno de sus movimientos, el sopor vertiginoso del incesante ruido, la languidez del cansancio, la misteriosa embriaguez de las altas horas de la noche, que pesan de una manera tan particular sobre el espíritu, comenzaron a influir en mi imaginación, ya sobreexcitada extrañamente.

Estaba despierto, pero mis ideas iban poco a poco tomando esa forma extravagante de los ensueños de la mañana, historias sin principio ni fin, cuyos eslabones de oro se quiebran con un rayo de enojosa claridad y vuelven a soldarse apenas se corren las cortinas del lecho. La vista se me fatigaba de ver pasar, eterna, monótona y oscura como un mar de asfalto, la línea del horizonte, que ya se alzaba, ya se deprimía, imitando el movimiento de las olas. De cuando en cuando dejaba caer la cabeza sobre el pecho, rompía el hilo de las

historias extraordinarias que iba fingiendo en la mente y entornaba los ojos; pero apenas los volvía a abrir, encontraba siempre delante de ellos a aquella mujer y tornaba a mirar por los cristales, y tornaba a soñar imposibles. Yo he oído decir a muchos, y aun la experiencia me ha enseñado un poco, que hay horas peligrosas, horas lentas y cargadas de extraños pensamientos y de una voluptuosa pesadez, contra las que es imposible defenderse; en esas horas, como cuando nos turban la cabeza los vapores del vino, los sonidos se debilitan y parece que se oyen muy distantes, los objetos se ven como velados por una gasa azul y el deseo presta audacia al espíritu, que recobra para sí todas las fuerzas que pierde la materia. Las horas de la madrugada, esas horas que deben tener más minutos que las demás, esas horas en que entre el caos de la noche comienza a forjarse el día siguiente, en que el sueño se despide con su última visión y la luz se anuncia con ráfagas de claridad incierta, son, sin duda alguna, las que en más alto grado reúnen semejantes condiciones. Yo no sé el tiempo que transcurrió mientras a la vez dormía y velaba, ni tampoco me sería fácil apuntar algunas de las fantásticas ideas que cruzaron por mi imaginación, porque ahora sólo recuerdo cosas desasidas y sin sentido, como esas notas sueltas de una música lejana que trae el viento a intervalos en ráfagas sonoras; lo que sí puedo asegurar es que gradualmente se fueron embotando mis sentidos, hasta el punto que cuando un gran estremecimiento, una bocanada de aire frío y la voz del guarda de la vía me anunciaron que estaba en Tudela, no supe explicarme cómo me encontraba tan pronto en el término de la primera parte de mi peregrinación.

Era completamente de día, y por la ventanilla del coche, que había abierto de par en par el señor gordo, entraban a la vez el sol rojizo y el aire fresco de la mañana. Nuestro regidor aragonés, que, por lo que podía colegirse, no veía la hora de dejar tan poco agradable reunión, apenas se convenció de que estábamos en Tudela, terció se la capa al hombro, cogió en una mano su sombrerera monstruo, en la otra el cesto y saltó al andén con una agilidad que nadie hubiera sospechado en sus años y en su gordura. Yo tomé asimismo el pequeño saco, que era todo mi equipaje; dirigí una última mirada a aquella mujer, que acaso no volvería a ver más y que había sido la heroína de mi novela de una noche, y, después de saludar a mis compañeros, salí del vagón buscando a un chico que llevase aquel bulto y me condujese a una fonda cualquiera.

Tudela es un pueblo grande, con ínfulas de ciudad, y el parador adonde me condujo mi guía, una posada con ribetes de fonda. Sentéme y almorcé; por fortuna, si el almuerzo no fue gran cosa, la

mesa y el servicio estaban limpios. Hagamos esta justicia a la navarra que se encuentra al frente del establecimiento. Aún no había tomado los postres, cuando el campanillazo de las colleras, los chasquidos del látigo y las voces del zagal que enganchaba las mulas me anunciaron que el coche de Tarazona iba a salir muy pronto. Cuando acabé deprisa y corriendo de tomar una taza de café bastante malo, y clarito por más señas, ya se oían los gritos de «¡Al coche, al coche!», unidos a las despedidas en alta voz, al ir y venir de los que colocaban los equipajes en la baca y las advertencias mezcladas de interjecciones del mayoral, que dirigía las maniobras desde el pescante como un piloto desde la popa de su buque.

La decoración había cambiado por completo, y nuevos y característicos personajes se encontraban en escena. En primer término, y unos recostados contra la pared, otros sentados en los marmolillos de las esquinas o agrupados en derredor del coche, veíanse hasta quince o veinte desocupados del lugar, para quienes el espectáculo de una diligencia que entra o sale es todavía un gran acontecimiento. Al pie del estribo, algunos muchachos, desharrapados y sucios, abrían con gran oficiosidad las portezuelas, pidiendo indirectamente una limosna; y en el interior del *ómnibus*, pues este era propiamente el nombre que debiera darse al vehículo que iba a conducirnos a Tarazona, comenzaban a ocupar sus asientos los viajeros. Yo fui uno de los primeros en colocarme en mi sitio, al lado de dos mujeres, madre e hija, naturales de un pueblo cercano y que venían de Zaragoza, donde, según me dijeron, habían ido a cumplir no sé qué voto a la Virgen del Pilar; la muchacha tenía los ojos retozones, y de la madre se conservaba todo lo que a los cuarenta y pico de años puede conservarse de una buena moza. Tras mí entró un estudiante del Seminario, a quien no hubo de parecer saco de paja la muchacha, pues viendo que no podía sentarse junto a ella, porque ya lo había hecho yo, se compuso de modo que en aquellas estrecheces se tocasen rodilla con rodilla. Siguieron al estudiante otros dos individuos del sexo feo de los cuales el primero parecía militar en situación de reemplazo, y el segundo, uno de esos pobres empleados de poco sueldo, a quienes a cada instante trasiega el Ministerio de una provincia a otra. Ya estábamos todos y cada uno en su lugar correspondiente, y dándonos el parabién porque íbamos a estar un poco holgados, cuando apareció en la portezuela, y como un retrato dentro de su moldura, la cabeza de un clérigo entrado en edad, pero guapote y de buen color, al que acompañaba una ama o dueña, como por aquí es costumbre llamarles, que en punto a cecina de

mujer, era de lo mejor conservado y apetitoso a la vista que yo he encontrado de algún tiempo a esta parte.

Sintieron unos y se alegraron otros de la llegada de los nuevos compañeros, siendo de los segundos el escolar, el cual encontró ocasión de encajarse más estrechamente con su vecina de asiento, mientras hacía un sitio al ama del cura, sitio pequeño para el volumen que había de ocuparlo, aunque grande por la buena voluntad con que se le ofrecía. Sentóse el ama, acomodóse el clérigo, y ya nos disponíamos a partir, cuando, como llovido del cielo o salido de los profundos, hete aquí que se nos aparece mi famoso hombre gordo del ferrocarril, con su imprescindible cesto y su monstruosa sombrerera. Referir las cuchufletas, las interjecciones, las risas y los murmullos que se oyeron a su llegada sería asunto imposible, como tampoco es fácil recordar las maniobras de cada uno de los viajeros para impedir que se acomodase a su lado. Pero aquel era el elemento de nuestro hombre gordo: allí donde se reía, se empujaba, y unos manoteando, otros impasibles, todos hablaban a un tiempo, se encontraba el buen regidor como el pez en el agua o el pájaro en el aire. A las cuchufletas respondía con chanzas; a las interjecciones, encogiéndose de hombros, y a los envites de codos, con codazos, de manera que a los pocos minutos ya estaba sentado y en conversación con todos, como si los conociese de antigua fecha. En esto partió el coche, comenzando ese continuo vaivén al compás del trote de las mulas, las campanillas del caballo delantero, el saltar de los cristales, el revolotear de los visillos y los chasquidos del látigo del mayoral, que constituyen el fondo de la armonía de una diligencia en marcha. Las torres de Tudela desaparecieron detrás de una loma bordada de viñedos y olivares. Nuestro hombre gordo, apenas se vio engolfado camino adelante y en compañía tan franca, alegre y de su gusto, desenvainó del cesto una botella y la merienda correspondiente para echar un taco. Dada la señal del combate, el fuego se hizo general a toda la línea, y unos de la fiambrera de hojalata, otros de un canastillo o del número de un periódico, cada cual sacó su indispensable tortilla de huevos con variedad de tropezones. Primero la botella, y cuando ésta se hubo apurado, una bota de media azumbre del seminarista, comenzaron a andar a la ronda por el coche. Las mujeres, aunque se excusaban tenazmente, tuvieron que humedecerse la boca con el vino; el mayoral, dejando el cuidado de las mulas al delantero, sentóse de medio ganchete en el pescante y formó parte del corro, no siendo de los más parcos en el beber; yo, aunque con nada había contribuido al festín, también tuve que empinar el codo más de lo que acostumbro.

A todo esto no cesaba el zarandeo del carruaje, de modo que con el aturdimiento del vinillo, el continuo vaivén, el tropezón de codos y rodillas, las risotadas de estos, el gritar de aquellos, las palabritas a media voz de los de más allá, un poco de sol enfilado a los ojos por las ventanillas y un bastante de polvo del que levantaban las mulas, las tres horas de camino que hay desde Tarazona a Tudela pasaron entre gloria y purgatorio, ni tan largas que me dieran lugar a desesperarme, ni tan breves que no viera con gusto el término de mi segunda jornada.

En Tarazona nos apeamos del coche entre una doble fila de curiosos, pobres y chiquillos. Despedímonos cordialmente los unos de los otros, volví a encargar a un chicuelo de la conducción de mi equipaje y me encaminé al azar por aquellas calles estrechas, torcidas y oscuras, perdiendo de vista, tal vez para siempre, a mi famoso regidor, que había empezado por cargarme, concluyendo, al fin, por hacerme feliz con su eterno buen humor, su incansable charla y su inquietud, increíble en una persona de su edad y su volumen. Tarazona es una ciudad pequeña y antigua; más lejos del movimiento que Tudela, no se nota en ella el mismo adelanto, pero tiene un carácter más original y artístico. Cruzando sus calles con arquillos y retablos, con caserones de piedra llenos de escudos y timbres heráldicos, con altas rejas de hierro de labor exquisita y extraña, hay momentos en que se cree uno transportado a Toledo, la ciudad histórica por excelencia.

Al fin, después de haber discurrido un rato por aquel laberinto de calles, llegamos a la posada, que posada era, con todos los accidentes y el carácter de tal, el punto a que me condujo mi guía. Figúrense ustedes un medio punto de piedra carcomida y tostada, en cuya clave luce un escudo surmontado de un casco que en vez de plumas tiene en la cimera una pomposa mata de jaramagos amarillos, nacida entre las hendiduras de los sillares; junto al blasón de los que fueron un día señores de aquella casa solariega hay un palo con una tabla en la punta a guisa de banderola, en que se lee con grandes letras de almagre el título del establecimiento; el nudoso y retorcido tronco de una parra que comienza a retoñar cubre de hojas verdes, transparentes e inquietas, un ventanuquillo abierto en el fondo de una antigua ojiva rellena de argamasa y guijarros de colores; a los lados del portal sirven de asiento algunos trozos de columnas, sustentados por rimeros de ladrillos o capiteles rotos y casi ocultos entre las hierbas que crecen al pie del muro, en el cual, y entre remiendos y parches de diferentes épocas, unos blancos y brillantes aún, otros con oscuras manchas de ese barniz particular de los años, se ven algunas

estaquillas de madera clavadas en las hendiduras. Tal se ofreció a mis ojos el exterior de la posada; el interior no parecía menos pintoresco.

A la derecha, y perdiéndose en la media luz que penetraba de la calle, veíase una multitud de arcos chatos y macizos que se cruzaban entre sí, dejando espacio en sus huecos a una larga fila de pesebres, formados de tablas mal unidas al pie de los postes, y diseminados por el suelo, tropezábase aquí con las enjalmas de una caballería, allá con unos cuantos pellejos de vino o gruesas sacas de lana, sobre las que merendaban, sentados en corro y con el jarro en primer lugar, algunos arrieros y trajinantes.

En el fondo, y caracoleando, pegada a los muros o sujeta con puntales, subía a las habitaciones interiores una escalerilla empinada y estrecha, en cuyo hueco, y revolviendo un haz de paja, picoteaban los granos perdidos hasta una media docena de gallinas; la parte de la izquierda, a la que daba paso un arco apuntado y ruinoso, dejaba ver un rincón de la cocina iluminada por el resplandor rojizo y alegre del hogar, en donde formaban un gracioso grupo la posadera, mujer frescota y de buen temple, aunque entrada en años; una muchacha vivaracha y despierta, como de quince a dieciséis, y cuatro o cinco chicuelos rubios y tiznados, amén de un enorme gato rucio y dos o tres perros que se habían dormido al amor de la lumbre.

Después de dar un vistazo a la posada, hice presente al posadero el objeto que en su busca me traía, el cual estaba reducido a que me pusiese en contacto con alguien que me quisiera ceder una caballería para trasladarme a Veruela, punto al que no se puede llegar de otro modo.

Hízolo así el posadero, ajusté el viaje con unos hombres que habían venido a vender carbón de Purujosa y se tornaban de vacío, y héteme aquí otra vez en marcha y camino del Moncayo, atalajado en una mula como en los buenos tiempos de la Inquisición y el rey absoluto. Cuando me vi en mitad del camino, con aquellas subidas y bajadas tan escabrosas, rodeado de los carboneros que marchaban a pie a mi lado cantando una canción monótona y eterna; delante de mis ojos la senda, que parecía una culebra blancuzca e interminable que se alejaba enroscándose por entre las rocas, desapareciendo aquí y tornándose a aparecer más allá, y a un lado y otro los horizontes inmóviles y siempre los mismos, figurábaseme que hacía un año que me había despedido de ustedes, que Madrid se había quedado en el otro cabo del mundo; que el ferrocarril que vuela, dejando atrás las estaciones y los pueblos, salvando los ríos y horadando las montañas, era un sueño de la imaginación o un presentimiento de lo futu-

ro. Como la verdad es que yo fácilmente me acomodo a todas las cosas, pronto me encontré bien con mi última manera de caminar, y dejando ir la mula a su paso lento y uniforme, eché a volar la fantasía por los espacios imaginarios, para que se ocupase en la calma y en la frescura sombría de los sotos de álamos que bordean el camino, en la luminosa serenidad del cielo, o saltase, como salta el ligero montañés, de peñasco en peñasco, por entre las quiebras del terreno, ora envolviéndose como en una gasa de plata en la nube que viene rastrera, ora mirando con vertiginosa emoción el fondo de los precipicios por donde va el agua, unas veces ligera, espumosa y brillante, y otras sin ruido, sombría y profunda.

Comoquiera que cuando se viaja así la imaginación, desasida de la materia, tiene espacio y lugar para correr, volar y juguetear como una loca por donde mejor le parece, el cuerpo, abandonado del espíritu, que es el que se apercibe de todo, sigue impávido su camino, hecho un bruto y atalajado, como un pellejo de aceite, sin darse cuenta de sí mismo ni saber si se cansa o no. En esta disposición de ánimo anduvimos no sé cuántas horas, porque ya no tenía ni conciencia del tiempo, cuando un airecillo agradable, aunque un poco fuerte, me anunció que habíamos llegado a la más alta de las cumbres que por la parte de Tarazona rodean el valle, término de mis peregrinaciones. Allí, después de haberme apeado de la caballería para seguir a pie el poco camino que me faltaba, pude exclamar, como los cruzados a la vista de la ciudad santa:

Ecco aparir Gierusalem si vede.

En efecto, en el fondo del melancólico y silencioso valle, al pie de las últimas ondulaciones del Moncayo, que levantaba sus aéreas cumbres coronadas de nieve y de nubes, medio ocultas entre el follaje oscuro de sus verdes alamedas y heridas por la última luz del sol poniente, vi las vetustas murallas y las puntiagudas torres del monasterio en donde, ya instalado en una celda, y haciendo una vida mitad por mitad literaria y campestre, espera vuestro compañero y amigo recobrar la salud, si Dios es servido de ello, y ayudaros a soportar la pesada carga del periódico en cuanto la enfermedad y su natural propensión a la vagancia se lo permitan.

II

Queridos amigos: Si me vieran ustedes en algunas ocasiones con la pluma en la mano y el papel delante, buscando un asunto cualquiera para emborronar catorce o quince cuartillas, tendrían lástima de mí. Gracias a Dios que no tengo la perniciosa cuanto fea costumbre de morderme las uñas en casos de esterilidad, pues hasta tal punto me encuentro apurado e irresoluto en estos trances, que ya sería cosa de haberme comido la primera falange de los dedos. Y no es precisamente porque se hayan agotado de tal modo mis ideas que, registrando en el fondo de la imaginación, en donde andan enmarañadas e indecisas, no pudiese topar con alguna y traerla, a ser preciso, por la oreja, como dómine de lugar a muchacho travieso. Pero no basta tener una idea; es necesario despojarla de su extraña manera de ser, vestirla un poco al uso para que esté presentable, aderezarla y condimentarla, en fin, a propósito para el paladar de los lectores de un periódico, político por añadidura. Y aquí está lo espinoso del caso, aquí la gran dificultad.

Entre los pensamientos que antes ocupaban mi imaginación y los que aquí han engendrado la soledad y el retiro, se ha trabado una lucha titánica, hasta que, por último, vencidos los primeros por el número y la intensidad de sus contrarios, han ido a refugiarse no sé dónde, porque yo los llamo y no me contestan, los busco y no aparecen. Ahora bien: lo que se siente y se piensa aquí en armonía con la profunda calma y el melancólico recogimiento de estos lugares, ¿podrá encontrar un eco en los que viven en ese torbellino de encontrados intereses, de pasiones sobreexcitadas, de luchas continuas, que se llama la corte?

Yo juzgo de la impresión que pueden hacer ideas que nacen y se desarrollan en la austera soledad de estos claustros por la que a su vez me producen las que ahí hierven, y de las cuales diariamente me trae *El Contemporáneo* como un abrasado soplo. Al periódico que todas las mañanas encontramos en Madrid, sobre la mesa del comedor o en el gabinete de estudio, se le recibe como a un amigo de confianza que viene a charlar un rato, mientras se hace hora de almorzar, con la ventaja de que, si saboreamos un veguero mientras él nos

refiere, comentándola, la historia del día de ayer, ni siquiera hay necesidad de ofrecerle otro. Y esa historia de ayer que nos refiere es, hasta cierto punto, la historia de nuestros cálculos, de nuestras simpatías o de nuestros intereses, de modo que su lenguaje apasionado, sus frases palpitantes, suelen hablar a un tiempo a nuestra cabeza, a nuestro corazón y a nuestro bolsillo; en unas ocasiones repite lo que ya hemos pensado, y nos complace hallarlo acorde con nuestro modo de ver; otras, nos dice la última palabra de algo que comenzábamos a adivinar, o nos da el tema en armonía con las vibraciones de nuestra inteligencia, para proseguir pensando: tan íntimamente está enlazada su vida intelectual con la nuestra, tan una es la atmósfera en que se agitan nuestras pasiones y las suyas.

Aquí, por el contrario, todo parece conspirar a un fin diverso. El periódico llega a los muros de este retiro como uno de esos círculos que se abren en el agua cuando se arroja una piedra, y que poco a poco se van debilitando a medida que se alejan del punto de donde partieron, hasta que vienen a morir en la orilla con un rumor apenas perceptible. El estado de nuestra imaginación, la soledad que nos rodea, hasta los accidentes locales parece que contribuyen a que sus palabras suenen de otro modo en el oído. Juzgad, si no, por lo que a mí me sucede.

Todas las tardes, y cuando el sol comienza a caer, salgo al camino que pasa por delante de las puertas del monasterio para aguardar al conductor de la correspondencia que me trae los periódicos de Madrid. Frente al arco que da entrada al primer recinto de la abadía se extiende una larga alameda de chopos tan altos, que cuando agita sus ramas el viento de la tarde, sus copas se unen y forman una inmensa bóveda de verdura. Por ambos lados del camino, y saltando y cayendo con un murmullo apacible por entre las retorcidas raíces de los árboles, corren dos arroyos de agua cristalina y transparente, fría como la hoja de una espada y delgada como su filo. El terreno sobre el cual flotan las sombras de los chopos, salpicadas a trecho de manchas inquietas y luminosas, se halla salpicado de una hierba alta, espesa y finísima, entre la que nacen tantas margaritas blancas, que semejan a primera vista esa lluvia de flores con que alfombran el suelo los árboles frutales en los templados días de abril. En los ribazos y entre los zarzales y los juncos del arroyo crecen las violetas silvestres, que, aunque casi ocultas entre sus rastreras hojas, se anuncian a gran distancia con su intenso perfume; y por último, también cerca del agua, y formando como un segundo término, déjase ver, por entre los huecos que quedan de tronco a

tronco, una doble fila de nogales corpulentos con sus copas redondas, compactas y oscuras.

Como a la mitad de esta alameda deliciosa, y en un punto en que varios olmos dibujan un círculo pequeño enlazando entre sí sus espesas ramas, que recuerdan, al tocarse en la altura, la cúpula de un santuario, sobre una escalinata formada de grandes sillares de granito, por entre cuyas hendiduras nacen y se enroscan los tallos de las flores trepadoras, se levanta gentil, artística y alta, casi como los árboles, una cruz de mármol que, merced a su color, es conocida en estas cercanías por la *Cruz negra de Veruela*. Nada más hermosamente sombrío que este lugar. Por un extremo del camino limita la vista el monasterio, con sus arcos ojivales, sus torres puntiagudas y sus muros almenados e imponentes; por el otro, las ruinas de una pequeña ermita situada al pie de una eminencia sembrada de tomillos y romeros en flor. Allí, sentado al pie de la cruz, y teniendo en las manos un libro que casi nunca leo y que muchas veces dejo olvidado en las gradas de piedra, estoy una, dos y a veces hasta cuatro horas aguardando el periódico. De cuando en cuando veo atravesar a lo lejos una de esas figuras aisladas que se colocan en un paisaje para hacer sentir mejor la soledad del sitio. Otras veces, exaltada la imaginación, creo distinguir confusamente, sobre el fondo oscuro del follaje, los monjes blancos que van y vienen silenciosos alrededor de su abadía, o una muchacha de la aldea que pasó por ventura al pie de la cruz con un manojo de flores en el halda, se arrodilló un momento y dejó un lirio azul sobre los peldaños. Luego, un suspiro que se confunde con el rumor de las hojas; después..., ¡qué sé yo!, escenas sueltas de no sé qué historias que yo he oído o que inventaré algún día; personajes fantásticos que, unos tras otros, van pasando ante mi vista, y de los cuales cada uno me dice una palabra o me sugiere una idea; ideas y palabras que más tarde germinarán en mi cerebro y acaso den fruto en el porvenir.

La aproximación del correo viene siempre a interrumpir una de estas maravillosas historias. En el profundo silencio que me rodea, el lejano rumor de los pasos de su caballo, que cada vez se percibe más distinto, lo anuncia a larga distancia; por fin, llega donde estoy, saca el periódico de la bolsa de cuero que trae terciada al hombro, me lo entrega y, después de cambiar algunas palabras o un saludo, desaparece por el extremo opuesto del camino que trajo.

Como le he visto nacer, como desde que vino al mundo he vivido con su vida febril y apasionada, *El Contemporáneo* no es para mí un papel como otro cualquiera, sino que sus columnas son ustedes todos, mis amigos, mis compañeros de esperanzas o desengaños, de

reveses o de triunfos, de satisfacciones o de amarguras. La primera impresión que siento, pues, al recibirlo es siempre una impresión de alegría, como la que se experimenta al romper la cubierta de una carta en cuyo sobre hemos visto una letra querida, o como cuando en un país extranjero se estrecha la mano de un compatriota y se oye hablar el idioma nativo. Hasta el olor particular del papel húmedo y la tinta de imprenta, olor especialísimo que por un momento viene a sustituir al perfume de las flores que aquí se respira por todas partes, parece que hiere la memoria del olfato, memoria extraña y viva que indudablemente existe, y me trae un pedazo de mi antigua existencia, de aquella inquietud, de aquella actividad, de aquella fiebre fecunda del periodismo. Recuerdo el incesante golpear y crujir de la máquina que multiplicaba por miles las palabras que acabábamos de escribir y que salían aún palpitando de la pluma; recuerdo el afán de las últimas horas de Redacción, cuando la noche va de vencida y el original escasea; recuerdo, en fin, las veces que nos ha sorprendido el día corrigiendo un artículo o escribiendo una noticia última, sin hacer más caso de las poéticas bellezas de la alborada que de la carabina de Ambrosio. En Madrid, y para nosotros en particular, ni amanece ni se pone el sol; se apaga o se enciende la luz, y es por la única cosa que lo advertimos.

Al fin, rompo la faja del periódico y comienzo a pasar la vista por sus renglones, hasta que gradualmente me voy engolfando en su lectura, y ya ni veo ni oigo nada de lo que se agita a mi alrededor. El viento sigue suspirando entre las copas de los árboles, el agua sonriendo a mis pies y las golondrinas, lanzando chillidos agudos, pasan sobre mi cabeza; pero yo, cada vez más absorto y embebido con las nuevas ideas que comienzan a despertarse a medida que me hieren las frases del periódico, me juzgo transportado a otros sitios y a otros días. Paréceme asistir de nuevo a la Cámara, oír los discursos ardientes, atravesar los pasillos del Congreso, donde entre el animado cuchicheo de los grupos se forman las futuras crisis, y luego veo las secretarías de los ministerios, en donde se hace la política oficial, las redacciones, donde hierven las ideas que han de caer al día siguiente como la piedra en el lago, y los círculos de la opinión pública, que comienzan en el casino, siguen en las mesas de los cafés y acaban en los guardacantones de las calles. Vuelvo a seguir con interés las polémicas acaloradas, vuelvo a reanudar el roto hilo de las intrigas, y ciertas fibras embotadas aquí, las fibras de las pasiones violentas, la inquieta ambición, el ansia de algo más perfecto, el afán de hallar la verdad escondida a los ojos humanos, tornan a vibrar nuevamente y a encontrar en mi alma un eco profundo. «*El Diario*

Español, El Pensamiento o *La Iberia* hablan de esto, afirman aquello o niegan lo de más allá», dice *El Contemporáneo*; y yo, sin saber apenas dónde estoy, tiendo las manos para cogerlos, creyendo que están allí a mi alcance, como si me encontrara sentado a la mesa de la Redacción.

Pero esa tromba de pensamientos tumultuosos, que pasan por mi cabeza como una nube de tronada, se desvanecen apenas nacidos. Aún no he acabado de leer las primeras columnas del periódico, cuando el último reflejo del sol, que dobla lentamente la cumbre del Moncayo desaparece de la más alta de las torres del monasterio, en cuya cruz de metal llamea un momento antes de extinguirse. Las sombras de los montes bajan a la carrera y se extienden por la llanura; la luna comienza a dibujarse en el Oriente como un círculo de cristal que transparenta el cielo, y la alameda se envuelve en la indecisa luz del crepúsculo. Ya es imposible continuar leyendo. Aún se ven por una parte, y entre los huecos de las ramas, chispazos rojizos del sol poniente, y por la otra, una claridad violada y fría. Poco a poco comienzo a percibir otra vez, semejante a una armonía confusa, el ruido de las hojas y el murmullo del agua, fresco, sonoro y continuado, a cuyo compás, vago y suave, vuelven a ordenarse las ideas y se van moviendo con más lentitud en una danza cadenciosa, que languidece al par de la música, hasta que, por último, se aguzan unas tras otras, como esos puntos de luz apenas perceptibles que de pequeños nos entreteníamos en ver morir en las pavesas de un papel quemado. La imaginación entonces ligera y diáfana, se mece y flota al rumor del agua, que la arrulla como una madre arrulla a un niño. La campana del monasterio, la única que ha quedado colgada en su ruinosa torre bizantina, comienza a tocar la oración, y una cerca, otra lejos, estas con una vibración metálica y aguda, aquellas con un tañido sordo y triste, les responden las otras campanas de los lugares del Somontano. De estos pequeños lugares, unos están en la punta de las rocas, colgados como el nido de un águila, y otros, medio escondidos en las ondulaciones del monte o en lo más profundo de los valles. Parece una armonía que a la vez baja del cielo y sube de la tierra, y se confunde y flota en el espacio, mezclándose al último rumor del día que muere, al primer suspiro de la noche que nace.

Ya todo pasó. Madrid, la política, las luchas ardientes, las miserias humanas, las pasiones, las contrariedades, los deseos; todo se ha ahogado en aquella música divina. Mi alma está ya tan serena como el agua inmóvil y profunda. La fe en algo más grande, en un destino futuro y desconocido, más allá de esto, la fe de la eternidad, en fin,

aspiración absorbente, única e inmensa, mata esa fe al pormenor que pudiéramos llamar personal, la fe en el mañana, especie de aguijón que espolea los espíritus irresolutos y que tanto se necesita para luchar y vivir y alcanzar cualquier cosa en la tierra.

Absorto en estos pensamientos, doblo el periódico y me dirijo a mi habitación. Cruzo la sombría calle de árboles y llego a la primera cerca del monasterio, cuya dentellada silueta destaca por oscuro sobre el cielo, en un todo semejante a la de un castillo feudal; atravieso el patio de armas, con sus arcos redondos y timbrados, sus bastiones llenos de saeteras y coronados de almenas puntiagudas, de las cuales algunas yacen en el foso, medio ocultas entre los jaramagos y los espinos. Entre dos cubos de muralla, altos, negros e imponentes, se alza la torre que da paso al interior. Una cruz clavada en la punta indica el carácter religioso de aquel edificio, cuyas enormes puertas de hierro y muros fortísimos más parece que deberían guardar soldados que monjes.

Pero apenas las puertas se abren rechinando sobre sus goznes enmohecidos, la abadía aparece con todo su carácter. Una larga fila de olmos, entre los que se elevan algunos cipreses, deja ver en el fondo la iglesia bizantina, con su portada semicircular llena de extrañas esculturas. Por la derecha se extiende la remendada tapia de un huerto, por encima de la cual asoman las copas de los árboles, y a la izquierda se descubre el palacio abacial, severo y majestuoso en medio de su sencillez. Desde este primer recinto se pasa al inmediato por un arco de medio punto, después del cual se encuentra el sitio donde en otro tiempo estuvo el enterramiento de los monjes. Un hilo de agua, que luego desaparece y se oye gemir por debajo de tierra, corre al pie de tres o cuatro árboles viejos y nudosos. A un lado se descubre el molino, medio agachapado entre unas ruinas, y más allá, oscura como la boca de una cueva, la portada monumental del claustro, con sus pilastras platerescas llenas de hojarascas, bichas, ángeles, cariátides y dragones de granito, que sostienen emblemas de la Orden, mitras y escudos.

Siempre que atravieso este recinto, cuando la noche se aproxima y comienza a influir en la imaginación con su alto silencio y sus alucinaciones extrañas, voy pisando quedo y poco a poco las sendas abiertas entre los zarzales y las hierbas parásitas, como temeroso de que al ruido de mis pasos despierte en sus fosas y levante la cabeza alguno de los monjes que duermen allí el sueño de la eternidad. Por último, entro en el claustro, donde ya reina una oscuridad profunda. La llama del fósforo que enciendo para atravesarlo vacila, agitada por el aire, y los círculos de luz que despide luchan trabajosamente

con las tinieblas. Sin embargo, a su incierto resplandor pueden distinguirse las largas series de ojivas festoneadas de hojas de trébol, por entre las que asoman con una mueca muda y horrible esas mil fantásticas y caprichosas creaciones de la imaginación que el arte misterioso de la Edad Media dejó grabadas en el granito de sus basílicas: aquí, un endriago que se retuerce por una columna y saca su deforme cabeza por entre la hojarasca del capitel; allí, un ángel que lucha con un demonio y entre los dos soportan la recaída de un arco que se apunta al muro; más lejos, y sombreadas por el batiente oscuro del lucillo que las contiene, las urnas de piedra, donde, bien con la mano en el montante o revestidas de la cogulla, se ven las estatuas de los guerreros y abades más ilustres que han patrocinado este monasterio o lo han enriquecido con sus dones.

Los diferentes y extraordinarios objetos que, unos tras otros, van hiriendo la imaginación, la impresionan de una manera tan particular que, cuando, después de haber discurrido por aquellos patios sombríos, aquellas alamedas misteriosas y aquellos claustros imponentes, penetro al fin en mi celda y desdoblo otra vez *El Contemporáneo* para proseguir su lectura, paréceme que está escrito en un idioma que no entiendo. Bailes, modas, el estreno de una comedia, un libro nuevo, un cantante extraordinario, una comida en la Embajada de Rusia, la compañía de Price, la muerte de un personaje, los *clowns*, los banquetes políticos, la música, todo revuelto: una obra de caridad con un crimen, un suicidio con una boda, un entierro con una función de toros extraordinaria.

A esta distancia y en este lugar me parece mentira que exista aún ese mundo que yo conocía, el mundo del Congreso y las redacciones, del casino y de los teatros, del Suizo y de la Fuente Castellana, y que exista tal como yo lo dejé, rabiando y divirtiéndose, hoy en una broma, mañana en un funeral, todos deprisa, todos cosechando esperanzas y decepciones, todos corriendo detrás de una cosa que no alcanzan nunca, hasta que, corriendo, den en uno de esos lazos silenciosos que nos va tendiendo la muerte y desaparezcan como por escotillón con una gacetilla por epitafio.

Cuando me asaltan estas ideas, en vano hago esfuerzos por templarme como ustedes y entrar a compás en la danza. No oigo la música, que os lleva a todos envueltos como en un torbellino, no veo en esa agitación continua, en ese ir y venir, más que lo que ve el que mira un baile desde lejos: una pantomima muda e inexplicable, grotesca unas veces, terrible otras.

Ustedes, sin embargo, quieren que escriba alguna cosa que lleve mi parte en la sinfonía general, aun a riesgo de salir desafinando. Sea,

y sirva esto de introducción y preludio: quiere decir que si alguno de mis lectores ha sentido otra vez algo de lo que yo siento ahora, mis palabras le llevarán al recuerdo de más tranquilos días, como el perfume de un paraíso distante, y los que no, tendrán en cuenta mi especial posición para tolerar que de cuando en cuando rompa con una nota desacorde la armonía de un periódico político.

III

Queridos amigos: Hace dos o tres días, andando a la casualidad por entre estos montes, y habiéndome alejado más de lo que acostumbro en mis paseos matinales, acerté a descubrir, casi oculto entre las quiebras del terreno y fuera de todo camino, un pueblecillo cuya situación, por extremo pintoresca, me agradó tanto, que no pude por menos de aproximarme a él para examinarle a mis anchas. Ni aun pregunté su nombre, y si mañana o el otro quisiera buscarle por su situación en el mapa, creo que no lo encontraría: tan pequeño es y tan olvidado parece entre las ásperas sinuosidades del Moncayo. Figúrense ustedes en el declive de una montaña inmensa, y sobre una roca que parece servirle de pedestal, un castillo del que sólo quedan en pie la torre del homenaje y algunos lienzos de muro carcomidos y musgosos. Agrupadas alrededor de este esqueleto de fortaleza, cual si quisiesen todavía dormir seguras a su sombra como en la edad de hierro en que debió alzarse, se ven algunas casas, pequeñas heredades con sus bardales de heno, sus tejados rojizos y sus chimeneas desiguales y puntiagudas, por cima de las que se eleva el campanario de la parroquia con su reloj de sol, su esquiloncillo que llama a la primera misa y su gallo de hojalata, que gira en lo alto de la veleta a merced de los vientos.

Una senda que sigue el curso del arroyo que cruza el valle, serpenteando por entre los cuadros de los trigos, verdes y tirantes como el paño de una mesa de billar, sube, dando vueltas a los amontonados pedruscos sobre que se asienta el pueblo, hasta el punto en que un pilarote de ladrillos con una cruz en el remate señala la entrada. Sucede con estos pueblecitos tan pintorescos, cuando se ven en lontananza tantas líneas caprichosas, tantas chimeneas arrojando pilares de humo azul, tantos árboles, peñas y accidentes artísticos, lo que con otras muchas cosas del mundo, en que todo es cuestión de la distancia a que se miran, y la mayor parte de las veces, cuando se llega a ellos, la poesía se convierte en prosa. Ya en la cruz de la entrada, lo que pude descubrir del interior del lugar no me pareció, en efecto, que respondía ni con mucho a su perspectiva, de modo que no queriendo arriesgarme por sus estrechas, sucias y empinadas

callejas, comencé a costearlo y me dirigí a una reducida llanura que se descubre a su espalda, dominada sólo por la iglesia y el castillo. Allí, en unos campos de trigo, y junto a dos o tres nogales aislados que comenzaban a cubrirse de hojas, está lo que, por su especial situación y la pobre cruz de palo enclavada sobre la puerta, colegí que sería el cementerio.

Desde muy niño concebí, y todavía conservo, una instintiva aversión a los campos santos de las grandes poblaciones: aquellas tapias encaladas y llenas de huecos, como la estantería de una tienda de géneros ultramarinos; aquellas calles de árboles raquíticos, simétricas y enarenadas, como las avenidas de un parque inglés; aquella triste parodia de jardín con flores sin perfume y verdura sin alegría, me oprimen el corazón y me crispan los nervios. El afán de embellecer grotesca y artificialmente la muerte me trae a la memoria esos niños de los barrios bajos a quienes después de expirar embadurnan la cara con arrebol, y entre el cerco violado de los ojos, la intensa palidez de las sienes y el rabioso carmín de las mejillas resulta una mueca horrible.

Por el contrario, en más de una aldea he visto un cementerio chico, abandonado, pobre, cubierto de ortigas y cardos silvestres, y me ha causado una impresión siempre melancólica, es verdad, pero mucho más suave, mucho más respetuosa y tierna. En aquellos vastos almacenes de la muerte siempre hay algo de esa repugnante actividad del tráfico. La tierra, constantemente removida, deja ver fosas profundas que parecen aguardar su presa con hambre. Aquí, nichos vacíos a los que no falta más que un letrero: «Esta casa se alquila»; allí, huesos que se retrasan en el pago de su habitación y son arrojados qué sé yo adónde, para dejar lugar a otros, y lápidas con filetes de relumbrones y décimas, y coronas de flores de trapo, y siemprevivas de comerciantes de objetos fúnebres. En estos escondidos rincones, último albergue de los ignorados campesinos, hay una profunda calma. Nadie turba su santo recogimiento, y después de envolverse en su ligera capa de tierra, sin siquiera tener encima el peso de una losa, deben dormir mejor y más sosegados.

Cuando, no sin tener que forcejear antes un poco, logré abrir la carcomida y casi deshecha puerta del pequeño cementerio que por casualidad había encontrado en mi camino, y aquél se ofreció a mi vista, no pude menos de confirmarme nuevamente en mis ideas. Es imposible ni aun concebir un sitio más agreste, más solitario y más triste, con una agradable tristeza, que aquel. Nada habla allí de la muerte con ese lenguaje enfático y pomposo de los epitafios, nada la recuerda de modo que horrorice con el repugnante espectáculo de

sus atavíos y despojos. Cuatro lienzos de tapia humilde y compuestos de arena amasada con piedrecillas de colores, ladrillos rojos y algunos sillares cubiertos de musgo en los ángulos, cercan un pedazo de tierra, en el cual la poderosa vegetación de este país, abandonada a sí misma, despliega sus silvestres galas con un lujo y una hermosura imponderables. Al pie de las tapias, y por entre sus rendijas, crecen la hiedra y esas campanillas color de rosa pálido que suben sosteniéndose en las asperezas del muro hasta trepar a los bardales de heno, por donde se cruzan y se mecen como una flotante guirnalda de verdura. La espesa y fina hierba que cubre el terreno y marca con suave claroscuro todas sus ondulaciones hace el efecto de un tapiz bordado de esas mil florecillas cuyos poéticos nombres ignora la ciencia, y sólo podrían decirlo las muchachas del lugar que en las tardes de mayo las cogen en el halda para engalanar el retablo de la Virgen.

Allí, en medio de algunas espigas cuya simiente acaso trajo el aire de las eras cercanas, se columpian las amapolas con sus cuatro hojas purpúreas y descompuestas; las margaritas blancas y menudas, cuyos pétalos arrancan uno a uno los amantes, semejan copos de nieve que el calor no ha podido derretir, contrastando con los dragoncillos corales y esas estrellas de cinco rayos, amarillas e inodoras, que llaman de los muertos, las cuales crecen salpicadas en los campos santos entre las ortigas, las rosas de los espinos, los cardos silvestres y las alcachoferas puntiagudas y frondosas. Una brisa pura y agradable mueve las flores, que se balancean con lentitud, y las altas hierbas, que se inclinan y levantan a su empuje como las pequeñas olas de un mar verde y agitado. El sol resbala suavemente sobre los objetos, los ilumina o los transparenta, aumentando la intensidad y la brillantez de sus tintas, y parece que los dibuja con un perfil de oro para que destaquen entre sí con más limpieza. Algunas mariposas revolotean de acá para allá, haciendo en el aire esos giros extraños que fatigan la vista, que inútilmente se empeña en seguir su vuelo tortuoso, y mientras las abejas estrechan sus círculos zumbando alrededor de los cálices llenos de perfumada miel y los pardillos picotean los insectos que pululan por el bardal de la tapia, una lagartija asoma su cabeza triangular y aplastada y sus ojos pequeños y vivos por entre sus hendiduras, y huye temerosa a guarecerse en su escondite al menor movimiento.

Después que hube abarcado con una mirada el conjunto de aquel cuadro, imposible de reproducir con frases siempre descoloridas y pobres, me senté en un pedrusco, lleno de esa emoción sin ideas que experimentamos siempre que una cosa cualquiera nos

impresiona profundamente y parece que nos sobrecoge por su novedad o su hermosura. En esos instantes rapidísimos, en que la sensación fecunda a la inteligencia y allá en el fondo del cerebro tiene lugar la misteriosa concepción de los pensamientos que han de surgir algún día evocados por la memoria, nada se piensa, nada se razona, los sentidos todos parecen ocupados en recibir y guardar la impresión que analizarán más tarde.

Sintiendo aún las vibraciones de esta primera sacudida del alma, que la sumerge en un agradable sopor, estuve, pues, un largo espacio de tiempo, hasta que gradualmente comenzaron a extinguirse, y poco a poco fueron levantándose las ideas relativas. Estas ideas que ya han cruzado otras veces por la imaginación y duermen olvidadas en alguno de sus rincones son siempre las primeras en acudir cuando se toca su resorte misterioso. No sé si a todos les habrá pasado igualmente, pero a mí me ha sucedido con bastante frecuencia preocuparme en ciertos momentos con la idea de la muerte y pensar largo rato y concebir deseos y formular votos acerca de la destinación futura, no sólo de mi espíritu, sino de mis despojos mortales. En cuanto al alma, dicho se está que siempre he deseado que se encaminase al cielo. Con el destino que darían a mi cuerpo es con lo que más he batallado y acerca de lo cual he echado más a menudo a volar la fantasía. En aquel punto en que todas aquellas viejas locuras de mi imaginación salieron en tropel de los desvanes de la cabeza donde tengo arrinconados, como trastos inútiles, los pensamientos extraños, las ambiciones absurdas y las historias imposibles de la adolescencia, ilusiones rosadas que, como los trajes antiguos, se han ajado ya y se han puesto de color de ala de mosca con los años, fue cuando pude apreciar, sonriendo, al compararlas entre sí, la candidez de mis aspiraciones juveniles.

En Sevilla, y en la margen del Guadalquivir que conduce al convento de San Jerónimo, hay, cerca del agua, una especie de remanso que fertiliza un valle en miniatura, formado por el corte natural de la ribera, que en aquel lugar es bien alta, y forma un rápido declive. Dos o tres álamos blancos, corpulentos y frondosos, entretejiendo sus copas, defienden aquel sitio de los rayos del sol, que rara vez logra deslizarse entre las ramas, cuyas hojas producen un ruido manso y agradable cuando el viento las agita y las hace parecer, ya plateadas, ya verdes, según del lado que las empuja. Un sauce baña sus raíces en la corriente del río, hacia el que se inclina como agobiado de un peso invisible, y a su alrededor crecen multitud de juncos y de esos lirios amarillos y grandes que nacen espontáneos al borde de los arroyos y las fuentes.

Cuando yo tenía catorce o quince años y mi alma estaba henchida de deseos sin nombre, de pensamientos puros y de esa esperanza sin límite que es la más preciada joya de la juventud; cuando yo me juzgaba poeta, cuando mi imaginación estaba llena de esas risueñas fábulas del mundo clásico, y Rioja, en sus silvas a las flores; Herrera, en sus tiernas elegías, y todos mis cantores sevillanos, dioses penates de mi especial literatura, me hablaban de continuo del Betis majestuoso, el río de las ninfas, de las náyades y los poetas, que corre al Océano escapándose de un ánfora de cristal, coronado de espadañas y laureles, ¡cuántos días, absorto en la contemplación de mis sueños de niño, fui a sentarme en su ribera, y allí, donde los álamos me protegían con su sombra, daba rienda suelta a mis pensamientos y forjaba una de esas historias imposibles, en las que hasta el esqueleto de la muerte se vestía a mis ojos con galas fascinadoras y espléndidas! Yo soñaba entonces una vida independiente y dichosa, semejante a la del pájaro, que nace para cantar y Dios le procura de comer; soñaba esa vida tranquila del poeta que irradia con suave luz de una en otra generación: soñaba que la ciudad que me vio nacer se enorgulleciese con mi nombre, añadiéndolo al brillante catálogo de sus ilustres hijos, y cuando la muerte pusiese un término a mi existencia, me colocasen, para dormir el sueño de oro de la inmortalidad, a la orilla del Betis, al que yo habría cantado en odas magníficas, y en aquel mismo punto adonde iba tantas veces a oír el suave murmullo de sus ondas. Una piedra blanca con una cruz y mi nombre serían todo el monumento.

Los álamos blancos, balanceándose día y noche sobre mi sepultura, parecerían rezar por mi alma con el susurro de sus hojas plateadas y verdes, entre las que vendrían a refugiarse los pájaros para cantar al amanecer un himno alegre a la resurrección del espíritu a regiones más serenas; el sauce, cubriendo aquel lugar de una flotante sombra, le prestaría su vaga tristeza, inclinándose y derramando en derredor sus ramas desmayadas y flexibles, como para proteger y acariciar mis despojos, y hasta el río, que en las horas de creciente casi vendría a besar el borde de la losa, cercada de juncos, parecería arrullar mi sueño con una música agradable. Pasado algún tiempo, y después que la losa comenzara a cubrirse de manchas de musgo, una mata de campanillas, de esas campanillas azules con un disco de carmín en el fondo, que tanto me gustaban, crecería a su lado, enredándose por entre sus grietas y vistiéndola con sus hojas anchas y transparentes, que no sé por qué misterio tienen la forma de un corazón; los insectos de oro con alas de luz, cuyo zumbido convida a dormir en la calurosa siesta, vendrían a revolotear en torno de sus cálices;

para leer mi nombre, ya borroso por la acción de la humedad y los años, sería preciso descorrer un cortinaje de verdura. ¿Pero, para qué leer mi nombre? ¿Quién no sabría que yo descansaba allí? Algún desconocido admirador de mis versos plantaría un laurel que, descollando altivo entre los otros árboles, hablase a todos de mi gloria, y ya una mujer enamorada que halló en mis cantares un rasgo de esos extraños fenómenos del amor que solo las mujeres saben sentir y los poetas descifrar, ya un joven que se sintió inflamado con el sacro fuego que hervía en mi mente, y a quien mis palabras revelaron nuevos mundos de la inteligencia, hasta entonces para él ignotos, o un extranjero que vino a Sevilla llamado por la fama de su belleza y los recuerdos que en ella dejaron sus hijos, echaría una flor sobre mi tumba, contemplándola un instante con tierna emoción, con noble envidia o respetuosa curiosidad; a la mañana, las gotas del rocío resbalarían como lágrimas sobre su superficie .

Después de remontado el sol, sus rayos la dorarían, penetrando tal vez en la tierra y abrigando su dulce calor mis huesos. En la tarde, y a la hora en que las aguas del Guadalquivir copian temblando el horizonte de fuego, la árabe torre y los muros romanos de mi hermosa ciudad, los que siguen la corriente del río en un ligero bote que deja en pos una inquieta línea de oro, dirían, al ver aquel rincón de verdura, donde la piedra blanqueaba al pie de los árboles: «Allí duerme el poeta.» Y cuando el *Gran Betis* dilatase sus riberas hasta los montes, cuando sus alteradas ondas, cubriendo el pequeño valle, subiesen hasta la mitad del tronco de los álamos, las ninfas que viven ocultas en el fondo de sus palacios, diáfanos y transparentes, vendrían a agruparse alrededor de mi tumba, yo sentiría la frescura y el rumor del agua agitada por sus juegos, sorprendería el secreto de sus misteriosos amores, sentiría tal vez la ligera huella de sus pies de nieve al resbalar sobre el mármol en una danza cadenciosa, oyendo, en fin, como cuando se duerme ligeramente se oyen las palabras y los sonidos de una manera confusa, el armonioso coro de sus voces juveniles y las notas de sus liras de cristal.

Así soñaba yo en aquella época. ¡A tanto y a tan poco se limitaban entonces mis deseos! Pasados algunos años, luego que hube salido de mi ciudad querida, después que mis ideas tomaron poco a poco otro rumbo, y la imaginación, cansada ya de idilios, de ninfas, de poesía y de flores, comenzó a remontarse a épocas distantes, complaciéndose en vestir con sus galas las dramáticas escenas de la Historia, fingiendo un marco de oro para cada uno de sus cuadros y haciendo un pedestal para cada uno de sus personajes, volví a soñar, y como en las comedias de magia, nuevas decoraciones de fantasía

sustituyeron a las antiguas y la vara mágica del deseo hizo posible en la mente nuevos absurdos.

¡Cuántas veces, después de haber discurrido por las anchurosas naves de alguna de nuestras inmensas catedrales góticas o de haberme sorprendido la noche en uno de esos imponentes y severos claustros de nuestras históricas abadías, he vuelto a sentir inflamada mi alma con la idea de la gloria, pero una gloria más ruidosa y ardiente que la del poeta! Yo hubiera querido ser un rayo de la guerra, haber influido poderosamente en los destinos de mi país, haber dejado en sus leyes y sus costumbres la profunda huella de mi paso; que mi nombre resonase unido, y como personificándola, a alguna de sus grandes revoluciones, y luego, satisfecha mi sed de triunfos y de estrépito, caer en un combate, oyendo como el último rumor del mundo el agudo clamor de la trompetería de mis valerosas huestes, para ser conducido sobre el pavés, envuelto en los pliegues de mi destrozada bandera, emblema de cien victorias, a encontrar la paz del sepulcro en el fondo de uno de esos claustros santos donde vive el eterno silencio y al que los siglos prestan su majestad y su color misterioso e indefinible. Una airosa ojiva, erizada de hojas revueltas y puntiagudas, por entre las cuales se enroscaran, asomando su deforme cabeza, por aquí un grifo, por allá uno de esos monstruos alados, engendro de la imaginación del artífice, bañaría en oscura sombra mi sepulcro. A su alrededor, y debajo de calados doseletes, los santos patriarcas, los bienaventurados y los mártires, con sus miembros de hierro y sus emblemáticos atributos, parecerían santificarle con su presencia. Dos guerreros inmóviles y vestidos de su fantástica y blanca armadura velarían día y noche de hinojos a sus costados, y mientras que mi estatua de alabastro riquísimo y transparente, con sus arreos de batallar, su espada sobre el pecho y un león a los pies, dormiría majestuosa sobre el túmulo, los ángeles, que, envueltos en largas túnicas y con un dedo en los labios, sostuviesen el cojín sobre que descansaba mi cabeza, parecería que llamaban con sus plegarias a las santas visiones de oro que llenan el desconocido sueño de la muerte de los justos, defendiéndome con sus alas de los terrores y las angustias de una pesadilla eterna.

En los huecos de la urna, y entre un sinnúmero de arcos con caireles y grumos de hojas de trébol, rosetas caladas, haces de columnillas y esas largas procesiones de plañideras que, envueltas en sus mantos de piedra, parece que andan en torno del monumento llorando con llanto sin gemidos, se verían mis escudos triangulares soportados por reyes de armas con sus birretes y sus blasonadas casullas, y en los cuarteles, realzados con vivos colores merced a un

hábil iluminador, las bandas de oro, las estrellas, los versos y los motes heráldicos con una larga inscripción en esa letra gótica, estrecha y puntiaguda, donde el curioso, lleno de hondo respeto, leería con pena y casi descifrándolos, mi nombre, mis títulos y mi gloria. Allí, rodeado de esa atmósfera de majestad que envuelve a todo lo grande, sin que turbara mi reposo más que el agudo chillido de una de esas aves nocturnas de ojos redondos y fosfóricos que acaso viniera a anidar entre los huecos del arco, viviría todo lo que vive un recuerdo histórico y glorioso unido a una magnífica obra de arte, y en la noche, cuando un furtivo rayo de luna dibujase en el pavimento del claustro los severos perfiles de las ojivas, cuando sólo se oyesen los gemidos del aire extendiéndose de eco en eco por sus inmensas bóvedas, después de haberse perdido la última vibración de la campana que toca la queda, mi estatua, en la que habría algo de lo que yo fui, un poco de ese soplo que anima el barro encadenado por un fenómeno incomprensible al granito, ¡quién sabe si se levantaría de su lecho de piedra para discurrir por entre aquellas gigantes arcadas con los otros guerreros, que tendrían su sepultura por allí cerca; con los prelados, revestidos de sus capas pluviales y sus mitras, y esas damas de largo brial y plegados monjiles que, hermosas aun en la muerte, duermen sobre las urnas de mármol, en los más oscuros ángulos de los templos...!

Desde que, impresionada la imaginación por la vaga melancolía o la imponente hermosura de un lugar cualquiera, se lanzaba a construir con fantásticos materiales uno de esos poéticos recintos, último albergue de mis mortales despojos, hasta el punto aquel en que, sentado al pie de la humilde tapia del cementerio de una aldea oscura, parecía como que se reposaba mi espíritu en su honda calma y se abrían mis ojos a la luz de la realidad de las cosas, ¡qué revolución tan radical y profunda no se ha hecho en todas mis ideas! ¡Cuántas tempestades silenciosas no han pasado por mi frente, cuántas ilusiones no se han secado en mi alma, a cuántas historias de poesía no las he hallado una repugnante vulgaridad en el último capítulo! Mi corazón, a semejanza de nuestro globo, era como una masa incandescente y líquida que poco a poco se va enfriando y endureciendo. Todavía queda algo que arde allá en lo más profundo, pero rara vez sale a la superficie. Las palabras *amor, gloria, poesía*, no me suenan ya al oído como me sonaban antes. ¡Vivir...! Seguramente que deseo vivir, porque la vida, tomándola tal como es, sin exageraciones ni engaños, no es tan mala como dicen algunos; pero vivir oscuro y dichoso en cuanto es posible, sin deseos, sin inquietudes, sin ambiciones, con esa felicidad de la planta que tiene a la mañana su gota de

rocío y su rayo de sol; después, un poco de tierra echada con respeto y que no apisonen y pateen los que sepultan por oficio; un poco de tierra blanda y floja que no ahogue ni oprima; cuatro ortigas, un cardo silvestre y alguna hierba que me cubra con su manto de raíces, y, por último, un tapial que sirva para que no aren en aquel sitio ni revuelvan los huesos.

He aquí, hoy por hoy, todo lo que ambiciono: ser un comparsa en la inmensa comedia de la Humanidad y, concluido mi papel de hacer bulto, meterme entre bastidores sin que me silben ni me aplaudan, sin que nadie se aperciba siquiera de mi salida.

No obstante esta profunda indiferencia, se me resiste el pensar que podrían meterme preso en un ataúd formado con las cuatro tablas de un cajón de azúcar, en uno de los huecos de la estantería de una Sacramental para esperar allí la trompeta del Juicio, como empapelado, detrás de una lápida con una redondilla elogiando mis virtudes domésticas e indicando precisamente el día y la hora de mi nacimiento y de mi muerte.

Esta profunda e instintiva preocupación ha sobrevivido, no sin asombro por mi parte, a casi todas las que he ido abandonando en el curso de mi vida; pero, al paso que voy, probablemente mañana no existirá tampoco, y entonces me será tan igual que me coloquen debajo de una pirámide egipcia como que me aten una cuerda a los pies y me echen a un barranco como un perro.

Ello es que cada día me voy convenciendo más que de lo que vale, de lo que es algo, no ha de quedar ni un átomo aquí.

IV

Queridos amigos: El tiempo, que hasta aquí se mantenía revuelto y mudable, ha sufrido últimamente una nueva e inesperada variación, cosa, a la verdad, poco extraña a estas alturas, donde la proximidad del Moncayo nos tiene de continuo, como a los espectadores de una comedia de magia, embobados y suspensos con el rapido mudar de las decoraciones y las escenas. A las alternativas de frío y calor, de aires y de bochorno de una primavera que, en cuanto a desigual y caprichosa nada tiene que envidiar a la que disfrutan ustedes en la coronada villa, ha sucedido un tiempo constante, sereno y templado. Merced a estas circunstancias y a encontrarme bastante mejor de las dolencias que, cuando no me imposibilitan del todo, me quitan por lo menos el gusto para las largas expediciones, he podido dar una gran vuelta por estos contornos y visitar los pintorescos lugares del Somontano. Fuera de camino, ya trepando de roca en roca, ya siguiendo el curso de una huella o las profundidades de una cañada, he vagado tres o cuatro días de un punto a otro por donde me llamaban el atractivo de la novedad, un sitio inexplorado, una senda accidentada, una punta al parecer inaccesible.

No pueden ustedes figurarse el botín de ideas e impresiones que para enriquecer la imaginación he recogido en esta vuelta por un país virgen aún y refractario a las innovaciones civilizadoras. Al volver al monasterio, después de haberme detenido aquí para recoger una tradición oscura de boca de una aldeana, allá para apuntar los fabulosos datos sobre el origen de un lugar o la fundación de un castillo, trazar ligeramente con el lápiz el contorno de una casuca medio árabe, medio bizantina, un recuerdo de las costumbres o un tipo perfecto de los habitantes, no he podido menos de recordar el antiguo y manoseado símil de las abejas que andan revoloteando de flor en flor y vuelven a su colmena cargadas de miel. Los escritores y los artistas debían hacer con frecuencia algo de esto mismo. Sólo así podríamos recoger la última palabra de una época que se va, de la que sólo quedan hoy algunos rastros en los más apartados rincones

de nuestras provincias y de la que apenas restará mañana un recuerdo confuso.

Yo tengo fe en el porvenir. Me complazco en asistir mentalmente a esa inmensa e irresistible invasión de las nuevas ideas que van transformando poco a poco la faz de la Humanidad, que merced a sus extraordinarias invenciones fomentan el comercio de la inteligencia, estrechan el vínculo de los países, fortificando el espíritu de las grandes nacionalidades, y borrando, por decirlo así, las preocupaciones y las distancias, hacen caer unas tras otras las barreras que separan a los pueblos. No obstante, sea cuestión de poesía, sea que es inherente a la naturaleza frágil del hombre simpatizar con lo que perece y volver los ojos con cierta triste complacencia hasta lo que ya no existe, ello es que en el fondo de mi alma consagro, como una especie de culto, una veneración profunda por todo lo que pertenece al pasado, y las poéticas tradiciones, las derruidas fortalezas, los antiguos usos de nuestra vieja España, tienen para mí todo ese indefinible encanto, esa vaguedad misteriosa de la puesta del sol en un día espléndido, cuyas horas, llenas de emociones, vuelven a pasar por la memoria vestidas de colores y de luz, antes de sepultarse en las tinieblas en que se han de perder para siempre.

Cuando no se conocen ciertos períodos de la Historia más que por la incompleta y descarnada relación de los enciclopedistas o algunos restos diseminados como los huesos de un cadáver, no pudiendo apreciar ciertas figuras desasidas del verdadero fondo del cuadro en que estaban colocadas, suele juzgarse de todo lo que fue con un sentimiento de desdeñosa lástima o un espíritu de aversión intransigente; pero si se penetra, merced a un estudio concienzudo, en algunos de sus misterios; si se ven los resortes de aquella gran máquina que hoy juzgamos absurda al encontrarla rota; si merced a un supremo esfuerzo de la fantasía, ayudada por la erudición y el conocimiento de la época, se consigue condensar en la mente algo de aquella atmósfera de arte, de entusiasmo, de virilidad y de fe, el ánimo se siente sobrecogido ante el espectáculo de su múltiple organización, en que las partes relacionadas entre sí correspondían perfectamente al todo, y en que los usos, las leyes, las ideas y las aspiraciones se encontraban en una armonía maravillosa. No es esto decir que yo desee para mí ni para nadie la vuelta de aquellos tiempos. Lo que ha sido no tiene razón de ser nuevamente, y no será.

Lo único que yo desearía es un poco de respetuosa atención para aquellas edades, un poco de justicia para los que lentamente vinieron preparando el camino por donde hemos llegado hasta aquí, y cuya obra colosal quedará acaso olvidada por nuestra ingratitud e

incuria. La misma certeza que tengo de que nada de lo que desapareció ha de volver, y que en la lucha de las ideas las nuevas han herido de muerte a las antiguas, me hace mirar a cuanto con ellas se relaciona con algo de esa piedad que siente hacia el vencido un vencedor generoso. En este sentimiento hay también un poco de egoísmo. La vida de una nación, a semejanza de la del hombre, parece como que se dilata con la memoria de las cosas que fueron, y a medida que es más viva y más completa su imagen, es más real esa segunda existencia del espíritu en el pasado, existencia preferible y más positiva tal vez que la del punto presente. Ni de lo que está siendo ni de lo que será, puede aprovecharse la inteligencia para sus altas especulaciones. ¿Qué nos resta, pues, de nuestro dominio absoluto, sino la sombra de lo que ha sido? Por eso, al contemplar los destrozos causados por la ignorancia, el vandalismo o la envidia durante nuestras últimas guerras; al ver todo lo que en objetos dignos de estimación, en costumbres peculiares y primitivos recuerdos de otras épocas se ha extraviado y puesto en desuso de sesenta años a esta parte; lo que las exigencias de la nueva manera de ser social trastorna y desencaja; lo que las necesidades y las aspiraciones crecientes desechan u olvidan, un sentimiento de profundo dolor se apodera de mi alma, y no puedo menos de culpar el descuido o el desdén de los que a fines del siglo pasado pudieron aún recoger para transmitírnoslas íntegras las últimas palabras de la tradición nacional, estudiando detenidamente nuestra vieja España, cuando aún estaban en pie los monumentos testigos de sus glorias, cuando aún en las costumbres y en la vida interna quedaban huellas perceptibles de su carácter.

Pero de esto nada nos queda ya hoy. Y, sin embargo, ¿quién sabe si nuestros hijos a su vez nos envidiarán a nosotros, doliéndose de nuestra ignorancia o nuestra culpable apatía para transmitirles siquiera un trasunto de lo que fue un tiempo su patria? ¿Quién sabe si cuando, con los años, todo haya desaparecido, tendrán las futuras generaciones que contentarse y satisfacer su ansia de conocer el pasado con las ideas más o menos aproximadas de algún nuevo Cuvier de la arqueología, que, partiendo de algún mutilado resto o una vaga tradición lo reconstruya hipotéticamente? Porque, no hay duda, el prosaico rasero de la civilización va igualándolo todo. Un irresistible y misterioso impulso tiende a unificar los pueblos con los pueblos, las provincias con las provincias, las naciones con las naciones, y quién sabe si las razas con las razas. A medida que la palabra vuela por los hilos telegráficos, que el ferrocarril se extiende, la industria se acrecienta y el espíritu cosmopolita de la civilización invade nuestro país, van desapareciendo de él sus rasgos

característicos, sus costumbres inmemoriales, sus trajes pintorescos y sus rancias ideas. A la inflexible línea recta, sueño dorado de todas las poblaciones de alguna importancia, se sacrifican las caprichosas revueltas de nuestros barrios moriscos, tan llenos de carácter, de misterio y de fresca sombra. De un retablo al que vivía unida una tradición no queda aquí más que el nombre escrito en el azulejo de una bocacalle; a un palacio histórico, con sus arcos redondos y sus muros blasonados, sustituye más allá una manzana de casas a la moderna; las ciudades, no cabiendo ya dentro de su antiguo perímetro, rompen el cinturón de fortalezas que las ciñe y, unas tras otras, vienen al suelo las murallas fenicias, romanas, godas o árabes.

¿Dónde están los canceles y las celosías morunas? ¿Dónde los pasillos embovedados, los aleros salientes de maderas labradas, los balcones con su guardapolvo triangular, las ojivas con estrellas de vidrio, los muros de los jardines por donde rebosa la verdura, las encrucijadas medrosas, los carasoles de las tafurerías y los espaciosos atrios de los templos? El albañil, armado de su implacable piqueta, arrasa los ángulos caprichosos, tira los puntiagudos tejados o demuele los moriscos miradores, y mientras el brochista roba a los muros el artístico color que le han dado los siglos, embadurnándolos de calamocha y almagra, el arquitecto los embellece a su modo con carteles de yeso y cariátides de escayola, dejándolos más vistosos que una caja de dulces franceses. No busquéis ya los cosos donde justaban los galanes, las piadosas ermitas albergue de los peregrinos o el castillo hospitalario para el que llamaba de paz a sus puertas. Las almenas caen unas tras otras de lo alto de los muros, y van cegando los fosos; de la picota feudal sólo queda un trozo de granito informe, y el arado abre un profundo surco en el patio de armas, el traje característico del labriego comienza a parecer un disfraz fuera del rincón de su provincia, las fiestas peculiares de cada población comienzan a encontrarse ridículas o de mal gusto por los más ilustrados, y los antiguos usos caen en olvido, la tradición se rompe y todo lo que no es nuevo se menosprecia.

Estas innovaciones tienen su razón de ser y, por tanto, no seré yo quien las anatematice. Aunque me entristece el espectáculo de esa progresiva destrucción de cuanto trae a la memoria tiempos que, si en efecto no lo fueron, sólo por no existir ya nos parecen mejores, yo dejaría al tiempo seguir su curso y completar sus inevitables revoluciones, como dejamos a nuestras mujeres o a nuestras hijas que arrinconen en un desván los trastos viejos de nuestros padres para sustituirlos con muebles modernos y de más buen tono; pero ya que ha llegado la hora de la gran transformación, ya que la socie-

dad, animada de un nuevo espíritu, se apresura a revestirse de una nueva forma, debíamos guardar, merced al esfuerzo de nuestros escritores y nuestros artistas, la imagen de todo eso que va a desaparecer, como se guarda después que muere el retrato de una persona querida. Mañana, al verlo todo constituido de una manera diversa, al saber que nada de lo que existe existía hace algunos siglos, se preguntarán los que vengan detrás de nosotros de qué modo vivían sus padres, y nadie sabrá responderles; y no conociendo ciertos pormenores de localidad, ciertas costumbres, el influjo de determinadas ideas en el espíritu de una generación, sus vistas que tan perfectamente reflejan sus adelantos y sus aspiraciones, leerán la Historia sin sabérsela explicar, y verán moverse a nuestros héroes nacionales con la estupefacción con que los muchachos ven moverse una marioneta sin saber los resortes a que obedece.

A mí me hace gracia observar cómo se afanan los sabios, qué grandes cuestiones enredan y con qué exquisita diligencia se procuran los datos acerca de las más insignificantes particularidades de la vida doméstica de los egipcios o los griegos, en tanto que se ignoran los más curiosos pormenores de nuestras costumbres propias; cómo se remontan y se pierden de inducción en inducción, por entre el laberinto de las lenguas caldaicas, sajonas o sánscritas, en busca del origen de las palabras, en tanto que se olvidan de investigar algo más interesante: el origen de las ideas.

En otros países más adelantados que el nuestro, y donde, por consiguiente, el ansia de las innovaciones lo ha trastornado todo más profundamente, se deja ya sentir la reacción en sentido favorable a este género de estudios; y aunque tarde para que sus trabajos den el fruto que se debió esperar, la Edad Media y los períodos históricos que más de cerca se encadenan con el momento actual comienzan a ser estudiados y comprendidos. Nosotros esperaremos regularmente a que se haya borrado la última huella para empezar a buscarla. Los esfuerzos aislados de algún que otro admirador de esas cosas, poco o casi nada pueden hacer. Nuestros viajeros son en muy corto número, y, por lo regular, no es su país el campo de sus observaciones. Aunque así no fuese, una excursión por las capitales, hoy que en su gran mayoría están ligadas con la gran red de vías férreas, escasamente lograría llenar el objeto de los que desean hacer un estudio de esta índole. Es preciso salir de los caminos trillados, vagar al acaso de un lugar en otro, dormir medianamente y no comer mejor; es preciso fe y verdadero entusiasmo por la idea que se persigue para ir a buscar los tipos originales, las costumbres primitivas y los puntos verdaderamente artísticos a los rincones donde su

oscuridad les sirve de salvaguardia, y de donde poco a poco los van desalojando la invasora corriente de la novedad y los adelantos de la civilización. Todos los días vemos a los gobiernos emplear grandes sumas en enviar gentes que, no sin peligros y dificultades, recogen en lejanos países bichitos, florecitas y conchas.

Porque yo no sea un sabio, ni mucho menos, no dejo de conocer la verdadera importancia que tienen las ciencias naturales; pero la ciencia moral, ¿por qué ha de dejarse en un inexplicable abandono? ¿Por qué, al mismo tiempo que se recogen los huesos de un animal antediluviano, no se han de recoger las ideas de otros siglos traducidas en objetos de arte y usos extraños y diseminados acá y allá como los fragmentos de un coloso hecho mil pedazos? Este inmenso botín de impresiones, de pequeños detalles, de joyas extraviadas, de trajes pintorescos, de costumbres características animadas y revestidas de esa vida que presta a cuanto toca una pluma inteligente o un lápiz diestro, ¿no creen ustedes, como yo, que serían de grande utilidad para los estudios particulares y verdaderamente filosóficos de un período cualquiera de la Historia? Verdad que nuestro fuerte no es la Historia. Si algo hemos de saber en este punto, casi siempre se ha de tomar algún extranjero el trabajo de decírnoslo del modo que a él mejor le parece. Pero, ¿por qué no se ha de abrir este ancho campo a nuestros escritores, facilitándoles el estudio y despertando y fomentando su afición? Hartos estamos de ver en obras dramáticas, en novelas que se llaman históricas y cuadros que llenan nuestras exposiciones, asuntos localizados en este o el otro período de un siglo cualquiera, y que, cuando más, tienen de ellos un carácter muy dudoso y susceptible de severa crítica, si los críticos, a su vez, no supieran en este punto lo mismo o menos que los autores y artistas a quienes han de juzgar.

Las colecciones de trajes y muebles de otros países, los detalles que acerca de costumbres de remotos tiempos se hallan en las novelas de otras naciones, o lo poco o mucho que nuestros pensionados aprenden relativo a otros tipos históricos y otros pasados, nunca son idénticos ni tienen un sello especial; son las únicas fuentes donde bebe su erudición y forma su conciencia artística la mayoría. Para remediar este mal, muchos medios podrían proponerse más o menos eficaces, pero que, al fin, darían algún resultado ventajoso. No es mi ánimo, ni he pensado lo suficiente sobre la materia para hacerlo, el trazar un plan detallado y minucioso que, como la mayor parte de los que se trazan, no llegue a realizarse nunca. No obstante, en esta o en la otra forma, bien pensionándolos, bien adquiriendo sus estudios o coadyuvando a que se diesen a luz, el Gobierno

debía fomentar la organización periódica de algunas expediciones artísticas a nuestras provincias. Estas expediciones, compuestas de grupos de un pintor, un arquitecto y un literato, seguramente recogerían preciosos materiales para obras de grande entidad. Unos y otros se ayudarían en sus observaciones mutuamente, ganarían en esa fraternidad artística, en ese comercio de ideas tan continuamente relacionadas entre sí, y sus trabajos reunidos serían un verdadero arsenal de datos, ideas y descripciones útiles para todo género de estudios.

Además de la ventaja inmediata que reportaría esta especie de inventario artístico e histórico de todos los restos de nuestra pasada grandeza, ¿qué inmensos frutos no daría más tarde esa semilla de impresiones, de enseñanza y de poesía, arrojada en el alma de la generación joven, donde iría germinando para desarrollarse tal vez en el porvenir? Ya que el impulso de nuestra civilización, de nuestras costumbres, de nuestras artes y de nuestra literatura viene del extranjero, ¿por qué no se ha de procurar modificarlo poco a poco, haciéndolo más propio y más característico con esa levadura nacional?

Como introducción al rápido bosquejo de uno de esos tipos originales de nuestro país que he podido estudiar en mis últimas correrías, comencé a apuntar de pasada, y a manera de introducción, algunas reflexiones acerca de la utilidad de este género de estudios. Sin saber cómo ni por dónde, la pluma ha ido corriendo, y me hallo ahora con que para introducción es esto muy largo, si bien ni por sus dimensiones y su interés parece bastante para formar artículo de por sí. De todos modos, allá van esas cuartillas, valgan por lo que valieren; que si alguien de más conocimientos e importancia, una vez apuntada la idea, la desarrolla y prepara la opinión para que fructifique, no serán perdidas del todo. Yo, entre tanto, voy a trazar un tipo bastante original y que desconfío de poder reproducir. Ya que no de otro modo, y aunque poco valga, contribuiré al éxito de la predicación con el ejemplo.

V

Queridos amigos: Entre los muchos sitios pintorescos y llenos de carácter que se encuentran en la antigua ciudad de Tarazona, la plaza del Mercado es, sin duda alguna, el más original y digno de estudio. Parece que no ha pasado para ella el tiempo, que todo lo destruye o altera. Al encontrarse en mitad de aquel espacio de forma irregular y cerrado por lienzos de edificios a cuál más caprichosos y vetustos, nadie diría que nos hallamos en pleno siglo XIX, siglo amante de la novedad por excelencia, siglo aficionado hasta la exageración a lo flamante, lo limpio y lo uniforme. Hay cosas que son más para vistas que para trasladadas al lienzo, siquiera el que lo intente sea un artista consumado, y esta plaza es una de ellas. A donde no alcanza, pues, ni la paleta del pintor con sus infinitos recursos, ¿cómo podrá llegar mi pluma sin más medios que la palabra, tan pobre, tan insuficiente para dar idea de lo que es todo un efecto de líneas, de claroscuro, de combinación de colores, de detalles que se ofrecen juntos a la vista, de rumores y sonidos que se perciben a la vez, de grupos que se forman y se deshacen, de movimiento que no cesa, de luz que hiere, de ruido que aturde, de vida, en fin, con sus múltiples manifestaciones, imposibles de sorprender con sus infinitos accidentes ni merced a la cámara fotográfica? Cuando se acomete la difícil empresa de descomponer esa extraña armonía de la forma, el color y el sonido; cuando se intenta dar a conocer sus pormenores, enumerando unas tras otras las partes del todo, la atención se fatiga, el discurso se embrolla, y se pierde por completo la idea de la íntima relación que estas cosas tienen entre sí, el valor que mutuamente se prestan al ofrecerse reunidas a la mirada del espectador, para hacer el efecto del conjunto, que es, a no dudarlo, su mayor atractivo.

Renuncio, pues, a describir el panorama del mercado con sus extensos soportales, formados de arcos macizos y redondos, sobre los que gravitan esas construcciones voladas tan propias del siglo XVI, llenas de tragaluces circulares, de rejas de hierro labradas a martillo, de balcones imposibles de todas formas y tamaños, de aleros puntiagudos y de canes de madera, ya medio podrida y cubierta de

polvo, que deja ver a trechos el costoso entalle, muestra de su primitivo esplendor.

Los mil y mil accidentes pintorescos que a la vez cautivan el ánimo y llaman la vista como reclamando la prioridad de la descripción; las dobles hileras de casuquillas de extraño contorno y extravagantes proporciones, estas altas y estrechas como un castillo, aquellas chatas y agachapadas entre el ángulo de un templo y los muros de un palacio, como una verruga de argamasa y escombros; los recortados lienzos de edificios con un remiendo moderno, un trozo de piedra que acusa su antiguedad, un escudo de pizarra que oculta casi el rótulo de una mercería, un retablillo con una imagen de la Purísima y su farol ahumado y diminuto, o el retorcido tronco de una vid que sale del interior por un agujero practicado en la pared y sube hasta sombrear con un toldo de verdura el alféizar de un ajimez árabe, confundidos y entremezclados en mi memoria con el recuerdo de la monumental fachada de la Casa-Ayuntamiento, con sus figuras colosales de granito, sus molduras de hojarasca, sus frisos por donde se extiende una larga y muda procesión de guerreros de piedra, precedidos de timbales y clarines, sus torres cónicas, sus arcos chatos y fuertes y sus blasones soportados por ángeles y grifos rampantes, forman en mi cabeza un caos tan difícil de desembrollar en este momento, que si ustedes con su imaginación no hacen en él la luz y lo ordenan y colocan a su gusto todas estas cosas que yo arrojo a granel sobre las cuartillas, las figuras de mi cuadro se quedarán sin fondo, los actores de mi comedia se agitarán en un escenario sin decoración ni acompañamiento.

Figúrense ustedes, pues, partiendo de estos datos y como mejor les plazca, el mercado de Tarazona: figúrense ustedes que ven por aquí cajones formados de tablas y esteras, tenduchos levantados de improviso, con estacas y lienzos, mesillas cojas y contrahechas, bancos largos y oscuros, y por allá cestos de fruta que ruedan hasta el arroyo, montones de hortalizas frescas y verdes, rimeros de panes blancos y rubios, trozos de carne que, cuelgan de garfios de hierro, tenderetes de ollas, pucheros y platos, guirnaldas de telas de colorines, pañuelos de tintas rabiosas, zapatos de cordobán y alpargatas de cáñamo que engalanan los soportales sujetos con cordeles de columna a columna, y figúrense ustedes circulando por medio de ese pintoresco cúmulo de objetos, producto de la atrasada agricultura y la pobre industria de este rincón de España, una multitud abigarrada de gentes que van y vienen en todas direcciones, paisanos con sus mantas de rayas, sus pañuelos rojos unidos a las sienes, su faja morada y su calzón estrecho, mujeres de los lugares circunveci-

nos con sayas azules, verdes, encarnadas y amarillas; por este lado, un señor antiguo, de los que ya sólo aquí se encuentran, con su calzón corto, su media de lana oscura y su sombrero de copa; por aquel, un estudiante con sus manteos y su tricornio, que recuerdan los buenos tiempos de Salamanca, y chiquillos que corren y vocean, caballerías que cruzan, vendedores que pregonan, una interjección característica por acá, los desaforados gritos de los que disputan y riñen, todo envuelto y confundido con ese rumor sin nombre que se escapa de las reuniones populares, donde todos hablan, se mueven y hacen ruido a la vez, mientras se codean, avanzan, retroceden, empujan o resisten, llevados por el oleaje de la multitud.

La primera vez que tuve ocasión de presenciar este espectáculo, lleno de animación y de vida, perdido entre los numerosos grupos que llenaban la plaza de un extremo a otro, apenas pude darme cuenta exacta de lo que sucedía a mi alrededor. La novedad de los tipos, los trajes y las costumbres; el extraño aspecto de los edificios y las tiendecillas, encajonadas unas entre dos pilares de mármol, otras bajo un arco severo e imponente o levantadas al aire libre sobre tres o cuatro palitroques, hasta el pronunciado y especial acento de los que voceaban pregonando sus mercancías, nuevo completamente para mí, eran causa más que bastante a producirme ese aturdimiento que hace imposible la percepción detallada de un objeto cualquiera. Mis miradas, vagando de un punto a otro, sin cesar un momento, no tenían ni voluntad propia para fijarse en un sitio. Así estuve cerca de una hora, cruzando en todos sentidos la plaza, a la que, por ser día de fiesta y uno de los más clásicos de mercado, había acudido más gente que de costumbre, cuando en uno de sus extremos, y cerca de una fuente donde unos lavaban las verduras, otros recogían agua en un cacharro o daban de beber a sus caballerías, distinguí a un grupo de muchachas que, en su original y airoso atavío, en sus maneras y hasta en su particular modo de expresarse, conocí que serían de alguno de los pueblos de las inmediaciones de Tarazona, donde más puras y primitivas se conservan las antiguas costumbres y ciertos tipos del Alto Aragón. En efecto, aquellas muchachas, cuya fisonomía especial, cuya desenvoltura varonil, cuyo lenguaje, mezclado de las más enérgicas interjecciones, contrasta de un modo notable con la expresión de ingenua sencillez de sus rostros, con su extremada juventud y la inocencia que descubren a través del somero barniz de malicia de su alegre dicharacheo, se distinguían tanto de las otras mujeres de las aldeas y lugares de los contornos que, como ellas, vienen al mercado de la ciudad, que, desde luego, se despertó en mí la idea de hacer un estudio más

detenido de sus costumbres, enterándome del punto de que procedían y el género de tráfico en que se ocupaban.

So pretexto de ajustar una carga de leña de las varias que tenían sobre algunos borriquillos pequeños, huesosos y lanudos, trabé conversación con una de las que me parecieron más juiciosas y formales, mientras las otras nos aturdían con sus voces, sus risotadas o sus chistes, pues es tal la fama de alegres y decidoras que tienen entre las gentes de la ciudad, que no hay seminarista desocupado o zumbón que al pasar no les diga alguna cosa, seguro de que no ha de faltarles una ocurrencia oportuna y picante para responderles.

Mi conversación, en la que por incidencia toqué dos o tres puntos de los que deseaba aclarar, fue, por tanto, todo lo insuficiente que, dadas las condiciones del sitio y de mis interlocutoras, se podía presumir. Supe, no obstante, que eran de Añón, pueblecito que dista unas tres horas de camino de Tarazona, y que, en mis paseos alrededor de esta abadía, he tenido ocasión de ver varias veces muy en lontananza y casi oculto por las gigantescas ondulaciones del Moncayo, en cuya áspera falda tiene su asiento, y que su ocupación diaria consistía en ir y venir desde su aldea a la ciudad, donde traían un pequeño comercio con la leña que en gran abundancia les suministran los montes entre los cuales viven. Estas noticias, aunque vulgares, escasas y unidas a las que después pude adquirir por el dueño del parador en que estuve los dos o tres días que permanecí en Tarazona, en aquella ocasión sólo sirvieron para avivar mi deseo de conocer más a fondo las costumbres de este tipo particular de mujeres, en las que, desde luego, llaman la atención sus rasgos de belleza nada comunes y su aire resuelto y gracioso.

Esto tuvo lugar hará cosa de tres o cuatro meses, en el intervalo de los cuales todas las mañanas, antes de salir el sol, y confundiéndose con la algarabía de los pájaros, llegaban hasta mi celda, sacándome a veces de mi sueño, las voces alegres y sonoras, aunque un tanto desgarradas, de esas mismas muchachas, que, mordiendo un tarugo de pan negro, cantando a grito herido e interrumpiendo su canción para arrear el borriquillo en que conducen la carga de leña, atraviesan impávidas con fríos y calores, con nieves o tormentas, las tres leguas mortales de precipicios y alturas que hay desde su lugar a Tarazona. Últimamente, como ya dije a ustedes en mi anterior, el tiempo y mis dolencias, poniéndose de acuerdo para dar un punto de reposo, el uno en sus continuas variaciones, y las otras en sus diarias incomodidades, me han permitido satisfacer en parte la curiosidad, visitando los lugares del Somontano, entre los que se encuentra Añón, sin duda alguna el más original por sus costumbres y el más

pintoresco por sus alrededores y posición topográfica. En mi corta visita a este lugar me expliqué perfectamente por qué en el aire y en la fisonomía de las añoneras hay algo de extraordinario, algo que las particulariza y distingue de entre todas las mujeres del país. Sus costumbres, su educación particular y su género de vida son, en efecto, diversas en un todo. Añón, que en otra época perteneció a los caballeros de San Juan, cuya Orden mantiene aún en él un priorato, está situado sobre una altura en el punto en que comienza el áspero bosque de carrascas que cubre como una sábana de verdura la base del monte.

Cuando lo tenían por sí los caballeros de la Orden hospitalaria, debió ser lugar fuerte y cerrado; hoy sólo quedan como testigos de su pasado esplendor las colosales ruinas de un castillo de inmensas proporciones y algunos lienzos de muro que ya se esconden, ya aparecen por entre los rojizos tejados de las casas que se agrupan en derredor de estos despojos. Cada uno de los pueblos de estas cercanías tiene una reducida llanura propia para el cultivo; sólo Añón, encaramado sobre sus rocas, sin tener siquiera el recurso del monte, que ya no le pertenece; sin otras tierras para sembrar que los pequeños remansos que forma una de sus laderas que se degrada en ásperos escalones, necesita apelar a su ingenio y a un trabajo rudo y peligroso para sostenerse.

Yo no sabré decir a ustedes si a causa de que los hombres se ocupan de muy antiguo en el servicio de los caballeros, por lo cual tenían abandonadas sus casas al dominio de las mujeres, o por otra razón cualquiera que yo no me he podido explicar; ello es que en este pueblo hay algo de lo que nos refieren las fábulas de las amazonas o de lo que habrán ustedes tenido ocasión de ver en la *Isla de San Balandrán*. No es esto decir que el sexo feo y fuerte deje de serlo tanto cuanto es necesario para justificar ampliamente estos apelativos; pero la población femenina se agita tan en primer término, desempeña un papel tan activo en la vida pública, trabaja y va y viene de un punto a otro con tal resolución y desenfado, que puede asegurarse que ella es la que da el carácter al lugar y la que lo hace conocido y famoso en veinte leguas a la redonda. En la plaza de Tarazona, teatro de sus habilidades; en los caminos que atraviesa cantando; en el monte, adonde va a buscar furtivamente su mercancía; en las fiestas del lugar; en cualquier parte que se encuentre, si una vez se ha visto una añonera, es imposible confundirla con las demás aldeanas.

La escasa comunicación que tienen estos pueblecillos entre sí es el origen de las radicales diferencias que se notan a primera vista

entre los habitantes, aun de los más próximos. Dentro del tipo aragonés, que es el general a todos ellos, hay infinitos matices que caracterizan a cada región de la provincia, a cada aldea de por sí. El tipo de las añoneras es uno, con muy leves alteraciones; su traje, idéntico; sus costumbres y su índole, las mismas siempre.

Más esbeltas que altas, en lo erguido del talle, en el brío con que caminan, en la elasticidad de sus músculos, en la prontitud de todos sus movimientos, revelan la fuerza de que están dotadas y la resolución de su ánimo. Sus facciones, curtidas por el viento y el sol, ofrecen rasgos perfectamente regulares, mezclándose en ellas con extraña armonía la volubilidad y ese no sé qué imposible de definir que constituye la gracia, con esa leve expresión de la osadía que dilata imperceptiblemente la nariz y pliega el labio en ademán desdeñoso. Nada más pintoresco y sencillo a la vez que su traje. Un apretador de colores vivos les ciñe la cintura y deja ver la camisa, blanca como la nieve, que se pliega en derredor del cuello, sobre el que se levanta erguida, morena y varonil, la cabeza coronada de cabellos oscuros y abundantes. Una saya corta, airosa y encarnada o amarilla les llega justamente hasta el punto de la pierna en que se atan las abarcas con un listón negro, que sube serpenteando sobre la media azul hasta bastante más arriba del tobillo.

Acostumbradas casi desde que nacen a saltar de roca en roca por entre las quebraduras del monte, su pie adquiere esa firmeza peculiar de todos los habitantes de las montañas, hasta el punto de que algunas veces da miedo cuando se las mira atravesar un sendero estrecho que bordea un barranco, emparejadas con el borriquillo que conduce la leña y saltando de una piedra en otra de las que costean el camino. Así andan las leguas, tal vez en ayunas, pero siempre riendo, siempre cantando, siempre de humor para cambiar una cuchufleta con sus compañeros de viaje. Y no haya miedo de que su cabeza vacile al atravesar un sitio peligroso, o su ligero paso se acorte al llegar a lo último de la penosa jornada; su vista tiene algo de la fijeza y la intensidad de la del águila, acaso porque, como ella, se ha acostumbrado a mesurar indiferente los abismos; sus miembros, endurecidos con la costumbre del trabajo, soportan las fatigas más rudas sin que el cansancio los entorpezca un instante.

Sólo de este modo les es posible vivir en medio de la miseria que las agobia. Cuando la noche es más oscura; cuando la nieve borra hasta las lindes de los senderos; cuando suponen que los guardas de los montes del Estado no se atreverán a aventurarse por aquellas brechas profundas y aquellos bosques de árboles intrincados y sombríos, entonces la añonera, desafiando todos los peligros, adivinan-

do las sendas, sufriendo el temporal, escuchando por uno y otro lado los aullidos de los lobos, sale furtivamente de su lugar. Más bien que baja, puede decirse que se descuelga de roca en roca hasta el último valle que lo separa del Moncayo; armada del hacha, penetra en el laberinto de carrascas oscuras, a cuyo pie nacen espinos y zarzas en montón, y descargando rudos golpes con una fuerza y una agilidad inconcebibles, hace su acopio de leña, que después oculta para conducirla, poco a poco, primero a su casa y más tarde a Tarazona, donde recibe por su trabajo material, por los peligros que afronta y las fatigas que sufre, seis o siete reales a lo sumo. Francamente hablando, hay en este mundo desigualdades que asustan.

¿Quién puede sospechar que a la misma hora en que nuestras grandes damas de la Corte se agrupan en el peristilo del teatro Real, envueltas en sus calientes y vistosos albornoces, y esperan el carruaje que ha de conducirlas sobre blandos almohadones de seda a su palacio, otras mujeres, hermosas quizás como ellas, como ellas débiles al nacer, sacuden de cuando en cuando la cabeza de un lado a otro para desparcir la nieve que se les amontona encima, en tanto que, rodeadas de oscuridad profunda, de peligros y de sobresaltos, hacen resonar el bosque con el crujido de los troncos que caen derribados a los golpes del hacha?

Grandes, inmensas desigualdades existen, no cabe duda; pero también es cierto que todas tienen su compensación. Yo he visto levantarse agitado y dejar escapar un comprimido sollozo a más de un pecho cubierto de leve gasa y seda; yo he visto más de una altiva frente inclinarse triste y sin color como agobiada bajo el peso de su espléndida diadema de pedrería; en cambio, hoy como ayer sigue despertándome el alegre canto de las añoneras que pasan por delante de las puertas del monasterio para dirigirse a Tarazona; mañana como hoy, si salgo al camino o voy a buscarlas al mercado, las encontraré riendo y en continua broma, felices con sus seis reales, satisfechas porque llevarán un pan negro a su familia, ufanas con la satisfacción de que a ellas se deben la burda saya que visten y el bocado de pan que comen.

Dios, aunque invisible, tiene siempre una mano tendida para levantar por un extremo la carga que abruma al pobre. Si no, ¿quién subiría la áspera cumbre de la vida con el pesado fardo de la miseria al hombro?

VI

Queridos amigos. Hará cosa de dos o tres años, tal vez leerían ustedes en los periódicos de Zaragoza la relación de un crimen que tuvo lugar en uno de los pueblecillos de estos contornos. Tratábase del asesinato de una pobre vieja a quien sus convecinos acusaban de bruja. Últimamente, y por una coincidencia extraña, he tenido ocasión de conocer los detalles y la historia circunstanciada de un hecho que se comprende apenas en mitad de un siglo tan despreocupado como el nuestro.

Ya estaba para acabar el día. El cielo, que desde el amanecer se mantuvo cubierto y nebuloso, comenzaba a ensombrecerse a medida que el sol, que antes transparentaba su luz a través de las nieblas, iba debilitándose, cuando, con la esperanza de ver su famoso castillo como término y remate de mi artística expedición, dejé Litago para encaminarme a Trasmoz, pueblo del que me separaba una distancia de tres cuartos de hora por el camino más corto. Como de costumbre, y exponiéndome, a trueque de examinar a mi gusto los parajes más ásperos y accidentados, a las fatigas y la incomodidad de perder el camino por entre aquellas zarzas y peñascales, tomé el más difícil, el más dudoso y más largo, y lo perdí, en efecto, a pesar de las minuciosas instrucciones de que me pertreché a la salida del lugar.

Ya enzarzado en lo más espeso y fragoso del monte, llevando del diestro la caballería por entre sendas casi impracticables, ora por las cumbres para descubrir la salida del laberinto, ora por las honduras con la idea de cortar terreno, anduve vagando al azar un buen espacio de tarde, hasta que, por último, en el fondo de una cortadura tropecé a un pastor, el cual abrevaba su ganado en el riachuelo, que, después de deslizarse sobre un cauce de piedras de mil colores, salta y se retuerce allí con un ruido particular que se oye a gran distancia, en medio del profundo silencio de la Naturaleza, que en aquel punto y a aquella hora parece muda o dormida.

Pregunté al pastor el camino del pueblo, el cual, según mis cuentas, no debía distar mucho del sitio en que nos encontrábamos, pues, aunque sin senda fija, yo había procurado adelantar siempre en la

dirección en que me dijeron hallarse. Satisfizo el buen hombre mi pregunta lo mejor que pudo, y ya me disponía a proseguir mi azarosa jornada, subiendo con pies y manos y tirando de la caballería como Dios me daba a entender, por entre unos pedruscos erizados de matorrales y puntas, cuando el pastor, que me veía subir desde lejos, me dio una gran voz advirtiéndome que no tomara la *senda de la tía Casca* si quería llegar sano y salvo a la cumbre. La verdad era que el camino, que equivocadamente había tomado, se hacía cada vez más áspero y difícil, y que por una parte la sombra que ya arrojaban las altísimas rocas, que parecían suspendidas sobre mi cabeza, y por otra parte el ruido vertiginoso del agua que corría profunda a mis pies, y de la que comenzaba a elevarse una niebla inquieta y azul, que se extendía por la cortadura, borrando los objetos y los colores, todo parecía contribuir a turbar la vista y conmover el ánimo con una sensación de penoso malestar, a que vulgarmente podría llamarse preludio de miedo. Volví pies atrás, bajé de nuevo hasta donde se encontraba el pastor, y mientras seguíamos juntos por una trocha que se dirigía al pueblo, adonde también iba a pasar la noche mi improvisado guía, no pude menos de preguntarle con alguna insistencia por qué, aparte de las dificultades que ofrecía el ascenso, era tan peligroso subir a la cumbre por la senda que llamó de la *tía Casca*.

—Porque antes de terminar la senda —me dijo con el tono más natural del mundo— tendríais que costear el precipicio a que cayó la maldita bruja que le da su nombre, y en el cual se cuenta que anda penando el alma, que, después de dejar el cuerpo, ni Dios ni el diablo han querido para suya.

—¡Hola! —exclamé entonces como sorprendido, aunque, a decir verdad, ya me esperaba una contestación de esta o parecida clase—. Y, ¿en qué diantres se entretiene el alma de esa pobre vieja por estos andurriales?

—En acosar y perseguir a los infelices pastores que se arriesgan por esa parte de monte, ya haciendo ruido entre las matas, como si fuese un lobo, ya dando quejidos lastimeros como de criatura o acurrucándose en las quiebras de las rocas que están en el fondo del precipicio, desde donde llama con su mano amarilla y seca a los que van por el borde, les clava la mirada de sus ojos de búho y cuando el vértigo comienza a desvanecer su cabeza da un gran salto, se les agarra a los pies y pugna hasta despeñarlos en la sima... ¡Ah, maldita bruja! —exclamó después de un momento, y tendiendo el puño crispado hacia las rocas, como amenazándola—: ¡Ah, maldita bruja, muchas hiciste en vida, y ni aun muerta hemos logrado que nos

dejes en paz; pero no haya cuidado, que a ti y a tu endiablada raza de hechiceras os hemos de aplastar una a una, como a víboras!

— Por lo que veo —insistí, después que hubo concluido su extravagante imprecación—, está usted muy al corriente de las fechorías de esa mujer. Por ventura, ¿alcanzó usted a conocerla? Porque no me parece de tanta edad como para haber vivido en el tiempo en que las brujas andaban todavía por el mundo.

Al oír estas palabras el pastor, que caminaba delante de mí para mostrarme la senda, se detuvo un poco, y fijando en los míos sus asombrados ojos, como para conocer si me burlaba, exclamó con un acento de buena fe pasmoso:

—Qué, ¿no le parezco a usted de edad bastante para haberla conocido? Pues, ¿y si yo le dijera que no hace aún tres años cabales que con estos mismos ojos, que se ha de comer la tierra, la vi caer por lo alto de ese derrumbadero, dejando en cada uno de los peñascos y de las zarzas un jirón de vestido o de carne, hasta que llegó al fondo, donde se quedó aplastada como un sapo que se coge debajo del pie?

—Entonces —respondí asombrado a mi vez de la credulidad de aquel pobre hombre— daré crédito a lo que usted dice, sin objetar palabra, aunque a mí se me había figurado —añadí, recalcando estas últimas frases para ver el efecto que le hacían— que todo eso de las brujas y los hechizos no eran sino antiguas y absurdas patrañas de las aldeas.

—Eso dicen los señores de la ciudad, porque a ellos no les molestan, y, fundados en que todo es puro cuento, echaron a presidio a algunos de los infelices que nos hicieron un bien de caridad a la gente del Somontano despeñando a esa mala mujer.

—¿Conque no cayó casualmente ella, sino que la hicieron rodar, que quieras que no? ¡A ver, a ver! Cuénteme usted cómo pasó eso, porque debe ser curioso —añadí, mostrando toda la credulidad y el asombro suficiente para que el buen hombre no maliciase que sólo quería distraerme un rato oyendo sus sandeces; pues es de advertir que hasta que no me refirió los pormenores del suceso no hice memoria de que, en efecto, yo había leído en los periódicos de provincia una cosa semejante.

El pastor, convencido por las muestras de interés con que me disponía a escuchar su relato de que yo no era uno de esos *señores de la ciudad* dispuesto a tratar de majaderías su historia, levantó la mano en dirección a uno de los picachos de la cumbre, y comenzó así, señalándome una de las rocas que se destacaba oscura e impo-

nente sobre el fondo gris del cielo, que el sol, al ponerse tras las nubes, teñía de algunos cambiantes rojizos:

—¿Ve usted aquel cabezo alto, que parece cortado a pico y por entre cuyas peñas crecen las aliagas y los zarzales? Me parece que sucedió ayer. Yo estaba algunos doscientos pasos camino atrás de donde nos encontramos en este momento: próximamente sería la misma hora, cuando creí escuchar unos alaridos distantes y llantos e imprecaciones que se entremezclaban con voces varoniles y coléricas, que ya se oían por un lado, ya por otro, como de pastores que persiguen un lobo por entre los zarzales. El sol, según digo, estaba al ponerse, y por detrás de la altura se descubría un jirón del cielo, rojo y encendido como la grana, sobre el que vi aparecer alta, seca y haraposa, semejante a un esqueleto que se escapa de su fosa, envuelto aún en los jirones del sudario, una vieja horrible, en la que conocí a la *tía Casca*. La *tía Casca* era famosa en todos estos contornos, y me bastó distinguir sus greñas blancuzcas que se enredaban alrededor de su frente como culebras, sus formas extravagantes, su cuerpo encorvado y sus brazos disformes, que se destacaban angulosos y oscuros sobre el fondo del fuego del horizonte, para reconocer en ella a la bruja de Trasmoz. Al llegar ésta al borde del precipicio se detuvo un instante, sin saber qué partido tomar. Las voces de los que parecían perseguirla sonaban cada vez más cerca, y de cuando en cuando la veía hacer una contorsión, encogerse o dar un brinco para evitar los cantazos que le arrojaban. Sin duda, no traía el bote de sus endiablados untos, porque, a traerlo, seguro que habría atravesado al vuelo la cortadura, dejando a sus perseguidores burlados y jadeantes como lebreles· que pierden la pista. ¡Dios no lo quiso así, permitiendo que de una vez pagara todas sus maldades!

Llegaron los mozos que venían en su seguimiento, y la cumbre se coronó de gentes, estos con piedras en las manos, aquellos con garrotes, los de más allá con cuchillos. Entonces comenzó una cosa horrible. La vieja, ¡maldita hipocritona!, viéndose sin huida, se arrojó al suelo, se arrastró por la tierra besando los pies de los unos, abrazándose a las rodillas de los otros, implorando en su ayuda a la Virgen y a los santos, cuyos nombres sonaban en su condenada boca como una blasfemia; pero los mozos así hacían caso de sus lamentos como yo de la lluvia cuando estoy bajo techado. «Yo soy una pobre vieja que no ha hecho daño a nadie; no tengo hijos ni parientes que me vengan a amparar. ¡Perdonadme, tened compasión de mí!», aullaba la bruja, y uno de los mozos, que con una mano la había asido de las greñas mientras tenía en la otra la navaja, que procuraba abrir con los dientes, le contestaba rugiendo de cólera: «¡Ah, bruja

de Lucifer, ya es tarde para lamentaciones, ya te conocemos todos!»
«¡Tú hiciste un mal a mi mulo, que desde entonces no quiso probar
bocado y murió de hambre, dejándome en la miseria!», decía uno.
«¡Tú has hecho mal de ojo a mi hijo y le sacas de la cuna y le azotas
por las noches!», añadía el otro, y cada cual exclamaba por su lado:
«¡Tú has echado una suerte a mi hermana!» «¡Tú has ligado a mi
novia!» «¡Tú has emponzoñado la hierba!» «¡Tú has embrujado al
pueblo entero!» Yo permanecí inmóvil en el mismo punto en que
me había sorprendido aquel clamoreo infernal, y no acertaba a
mover pie ni mano, pendiente del resultado de aquella lucha. La voz
de la *tía Casca*, aguda y estridente, dominaba el tumulto de todas las
otras voces que se reunían para acusarla, dándole en rostro con sus
delitos, y siempre gimiendo, siempre sollozando, seguía poniendo a
Dios y a los santos patronos del lugar por testigos de su inocencia.
Por último, viendo perdida toda esperanza, pidió como última mer-
ced que la dejasen un instante implorar del Cielo, antes de morir, el
perdón de sus culpas, y, de rodillas al borde de la cortadura como
estaba, la vieja inclinó la cabeza, juntó las manos y comenzó a mur-
murar entre dientes qué sé yo qué imprecaciones ininteligibles;
palabras que yo no podía oír por la distancia que me separaba de
ella, pero que ni los mismos que estaban a su lado lograron entender.
Unos aseguran que hablaba en latín; otros, que en una lengua salva-
je y desconocida, no faltando quien pudo comprender que, en efec-
to, rezaba, aunque diciendo las oraciones al revés, como es costum-
bre de estas malas mujeres.

En este punto se detuvo el pastor un momento, tendió a su alre-
dedor una mirada y prosiguió así:

— ¿Siente usted este profundo silencio que reina en todo el
monte, que no suena un guijarro, que no se mueve una hoja, que el
aire está inmóvil y pesa sobre los hombros y parece que aplasta? ¿Ve
usted esos jirones de niebla oscura que se deslizan poco a poco a lo
largo de la inmensa pendiente del Moncayo, como si sus cavidades
no bastaran a contenerlos? ¿Los ve usted cómo se adelantan, mudos
y con lentitud, como una legión aérea que se mueve por un impulso
invisible? El mismo silencio de muerte había entonces, el mismo
aspecto extraño y temeroso ofrecía la niebla de la tarde, arremolina-
da en las lejanas cumbres, todo el tiempo que duró aquella suspen-
sión angustiosa. Yo, lo confieso con toda franqueza: llegué a tener
miedo. ¿Quién sabía si la bruja aprovechaba aquellos instantes para
hacer uno de esos terribles conjuros que sacan a los muertos de sus
sepulturas, estremecen el fondo de los abismos y traen a la superfi-
cie de la tierra, obedientes a sus imprecaciones, hasta a los más rebel-

des espíritus infernales? La vieja rezaba, rezaba sin parar; los mozos permanecían en tanto inmóviles cual si estuviesen encadenados por un sortilegio, y las nieblas oscuras seguían avanzando y envolviendo las peñas en derredor de las cuales fingían mil figuras extrañas, como de monstruos deformes, cocodrilos rojos y negros, bultos colosales de mujeres envueltas en paños blancos y listas largas de vapor, que, heridas por la última luz del crepúsculo, semejaban inmensas serpientes de colores. Fija la mirada en aquel fantástico ejército de nubes que parecían correr al asalto de la peña sobre cuyo pico iba a morir la bruja, yo estaba esperando por instantes cuándo se abrían sus senos para abortar a la diabólica multitud de espíritus malignos, comenzando una lucha horrible al borde del derrumbadero entre los que estaban allí para hacer justicia en la bruja y los demonios que, en pago de sus muchos servicios, vinieran a ayudarla en aquel amargo trance.

—Y, por fin —exclamé interrumpiendo el animado cuento de mi interlocutor e impaciente ya por conocer el desenlace—, ¿en qué acabó todo ello? ¿Mataron a la vieja? Porque yo creo que por muchos conjuros que recitara la bruja y muchas señales que usted viese en las nubes y en cuanto le rodeaba, los espíritus malignos se mantendrían quietecitos, cada cual en su agujero, sin mezclarse para nada en las cosas de la Tierra. ¿No fue así?

—Así fue, en efecto. Bien porque en su turbación la bruja no acertara con la fórmula, o, lo que yo más creo, por ser viernes, día en que murió Nuestro Señor Jesucristo, y no haber acabado aún las vísperas, durante las que los malos no tienen poder alguno, ello es que, viendo que no concluía nunca con su endiablada monserga, un mozo le dijo que acabase, y, levantando en alto el cuchillo, se dispuso a herirla. La vieja, entonces, tan humilde, tan hipocritona hasta aquel punto, se puso en pie con un movimiento tan rápido como el de una culebra enroscada a la que se pisa y despliega sus anillos, irguiéndose llena de cólera: «¡Oh, no; no quiero morir, no quiero morir! —decía—. ¡Dejadme, dejadme, u os morderé las manos con que me sujetáis!» Pero aún no había pronunciado estas palabras, abalanzándose a sus perseguidores, fuera de sí, con las greñas sueltas, los ojos inyectados en sangre y la hedionda boca entreabierta y llena de espuma, cuando la oí arrojar un alarido espantoso, llevarse por dos o tres veces las manos al costado con grande precipitación, mirárselas y volvérselas a mirar maquinalmente, y, por último, dando tres o cuatro pasos vacilantes, como si estuviese borracha, la vimos caer al derrumbadero. Uno de los mozos, a quien la bruja hechizó una hermana, la más hermosa, la más buena del lugar, la

había herido de muerte en el momento en que sintió que le clavaba en el brazo sus dientes negros y puntiagudos. Pero, ¿cree usted que acabó ahí la cosa? Nada menos que eso. La vieja de Lucifer tenía siete vidas como los gatos. Cayó por el derrumbadero donde a cualquiera, otro que se le resbalase un pie no pararía hasta lo más hondo, y ella, sin embargo, tal vez porque el diablo le paró el golpe o porque los harapos de las sayas la enredaron en los zarzales, quedó suspendida de uno de los picos que erizan la cortadura, barajando y retorciéndose allí como un reptil colgado por la cola. ¡Dios! ¡Cómo blasfemaba! ¡Qué imprecaciones tan horribles salían de su boca! Se estremecían las carnes y se ponían de punta los cabellos sólo de oírla. Los mozos seguían desde lo alto todas sus grotescas evoluciones esperando el instante en que se desgarraría el último jirón de la saya a que estaba sujeta y rodaría, dando tumbos de pico en pico, hasta el fondo del barranco; pero ella, con el ansia de la muerte y sin cesar de proferir, ora horribles blasfemias, ora palabras santas mezcladas de maldiciones, se enroscaba en derredor de los matorrales. Sus dedos largos, huesosos y sangrientos se agarraban como tenazas a las hendiduras de las rocas, de modo que, ayudándose de las rodillas, de los dientes, de los pies y de las manos, quizá hubiese conseguido subir hasta el borde si algunos de los que la contemplaban, y que llegaron a temerlo así, no hubiesen levantado en alto una piedra gruesa, con la que le dieron tal cantazo en el pecho, que piedra y bruja bajaron a la vez saltando de escalón en escalón por entre aquellas puntas calcáreas, afiladas como cuchillos, hasta dar, por último, en ese arroyo que se ve en lo más profundo del valle.

Una vez allí, la bruja permaneció un largo rato inmóvil, con la cara hundida entre el légamo y el fango del arroyo, que corría enrojecido con la sangre; después, poco a poco, comenzó como a volver en sí y a agitarse convulsivamente. El agua cenagosa y sangrienta saltaba en derredor batida por sus manos, que de cuando en cuando se levantaban en el aire crispadas y horribles, no sé si implorando piedad o amenazando aún en las últimas ansias. Así estuvo algún tiempo, removiéndose y queriendo inútilmente sacar la cabeza fuera de la corriente, buscando un poco de aire, hasta que, al fin, se desplomó muerta, muerta del todo, pues los que la habíamos visto caer y conocíamos de lo que es capaz una hechicera tan astuta como la *tía Casca* no apartamos de ella los ojos hasta que, completamente entrada la noche, la oscuridad nos impidió distinguirla, y en todo este tiempo no movió pie ni mano, de modo que si la herida y los golpes no fueron bastantes a acabarla, es seguro que se ahogó en el riachuelo, cuyas aguas tantas veces había embrujado en vida para hacer

morir nuestras reses. «¡Quien en mal anda, en mal acaba!», exclamamos después de mirar una última vez al fondo oscuro del despeñadero, y, santiguándonos santamente y pidiendo a Dios nos ayudase en todas las ocasiones como en aquella, contra el diablo y los suyos, emprendimos con bastante despacio la vuelta al pueblo, en cuya desvencijada torre las campanas llamaban a la oración a los vecinos devotos.

Cuando el pastor terminó su relato llegábamos precisamente a la cumbre más cercana al pueblo, desde donde se ofreció a mi vista el castillo oscuro e imponente, con su alta torre del homenaje, de la que sólo queda en pie un lienzo de muro con dos saeteras que transparentaban la luz y parecían los ojos de un fantasma. En aquel castillo, que tiene por cimiento la pizarra negra de que está formado el monte, y cuyas vetustas murallas, hechas de pedruscos enormes, parecen obra de titanes, es fama que las brujas de los contornos tienen sus nocturnos conciliábulos.

La noche había cerrado ya, sombría y nebulosa. La luna se dejaba ver a intervalos por entre los jirones de las nubes que volaban en derredor nuestro, rozando casi con la tierra, y las campanas de Trasmoz dejaban oír lentamente el toque de oraciones, como al final de la horrible historia que me acababan de referir.

Ahora que estoy en mi celda, tranquilo, escribiendo para ustedes la relación de estas impresiones extrañas, no puedo menos de maravillarme y dolerme de que las viejas supersticiones tengan todavía tan hondas raíces entre las gentes de las aldeas, que den lugar a sucesos semejantes; pero, ¿por qué no he de confesarlo?, sonándome aún las últimas palabras de aquella temerosa relación; teniendo junto a mí a aquel hombre que tan de buena fe imploraba la protección divina para llevar a cabo crímenes espantosos; viendo a mis pies el abismo negro y profundo en donde se revolvía el agua entre las tinieblas, imitando gemidos y lamentos, y en lontananza el castillo tradicional, coronado de almenas oscuras, que parecían fantasmas asomadas a los muros, sentí una impresión angustiosa, mis cabellos se erizaron involuntariamente y la razón, dominada por la fantasía, a la que todo ayudaba, el sitio, la hora y el silencio de la noche, vaciló un punto y casi creí que las absurdas consejas de las brujerías y los maleficios pudieran ser posibles.

Posdata.—Al terminar esta carta y cuando ya me disponía a escribir el sobre, la muchacha que me sirve, y que ha concluido en este instante de arreglar los trebejos de la cocina y de apagar la lumbre, armada de un enorme candil de hierro, se ha colocado junto a mi mesa a esperar, como tiene de costumbre siempre que me ve

escribir de noche, que le entregue la carta, que ella a su vez dará mañana al correo, el cual baja de Añón a Tarazona al romper el día. Sabiendo que es de un lugar inmediato a Trasmoz y que en este último pueblo tiene gran parte de su familia, me ha ocurrido preguntarle si conoció a la *tía Casca* y si sabe alguna particularidad de sus hechizos, famosos en todo el Somontano. No pueden ustedes figurarse la cara que ha puesto al oír el nombre de la bruja, ni la expresión de medrosa inquietud con que ha vuelto la vista a su alrededor, procurando iluminar con el candil los rincones oscuros de la celda antes de responderme. Después de practicada esta operación y con voz baja y alterada, sin contestar a mi interpelación, me ha preguntado ella a su vez:

—¿Sabe usted en qué día de la semana estamos?

—No, chica —le respondí—; pero, ¿a qué conduce saber el día de la semana?

—Porque si es viernes, no puedo desplegar los labios sobre ese asunto. Los viernes, en memoria de que Nuestro Señor Jesucristo murió en semejante día, no pueden las brujas hacer mal a nadie; pero, en cambio, oyen desde su casa cuanto se dice de ellas, aunque sea al oído y en el último rincón del mundo.

—Tranquilízate por ese lado, pues, a lo que yo puedo colegir de la proximidad del último domingo, todo lo más, lo más, andaremos por el martes o el miércoles.

—No es esto decir que yo le tenga miedo a la bruja, pues de los míos sólo a mi hermana la mayor, al *pequeñico* y a mi padre puede hacerles mal.

—¡Calle! ¿Y en qué consiste ese privilegio?

—En que al echarnos el agua no se equivocó el cura ni dejó olvidada ninguna palabra del Credo.

—¿Y eso se lo has ido tú a preguntar al cura tal vez?

—¡Quia! No, señor; el cura no se acordaría. Se lo hemos preguntado a un cedazo.

—Que es el que debe saberlo… No me parece mal. ¿Y cómo se entra en conversación con un cedazo? Porque eso debe ser curioso.

—Verá usted… Después de las doce de la noche, pues las brujas que lo quisieran impedir no tienen poder sino desde las ocho hasta esa hora, se toma el cedazo, se hacen sobre él tres cruces con la mano izquierda y, suspendiéndolo en el aire, cogido por el aro con las puntas de unas tijeras, se le pregunta. Si se ha olvidado alguna palabra del Credo, da vueltas por sí solo, y si no, se está *quietico, quietico*, como la hoja en el árbol cuando no se mueve una paja de aire.

—Según eso, ¿tú estás completamente tranquila de que no han de embrujarte?

—Lo que es por mí, completamente; pero, sin embargo, mirando por los de la casa, cuido siempre de hacer antes de dormirme una cruz en el hogar con las tenazas para que no entren por la chimenea, y tampoco se me olvida poner la escoba en la puerta con el palo en suelo.

—¡Ah, vamos! ¿Conque la escoba que suelo encontrar algunas mañanas a la puerta de mi habitación con las palmas hacia arriba, y que me ha hecho pensar que era uno de tus frecuentes olvidos, no estaba allí sin su misterio? Pero se me ocurre preguntar una cosa: si ya mataron a la bruja y, una vez muerta, su alma no puede salir del precipicio donde por permisión divina anda penando, ¿contra quién tomas esas precauciones?

—¡Toma, toma! Mataron a una; pero como que son una familia entera y verdadera, que desde hace un siglo o dos vienen heredando el unto de unas en otras, se acabó con una *tía Casca*, pero queda su hermana, y cuando acaben con ésta, que acabarán también, le sucederá su hija, que aún es moza y ya dicen que tiene sus puntos de hechicera.

—Según lo que veo, ¿esa es una dinastía secular de brujas que se vienen sucediendo regularmente por la línea femenina, desde los tiempos más remotos?

—Yo no sé lo que son, pero lo que puedo decirle es que acerca de estas mujeres se cuenta en el pueblo una historia muy particular, que yo he oído referir algunas veces en las noches de invierno.

—Pues, vaya, deja ese candil en el suelo, acerca una silla y refiéreme esa historia, que yo me parezco a los niños en mi afición.

—Es que esto no es cuento.

—O historia, como tú quieras —añadí, por último, para tranquilizarla respecto a la entera fe con que sería acogida la relación por mi parte.

La muchacha, después de colgar el candil en un clavo, y en pie a una respetuosa distancia de la mesa, por no querer sentarse, a pesar de mis instancias, me ha referido la historia de las brujas de Trasmoz, historia original que yo a mi vez contaré a ustedes otro día, pues ahora voy a acostarme con la cabeza llena de brujas, hechicerías y conjuros, pero tranquilo, porque al dirigirme a mi alcoba he visto el escobón junto a la puerta haciéndome la guardia, más tieso y formal que un alabardero en día de ceremonia.

VII

Queridos amigos: Prometí a ustedes en mi última carta referirles, tal como me la contaron, la maravillosa historia de las brujas de Trasmoz. Tomo, pues, la pluma para cumplir lo prometido, y va de cuento.

Desde tiempo inmemorial es artículo de fe entre las gentes del Somontano que Trasmoz es la corte y punto de cita de las brujas más importantes de la comarca. Su castillo, como los tradicionales campos de Barahona y el valle famoso de Zugarramurdi, pertenece a la categoría de conventículo de primer orden y lugar clásico para las grandes fiestas nocturnas de las amazonas de escobón, los sapos con collareta y toda la abigarrada servidumbre del macho cabrío, su ídolo y jefe. Acerca de la fundación de este castillo, cuyas colosales ruinas, cuyas torres oscuras y dentelladas, patios sombríos y profundos fosos parecen, en efecto, digna escena de tan diabólicos personajes, se refiere una tradición muy antigua. Parece ser que en *tiempo de los moros*, época que para nuestros campesinos corresponde a las edades mitológicas y fabulosas de la Historia, pasó el rey por las cercanías del sitio en que ahora se halla Trasmoz, y viendo con maravilla un punto como aquél, donde, gracias a la altura, las rápidas pendientes y los cortes a plomo de la roca, podía el hombre, ayudado de la Naturaleza, hacer un lugar fuerte e inexpugnable, de grande utilidad por encontrarse próximo a la raya fronteriza, exclamó volviéndose a los que iban en su seguimiento y tendiendo la mano en dirección a la cumbre:

—De buena gana tendría allí un castillo.

Oyóle un pobre viejo que, apoyado en un báculo de caminante y con unas miserables alforjillas al hombro, pasaba a la sazón por el mismo sitio, y adelantándose hasta salirle al encuentro, y a riesgo de ser atropellado por la comitiva real, detuvo por la brida el caballo de su señor y le dijo estas solas palabras:

—Si me le dais en alcaidía perpetua, yo me comprometo a llevaros mañana a vuestro palacio sus llaves de oro.

Rieron grandemente el rey y los suyos de la extravagante proposición del mendigo, de modo que, arrojándole una pequeña pieza de plata al suelo, a manera de limosna, contestóle el soberano con aire de zumba:

—Tomad esa moneda para que compréis unas cebollas y un pedazo de pan con que desayunaros, señor alcaide de la improvisada fortaleza de Trasmoz, y dejadnos en paz proseguir nuestro camino.

Y esto diciendo le apartó suavemente a un lado de la senda, tocó el ijar de su corcel con el acicate y se alejó seguido de sus capitanes, cuyas armaduras, incrustadas de arabescos de oro, resonaban y resplandecían al compás del galope mal ocultas por los blancos y flotantes alquiceles.

—¿Luego me confirmáis en la alcaidía? —añadió el pobre viejo, en tanto que se bajaba para recoger la moneda, y dirigiéndose en alta voz hacia los que ya apenas se distinguían entre la nube de polvo que levantaron los caballos, un punto detenidos, al arrancar de nuevo.

—Seguramente —díjole el rey desde lejos y cuando ya iba a doblar una de las revueltas del monte—; siempre con la condición de que esta noche levantarás el castillo y mañana irás a Tarazona a entregarme las llaves.

Satisfecho el pobrete con la contestación del rey alzó, como digo, la moneda del suelo, besóla con muestras de humildad y, después de atarla en un pico del guiñapo blancuzco que le servía de turbante, se dirigió, poco a poco, hacia la aldehuela de Trasmoz.

Componían entonces este lugar unas quince o veinte casuquillas sucias y miserables, refugio de algunos pastores que llevaban a pacer sus ganados al Moncayo. Pasito a pasito, aquí cae, allí tropieza, como el que camina agobiado del doble peso de la edad y una larga jornada, llegó, al fin, nuestro hombre al pueblo, y comprando, según se lo había dicho el rey, un mendrugo de pan y tres o cuatro cebollas blancas, jugosas y relucientes, sentóse a comerlas a la orilla de un arroyo, en el cual los vecinos tenían costumbre de venir a hacer sus abluciones de la tarde, y donde, una vez instalado, comenzó a despachar su pitanza, con tanto gusto y moviendo sus descarnadas mandíbulas, de las que pendían unas barbillas blancas y cluchas, con tal prisa, que, en efecto, parecía no haberse desayunado en todo lo que iba de día, que no era poco, pues el sol comenzaba a trasmontar las cumbres.

Sentado estaba, pues, nuestro pobre viejo a la orilla del arroyo, dando buena cuenta con gentil apetito de su frugal comida, cuando llegó hasta el borde del agua uno de los pastores del lugar, hizo sus acostumbradas zalemas, vuelto hacia el Oriente, y concluida esta operación, comenzó a lavarse las manos y el rostro, murmurando sus rezos de la tarde. Tras éste, vinieron otros cuantos, hasta cinco o

seis, y cuando todos hubieron concluido de rezar y remojarse el
cogote, llamólos el viejo y les dijo:

—Veo con gusto que sois buenos musulmanes y que ni las ordi-
narias ocupaciones ni las fatigas de vuestro ejercicio os distraen de
las santas ceremonias que a sus fieles dejó encomendadas el Profeta.
El verdadero creyente, tarde o temprano, alcanza el premio: unos lo
recogen en la tierra; otros, en el paraíso, no faltando a quienes se les
da en ambas partes, y de éstos seréis vosotros.

Los pastores, que durante la arenga no habían apartado un
punto sus ojos del mendigo, pues por tal le juzgaron al ver su mal
pelaje y peor desayuno, se miraban entre sí, después de concluido,
como no comprendiendo a dónde iría a parar aquella introducción,
si no era a pedir una limosna; pero con grande asombro de los cir-
cunstantes, prosiguió de este modo su discurso:

—He aquí que yo vengo de una tierra lejana a buscar servido-
res leales para la guarda y custodia de un famoso castillo. Yo me he
sentado al borde de las fuentes que saltan sobre una taza de pórfi-
do, a la sombra de las palmeras en las mezquitas de las grandes ciu-
dades, y he visto, unos tras otros, venir a muchos hombres a hacer
sus abluciones con sus aguas; estos, por mera limpieza; aquellos,
por hacer lo que hacen todos, los más, por dar el espectáculo de
una piedad de fórmula. Después os he visto en estas soledades,
lejos de las miradas del mundo, atentos sólo al ojo que vela sobre
las acciones de los mortales, cumplir con nuestros ritos impulsa-
dos por la conciencia de un deber, y he dicho para mí: «He aquí
hombres fieles a su religión. Igualmente lo serán a su palabra.» De
hoy más no vaguéis por los montes con nieves y fríos, para comer
un pedazo de pan negro. En la magnífica fortaleza de que os hablo,
tendréis alimento abundante y vida holgada. Tú cuidarás de la ata-
laya, atento siempre a las señales de los corredores del campo y
pronto a encender la hoguera que brilla en las sombras, como el
penacho de fuego del casco de un arcángel. Tú cuidarás del rastri-
llo y del puente. Tú darás vuelta cada tres horas alrededor de las
torres, por entre la barbacana y el muro. A ti te encargaré de las
caballerizas. Bajo la guarda de ése estarán los depósitos de mate-
riales de guerra. Y, por último, aquel otro correrá con los almace-
nes de víveres.

Los pastores, de cada vez más asombrados y suspensos, no sa-
bían qué juicio formar del improvisado protector que la casualidad
les deparaba, y aunque su aspecto miserable no convenía del todo
bien con sus generosas ofertas, no faltó alguno que le preguntase,
entre dudoso y crédulo:

—¿Dónde está ese castillo? Que si no se halla muy lejos de estos lugares, entre cuyas peñas estamos acostumbrados a vivir, y a los que tenemos el amor que todo hombre tiene a la tierra que le vio nacer, yo, por mi parte, aceptaría con gusto tus ofrecimientos; y creo que, como yo, todos los que se encuentran presentes.

—Por eso no temáis, pues está bien cerca de aquí —respondió el viejo impasible—. Cuando el sol se esconde por detrás de las cumbres del Moncayo, su sombra cae sobre vuestra aldea.

—¿Y cómo puede ser eso —dijo entonces el pastor—, si por aquí no hay castillo ni fortaleza alguna, y la primera sombra que envuelve nuestro lugar es la del cabezo del monte en cuya falda se ha levantado?

—Pues en ese cabezo se halla, porque allí están las piedras, y donde están las piedras está el castillo, como está la gallina en el huevo y la espiga en el grano —insistió el extraño personaje, a quien sus interlocutores, irresolutos hasta aquel punto, no dudaron en calificar de loco de remate.

—¿Y tú serás, sin duda, el gobernador de esa fortaleza famosa? —exclamó, entre las carcajadas de sus compañeros, otro de los pastores—. Porque a tal castillo, tal alcaide.

—Yo lo soy —tornó a contestar el viejo, siempre con la misma calma y mirando a sus risueños oyentes con una sonrisa particular—. ¿No os parezco digno de tan honroso cargo?

—¡Nada menos que eso! —se apresuraron a responderle—. Pero el sol ha doblado las cumbres, la sombra de vuestro castillo envuelve ya en sus pliegues nuestras pobres chozas. ¡Poderoso y temido alcaide de la invisible fortaleza de Trasmoz, si queréis pasar la noche a cubierto, os podemos ofrecer un poco de paja en el establo de nuestras ovejas; si preferís quedaros al raso, que Alá os tenga en su santa guarda, el Profeta os colme de sus beneficios y los arcángeles de la noche velen a vuestro alrededor con sus espadas encendidas!

Acompañando estas palabras, dichas en tono de burlesca solemnidad, con profundos y humildes saludos, los pastores tomaron el camino de su pueblo, riendo a carcajadas de la original aventura. Nuestro buen hombre no se alteró, sin embargo, por tan poca cosa, sino que, después de acabar con mucho despacio su merienda, tomó en el hueco de la mano algunos sorbos del agua limpia y transparente del arroyo, limpióse con el revés la boca, sacudió las migajas de pan de la túnica y, echándose otra vez las alforjillas al hombro y apoyándose en su nudoso báculo, emprendió de nuevo el camino adelante, en la misma dirección que sus futuros sirvientes.

La noche comenzaba, en efecto, a entrarse fría y oscura. De pico a pico de la elevada cresta del Moncayo se extendían largas bandas de nubes color de plomo que, arrolladas hasta aquel momento por la influencia del sol, parecían haber esperado a que se ocultase para comenzar a removerse con lentitud como esos monstruos deformes que produce el mar y que se arrastran trabajosamente en las playas desiertas. El ancho horizonte que se descubría desde las alturas iba poco a poco palideciendo y pasando del rojo al violado por un punto, mientras por el contrario asomaba la luna redonda, encendida, grande, como un escudo de batallar, y por el dilatado espacio del cielo las estrellas aparecían unas tras otras, amortiguada su luz por la del astro de la noche.

Nuestro buen viejo, que parecía conocer perfectamente el país, pues nunca vacilaba al escoger las sendas que más pronto habían de conducirle al término de su peregrinación, dejó a un lado la aldea y, siempre subiendo con bastante fatiga por entre los enormes peñascos y las espesas carrascas, que entonces como ahora cubrían la áspera pendiente del monte, llegó, por último, a la cumbre, cuando las sombras se habían apoderado por completo de la tierra, y la luna, que se dejaba ver a intervalos por entre las oscuras nubes, se había remontado a la primera región del cielo.

Cualquier otro hombre, impresionado por la soledad del sitio, el profundo silencio de la Naturaleza y el fantástico panorama de las sinuosidades del Moncayo, cuyas puntas coronadas de nieve parecían las olas de un mar inmóvil y gigantesco, hubiera temido aventurarse por entre aquellos matorrales, adonde en mitad del día apenas osaban llegar los pastores; pero el héroe de nuestra relación, que, como ya habrán sospechado ustedes, y si no lo han sospechado lo verán claro más adelante, debía ser un magicazo de tomo y lomo, no satisfecho con haber trepado a la eminencia, se encaramó en la punta de la más elevada roca, y desde aquel aéreo asiento comenzó a pasear la vista a su alrededor con la misma firmeza que el águila, cuyo nido pende de un peñasco al borde del abismo, contempla sin temor el fondo.

Después que se hubo reposado un instante de las fatigas del camino, sacó de las alforjillas un estuche de forma particular y extraña, un librote muy carcomido y viejo y un cabo de vela verde, corto y a medio consumir. Frotó con sus dedos descarnados y huesosos en uno de los extremos del estuche, que parecía de metal y era a modo de linterna, y a medida que frotaba veíase como una lumbre sin claridad, azulada, medrosa e inquieta, hasta que, por último, brotó una llama y se hizo luz. Con aquella luz encendió el cabo de vela verde,

a cuyo escaso resplandor, y no sin haberse calado antes unas disformes antiparras redondas, comenzó a hojear el libro, que, para más comodidad, había puesto delante de sí sobre una de las peñas. Según que el nigromante iba pasando las hojas del libro, llenas de caracteres árabes, caldeos y siríacos, trazados con tinta azul, negra, roja y violada, y de figuras y signos misteriosos, murmuraba entre dientes frases ininteligibles, y, parando de cierto en cierto tiempo la lectura, repetía un estribillo singular con una especie de salmodia lúgubre, que acompañaba hiriendo la tierra con el pie y agitando la mano que le dejaba libre el cuidado de la vela, como si se dirigiese a alguna persona.

Concluida la primera parte de su mágica letanía, en la que, unos tras otros, había ido llamando por sus nombres, que yo no podré repetir, a todos los espíritus del aire y de la tierra, del fuego y de las aguas, comenzó a percibirse en derredor un ruido extraño, un rumor de alas invisibles que se agitaban a la vez y murmullos confusos, como de muchas gentes que se hablasen al oído. En los días revueltos del otoño, y cuando las nubes, amontonadas en el horizonte, parecen amenazar con una lluvia copiosa, pasan las grullas por el cielo, formando un oscuro triángulo, con un ruido semejante. Mas lo particular del caso era que allí a nadie se veía, y aun cuando se percibiese el aleteo cada vez más próximo, y el aire agitado moviera en derredor las hojas de los árboles, y el rumor de las palabras dichas en voz baja se hiciese gradualmente más distinto, todo semejaba cosa de ilusión o ensueño. Paseó el mágico la mirada en todas direcciones para contemplar a los que sólo a sus ojos parecían visibles, y, satisfecho, al parecer, del resultado de su primera operación, volvió a la interrumpida lectura. Apenas su voz temblona, cascada y un poco nasal comenzó a dejarse oír, pronunciando las enrevesadas palabras del libro, se hizo en torno un silencio tan profundo, que no parecía sino que la Tierra, los astros y los genios de la noche estaban pendientes de los labios del nigromante, que ora hablaba con frases dulces y de suave inflexión, como quien suplica, ora con acento áspero, enérgico y breve, como quien manda. Así leyó largo rato, hasta que al concluir la última hoja se produjo un murmullo en el invisible auditorio, parecido al que forman en los templos las confusas voces de los fieles cuando acabada una oración todos contestan *amén* en mil diapasones distintos. El viejo, que a medida que rezaba y rezaba aquellos diabólicos conjuros había ido exaltándose y cobrando una energía y un vigor sobrenaturales, cerró el libro con un gran golpe, dio un soplo a la vela verde y, despojándose de las antiparras redondas, se puso en pie sobre la altísi-

ma peña donde estuvo sentado, y desde donde se dominaban las infinitas ondulaciones de la falda del Moncayo, con los valles, las rocas y los abismos que la accidentan. Allí, en pie, con la cabeza erguida y los brazos extendidos, el uno al Oriente y el otro al Occidente, alzó la voz y exclamó dirigiéndose a la infinita muchedumbre de seres invisibles y misteriosos que, encadenados a su palabra por la fuerza de los conjuros, esperaban sumisos sus órdenes:

—¡Espíritus de las aguas y de los aires, vosotros que sabéis horadar las rocas y abatir los troncos más corpulentos, agitaos y obedecedme!

Primero suave, como cuando levanta el vuelo una banda de palomas; después más fuerte, como cuando azota el mástil de un buque una vela hecha jirones, oyóse el ruido de las alas al plegarse y desplegarse con una prontitud increíble, y aquel ruido fue creciendo, creciendo, hasta que llegó a hacerse espantoso, como el de un huracán desencadenado. El agua de los torrentes próximos saltaba y se retorcía en el cauce, espumarajeando y poniéndose en pie como una culebra furiosa; el aire, agitado y terrible, zumbaba en los huecos de las peñas, levantaba remolinos de polvo y de hojas secas y sacudía, inclinándolas hasta el suelo, las copas de los árboles. Nada más extraño y horrible que aquella tempestad circunscrita a un punto, mientras la luna se remontaba tranquila y silenciosa por el cielo y las aéreas y lejanas cumbres de la cordillera parecían bañadas de un sereno y luminoso vapor. Las rocas crujían como si sus grietas se dilatasen, e impulsadas de una fuerza oculta e interior, amenazaban volar hechas mil pedazos. Los troncos más corpulentos arrojaban gemidos y chascaban próximos a hendirse, como si un súbito desenvolvimiento de sus fibras fuese a rajar la endurecida corteza. Al cabo, y después de sentirse sacudido el monte por tres veces, las piedras se desencajaron y los árboles se partieron, y árboles y piedras comenzaron a saltar por los aires en furioso torbellino, cayendo semejantes a una lluvia espesa en el lugar que de antemano señaló el nigromante a sus servidores. Los colosales troncos y los inmensos témpanos de granito y pizarra oscura, que hubiérase dicho que los arrojaban al azar, caían, no obstante, unos sobre otros con admirable orden, e iban formando una cerca altísima a manera de bastión, que el agua de los torrentes, arrastrando arenas, menudas piedrecillas y cal de su alvéolo, se encargaba de completar, llenando las hendiduras con una argamasa indestructible.

—La obra adelanta. ¡Ánimo! ¡Ánimo! —murmuró el viejo—. Aprovechemos los instantes, que la noche es corta y pronto cantará el gallo, trompeta del día.

Y esto diciendo, se inclinó hacia el borde de una sima profunda, abierta al impulso de las convulsiones de la montaña, y, como dirigiéndose a otros seres ocultos en su fondo, prosiguió:

—¡Espíritus de la Tierra y del fuego, vosotros que conocéis los tesoros de metal de sus entrañas y circuláis por sus caminos subterráneos con los mares de lava encendida y ardiente, agitaos y cumplid mis órdenes!

Aún no había expirado el eco de la última palabra del conjuro, cuando se comenzó a oír un rumor sordo y continuo, como el de un trueno lejano, rumor que asimismo fue creciendo, creciendo, hasta que se hizo semejante al que produce un escuadrón de jinetes que cruzan al galope el puente de una fortaleza, y retumba el golpear del casco de los caballos, crujen los maderos, rechinan las cadenas y se oye, metálico y sonoro, el choque de las armaduras, las lanzas y los escudos. A medida que el ruido tomaba mayores proporciones, veíase salir por las grietas de las rocas un resplandor vivo y brillante, como el que despide una fragua ardiendo, y de eco en eco se repetía por las concavidades del monte el fragor de millares de martillos que caían con un estrépito espantoso sobre los yunques, en donde los gnomos trabajaban el hierro de las minas, fabricando puertas, rastrillos, armas y toda la ferretería indispensable para la seguridad y complemento de la futura fortaleza. Aquello era un tumulto imposible de describir, un desquiciamiento general y horroroso: por un lado rebramaba el aire, arrancando las rocas, que se hacinaban con estruendo en la cúspide del monte; por otro mugía el torrente, mezclando sus bramidos con el crujir de los árboles que se tronchaban y el golpear incesante de los martillos, que caían alternados sobre los yunques, como llevando el compás en aquella diabólica sinfonía.

Los habitantes de la aldea, despertados de improviso por tan infernal y asordadora barahúnda, no osaban siquiera asomarse al tragaluz de sus chozas para descubrir la causa del extraño terremoto, no faltando algunos que, poseídos del terror, creyeron llegado el instante en que, próxima la destrucción del mundo, había de bajar la muerte a enseñorearse de su imperio, envuelta en el jirón de un sudario, sobre un corcel fantástico y amarillo, tal como en sus revelaciones la pinta el Profeta.

Esto se prolongó hasta momentos antes de amanecer, en que los gallos de la aldea comenzaron a sacudir las plumas y a saludar el día próximo con su canto sonoro y estridente. A esta sazón, el rey, que se volvía a su corte haciendo pequeñas jornadas, y que accidentalmente había dormido en Tarazona, bien porque de suyo fuese

madrugador y despabilado, bien porque extrañase la habitación, que todo cabe en lo posible, saltaba de la cama listo como él solo y después de poner en un pie, como las grullas, a su servidumbre, se dirigía a los jardines del palacio. Aún no habría pasado una hora desde que vagaba al azar por el intrincado laberinto de sus alamedas, departiendo con uno de sus capitanes todo lo amigablemente que puede departir un rey, y moro por añadidura, con uno de sus súbditos, cuando llegó hasta él, cubierto de sudor y de polvo, el más ágil de los corredores de la frontera, y le dijo, previas las salutaciones de costumbre:

—Señor, hacia la parte de la raya de Castilla sucede una cosa extraordinaria. Sobre la cumbre del monte de Trasmoz, y donde ayer no se encontraban más que rocas y matorrales, hemos descubierto al amanecer un castillo tan alto, tan grande y tan fuerte como no existe ningún otro en todos vuestros estados. En un principio dudamos del testimonio de nuestros ojos, creyendo que tal vez fingía la mole la niebla arremolinada sobre las alturas; pero después ha salido el sol, la niebla se ha deshecho y el castillo subsiste allí oscuro, amenazador y gigante, dominando los contornos con su altísima atalaya.

Oír el rey este mensaje y recordar su encuentro con el mendigo de las alforjas todo fue una cosa misma, y reunir estas dos ideas y lanzar una mirada amenazadora e interrogante a los que estaban a su lado, tampoco fue cuestión de más tiempo. Sin duda, su alteza árabe sospechaba que alguno de sus emires, conocedores del diálogo del día anterior, se había permitido darle una broma sin precedentes en los anales de la etiqueta musulmana, pues, con acento de mal disimulado enojo, exclamó, jugando con el pomo de su alfanje de una manera particular con que solía hacerlo cuando estaba a punto de estallar su cólera:

—¡Pronto, mi caballo más ligero y a Trasmoz, que juro por mis barbas y las del Profeta que, si es cuento el mensaje de los corredores, donde debiera estar el castillo he de poner una picota para los que le han inventado!

Esto dijo el rey, y minutos después no corría, volaba, camino de Trasmoz, seguido de sus capitanes. Antes de llegar a lo que se llama el Somontano, que es una reunión de valles y alturas que van subiendo gradualmente hasta llegar al pie de la cordillera que domina el Moncayo, coronado de nieblas y de nubes como el gigante y colosal monarca de estos montes, hay, viniendo de Tarazona, una gran eminencia que lo oculta a la vista hasta que se llega a su cumbre. Tocaba el rey casi a lo más alto de esta altura, conocida hoy

por *la Ciezma*, cuando, con grande asombro suyo y de los que le seguían, vio venir a su encuentro al viejecito de las alforjas con la misma túnica, raída y remendada, del día anterior, el mismo turbante, hecho jirones y sucio, y el propio báculo, tosco y fuerte, en que se apoyaba, cuando en son de burla, después de haber oído su risible propuesta, le arrojó una moneda para que comprase pan y cebollas. Detúvose el rey delante del viejo, y éste, postrándose de hinojos y sin dar lugar a que le preguntara cosa alguna, sacó de las alforjas, envueltas en un paño de púrpura, dos llaves de oro de labor admirable y exquisita, diciendo al mismo tiempo que las presentaba a su soberano:

—Señor, yo he cumplido ya mi palabra; a vos toca sacar airosa de su empeño la vuestra.

—Pero, ¿no es fábula lo del castillo? —preguntó el rey entre receloso y suspenso, y fijando alternativamente la mirada, ya en las magníficas llaves, que por su materia y su inconcebible trabajo valían de por sí un tesoro, ya en el viejecillo, a cuyo aspecto miserable se renovaba en su ánimo el deseo de socorrerle con una limosna.

—Dad algunos pasos más y le veréis —respondió el alcaide, pues, una vez cumplida su promesa, y siendo la que le habían empeñado palabra de rey, que, al menos en estas historias, tienen fama de inquebrantables, por tal podemos considerarle desde aquel punto. Dio algunos pasos más; el soberano llegó a lo más alto de *la Ciezma* y, en efecto, el castillo de Trasmoz apareció a sus ojos, no tal como hoy se ofrecería a los de ustedes, si por acaso tuvieran la humorada de venir a verlo, sino tal como fue en lo antiguo, con sus cinco torres gigantes, su atalaya esbelta, sus fosos profundos, sus puertas chapeadas de hierro, fortísimas y enormes; su puente levadizo y sus muros coronados de almenas puntiagudas.

* * *

Al llegar a este punto de mi carta me apercibo de que, sin querer, he faltado a la promesa que hice en la anterior y ratifiqué al tomar hoy la pluma para escribir a ustedes. Prometí contarles la historia de la bruja de Trasmoz y, sin saber cómo, les he relatado en su lugar la del castillo. Con estos cuentos sucede lo que con las cerezas: sin pensarlo, salen unas enredadas en otras. ¿Qué le hemos de hacer? Conseja con conseja, allá va la que primero se ha enredado en el pico de la pluma; merced a ella, y teniendo presente su diabólico origen, comprenderán ustedes por qué las brujas, cuya historia quedo siempre comprometido a contarles, tienen una marcada predilección por las ruinas de este castillo y se encuentran en él como en su casa.

VIII

Queridos amigos: En una de mis cartas anteriores dije a ustedes en qué ocasión y por quién me fue referida la estupenda historia de las brujas, que a mi vez he prometido repetirles. La muchacha que accidentalmente se encuentra a mi servicio, tipo perfecto del país, con su apretador verde, su saya roja y sus medias azules, había colgado el candil en un ángulo de mi habitación, débilmente alumbrada, aun con este aditamento de luz, por una lamparilla, a cuyo escaso resplandor escribo. Las diez de la noche acababan de sonar en el antiguo reloj de pared, único resto del mobiliario de los frailes, y solamente se oían, con breves intervalos de silencio profundo, esos ruidos apenas perceptibles y propios de un edificio deshabitado e inmenso, que producen el aire que gime, los techos que crujen, las puertas que rechinan y los animaluchos de toda calaña que vagan a su placer por los sótanos, las bóvedas y las galerías del monasterio, cuando, después de contarme la leyenda que corre más válida acerca de la fundación del castillo, y que ya conocen ustedes, prosiguió su relato, no sin haber hecho antes un momento de pausa, como para calcular el efecto que la primera parte de la historia me había producido y la cantidad de fe con que podía contar en su oyente para la segunda.

He aquí la historia, poco más o menos tal como me la refirió mi criada, aunque sin sus giros extraños y sus locuciones pintorescas y características del país, que ni yo puedo recordar ni, caso que las recordase, ustedes podrían entender.

Ya había pasado el castillo de Trasmoz a poder de los cristianos y éstos, a su vez, terminadas las continuas guerras de Aragón y Castilla, habían concluido por abandonarle, cuando es fama que hubo en el lugar un cura tan exacto en el cumplimiento de sus deberes, tan humilde con sus inferiores y tan lleno de ardiente caridad para con los infelices, que su nombre, al que iba unida una intachable reputación de virtud, llegó a hacerse conocido y venerado en todos los pueblos de la comarca.

Muchos y muy señalados beneficios debían los habitantes de Trasmoz a la inagotable bondad del buen cura, que ni para disfrutar

de una canonjía, con que en repetidas ocasiones le brindó el obispo de Tarazona, quiso abandonarlos; pero el mayor, sin duda, fue el libertarlos, merced a sus santas plegarias y poderosos exorcismos, de la incómoda vecindad de las brujas, que desde los lugares más remotos del reino venían a reunirse ciertas noches del año en las ruinas del castillo, que, quizá por deber su fundación a un nigromante, miraban como cosa propia y lugar el más aparente para sus nocturnas zambras y diabólicos conjuros. Comoquiera que antes de aquella época muchos otros exorcistas habían intentado desalojar de allí a los espíritus infernales, y sus rezos y sus aspersiones fueron inútiles, la fama de *mosén Gil el Limosnero* (que por este nombre era conocido nuestro cura) se hizo tanto más grande cuanto más difícil o imposible se juzgó hasta entonces dar cima a la empresa que él había acometido y llevado a cabo con feliz éxito, gracias a la poderosa intercesión de sus plegarias y al mérito de sus buenas obras. Su popularidad, y el respeto que los campesinos le profesaban iban, pues, creciendo a medida que la edad, cortando, por decirlo así, los últimos lazos que pudieran ligarle a las cosas terrestres, acendraba sus virtudes y el generoso desprendimiento con que siempre dio a los pobres hasta lo que él había de menester para sí. De modo que cuando el venerable sacerdote, cargado de años y de achaques, salía a dar una vueltecita por el porche de su humilde iglesia, era de ver cómo los chicuelos corrían desde lejos para venir a besarle la mano, los hombres se descubrían respetuosamente y las mujeres llegaban a pedirle su bendición, considerándose dichosa la que podía alcanzar como reliquia y amuleto contra los maleficios un jirón de su raída sotana. Así vivía en paz y satisfecho con su suerte el bueno de mosén Gil. Mas como no hay felicidad completa en el mundo y el diablo anda de continuo buscando ocasión de hacer mal a sus enemigos, éste, sin duda, dispuso que, por muerte de una hermana menor, viuda y pobre, viniese a parar a casa del caritativo cura una sobrina, que él recibió con los brazos abiertos, y a la cual consideró desde aquel punto como apoyo providencial deparado por la bondad divina para consuelo de su vejez.

Dorotea, que así se llamaba la heroína de esta verídica historia, contaba escasamente dieciocho abriles; parecía educada en un santo temor de Dios, un poco encogida en sus modales, melosa en el hablar y humilde en presencia de extraños, como todas las sobrinas de los curas que yo he conocido hasta ahora; pero tanto como la que más, o más que ninguna, preciada del atractivo de sus ojos negros y traidores y amiga de emperejilarse y componerse. Esta afición *a los trapos*, según nosotros los hombres solemos decir, tan general en las

muchachas de todas las clases y de todos los siglos, y que en Dorotea predominaba exclusivamente a las demás aficiones, era causa continua de domésticos disturbios entre la sobrina y el tío que, contando con muy pocos recursos en su pobre curato de aldea, y siempre en la mayor estrechez a causa de su largueza para con los infelices, según él decía con una ingenuidad admirable, andaba desde que recibió las primeras órdenes procurando hacerse un manteo nuevo, y aún no había encontrado ocasión oportuna. De cuando en cuando las discusiones a que daban lugar las peticiones de la sobrina solían agriarse, y ésta le echaba en cara las muchas necesidades a que estaban sujetos y la desnudez en que ambos se veían por dar a los pobres no sólo lo superfluo, sino hasta lo necesario. Mosén Gil entonces, echando mano de los más deslumbradores argumentos de su cristiana oratoria, después de repetir que cuanto a los pobres se da a Dios se presta, acostumbraba decirla que no se apurase por una saya de más o de menos para los cuatro días que se han de estar en este valle de lágrimas y miserias, pues mientras más sufrimientos sobrellevase con resignación y más desnuda anduviese por amor hacia el prójimo, más pronto iría, no ya a la hoguera que se enciende los domingos en la plaza del lugar, y emperejilada con una mezquina saya de paño rojo, franjada de vellorí, sino a gozar del Paraíso eterno, danzando en torno de la lumbre inextinguible y vestida de la gracia divina, que es el más hermoso de todos los vestidos imaginables. Pero váyale usted con estas evangélicas filosofías a una muchacha de dieciocho años, amiga de parecer bien, aficionada a perifollos, con sus ribetes de envidiosa y con unas vecinas en la casa de enfrente que hoy estrenan un apretador amarillo, mañana un jubón negro y el otro una saya azul turquí con unas franjas rojas que deslumbran la vista y llaman la atención de los mozos a tres cuartos de hora de distancia.

El bueno de mosén Gil podía considerar perdido su sermón, aunque no predicase en desierto, pues Dorotea, aunque callada y no convencida, seguía mirando del mal ojo a los pobres que continuamente asediaban la puerta de su tío, y prefiriendo un buen jubón y unas agujetas azules de las que miraba suspirando en la *calle de Botigas*, cuando por casualidad iba a Tarazona, a todos los adornos y galas que en un futuro más o menos cercano pudieran prometerle en el Paraíso en cambio de su presente resignación y desprendimiento.

En este estado las cosas, una tarde, víspera del día del santo patrono del lugar, y mientras el cura se ocupaba en la iglesia en tenerlo todo dispuesto para la función que iba a verificarse a la

mañana siguiente, Dorotea se sentó, triste y pensativa, a la puerta de su casa. Unas mucho, otras poco, todas las muchachas del pueblo habían traído algo de Tarazona para lucirse en el Mayo y en el baile de la hoguera, en particular sus vecinas, que, sin duda con intención de aumentar su despecho, habían tenido el cuidado de sentarse en el portal a coserse las suyas nuevas y arreglar los dijes que les habían feriado sus padres. Sólo ella, la más guapa y la más presumida también, no participaba de esa alegre agitación, esas prisas de costura, ese animado aturdimiento que preludian entre las jóvenes, y así en las aldeas como en las ciudades, la aproximación de una solemnidad por largo tiempo esperada. Pero digo mal: también Dorotea tenía aquella noche su quehacer extraordinario; mosén Gil le había dicho que amasase para el día siguiente veinte panes más que los de costumbre, a fin de distribuírselos a los pobres después de concluida la misa.

Sentada estaba, pues, a la puerta de su casa la malhumorada sobrina del cura, barajando en su imaginación mil desagradables pensamientos, cuando acertó a pasar por la calle una vieja muy llena de jirones y de andrajos, que agobiada por el peso de la edad, caminaba apoyándose en un palito.

—Hija mía —exclamó al llegar junto a Dorotea, con un tono compungido y doliente—: ¿me quieres dar una limosnita, que Dios te la pagará con usura en su santa gloria?

Estas palabras, tan naturales en los que imploran la caridad pública, que son como una fórmula consagrada por el tiempo y la costumbre, en aquella ocasión, y pronunciadas por aquella mujer, cuyos ojillos verdes y pequeños parecían reír con una expresión diabólica, mientras el labio articulaba su acento más plañidero y lastimoso, sonaron en el oído de Dorotea como un sarcasmo horrible, trayéndole a la memoria las magníficas promesas para más allá de la muerte con que mosén Gil solía responder a sus exigencias continuas. Su primer impulso fue echar enhoramala a la vieja; pero conteniéndose por respeto a ser su casa la del cura del lugar, se limitó a volverle la espalda con un gesto de desagrado y mal humor bastante significativo. La vieja, a quien antes parecía complacer que no afligir esta repulsa, aproximóse más a la joven, y, procurando dulcificar todo lo posible su voz de carraca destemplada, prosiguió de este modo, sonriendo siempre con sus ojillos verdosos, como sonreiría la serpiente que sedujo a Eva en el Paraíso.

—Hermosa niña, si no por el amor de Dios, por el tuyo propio, dame una limosna. Yo sirvo a un señor que no se limita a recompensar a los que hacen bien a los suyos en la otra vida, sino que les

da en ésta cuanto ambicionan. Primero te pedí por el que tú cono-
ces; ahora torno a demandarte socorro por el que yo reverencio.

—¡Bah, bah!, dejadme en paz, que no estoy de humor para oír
disparates —dijo Dorotea, que juzgó loca o chocheando a la hara-
posa vieja que le hablaba de un modo para ella incomprensible, y sin
volver siquiera el rostro al despedirla tan bruscamente, hizo ademán
de entrarse en el interior de la casa; pero su interlocutora, que no
parecía dispuesta a ceder con tanta facilidad en su empeño, asiéndo-
la de la saya la detuvo un instante y tornó a decirle:

—Tú me juzgas fuera de mi juicio, pero te equivocas; te equivo-
cas, porque no sólo sé bien lo que yo hablo, sino lo que tú piensas,
como conozco igualmente la ocasión de tus pesares.

Y cual si su corazón fuese un libro y éste estuviera abierto ante
sus ojos, repitió a la sobrina del cura, que no acertaba a volver en sí
de su asombro, cuantas ideas habían pasado por su mente al compa-
rar su triste situación con la de las otras muchachas del pueblo.

—Mas no te apures —continuó la astuta arpía, después de darle
esta prueba de su maravillosa perspicacia—, no te apures: hay un
señor tan poderoso como el de mosén Gil, y en cuyo nombre me he
acercado a hablarte so pretexto de pedir una limosna; un señor que
no sólo no exige sacrificios penosos de los que le sirven, sino que se
esmera y complace en secundar todos sus deseos; alegre como un
juglar, rico como todos los judíos de la tierra juntos y sabio hasta el
extremo de conocer los más ignorados secretos de la ciencia, en
cuyo estudio se afanan los hombres. Las que le adoran viven en una
continua zambra, tienen cuantas joyas y dijes desean y poseen fil-
tros de una virtud tal, que con ellos llevan a cabo cosas sobrenatura-
les, se hacen obedecer de los espíritus, del sol y de la luna, de los
peñascos, de los montes y de las olas del mar e infunden el amor o el
aborrecimiento en quien mejor les cuadra. Si quieres ser de los
suyos, si quieres gozar de cuanto ambicionas, a muy poca costa pue-
des conseguirlo. Tú eres joven, tú eres hermosa, tú eres audaz, tú no
has nacido para consumirte al lado de un viejo achacoso e imperti-
nente, que al fin te dejará sola en el mundo y sumida en la miseria,
merced a su caridad extravagante.

Dorotea, que al principio se prestó de mala voluntad a oír las
palabras de la vieja, fue poco a poco internándose en aquella hala-
güeña pintura del brillante porvenir que podía ofrecerle, y aunque
sin desplegar los labios, con una mirada entre crédula y dudosa
pareció preguntarle en qué consistía lo que debiera hacer para alcan-
zar lo que tanto deseaba. La vieja, entonces, sacando una botija
verde que traía oculta entre el harapiento delantal, le dijo:

—Mosén Gil tiene a la cabecera de su cama una pila de agua bendita de la que todas las noches, antes de acostarse, arroja algunas gotas, pronunciando una oración, por la ventana que da frente al castillo. Si sustituyes aquella agua con ésta y después de apagado el hogar dejas las tenazas envueltas en las cenizas, yo vendré a verte por la chimenea al toque de ánimas, y el señor a quien obedezco, y que en muestra de su generosidad te envía este anillo, te dará cuanto desees.

Esto diciendo, le entregó la botija, no sin haberle puesto antes en el dedo de la misma mano con que la tomara un anillo de oro con una piedra hermosa sobre toda ponderación.

La sobrina del cura, que maquinalmente dejaba hacer a la vieja, permanecía aún irresoluta y más suspensa que convencida de sus razones; pero tanto le dio sobre el asunto y con tan vivos colores supo pintarle el triunfo de su amor propio, ajado, cuando al día siguiente, merced a la obediencia, lograse ir a la hoguera de la plaza vestida con un lujo desconocido, que al fin cedió a sus sugestiones, prometiendo obedecerla en un todo.

Pasó la tarde, llegó la noche, llegando con ella la oscuridad y las horas aparentes para los misterios y los conjuros, y ya mosén Gil, sin caer en la cuenta de la sustitución del agua con un brebaje maldito, había hecho sus inútiles aspersiones y dormía con el sueño reposado de los ángeles, cuando Dorotea, después de apagar la lumbre del hogar y poner, según fórmula, las tenazas entre las cenizas, se sentó a esperar a la bruja, pues bruja y no otra cosa podía ser la vieja miserable que disponía de joyas de tanto valor como el anillo y visitaba a sus amigos a tales horas y entrando por la chimenea.

Los habitantes de la aldea de Trasmoz dormían asimismo como lirones, excepto algunas muchachas que velaban cosiendo sus vestidos para el día siguiente. Las campanas de la iglesia dieron al fin el toque de ánimas, y sus golpes lentos y acompasados se perdieron, dilatándose en las ráfagas del aire, para ir a expirar entre las ruinas del castillo. Dorotea, que hasta aquel momento, y una vez adoptada su resolución, había conservado la firmeza y sangre fría suficientes para obedecer las órdenes de la bruja, no pudo menos de turbarse y fijar los ojos con inquietud en el cañón de la chimenea, por donde había de verla aparecer de un modo tan extraordinario. Ésta no se hizo esperar mucho, y apenas se perdió el eco de la última campanada cayó de golpe entre la ceniza en forma de gato gris y haciendo un ruido extraño y particular de estos animalitos cuando, con la cola levantada y el cuerpo hecho un arco, van y vienen de un lado a otro acariciándose contra nuestras piernas. Tras el gato gris cayó otro

rubio, y después otro negro, más otro de los que llaman moriscos, y hasta catorce o quince de diferentes dimensiones y color, revueltos con una multitud de sapillos verdes y tripudos con un cascabel al cuello y una a manera de casaquilla roja. Una vez juntos los gatos, comenzaron a ir y venir por la cocina, saltando de un lado a otro; estos, por los vasares, entre los pucheros y las fuentes; aquellos, por el ala de la chimenea; los de más allá, revolcándose entre la ceniza y levantando una gran polvareda, mientras que los sapillos, haciendo sonar su cascabel, se ponían en pie al borde de las marmitas, daban volteretas en el aire o hacían equilibrios y dislocaciones pasmosas, como los *clowns* de nuestros circos ecuestres. Por último, el gato gris, que parecía el jefe de la banda y en cuyos ojillos verdosos y fosforescentes había creído reconocer la sobrina del cura los de la vieja que le habló por la tarde, levantándose sobre las patas traseras en la silla en que se encontraba subido, le dirigió la palabra en estos términos:

—Has cumplido lo que prometiste y aquí nos tienes a tus órdenes. Si quieres vernos en nuestra primitiva forma y que comencemos a ayudarte a fraguar las galas para las fiestas y a amasar los panes que te ha encargado tu tío, haz tres veces la señal de la cruz con la mano izquierda, invocando a la trinidad de los infiernos: Belcebú, Astarot y Belial.

Dorotea, aunque temblando, hizo punto por punto lo que se le decía, y los gatos se convirtieron en otras tantas mujeres, de las cuales unas comenzaron a cortar y otras a coser telas de mil colores a cual más vistosos y llamativos, hilvanando y concluyendo sayas y jubones a toda prisa, en tanto que los sapillos, diseminados por aquí y por allá, con unas herramientas diminutas y brillantes fabricaban pendientes de filigrana de oro para las orejas, anillos con piedras preciosas para los dedos, o, armados de su tirapié y su lezna en miniatura, cosían unas zapatillas de tafilete tan monas y tan bien acabadas que merecían calzar el pie de una hada.

Todo era animación y movimiento en derredor de Dorotea; hasta la llama del candil que alumbraba aquella escena extravagante parecía danzar alegre en su piquera de hierro, chisporroteando y plegando y volviendo a desplegar su abanico de luz, que se proyectaba en los muros en círculos movibles, ora oscuros, ora brillantes. Esto se prolongó hasta rayar el día, en que el bullicioso repique de las campanas de la parroquia, echadas a vuelo en honor del santo patrono del lugar, y el agudo canto de los gallos, anunciaron el alba a los habitantes de la aldea. Pasó el día entre fiestas y regocijos. Mosén Gil, sin sospechar la parte que las brujas habían tomado en

su elaboración, repartió, terminada la misa, sus panes entre los pobres; las muchachas bailaron en las eras al son de la gaita y el tamboril, luciendo los dijes y las galas que habían traído de Tarazona y, cosa particular, Dorotea, aunque al parecer fatigada de haber pasado la noche en claro amasando el pan de la limosna, con no pequeño asombro de su tío, ni se quejó de su suerte ni hizo alto en las bandas de mozas y mozos que pasaban emperejilados por sus puertas, mientras ella permanecía aburrida y sola en su casa.

Al fin llegó la noche, que a la sobrina del cura pareció tardar más que otras veces; mosén Gil se metió en su cama al toque de oraciones, según tenía costumbre, y la gente joven del lugar encendió la hoguera en la plaza, donde debía continuar el baile. Dorotea, entonces, aprovechando el sueño de su tío, se vistió apresuradamente con los hermosos vestidos, presente de las brujas, púsose los pendientes de filigrana de oro, cuyas piedras blancas y luminosas semejaban sobre sus frescas mejillas gotas de rocío sobre un melocotón dorado, y con sus zapatillas de tafilete y un anillo en cada dedo se dirigió al punto en que los mozos y las mozas bailaban al son del tamboril y las vihuelas, al resplandor del fuego, cuyas lenguas rojas, coronadas de chispas de mil colores, se levantaban por cima de los tejados de las casas, arrojando a lo lejos las prolongadas sombras de las chimeneas y la torre del lugar. Figúrense ustedes el efecto que su aparición produciría. Sus rivales en hermosura, que hasta allí la habían superado en lujo, quedaron oscurecidas y arrinconadas; los hombres se disputaban el honor de alcanzar una mirada de sus ojos y las mujeres se mordían los labios de despecho. Como le habían anunciado las brujas, el triunfo de su vanidad no podía ser más grande. Pasaron las fiestas del santo, y aunque Dorotea tuvo buen cuidado de guardar sus joyas y sus vestidos en el fondo del arca, durante un mes no se habló en el pueblo de otro asunto.

—¡Vaya, vaya! —decían sus feligreses a mosén Gil—, tenéis a vuestra sobrina hecha un pimpollo de oro. ¡Qué lujo! ¡Quién había de creer que después de dar lo que dais en limosnas aún os quedaba para esos rumbos!

Pero mosén Gil, que era la bondad misma y que nada podía figurarse menos que la verdad de lo que pasaba, creyendo que querían embromarle aludiendo a la pobreza y la humildad en el vestir de Dorotea, impropias de la sobrina de un cura, personaje de primer orden en los pueblos, se limitaba a contestar sonriendo y como para seguir la broma:

—¡Qué queréis, donde lo hay, se luce!

Las galas de Dorotea hacían entre tanto su efecto. Desde aquella noche en adelante no faltaron enramadas en sus ventanas, música en sus puertas y rondadores en las esquinas. Estas rondas, estos cantares y estos ramos tuvieron el fin que era natural, y a los dos meses la sobrina del cura se casaba con uno de los mozos mejor acomodados del pueblo, el cual, para que nada faltase a su triunfo, hasta la famosa noche en que se presentó en la hoguera había sido novio de una de aquellas vecinas que tanto la hicieron rabiar en otras ocasiones sentándose a coser sus vestidos en el portal de la calle. Sólo el pobre mosén Gil perdió desde aquella época para siempre el latín de sus exorcismos y el trabajo de sus aspersiones. Las brujas, con grande asombro suyo y de sus feligreses, tornaron a aposentarse en el castillo; sobre los ganados cayeron plagas sin cuento; las jóvenes del lugar se veían atacadas de enfermedades incomprensibles; los niños eran azotados por las noches en sus cunas, y los sábados, después que la campana de la iglesia dejaba oír el toque de ánimas, unas sonando panderos, otras añafiles o castañuelas, y todas a caballo sobre sus escobas, los habitantes de Trasmoz veían pasar una banda de viejas, espesa como las grullas, que iban a celebrar sus endiablados ritos a la sombra de los muros y la ruinosa atalaya que corona la cumbre del monte.

<div align="center">* * *</div>

Después de oír esta historia, he tenido ocasión de conocer a la *tía Casca*, hermana de la otra *Casca* famosa, cuyo trágico fin he referido a ustedes, y vástago de la dinastía de brujas de Trasmoz, que comienza en la sobrina de mosén Gil y acabará no se sabe cuándo ni dónde. Por más que, al decir de los revolucionarios furibundos, ha llegado la hora de las dinastías seculares, ésta, a juzgar por el estado en que se hallan los espíritus en el país, promete prolongarse aún mucho, pues teniendo en cuenta que la que vive no será para largo, en razón a su avanzada edad, ya comienza a decirse que la hija despunta en el oficio, y una nietezuela tiene indudables disposiciones: tan arraigada está entre estas gentes la creencia de que de una en otra lo vienen heredando. Verdad es que, como ya creo haber dicho antes de ahora, hay aquí, en todo cuanto a uno le rodea, un no sé qué de agreste, misterioso y grande que impresiona profundamente el ánimo y lo predispone a creer en lo sobrenatural.

De mí puedo asegurarles que no he podido ver a la actual bruja sin sentir un estremecimiento involuntario, como si, en efecto, la colérica mirada que me lanzó, observando la curiosidad impertinen-

te con que espiaba sus acciones, hubiera podido hacerme daño. La vi hace pocos días, ya muy avanzada la tarde, y por una especie de tragaluz, al que se alcanza desde un pedrusco enorme de los que sirven de cimiento y apoyo a las casas de Trasmoz. Es alta, seca, arrugada, y no lo querrán ustedes creer, pero hasta tiene sus barbillas blancuzcas y su nariz corva, de rigor en las brujas de todas las consejas. Estaba encogida y acurrucada junto al hogar, entre un sinnúmero de trastos viejos, pucherillos, cántaros, marmitas y cacerolas de cobre, en las que la luz de la llama parecía centuplicarse con sus brillantes y fantásticos reflejos. Al calor de la lumbre hervía yo no sé qué en un cacharro, que de tiempo en tiempo removía la vieja con una cuchara. Tal vez sería un guiso de patatas para la cena; pero impresionado a su vista y presente aún la relación que me habían hecho de sus antecesoras, no pude menos de recordar, oyendo el continuo hervidero del guiso, aquel pisto infernal, aquella horrible *cosa sin nombre*, de las brujas del *Macbeth*, de Shakespeare.

IX

LA VIRGEN DE VERUELA

A la señorita doña M. L. A.

Apreciable amiga: Al enviarle una copia exacta, quizá la única que de ella se ha sacado hasta hoy, prometí a usted referirle la peregrina historia de la imagen en honor de la cual un príncipe poderoso levantó el monasterio, desde una de cuyas celdas he escrito mis cartas anteriores.

Es una historia que, aunque transmitida hasta nosotros por documentos de aquel siglo y testificada aún por la presencia de un monumento material, prodigio del arte, elevado en su conmemoración, no quisiera entregarla al frío y severo análisis de la crítica filosófica, piedra de toque a cuya prueba se someten hoy día todas las verdades.

A esa terrible crítica que, alentada con algunos ruidosos triunfos, comenzó negando las tradiciones gloriosas y los héroes nacionales y ha acabado por negar hasta el carácter divino de Jesús, ¿qué concepto le podría merecer esta que desde luego calificaría de conseja de niños?

Yo escribo y dejo poner estas desaliñadas líneas en letras de molde, porque la mía es mala, y sólo así le será posible entenderme; por lo demás, yo las escribo para usted, para usted exclusivamente, porque sé que las delicadas flores de la tradición sólo puede tocarlas la mano de la piedad, y sólo a ésta le es dado aspirar su religioso perfume sin marchitar sus hojas.

* * *

En el valle de Veruela, y como a una media hora de distancia de su famoso monasterio, hay, al fin de una larga alameda de chopos que se extiende por la falda del monte, un grueso pilar de argamasa y ladrillo. En la mitad más alta de este pilar, cubierto ya de musgo, merced a la continuada acción de las lluvias, y al que los años han

prestado su color oscuro e indefinible, se ve una especie de nicho, que en su tiempo debió contener una imagen, y sobre el cónico chapitel que lo remata, el asta de hierro de una cruz cuyos brazos han desaparecido. Al pie crecen y exhalan un penetrante y campesino perfume, entre una alfombra de menudas hierbas, las aliagas espinosas y amarillas, los altos romeros de flores azules y otra gran porción de plantas olorosas y saludables. Un arroyo de agua cristalina corre allí con un ruido apacible, medio oculto entre el espeso festón de juncos y lirios blancos que dibujan sus orillas, y en el verano, las ramas de los chopos, agitadas por el aire que continuamente sopla de la parte del Moncayo, dan a la vez música y sombra. Llaman a este sitio *La Aparecida*, porque en él tuvo lugar, hará próximamente unos siete siglos, el suceso que dio origen a la fundación del célebre monasterio de la Orden del Císter, conocido con el nombre de Santa María de Veruela.

Refiere un antiguo códice, y es tradición constante en el país, que, después de haber renunciado a la corona que le ofrecieron los aragoneses a poco de ocurrida la muerte de don Alonso en la desgraciada empresa de Fraga, don Pedro Atarés, uno de los más poderosos magnates de aquella época, se retiró al castillo de Borja, del que era señor, y donde, en compañía de algunos de sus leales servidores y como descanso de las continuas inquietudes, de las luchas palaciegas y del batallar de los campos, decidió pasar el resto de sus días entregado al ejercicio de la caza, ocupación favorita de aquellos rudos y valientes caballeros, que sólo hallaban gusto durante la paz en lo que tan propiamente se ha llamado simulacro e imagen de la guerra.

El valle en que está situado el monasterio, que dista tres leguas escasas de la ciudad de Borja, y la falda del Moncayo que pertenece a Aragón eran entonces parte de su dilatado señorío; y comoquiera que de los pueblecillos que ahora se ven salpicados aquí y allá por entre las quiebras del terreno no existían más que las atalayas y algunas miserables casucas, abrigo de pastores, que las tierras no se habían roturado, ni las crecientes necesidades de la población habían hecho caer al golpe del hacha los añosísimos árboles que lo cubrían, el valle de Veruela, con sus bosques de encinas y carrascas seculares y sus intrincados laberintos de vegetación virgen y lozana, ofrecía seguro abrigo a los ciervos y jabalíes, que vagaban por aquellas soledades en número prodigioso.

Aconteció una vez que, habiendo salido el señor de Borja, rodeado de sus más hábiles ballesteros, sus pajes y sus ojeadores, a recorrer esta parte de sus dominios, en busca de la caza en que era

tan abundante, sobrevino la tarde sin que, cosa verdaderamente extraordinaria, dadas las condiciones del sitio, encontrasen una sola pieza que llevar a la vuelta de la jornada como trofeo de la expedición.

Dábase a todos los diablos don Pedro Atarés, y, a pesar de su natural prudencia, juraba y perjuraba que había de colgar de una encina a los cazadores furtivos, causa, sin duda, de la incomprensible escasez de reses que, por vez primera, notaba en sus cotos; los perros gruñían cansados de permanecer tantas horas ociosos atados a la traílla; los ojeadores, roncos de vocear en balde, volvían a reunirse a los mohínos ballesteros, y todos se disponían a tomar la vuelta del castillo para salir de lo más espeso del carrascal, antes que la noche cerrase, tan oscura y tormentosa como lo auguraban las nubes suspendidas sobre la cumbre del vecino Moncayo, cuando, de repente, una cierva, que parecía haber estado oyendo la conversación de los cazadores oculta por el follaje, salió de entre las matas más cercanas y, como burlándose de ellos, desapareció a su vista para ir a perderse entre el laberinto del monte. No era aquella, seguramente, la hora más a propósito para darla caza, pues la oscuridad del crepúsculo, aumentada por la sombra de las nubes, que poco a poco iban entoldando el cielo, se hacía cada vez más densa; pero el señor de Borja, a quien desesperaba la idea de volverse con las manos vacías de tan lejana excursión, sin hacer alto en las observaciones de los más experimentados, dio apresuradamente la orden de arrancar en su seguimiento y, mandando a los ojeadores por un lado y a los ballesteros por otro, salió a brida suelta y seguido de sus pajes, a quienes pronto dejó rezagados en la furia de su carrera tras la imprudente res que de aquel modo parecía haber venido a burlársele en sus barbas.

Como era de suponer, la cierva se perdió en lo más intrincado del monte, y a la media hora de correr en busca suya, cada cual en una dirección diferente, así don Pedro Atarés, que se había quedado completamente solo, como los menos conocedores del terreno de su comitiva, se encontraron perdidos en la espesura. En este intervalo cerró la noche, y la tormenta, que durante toda la tarde se estuvo amasando en la cumbre del Moncayo, comenzó a descender lentamente por su falda y a tronar y a relampaguear, cruzando las llanuras como en un majestuoso paseo. Los que las han presenciado pueden solos figurarse toda la terrible majestad de las repentinas tempestades que estallan a aquella altura, donde los truenos, repercutidos por las concavidades de las peñas; las ardientes exhalaciones, atraídas por la frondosidad de los árboles, y el espeso turbión de

granizo congelado por las corrientes de aire frío e impetuoso, sobrecogen el ánimo hasta el punto de hacernos creer que los montes se desquician, que la tierra va a abrirse debajo de los pies o que el cielo, que cada vez parece estar más bajo y ser más pesado, nos oprime como con una capa de plomo. Don Pedro Atarés, solo y perdido en aquellas inmensas soledades, conoció tarde su imprudencia, y en vano se esforzaba para reunir en torno suyo a su dispersa comitiva; el ruido de la tempestad que cada vez se hacía mayor, ahogaba sus voces.

Ya su ánimo, siempre esforzado y valeroso, comenzaba a desfallecer ante la perspectiva de una noche eterna, perdido en aquellas soledades y expuesto al furor de los desencadenados elementos; su noble cabalgadura, aterrorizada y medrosa, se negaba a proseguir adelante, inmóvil y como clavada en la tierra, cuando, dirigiendo sus ojos al cielo, se escapó, involuntaria, de sus labios una piadosa oración a la Virgen, a quien el cristiano caballero tenía costumbre de invocar en los más duros trances de la guerra, y que en más de una ocasión le había dado la victoria.

La Madre de Dios oyó sus palabras y descendió a la Tierra para protegerle. Yo quisiera tener la fuerza de imaginación bastante para poderme figurar cómo fue aquello. Yo he visto, pintadas por nuestros más grandes artistas, algunas de esas místicas escenas; yo he visto, y usted habrá visto también, a la misteriosa luz de la gótica catedral de Sevilla, uno de esos colosales lienzos en que Murillo, el pintor de las santas visiones, ha intentado fijar, para pasmo de los hombres, un rayo de esa diáfana atmósfera en que nadan los ángeles como en un océano de luminoso vapor; pero allí es necesaria la intensidad de las sombras en un punto del cuadro para dar mayor realce a aquel en que se entreabren las nubes como con una explosión de claridad; allí, pasada la primera impresión del momento, se ve el arte luchando con sus limitados recursos para dar idea de lo imposible.

Yo me figuro algo más, algo que no se puede decir con palabras ni traducir con sonidos o con colores. Me figuro un esplendor vivísimo que todo lo rodea, todo lo abrillanta; que, por decirlo así, se compenetra en todos los objetos y los hace aparecer como de cristal, y en su foco ardiente, lo que pudiéramos llamar la luz dentro de la luz. Me figuro cómo se iría descomponiendo el temeroso fragor de la tormenta en notas largas y suavísimas, en acordes distantes, en rumor de alas, en armonías extrañas de cítaras y salterios; me figuro ramas inmóviles, el viento suspendido, y la tierra, estremecida de gozo, con un temblor ligerísimo, al sentirse holla-

da otra vez por la divina planta de la Madre de su Hacedor, absorta, atónita y muda, sostenerla por un instante sobre sus hombros. Me figuro, en fin, todos los esplendores del cielo y de la tierra reunidos en un solo esplendor, todas las armonías en una sola armonía y, en mitad de aquel foco de luz y de sonidos, la celestial Señora, resplandeciendo como una llama más viva que las otras resplandece entre las llamas de una hoguera, como dentro de nuestro sol brillaría otro sol más brillante.

Tal debió aparecer la Madre de Dios a los ojos del piadoso caballero, que, bajando de su cabalgadura y postrándose hasta tocar el suelo con la frente, no osó levantarlos mientras la celeste visión le hablaba, ordenándole que en aquel lugar erigiese un templo en honra y gloria suya.

El divino éxtasis duró cortos instantes; la luz se comenzó a debilitar, como la de un astro que se eclipsa; la armonía se apagó, temblando sus notas en el aire, como el último eco de una música lejana, y don Pedro Atarés, lleno de un estupor indecible, corrió a tocar con sus labios el punto en que había puesto sus pies la Virgen. Pero, ¡cuál no sería su asombro al encontrar en él una milagrosa imagen, testimonio real de aquel prodigio, prenda sagrada que, para eterna memoria de tan señalado favor, le dejaba al desaparecer la celestial Señora!

A esta sazón, aquellos de sus servidores que habían logrado reunirse y que, después de haber encendido algunas teas, recorrían el monte en todas direcciones haciendo señales en las trompas de ojeo, a fin de encontrar a su señor por entre aquellas intrincadas revueltas, donde era de temer le hubiera acontecido una desgracia, llegaron al sitio en que acababa de tener lugar la maravillosa aparición. Reunida, pues, la comitiva y conocedores todos del suceso, improvisáronse unas andas con las ramas de los árboles, y, en piadosa procesión, llevando los caballos del diestro e iluminándola con el rojizo resplandor de las teas, llevaron consigo la milagrosa imagen hasta Borja, en cuyo histórico castillo entraron al mediar la noche.

Como puede presumirse, don Pedro Atarés no dejó pasar mucho tiempo sin realizar el deseo que había manifestado la Virgen. Merced a sus fabulosas riquezas, se allanaron todas las dificultades que parecían oponerse a su erección, y el suntuoso monasterio, con su magnífica iglesia, semejante a una catedral, sus claustros imponentes y sus almenados muros, levantóse como por encanto en medio de aquellas soledades.

San Bernardo en persona vino a establecer en él la comunidad de su Regla y a asistir a la traslación de la milagrosa imagen desde el

castillo de Borja, donde había estado custodiada, hasta su magnífico templo de Veruela, a cuya solemne consagración asistieron seis prelados y estuvieron presentes muchos magnates y príncipes poderosos, amigos y deudos de su ilustre fundador, don Pedro Atarés, el cual, para eterna memoria del señalado favor que había obtenido de la Virgen, mandó colocar una cruz y la copia de su divina imagen en el mismo lugar en que la había visto descender del cielo. Este lugar es el mismo de que he hablado a usted al principio de esta carta, y que todavía se conoce con el nombre de *La Aparecida*.

Yo oí por primera vez referir la historia que a mi vez he contado, al pie del humilde pilar que la recuerda, y antes de haber visto el monasterio, que ocultaban aún a mis ojos las altas alamedas de árboles, entre cuyas copas se esconden sus puntiagudas torres.

Puede usted, pues, figurarse con qué mezcla de curiosidad y veneración traspasaría luego los umbrales de aquel imponente recinto, maravilla del arte cristiano, que guarda aún en su seno la misteriosa escultura, objeto de ardiente devoción por tantos siglos, y a la que nuestros antepasados, de una generación en otra, han tributado sucesivamente las honras más señaladas y grandes. Allí, día y noche, y hasta hace poco, ardían delante del altar en que se encontraba la imagen, sobre un escabel de oro, doce lámparas de plata que brillaban, meciéndose lentamente, entre las sombras del templo, como una constelación de estrellas; allí los piadosos monjes, vestidos de sus blancos hábitos, entonaban a todas horas sus alabanzas en un canto grave y solemne, que se confundía con los amplios acordes del órgano; allí, los hombres de armas del monasterio, mitad templo, mitad fortaleza; los pajes del poderoso abad y sus innumerables servidores, la saludaban con ruidosas aclamaciones de júbilo, y como a la hermosa castellana de aquel castillo, cuando, en los días clásicos, la sacaban un momento por sus patios, coronados de almenas, bajo un palio de tisú y pedrería.

Al penetrar en aquel anchuroso recinto, ahora mudo y solitario; al ver las almenas de sus altas torres caídas por el suelo, la hiedra serpenteando por las hendiduras de sus muros y las ortigas y los jaramagos que crecen en montón por todas partes, se apodera del alma una profunda sensación de involuntaria tristeza. Las enormes puertas de hierro de la torre se abren, rechinando sobre sus enmohecidos goznes, con un lamento agudo, siempre que un curioso viene a turbar aquel alto silencio, y dejan ver el interior de la abadía, con sus calles de cipreses, su iglesia bizantina en el fondo y el severo palacio de los abades. Pero aquella otra gran puerta del templo, tan llena de símbolos incomprensibles y de esculturas extrañas, en cuyos sillares

han dejado impresos los artífices de la Edad Media los signos misteriosos de su masónica hermandad, aquella gran puerta que se colgaba un tiempo de tapices y se abría de par en par en las grandes solemnidades, no volverá a abrirse, ni volverá a entrar por ella la multitud de los fieles convocados al son de las campanas que volteaban alegres y ruidosas en la elevada torre. Para penetrar hoy en el templo es preciso cruzar nuevos patios, tan extensos, tan ruinosos y tan tristes como el primero, internarse en el claustro procesional, sombrío y húmedo como un sótano, y dejando a un lado las tumbas en que descansan los hijos del fundador, llegar hasta un pequeño arco que apenas si en mitad del día se distingue entre las sombras eternas de aquellos medrosos pasadizos, y donde una losa negra, sin inscripción y con una espada groseramente esculpida, señala el humilde lugar en que el famoso don Pedro Atarés quiso que reposasen sus huesos.

Figúrese usted una iglesia tan grande y tan imponente como la más imponente y más grande de nuestras catedrales. En un rincón, sobre un magnífico pedestal labrado de figuras caprichosas, y formando el más extraño contraste, una pequeña jofaina de loza, de la más basta de Valencia, hace las veces de pila para el agua bendita; de las robustas bóvedas cuelgan aún las cadenas de metal que sostuvieron las lámparas, que ya han desaparecido; en los pilares se ven las estacas y las anillas de hierro de que pendían las colgaduras de terciopelo franjado de oro, de las que sólo queda la memoria; entre dos arcos existe todavía el hueco que ocupaba el órgano; no hay vidrios en las ojivas que dan paso a la luz; no hay altares en las capillas; el coro está hecho pedazos; el aire, que penetra sin dificultad por todas partes, gime por los ángulos del templo, y los pasos resuenan de un modo tan particular, que parece que se anda por el interior de una inmensa tumba. Tal es el efecto que produce la iglesia del monasterio cuando por primera vez se traspasan sus umbrales.

Allí, sobre un mezquino altar hecho de los despedazados restos de otros altares, recogidos por alguna mano piadosa, y alumbrado por una lamparilla de cristal con más agua que aceite, cuya luz chisporrotea próxima a extinguirse, se descubre la santa imagen, objeto de tanta veneración en otras edades, a la sombra de cuyo altar duermen el sueño de la muerte tantos próceres ilustres, a la puerta de cuyo monasterio dejó su espada, como en señal de vasallaje, un monarca español que, atraído por la fama de sus milagros, vino a rendirle, en época no muy remota, el tributo de sus oraciones. De tanto esplendor, de tanta grandeza, de tantos días de exaltación y de

gloria, sólo queda ya un recuerdo en las antiguas crónicas del país y una piadosa tradición entre los campesinos, que de cuando en cuando atraviesan con temor los medrosos claustros del monasterio para ir a arrodillarse ante Nuestra Señora de Veruela, que para ellos, así en la época de su grandeza como en la de su abandono, es la santa protectora de su escondido valle.

En cuanto a mí, puedo asegurar a usted que en aquel templo abandonado y desnudo, rodeado de tumbas silenciosas, donde descansan ilustres próceres, sin descubrir, al pie del ara que la sostiene, más que las mudas e inmóviles figuras de los abades muertos, esculpidas groseramente sobre las losas sepulcrales del pavimento de la capilla, la milagrosa imagen, cuya historia conocía de antemano, me infundió más hondo respeto, me pareció más hermosa, más rodeada de una atmósfera de solemnidad y de grandeza indefinibles que otras muchas que había visto antes en retablos churriguerescos muy cargadas de joyas ridículas, muy alumbradas de luces en forma de pirámides y de estrellas, muy engalanadas con profusión de flores de papel y de trapo.

A usted, y a todo el que sienta en su alma la verdadera poesía de la religión, creo que le sucedería lo mismo.

ÍNDICE

Página

PRÓLOGO, por *Juan Alarcón Benito* 5

RIMAS ... 23

LEYENDAS ... 73

CARTAS LITERARIAS A UNA MUJER............................ 325

DESDE MI CELDA 339

OBRASELECTAS

TÍTULOS DE ESTA SERIE

FRIEDRICH NIETZSCHE
* Así habló Zaratustra
* Más allá del bién y del mal
* El anticristo
* El ocaso de los ídolos

MARQUÉS DE SADE
* Cuentos, historietas y fábulas
* Los infortunios de la virtud
* Filosofía en el tocador
* La marquesa de Gange

WILLIAM SHAKESPEARE
* Romeo y Julieta
* Macbeth
* Hamlet
* Otelo
* La fierecilla domada
* El sueño de una noche de verano
* El mercader de Venecia

EDGAR ALLAN POE
* Narraciones extraordinarias
* Las aventuras de Arthur Gordon Pym
* Relatos cómicos

CHARLES BOUDELAIRE
* Los paraisos artificiales
* Pequeños poemas en prosa
* Las flores del mal

HOMERO
* La Ilíada
* La Odisea

JULIO VERNE
* La vuelta al mundo en 80 días
* De la Tierra a la Luna
* Miguel Strogoff

BENITO PÉREZ GALDÓS
* Miau
* Misericordia
* Doña Perfecta

WALTER SCOTT
* Ivanhoe
*El pirata

FIODOR DOSTOIEVSKI
* Crimen y castigo
* Los hermanos Karamazov

OSCAR WILDE
* El retrato de Dorian Gray
* De Profundis
* El fantasma de Canterville y otros cuentos
* La importancia de llamarse Ernesto
* El abanico de Lady Windermere

CHARLES DICKENS
* Almacén de antigüedades
* Canción de navidad y otros cuentos
* Historia de dos ciudades

MIGUEL DE CERVANTES
* Novelas ejemplares
* Entremeses
* La Galatea

HONORÈ DE BALZAC
* Eugenia Grandet
* La piel de Zapa
* El lirio en el valle

GUSTAVO ADOLFO BÉCQUER
* Rimas
* Leyendas
* Desde mi celda
* Cartas literarias a una mujer

FRANCISCO DE QUEVEDO
* El buscón
* Obras jocosas
* Los sueños
* El Chitón de las Tarabillas
* Poesía

FRANZ KAFKA
* Meditaciones
* La metamorfosis
* El proceso
* América

LEON TOLSTOI
* Ana Karenina
* Sonata a Kreutzer
* Los cosacos

PLATÓN
* La república
* Diálogos

JEAN JACQUES ROUSSEAU (en preparación)

JACK LONDON (en preparación)